读客文化

清明上河图密码

隐藏在千古名画中的阴谋与杀局

全图824位人物，每个人都有名有姓，伴装、埋伏在舟船车轿、酒肆楼阁中。看似太平盛世，其实杀机四伏。

翻开本书，在小贩的叫卖声中，金、辽、西夏、高丽等国的间谍、刺客已经潜伏入画，824个人物逐一复活，只待客船穿过虹桥，就一起拉开北宋帝国覆灭的序幕。

冶文彪 著

北京联合出版公司
Beijing United Publishing Co.,Ltd.

图书在版编目（CIP）数据

清明上河图密码：隐藏在千古名画中的阴谋与杀局 /
冶文彪著. -- 北京：北京联合出版公司，2014.12（2024.9重印）
ISBN 978-7-5502-3281-5

Ⅰ.①清… Ⅱ.①冶… Ⅲ.①长篇小说 - 中国 - 当代
Ⅳ.①I247.5

中国版本图书馆CIP数据核字（2014）第158565号

清明上河图密码：隐藏在千古名画中的阴谋与杀局

作　　者：冶文彪
出 品 人：赵红仕
选题策划：读客文化
责任编辑：宋延涛　徐秀琴
特约编辑：马伯贤　王菁菁
封面设计：唐梦婷　陈艳丽
版式设计：吴星火　刘　倩
责任校对：张新元　绳　刚

北京联合出版公司出版
（北京市西城区德外大街83号楼9层　100088）
天津盛辉印刷有限公司印刷　新华书店经销
字数586千字　710毫米×1000毫米　1/16　34.25印张
2014年12月第1版　2024年9月第33次印刷
ISBN 978-7-5502-3281-5
定价：69.90元

目 录

北宋宣和三年，清明。

一只船，如一枚重重的棋子，落向大宋的棋盘。

天下局势随之而变……

引 子
客船消失……

欲问大宋兴衰，先数汴河船帆。

大宋货运主要靠水路，若说汴京是天下的头脑，汴河便是喉管。它斜贯京城，西接黄河，东连淮泗，向南直通长江，天下财货十之五六都由汴河输送至汴京。大宋定都于汴梁，正是为此。汴河上客货船常年不绝，白帆如翼，船桨翔舞，每天输送财货数以亿计。尤其是开春以后，河水初涨，东风借力，往来船只时常挤满河面，腾让不开。但自从去年底方腊在东南造反，来汴京的船只大减，今天水面上空出不少。

不过，片云难掩晴空，东南再乱，也止不住汴京人的赏春兴头，何况今天是清明，城里大半人家都出城扫墓踏青，汴河两岸仍旧人头如蚁，声喧如蜂。加之一河春水漾漾东流，两岸新柳淡淡笼烟，景致仍旧鲜明活暖。

汴河北岸有家章七郎酒栈，临河栏边坐着个微胖的中年男子，名叫古德信，他是枢密院北面房令史，在这里等人。由于心里有事，他无心观赏这河景，手指不住叩着木栏。

这时太阳升至正头顶，已到正午，古德信扭头向外望去，见自己的亲随甘亮正在和店主攀谈，便问道："如何？"甘亮二十来岁，身穿青缎长袍，细眉细眼，简练干净。他虽在说话，却不时望着西边虹桥方向，听到问话，忙答道："仍不见人。要不要卑职过去看看？"古德信答道："不必。"

甘亮仍继续望着，却见斜对岸人群中隐约一个矮胖身影，提着件东西正要上虹桥，再一看，是古德信老友顾震的亲随万福，他忙道："万福倒是来了。"

古德信正要答言，虹桥那边忽然传来一阵叫嚷，声气似乎很紧急，他不由得站起身，探出半截身子向虹桥那边望去，见桥上许多人都趴在桥栏上，全都望着桥下一只客船，纷纷挥臂叫嚷。再看那只客船，正要穿过虹桥，桅杆却高过桥梁大半截，眼看就要撞到桥梁。古德信心里一惊，忍不住说了声："不好！"

对岸一只小篷船上，有一对船家夫妻。男的叫鲁膀子，女的叫阿葱。阿葱正在淘米，听到叫嚷，怕漏了米，并不理睬，自顾自继续小心倾倒米盆里的水。鲁膀子却天生好事，一抬头，看到那船的桅杆还不放下，甩开腿就往虹桥那边奔去，前面岸边泊着只长篷客船，鲁膀子纵身跳上了船篷，挥着臂膀，大声朝那只客船喊道："桅杆！放倒桅杆！"

听到四周叫喊，那只客船上的人才发觉，几个船工先后跳上顶篷。那船的桅杆根部有轴，嵌套于桅座上，用插销固定，可以拉起放倒，称为"眠桅"。一个船夫慌忙拔开插销，其他几个抓住牵绳，一起拉倒桅杆。但春天水涨，水流很急，其他船工又慌了神，稍一耽搁，船头便被水流冲偏，船身也跟着横了过来。

鲁膀子又在这边继续叫喊："稳住舵！快划桨！"

其实四处人都在叫喊，只有他自己才听得清自己在喊什么。鲁膀子却顾不得这些，常日小心伺候船客，难得大声说话，这种时候，热心出出力，喊喊很痛快。

他见那船上有个身穿褐色锦衣的人也爬上了顶篷，应该是船主，那船主挥臂大声呼喝起来，下面船工这才随着他一齐喊起号子，拼力划桨，"呼嗨呼嗨！呼嗨呼嗨！"船身渐渐稳住，但船头却难以回转。鲁膀子又叫道："纤夫！纤夫！"

那船上的人似乎听到他的喊声，有两个汉子急忙跳下船，飞快奔上桥头，从桥面抛下绳子，下面船夫接住搜紧，桥上几个路人也出手相助，上下一起用力，死命拉搜，船头才终于调正。

虹桥上，万福提着一壶酒，刚走到桥顶就听见叫嚷，他忙趴到右边桥栏去看，见下面一只客船遇险，也不由得替它忧急起来。船上二三十个人全都在拼力喊号子划桨。万福见一个妇人带着一个五六岁大的孩童，竟也爬到顶篷上。妇人慌得失了张致，不停望着四周叫喊，又不时摇着身边孩童的手，后来竟将孩子抱起来，不住向桥上的人指着自己孩子，似乎是在求救，但船篷顶距桥梁至少有两人高，根本无法将那孩子接上来。万福有些着恼：这个做娘的，这种时候带孩子到顶篷上做什么，万一跌倒摔进水里可怎么是好？就算那船被冲得倒转了，也不是什么大事，好好留在舱里，根本不会有什么危险。

幸而那船终于掉回船头，缓缓驶进桥洞，万福才松了口气，继续向对岸走去。才走了几步，却听见岸边又有人嚷起来："盐！盐！"再看岸边的人，都指着桥底下惊喊。

他正在纳闷，鼻子里嗅到一股香气，像是木樨之香。听人们又在喊"着火啦！"随后便看到桥东边升起一阵烟雾，他这才明白人们喊的是"烟"。桥上的人又都奔向另一边桥栏，他也挤进去向下望，那只客船半截已经驶出桥洞，船上竟然烟雾腾腾，渐渐将船身罩住，只能依稀看到顶篷有人影晃动。烟雾中并不见有火苗，再细看，那烟雾也似乎并不是船板着火的烟气，更像是水蒸的雾气，而且并不是一处冒烟，船头、船侧、船顶、船尾，处处气雾蒸腾，整只船像是一只沸水上的大蒸笼。

气雾漫上桥梁，香气也越来越浓，直冲鼻窦，馥郁透脑。万福觉着有些心神迷眩。他身边两个人更是如同被酒熏醉，竟然闭起眼，咧嘴傻笑，一个甚至挥起臂膀，像是要舞蹈一般。

气雾迎面飘过，万福眼睛有些酸刺，泪水随即涌出，迷蒙中，只见那船已驶过虹桥，气雾越蒸越多，船上人与物全都隐迹不见。水面上，唯见一大团白雾，滚滚向前。

虹桥上游不远处，北岸泊着两只船。前面一只是新船，漆着鲜亮红漆，船檐一圈挂着彩帘，下了锚停在水中，离岸有一段距离。后面一只则是客货两用的旧船，紧靠岸泊着。三个船工正躺坐在船顶凉棚下闲聊午休，听到叫嚷，都向虹桥那边望去，见一只船雾气腾腾穿过桥洞，向自己这边驶过来，三人惊得都坐直了身子。

那船通体都被雾气罩住，看不到船上人影，只闻到一股浓郁香气。那船一路疾驰，不多久就驶到近前，却仍不减速，竟直直冲向前边那只新船！

三人全都爬起身，朝前面那只新客船大声叫嚷："喂！要撞船啦！"

然而那新船的窗户全都关着，方才还听到里面男男女女在说笑唱歌，现在却听不到任何声响，也不见有人出来。三人继续大叫，新船上却仍然毫无回应。这时，那只雾气船已驶过三人面前，相距只有几尺之遥，一阵雾气扑面而来，浓香贯脑，眼泪顿时被激出，想咳嗽又咳不出，只觉得胸闷神眩。泪水混着雾气，再看不清东西，只听到木板挤撞的吱吱咯咯声。

岸上有家老乐清茶坊，临河的桌边坐着两个人，一个是年轻店主乐致和，另一个中年儒士叫简庄，两人听到吵嚷，一齐向外望去，见河面上横着一大团烟柱向这边冲过来，滚滚雾气中，只隐约露出一些船影。两人眼睁睁看着它撞向新船，都忍不住低低惊呼了一声。

然而，当两船相撞，前面那只新船剧烈晃动，后面那只客船虽然停住，却仍旧雾气蒸腾，那雾气将新船尾也一起罩住。而且，雾气竟像是被新船吸食了一般，不断收缩，雾气中那客船却始终未露出身影。

雾气渐渐越缩越短，不多时，只剩新船尾部一团。

而雾气中那只客船，竟凭空消失！

河面上只剩那只新船，仍在不住晃动，船尾仍罩着一团雾气……

两人睁大了眼睛，哑了一样。正在吃惊，那团雾气中忽然飘出一个身影！

很快，那身影飘离白雾，在水面顺流滑行，漂向虹桥。两人这才看清，那身影似乎是位道士，白色道袍，白色道冠，一领白色大氅，迎风翻飞。他身后，竟有两个小童并肩而立，也是小白冠、小白袍。

万福一直挤在虹桥上惊望着，看到那只客船竟凭空消失，做梦一般，不敢相信自己的眼睛。等看到雾气中飘出人影，更是惊得张大了嘴。

桥上、两岸的人纷纷叫起来："神仙！神仙降世啦！"

半晌，万福才发觉，那"神仙"并不是漂在水上，他脚底下有一大张白毡布，毡布似是铺在一张木筏上。"神仙"很快漂到虹桥下，万福睁大眼睛细看，只见那人身形丰腴，银发银髯，面色红润，头戴银莲华冠，身穿素锦道袍，腰围镶银玉带，肩披雪白道氅，足蹬一双绣银云履。他挺身而立，大袖迎风鼓荡，白氅飘舞翻飞，仙风绝俗，飒然出尘。

他身后那两个小童，都穿银白小道服，玉琢一样，玲珑可爱。每人提着一只银丝花篮，篮里盛满了花，红如胭脂，异常醒目。两个小童不停伸手抓起篮中花朵，随行随撒，水面上，红瓣不断飘飞。

万福如同跌入梦境，恍恍惚惚，嘴角竟流下口涎。

很快，白毡漂过虹桥桥洞，顺流向东而下。身边众人闹嚷着又纷纷追到东边桥栏，万福这也才回过神，忙擦掉嘴角口水，转身也赶了过去。但人太多，他身形矮胖，行动又慢，还得护着手里的酒坛，费力扒拉踮脚，才勉强看到一点影子，过了片刻，靠里面的人喊起来："天书！天书！"他却什么都看不到，更是急得不得了。

甘亮刚才就急急赶到虹桥边，但桥上已经挤满了人，他只能在桥根踮着脚张望，烟雾中飘出人影后，人们嚷成一团，有的竟跪倒在地上，叩拜祈祷起来。甘亮虽然不信神仙，也惊得眉毛直跳。

那白衣道士顺流漂过虹桥，甘亮腿快，忙沿岸追了下去。见那白衣道人在水面上张开双臂，上下挥动，如一只白鹤凌风而舞。白毡后忽然展开一匹银帛，银帛在水上越展越长，足有一丈多长，两尺多宽，帛上似乎有几个泥金大篆字。但甘亮离得远，银帛又在水面漂翻不定，只看到第一个字似乎是"天"字。

白衣道士越飘越远，只留下那幅银帛在水面上漂浮……

木篇

八子案

第一章　羽客、天书

> 子不语怪、力、乱、神。
>
> ——《论语》

汴河从汴京城南斜穿而过，沿河一条长街叫汴河大街，横贯全城。进东水门不远，一条南北纵向小街，是香染街。两街交会的东北街角有一家小食店，是查老儿杂熝店，店头坐着一个浓髯、鼓眼的说书人，正在讲史，店外围了十几个人。

其中有个年轻男子，叫赵墨儿，刚刚年满二十，目光清润，性情温善，略有些腼腆。站在人群里，如一卷细韧竹纸，静待笔墨。

他刚刚送嫂嫂去近旁赵太丞医铺，给小侄儿看病。他先回转来，见旁边在说书，认得那说书人是彭嘴儿，便也凑过去听了几句。彭嘴儿向来喜欢信嘴海说，现在又开始编扯东汉末年张角黄巾的故事，又造出些神魔鬼怪的事迹来："那天公将军张角，生下来时，狂风大作，雷声滚滚，头顶生了一根三寸肉瘤，刚巧有个异人路过，认得那是龙角……"

旁边一人忽然插了句："现今东南闹事的方腊，和这张角倒有些像呢。"

另一人道："果然有些像，张角当年闹得天下大乱，覆灭了汉朝。如今方腊才起事几个月，就已经攻下了江浙二十几个州郡。童贯率大军去剿，至今还奈何不了。对了，那张角后来怎么样了？"

彭嘴儿笑道："被曹操灭了，诸位听我慢慢道来……"

第一个人又插话："童贯和曹操也像！"

又有个人道："这两位可不像，曹操能生出曹丕、曹植，那童贯这辈子都是童子身。"

众人一起哄笑起来，纷纷评点调笑起朝中那些大臣阴私丑事，继而又争执起东南局势、辽金战事，早忘了听彭嘴儿说黄巾军。看彭嘴儿坐在那里哭不是、笑不是，墨儿忍不住笑起来。京城便是这样，似乎人人都是皇城密使，朝野上下，京城内外，无事不知，无理不通。又似人人都是说书人，一张嘴，就天上地下、古往今来，没有个穷尽，把正经说书人挤得没地儿站脚。

墨儿回头望向街对角凉棚下自家的书讼摊，哥哥赵不尤已坐了下来，来了两位客人。他忙摸了几个铜钱，投到彭嘴儿身边的粗瓷碗里，转身回去了。

赵不尤年方而立，身形魁梧，眉如墨刀，似黄庭坚《松风阁》诗帖中的雄健两撇。从左额到右颊，斜斜一道伤疤，让他的脸乍看起来，十分猛厉。

此刻，赵不尤端坐在桌边，正在听对面一个青年男子说话。墨儿认得，那人姓梁，是个刀镊手，专门替人理发修眉，因鼻梁生得有些歪，人都叫他"梁歪七"。另有个男子陪坐在他身边，姓胡，扁胖脸，常日出入宅院，替人跑腿帮闲，说合交易，这一行当的人当时被称为"涉儿"。两人常在一处。

只要赵不尤接待讼客，总有人围过来旁听，甚而比彭嘴儿更讨人气。这时已有好几个人凑了过来。

梁歪七用右手捂着左臂，苦着脸，正在述说原委："我上那人家里给他修完了面，他不给钱，我争了两句，他抓起我的剃刀，就朝我脖颈割过来，我想躲，没躲赢，被他一刀割在了臂膀上……"

胡涉儿在旁边重重点头："对！幸而我正好进去，全被我看见了，看得真真的！那厮好不凶恶，不给钱，还连骂带踢，要杀人，现在人证、物证都在，赵判官好好帮阿七写张讼状，得狠狠惩治惩治这恶徒！"

赵不尤像往常一样，注视着两人，只听，不说话。他的目光沉黑，很多人都怕和他对视。这时，墨儿见哥哥眼中隐隐射出一阵寒意，有些纳闷。而梁歪七和胡涉儿两人一碰到赵不尤目光，都很快闪开，一个斜望着桌角，一个眼珠转个不停。

赵不尤听完后，略一沉思，望向梁歪七的左臂："我看看伤处。"

梁歪七用右手费力解开衣带，胡涉儿忙站起来，帮他脱掉里外两层衣袖，露出臂膀来，左臂上扎了一圈白布，布上浸着血。赵不尤起身凑近，轻轻揭开白布边缘。墨儿也忙过去一起查看，臂膀上果然有一道斜长伤口，虽然敷了药，但仍看得出来伤口情状，从臂膀外侧，一直延到内侧，由深而浅，划破了臂围的小半圈。

看过伤口，墨儿不由得望向哥哥，赵不尤也正望向他，两人目光相遇，会心一笑。

胡涉儿在旁边又大声补充道："是斜对面梅大夫替他医的伤。我陪阿七去的，梅大夫也是个证人。"

赵不尤问道："割伤后立即去医治的？"

梁歪七才点了点头，胡涉儿便抢着道："一条膀子看着就要废了，怎么敢耽搁？"

赵不尤神色忽变，直视梁歪七，目光威严，沉声道："回去！莫生事。"

"嗯？"梁歪七和胡涉儿都一愣。

胡涉儿大声问道："赵判官，你这话是怎么说？"

赵不尤并不答言，转头望向墨儿："你来告诉他们。"

"我？"墨儿知道哥哥想考校自己，对此事他心里已经大致明白，只是生性腼腆，当着这么多人有些难为情。

"不怕，尽管说。"赵不尤鼓励道。

墨儿轻声清了下嗓子，才对梁歪七道："这伤口是你自己割出来的。"

"你胡说什么？"梁歪七没答言，胡涉儿已经跳起身大声嚷道。

墨儿惊了一跳，忙望向哥哥。赵不尤沉声喝道："坐下，听他讲！"

胡涉儿眼珠翻了两下，悻悻坐了回去。

墨儿在心里默默梳理了一下，又清了下嗓子，才开口对梁歪七道："有三条证据可证明你说谎。第一，你要告人，却声音低弱，不敢抬头直视我哥哥，定是由于心虚……"

胡涉儿嚷起来："他生来就这个胆小样儿，不成吗？"

赵不尤又喝道："莫嚷！好生听！"

胡涉儿只得闭嘴。

墨儿接着道："第二，若是对面的人手执剃刀，误割到你的臂膀，一般只是一划而过。但你臂上的刀伤，起刀处深，收刀处浅，定是自己去割，下手时咬牙狠心用力，所以深，刀划下去后，受不了痛，所以收刀时浅……"

"割道口子哪有这么些说法？"胡涉儿嘴里咕哝着，声气明显弱了许多。梁歪七更是面色灰白。赵不尤则笑着点了点头。

墨儿继续道："第三，还有个最大的漏洞——衣袖。你上门去给人修面，必定是穿着衣裳，这季节不会光着臂膀。那人用剃刀割你，自然会先割破衣袖。你说被割伤后立即去医治了，自然没工夫去换衣服，然而你的衣袖——"

梁歪七刚将袖子套好，左臂衣袖虽渗出血迹，却没有破口。胡涉儿猛地跳起身，一脚将梁歪七踢翻在地，恨恨骂道："贼歪七！平白让俺受一场霉气，呸！"说罢转身就走了。梁歪七费力爬起来，头也不抬，也拔腿快步逃开了。

旁边围观的，全都笑起来。其中一人笑得格外洪亮："哈哈，赵大判官又帮我省了一桩麻烦！"

墨儿回头一看，是哥哥的老友顾震。现任开封府左军巡使，主掌京城争斗、纠察之事。顾震四十来岁，鹰眼鹰鼻，斜插一对眉毛，长相有些凶鸷，平日行事也和猛禽一般。今天他身着便服，看来是出城闲逛。

墨儿忙躬身作揖，顾震笑着在墨儿肩上拍了一把，赞道："京城又多了个后生讼师，好！"

墨儿忙笑着谦虚道："顾大哥过奖。"

赵不尤也已站起身，笑着叉手："老顾。"

顾震笑道："古德信在章七郎酒栈订了一桌酒菜，走，今天清明，去痛快喝两杯！老古应该已经在那里等着了。"

"不巧，简庄先生已先约了我。"

"那竹竿夫子？哈哈，那你就去谈经论道吧，我和古德信大酒大肉去——"

顾震话未说完，一个矮胖的人从东边急急跑过来，是顾震的亲随万福，他一眼看到顾震，几步奔到跟前，气喘吁吁道："大人，虹桥那边出大事了！"

"什么大事？"

"有只客船凭空不见了，有个仙人降凡了，还有一大幅天书……"

"什么乌糟糟的？"顾震皱起眉头，向东边望去，隐约能听到叫嚷声，"嘻！看来这假又休不成了，不尤，到时候恐怕又得劳烦你了。"

"若有用处，尽管说。"

"那我先去看看。"顾震一叉手，带着万福一齐向城外走去。

"爹！"

墨儿正和哥哥赵不尤望着城外疑惑，忽然听到一个幼儿叫唤。

是嫂嫂温悦，抱着琥儿，和瓣儿一起缓步走过街来。墨儿忙迎过去，从嫂嫂怀里接过小侄子，琥儿刚过三岁，半奁着眼皮，没了精神。

温悦身穿月白窄袖对襟长褙子，浅青襦裙，人如其名，温婉和悦，如同夏夜清风淡云间的月。墨儿从未见她冷过脸、恼过谁。嫂嫂和哥哥站在一起时，两人看着既悬殊，又异样相衬，似一幅墨石幽兰图。

瓣儿和墨儿是一对孪生兄妹，瓣儿眼波清亮，娇小面庞上娇翘的小鼻头，穿着深绿锦边的浅绿无袖褙子，粉白衫儿，鲜绿罗旋裙，如绿叶衬着一朵白茉莉。

赵不尤伸手摸了摸琥儿的额头："还有些烫。是我不好，不该忙着赶路。"

寒食清明，宗室子弟都去祭祀祖陵，赵不尤是太宗皇帝六世孙，前天带着琥儿赶到太宗永熙陵，祭祀罢后，他不喜和众人一起慢腾腾坐车舆，自己抱着琥儿，骑马先赶了回来。琥儿第一次骑马，一路欢叫，回来却嚷头痛。

温悦道："赵太丞说不打紧，只是受了点小风寒，吃几丸药就好了。"

琥儿撅起小嘴："我不吃药。"

瓣儿逗道："琥儿又有什么高见了？"

琥儿病快快地说："药是偷的。"

众人都一愣，瓣儿笑道："刚才我明明付了药钱呀。"

琥儿奶声奶气道："姑姑不是常念——'嫦娥应悔偷灵药，碧海青天夜夜心'？"

大家一听，全都笑起来。

说笑了一阵，赵不尤让墨儿去对街梁家鞍马店雇了顶轿子，送温悦、瓣儿和琥儿回去。

轿子走后，两人又坐回到书讼摊，不到一个时辰，又接了三桩案子。

两桩仍是无理兴讼，当即说破劝回，一桩关涉到宅界纷争，须得交官府裁断，要写讼状。墨儿虽不爱说话，写讼状却已是熟手，仍由他执笔。他照规矩，先用朱笔蘸了朱砂汁，在卷首写下所讼事目，而后换墨笔，写明所讼因由，不到一盏茶工夫，便挥笔而就。

赵不尤浏览一遍，简练清晰，有理有据。官府明定，诉状正文不得超过二百字，墨儿只用了一百六十字便将事由说清，自己来写，也不过如此。赵不尤不由得赞了声好，从袋中取出官授木印，在年月日前盖了印，印文是："文庄坊居住写状钞人赵不尤官押"。

那人拿了讼状，连声道谢，虽然不甚富裕，却也取出一整吊钱来答谢。墨儿忙告诉他，官府还在休假，得过两三天才能去申报立案。等赢了官司，再一起付钱不迟，况且这案子不大，要不了这许多钱。那人这才收好钱，连口称谢，拜别而去。

看时候差不多了，赵不尤让墨儿收拾笔墨，一起出城去赴简庄之约。

今天一气办妥了四桩讼案，墨儿看起来很是畅怀，走起路来脚步都轻快很多。迎面走来几个身穿白色襕衫的太学生，赵不尤想起明天是殿试日，便问墨儿："你还是不打算去应考科举？"

墨儿点点头，微微一笑："我就跟着哥哥，替人写讼状，这样很好。"

赵不尤略想了想，才开口道："人固然不能利欲熏心，但也不必刻意清高。前日我读《韩非子》，见他论'势'，有段话说得很有道理，'有才而无势，虽贤，不能制不肖'。我大宋，其他不敢夸口，但这科举取士之法，却是远胜前代。真正做到了取士不问家世，哪怕寒门小户、农家之子，只要用心向学，都有望博得一第，施展抱负才干。我想，孔子若生在当今，恐怕也会全力应考——"

不能参加科举，无法为国效力，曾是赵不尤心头一大憾。

宋代开国以来，鉴于历代皇亲国戚篡权夺位之乱，故而不许宗室子弟参科举、任官职，只能在宗室学校就学，学成也只授予虚衔，不任实职。赵不尤自幼好武，曾中过宗学武举魁首，却也只得了个"武功郎"的虚衔。近年来，宗室限令松了一些，有个别宗室子弟文行优异，被任了官职。赵不尤也转而习文，不过，当初武举比试兵器时，他脸上受了伤，留下道疤，形貌不雅，即便能参加科举，也触了"废疾者"禁考之限。

最近几年，他才对此渐渐释怀。墨儿并非他亲弟弟，只是义弟，并没有这科举限制。

墨儿却微笑着说："我不是要清高。哥哥不是也说，如今世道不正，朝廷被蔡京、童贯、王黼、梁师成等人把持，公门变作了私门，忠直之人，在朝廷难以立足。哥哥虽然做不了官，但这些年平息过多少纷争冤仇，还不是一样在行善济世？"

赵不尤微微一笑，心想，墨儿不善争竞，若在仁宗朝，或许能有番作为，当今之世，不去仕途也好。何况朝廷现今官职冗滥，上届进士选出已经三年了，大半却都还在待缺，就算考中，也未必能得一个实职。

两人说着话，才出东水门，就见万福挪着胖身躯，气喘吁吁奔了过来："赵将军，我家大人请你过去帮忙查看。"

当年，赵不尤参加宗学武试，按例马上射八斗力弓即为一等，赵不尤却能骑射一石硬弓，当时箭靶挂在一株粗柳上，赵不尤一箭射出，不但中的，而且射穿了牛皮箭靶，箭杆贯透树身，箭尖钻出树背。那日天子也来观试，见后大喜，赞道："昔日汉家有飞将军李广，能射箭入石；今日不尤神射，不亚李广，乃我大宋赵家飞将军。"并当即封他为宁远将军，虽然只是虚衔，但宗族及朝中人从此都尊称赵不尤为"赵将军"。

"老顾现在哪里？"赵不尤问道。

"汴河北岸，虹桥西头，老乐清茶坊那边。"

"我正巧要去那里，究竟发生了什么？"

"说出来您一定不信，一只客船，两岸数百人盯着，凭空就没了！"

"老顾去那里初查过了？"

"查过了。顾大人说那样一只大船岂能凭空消失，若不是被烧掉，便是沉船了。那船消失前，我正巧在桥上，亲眼瞧见那船被雾气罩住，并不是着火的烟气，而是雾气，还散着木樨香气。那船消失后，水上也不见烧焦的木块残片，所以不是烧毁；顾大人又找了几个船工，潜到水里去找，也没有发现沉船……"

赵不尤听后并不言语，墨儿则有些吃惊。

万福继续讲道："客船消失后，又有个白衣道士在水上飘，人都说是神仙。还有一幅银帛，写着八个大字……"

"什么字？"

"天地清明，道君神圣。"

"哦……"赵不尤听后仍不言语，默默沉思。

"赵将军，您先过去，我家大人命我去城里找人手——"

赵不尤和墨儿一路来到虹桥边，沿途街边人们纷乱无比。有的大呼小叫，有的交头接耳，乱哄哄中，断续听到一些言语："我眼睁睁瞧着，那船就没了！""神仙降世，天降祥瑞！""天地清明，道君神圣。说的不就是当今赵官家？""如今这世道哪里清明了？分明是反话！""都三月天了，哪里有鲜梅花？"

两人一路听着，刚要上桥，赵不尤无意间一扭头，看见桥东头茶棚下坐着个人，圆脸、大眼、厚嘴唇，认得是枢密院北面房的令史李俨。李俨正闪着大眼，微弯着腰，赔笑说着什么。再一看，他对面上首坐着个中年浓须男子，身穿便服，不认得。那浓须男子听李俨说完，点头笑着高声说了句"不亦乐乎！"虽然隔了段距离，旁边又人声混杂，赵不尤仍听到那四个字说得语调有些怪，不像汉地声调，似乎是高丽人学说汉话。再一想，高丽使者如今由枢密院北面房接引款待。那短髯男子应是高丽使者，李俨恐怕是陪他来游赏清明河景。

赵不尤没有多想，举步上桥。桥上仍有不少人，三五聚在一起，也在指点谈论，都兴致高涨，眼睛放光。只有一人，身穿灰袍，背着个木箱，独立在右手桥栏边，低着头，扳着指头，像是在算什么。赵不尤认出来，是故友张择端，翰林图画院的画待诏。

此刻，张择端站在桥栏边，一时闭眼，嘴中碎念不已，一时又睁眼，左望右望，忽而又急转过身，朝左边跑过来，距赵不尤只有几步远，却视而不见，跑到左桥栏边，又指指点点，念念叨叨："货船五只、一大四小、客船三只……不对，还有一只货船，方才在桥这边，已经穿过桥到了下游……"赵不尤顿时明白，他是在打腹稿，恐怕是想把方才一场大乱画下来。

他知道这位画痴一旦入迷，雷也打不醒他，便没有打招呼，径直走了过去。

上到桥顶，赵不尤向西边望去，北岸不远处泊着两只客船，前面那只新船边有几个士兵执械守着，应该便是那里。简庄所约的老乐清茶坊就在岸边，正对着那只新客船。

两人下了桥向西，快步走近那只船。赵不尤先望了一眼老乐清茶坊，见檐下立着两个人，一个清瘦挺直，正是简庄。另一个年轻温雅，是这茶坊的店主乐致和。简庄是汴京名儒，同乐致和等七人志趣相合、师友相称，常在这城东汴河湾相聚，谈文论道，诗酒唱和，人称"东水八子"。

看来其他六子都还没到，赵不尤走过去向两人叉手致意："简兄、乐老弟，今日之会我恐怕要缺席了，这边出了件大事，我得去料理一下，还望见谅！"

两人也一起向他叉手，简庄道："正事要紧，日后再聚不迟。"

"不尤！"顾震从岸边那只新客船的一扇窗户中伸出头，大声叫唤。

赵不尤又叉手告别，忙转身走过去，顾震伸手指了指自己身后，赵不尤凑近，透过窗户，见船内地板上躺着两个人，一动不动，不知是昏了，还是死了。

第二章　二十五具死尸

> 烛天理如向明，万象无所隐。
>
> ——张载

那只客船应是新造不久，漆色鲜亮，工艺精细讲究。

船头、船尾的甲板都是从船身悬空虚架出去，在船两头各伸出一截，称作"虚艄"。船头用细苇席搭成凉棚，可以观景瞭望；船尾则搭了两层，底下一间客舱，顶上一座小凉棚；船前身一大间客舱，腰部则是两排小客舱。整个船体虽然很长，但外形轻盈秀逸。

四个兵士守在客船边，手执着火杈，都衣衫松垮，打着呵欠。是城外军巡铺屋的铺兵，主管夜间巡警防火，白天无事，故而这样懒散。

赵不尤和墨儿从船头登上那客船，船里残余着一股香气，似乎是木樨香。

顾震立在凉棚下等着，神情有些焦躁。身边还站着一人，是古德信，也拧着眉，没了常日那乐呵呵的笑容。赵不尤向古德信打了声招呼，古德信还没开口，顾震已抢先打断，指着大客舱闷声闷气道："那只客船凭空就没影了，它消失前撞到了这只船，附近的人都说这船上先有一群男女在唱曲说笑，撞船后，却没了动静，也不见一个人下船。我上来一看……"

赵不尤朝舱里望去，只见船板上躺着几个人，一动不动。都身穿短葛布裤，船夫模样，只有一个穿着褐色绸衫，脸上一圈粗黑短须。另有一个是中年妇人，身穿皂布衫裙。

赵不尤转头问道："可请了尸检官？"

顾震摇摇头，望了一眼岸上几个铺兵，皱着眉道："正赶上休假，到处找不到人手，只捉了这几个软脚汉来。"

"我先看看。"赵不尤走进舱里，蹲下身，凑近门边躺着的一个船夫，见他仰天瞪着眼珠，全身僵硬，面色发青，嘴唇发乌破裂，唇缝微张，露出齿龈，渗出乌青色。赵不尤伸指在他鼻端探了探，没有气息，摸摸脉搏，也无脉动，已是死了。再一看，指甲也透出青黑色。

赵不尤又继续查看其他人，这大客舱里总共七具尸首，死状都一样。

顾震也跟了进来："应该都是中毒身亡，里面还有。"

赵不尤小心避开地上的尸体，走到小客舱入口，顶篷很矮，过道极窄，如果两人对面通过，须得侧身费力避让。各客舱门窗都开着，倒还不暗。他身材魁梧，只能低着头走进去。先看左边一间，里面木板上躺着两人，进去探查，死状和大舱那七人相同。小客舱左右各三，一共六间，他挨个查过去，每间都倒着两人，共十二人，其中一个是妇人，死状都一样。

穿过小客舱，是个小过道，用来上下客。过道通往后面一间大客舱，比船头那间略小。他走进去，里面也躺着几个人，数了一下，一共五人，都是船工模样。他一一细查，状况和前面诸人一样，也都是中毒而亡。

"如何？"顾震在身后问道。

赵不尤回头一看，古德信、墨儿也走了进来，顾震紧皱眉头，古德信一脸纳闷，墨儿满眼迷惘，都望着他，期盼着答案。

赵不尤摇摇头："以目前所见所闻，还得不出任何结论。对了，说是有个白衣道士顺流漂走了，可曾找人去追？"

顾震答道："这多亏老古。发生这事时，老古正在桥边——"

古德信在一旁接道："那道士漂下去时，附近都是大船，不好调用。只有对岸有只小船，我让甘亮赶紧去追了，还没回来。"

赵不尤点了点头："你亲眼见到那船消失了？"

古德信摇摇头："当时我在章七郎酒栈等你们二位，那是虹桥东边，又在北岸，只看到那船钻过桥洞时，忽然冒出雾气来。不过那道士漂下来时，我倒是见着了，那道士估计有六十来岁，后面还立着两个小童，虽然隔得有些远，但还是能断定那是凡人，不是什么仙人。"

赵不尤答道："这是当然。"

"还有这个——"古德信走到窗边小桌上，端过一个碗来，"道士身后两个小道童撒的。他们飘走后，我让河上的船夫捞给我的。"

赵不尤低头一看，碗里盛了些水，水上漂着两朵花，是梅花，殷红如血。他拈起一朵，见花蕊细细丛立，花瓣鲜嫩舒展，淡淡有些香气，是鲜梅花，仿佛刚从枝上摘下不久。

顾震也凑了过来："已经清明了，哪里找的这鲜梅花？"

赵不尤沉思片刻，并不答言，反而问道："还有那写了八个大字的银帛呢？"

顾震忙道："忘了给你看了，就卷在船头那里，那东西更扎手——"

众人来到船头，船舷边果然有一卷浸湿的银线镶边白帛。

顾震俯身慢慢扯开，帛上先露出一个泥金篆书大字"天"，接着是"地"，顾震停住手，抬头望着赵不尤，目光有些异样："你看后面这字——"他继续扯开帛卷，"地"字后面露出一个墨笔写的字"不"。这个字比前两个字尺寸小一些，站远就看不清。笔画粗劣，像是刚学字的人所写。

顾震继续展开帛卷，后面是"清""明""道""君"，四个泥金篆体大字，之后又是一个墨笔字"欺"，最后是"神圣"二字。

连起来，八个泥金篆体大字是：天地清明，道君神圣。

不知何人，又用墨笔添了两个字，如此便成了：天地不清明，道君欺神圣。

赵不尤心里一沉，当今官家自称"道君"，这写金字的人，自然是想造出祥瑞，向天子献宠。而添墨字的人，则是公然嘲骂天子，侮辱朝廷。

古德信低声道："这是十恶不赦、头等大罪。什么人这么大胆？"

顾震迅速卷起银帛，犯愁道："叫我怎么处置这东西？比火炭还烫人——"

"大人！"客船外忽然传来叫声。

众人向外望去，一只小船停到了客船边，船头站着一个书吏模样的精干男子，是古德信的亲随甘亮。

顾震忙走到窗边问道："如何？"

甘亮在船上摇了摇头，面带愧色。

古德信道："上来再细说。"

船尾一对船工夫妇各执着一根船篙，甘亮掏了几十文钱，给了那船夫。赵不尤看那船夫眼熟，却想不起来。墨儿在一旁道："是鲁胖子，正月间不是租了他的船，请二哥一起看灯喝酒？一坛酒他偷了小半，被咱们发觉……"

鲁胖子似乎也认出赵不尤和墨儿，低着头赶紧划船走了。

甘亮上了船，先拜问过顾震和赵不尤，而后讲起追踪过程："卑职赶过去时，那船主不在，只有他媳妇，等她找来自己丈夫，那道士已经转过了河湾，卑职催他们夫妻尽力快划，追到河湾那边，一眼望过去，却根本不见踪影。"

赵不尤问道："前后大概耽搁了多久？"

甘亮略算了算："最多一盏茶工夫。"

赵不尤想了想："转过河湾，河道就直了，并没什么遮挡，今天天晴，能望到一二里远。道士乘的应当是木筏，就算你耽搁了些时间，他也不会漂得那么快。当时河上有没有往来的船只？"

"没有，河面上空空荡荡。卑职一直追到了汴河下锁税关，问守关的人，他们也并未见到有人来过。"

"沿途岸边呢？"

"这一路下去，都是田地，只望到远处有几个耕田的。"

顾震气闷道："又没影了？"

几人都没了言语，各自沉思起来。

这时，日头偏西，天色已近黄昏，漫天云霞如染絮，被夕阳烧灼得渐渐乌黑。两岸人渐稀少，虹桥上归人匆匆，船里也渐渐昏暗起来。赵不尤扭头看岸上老乐清茶坊，门窗幽寂，简庄、乐致和也似已不在。

静默中，身后忽然响起一阵咚咚声，是小客舱那头。

随即，似乎有人在喊叫，闷声闷气，像是从船底发出……

墨儿循声抢先寻了过去，赵不尤、顾震、古德信及甘亮也随着忙钻进过道。

"是这里！"墨儿在左边第一间客舱外大声道。

客舱过道本就狭窄，这时天色已暮，过道中越发昏暗。赵不尤弓着身跟过去，客舱右边一张木床占了小半间，勉强可睡两人；左半边虽空着，但窗口摆了张小木桌，两把方凳。地上还躺着两个昏迷的船夫。墨儿进到门里，舱中已无多少余地容足。

墨儿跨过两个船夫，站到木桌那边，给赵不尤腾出一点地方来。

这时，舱里又响起那闷叫声、敲击木板声，是从墨儿脚下发出。

赵不尤忙走进去，顾震也已赶来，扒在门边，伸进头来粗声道："下面藏了人？"

墨儿把木凳和木桌都搬到床上，趴下来听了听，下面仍在哼叫敲击，他用手掌沿着木板缝隙摸索，摸了两个来回，都没找到撬开木板的下手处。

赵不尤俯身看了看床下，见墙板底缝隐隐透进些微光，便道："平推试试。"

墨儿用两掌抵住木板，左右使力，木板果然向床那边滑动了一些，他加倍用力，木板横着移动，从床下墙底缝伸了出去，底下露出一个长方深坑。因在窗根下，昏黑如墨池，是个暗舱。

墨儿正低头查看，一个黑影猛地从暗舱里冒了上来，伴着一声刺耳怪叫。墨儿惊得一倒，坐到了脚后那具尸身上。暗舱里冒出的那个黑影大口粗声喘着气，并不断发出怪声。

一团光从过道里亮起，是甘亮，从大舱那边找到盏油灯，点亮端了过来。赵不尤忙接过灯盏，朝里一照，是个年轻男子，也穿着船工短葛，他见到舱里诸人，猛地睁大眼睛惊叫道："你们是谁？想做什么？"

顾震在门边粗声道："开封府左军巡使，你是何人？为何在这底下？"

那船工越发惊恐，边喘气边答道："小人……小人是这船上的船工，名叫谷二十七，小人也不知道……为何在这底下。"

"大人！"后面忽然传来叫声，是万福，站在岸上，从对面客舱窗口的暮色中露出一张胖脸，"大人，只找到了七个弓手。"

"正好！"顾震走进对面客舱，"叫他们都上来！守住船的各部位，不许任何人上来。"

这时暮色渐浓，河水变得乌青，河上升起一阵春寒凉意。

甘亮将船上挂的十几盏灯笼全都点亮，船顿时变得暖黄透亮，如一弯明月浮于墨云之上。但灯影下，那些船工的尸体却显得越发幽诡，若不是有人走动，简直如同一只鬼船。

赵不尤一直暗暗盯着谷二十七，从暗舱里爬起来后，他一直低着头，又偷偷环窥四周，不停咬着下嘴皮，似乎在探视什么；看到地上两个死去的船工，他眼中惊疑，却没有出声，双手捏弄着，似乎在犹豫什么；带他出去，走进大舱时，见到地上躺的那些人，他脚步一顿，左右乱瞟，像是在下什么决心。

半晌，他才低声喃喃道："不是……"

古德信在他旁边，忙问："什么？"

谷二十七抬起头，目光发怯，声音提高了些："这不是那只船。"

古德信又问："什么？"

谷二十七望了望船舱四周："这不是我们那只船。"

古德信有些着恼，第三次问道："你说什么？"

谷二十七似乎已经清醒，目光镇定起来，声音也提得更高："我家那只船是从应天府来的，船主姓梅，船帆上绣了朵大梅花，叫'梅船'，那就是我家船主——"他指了指地上那个身穿褐色绸衫的男子。

众人听了都迷惑不解，赵不尤问道："你们那船上午是否停在虹桥那边？"

"是！"谷二十七忙点头。

顾震忙问："这么说你本该在那只梅船上，现在却到了这只船上？"

谷二十七才点点头，没来得及出声，小舱中传来一声急叫："顾大哥！哥哥，你们快来看！"

是墨儿的声音，从方才左边那第一间小舱中传出。

赵不尤和顾震又一起躬身钻进小舱过道，到那舱门前，见墨儿趴蹲在地板上，手里端着那盏油灯，灯影下，方才那个暗舱旁边又露出一个方洞。

墨儿回头指着暗舱边缘道："我见木板缝边似乎有血迹，试着推了一下，果然还有个暗舱，里面也有个人——"他将手中的灯盏朝里照去，里面露出穿着一双黑毡靴的脚，石青色梅纹缎袍，在灯光映照下，泛着幽蓝光泽。由于暗舱的小半截伸到床下，舱底那人的上半身被床板遮盖，看不到面部。

顾震忙唤了两个弓手，将小舱中那两具尸体搬到对面舱室中，腾出空地，又将床板也掀开搬走。墨儿将灯盏照向那人面部，一见之下，猛地惊呼起来。赵不尤等两个弓手出来让开，才走进去，墨儿回头望着他，满脸惊异，杂着悲恐。

赵不尤俯身望去，虽然这几年他经惯了各色奇诡场面，但一看到舱底那张面孔，也不由得一震，发出一声低咤——那人是"东水八子"中的"剑子"郎繁！

郎繁双眼紧闭，面部僵冷，他的眉骨、颧骨、鼻梁本就生得高耸，灯影之下，更显得眼窝黝深。加之灯焰摇动，他嘴角的阴影也随之游移不定，原本面无表情，看起来神情却似乎在变个不停，忽乐忽忧，忽哀忽惧……

赵不尤忙伸手按住郎繁右手腕去探脉息，然而，触手冰硬，脉息全无，已经死去。他刚要松开郎繁的手腕，却见手背上有一圈伤痕，抬起来一看，是一圈牙印，咬得很深，看印痕，应是成年人所咬。再看郎繁左胸口，衣襟上一大摊黑影，如墨迹一般，伸指一蘸，冰凉湿滑。墨儿忙将灯光移过来，暗红湿浸，是血。赵不尤揭开那衣襟，里面是件白绫衫，心口位置一道伤口，应是利器刺伤。

郎繁之所以被称为"剑子"，是因他不但好文，兼爱习武。曾跟一位道士学过一套清风剑法。赵不尤曾与他过招，他这套剑法，艺过于技，足以健身，难于御敌。大宋开国以来，太祖赵匡胤为斩除唐末武人乱政之弊，抑武兴文，重用儒臣。百余年间，文教勃兴，书卷远胜刀剑，使大宋成为读书人之天下。万千文弱士子之中，郎繁武艺纵然不高，却也已经是稀有难得。

他为何在这里？因何死去？

甘亮提了两盏灯笼进来，在小舱室角上各挂起一盏，亮了不少。

那盏油灯则搁在暗舱边的木板上，灯影摇映着郎繁苍白僵冷的脸。

顾震和古德信也走了进来，顾震先俯身望去，随即闷叫了一声："这不是剑子郎繁？"

古德信听到，忙一把推开顾震，望向尸体，一眼认出来后，身子猛地一颤，喉中发出一声怪异声响，像是心被人猛踩了一脚，惊痛莫名。

赵不尤心中也悲意翻涌，郎繁今年还不满三十，他不但练武习剑，更熟读兵书战策，满怀壮志，盼着能被委以军任，远赴西北边地，守土卫国。这两只船究竟藏了些什么秘密，竟让郎繁也卷入其中，并命殒于此？

悲慨一阵，他定了定神，对舱门外的万福道："让那谷二十七过来认一认。"

万福忙出去带了他进来，谷二十七一眼看到那个暗舱底有人，身子一颤，瞪大了眼。

赵不尤盯着他："你过来看看这人。"

谷二十七畏畏缩缩走了过来，朝郎繁的脸望了一眼，低声惊呼一下，纳闷道："他？"

顾震忙问："你认得他？"

"他是搭我们船来汴京的客商，昨天在应天府上的船，住在对面最尾一间小舱里……哦，不！不是这只船，是我们那只梅船。今天晌午船靠岸的时候，他和其他客人都上岸了呀，咋会在这里？"

"你看到他上岸了？"

"是呀，就是看着客人们都走了，梅船主才让大家收拾客舱，小人进来收拾这间……唉，又错了，不是这间，是我们那只梅船的。正收拾着，不知怎的，后脑一疼，就什么都不知道了。"

"你转过头来。"

谷二十七转过身子，用手摸着后脑："就是这里——"

赵不尤凑近一看，他的后脑果然有一片新瘀伤，还渗出些血，尚未干。

"你们那船穿过虹桥你知不知道？"

"不知道。"

"你们那船上的小舱室和这船的很像？"

谷二十七环视舱室："大小差不多，摆设也差不多，小人在水上过活，见过的客船无数，小舱大都是这个样子……"

"脚下也有这种暗舱？"

"这个？这个倒没有。一般客船都没有，这汴河水不算深，人和货加起来已经很重，再在这暗舱里放满东西，船会吃不住水。"

"你们那船上一共多少人？"

"我算算看，"谷二十七扳着指头，"梅船主，刘嫂，吴嫂，舵工两个，锚工两个，桅工三个，篙工八个，纤夫六个，杂役两个，总共二十六个人。"

赵不尤心想，除了郎繁，这船上死去的共有二十四人，连谷二十七，则是二十五人，便问道："你自己算进去了？"

"算进去了，小人是杂役。"

顾震吩咐道："万福，你带他去认一认那些人，看看是不是都认得？"

过了一阵，万福带着谷二十七回来："那二十四人中，他说二十二个人都是他们船上的，只有前舱两个，他不认得。"

赵不尤听了，心中惊疑。那只梅船凭空消失，船上的人却到了这只新客船上，而且全都死去？

他忙问谷二十七："梅船上原先总共有二十六人，死去二十二人，除了你，还有三人，哪里去了？"

谷二十七忙道："小人也不知道。"

万福道："那船在虹桥下遇险时，两个纤夫跳下船，到桥头抛下纤绳拉船。当时太乱，不知道那两人去了哪里。卑职今早四处查问，附近的人都没留意这两人。至于剩下一人，就不知道了。"

赵不尤问谷二十七："那三人姓名你该能想起来吧？"

谷二十七道："两个纤夫应该是胡万和刘七，另一个……也是杂役，名叫汪三十六。"

万福道："卑职再去查访一下。"

第三章　醉东风

天下国家无皆非之理，故学至于不尤人，学之至也。

——张载

赵不尤比往日起得早，天才微亮，温悦还在安睡，他小心下床，拿了衫子到外间，琥儿在小床上也嘟着嘴睡得正好。他套上衫子，轻轻打开门，来到院中，一阵清寒扑面，昨夜下了些小雨，落了一地的杏花和梨花。

他舒展舒展身子，照例打了一套龙虎散拳。这些年赵不尤虽然潜心读书，却也没有丢掉习武的习惯。他以为，不论一人、一家、一国，不但该强其心，也须健其体。这才合乾健之义。本朝开国以来，强干弱枝，重文轻武，一百六十年间，文艺勃兴，国气却越来越文弱柔靡。面对北辽与西夏，只能以岁币换来和局。而如今，东南方腊造反，更有女真崛起于东北。大宋却如同一位娇弱佳人，强盗环伺，却仍描眉梳鬓，顾影自怜。

时时处处，赵不尤都能觉到国势之虚弱危殆，就如这院中的梨杏，昨天还满树繁花，一点小风雨，便落花飘零，遍地凌乱。身处此世，以区区一人之力，难挽颓局，却不能不时常涌起忧世之叹。他心头郁郁，随口填了首《醉东风》：

东风席卷，一夜凋残遍。万里江山春色黯，可叹无人照看。
年年岁岁追欢，朝朝暮暮谁闲？梦里烟花过客，醒来谁理残篇？

吟罢，他转而自诫道：何必做此悲声？太平何须壮士勇？岁寒才见松柏心。徒忧无益，不如尽力做好手边事。对得起己心，便是无负于天命。于是他又想了想，将最末一句改了过来，沉声吟道：以我心灯一盏，照他长夜寒天。

"改得好！"门里传来一声赞。

赵不尤回头一看，是妻子温悦，她轻步走了出来，笑着道："人都说我大宋诗虽不如唐，词却异峰突起。前两天我还和瓣儿聊起来，这一百多年来，除了苏东坡，大半的词，都过于柔弱无力。堂堂男儿，却效仿小女儿情态，很多词，连我们女人家读着都嫌脂粉气太重。反倒是李清照，一介女流，她新近填的《渔家傲》，一句'九万里风鹏正举'，便胜过大半男人。相公方才这首，有大胸襟、大悲怀。但若一悲到底，丧尽气力，便失了君子气格。所以，末句改得尤其好。哀而不伤，归于仁心正道。"

赵不尤听后大为快慰，自己生平一大幸，便是娶到温悦这样一位知己贤妻。

这时厨娘夏嫂、墨儿和瓣儿也都起了，温悦和瓣儿去帮夏嫂一起整办早饭。墨儿也在院中舞了一套剑法，这也是他每日的早课。等他练完，饭菜已端上了桌，不过是清粥、烙饼和几样小菜，俭淡素洁。

四人吃着饭，聊起昨天那只梅船消失的事来。

昨晚，发现郎繁的尸体后，顾震派万福去接了郎繁的妻子江氏来认尸，江氏见到丈夫尸首，顿时昏了过去。

赵不尤道："今天我先去探望一下郎繁的妻子。"

温悦轻声叹道："我也去看看江妹妹。郎繁这一走，那个家可就难了。可怜他一对儿女，一个四岁，一个才两岁……"

赵不尤转头对墨儿道："今天我事情有些多，你替我在书讼摊子上守一天。"

墨儿点了点头，但似乎有些畏难。

赵不尤笑着鼓励道："怕什么？凭你的才能见识，就是独自开一家书讼摊也拿得下来。"

墨儿忙道："还差得远呢。"

瓣儿在一旁嚷道："你总是这个样子，行就是行，有什么好怕的？"

温悦笑道："你们两个，一个不行也喊行，事事强出头；另一个行也说不行，又过于谦退。互相匀一点就好了。"

赵不尤也笑起来，对墨儿道："若有来写讼状的，你若能办就办，若拿不定主意，就先留着，等我回来再看。"

"嗯。"墨儿低声应道。

昨天岸边所有人都亲眼见到了梅船，它是如何凭空消失？究竟去了哪里？

赵不尤并不信什么神仙之说，一向认为万事万物皆有其理，所谓"神迹"，不过是不明其理，一旦明白其中道理，异象怪谈便不足为怪，不攻自破。

当年真宗皇帝为树神威，就曾密造过天书降临的事。上有所好，下必风从，那些年，从朝廷到民间，各处都争献祥瑞，以邀宠赏。当今天子，崇信道教，痴迷神仙之说。天下又重现各种"异象""神迹"，其中大半牵强附会，小半装神弄假。

所以，昨天整件异事中，那白衣道士倒是最好解释，只要躲在船中，适时跳上木筏，再装扮得怪异一些，便能做到。问题在于他这样做，意图何在？

看那银帛上"天地清明，道君神圣"八个篆字，应该是为了造出祥瑞神迹，希求恩赏。但若是只为造祥瑞，断不敢随意杀人，而且是杀死二十五人，不祥之至。

银帛上另添了两个墨字，把吉文变成大逆讽文"天地不清明，道君欺神圣"。看来是有人故意作对，破坏"神迹"。这作乱之人胆大无比，难道船上人都是被他所杀？

除了漂走的白衣道士和两个童子，船上只剩一个活口——谷二十七。

杀人者是他们其中之一？

白衣道士是假造祥瑞者，应该不会杀人。两个小童，更难杀掉二十五人。

那么，凶手是谷二十七？他是装作被打晕躲在暗舱内？但他脑后的确有被钝器重击的伤痕血迹。

梅船撞到新客船之前，船上船工必定还在划船，据旁观者所言，从撞船到消失，并没有多久，以他一人之力，这么短时间内，如何毒杀二十四人？何况其中两个是新客船上的人？还有，梅船上的人为何又会死在新客船上？难道谷二十七在说谎？那些人并不是梅船上的人，而是新客船上的？

——应该不会。

当时梅船在虹桥下遇险，船工们都在拼力划船，桥上很多人在围观，距离梅船很近，船上人的模样大致都能看清楚，尤其是梅船主和那妇人，两人当时都站在顶篷上，万福记得很清楚，在新客船上看到两人的尸体，当即就认了出来。这一点，谷二十七应该不敢说谎。

那么，梅船上的二十二人，究竟是跑到新客船上被毒杀，还是死后被搬到新客船上的？前者显然更易行。

另外，顾震附近的人，都说新客船被撞之前，船里有不少男女歌笑的声音，只是窗户一直关着，不知道究竟有几个人。似乎至少有七八个。撞船之后，并没有见人下船。

然而，据那谷二十七辨认，新客船上死去的二十四人中，二十二人都是梅船上的人，只有两人他未曾见过。那两人应该是新客船上的人，那么，新客船上其他那些歌笑的男女去了哪里？

整场异事中，不但消失了一只船，还消失了一群人。

更关键的是，郎繁为何会在那船上？他是死在新客船上，还是像其他人一样，原先也在梅船上？其他人都是中毒而死，他为何是被刺身亡？

赵不尤租了一匹马、一顶轿子。

温悦乘轿，他骑马，都穿了套素服，一起进城。途中先去纸马铺中，办了一套冥币、明器，因郎繁爱武，特地选了两柄纸剑，又去买了一坛酒，备好一套奠仪，才赶到城南宣泰街的郎繁家。

那是赁的一院小宅，开门的是个仆妇，一脸悲容，她认得赵不尤，低声问安，请他们进院。院子不大，冷冷清清，堂屋门开着，桌椅陈设照旧，江氏昨夜才得知死讯，还没来得及设灵堂。内屋传来小儿啼哭声，那仆妇走了进去。

赵不尤和温悦相顾恻然，郎繁只身来京求学应举，在京中没有什么亲族，他的尸首还需复检，仍留在那客船上。单靠江氏，恐怕连丧事都难办理。

过了一会儿，江氏走了出来，穿着素色衣裙，尚未戴孝，头脸只草草梳洗了一下。她本就体弱，尖瘦的脸儿越发苍白，薄薄的嘴唇看不到一点血色，一双眼哭得微肿。她朝赵不尤夫妇道了个万福，才抬起头，泪水就流了下来。

温悦忙上前挽住她，要开口安慰，自己却也忍不住落下泪来。

赵不尤忙温声劝慰："弟妹节哀，一对儿女今后全要靠你，你一定要保重身子。"

"是啊，"江氏拭去眼泪，勉强笑了笑，"我也这么跟自己说，他在的时候，凡事都有依仗，今后只有靠我自己，得尽快学着要强了。赵兄，温姐姐，请坐。章嫂在哄孩子，我去给你们煮茶。"

温悦忙也擦净眼泪："江妹妹，不必了……"

"这怎么可以？昨晚我尽情哭了一整夜，算是为他送别。日子还得过，从今天起，该怎么样，就得怎么样，不能缺了礼数。"江氏又涩然笑了一下，转身去了厨房。

赵不尤和妻子只得在客椅上坐下，见江氏如此哀痛，却仍能自持，心中暗暗生敬。

半晌，江氏端着茶盘出来，给赵不尤、温悦斟了茶，才坐到他们对面。一个小孩儿从内屋走了出来，是郎繁的长子启儿，才四岁大，模样性情都像父亲，小脸儿瘦窄，不爱说话，小心走到江氏身边，偎在江氏腿边。

"启儿。"温悦柔声唤他。启儿却有些怕生，不作声。

"见了伯伯、伯母怎么不请安？"江氏责道，启儿才小声叫了声伯伯、伯母。江氏揽住儿子，问道："赵兄，昨天你就在那船上，今天来，恐怕不单是来吊唁？"

"我受顾震之托，来询问缘由，追查凶手。"

"启儿，快跪下给赵伯伯磕头，谢谢赵伯伯。"江氏推了推启儿，启儿走到赵不尤面前跪下，认认真真磕起头来，赵不尤忙起身抱起启儿："弟妹莫要如此多礼，这是我分内之事。"

启儿挣脱跑回到江氏身边，江氏轻抚着儿子，低头寻思了片刻，轻声道："我想了一整夜，其实他走之前，就已经有些不对了。"

"哦？"

"赵兄也知道他的性子，看着谨谨慎慎，什么都不愿意多说，但心里一直藏着抱负，想着做些大事，读了那么多圣贤文章、兵书战策，至今却只在礼部膳部司任个闲职，看管藏冰，他说连个门吏都不如。性子又硬，不愿和同僚多亲近，更不会巴附上司，别人什么不做，数着年头也能升迁，他却被锁在了冰窖里一般，只能自己闷闷不乐。回到家中，不是读书，就是练剑，连孩子都难得亲近……"

赵不尤望向启儿，和琥儿完全不同，这孩子一直偎在母亲腿边，神色里始终有些畏怯。

江氏叹了口气，继续言道："可是……大约是半个多月前，他像是遇到了什么好事，脸上难得有了笑容，话也多了起来，还买些玩物糖果回来逗逗孩子。他一向不愿我多嘴，我也就没敢问。不过，心想着一定是好事，也就跟着高兴。不过，才几天，他的神色又有些不一样了，像是遇到一个难题。以往，遇到难题，他的右手不由自主就会握成拳，他自己恐怕都不知道，若在犹豫盘算，拇指会不停搓动；若决定放弃，手指会张开；若是拳头忽然握紧，重重顿一下，那一定是定了心，决意去做。他不是个啰唆的人，一件事最多隔夜，第二天一般就能决定。可是这一次，他的拳头握了十几天，连梦里似乎都在忧烦，睡着觉，拇指还不住地搓……我当时就发觉那一定是件大事，我嫁给他五年来，他从未这样过。但我怕他烦，仍然没敢问。早知道，就算被骂，也该问个明白……"

江氏一边说，纤细的手一边模仿着丈夫的手态，到后来，已分不清是郎繁那十几天的纠葛，还是她自己的伤悲。说到悔处，她略微停了停，深吸一口气，忍住眼里又泛起的泪，才又讲起来："直到前天，简庄先生约了寒食会，他一早就去赴会，下午才回来。一进门，他就说要出趟远门，大约要三天，我忙问去哪里，要带些什么？他只说去应天府，什么都不需带，只换了套干净便服，包了两本书，又取了几陌铜钱，两锭二两的银饼，对了，还带了家里那柄短剑……"

赵不尤暗想，去应天府水路最便捷，船资要二两银子，郎繁只备了往返路费和少量零用钱，看来要去办的事并不麻烦。书是船上消闲，而短剑呢？防身，还是另有缘由？刺死他的是否正是那柄短剑？

江氏转头望向大门，轻声道："那天，我抱着萤儿，牵着启儿，送他到大门外，他摸了摸萤儿的脸蛋，拍了拍启儿的肩膀，又朝我笑了笑，什么都没说，转身就走了。我看了一眼他的右手，仍捏着拳头，攥得极紧，他手劲本来就大，拳头攥那么紧，若是握着个石子，恐怕都会捏得粉碎……"

第四章　东水八子

> 循理则为常，理之外则为异矣。
>
> ——邵雍

赵不尤独自告别，骑马去拜会简庄。温悦留下来帮助江氏办理丧事。

郎繁为"东水八子"之一，而简庄又是八子之首，郎繁去应天府那天，曾与其他七子聚会，或许简庄会知道一些内情？

简庄也住在东郊，新宋门外、汴河边的礼顺坊。他曾师从大儒程颐，学问主守一个"理"字。自神宗任用王安石变法，五十年来，天翻地覆，扰攘不宁。新法、旧法轮番更替，朝臣也分出许多党派，洛党、蜀党、朔党……各派之间争斗不休。程颐属洛党，尊旧法。二十年前，蔡京拜相，重新推扬新法，只要有过异议者，不论派系，都归为"元祐奸党"，他列出一个名单，将司马光、程颐、苏东坡等三百零九人名字刻石，在端礼门外树立"奸党碑"，并传布天下。这些党人或羁押，或贬谪，被一举清除。百年间砥砺出的一股士大夫清流正气，经此一劫，斫丧殆尽。

程颐的洛学主张诚心正意，克己复礼；驱除人欲，谨守天理。之前就已被斥为"伪学"，那时更严禁他私自授学，驱逐了所有弟子。当时，简庄还年少，才从学不久，也被遣散。五年后，程颐寂寂而终，朝廷不许门人弟子到灵前祭拜。简庄乘夜到老师墓前偷偷拜祭。想起老师生前所言"做官夺人志"，便愤而断了求取功名的念头，一心读书修身。

到了礼顺坊，穿进北巷子，巷子最里面，两丛苍青斑竹，掩映一扇旧木门，正是简庄的宅子。

门左的竹竿上拴着两头驴子，看来有客。赵不尤将马拴在门右的粗竹上，抬手叩门，开门的是个年轻男子，形貌憨朴，身材矮胖，将一件白色襕衫撑得圆胀，是"东水八子"之一、太学内舍生郑敦。

坊间曾按八子各自优长，分别给他们起了雅号：夫子简庄、琴子乐致和、魁子宋齐愈、策子章美、墨子江渡年、棋子田况、剑子郎繁，唯有郑敦没有格外擅长，因他生得胖，就叫他"墩子"。

郑敦面色沉痛，低声问了声好，看来已经得知郎繁噩耗。进了院门，和赵不尤家相似，也是一院俭素的小宅，不过没有种花，院子两边各有一丛细竹。院中席地坐着四人，简庄和其他东水三子琴子乐致和、墨子江渡年、棋子田况，每人身下一领竹席，面前一张木几。

简庄一心复兴古礼，所以朋友聚会，不用桌椅，而用古时席案，坐姿也是古式跪坐。赵不尤虽然敬重简庄学问品格，但于这些古礼，却有些不以为然。

四人见到赵不尤，全都站起来，穿好鞋子，一一揖拜。

简庄四十多岁，穿着一领青袍，身材清瘦，腰背挺直，如一竿劲竹。他常日神情端肃，这时更多了些悲郁忧色。其他三子，也都神色凝重。琴子乐致和形貌清雅，瘦鹤一般；墨子江渡年神采狂纵，野马一样；棋子田况则和善微胖，像一个温热馒头。

简庄家境寒素，并没有请仆役，他的妻子刘氏搬着木几，小妾乌眉抱着竹席，一起出来，郑敦帮着安放好席案，两人向赵不尤问过安，斟了茶，便退了下去。简庄因正妻刘氏不能生育，才娶了这一房妾室。刘氏本就为人朴讷，今天更是神情悲愁。乌眉现已有了身孕，形容妩媚，衫裙虽不精贵，却也十分鲜艳。她一向活泛多语，今天却也脸带戚容，悄然不语。

赵不尤发现除了郎繁，八子还缺魁子宋齐愈、策子章美。但随即想起来，今天殿试，两人去赴试了。他们两人原本都是太学上舍上等生，不需殿试便可直接授官，但今年重兴科举，上等生也须殿试。

赵不尤依着简庄的姿势跪坐下来，问道："你们已知道郎繁的消息？"

众人默默点头，简庄沉声道："昨天我们几个等他和章美，一直不见来，就先散了，却不知道郎繁竟在那只船上。方才郑敦来说，才知道。"

"我也是今早遇见左军巡使的亲随万福，才听说。"郑敦低声叹气。

赵不尤问道："方才我先去了郎繁家，听他妻子讲，寒食那天，郎繁先和你们聚了之后，下午乘船去了应天府……"

"应天府？他去应天府做什么？"郑敦猛地问道。

"你们不知道他去了应天府？"

郑敦忙道："不知道，他一个字都没讲。"

简庄略一沉想："那日聚会，吃过饭后，又说了会儿话，就各自散了，他的确未说自己要去应天府。"

"那天聚会，他是否有什么异常？"

诸子各自回想，郑敦先答道："和平常一样，喝酒多，说话少，偶尔才说一两句话，好像没有什么异常，至少我没看出来。"

江渡年道："后来，他和章美两个争了两句。"

"哦，争的什么？"

"四十不动心。"

"对，是争过这个。"郑敦也记了起来。

赵不尤知道这是孟子所言，"我四十不动心"。东水八子聚会时，多是讲论学问，探析孔孟仁义之说。便问道："他们各自什么主张？"

田况答道："章美说不动心是再无烦恼，得失不萦于怀，凭心而行，无所不当。郎繁却说章美是禅家之说，并非儒者之心，见孺子落井，如何能不动心？"

郑敦道："两个争了一场，最终也没争出个是非对错。然后大家就散了。"

赵不尤心想，两人所说的"心"，并非同一个心。章美所言的心，是得失忧惧心，人到四十，心志已定，内无所疚，外无所惧，进退取舍，不再惑于利害，计较得失，义之所在，自然而至。这应该是孟子本意。而郎繁所言的心，则是恻隐之心，是人之天性良知，岂能让它变成木石，僵死不动？郎繁所言不错，但并非孟子四十不动的那个心。

不过不论对错，从这场争执中，是否能看出郎繁当时心境？他去应天府，是什么让他"动心"？

他正在沉想，郑敦忽然道："除了郎繁，还有一件事……"

"什么事？"

"章美也不见了。"

"哦？如何不见的？"

"寒食那天聚完后，我因有事，便没和他同路。傍晚我才想起来，我替他在二王庙求的吉符忘了给他，就拿了去上舍找他，到了他斋舍中，却不见他，问他的室友，说他并没有回来——"

"之后你就没再见过他？"

郑敦摇摇头："第二天一早，我就去了上舍，他的斋友说他一夜都没回去。我不放心，下午又去了，他仍没回来。昨天一天，我跑了三趟，他还是没回来。"

"今天是殿试。"

"是呀，昨晚他的斋友们也很着急，四处找他，学正也知道了，命所有上舍生都去找，但始终不见他人影。今早我又去看，他还是没回来，我又赶到东华门外，想着他可能从其他地方直接去殿试，可是人太多，赴试的人穿得又都一样，没见到他，不知道他到底去了没有。"

"宋齐愈也不知道？"

"嗯……不知道。"

赵不尤听着郑敦声气略有些迟疑，又问："章美走之前也没跟他讲？"

"昨晚他也在到处找寻章美。"

宋齐愈和章美虽然同在上舍，但太学六人住一室，五室一斋，他们两个不住在同一斋。

宋齐愈号称"魁首"，但殿试只考一道策论，这是章美专长，不但太学，满京城的人都在争猜，两人究竟谁会是今年魁首？如果章美今天真的缺考，人们恐怕会大大失望。至于章美，十多年苦学，只为这一天，一旦缺考，恐怕终生抱憾，什么天大的事，能让他在殿试之前忽然消失？

赵不尤心里升起一阵不祥，但愿章美失踪和郎繁之死并无关联。

他又问其他四子，四人都黯然摇头。

简庄等人要去郎繁家中吊问。郑敦心里担忧章美，说先去东华门看看章美回来没有，晚些再去郎繁家。赵不尤听见，便和郑敦同路，前往东华门。

两人拜别简庄等人先行，赵不尤见郑敦牵着驴子，他个子本就偏矮，若自己骑马，高矮悬殊更大，不好说话。从这里去东华门并不远，就特意没有上马，郑敦也就没有骑驴，两人牵着步行说话。

"东水八子"中，郑敦和"魁子"宋齐愈、"策子"章美更亲近些。他们三人是越州同乡，一起上的童子学、县学、府学，又一起考入太学。只是到了太学，天下英才聚集，学识高下便分了出来。宋齐愈和章美不但顺利由外舍、内舍升至上舍，更被誉为太学双英。

宋齐愈经书策论俱优，连年独占魁首，所以称为"魁子"，而章美经书稍逊，但长于策论，兼具曾巩之谨严、苏辙之醇厚，所以被称为"策子"。唯有郑敦，进入太学后，顿觉吃力，今年才勉强升到内舍。不过三人自幼及长，都在一处，情谊比寻常手足更深。

两人说着话，不觉来到皇城东华门外。殿试便是在里面集英殿举行。

门前有许多侍卫整齐站列，红木杈外，有不少人在观望。两人因牵着驴马，不好过去，就在站在街对面等候。等了一会儿，有考生开始出来，围看的人起哄喝彩起来。出来的考生有的满脸红涨，有的面带喜色，有的神情呆滞，但多少都有些大梦初醒的样子。

"齐愈——"郑敦忽然道。

果然，宋齐愈从东华门的朱漆大门中走了出来，身形修长，风姿挺秀，白色衣袂在清风里掀动，如一杆雪旗。

"魁子！"围观的人顿时嚷叫起来，更有一些人围挤过去，争着凑近去看太学魁首。宋齐愈微微笑着，朝众人叉手致礼，而后加快了脚步。

等他挤出人群，走过街来，赵不尤才牵马迎上前去："齐愈！"

"不尤兄？"宋齐愈忙几步走了过来。

"恭喜，恭喜！"

"多谢，多谢！哦？郑敦？你也来了？"

"你看到章美没有？"郑敦焦急问道。

宋齐愈神色顿时暗下来："我特地留意，榜上有他的名字，但进去时并没见到他。他的座号是东九十八，我出来正好要经过，可是座上没有人。我还纳闷，他平素就下笔慢，今天竟这么快就交卷了。你们没看到他出来？"

"没有。"

顾震命人准备了巡检官船，他立在船头，让桨夫慢慢划，沿着汴河，一路徐徐向东巡看。

今早，他先押着谷二十七，去开封府里上报案情，府尹手下四个推官分左右厅轮流值日，推问狱讼。今天当值的推官姓闻，一个谨小慎微，却又极爱发作的人。闻推官昨夜已经风闻了一些，以为不过是讹传。听过顾震详细禀报后，才知道是真事。死了二十几人倒也罢了，看过那卷银帛上的字后，他大惊失色，忙带着顾震去见府尹王鼎。

王鼎昨晚喝多了酒，尚在家中昏睡，被叫醒后，喝了碗醒酒汤，才披了件袍子，打着呵欠，敲着脑袋出来见他们。和闻推官一样，听到死了人，他仍迷蒙着一双醉眼，也并不当事，等顾震在院子里展开那卷银帛后，他顿时变了脸色，冒出汗来，宿醉也顿时醒了。他厉声吩咐顾震赶紧追查那白衣道士的下落，自己也忙去换官服，赶着去上奏此事。顾震也低头重听了一遍，重新一一点头承命。终于听到闻推官喝道："还不快去！"顾震这才急忙去府里申领了巡检官船，坐船出了城，来到虹桥下游。

果然如古德信的亲随甘亮所言，两岸都是农田，一眼望过去，都是青青平野，虽然岸边种着柳树，但弃筏登岸后，想要不被人察觉，很难。要藏起木筏，更难。他让船上弓手和船夫都睁大眼睛，寻找岸边有无木筏。但直到汴河下锁税关，都没看到任何踪迹。

上下船只到税关，都要点检交税，盖印后才许放行。甘亮昨天到这里后，已预先告知值日税官，让他今天在这里等候查问。顾震的船刚到税关小码头，那个税官已经在码头上等着了。

顾震仔细问过，昨天他们的确没见到木筏漂下来，连大些的木棍都没见到。看来那道士是在中途逃逸。顾震便向那税官讨要前天和昨天两日的过往船只目录簿记，那税官很是热心周到，昨晚已经叫人誊抄了一份，立即取出来交给了顾震，并说过去两天，去京城的客货船共有三百四十二只，去下游的船则有二百七十六只。

顾震粗略一看，昨天上午果然有只应天府的客船，船主姓名是梅利强，船工二十四人，船客六人。另载了货物，香料二十箱、铜铁厨具二十套。

顾震又问了几句，见问不出什么来，就道过谢，上船返回。回途中，他不死心，仍命桨夫慢划，沿路再细细查看。他倒不是顾及府尹及推官的严令，只是不肯轻易服输。

这些年朝廷风气大坏，官员数十倍于当年，却再难见到当年范仲淹、司马光、王安石、苏轼等那般清直名臣，如今满朝官员，固然并非全都奸邪贪虐，但大多因循畏懦、庸碌自保，只求没有大过，等着按级升迁，再无以天下为己任的襟怀。身在其中，顾震屡屡灰心，常常生出归田之心。不过他生性好强，又最见不得不公，军巡使这个职任最合他意，追奸惩恶，好不快哉！

他想起曾和赵不尤争论孔子那句"古之学者为己，今之学者为人"。

"孔子这句话说反了，'古之学者为人，今之学者为己'才对。若只为自己，不成了自私自利之徒，算得了什么仁人君子？"他说。

赵不尤听了笑着摇头道："早先我也这么想，不过这些年细细琢磨后，才明白此中深意。一心只为他人，乍一看，是仁者胸怀，但其中有两处疑问，其一，你为他人好，他人却未必真觉着好，就如有人不爱吃鱼，你却非要拿鱼给他吃，居心虽善，却是强人所难，适得其反。"

他忙道："这么说，难道人都不该行善？"

赵不尤又摇摇头："这就是第二处疑问，何者为善？世人从小被教导行善，大多人一生也都在行善，但很少去想什么是善？若不明白什么是善，行再多善，也只是愚善。就如一个和尚，根本不懂梵文，只听人说梵经才是真经，便去苦念梵经，念一辈子也不知道其中之义。若只是自家念也好，以为这样才是善，便强要别人也跟着念，那便是不善了。更有自己觉得苦，不愿再念，却强要别人都念，那就是恶了。"

"我们被教导要忠、孝、仁、义，这难道有错？"

"以仁来说，心怀仁慈固然没错，但见一人执刀杀另一人，该对哪个仁慈？"

"当然是被杀之人。"

"若被杀之人是个恶徒，而执刀之人是个善人，他杀人是被迫自卫呢？"

"这个……哈哈，你又来绕我。"

赵不尤笑道："不是我绕你，善本就是个极难解的题目。孔子所言的为己、为人，也是在说这个。若听了别人之言，并不深思，便蒙头照着去做，这是为人。为人之人，善是听来的，行善也大多是做给人看的，别人若见了、赞了，心中就喜，别人若不见、不赞，甚至责骂、嘲笑，自己便会生出许多气馁、怨恨。这善也就行不下去了。"

"那为己呢？"

"不管别人如何说，自家先仔细思量，体认得确实真切了，再去做，这便是为己。为己之人，不管别人见与不见、赞与不赞，自己知道这是好，便去做，做了便觉得心安、心乐。这便是孔子所言'不改其乐'。"

"这么说来，是我错会了意思。不过，照你所言，到哪里去寻真的善？"

"本心。"

"本心如何去找？"

"不需寻找，只要抛开善恶成见，摒弃得失之念，自然然，活泼泼，本心自会呈现。"

"你找见了？"

"有时有，有时无。"

"什么样？"

"春风万里，草木竞秀。"

"这是本心？"

"各人气质禀性不同，本心也各不相同，这只是我之本心所现，你的是什么样，我并不知道。不过，我想其中也有相似相通之处——安宁、敞亮、和暖、生机。"

那之后，顾震也自己试着寻找本心，但不得其门而入。不过对自己职任，他倒是有了个见解，将孔子那句话稍稍一改，改成"古之为官者为己，今之为官者为人"，我并非为谁做官，只为自己本心。

他站在船头，正在巡视两岸，忽见天上一只苍鹰，独自在苍穹中振翅盘旋，威武雄劲，让人心生敬畏。他不由得笑了笑，这是我的本心？

第五章　草图、认尸

> 天下，势而已矣。势，轻重也。极重不可反。
>
> ——周敦颐

赵不尤和宋齐愈、郑敦告别，独自骑马出城，回到汴河岸边那只新客船。

郎繁已死，章美又失踪，这件事越来越古怪。二人同时出事，是偶然，还是彼此有所关联？如果有关联，会是什么事，让他们两个一个送命，一个失踪？

寒食那天，东水八子相聚，郎繁和章美曾争论过"不动心"，难道他们两个是因为这场争论而引起怨愤？不会，八子在一起时常争论，赵不尤自己也曾参与过几场，虽然争论时难免因各执己见而动了意气，不过都只是学问之争，八子始终志同道合，情谊深厚。何况，就算两人真的动了怒，私下继续争执，以至于动武，赢的也该是郎繁。郎繁的身手，比起那些武师，也许稍显不济，但平常人，他还是能轻易对付，何况章美又十分文弱？

八子中，除了简庄，章美是最沉稳的一个，凡事他都会深思熟虑，不肯轻易下结论，更不会急躁行事。在学问上，他甚至比简庄更用心刻苦，为了求解《论语》中的一个"安"字，他遍读群经，苦思了十几年，至今仍说并未真的明白，尚不心安，还在继续求索苦思。

这样一个稳重笃实之人，为何会在殿试前夕忽然失踪？

至少可以肯定，让他失踪的原因一定意义重大，重过殿试，重过他自己的前程。

驱马刚上虹桥，赵不尤就看见桥栏边饮食摊上，一个灰袍瘦长的背影，正展着一张纸，和那胖摊主说话——御苑画师张择端。

那胖摊主看着那张纸，笑咧了嘴："这上画的是我？呵呵，俺的破摊子上了画竟这么好看，连米糕也画上了，还真像，热腾腾的。不过昨天这时候，我卖得只剩三个了，刚催儿子赶紧回去取。"

"哦，三个米糕……当时你这摊子边挤了几个人？"

赵不尤下了马凑近一看，纸上画的是一幅草图，正是这个米糕摊子，不过摊子边的人只是潦草轮廓。

胖摊主挠着胖手想了想："三个还是四个？记不太清了，船冒烟后，看热闹的人又一会儿往东，一会儿往西，凳子也被他们踢翻，连这摊子都险些被挤垮了。"

张择端又问道："不是冒烟后，是冒烟前，那只船还在桥东边水里打转那会儿，究竟是三个还是四个？"

胖摊主扭头问自己旁边卖甜薯的瘦子："九哥，昨天正午，闹神仙之前，咱这边站了几个人？三个还是四个？"

瘦子正在想事，随口说："三个吧。"

"哦。多谢！"张择端忙把那张草图铺到脚边的木箱上，取下耳边插的笔，一边念一边随手涂抹描画，"米糕还剩三个……桥边人三个，不是四个……棚下两个，棚外一个，头戴幞头，有胡须……"

几年前，张择端初到汴京游学，投靠无门，甚是落魄，连食住都没着落，在相国寺街边卖画，被赵不尤无意中看到。见他所画，并非山水花鸟等雅逸之物，而是市井街巷、常人常物，满纸人间烟火、俗世活趣。笔致也迥异于精逸时风，工细谨严之外，更有一股浑朴淳熟之气。他知道写雅而得雅，较易；画俗而脱俗，最难。正如一位女子，精妆靓饰，生得再不好，也能妆出几分美，而布裙素面，仍能显出丽资秀容，才真是美。

那些画，赵不尤越看越爱，如读杜甫茅舍村居时所写诗句，更似饮了村酿老酒，初尝只觉粗质，细品之后，才觉后劲醇深，醉透汗毛。再看张择端，寒天腊月，只穿一件单旧的袍子，虽然晒着太阳，仍瑟缩着不住抽鼻子。他立即说十几幅画全部买下，不过，有个附带之约，要张择端去自己家中痛饮一场……

赵不尤看着张择端如此谨严，记性更是惊人，心里一动，等他画完，笑着招呼道："择端。"

　　张择端一抬头，见是他，原本凝神肃然的脸顿时露出笑意，笑出数十道深纹，看着既苍老，又真淳："不尤兄！"

　　"你画的是昨天的河景？写真？"

　　"是啊，昨天正午，日影刚好不见的那一刻。"

　　"河两岸都要画？"

　　"是。"

　　"当时你在哪里？"

　　"那儿——"张择端指了指虹桥顶东边桥栏处，正是绝佳观看点。

　　"我有件要事拜托你，择端能否跟我到那船上去一趟？"

　　"什么事？"

　　"到那船上再说，于你作画刚巧也有些助益。"

　　"好。"

　　张择端收拾好画箱，随着赵不尤下了桥，才拐向左岸，便听到顾震在高声呼唤："不尤！"

　　顾震站在一只官巡船上，万福立在他的身后。巡船停在那只新客船的旁边，岸上和新客船上都有弓手把守。

　　赵不尤牵马和张择端走了过去，顾震和万福已跳上岸。

　　顾震也认得张择端，问候过后，满脸振奋对赵不尤道："大半天差不多完成两桩事！"

　　"哦？船上死者身份已经查明？那道士的下落也找到了？"

　　"哈哈，的确是这两桩事情，不过眼下都各只完成了一半。先说头一件，你交代万福去找证人，他今天一大早便开始四处找寻，结果还不错，让万福自己跟你讲。"

　　万福在一边笑眯眯道："昨天在虹桥上北岸边，靠近那只梅船的人，没找全，只找到十一个，我让他们一个一个到这新客船上辨认，有些能认得，有些认不得，不过汇总起来看，有一小半死者被认出来了。真的都是梅船上的人。"

　　"下锁税关的簿录也抄来了，梅船船主叫梅利强——"顾震将税官抄录的那几页纸递给赵不尤，"我已经命人又抄了一份，按这簿录去排查出这只新客船的来历。"

"好！这份我先留着。"赵不尤接过簿录，看了一遍，而后收了起来。

顾震又道："第二件事，果然如你所说，那道士和两个小童还好逃脱，但木筏不小，既然没漂到下游，自然是藏在途中。如果不想留下踪迹，最干净的办法就是烧掉。我坐船沿着汴河来回查看了两趟，河岸边没有可以藏那筏子的地方。就上了岸，带了二十个弓手，沿着汴河岸一路找下去。果然在一个土坑里找到一堆新烧的灰烬，我询问了土坑附近的两个农人，他们当时在那边田里干农活，不过离得有些远，他们都看到了冒烟，但以为是谁家田头烧枯草，或者烧清明纸钱，都没在意。灰烬里还找到一片这个——"

顾震递过一小片东西，赵不尤接过一看，是一小片未烧尽的白布，有些粗厚。

万福道："昨天我在虹桥看到木筏上铺的应该就是它。"

赵不尤道："那道士不会徒步逃走，岸上应该有人接应。"

顾震笑道："是。离土坑不远处，有车轮印，还有些脚印，都是新留下的。那车轮印一直到大路上才辨不出了，看车轮最后印子的方向，是往京城来了。那道士现今就藏在汴梁城里，他做出这么一场鬼戏，本来恐怕是要去向官家讨赏，谁知道有人在那银帛上添了字、坏了事，成了反语，现在他就难办了——"

东华门前。

郑敦正要开口问宋齐愈，几个太学生围了过来："宋兄，今天策论答得如何？"

郑敦见不便再说，便道："我去找章美。"

宋齐愈点点头："好，我们分头去找。"

郑敦忙转身走开，身后宋齐愈和那几个太学生说笑着，语气十分轻松，甚至可以称之为欢畅。郑敦忽然很难过。

他是家中独子，三岁的时候，母亲忽然病逝，父亲很快将一个小妾扶正。这个继母虽然性情还算温和，后来也没有生育，但毕竟并非亲生，始终不冷不热。父亲任的武职，常年在西北边地轮戍，便将他母子留在家乡。

郑敦觉得自己如同孤儿一般。幸而过了三年多，他就去了童子学上学，和宋齐愈、章美成了好友，三人同学，同住，同玩耍，几乎一刻都不分离。之后又一起上县学、府学、太学。他原本资质平庸，但跟着两个聪颖之友，常日听他们谈论经学文章，得益极多，顺利升学。

宋齐愈和章美，在他心中分量甚至超过父母。

而此刻，宋齐愈春风惬怀，章美又不知下落。只剩他一个，凄凄惶惶。

他闷闷不乐，独自赶到朝集院西庑的太学上舍，这是王安石当年变法兴学时所营建，青瓦粉墙，古木森森。门头匾额"惟明惟聪"四字，取自《尚书》，是蔡京所题，遒媚雅逸。几个门值认得郑敦，并不阻拦。进了门，迎面一大株百年古桂，枝干粗壮，春叶鲜嫩。庭中正堂是圣贤祠庙，正中孔子像，左边孟子，右边王安石。崇宁三年，蔡京为相后，驱除旧党，推崇王安石，天子下诏："荆国公王安石，孟轲以来，一人而已。其以配享孔子，位次孟轲，封舒王。"

郑敦绕过前庭学殿讲堂，穿过一道侧廊，走进一扇院门，来到上舍后院，院中一个四方大庭院，北边正面是几大间讲堂，东、西、南各是一排斋舍，每斋五间房，宋齐愈在东边第一间，章美则在南面第三间。

上舍生今天殿试，虽然已经考罢，但大多都还没有回来，庭院中静悄悄，只听得见庭中花树上的啾啾鸟鸣。郑敦沿着侧廊来到章美斋舍前，门虚掩着，他轻轻敲了两下，没有人应，便推开门轻步走了进去。

房内寂静，并没有人。迎面一张大炕，占满了大半间。郑敦先向左手边靠墙望去，那是章美的铺位。章美做事一向爱工整，半旧的青布被子叠得方正，靠墙角端正放着，上面搁着青布套的旧竹枕，套面也平展无褶。这几天，铺位一直这样空着，因没有人睡，青布褥单上薄薄落了层灰。

呆望了一会儿，铺上空空，没有任何迹象可寻。他又回转身，望向章美的柜子，柜门锁着，他没有钥匙，即便有，除了衣物和一些钱，里面恐怕也不会有什么。而旁边章美的书架上，密密排满的都是那些已经翻烂的经书文集。

章美，你究竟去了哪里？为什么连一个字都不跟我讲？

赵不尤和顾震、张择端一起登上那只新客船。

连郎繁在内，船上二十五具尸首，都齐摆在前面大舱中，尸身上都盖着竹席。

赵不尤引着张择端走到舱门边："择端，这些人你帮我辨认一下，是否昨天那只消失客船上的人？"

张择端一看到这么多尸体，顿时有些怕，缩步在舱门外，不敢靠近，听了这话，瞪大了眼，满脸惊惶。

赵不尤温声安慰道："你要画昨天正午的河景，那只客船恐怕是画眼吧？"

张择端惶然点点头。

赵不尤继续道："那船最初遇险时，船上的人一个个都还活生生，只过了一会儿，便全都丧了命，而且至今身份未知，缘由不明，凶手更是不知下落。他们之中，一个人枉死，便是一家人伤心，一船人送命，便是数百人悲痛。顾震兄和我目前正在追查这桩凶案，但若连死者是谁都查不清楚的话，其他就更无从下手了。"

张择端听了，又向舱门内怯望了一眼，嘴唇微动，似要说什么，却又有些犹疑，低头想了片刻，才抬起头说："好，我去看一下。"

他放下背着的画箱，打开箱盖，在里面几十张纸中翻检，纸上全都是草图，他找出其中一张，图上正是那只梅船遇险时的草图，虽然有些潦草，但船上二三十个人，呼喝的、放桅杆的、撑篙的、拉纤的……各就其位，历历在目，有些连眉眼都清清楚楚。

赵不尤和顾震看了大喜，万福更是探头惊叹："昨天我见到的就是这样！"

张择端勉强笑了笑："船上有五六个人的脸，我记得不太清，不知道能不能认得出来？"

赵不尤忙道："不妨事，能认出多少算多少，哪怕多认出一个都是大功德。"

顾震和万福先走进大舱室中，赵不尤伸手揽着张择端也跟了进去，来到左窗下第一具尸体边。

万福掀开席子的一角，露出下面尸首的面部，眼耳鼻口居然都渗出些乌红的血水，昨天并没有。张择端吓得身子一颤，发出声惊呼。赵不尤忙轻拍他的肩膀，温声安慰："择端，莫怕。"

顾震在一旁说："仵作已经查过了，二十四人的确都是中毒身亡。中午复检时，才判断出来，所中之毒是鼠莽草。这种毒江南才有，中毒后，嘴唇破裂，齿龈青黑，死后一宿一日，九窍才会有血渗出——"

张择端听了，更是惊怕，将眼躲到一边，不敢再看。

赵不尤安慰道："择端，以你的眼力和记性，只需看一眼，就能分辨出来。"

张择端仍不敢看，微颤着声音，指着手中草图中央道："我已经看了一眼了，是船顶上拔掉船桅插销的这个船工——"

草图上，船顶篷桅杆脚下，一个短衫细腿的背影，正在扯桅杆上的绳子。

"但图上这人背对着的……"

"昨天他跳上船顶的时候我看见了，拔开插销后，他脸也朝我这边转了一次，高颧骨，塌鼻梁，小扁鼻头，唇上有两撇细胡须——"

赵不尤看那尸体面部，果然如张择端所述："好，我们再来看第二个。"

万福又去揭开第二具尸首头顶的席子，张择端仍只匆忙看了一眼，便立即躲开脸，指着图上船头撑篙的高个男子："是这个。"

这个男子脸部画得很清晰，八字眉，钩鼻头，嘴下撇，长下巴，果然极似地上那具尸身面容。

就这样，张择端继续一一辨认，到后来也渐渐不再害怕。除了郎繁之外，二十四具尸体中，他能完全断定的有十五人，略有些犹疑的四人，剩下五人中，有两个当时只看到侧脸，不敢确认，其余三人则全无记忆。

总体而言，这些人绝大多数都是昨天梅船上的人，除四五个外，和张择端草图也大致能一一对应。

"幸亏来了一趟，这样船上人的面目便全都能画得真切了。"张择端走出舱室，擦掉满头汗水，苍老过年龄的面上竟露出淳真喜色。

赵不尤笑了笑，这画痴除了画之外，再不关心其他，刚才见到死尸还怕得发抖，这会已全然忘记，又回到他的画上去了。去年请他到家中吃饭，堂弟赵不弃正巧也在，那家伙生性促狭，偷偷在张择端汤碗里多加了一把盐，张择端一口喝尽，用袖子揩抹着嘴，浑然不觉咸。

"择端，那船消失后，一个道士顺流漂下来，那时你在哪里？"

"还在虹桥上。"

"你可发觉什么异样了吗？"

"我要画的是船遇险那一刻，忙着记桥上众人的脸，只恍了几眼，没仔细看。"

"你一眼，抵别人十眼百眼，那道士身后立着两个小道童。你可看见？"

"嗯。对了，其中略高一点那个道童，是图上船顶这个，不过换了衣服——"

"果然——"赵不尤看着草图中央，一个妇人牵着个孩子，站在船顶，挥手呼叫。他听万福讲述当时情景，道士身后立着两个小道童。道童和道士一样，不可能凭空出来，自然是梅船上原先就有，船顶那孩子应该就是道童之一，另一个孩子当时恐怕藏在船舱内。现在这猜测从张择端口中得到了印证。

只是——船遇险，妇人带着个孩童到船顶去做什么？何况那险情其实并不危急，最多只是桅杆撞上桥栏，或船头被水冲得调转。照理而言，孩童留在舱中反倒安全……

赵不尤停住思绪，又问道："那个白衣道士你自然也看了一两眼？"

张择端犹豫了片刻，才道："那是林灵素。"

"林灵素？"旁边顾震和万福一起叫起来，"那个玉真教主林灵素？他不是死了？"

赵不尤听了也很惊诧。

当今天子崇信道教，六七年前，遍天下寻访方士，读了道士林灵素所作《神霄谣》，见满纸神仙妙语，大喜召见。林灵素进言："天有九霄，神霄最高。神霄玉清王，号称长生大帝君，正是陛下，今下降于世，执掌人间。"天子闻言，更是欢喜。命道箓院上章，自封为教主道君皇帝。

林灵素由此备受尊崇，势压王侯公卿，收纳弟子将近两万人，美衣玉食，煊赫无比。天子称之为"金门羽客""聪明神仙"，亲笔赐名"玉真教主神霄凝神殿侍宸"。

然而，两年前，京城遭大水，林灵素自称精通五雷法，能兴云呼雨，役使万灵。天子命林灵素到城头驱水，法术失灵，洪水照旧，城下防洪的役夫们恼愤起来，纷纷手执棍棒追打。天子失望，放林灵素归山。

去年，林灵素亡故，葬于永嘉。

张择端慢慢道："我也知道林灵素已经死了一年。不过昨天我一眼看过去，就认出是他。尤其那双手。他的手指比常人的要长很多，指甲也留得长，有三寸多。手掌张开时，五指分得很开，并往后绷，两根拇指绷得最厉害，倒弯弓一样。"

顾震问道："这么说他没死？"

赵不尤相信张择端的眼力："是假死。他失宠之后，想借这场'仙船天书'翻身。不过，仅凭他，恐怕做不出这般大阵仗。"

顾震又道："有人偏偏篡改了天书，林骗子这次讨不到肉吃，反倒惹身骚。这案子越来越乱了。"

第六章　义在剑

学者须敬守此心，不可急迫，
当栽培深厚，涵泳于其间，然后可以自得。

——程颐

赵不尤送走张择端，回到船上。

万福说："郎繁的死因，仵作也检验过了，胸口中了一剑，当即死亡。凶器在郎繁身下——"

他从舱角柜中取出两样东西，都用布包裹着，一个细长，一个长方。赵不尤先拿过细长布卷，打开一看，里面是一柄短剑，套着剑鞘。短剑不到一尺长，掣出来一看，剑刃前半截沾满血迹，已经干了。剑口镌着两个字："义在"。

赵不尤认得，这是郎繁的义在剑，剑名取自孟子："言不必信，行不必果，惟义所在。"郎繁习武，却不屑于任侠者有言必行、有行必果的江湖小义，更向往杀身成仁、舍生取义的儒者大义。

赵不尤又接过第二个布包，里面是两部书，一部《孟子》，一部《六韬》，仁义之道与兵书战策，正是郎繁胸中两大志愿。

他亡于"义在"之剑，不知道是为了何等之义？是否遂了他生平所怀之义？或者，只是偶遇暴徒，却不忍伤人，反倒被夺了这剑，送了自己性命？

赵不尤心中又涌起悲意，默默不语，他知道这两样东西还得作证物，便交还给万福收好："都是在郎繁身子下面找到的？"

"是，他的后背还沾了剑上的血迹。另外，他的右手背上的确是成人咬伤的齿印。"

那齿印难道是凶手所咬？若真是，那凶手恐怕不会武艺，为了夺下郎繁手中的短剑，才会使出这等蛮夯手段。但他若不会武艺，又怎么杀得了郎繁？难道是误杀？看来凶手杀害郎繁之后，先将剑丢进暗舱，然后才将他的尸身也藏了进去。

凶手会是谁？这二十四具死尸中的一个？那个装神弄鬼而后逃遁的道士林灵素？还是唯一活下来的谷二十七？或者另有他人，趁乱逃走了？

他又问："那个谷二十七是否又审问过？"

顾震道："我已将他押到开封府，交给了推官。不过，昨晚我们已经再三问过，估计再问不出其他新东西。我已经派人去城里四处查访那道士下落，可恨昨天偏偏是清明，出城进城的人太多，百万人中找一个道士，难。不过，眼下知道他是林灵素，或者会有些线索。"

赵不尤沉声道："这日子是特地选的。谋划之人，本就是要趁人多，动静才大；清明，装神弄鬼正应景，又合'天地清明，道君神圣'中的'清明'二字；昨天郊外到处烧纸钱，也好烧木筏，毁踪迹。"

"除了道士，那个在银帛上添字捣乱的人，更加可疑。毒杀了这些人的，应该是他。"

"眼下还不能下断言。不过从仙船天书、伪造祥瑞，变作杀人灭迹、留下反语。那只梅船上，看来藏了不少隐秘。"

"这新客船的船主恐怕就是那捣乱之人，可惜目前根本找不到这船的来历，更不知道船主是谁？"

"先从税关的簿录排查。"

"我已经命人在查了。"

"好。我再去探访一下章美的下落。"

赵不尤越来越觉得，郎繁和章美同天离开，恐怕并非偶然。章美至今不见踪影，让他隐隐有种不祥之感，有些不愿面对。

告别顾震，赵不尤过了虹桥，来到汴河南岸。

汴京往应天府的客船都在这一带等客，分早船、午船和晚船。寒食那天，郎繁搭的应该是晚船。晚船常日有三五只，都泊在岸边。他一只一只挨着问过去，那些船主都不记得。一直问到梢二娘茶铺后的最后一只船，船主叫贺百三，赵不尤坐过他的船，认得。

"赵将军，要搭船吗？"贺百三是个干瘦诚恳的中年人。

"不是，贺老哥，我来打问一件事。"

"又在替人查案子啊，什么事？赵将军尽管问。"

"你可认得礼部那位膳部员外郎郎繁？"

"是不是东水八子里的剑子？"

"正是他。"

"东水八子常在对岸的老乐清茶坊聚会，赵将军要问他什么事？"

"寒食那天下午，他有没有搭你的船去应天府？"

"寒食？我想想看……那天一共搭了十来个客人，没有他。"

"哦，多谢。"

晚船常日只有这五只客船，都不记得郎繁，郎繁搭什么船去的？难道是走陆路？他自家并没有马，而且骑马去应天府也太累，坐船顺流，一晚就到。何必舍舟骑马？

赵不尤转身边走边想，忽听身后贺百三唤道："赵将军，那天剑子虽没见，但见着策子了。"

"哦？"赵不尤忙转身回去，"你是说策子章美？"

"是。那天快开船的时候，他急忙忙赶过来，说要搭船。"

"他要去哪里？"

"应天府。"

"他在应天府下的船？"

"对啊。"

赵不尤压住心底惊诧，慢慢问道："他带了些什么？"

"什么都没带。我当时还纳闷，出远门竟空着手，连个包袱都不带。"

"上了船后，他有没有说什么？"

"没有。他一直沉着脸，像是有什么心事似的。只说要去应天府，付了船资，我让浑家带他去了后面空的一间小客舱，问他吃不吃点什么，他说吃过了。晚间，他出来站在船尾看水、看月亮，问他，他只点了点头，仍不说话。站到深夜，才回客舱去了，第二天船到应天府，他就下船走了……"

拜祭过郎繁，东水五子又聚到汴水北岸的老乐清茶坊。

这时已是黄昏，茶坊里没有其他客人。水岸边那只新客船已被移到官家船坞里，水边只有两只客船，船上人也都在吃晚饭了。

四下一片寂静，五子围坐在临河那张桌边，都默默不语，只有棋子田况手里捏着一白一黑两粒定窑棋子，不停地搓动，发出一阵阵刮心的挤擦声。墨子江渡年听得不耐烦，朝田况横了一眼，田况忙停住手。

郑敦静得浑身不自在，端起茶盏，喝了一口茶，滋溜一声，格外响。他忙一口咽下，喉管里却又咕噜一声，他越发窘了，忙擦了擦嘴。

江渡年忍不住气闷，开口道："郎繁怎么会去应天府？"

简庄端坐在上首，拧着眉头，不说话，乐致和见简庄不发话，也便继续默然。田况则叹了口气，眼珠不停转着，在苦苦寻思。

郑敦低声道："章美仍不见人影，下午我连跑了两趟，他的舍友仍说没见他回去。"

田况一向说话慢，他徐徐道："郎繁恐怕是觉得不放心，才去的应天府。"

江渡年立即问道："他不放心什么？"

"我也不知道，不过总有什么让他不放心的地方，他才会去那里。"

"不管什么事，至少也该跟我们讲一声。"

"也许是事出突然，来不及跟我们讲。"

"那章美呢？"

"恐怕也有他的原因。"

"什么原因这么要紧？连殿试都能不顾？"

"自然是比殿试更重的事。"

"什么事能重过殿试？"

"我也想不明白。"

众人又陷入沉默。

良久，简庄才正声道："郎繁已死，官府正在追查，我们暂时也做不了什么。眼下章美下落更要紧，我们分头都去尽力找一找。凡他认识的人，都去问一问。"

江渡年问道："那个人呢？"

简庄沉吟了片刻："该做的我们已做了，天不从人愿，也是没有办法的事，且随他去吧。"

赵不尤正独自在书房中思忖案情，忽听到院外敲门声。

墨儿跑出去开了门："顾大哥？这么晚了……"

"你哥哥睡了？"顾震的声音。

"还没有——"

赵不尤忙擎着油灯迎了出去。

"不尤，这案子不能查了——"顾震走到院中，却不进屋。

"怎么？"

"方才府尹大人急命人召了我去，说这案子就这么搁下，不许再查。"

赵不尤听后心里一沉："果然如此——"

"你早料到了？银帛上添的那两个字？"

"从一开始我便有些担心。不管有没有那两个字，这件案子恐怕都难查下去。若没有那两字，便是天书降临，如今不似往朝，这等事，不会再有正直朝臣来谏净，大家只图一个祥瑞，好得些恩赏。现今天书被人添了两个字，成了反书，若让官家看见，必定恼怒。能捉出元凶，倒也好，但这案子极难查，若查不出结果，谁主事，谁便自造箭靶，给人口舌，到那时，上书弹劾的人便会一拥而上。"

"嘻！这我倒没细想过。府尹恐怕是上报给刑部，刑部又上报给丞相，那王黼才任丞相不久，首先想的自然是要避祸远嫌。不过，若单是这样，也好办，只要有破案之望，他们恐怕也想要这个功劳。偏生牢狱里又出了件事——"

"那个船工谷二十七？"

"是，那船工自杀了。"

"自杀？"

"是服毒自尽。因他还不算罪犯，狱卒没有给他换囚衣，也没仔细搜，他身上藏了个小瓷瓶，瓶里装着毒药，趁人不注意，偷偷吞下去死了。他是这案子唯一一个直接见证，眼下这见证人也死了，案子就更难破了，府尹大人也就不愿再让这事沾上身。说能压则压，拖过一阵子，人们自然就会忘掉。府尹大人既然这么下令，我们这些当差的，也只能听令。这就是做公职的憋火之处。"

赵不尤沉默片刻，道："他管不到我。"

"嗯？你还要查？"

"是。"

"这恐怕不容易。"

"二十几条人命岂能这么白白死掉？"

每日早晚，简庄都要静坐一个时辰，今早，他却心中烦乱，静不下来。

当年他师从大儒程颐时，老师已经失势，前后总共才聆听了三次教诲，而且只有最后一次，老师才单独跟他讲了一席话。那时他还年轻，见时政纷乱，心中慨然有澄清天下之志。老师恐怕是留意到他眼中的奋然狂意，对他道："简庄，君子敬命。你只需守住一个'敬'字，安心立命，皆在于此。"

他当时并不明白，但默记于心，直到几年后，灰心丧志之时，才领会到老师深意。不论天下，还是个人，都有其运与命。人力固然可抗可争，但都有一定之限，不管心气多高，力量多大，都难以违越此限。君子之为君子，正在于到达此限时，能不慌不惧，更不苟且自弃。敬天命而不自失，顺时运而严守其正。

从那时起，他便专意守住一个"敬"字，敬心、敬人、敬事，从来不敢有丝毫懈怠轻忽。

二十年多年来，他以敬自持，端谨处世，早已不必强自约束。然而今天，身子虽然还能强坐于竹榻之上，两桩心事，却如两匹野马，在心里彼此冲撞、奔突不已。

第一桩心事自然是郎繁之死和章美失踪。自他来到汴梁这繁华闹地，人心浮泛，难得遇到心定神清之人。十多年，只结识了这七位志同道合的好友。郎繁和章美，各有一部分性情极像他自己，郎繁讷口少言，却心怀壮志，正如年轻时的他。章美沉静笃实，又像三十以后的他，文行学识，更是拔类超群，待人接物，又比郎繁亲和温良，如果步入仕途，必会有一番作为。两人却同时出事，悲与忧在简庄心中绞作一团，让他寝食难安。

另一桩则是他自家的私事。他一向只知修心，不通世务，更没有什么营生之计，又以孔子"忧道不忧贫"自励，不愿为谋食禄而去入仕途。他当年来汴梁，一为这里贤才荟萃，便于求师问友，二则是受了一位乡友之邀。二十年前，那位乡友任开封府祥符县县令，正赶上天下推行"三舍法"，各路州县都拨了学田，那位乡友素来敬慕简庄的人品学养，请他来汴梁开个书院，讲私学，又从官田中私自拨了二十亩给他做学田。他便卖了家乡的祖田，在京郊置了这院小宅。二十年间，靠着那二十亩地的租费，日常倒也过得。

可是今年停了"三舍法"，朝廷收管学田，他那二十亩地也要被收回。祥符县的一位主簿今天一早就来查收田土文书，又向他打问这些年租佃事宜。他从来不过问这些事情，妻子刘氏性子又有些愚钝，这些年，家里大多事情都是他的小妹简贞在照管。

简贞是他父亲妾室所生，父亲亡时，简贞才两岁，那妾氏又改嫁他人，简庄便将妹子接到汴梁，交给妻子刘氏照料。没想到简贞十分聪慧，长到十二三岁，便已开始分担家事，过了两三年，家里的出入收支，就全都交给了她掌管。虽然只是个小家门户，也没有多少银钱，但在简贞细心操持下，丰俭得体，每年尚能略有盈余。

刚才，那主簿问起租佃事项，简庄在堂屋陪坐，简贞不便出来，便在后间对答，由乌眉来回传话，一条一款都说明白后，那主簿才起身告辞。

人刚走，乌眉便哭起来："田收回去了，这往后可怎么过？可怜我肚子里的儿啊，才来娘胎三个月，就得跟他爹、他大娘、他亲娘、他姑姑一起饿死了，呜呜呜……"

简庄守了半生的"敬"，到这妾室面前，经常被弄得七零八落。不但是她的媚色常引逗得他方寸大乱，仅她这无拘无忌的性子，就让他爱也不是，怒也不成。

他正在烦恼，想要发作，妻子刘氏也苦着脸走了出来，乌眉一把抓住刘氏的手，两人一起哭起来。简庄本来就既忧且愧，见到这情景，更是烦懑不堪，便离了堂屋，到书房里静坐，但怎么能坐得住？

"爷啊，不用烦了！咱们有救啦！"没一会儿，乌眉便扭着身子，风风火火地跑了进来，脸上泪痕未干，却已欢喜无比。

第七章　闺阁、画作、田产

> 人心莫不有知，惟蔽于人欲，则亡天理也。
>
> ——程颢

赵不尤又去拜访简庄。

虽然目前这案子毫无头绪，却已能感到，背后牵连必定极广。官府已压住这案子，不愿再查，赵不尤却停不住。就如农人理田，见一丛禾苗无端枯萎焦黑，怎能视而不顾？

他不知道探下去会遇见什么，只觉得将步入一大片雾沼之中，或许最终也探不到底，甚至会惹出祸端，危及自身。但他生就一副硬脾性，加之身为宗族子弟，少年时住在敦宗院里，事事都做不得，连院门都不许出。每日所见，都是宗族中的人，只有逢年节，才能去参加一些庆典。去了也只是按辈分排成队列，不许出声，更不许乱动乱走。那时望着高而古旧、生满苍苔、遍布雨痕的院墙，他常想，这样过一辈子，连笼子里的鸟都不如，鸟还能时时叫一叫，扑腾扑腾，他却只能安安分分排着队列，在敦宗院出生，又在敦宗院老死。

幸而这些年，宗族禁限渐渐松弛下来。他是第一个从敦宗院中搬出来的宗族子弟。到民间做了讼师，才让他觉着自己是个活人。别人都笑他凤凰自投污泥变老鼠，只有他自己知道，一切荣耀、富贵、享乐，都不及做个有用之人。何况之前那些尊贵不过是个空壳、牢狱而已。

因此，这梅船案固然让他感到一阵阵森然，但同时也越发激起他的斗志。他自己很清楚，这并非什么大义大勇，而是自幼积的一股愤郁之气，是跟身世、规矩赌气。但就算是赌气，又怎样？总比畏畏缩缩、空费衣食好。

从箪瓢巷到礼顺坊并不远，都在城东郊，他便徒步前往，沿着护龙河向北而行。河岸边清风洗面，柳丝摇漾，一群白鹤从空中飞鸣而过，令他胸怀顿开，逗起诗兴，随口吟了首《踏莎行》出来。

> 万里长风，千层细浪，春堤古柳情飞荡。胸怀常向碧空开，从来意兴因豪放。
> 云翅高歌，烟波低唱，足音踏踏回空响。天高地阔任君行，何须钟鼓添雄壮？

正走着，前面一个矮壮的人疾步走来，走近一看，是郑敦。

"不尤兄。"郑敦喘着气叉手致礼。

"你这是？"

"我刚去了简庄兄家里，章美还是没回来，我正要去别的地方再找找看。已经几天了，他认识的人我几乎都问遍了，没有一个人知道他的去向。"

赵不尤心想，东水六子要挨个去访，既然遇到郑敦，就先跟他再聊一下，于是言道："这样找不是办法，得再仔细想想，他离开前究竟有些什么异常。"

"这两天我日夜都在想，却丝毫记不起有什么异常。"

"我也正好要找你细谈，咱们找个喝茶的地方，坐下来再慢慢想想。"

前面不远处桥边就有一间茶坊，两人就走过去，拣了个安静的窗边坐下，要了茶。

郑敦顾不得烫，连喝了几口茶，才叹道："几下里一起出事，实在让人招架不住。还好，简庄兄家的那件大事算是了当了，我们这一阵一直在替他担忧。"

"可是他那二十亩学田的事？"

赵不尤这一向也在暗暗替简庄担忧，各处都在收回学田，简庄也必定难免，一旦学田收回，他一家生计便没了着落。不过，朝廷既然罢了三舍官学，重行科举，私学自然又会重兴，赵不尤已向一些好友打问，京中是否有贵臣富商延请西宾，或者书院需要教授，想引荐简庄谋个教职。

"简庄兄的妹妹实在了不起，这次全凭了她。"郑敦大声赞叹。

"哦？"赵不尤知道简庄有个妹妹叫简贞，但因简庄家礼严格，从不许妹妹抛头露脸，故而赵不尤从未见过。不过妻子温悦见过不少次，温悦对简贞赞口不绝，说不论样貌、才情、见识，都是上上之品。

"这事章美竟从来没跟我们讲过！"郑敦忽然露出不平之色。

"什么事？"

"我也是今天听简庄兄说了才知道。原来这几年，简庄兄全是靠他妹妹操持家里收支营生。简庄兄一年并没有多少钱粮收入，却从来没显出寒窘，难得，难得！去年，简贞姑娘就预感那二十亩学田恐怕靠不久长，就开始预先谋划。她不仅家务操持得好，竟还画得一手好画。刚巧去年简庄兄新娶了侧室，那乌二嫂的父亲乌老伯和章美的父亲又是旧识，简贞姑娘从二嫂嘴里听说章美和京里一些书画经纪有交往，就背着简庄兄，选了几幅画给她二嫂，让她带回家，转交给章美，看看能不能卖些钱。章美拿到画，找了几个书画经纪相看，谁知各个都赞叹不已，全都被抢买走了，一幅最高竟卖到五贯钱，都快赶上米芾、文仝、李公麟这些名家的价了。简贞姑娘便将自己几年来画的近百幅画全都托付给章美。可是大半年了，章美却没有把钱交给简贞姑娘。二嫂催问了几次，章美都说还没卖掉，二嫂还以为章美窝藏了，差点要向简庄兄抱怨。她却忘了，简贞姑娘交画时，还让她转交了一封信给章美——"

"简贞姑娘那封信是托章美用卖画的钱帮忙买些田产？"

"是啊，那些画总共卖了三百多贯，章美替她物色了一片上田，一亩十贯钱，总共三十亩。章美已把三百贯钱交给了二嫂的父亲。乌老伯昨天去官里帮着请买了官契，今早邀了那田主来找简庄兄。这会儿正在立契，下午就去官府割税，简庄兄便有自家的田产了。"

"这简贞姑娘果然难得。"

赵不尤原来听妻子温悦赞叹，多少还有些不信，这样一听，自己在亲友间所见所闻女子中，见识、才能和心地，的确少有能及得上简贞的。温悦极想给墨儿说成这门亲事，但东水八子中，宋齐愈、章美、郑敦都是人中龙凤，又都未娶亲，简庄恐怕早已想定人选，故而一直没敢贸然找媒人提亲。她侧面打探了打探，简庄夫妇果然已经相中了宋齐愈，只得断了这个念头。

赵不尤心想，墨儿若能娶到这位姑娘，真是一生大幸。不过就算宋齐愈不成，还有章美、郑敦，都是太学英才，将来功名不愁。墨儿仍没有什么胜算。单看眼前的郑敦，说话间，对简贞已是满心满眼的悦慕。赵不尤不由得暗暗替墨儿惋惜。

"章美一直瞒着我们，一个字都没讲过！"郑敦脸上又露出不平之色。

"恐怕是简贞姑娘在信里要他暂时保密，简庄兄自家都不愿为禄利而谋出路，若知道自家妹妹竟然将闺阁笔墨拿到市面上去卖，一定会大不乐意。”

“也是。”

“对了，章美何时将卖画的钱交给乌老伯的？”

“说是寒食前两天，他将那田主引荐交托给了乌老伯。”

“这么说他是交割了这事，才离开汴京，去的应天府？”

“应天府？！章美也去了应天府？”郑敦猛地叫起来。

“嗯，我才从一个船主那里打问到。”

“他去应天府做什么？”郑敦睁大了眼睛，极其震惊，“他殿试都不回来参加，难道遇到什么事情了？”

“郑敦兄弟，你再仔细想想，关于郎繁和章美，以及应天府，还有没有什么事，你没有跟我讲过？”

郑敦一怔，随即低头沉思了半晌，才黯然摇头：“没……应该没有了……”

汴河北街最东头是单家茶食店，来京的货船大多在这里卸货。因他家的茶饭酒浆价低量足，力夫们常聚在这里，这店渐渐被叫作力夫店。

魁子宋齐愈无事时，常来这店里坐，一为这里花钱少，他家中穷寒，身为太学生，每月只领得到一千一百文；二来，他愿意结交这些杂役力夫，听他们说话，虽然俗浅，却比士子们爽直热活，也让他更贴近市井民生。

今天他一早就出来打问章美的下落，寻了一上午，毫无结果，人也走得渴乏，就走进力夫店来歇息。店主单十六见到，一边笑着招呼“宋状元又来啦”，一边用帕子将宋齐愈最爱的临河那副桌凳擦拭干净，宋齐愈笑着点头坐下。这店主和其他力夫听说他是太学生，几年来都叫他状元。

今天并没有几只货船来，店里只有两三个力夫聚在另一边闷头喝汤吃饼，只听得到一阵稀里呼哧声。店主照旧例先端了一大碗煎粗茶来，笑着道：“过几日就要发榜了，大伙儿都说宋状元这回保准真的成状元！”

宋齐愈笑起来：“多谢单老哥吉言！我借你的那些钱，恐怕还得过一阵子才能还得上。”

单十六连摆着手说：“那值得了什么？状元郎能用我老单的钱，这荣耀到哪里买去？再说，等你中了状元，还会缺钱？”

宋齐愈笑道：“那我真得中个状元才成。”

“这还有什么真假？不但我们一班兄弟这样说，满京城都传宋一、章二、三不管呢。”

"哈哈，这话怎么说？"

"这话是说——宋状元第一，您的好友章美该第二，至于第三，愿选谁选谁。"

宋齐愈听了大笑起来。这时店里又进来两个力夫，单十六便去招呼，宋齐愈独自喝着茶，笑了一阵。殿试已完，苦读生涯也就此结束，至于能得第几，他并不怎么介意，反倒不愿被选为前三，登高人易妒，名显麻烦多。何况看当今时势，也并非有为之时。

本朝名臣中，宋齐愈最钦慕王安石。王安石在英宗朝时就已名满天下，曾上万言书，针对时弊，初言变法，却未被重视，因此屡次推谢馆阁之召，宁愿在州县中任些实职，为一方兴利除害。直到神宗继位，他知道神宗乃大有为之君，才慨然应召，果然深受器重，升任宰相，全力推行新法。农田水利、青苗、方田、均输、保甲、保马、市易、免役、免行钱……诸项新法次第推行，天下为之一变。

只可惜，五十多年来，神宗、哲宗力主变法，都半途而废，中间隔了两位太后，相继垂帘听政，恢复了旧法。

当今天子继任之后，先是主张建中，希望新旧两法能持中求和，但随即便重用蔡京，继续推行新法。这次殿试，天子亲策题目，似乎对新法已经失望，又要在新旧之间寻求折中。今年重行科举旧法，便是先兆。

对于新法，宋齐愈始终坚信不疑。这些年他眼见国家积弊越来越深重，不变法，只能危亡。在他看来，病不在变法，而在新法推行不力，不当。

在殿试卷文中，宋齐愈以滔滔数千言，力主这一点。但他知道，就算天子读到，哪怕认同此理，恐怕也不会再重视，更不会施行。不过，宋齐愈早已想好，当效法王安石，平心处世，静待其时，因此并不以为忧。

让他忧的，是章美。

回想起来，他和章美几乎事事相反——

出身，章美家是乡里巨富，他却生于小农之家；性情，章美持重沉稳，他却生性飞扬不羁；读书，章美重经文古义，他则重义理独见；为人，章美谦和谨慎，他却洒落随性；至于政法，章美主旧，他主新。

如此冰炭一般，竟能成好友，而且自幼及长，形影不离，相交近二十年。

最怪的是，一直以来，他和章美竟很少分歧争论，一直畅谈无碍，十分投机。以至于很多时候，双方还没开口，彼此已经知道对方要说什么。直至到了京城，进了太学，两人的分歧才渐渐显出来。

早先在县学、府学，宋齐愈始终觉得周遭人眼界太窄，除了章美和郑敦，难得找到其他相知。到了京城，宋齐愈顿觉心胸大开，天下英才豪雄汇聚于此，即便在市井之中，也常常能遇到不俗之人，听到惊人之语，让他如同鱼入江海一般畅快。

章美到了这里，交友却越来越慎重，话语也越来越短少。他常说："是非混杂之地，君子慎言慎行。与其一番闲谈生烦恼，不如细读两行书。"

当初他们三人行住坐卧都在一处，到了京城，各人都有了自己的新去处，尤其他和章美，争执越来越多，共识越来越少。渐渐越离越远，最后只剩一片交界处——东水八子每月的聚会。不同处在于，这聚会于章美，是太学之外最主要聚地，而对于宋齐愈，则只是喜好之一。

上个月，八子又聚到一起，偶然论起新旧法，宋齐愈和章美各执一方，引起八子争论，那次聚会也就不欢而散。之后，两人一直互相避开，在太学中偶然碰到，章美也装作没见，低头走过。

对此，宋齐愈并未太在意，来京城之后，他们之间争执已是常事，君子和而不同，不论分歧多大，两人始终都是知己，过一阵自然就好了。

直到殿试那天，章美缺席，他才开始忧心，甚至慌乱。

这绝非章美平素行为。然而，章美不但错过了殿试，且至今下落不明。

第八章　梅花天衍局

人心不得有所系。

——程颢

赵不尤来到烂柯寺，见门额上寺名三个墨字，雄逸苍朴，润涩兼备，如从颜真卿《祭侄帖》中顺笔写出一般。他知道这是东水八子之墨子江渡年手迹，是年初新题的。

这烂柯寺原名铁箱寺，寺很小，早先庭中连个铜香炉都没有，只用一个大瓦坛插香。后来有个铁匠还愿，攒了些生铁，打了一只大铁箱，捐给庙里，当时的住持就卸去箱盖，摆在殿前，权当香炉用。人们都叫它铁箱寺，原来的寺名倒渐渐忘了。

看到"烂柯"这新寺名，赵不尤叹了口气，这些年天下新法频出，扰攘不宁，就连这小小一寺，一年之内，寺名就改了三次。

当今天子崇信道教，认为佛教来自西域，道教才是华夏本宗，去年下了一道御笔诏书，命天下的佛教归于道教。佛改称大觉金仙，菩萨为大士，僧为德士，尼为女德士，寺为宫，院为观。铁箱寺也就改作了铁箱观。天下寺庙佛徒喧议了一年，今年朝廷只好又撤了此令。

铁箱寺原本香火就不旺，几个寺僧索性做了道士，去投奔其他兴旺的道观。寺名虽然恢复，寺僧却没了，大相国寺正好有个知客僧，甚有修为，和在京寺务司一位寺丞常谈禅论道，那寺丞便让他搬来这寺中，做了住持。

这僧人酷好下棋，古人因棋子分黑白二色，将之雅称为乌鹭，黑乌与白鹭，他便自号乌鹭。又想起晋代"烂柯"的弈棋典故——有个叫王质的樵夫入山砍柴，偶见两仙童下棋，便在旁边观战，看得入迷。等一局观罢，以为不过一个时辰，但看手中的斧柄，早已朽烂，这一局其实不知过了多少年。"烂柯"两字也就成了弈棋的别称，乌鹭便将庙名改为烂柯寺。跟着他的，有个小徒弟，也取名叫弈心。

赵不尤到烂柯寺，是来寻田况。

田况号称"棋子"，除研读儒经外，又痴迷于棋。他读书只为修身，并不愿去投考功名，家里虽有几间祖传房宅，却没有田土，又不会其他营生。每日他就去大相国寺门前，摆个棋摊，立个牌子，上写"一局五十文"，约人下棋。一天只下三局，至今却从未输过。每天都能稳赚一百五十文钱，拿回去给妻子。衣食虽不丰赡，却也聊以度日。他把每日这三局叫"粮局"，粮局之外，便四处寻高手对弈。

刚才，赵不尤和郑敦聊过之后，就近去了田况家，田况妻子说他上午就下完了粮局，回来吃过饭就去烂柯寺了，自然是去找乌鹭下棋，赵不尤便又赶到了这里。

他刚抬脚走进寺门，乌鹭的弟子弈心迎了上来。小和尚认得赵不尤，双手合十，恭然拜问："赵施主。"

"弈心小师父，你师父可在？"

"师在后院中，苍柏青松下。"这小和尚极爱诗文，经常顺嘴诌些诗句。

"田况先生可曾来这里？"

"眼中得失忙，指尖黑白凉。"

赵不尤听了，不由得笑起来，抬步穿过殿侧窄道，向后院走去。

后院虽不大，因种了十几棵苍松翠柏，春天发出新绿，显得异常清幽醒神。庭中央松柏间有一张石桌，乌鹭和田况正对坐着，桌上一副松木棋枰，枰上已布满黑白棋子。

赵不尤轻步走过去，细看棋局，他于棋上并不很精通，看了许久才看清战局，乌鹭执黑，田况执白，黑棋本已要输，但乌鹭最新一子下得极妙，不但一举救活了右边一片将死之域，还守住左边一块被攻险地，同时又形成反击，攻向对方要害。田况若应不好，就得大输。

再看田况，盯着棋局，眼珠一动不动，手里捏着一粒棋子，不停搓动，看来苦思不得其解。

赵不尤虽然明知观棋莫语，也不由得轻声赞叹："一招两式，左右兼顾，妙！"

乌鹭听到，微微一笑，抬头问询："赵施主。"他身穿灰色僧袍，眉高鼻尖，近似胡人长相。

田况也抬头望了一眼，心顾着战局，只问候了句"不尤兄"，便指着那粒黑子道："若只是一招两式，也好办，你再仔细看看？"

赵不尤望向棋枰，又看了许久，大惊道："果然！看似守式，其实是攻，看似是攻，其实又是守。每一式都是两式，一招共四式！"

田况指着棋局道："不止。这一招分三层，你只看到两层。瞧这边，攻里还含着救，他这几目死棋若应不好就活了。还有这边，你看出来是守，它还暗藏着攻势，要拿下我下边这一片——"

"那就是一招含六式。"

"这一招的妙处全在一个'诱'字，不论进或退，都留下假漏洞，极难察觉。我只看破五处，只能消掉五式，最后这一式，却又滴水不漏，原来前五式都是它的诱饵，一步步将我引进来，跌进它的埋伏，再怎么都应付不来。而且这攻势一旦得手，还将引出下一层危局，兵败如山倒。罢罢罢，这一局我认输！"田况将手里那枚白子投进了藤编的棋笸，发出一声弃城之响。馒头一般的脸涨得通红，这里虽然十分阴凉，他却满额是汗，抬手抹掉。

"善哉。对弈一年多，终于赢一回。"乌鹭双手合十。

"这一招，不是师父自己想出来的吧？"田况眼里含着不服。

"田施主知我。这的确并非贫僧想出，是刚学来的。"

"从哪里学来的？翰林棋院？祝不疑？晋士明？"

祝不疑和晋士明是当今翰林棋院的两大国手。这几十年来，独占国手之名的一直是一位名叫刘仲甫的棋士，被誉为自唐代王积薪之后，几百年来第一人。然而，最近几年，祝不疑和晋士明两人崛起于民间，先后战败了刘仲甫。现在刘仲甫已亡，祝不疑和晋士明两人难分高下，同耀棋坛，都被召进宫中棋院做了棋待诏。

田况也曾被诏入宫，但他托病辞谢，也从未和祝、晋两人交过手。满京城的人都盼着他们三人能较出高下。乌鹭这一招，棋艺极高，所以田况才有此问。

乌鹭答道："出自何人之手，贫僧也不清楚，只知它名号叫'梅花天衍局'。"

"梅花天衍局？原来这就是梅花天衍局！果然，果然……但它不该是一招，应是一局。"

"田施主也听说了？贫僧听闻它是一局连环五招。可惜，多方探问，也只学到这一招，而且也似乎还不全。"乌鹭修为不浅，平日神色谦温，这时眼中却闪动惜与憾。不过随即便隐去，恐怕是为自己贪执而愧。

田况的眼睛和嘴一起大张："一局五招？每一招又至少三层攻守之式，那该是多少虚实变化？天下真有这等神局？"

三人又赞叹了一番，赵不尤见已到饭时，便邀田况就近在东水门外的曾胖川饭店吃酒。

两人拜别乌鹭，走到街口，正要进曾胖川饭店，旁边忽然有人唤道："田先生，真巧啊！"

是一个年轻男子，尖尖瘦瘦，一双细滑的眼，举着个旗招，旗上写着个"药"字，肩上挎着一只药箱。是街上游走卖药、看杂症的行脚医，叫彭针儿。他赶了几步凑过来，见到赵不尤，也缩着脖子笑着问好："赵将军好！"

赵不尤和田况都只点了点头，并没有停脚。

彭针儿却紧随着道："田先生，你那天教我的那一套棋法不是太灵，我去找别人下，还是输了。田先生再教我一套更管用些的招式吧。"

田况有些不耐烦，随口道："改天吧！"

"您明早仍要去相国寺门边摆棋摊？"

田况随口又胡乱应了一声，走进了店里，赵不尤也随即进去，彭针儿却仍在店外高声道："那我明早去相国寺门边找您！"

赵不尤和田况拣了墙角一个座，面对面坐下。

赵不尤笑道："你招了个棋徒？"

田况勉强一笑："哪里，被他缠不过，才胡乱教了两手。"

这家的旋炙猪皮肉和滴酥水晶鲙最有名，赵不尤各要了一盘，又点了两份煎夹子和抹脏下酒。赵不尤知道田况虽然好酒，但酒量极小，饮不了几盅就醉，因此只要了一角青碧香酒，这酒劲力小，但酒味长。

两人对饮了两盅，田况仍神往于"梅花天衍局"，酒虽入喉，却丝毫不觉，反复念着"怎么可能，怎么可能……"神情如同庄子所云，河伯乍见汪洋大海，茫然自失。

赵不尤心里念着章美和郎繁，便开解道："田况兄不必过于当真，虽然乌鹭禅师不会说假话，但他也只是听闻而已。世上恐怕没有这等棋局。"

田况黯然道："若真有此局，我也就不必再下棋了。"

赵不尤笑了笑，发觉一个人定力再强，只要到棋盘之上，就难断绝得失胜负心，乌鹭如此，田况也如此。两人一个归心于禅，一个尘视名利，却都因沉迷于棋，而难以真正跳脱出离，反倒比在尘世之中更执着。田况虽然并未与祝不疑和晋士明对过局，但据京中几位棋道高手臆测，田况棋力至少不会弱于那两位当今国手。然而今天一局，乌鹭只用了"梅花天衍局"的一招，便赢了田况，那么，创制这棋局的人，棋力必定远远高于田况和祝、晋三人。果然是天下之大，峰巅总在云之外。

"不尤兄，你信不信'世事如局人如棋'这句话？"田况忽然问道，才喝了两盅，他的脸已经泛红。

"不大信。"

"为何？"

"世事也许如局，人却并非棋子。"

"哦？怎么说？"

"出身、禀赋、天分，甚至生死、寿夭、贫富、贵贱，或许都有命，都是局。而且，除开天命之局，更有人为之局。因此，世事如局说得至少不错。但是，人却不像棋子，棋子被执局者放到哪里，便只能在哪里。人却有取舍、进退，大局虽难改，己命却能择。就像'梅花天衍局'，就算真有此局，你既可望洋兴叹，丧却斗志，也可视若无睹，依然故我。局虽在，但下与不下，如何下，为何下，都在人心取舍。若是真爱棋，见到这样天造神设之局，只会惊喜万分。若是计较得失胜负，便会被这一局吓倒惊退。因此，局虽前定，却能因人心而后变。"

"好！解得好！是我太陷于得失，多谢不尤兄！"田况似乎有所觉醒，端起酒盅，"来，为不尤兄这番良言饮一杯！"

赵不尤笑着举杯，两人饮下，又说了几句闲话，赵不尤才转入正题："田兄，依你所见，郎繁之死，是否被某人设了局？"

田况嘴里正嚼着块猪皮，忙一口吞下，泛红的脸也顿时有些发暗："郎繁性子极拗直，他这性子，最不好欺，但也最好欺。外人一般极难让他生信，不过，一旦让他信了，就如箭矢离弓一般，再扳不回。这恐怕就是孔子所言'君子可欺不可罔'吧。我这两天细想，或许是有什么人，瞅准了他这性子，让他信了什么理，他若是信了这理，就算赴死也绝不犹豫。"

赵不尤心想，郎繁虽然拗，却绝不愚，要让他信，必得是正理。什么人让他信了这样的正理？又是什么正理能让他甘愿牺牲性命？至少，那人值得信任。郎繁轻易不结交人，他最信的是东水诸子。难道是章美？

他又问道："你可知道章美也去了应天府？"

"哦？"田况眉头一颤，"他也去了应天府？"

"嗯，我从一个船主那里打问到的，寒食下午，章美搭了他的船去了应天府？田兄是否知道其中原因？"

田况忙摇头："我无论如何也想不出来，章美为何要去应天府。不知道他现在身在何处……"

"之前他没有丝毫异样？"

"没有……或许有，但我没能察觉到。简庄兄他们也是。"

宋齐愈坐在力夫店，望着河水出神。

店主单十六端来了饭菜，一碗糙米饭，一碟青菜，一碟酱瓜，很清寡。宋齐愈却是吃惯了的，又有些饿，拿起筷子，就大口吞嚼起来。

三年前，第一次来汴梁，他和章美、郑敦就是在这里下的船，上了岸，也是在这家力夫店吃的饭。郑敦一路上都说要好好尝尝汴京的菜肴，谁知这店里最好的也只是蒸鱼和烧鸭，且做得粗疏，连越州家乡一般的店馆都不及。三人都没太有胃口，章美和郑敦是因为失望，宋齐愈则是为了莲观。

莲观是一位官宦人家的女儿，在来汴京途中，救了他们三人的性命。

宋齐愈家中贫寒，勉强才凑了些盘缠，章美和郑敦便将就他，一起搭了一只顺路货船，船费还不到常价的一半。谁知过了应天府，来汴梁半途中，天已傍晚，那船主忽然变脸，说要加船费，不但要补足那一半多，还要再加三成。

宋齐愈三人和船主争执起来，船上有十几个船工，全都围逼过来，郑敦仗着体壮，护住宋齐愈和章美，但才争执了两三下，他便被两个船工抓住，扔进了河里。随即，船夫们又抓住章美，也抛进河中。两人都不太会水，在河中挣扎呼叫，眼看要沉。宋齐愈急忙抓起身边的那个小包袱，一纵身，跳进了河里。那包袱里有个油纸卷儿，里面包着三人来京赴太学的解状文书，还有三人救急备用的银两。

宋齐愈将包袱咬在嘴里，急忙游过去，先抓住了郑敦，揪住他的衣领，让他的头浮出水面，而后拽着他游向章美，章美已经被水冲开，幸而还伸着手臂在扑腾，宋齐愈拼力急游了一阵，才追上，伸手一把也攥住章美的后领，让他的头也浮出水面。两人都狂咳不止。

那时是初夏，刚下过几场大雨，水流很猛。他双手拽着两个人，双腿尽力蹬着水，却只能勉强维持不沉，很难游到岸边。这时夜幕已沉，河面上已经昏黑，只听得见水声哗响。他想，只能顺流往下漂，一来省些气力，二来说不定能遇到其他船只。他便牢牢拽着两人，往下游漂去，即便这样，漂了一阵后，手臂渐渐酸软，牙齿也开始疲痛，咬着的包袱几度险被冲走。眼看即将不支，眼前忽然现出一点亮光，是灯笼，船上的灯笼！

他赶忙使力，加速向那船游去，章美和郑敦这时也喘息过来，一起大声呼救。宋齐愈使尽最后的气力，终于游到那船不远处。幸而船上人听到了呼救，忙伸出船篙，将三人救上了船。

那是只客船，被京里一位员外郎整船租下，十来个仆从护送他家小姐进京。船主听宋齐愈讲了原委，便去问过那小姐，那位小姐并未露面，只叫船主安排他们住在后面一间空客舱里，临时在板上铺了三张铺席，并让一个家人送来三套干净衣服。宋齐愈三人隔着舱门向那小姐道谢，那位小姐却不答言，只叫一个中年仆妇出来说"不必挂怀，好生安歇"。宋齐愈打问他家姓氏，那仆妇又说"小姐吩咐了，不必问"。

夜里，章美和郑敦很快都睡去，宋齐愈却不知怎的，毫无困意。他便走到船尾，只见皓月当空，清风拂面，水面波光如银，令他逸兴飞扬，想起自己初次远行，便遇到这番险情，却又化险为夷，实在是有趣。他抬头望月，不由得涌起诗情，随口填了首《西江月》。

明月他乡易见，轻舟此夜难逢。银波千里送行程，一枕清风入梦。

两岸如烟笔墨，一江似雪情怀。生得傲骨爱奇峰，何必凌云为证？

他刚吟罢，就听到身后传来一声"好词"。

声音是从船中央左舷处传来，虽然不高，却清澈柔婉，听得出是个少女。难道是那位小姐？宋齐愈忙走到船左边，攀住船栏，抻着脖子，朝着那声音的来处低声赔罪："在下狂言乱语，扰了小姐清静，还望恕罪。"

"哪里，公子谦让了。这月色美景，正少不得诗词来提兴。我也正想填一首，一晚上也没能诌出半句。没料到，竟有幸得聆公子神妙佳作，总算没辜负这一江风与月，胜浮三大白。"

宋齐愈这次确认，声音是从中间大客舱的窗中发出，听那小姐言语，不但声音悦耳，语气、见识也都不凡，又听到她称扬自己，没想到行程之中居然会有如此意外知遇，不由得满心欢喜。因隔得有些远，说话吃力，他忙跑进客舱，章美和郑敦躺在地铺上，早已睡着，郑敦更发出粗重鼾声。宋齐愈穿过两人，打开窗户，爬出去坐到船舷上，这样便离那小姐更近一些，中间只隔着一扇窗。

他朝着那小姐的窗口道："小姐谬赞，何敢克当？"

那小姐似乎笑了笑，随即道："公子不必过谦。以小女子陋见，这《西江月》原是唐教坊曲，虽转作词调，却还留有唐诗格律，故而不可小了格局，失了气象。小女子也读过百十首各家《西江月》，大多不过是闲愁别绪、闺情艳曲。填得好的，当属苏东坡"世事一场大梦，人生几度秋凉"，黄庭坚"断送一生唯有，破除万事无过"，陈师道"楼上风生白羽，尊前笑出青春"。不过也都不是三人最好的词作，意绪都有些颓唐萧索。公子这一首，上半阕有唐人气韵，如水流转；下半阕则词风朗健，气格超拔，无愧今夜这长河明月。"

"在下宋齐愈，初次离乡远行，不但幸得小姐救了一命，更能得闻兰心秀口评点，实属万幸。"

"公子这样说就见外了。从词句中能知公子绝非拘谨俗礼之人，江河共渡，明月同望，何必生出涸辙计较，岂不负了这天地清辉？"

宋齐愈听后笑道："好！既然小姐有青莲皓月之心，在下岂敢不还以庄周江海之意？"

"嗯，这样才好。我家后院有片莲池，古今诗人，我最爱李青莲。本朝文章，又最喜读周濂溪《爱莲说》，我就给自己乱取了个名号叫'莲观'，你就叫我'莲观'吧。"

宋齐愈大喜，他也最爱庄子之逍遥、李白之豪逸，不由得赞道："莲以明志，池以观清。好名字！看来莲观乃是逸仙一派。"

"生为女子，既不能去那热闹场中挥洒，便只好在这清静处自守。"

"冷热静中看，雅俗妙处得。莲观有此清心逸志，即便是男儿，想来也是五柳先生一般的人物。"

"呵呵，公子见笑。不过，我若是男儿身，至少此刻你我就不必隔着窗，这样对空而语。"

宋齐愈越说越投机，越想见一见莲观的真容，听她这样说，更是心痒憾恨，一时间说不出话来。

正在踌躇，他们中间那扇窗中传出一个老妇的声音："小姐，不早了，该歇息了。"

"唐妈，这就睡了。"莲观语气中满是不情愿，随即又轻声道，"公子，你也早点安歇吧。"

"好……"

宋齐愈怅坐在船舷上，竖着耳朵等了半晌，那边却再无回应，大为扫兴，连月色也顿觉晦暗了。

第九章　琴心、书简、快哉风

> 循理者共悦之，不循理者共改之。
>
> ——张载

赵不尤别过田况，又去访江渡年。

墨子江渡年终日以笔墨为伴，是个书痴，以摹写名家书法著称。前几十年，有书画大家米芾，善于摹写古时名画，即便行家也难辨真伪，因其性情癫狂，号称"米颠"。现在又有江渡年善仿晋唐以来名家书法，纤毫不差，几如拓写。因此，坊间有句俗语"画伪米发颠，书假江渡年"。

其实米芾摹写，只为爱画，他遍习古今名作，用功极深，名望又极高，从未以假混真，将摹作流布于世。江渡年虽然家境寒素，却也绝不将仿作传之于外。坊间印社书商，却常假托两人之名牟利，即便声称仿作，只要挂了两人名字，也能卖出好价。

而且，江渡年仿写绝不止于临摹法帖。二十岁之前，他的摹写已能逼真，之后，他更深入其间，以字观人，揣摩各名家性情、癖好、胸襟、学养，久而久之，不再是摹字，而是摹人，摹神。挥笔之时，他已不再是自己，而是那些书家本人。

两年前秋分那天，赵不尤和东水八子在城南吹台相聚，琴子乐致和于高台秋风之中，弹奏了新度之曲《秋水》。江渡年当时酒高兴起，因手边无纸，便脱下所穿白布袍，铺在石案上，提笔蘸墨，在布上挥毫狂书，是以东坡笔法写东坡《快哉此风赋》。赵不尤童年时曾亲眼见过一次苏轼，东坡风致洒落，神采豪逸，他虽然年幼，却印象极深。那天江渡年书写时，赵不尤看他形貌神色，竟恍然如同见到东坡本人。而白布之上的墨迹，畅腴豪爽，秋风荡云一般。即便东坡当日亲笔书写，恐怕也不过如此。

众人看了，都连声赞叹，赵不尤记得郑敦当时感叹："这件旧衣现在拿去典卖，至少得值十贯钱。"江渡年听了，哈哈大笑，随手却将那件旧衣扔进旁边烫酒炙肉的泥炉里，火苗随之噬尽那风云笔墨。众人连叹可惜，他却笑道："以此衣祭奠东坡先生，东坡泉下有知，亦当大笑，快哉此炬！"

和田况一样，江渡年也曾被召入宫中书院，他不愿做御前书奴，不得自在书写，也托病拒谢了。反倒应召去了集贤阁做抄写书匠。

当今天子继位后，在蔡京协倡之下，大兴文艺，广收民间书画古籍。一些稀有典籍藏于馆阁之中，需要抄写副本。江渡年正是希慕这些典籍，去做了个抄书匠。每月得几贯辛苦费，聊以养家。

去年蔡京致仕，王黼升任宰相，停罢了收书藏书之务，江渡年随之也被清退。他生性狂傲，又不愿卖字营生贱了笔墨，就去了一家经书坊，替书坊抄写经书刻本。照他的讲法，卖字是为身卖心，抄书写刻本，却是播文传道。

赵不尤记得江渡年现在的东家是曹家书坊，当年以违禁盗印苏轼文集起家。这书坊在城南国子监南街，也不算远，便步行前往。

进了东水门，向南才行了小半程，就见前面云骑桥上，一个人飞袍荡袖、行步如风，看那野马一般的行姿，赵不尤一眼就认出，是江渡年。

"不尤兄，我正要去找你！"江渡年一向不修边幅，唇上颌下胡须也如野马乱鬃一般。

"巧，我也是。"

两人相视大笑，一起走进街角一家酒楼，随意点了两样小菜，要了两角酒。

赵不尤又将章美去应天府的事告诉了江渡年，和郑敦、田况一样，江渡年也大吃一惊，连声摇头，不愿相信。

赵不尤劝道："眼下最要紧的是查明他二人去应天府的缘由，渡年，你再仔细想想，他们两人这一向是否有什么异常？"

"我琢磨了两天，发觉郎繁和章美那天的确有些异样。"江渡年大口饮了一盅酒，用手抹了抹髭须浓遮的嘴。

"哦？说来听听。"

"你也知道，我这些年摹写书法，渐渐摸出一些门道，透过字迹去揣摩人的心性。后来觉得，不但字迹，人的神色语态也可揣摩。这两天，没事时，我就反复回想他们两人寒食那天相聚时的情形。就拿这酒杯来说，喝了酒，两人的手势和平时都有些不同。先说郎繁——"

江渡年端起手边的空酒盅，比划着继续道："郎繁平日不太说话，心里却藏着抱负，又一直得不到施展，所以有些郁郁寡欢。他平日喝酒，饮过后，放杯时总要顿到桌上，好像是在使气。寒食那天，他喝过酒，放下杯子时，照旧还是顿下去，不过酒杯放下后，手并没有像往常一样随即放开，而是捏着杯子，略停半晌才松手。我估计，他恐怕是在留恋什么，或犹豫什么。"

赵不尤照着江渡年说的，拿起酒杯也仿做了一遍，仔细体会其间心绪变化。放下酒杯时，重重顿杯，一般有两种情态，一种是心有郁气，无意间借物宣泄；另一种是性情豪爽，处处使力，显现豪气。郎繁无疑属于前者。

杯子顿下之后，手若随即离开，说明心事不重，手若仍握着杯子，则是心事沉重。据郎繁妻子江氏所言，郎繁先是心事重重，后来似乎已经想明白，作出了决断。但就这握杯手势而言，他所作的决断，必定十分沉重，因此才会握杯不放。

于是他问道："渡年果然好眼力，你说得不错，握杯不放，应该是留恋和犹豫。那天他顿杯时，和往常有没有不同？"

"我想想……顿的时候，似乎比往常更用力一些。"

"更用力？这么说来，他那天顿杯，不是发泄郁气，而是表诚明志。他是作了一个重大决断。"

"什么决断？"

"赴死。"

"哦？"江渡年睁大了眼睛。

"你们那天说，寒食聚会上，章美和郎繁争论孟子'不动心'，郎繁说人怎可不动心？一定是有什么让他动了心，即便舍身赴死，也在所不惜。然而，生死事大，再果敢勇决，面对死，也难免踌躇犹疑，他握杯不放，其实是在留恋生。"

"究竟是什么事？"

"目前我也无从得知。这事先放一放，你再说说章美那天的不同。"

"嗯，章美……"江渡年捏着酒杯，低眼回想半晌，才又说道，"章美为人稳重谨慎，平时放杯不轻不重，放得很稳，从来不会碰倒杯子，或洒出酒来。

但那天，他似乎随意了一些，放杯子时，时轻时重，还碰翻过一次杯子，杯子翻了之后，他还笑着用中指按住杯沿，让杯子在指下转了几转——"

"据你看，这是什么心情？"

"我觉着似乎有些自暴自弃的意思。"

赵不尤又拿起杯子，反复照着做了几遍，发觉不对，摇摇头道："恐怕不是自暴自弃，章美一向守礼，转杯，有自嘲的意思，也有些越礼放任的意思。此外，还有一种如释重负的轻松。我估计，他也有什么心事，心不在焉，因此才会碰翻杯子。此外——还有一些心绪，我一时也说不清……"

"对了，平日我们争论时，他从不轻易动怒，更不嘲骂。但那天，他多喝了两杯，语气似乎有些放纵，对简庄兄都略有不恭。"

"哦？"

赵不尤忽然想出刚才难以揣测的另一种心绪：不满。

章美越礼放纵，一定是对什么事，或什么人不满。那天是东水八子寒食聚会，他难道是对座中的某人不满？是谁？难道是对郎繁不满？

他忙问："章美和郎繁那天争论时，可否动怒？"

"没有，他们两个很少争执，那天也只是各陈己见，说过就完了。"

"那天他还和谁争执过？"

"再没有。"

"宋齐愈呢？那天没有争论新旧法？"赵不尤忽然想起宋齐愈主张新法，其他七子则愿守旧法。其中章、宋两人情谊最深，但也最爱争执。尤其一旦提到新旧法，两人势同冰炭。

"嗯……"江渡年低头捏着酒杯，摇头道，"没有。那天大家兴致都不高，并没说太多，聚了一会儿就散了。"

"为何？"

"各自都有事吧，尤其简庄兄，他的学田要被收回，生计堪忧。"

"这一向，其他人可有什么异常？"

"似乎没有。"

宋齐愈那夜在船上并未睡好，躺在铺上，一直笑着回味与莲观的一番对话。

第二天，他早早起来，走到舱外，想着或许能见莲观一面。然而，他们住的小舱和莲观的大舱中间还隔着个上下船的过道，过道那边又是昨夜那位唐妈的舱室，他站在船尾的艄板上，不时望向过道。那边舱门始终未开，连唐妈都没见到。

他向船工打问，船工却只知道莲观姓张，其他一概不知。

很快，船便到了汴梁，停在力夫店的岸边。章美和郑敦也已经醒来。他们三人从过道处下了船，从岸上绕到船头，前面大舱的窗户都关着，仍没见到莲观。只看到船主站在船头指挥着船工降帆收桅。他们过去向船主道谢，并拿出小包袱里的备用银子，要付船资，船主却说那位小姐吩咐过，不许收。

宋齐愈一听暗喜，正好去向莲观拜谢，谁知道一位锦衣妇人走到船头，冷冷对他们道："我家小姐说不必言谢。"听声音，正是昨晚那位唐妈。

宋齐愈大为失望，只得向唐妈及船主道别，见到岸边的力夫店，正好腹中饥饿，三人便走了进去。郑敦和章美忙着要尝尝汴京的美味，宋齐愈的眼却始终望着那只客船。

几个男仆先将一些箱笼搬下船，而后几个仆妇提着些包袱什物上了岸，看着东西都搬完后，那位唐妈才下了船。最后，才见一个绿衣婢女扶着一位小姐，踩着踏板，小心下了船，那小姐自然是莲观。

莲观头上戴了顶帷帽，轻纱遮着面庞，看不清。她上身穿着莲叶绿纹的白罗衫儿，下身也是莲白色罗裙，露出秀巧的绿绣鞋。当时是初夏清晨，雾气还未散尽，略有些河风。清风轻轻掀动她的面纱和衫袖，玉颈和皓腕时隐时现，却始终不露真容，只见她身姿纤袅，细步轻盈，如一朵白莲在浅雾间飘移。

岸上已经有一顶轿子候着，绿衣婢女扶着莲观上了岸，坐进轿子，轿帘随即放下，再看不到莲观身影。宋齐愈怅望着轿子走远，心里也起了雾，一阵空惘。

到太学安顿好后，宋齐愈便开始四处打问姓张的员外郎。

但员外郎只是从六品的官阶，京中不知道有几百位，即便姓张的，也有几十位。他一个一个打问过来，都没能找到莲观的父亲。

后来他以为自己听错，又开始打问姓章，甚至姓占、姓展、姓翟的员外郎，却一无所获。渐渐地，他也就断了念，甚至觉得莲观只是梦中一朵白莲，连其有无都开始恍惚。

当他已经淡忘的时候，有天却从太学门吏的手中接过一封信，打开信一看抬头两个字竟是：莲观……

琴子乐致和在老乐清茶坊里，正拿着块帕子擦拭桌凳。

这时天尚早，茶坊里还没有客人，店前的汴河上早雾未散，只听得到三两只早船吱吱呀呀的桨橹声，远处偶尔一两声晚鸡啼鸣。

这老乐清茶坊是他伯父之业，因伯父无子，乐致和自小便被过继给伯父，他虽爱读书，但更爱清静，不愿为利禄而焦心奔忙。长到十五六岁，就帮着伯父料理这间茶坊。这几年，伯父年老，他便独自操持起来。单靠卖茶水，一年只能赚些辛苦衣食钱，故而汴河两岸的茶坊都要兼卖酒饭。他却嫌油污糟乱，只愿卖茶，生意一直清冷。后来因他们东水八子常在这里聚会，这间茶坊渐渐有了雅名，来这里喝茶的大多是文人士子，虽不如其他茶坊火热，却也足以清静度日。

今天虽然四下清静，乐致和却有些烦乱。平日，他最爱擦拭桌凳、清扫店面，一为生性爱洁，二则是由于以前曾听过简庄一席言。有天他们八子聚在这茶坊里论道，简庄见宋齐愈谈得高远，甚至流于庄子玄谈，便转述了其师程颐的一句话："形而上者，存于洒扫应对之间，理无小大故也。心怀庄敬，无往非道。"

乐致和听到这话，大为受用。少年时，有位潦倒琴师常到他家茶坊来喝茶，那琴师琴技高妙，但性情孤傲，不愿去勾栏瓦肆里卖艺，只在人户里教子弟学琴，他虽寄食于人，却脾性急躁，主人稍有俗态怠慢，抱琴就走；弟子稍有不顺意，便连骂带打，因此没有一家能待得久。乐致和有天到茶坊里玩，琴师见到，一把抓住他的小手，反复揉捏细看，赞叹他天生一双琴手，便向乐致和的伯父说："我要教他学琴！倒给钱也成！"

果然，乐致和一坐到琴前，便像换了一个人。他原本生得细瘦，背又略有些驼，一向不起眼。然而只要坐到琴前，身子顿时挺拔，眉眼间也散出清秀之气。学琴也极颖悟，三两个月已经上手，一年后已能熟奏十几首古曲。

这时，那琴师却患了不治之症，临终前，琴师将自己那张古琴送给了他，又抓住他的手，喘着气拼力说："记住！琴比身贵，曲比命重。"

从此，乐致和便一心沉入琴曲之中，对那张古琴也爱之如命。那琴师传给他的琴曲大多清劲孤峭，如绝壁松风、危崖竹声一般，正合他的少年心性，渐渐将他引至孤愤幽怪之境。直到数年后，鼓儿封偶然来到茶坊歇脚。

鼓儿封是个鼓师，常日在酒楼茶肆里给歌妓击鼓伴唱。乐致和虽曾见过，却从未说过话。那天天色已晚，茶客已散，他在后院中弹奏《孤竹》，一曲奏罢，才见到鼓儿封站在门侧茶炉边，目光闪亮，满眼赞叹。那赞叹显然是懂琴之人才会有，再看鼓儿封，衣着虽然俭朴，气宇间却有股清硬不折之气。乐致和还留意到，鼓儿封赞叹之余，眼中似乎另有些疑虑。

他有些纳闷，起身致礼，鼓儿封忙回过礼，赞道："小兄弟年纪轻轻，琴艺竟已如此精熟，难得！难得！而且这琴音像是水洗过一样干净清明，没有丝毫俗情俗态，我这双老耳已经有几十年没有这么清亮过了。"

乐致和忙道："老伯谬赞。老伯定然也会弹琴？"

"老朽以前也曾胡乱摆弄过，不过在你面前，哪敢说'会'字？后来手残了，就没再弹过了。"

鼓儿封愧笑着展开双手，两只手的食指都缺了一截。乐致和见到，心里一惊，这残缺虽小，对弹琴之人却是致命之伤。他抬头望向鼓儿封，鼓儿封却笑得爽朗，看来早已不再挂怀。

乐致和便问道："我看老伯方才眼中似有疑虑，不知为何？"

鼓儿封歉然道："这话也许不该讲，不过总算是琴道中人，还是说一说吧。方才一曲，在老朽听来，心境似乎过于幽绝险怪了。以老弟年纪，正该三春生气、朝阳焕然才对。论起弹琴的人，当年嵇康是最狂怪的，但他弹琴时，'手挥五弦，目送飞鸿'，那心境也是超然世外，极广极远，并没有一味往孤僻处走。"

乐致和听了，心里大惊，如一道闪电裂破苍穹。除了那位琴师，他并没有和第二个人论过琴，一直都在一条幽径上独行，自己也隐隐觉得越走越险窄，却难以自拔。鼓儿封正说到了他心底最不安处。

他忙再次叉手致礼："老伯见多识广，一语中的，还望老伯多多赐教！"

鼓儿封愧笑道："老朽说浑话，哪里敢教人？何况老弟你这琴艺，我在你这年纪是远远赶不上的。"

乐致和却忙请鼓儿封到前面坐下，点了盏上好的茶，再三求告："自教我琴的老师亡故后，再没有人指点我，今日有幸能遇到老伯，老伯也说同是琴道中人，就请老伯不要过谦吝惜。"

鼓儿封也就不再推让，诚恳道："老朽当年也有过一段时间，只好奇险，越怪越爱。后来，我的老师传给我一句话，他说'琴心即天心'。这句话老朽想了半辈子才渐渐明白——一般人弹琴，心里只有个自己，可自己那颗心再大，也不过方寸，你便是把它角角落落都搜检干净，能收拾出多少东西来？何况其中大半不过是些小愁小恨，弹出来的曲，也只是小腔小调。好琴师却不同，他能把自家那颗小心挣破、丢掉，私心一破，天心就现。这好比一颗水珠在一片江海里，水珠若只会自重自大，就始终只是个小水珠，但它一旦破掉自己，便是江河湖海了……"

乐致和听鼓儿封言语虽质朴，道理却深透，如一只大手拨开了他头顶云雾，现出朗朗晴空。半晌，他才喃喃道："琴心即天心，伯牙奏《高山》《流水》，其心便是天心。能静能高者为山，能动能远者为水；山之上，水之涯，皆是天……"

从那以后，乐致和便与鼓儿封结成忘年之交，他的琴境也随之大开。

后来他又得遇简庄等人，谈学论道时，更发现鼓儿封所言琴理，和儒学所求乐道，两者竟不谋而合。儒家之乐，用以和心，讲求平和中正，其极处，便是鸢飞鱼跃、万物荣生的天地仁和之境。

尤其听简庄转述师言，洒扫应对皆是道，他不但在弹琴时蓄养和气，即便擦拭桌凳，清扫地面时，也静心诚意，体味其间往复之律、进退之节。

然而这两天，他却心气浮动，再难安宁。他放下手中帕子，望向河面，那只藏有郎繁尸体的新客船已经挪走，只有汤汤河水缓缓而流。偌大京城，人口百万，却只有东水八子能令他情投意合、心静神安，如今却一亡一失……

他长长叹了口气，重又拿起帕子，正要动手擦拭剩下的一小半桌面，却见赵不尤走了进来。

赵不尤这两天心绪也有些烦乱，但他知道心静才能烛理，何况这个案子牵连极广，便随时调息，不让自己乱了心神。

昨晚，顾震派万福送来了两样东西，是从那个服毒自尽的谷二十七身上搜出的，一条纱带，一个瓷瓶。

他先看那瓷瓶，只有拇指大小，却十分精巧，釉质光洁，白底青纹，一枝梅花纹样斜绕瓶身。拔开瓶塞，里面空的，他嗅了嗅，还残余着些气息，略似蒿草气味。

"那个谷二十七就是吞了这瓶子里的毒药自尽的。已经找药剂师查过，是鼠莽草毒，和客船上那二十几人所中的毒一样。"万福道。

赵不尤又看那条白纱，约有二尺长，五寸宽，中间一段光滑平整，有些发硬，他摸了摸，很滑，凑近灯仔细看，似乎是涂了层透明清漆。

万福又道："府里许多人都看过了，谁也猜不出这是做什么用的。赵将军可想得出？"

赵不尤注视着那条纱带，摇了摇头："我一时也看不出。船上那些死尸身上可搜出这两样东西？"

"没有，都是些随身常用之物。那案子已经封死，不许再查，这证物也就没用了。顾大人就向管证物的库吏要了来，说赵将军恐怕能从中查出些线索来。另外，顾大人也已经写信给应天府的朋友，让那边帮忙查问那只梅船的来历。"

赵不尤点了点头："寒食那天下午，郎繁并没有搭乘客船，他也应该不会骑马去应天府，我估计应该是搭乘了官船。有劳你回去转告顾兄，若有空闲，请他再去汴河下锁税关，查问一下那天下午离京的官船。"

"好。"

第十章　片语终生念

> 大抵人有身，便有自私之理，宜其与道难一。
>
> ——程颐

宋齐愈绝没有想到，竟会收到莲观的书信。

他急忙展开，见信上是卫夫人小楷字体，笔致温婉，满纸娟雅，再看内文——

莲观顿首宋君齐愈足下：汴舟一别，倏然两载。君可记轻帆明月、隔窗夜语？一枕清风，犹响耳畔；傲骨奇峰，可曾凌云？奈何夜短语促，憾未畅怀；山长水远，佳会难再。拙词一阕，稍寄鄙衷。千里叨扰，惶怯惶怯。敬申寸悃，勿劳赐复。秋祺。七月十五日，雨夕，莲观顿首谨启。

信后附了一首词，是《临江仙》——

露送秋霜莲送雨，一池缱绻余情。寒蝉辞树细叮咛。数枝枝叶叶，忆嫩嫩青青。

一茎幽香洁自守，晚荷仍旧亭亭。相逢却更叹伶俜。隔窗不见影，帘外语声轻。

当时秋光似金、天青如碧，宋齐愈原本惊喜拆信，等读罢，却不禁怔住，心里凉惆惆，如阴秋落雨。原来不止他念念不忘，莲观竟比他更眷念舟中那一席偶遇言谈。细品词中一腔幽意，笔端清思婉意，那"一池缱绻余情"，令他既欣慰，又伤怀，更涌起无限怜惜。

莲观不同于他，他可交游，可纵谈，可四处漫走，莲观却只能幽居深闺，惜叹光阴。恐怕是情思难耐，才敢这样贸然越礼寄书。信尾说"勿劳赐复"，不让他回信，又让他如鲠在喉，怅闷不已。想一想也是，闺阁之中，岂能随意和男子私通书简？但至少也该让他知道身世姓名，这样无形无迹，隔空想望，比那夜舟中隔窗夜谈更让人恨痒难耐。

他看信中"千里叨扰"四字，难道莲观的父亲被差遣到外路州任职了？他忙回去问太学的门吏，那门吏说是个中年男子来送的信，看衣着是商人，听说话是荆湖口音，不过那人并没多说什么，留下信便走了。

京中都难寻，何况是外路州？天下二十四路、二百四十二州、三十四府、五十二军，到哪里去找？

但他不死心，又辗转托朋友，去吏部找来这两年赴外任的员外郎名录，姓张和章的有几十位，其中有女儿的又占到一半，但莲观姓名样貌他一无所知，再往下就没法继续打问，他只好罢手。

过了两个月，他又收到一封莲观的来信。信中仍是简短几句遥问致思之语，信后又附了一首词，仍然笔致深婉，词句清妙，让他吟咏不已，惆怅不已。

此后，每隔一两个月，他总会收到莲观的信，却始终不知道莲观家世姓名，也偏偏遇不到、问不出送信之人。宋齐愈本是洒落随性之人，再大的事，都能一笑了之，然而对于莲观，他却郁结出一段缠绵不尽之思，无人之时，总是不由得深憾长叹。

怅闷之下，他填了一首《虞美人》，却不知该寄往哪里。

　　轻舟不渡相思客，沧海愁消渴。一轮明月两心间，寂寞窗边千里共秋寒。

　　相知何叹缘深浅，片语终生念。江湖到此一峰青，过尽千山万水总嫌平。

自宋兴科举以来，京城盛行"榜下择婿"，每到殿试发榜之时，高官巨富之家，凡有待嫁之女的，都来皇城争抢新科进士做女婿，而进士又多出自贫寒，正是财与才珠联，富与贵璧合。尤其推行"三舍法"以来，从太学生历年学业评等，就可大致预计将来殿试名次，富贵之家为抢先得手，便兴起预定女婿之风。

宋齐愈自从进入太学，一路风评极佳，当他以外舍第一名升入内舍，京中很多贵宦巨商便已纷纷寻媒人来提亲，连太师蔡京、枢密院郑居中都遣人说合。宋齐愈凡事都可大而化之，对于择妻却不肯轻易将就，因此全都婉拒了。

他所见所闻之女子，没有一个及得上莲观。莲观一封又一封书信，因文见情，由词观心，让他越发心意坚定。虽然始终找寻不到莲观下落，但他想，只要书信不断，莲观不嫁，他便愿等。

几天前，他收到了莲观的第九封信，终于知道了莲观的家世。

"不尤兄，我正要找你。"

赵不尤还未走进老乐清茶坊，乐致和已经迎了出来。他请赵不尤进到店中，选了临河的那个茶座，平时这里桌椅都极洁净，今天擦拭得却略有些草草，桌面上还有些灰痕。乐致和忙用布帕又拭净，才请赵不尤坐下："不尤兄稍待，我去点茶。"说着便走到后门去准备茶水。

赵不尤扭头望向河对岸，墨儿这两天接了桩案子，正在对面十千脚店查看。不过从这里望不到什么。他又回头看乐致和点茶。

乐致和于茶极讲究，到水缸旁，灌了一铜汤瓶水，安顿到茶炉上。又走到茶柜边，从最上面一格取下一只小青瓷罐，从罐子拈出一小团茶饼，用一张净纸包裹好，放入木砧钵里捣碎，倒进一只青石小茶碾里，将茶碾细。又用白绢茶罗筛了一道，细茶末如雪霰一般落到白纸上。而后，用茶匙各舀了一匙茶末在茶瓯中，端着走了过来。

赵不尤想起那只新客船，问道："清明那天，泊在这岸边的那只新客船你可留意过？"

乐致和将茶盏轻放到桌上："那天，我清早起来打开门就见它已泊在那里，恐怕是夜里驶过来的，当时并没有多在意。"

"船上的人呢？有没有见到？"

"并没见有人上下船，不过后来听到那船里有男男女女在说笑唱歌，听着至少有七八个人，窗户都关着，只隐约看到人影晃动。恐怕是我去后面烧水时上的船。事发之后，也没见人下船——"

这时，门外炉子上的汤瓶发出气啸之声，水已沸了。乐致和忙过去提了汤瓶，又回到桌前，将汤瓶流嘴对着茶盏边沿，轻轻注入沸水，另一只手握着一把形如小刷帚一般的茶筅，一边注水，一边快速搅动。

顷刻间，青黑的茶盏中雪浪翻涌，恍然间如同一幅沧海烟雨图，一股清香随之沁入鼻息。

"不尤兄请！"

赵不尤轻啜了一口，清苦微甘，如春烟，似秋露，不由得赞道："好茶好艺，这是什么茶？"

"玉除清赏。上月有个茶商朋友分了我一些，总共只有十饼。原本是要在清明琴会上，请各位一起品尝——"乐致和脸上笑意散去，深叹了一声，坐了下来，已无心绪给自己点茶。

"你刚才说正要找我？"

"关于郎繁，我想起一件事。"

"哦？"

"寒食之前，我在这里有两次望见他在对岸，进了十千脚店。"

"他一个人？"

"嗯。其中一次，郎繁进店后，我朝对面张望，对面楼上北窗开着，过了一会儿，那窗户里露出郎繁的脸，还朝我这里望了一眼，我当时在左边那个棚子下面，他应该没见到我。接着他就关上了窗户。当时我还有些纳闷，他只要出东城，若不是去简庄兄那里，便是来我这里，难得见他进那间脚店。"

"他每次在里面坐多久？"

"大概半个多时辰。更让我纳闷的是，我以为他出来后，会来我这里，还准备好了茶，两次他却都直接进城去了。"

"后来见到他，你没有问？"

"没有。我想他要说，自然会说。他并没有提起。"

"那一阵，他心绪有些不宁，你可觉察到了？"

"回想起来似乎是。不过他一向不爱多言，所以当时我也没有在意。"

赵不尤端起茶盏，又啜了口茶，却已无心去品茶味。心里想，郎繁之所以去应天府，自然是有人和他商议了什么事，或许那人选定了在这家脚店来碰面。

随即，他发现一个疑点，郎繁和某人显然是要密谈，不愿别人看见，但僻静之地到处都有，为何非要选在这里？其中难道有什么原因？这原因是什么？

温悦趁着天气好，和夏嫂一起将家中被褥衣物都取了出来，该洗的洗，该晒的晒，才整理清楚，就听到有人敲门，是简庄的妻子刘氏和妹妹简贞。

刘氏穿着件半旧的石青褙子、灰绿的衫裙，一脸慈朴。简贞只比瓣儿大一岁，穿着石青色半臂褙子、天青的衫儿、深青的裙，也都已不新，不过配着纤秀的身形，加上细长的眉眼、秀挺的鼻、纤薄的唇，如素绢上描画的一丛兰叶，天真本不需着色，清逸更胜众花喧。

"刘嫂？简贞妹妹？快快请进！"

温悦忙让进门，她知道简贞要回避男子，虽然赵不尤和墨儿都出去了，还是照旧让她姑嫂二人到瓣儿的房中说话。又唤夏嫂烧了水，取出家里藏的上好建安小凤茶，亲自去洗手点茶。

"温姐姐，不必这样劳烦。"简贞忙起身阻让。

"这可不成，多久没见到你们了？我正想着过两天闲了去看你们呢。"温悦一边说话，一边点了三盏茶，这才坐了下来。

刘氏笑着道："我们也时常念着你们姑嫂呢，瓣儿妹子去哪里了？"

"她不像简贞妹妹，坐不住，去外面疯去了。"

"唉，我们家贞妹子被她哥哥管束着，想走动还不能呢，今天还是趁着他不在，才偷偷出来的。"刘氏笑着叹了口气。

温悦看了简贞一眼，见她始终坐得端静，即便笑，也清素守礼。他哥哥简庄一向严于守礼，简贞又是他一手养大，管束得像是女儿一般。难得简贞不但无怨，而且视以为常，贞静得如同天生如此一般，让人又爱又敬。

"听说简贞妹妹买了田地呢？真正了不起！"

"可不是吗，要不是她，这些年我们家不知要穷糟到什么地步！这回更是，眼看就要断粮了，她哥哥却一点法子都没有。贞妹子好不辛苦买了些地，救了一家子，他哥哥还有些不乐意，说闺阁里的笔墨轻易泄出去就已经大不是，竟然还拿去卖钱。这两天一直在生闷气呢。"

温悦一听，有些不平："是吗？我们这两天还一直在赞叹贞妹妹呢。简庄兄为人固然可敬，有时也过于严苛了。"

刘氏叹道："可不是？平日里我们连话都不敢说，一说就错。"

简贞这时才开口轻声道："温姐姐，我哥哥未必是生我的气，他恐怕是在生自己的气。哥哥也是实在不容易，一心读书求道，这营生求利的事，原就不是他该操心的。以他的学问，随便谋个禄职，并不难。但如今谋到官职，想要守其志、行其道，却难。就算做个教授，别的都不许讲，一字一句都得依照王安石的《三经新义》。自古义利难兼得，哥哥箪瓢陋巷，能不改其志，我们被他说两句又算得了什么呢？何况他说得都在理。"

温悦叹道："能有你这样一个好妹妹，简庄兄真是大幸。"

简贞微微笑了一下，随即叹道："若没有哥哥和嫂嫂，我也活不到今天呢。对了，温姐姐，我和嫂嫂今天来，是有件事相求。"

"什么事？尽管说。"

简贞从怀里取出一个青布卷，打开布卷，里面是一卷纸："是买田地的事，已经买成了，官税已割了，官印也压了。不过这里面有个小疑虑，田主是个寡妇，照律令，寡妇不能典卖田产，不知道官府怎么会让她卖了？听说这几年为这样的事，很多人买的地后来都被官府收没了。我怕我们买的这块田也不稳便。所以过来求温姐姐，能不能让赵哥哥帮忙查问一下？"

"这是官契？我看看——"温悦接过那张田契，看了上面的原典卖人姓名，随即笑道，"不必问你赵哥哥，这个我就知道，不必担心。律令上定的是无子孙或子孙不到十六岁的寡妇，不能典卖田产。你这张田产上典卖人填了两个，头一个阿何虽然是寡妇，但第二个李齐是她孙子，这里特地注明了年龄是十七岁。所以官府才允许她典卖。你赵哥哥经手过不少这类讼案，没有错，尽管放心。"

简贞收回田契，细看了看，才微微笑着说："原来是这样呢，那就好，可以踏实安心了，多谢温姐姐。"

简贞小心卷好了田契，用布重新包好，才又收回怀中。温悦看着她，越看越爱，又想，若能把她说给我家墨儿，那该多好？现在章美虽然失踪不见，但宋齐愈仍在，许多官户富户都争着给他提亲，他却一直没有应允，难道是相中了简贞？

于是她探问道："过两天就要发榜了，宋齐愈的太学魁首恐怕是逃不掉。"

却没想到，一提到宋齐愈，简贞立刻低下了头，刘氏也勉强笑了笑，含糊应了一声。

温悦有些纳闷，见她们这样，也不便多问，就转开话题，聊起闺门家常。

寒食前两天，宋齐愈又收到了莲观的来信——

> 莲观顿首再拜宋君齐愈足下：此书写而复毁者数四，因念及宋君所言皓月心、江海意，始敢终笔。莲观自知粗颜陋质，有孟光之容而无其行，然心期举案，愿效齐眉。舟中一别，心系于君；既经沧海，万难他适。奈春秋淹速，年岁已长；家亲催逼，日迫一日。家父现为

应天府宁陵县令。宋君若涓滴留意、不弃茅艾，莲观甘心奉帚于侧、捧茶于前。虽无红拂之眼，愿涤昭君之器。冒俗自荐，愧惭难述；越礼不题，惶悚至极。惟忧惟盼，何煎何熬。不宣。三月某日，莲观谨启。

她是要我去提亲！

宋齐愈坐在太学院子角落一棵松树下，反复读着那封信，心里既欢喜，又忐忑。身子都有些抖，不由得站起来，来来回回踱着大步。

他虽然知道莲观不同于一般女子，却绝没想到她敢这么直截说出自己心意。这样一个纤秀女子竟有如此勇决之心！

后天寒食，太学休假，那天一早我就去宁陵提亲！

他忽又想起，三天后就是殿试日，不由得踌躇起来。再一想，宁陵离得并不远，回来逆流最多也只要大半天船程，三天时间足够了。否则，这三天留在汴京，恐怕休想有片刻安宁。于是，他定了心去。

不过，提亲得要备些酒礼，他慌忙计算起来：来京时娘将自己那根金簪给了他，说万一有个急难，可以典卖。这支金簪他一直好好藏着，定亲要用金簪，正得其用，想来娘也不会怪他。至于钱，自己积攒的只有一贯多点钱，勉强只够单程船资，得借一些才成。章美倒是有钱，不过前一阵吵翻了，至今气还没散。除此之外，认识的朋友，大半没钱，有钱的，又不方便借。

他想了很久，忽然想到力夫店的店主单十六，单十六曾多次跟宋齐愈讲，急需钱就找他。单十六是个热心爽快的人，应该不是随口说说而已。

傍晚，他就去东水门外找到单十六，说要借五贯钱。单十六一听，满口答应，立即进到内屋，取出了一贯钱、二两碎银："宋公子既是要出门用，这一贯散钱零用，其他四贯我给你折成这二两银子，好携带。宋公子尽管用，多早晚还都成，不够再来拿。"宋齐愈忙连声道谢。

钱有了，还有一事，父母亲远在家乡，没有禀告就私自议亲，这有违孝道，恐怕不成。但一想莲观信中所言，她父母日日催逼，万一有别家提亲，她父母一旦相中，莲观再勇决也难违抗。踌躇了一夜，他才想出个折中的办法：先去议亲，下好定帖，随后写信告知父母，再去定聘。父母一定不会埋怨，于礼数上也不算违越。

于是，他焦急等待着寒食。

第十一章 官媒、求婚启

> 事无大小，皆有道在其间，能安分则谓之道，不能安分谓之非道。
>
> ——邵雍

寒食那天，天刚亮宋齐愈就急急出了城，赶到东水门外搭船去宁陵。

还没到虹桥，一个中年船主见他背着褡裢，就从岸边迎了上来，脚微有些跛："公子，可是要搭船？"

"是，去应天府。"

"正巧我们这船便是去应天府，不过不是客船，是货船。"

船主指了指岸边停靠着的一只货船，宋齐愈正怕带的钱不够，货船船资会少很多，便道："货船也成。有个地方坐就成。就劳烦船主顺带搭一程，船资随你定。我只到宁陵县。"

"哦？宁陵……"船主略想了想，道，"公子是太学生吧，给三百文就成了。"

果然少了一大半，宋齐愈随着船主上了船。船上堆满了货，用油布盖着。船尾有一个小篷舱。船上桨工舵手也只有六个人。宋齐愈见舱篷前有一小片空处，准备坐在那里，那船主却道："公子怎么能坐这里？去篷里坐吧。"说着把宋齐愈让进舱篷子里，随后吩咐船工启程。

舱里铺着张席子，中间一张小矮方桌。宋齐愈和船主面对面盘腿坐下，闲聊起来。他一向留意民生，每到一处，都爱和人攀谈，打问当地当行的境况。那船主姓贺，也是个善言的人，两人很快说到一处。船主说得高兴，从旁边一个竹篮里取出了一瓶酒，一碗糟豆，一碟咸鱼，斟了两杯酒，请宋齐愈一块喝。宋齐愈从未在早晨喝过酒，不过见船主爽快，便没有推辞，一起喝起来。

他一夜都在想着莲观，没有睡好，早起没来得及吃东西，那酒劲又足，空腹喝下去，才几杯就已不支，斜靠在船篷上，不由得睡了过去。

醒来时，见船主坐在对面冲他笑，他以为自己睡了很久，一问，还不到一个时辰。掀开篷后帘一看，两岸稀落有些房屋，才出京畿不远。

宁陵县隶属应天府，在汴梁和应天府之间三分之二处，二百多里路，顺流船快，三个多时辰就到了。宋齐愈付了船资，谢过船主，上了岸。

他先到岸边一间茶坊里打问，当时在船上并没有听错，宁陵县令果然姓张，有四个儿子一个女儿，女儿名叫张五娘，已经二十三岁，仍待字闺中。

宋齐愈本还有些犹疑，这下心才真的落了实。原来莲观闺中芳名叫五娘。他要了碗茶，拣了个窗边安静座位，向店家借来笔墨，取出在京特地买的浣花冷金彩笺，小心展开，心里酝酿一番，提笔写了一封求婚启——

> 关雎鸣洲，心期嘉耦。敢凭良妁，往俟高闳。太学上舍生宋齐愈门
> 寒位卑、质浅才疏，钦慕高风、凤望谕教。伏闻张公先辈爱女第五娘，
> 禀萃德门，性凝淑质。鸣鹤于阴，志盼和协。仰待垂青，祗候俞音。

写好后，反复默诵了几遍，又等墨迹干透，才仔细折好，放入备好的信封中。他想：向县令家提亲不能草率了，在京城说官亲须得请官媒。于是又打问了一下，那茶坊主讲官媒倒是有，但只有一家，姓薛，在县衙正街斜对过的街角，去了一打听就知。

宋齐愈随意吃了碗面，填饱肚子后，便立即赶往正街，找到了那家官媒，只在一间窄小的茶铺里，媒人只有一个中年微胖的妇女，不像京城官媒总是两个成对。那妇人也没有戴盖头、穿紫褙子，只穿了件黄褙子，在京里只算得上三等媒人。茶铺里没有人，那妇人见宋齐愈身穿洁白襕衫，眼中露出喜色，忙笑着起身招呼："这位公子，是想说亲？"

宋齐愈头次寻媒人，心里微有些害羞，但随即笑着道："是薛嫂吗？在下宋齐愈，今日赶到宁陵，正是要向人提亲。"

"哦呀？宋公子啊，不知你想说哪一家的姑娘？"

"张县令家。"

"哦呀！这可是咱们宁陵县的金枝儿，不知宋公子是什么来历？"

"在下是太学上舍生。"宋齐愈取出升入太学上舍时礼部发放的文书。

"哦呀！难怪——"薛嫂上下重新打量过后，笑着道，"张县令家我也说过十几回了，都没成，不但张县令眼高，他家五娘小姐更是比针眼还难进，满宁陵县没有一家儿郎能看入眼的。宋公子既是京城来的，又是上舍生，兴许能成，你带来求婚启没有？"

"在下已经写好。"宋齐愈忙从怀中取出求婚启。

那薛嫂接过读后，皱眉道："这是宋公子自家写的？求婚启该是尊长出面才合礼数呀。"

宋齐愈忙简略解释了一遍，只略过了莲观寄书一节。

薛嫂摇头道："这就有些难办了，张县令门风严得跟铁条似的，礼数稍差一丝，他都要怒，公子自写的婚启拿去，恐怕得啐我一脸大唾沫。"

宋齐愈忙恳求道："薛嫂，在下也知道有些越礼，只是事情惶急，等写信给父母，通报了再来求亲，怕来不及了。不管成与不成，还请宋嫂去说一说，在下必定重谢！这是一两银子，宋嫂请先收下——"

"婚姻大事，又不是赶灯会，公子急个什么呢？再说那张五娘嫁了这么多年都没嫁出去，还急这一两个月？"薛嫂嘴里虽然这样说着，却笑着接过了宋齐愈的那块小银饼，"好吧，你先坐坐，我就去跑一趟。先说好，若是去了被啐出来，这银子我可不还。"

"那是当然，有劳薛嫂。"

薛嫂照着官媒的规矩，撑了把青凉伞出门走了，宋齐愈坐在茶铺里，心里竟比当年应考太学还忐忑焦急。

赵不尤正要去寻访宋齐愈，才出门就见甘亮来请，古德信因清明那天的酒没喝成，重新做东，请赵不尤和顾震一聚，地点仍在章七郎酒栈。

赵不尤便先去赴约，刚上虹桥，迎面过来一个矮胖的人，圆脸，大眼，厚嘴唇，穿着件蓝绸便服，是枢密院北面房的令史李俨。李俨一眼看到赵不尤，脸上立刻浮出笑，几步凑了过来，又起一双胖手致礼道："赵将军！"

去年李俨无理侵占邻居宅地，赵不尤替那邻居打赢了官司，在那场官司中才认得李俨，之后再无交接。只在清明那天，在这虹桥边的茶棚下见过他一次。这时看到李俨满脸憨笑，似乎全然不记得那场官司，赵不尤微有些诧异，不过随即明白，李俨这类人便是靠这笑脸四处周旋。赵不尤不好冷着脸，也点头示意，抬手回礼。

"巧！正要去拜访赵将军。我一位堂兄遇了桩事，也是有关宅界纷争，要找人打理讼案。不知赵将军肯不肯赏光帮帮他？"

"李兄言重了，在下吃的便是这碗饭。"

"太好了，上回我输了那一溜地，正好从这里讨回来。哈哈！"

"就请令兄来找我吧。在下还有事，先行一步。"

"好！好——哦，对了，赵将军，我还有句闲话——"

赵不尤正要抬步，只得又停下来。

李俨仍憨笑着："赵将军这几天正在追查清明客船消失那案子？"

赵不尤不愿多言，只"嗯"了一声。

李俨又道："那天我正在虹桥口，至今不敢相信自家眼睛。不知赵将军查得如何了？"

"仍在查。"

"不过——我听说刑部还有王丞相都压死了这案子，不许再查，赵将军私自查案，难道不怕？"

"怕什么？"赵不尤有些不耐烦了。

"嘿嘿。这事太古怪，背后一定不简单。赵将军自己恐怕也知道，恕我多说一句，炉膛里探火，当心烧到自家的手。这些年我见得太多了。"李俨仍笑着，眼中却闪过一丝警觉。不过，他随即又哈哈笑道，"这两年，我信了佛，想着随处该多行些善，才多嘴了，赵将军莫要见怪。"

"多谢。"赵不尤不愿再多言，一拱手，随即举步上桥。

到了章七郎酒栈，古德信已候在那里，临河的座上。

古德信性情和善，常年乐呵呵的，此时虽然仍笑着，笑容中却透出些郁郁之色。

赵不尤问道："老顾还未到？"

"他正在后面鱼儿巷查案子，等一下才能来。"

"哦？又有案子了？"

"何止这一处？清明过后，京城内外到处都有事，这些生事的人像是商议好了一般，一起出动。开封府、皇城使、提点刑狱司、刑部、大理寺全都被牵动，乱作一团。就连你们'汴京五绝'，不但你，其他四绝也全都卷了进来。老顾自然躲不掉，东奔西跑，忙得脚不沾地。所以我才想着邀他来坐一坐，稍稍歇口气。"

"哦？这几天我只顾查那件案子，竟都没有留意。"赵不尤虽然名列"汴京五绝"，但五人素来各不相干，除了因交易讼案与"牙绝"有过几回交往外，和其他三绝都只是点头之交。

"还是大船消失那件案子？不是已被压下来不许再查吗？"

"老顾是不能再查，我自己在查。"

"这事恐怕牵连不小，你还是不要过于执着了。"

"正因牵连不小，才该查个明白。"

古德信满眼忧色，叹了口气："你这性子越来越硬。我知你主意一定，再难折回，劝也是白劝。从本心而言，我也盼着你能查出真相来，但就朋友之谊，我还是要再多劝你一句。郎繁和船上二十四人已经送了性命，这背后之人凶狠之极。不尤，你还是收手吧，不要惹祸上身。"

赵不尤笑了笑："人有一身，用得其所，才不负此生。我曾听简庄兄讲，其师程颐当年求学于大儒周敦颐，请教该从何入门，周子教他先寻孔、颜乐处。孔子和颜回，身居陋巷，粗茶淡饭，人都不堪其苦，他们却能乐在其中。他们为何而乐？这一问，我已细想了有十来年，却也不敢说想明白了。只是就我自己而言，生性就爱清楚明白。见到事不清、理不明，就如眼前遮了些阴翳污泥，心里便不乐。只有理清楚，查明白，眼前分明了，心才安乐。人未必都能求得到孔、颜乐处，但人生一世，总该知道自家乐处所在。一旦寻到这乐处，便是想停也停不住。"

"照你这么说，贪权、贪名、贪财、贪色，也都是人生乐处？"

"权、名、财、色，都是好东西，都能助兴供乐。不过，这些乐都来自于外，世上多少人都去争这些乐，但有几人能如愿，能长久？为之焦苦终生的倒满眼皆是。我所言之乐，无关外物，只由己心。"

"这倒近于佛、道了。"

"道家求长生，佛家寻解脱，儒家修安乐，名虽不同，其实都是寻一个心之安处，只是各家所循之路不同。但不管哪一家，只要心里存了个向外寻求的念头，终生都将被这个'求'字困死。只有去掉这向外寻求的心，才能找见自家本心圆满，天性具足，安与乐，皆在心性之中，根本不需外求。"

古德信听了，琢磨了半晌，才道："都说本朝儒学是从佛、道中来，我原有些惶惑，现在听你这么一解，顿时明白了许多。"

"本朝几位大儒，邵雍、周敦颐、张载、程颢、程颐，的确都曾出入佛、老，潜修其理，却不取佛家出世和道家遁迹，返归人伦，重兴儒学。发扬出心性、性命之学。尤其大程明道先生，于仁义之学中，寻出一个'理'字，将天地万物与古今人事都纳入到这个'理'中，儒学千头万绪，到此得以提纲挈领。简明真切，功莫大焉。另外，张载《西铭》所言——'为天地立心，为生民立命，为往圣继绝学，为万世开太平'，胸怀何其壮伟！孟子之后，千年以来，第一人也。"

"张子也是我极仰慕的大儒。"

两人叹赏了一阵，赵不尤想起古德信在枢密院任职事，便转开话题，问道："东南方腊之乱，眼下情势如何了？"

"童枢密才领军夺回杭州，方腊却又攻陷了婺州、衢州、处州，现又率众回攻杭州，战报还未收到，不知道战事如何？"

"我听闻方腊所到之处，守臣大都弃城而逃，这些年来，御外无力，守内也竟虚弱到这个地步。"

"唉，承平太久，本朝又重文轻武，再加上花石纲扰害民生，这局面只能是必然。不过，相比我们大宋，北边大辽情势更加难堪。"

"哦？女真仍在进攻？"

"去年女真攻陷了大辽东京和上京后，眼下又在进攻中京。大辽天祚帝已避走西京，这中京看来也难保。大辽五京，三去其二，那天祚帝却照旧游猎玩乐，丝毫不忧。"

"只愿我大宋能以辽为戒，尽早平定东南之乱。我想官家经此一祸，多少能有些警醒吧。"

"但愿如此。"

两人又闲聊了一阵，见万福急匆匆走进来，说小横桥那边又有桩命案，顾震已赶往那里，来不了了，随即他便又急匆匆走了。

简贞觉得自己像是活在一口井里。

在章美帮助之下，卖了画，买了田地，帮哥嫂渡过了难关。她心里再没了其他烦恼牵挂，坐在自己那间狭窄俭素的闺房内，她静静望着窗外后院那株梅树，梅花早就谢了，枝上新叶鲜绿，正在用力生长。她默默想，又得是一年苦等……

哥哥简庄曾说，男守一个"敬"，女守一个"静"。自幼被哥嫂收养，没听到这句话之前，她早已惯于这"静"，少言少语，少走少动，每天大多时候，都是一个人静静待在这间小房里，就像一口井。不同的只是，井口朝天，而她的小窗则朝着后院。

身为一个女子，便该在井里，她并不觉得有什么不好或不对。唯一让她偷偷烦忧的反倒是她不能一生都留在这口井里，到时候，就得换一口井——嫁人。

她在心里一遍遍写着这个"嫁"字，一个女，一个家，只有嫁出去，女子才算有了家，嫁之前的家，只是暂住的一口井。嫁给谁，只能由哥嫂来定，她只能等。

她从小很少怕什么，但只要想到这个"嫁"字，心就会乱，就像井底忽然塌陷，黑洞洞没有尽头。

这种时候，她都会不由自主想起宋齐愈。

三年前，立秋那天，哥哥照例邀了朋友开琴会，听乐致和演奏立秋新曲。那时哥哥他们还只是"东水五子"。哥哥说有三位新客人要来，都是新晋太学生。

清早，她就在后边厨房帮嫂嫂清洗茶具，碾筛茶团，准备点茶。乐致和、江渡年和田况先到了。院子里的竹席茶案已经摆好，哥哥坐下来和他们闲谈没多久，她就听见又有人来了，是郎繁引着几位新客人进了院门，郎繁引荐过后，随后一个声音："晚生宋齐愈拜见简庄先生。"

一听到那声音，她心中似乎被划开了一道，敞亮出一派晴空。她心目中，年轻男子的声音便该如此清朗、正派、谦而不卑。

她一向谨守闺礼，从不轻言妄动。那时却不由自主走到堂屋后门边，透过帘缝向外望去，清朗秋光中，青青竹丛边，立着一位清朗男子，一袭雪白襕衫，眉眼俊逸，举止潇洒，如一部雪纸诗卷一般。

她的耳朵、眼睛全都被他吸引住，宋齐愈身旁的章美和郑敦她全没在意，见嫂嫂要进来端茶时，她才慌忙躲回到厨房，心绪良久都难宁静。嫂嫂出去后，她又站到帘后侧耳听着，众人言谈中不时传来那个声音，不但音色清朗，谈吐也极风雅俊爽，她一句句听在耳中，心里竟像是被秋阳照亮，无比欣悦。

自那以后，她时时留意着宋齐愈，只要哥嫂口中提到这个名字，她都会不由自主心里一紧，像口渴一般，盼着他们能多说几句。只要宋齐愈来访，不管有没有事，她都会借故到厨房去，站在帘后偷望倾听。

她那口井原本宁静无波，自宋齐愈出现后，井里似乎多了条雪白的鱼，时时在心里翻起波澜，扰动心绪。

第十二章　相亲

> 仁者，以天地万物为一体，莫非己也。
>
> ——程颢

赵不尤辞别古德信，正要去访宋齐愈，却见宋齐愈从虹桥上走了过来。一袭雪白襕衫，身形挺拔，步履如风，在人群之中格外拔萃醒目。

赵不尤便候在桥底，等他下来。宋齐愈一见赵不尤，立即加快脚步，来到眼前，抬手致礼："不尤兄！"

"巧！我正要找你，有些事要请教。咱们找个地方坐坐？"

"好！"

乐致和的茶坊就在左近，但不便在那里谈，他便引着宋齐愈又回到章七郎酒栈。店主章七郎见他去而复返，有些纳闷，但一眼看到宋齐愈，立即笑着弯腰致礼招呼："二位快快请进！赵将军今天连来两回，还将宋魁首都请到鄙店来，今年鄙店生意恐怕要被携带得无比火旺！"

宋齐愈笑道："那得多饶两杯酒才好。"

"这是当然！"

临河那个座已经清理干净，赵不尤便仍邀宋齐愈坐到那里："酒还是茶？"

"不尤兄刚已喝过酒了？我也已经吃过饭。既然有事要说，就茶吧。"

"点两碗新茶。"

章七郎答应着去吩咐了。

宋齐愈忙问："郎繁和章美的事，不尤兄查得如何了？"

"目前只知两人寒食那天都去了应天府。"

"哦,他们去应天府做什么?"

"眼下还不知道。齐愈,你与章美同在太学,前一阵,可曾见到什么异常?"

宋齐愈脸色微变,笑着叹了口气:"前一阵我们争执了一场,章美着了恼,这一向都有意避着我。我也就不太清楚他的近况。"

"哦,什么时候?争了什么?"

"两个月前,仍是关于新旧法。"

赵不尤知道这是老话题,便继续问道:"章美在京城可有什么亲族?"

"只有一个族兄。章美父亲在越州开了间纸坊,造的竹纸销遍全国,在汴京也有间分店,就是由他这个族兄经营。这几天,我去问过他族兄几回,他也在找寻章美,说这一个多月都再没见着章美了。"

"郎繁呢?"

"郎繁话少,我和他只在聚会上论谈几句,私下并没有过往。"

赵不尤又问了一些,并没问出什么有用的讯息来。正要告别,宋齐愈却忽然露出犹豫之色,踌躇半晌,才开口道:"我遇到件怪事,百般想不明白,不尤兄能够替我理一理?"

"什么事?请讲。"

"是关于相亲——"

寒食那天,宋齐愈赶到应天府宁陵县,找到官媒薛嫂,求她去张县令家投求婚启。狠等了一阵,终于见薛嫂撑着青凉伞,迈着碎步,像是老雀一般赶回茶店,看那神情,透着欢喜,难道说成了?宋齐愈忙起身迎了出去。

果然,薛嫂笑弯了眼:"哦呀!我这双眼被鸟粪粘昏了,竟没有看出来宋公子竟是太学上舍的魁首!那张县令一看公子的求婚启,像惊猫一样跳起来,连声问果真是太学上舍的宋齐愈?紧忙地就去写了草帖子,明日一早就请宋公子去相看,还说不必去外边,就到他府上!"

她从怀里取出一个信封交给宋齐愈,嘴里一边啧啧赞叹:"看看他家的嫁妆,我做媒这么多年,头一回见这么阔绰的,礼金加绸缎首饰就有七八十万,更不用说一百五十亩地,哪怕一亩三贯,又是四五十万——"

宋齐愈忙接过来,取出里面一页泥金的淡黄纸笺,上面写着:

应天府宁陵县县令

三代

曾祖　辉易　礼部侍郎

　祖　礼德　广南路转运判官

　父　章启　涪州通判

本宅长房第五小娘子戊寅年八月丙子生

　母姓氏　蔡

奁田　一百五十亩

奁币　六十万

奁帛　锦四十四　绫六十四　绢一百匹

奁具　四季衣裳鞋袜卅套

　　　花冠首饰金一套　银三套　玉三套

三月初十日　草帖

　　宋齐愈见张县令这么痛快应允婚事，心头狂喜，哪有心思去细看妆奁数目。

　　薛嫂又笑着道："来的路上，我已经去庙里问了吉，公子和张五娘生辰八字也都阴阳相宜，再登对和合不过。"

　　宋齐愈笑了笑，心里却在想，那夜舟中一遇，莲观救了自己性命，就算八字不合，自己也决意要娶莲观。

　　薛嫂又道："明日相看，原该备两匹绸缎，防着相不中给女家压惊。但公子既然一心要娶张五娘，我看就不必了吧。"

　　宋齐愈笑着连连点头："嗯，不必，不必！薛嫂可有纸笔？我这就写草帖子，只是有一项，我家境寒素，并没有什么资财，不知——"

　　薛嫂笑着摆手打断："现今新科进士都在卖婚姻，四处比价，向女家讨'系捉钱'，成了亲，男家父母还要继续索要'遍手钱'。公子是太学上舍魁首，却连一个钱字都没提，连张县令都不敢信呢。公子赶紧写好草帖，明早相看后，下定帖，这亲事就算铁铁地定了。"

　　薛嫂赶忙去拿来纸笔，宋齐愈写好了草帖子，又央请薛嫂带她去买了两坛好酒，找了家便宜客栈住了下来，一夜欢喜难眠。

　　第二天一早，宋齐愈刚换好干净襕衫，薛嫂就已带着个十来岁小厮来到客栈，帮着提那两坛酒，引着宋齐愈去张县令家。

张县令家宅院虽不宏阔，却也十分精雅。他们才到门边，便见一男一女两个仆人迎了出来，另有一个小厮急急奔进堂屋去报信。不久，一位身穿绿锦官服的盛年男子走了出来，身材壮硕，满脸笑意。

"张县令，这位就是宋公子。"薛嫂急忙引见。

宋齐愈忙躬身拜礼："晚生宋齐愈拜见张大人。"

张县令忙伸手揽住："不必多礼，快快请进！"

进到中堂，分宾主坐下后，仆人忙上来点茶。张县令寒暄了几句，问了问宋齐愈的学业及京中概况后，笑着问道："不知宋公子从何处得知小女待字？"

宋齐愈稍一迟疑，莲观私通信件的事当然决不能说，便笑着答道："三年前晚生进京途中，在汴河上遭遇匪人，和两位朋友一起落入水中，幸逢张小姐船只经过，救了晚生一命。"

"哦？"张县令纳闷道，"三年前？"

宋齐愈忙解释道："晚生虽被救上船，却未曾和张小姐谋面，只向船主转致了谢意。"

张县令却越发纳闷："三年前不才在西蜀任职，小女也随侍左右，后又转到江陵，去年才回到北边，来到这宁陵。莫不是公子认错了？"

宋齐愈听了却大吃一惊，忙问道："张小姐三年前果真在西蜀？"

"是，在西蜀住了两年。不过，这也算因缘巧合，看来得多谢那只船，哈哈！"

宋齐愈却心头乱跳，背上发寒，如同做梦遇到鬼一般。那夜舟中的女子是谁？这两年频频寄书的又是谁？但最后一封信中，莲观说自己父亲在宁陵任知县，自己才赶到这里，这究竟是怎么一回事？

莲观最后一封信就在自己怀中，他正要拿出来给张知县看，但一想这事关女子贞节礼防，不能莽撞。于是他定了定神，勉强笑了笑："不知张大人能否让晚生一睹张小姐芳颜？"

张县令却脸色微变："这个……不才虽然品低才微，但一向不喜男女未婚睹面之陋习，还请宋公子见谅。"

薛嫂在一旁听着，一直插不进嘴，这时终于笑着劝道："宋公子请放千百个心，张五娘的品貌，别说这宁陵县，便是全应天府，也得找些人来比。"

宋齐愈踌躇起来，他知道事情已然不对，一时间却想不出究竟是哪里不对。心中走马一般急乱了一阵，忽然想出个办法，忙问道："张大人，能否借纸笔一用？"

张县令有些诧异，但还是立即吩咐仆人取来纸笔，宋齐愈赶忙谢过，在纸上随手写下莲观第一封信中寄的那首《临江仙》，不过只写了上半阕。写好后，他双手呈给张县令："既然不能见面，晚生有个不情之请，能否请张小姐将这首词的下半阕填出来？"

张县令接过那张纸，读过之后，笑了一下："宋公子果然文采风流，不同凡俗。不过犬女只粗识几个字，恐怕难入宋公子青目。"

宋齐愈忙道："这只为解晚生心中之惑，还望张大人能海涵恩允。"

张县令不再说什么，吩咐仆人将那张纸送到后面。宋齐愈这才放心，心想只要张小姐能填出下半阕，她就是莲观，至于这其中的差错，也就无关紧要了。

只是堂中经此一变，张县令、宋齐愈及薛嫂都有些尴尬，都不知道该说什么，张县令只说了句"请吃茶"，三人各自端起杯子，低头默默吃茶。

冷了半晌，仆人才拿着那张纸从堂后走出来，宋齐愈忙放下杯子，见那仆人将纸递给张县令，张县令读过之后，脸上并无表情，随手将纸还给仆人："请宋公子看看。"

宋齐愈忙起身从那仆人手中接过那张纸，一眼看去，心里一沉——笔迹不同！再看张家小姐所填下半阕——

夕楼云暖霞染绯，暮色芳华渐冷。寒眸凄清付流萤。依依杨柳青，淡淡香梦影。

一眼扫完，不是莲观原作，宋齐愈冷透全身——张小姐不是莲观。

再细看，那纸上字迹虽然也算纤秀，但显然没有多少笔力笔意，至于下半阕《临江仙》，不过一般浅愁薄怨，搜拣些纤丽文字，脱不开一般仕女文人们造作习气，甚至连平仄都没有顾到，更不必说什么意韵情致……

张家小姐绝非莲观！

但莲观最后为何要写那样一封信？为何要让他去宁陵提亲？难道莲观和张家小姐是好友？想哄骗宋齐愈娶张家小姐？但她为何要这么做？婚姻大事岂能如此荒唐？

从小到大，无论见什么人，遇什么事，他都能从容应对，但那一刻，瞪着纸上那庸常文字，心里如同沸水煮雪一般，骤冷骤热，上下腾乱。

薛嫂在一旁看着不对，忙过来拽了拽他的衣袖，低声催问："宋公子，张小姐的词填得如何？一定不差吧？好歹你说句话呀！"

宋齐愈这才猛然惊醒，抬头见张知县正望着自己，冷着脸尽力压着不快。宋齐愈忙回神起身，双手将那页纸恭恭敬敬递还给一旁的仆人，而后向张知县躬身作揖，愧谢道："张大人，请恕晚生唐突失礼。承蒙张大人不弃，垂青于晚生，只是——"宋齐愈抬眼见张知县嘴角微微颤动，脸色越发难看，但这件事不容拖延，必须就此说清，于是他深吸一口气，继续言道，"并非晚生愚狂，只是此间有些误会，晚生一时也难说清——张五娘小姐并非晚生本欲求娶之人，万望张大人闳德宽恕……"

"你……"张知县脸色变得铁青，说不出话来。

"唉呦呦，这是怎么说呢？"薛嫂在一边嚷起来。

宋齐愈本还要解释，但知道自己已经伤到张知县一家，越解释越添烦，只能满脸愧色，连连作揖。

张知县似乎也知道多说无益，胸脯起伏一阵后，转过头，压着怒气，向仆人大声吩咐："点汤！"

客来点茶，客去点汤。宋齐愈见张知县下了逐客令，忙又拜了一拜："晚生拜辞！"

第十三章　信笺、枯井、货船

> 室中造车，天下可行，轨辙合故也。
>
> ——邵雍

宋齐愈苦笑了一下："无论如何，我也想不明白这究竟是怎么一回事。"

赵不尤问道："最后一封信真是那位莲观姑娘所写？"

"这绝不会错。别的我不敢确信，但笔迹绝骗不过我。"

宋齐愈从怀中取出一方白绢素帕，折叠着，里面薄薄包着什么。他用袖子拭净桌面，才将那方素帕放到桌上，掀开素帕，里面原来是一小叠信封，他拿起最上面的信封，小心从里面抽出一页信笺，递给了赵不尤："这是莲观最后一封信。"

赵不尤接过那页纸，是蜀地浅云色谢公笺，莹润细洁，纸上是卫夫人簪花小楷，娟秀雅逸。信中词句更是柔肠痴绝。

"这是她第一封信——"宋齐愈又递过一页信纸。

赵不尤接过来，两下对照，纸笺、墨色都完全相同。再对比笔迹，两封信笔画起收转折的细部也都完全相同，注视了许久，也没找出不对之处。他将两页信笺递还过去，宋齐愈小心放回信封，又仔细用素帕包好，重新藏进了怀里。

赵不尤问道："莲观姑娘的事，还有谁知道？"

"只有章美和郑敦知道，他们也应该不会随意说给别人。"

"这信呢？他们看过吗？"

"没有。不尤兄是第一个。这些信，我一直仔细锁在木匣里。只有今天和去宁陵那天才取出来揣在身上。"

赵不尤低头沉想，似乎明白了什么。

宋齐愈苦笑道："活到今天，从没有这么狼狈过。昏乱中，连日期都记错了。当天下午我就赶回了汴京。回到太学斋舍中，却见舍友们都在准备第二天早上的殿试。我当时很纳闷，第二天该是清明，后一天才是殿试日。我先还以为是那五个舍友过于紧张，记错了日子，去隔壁核实，其他斋舍的舍友不是忙着读书，就是在收拾笔墨诗卷和衣服，也都在准备明早的殿试。我回来那天真是清明！我明明只去了两天，怎么会变成三天？到现在我也记不清了……"

"哦？"赵不尤心中一动，"你真是寒食那天出发去的宁陵？"

"这也绝不会错。原本寒食前一天——三月初八，太学就该开始休假，由于清明后就要殿试，初八那天我们上舍并没有休假，学正特地在那天教我们殿试礼仪规矩，初九寒食正日才开始休假。寒食那天下午，我就到了宁陵，第二天上午离开张知县家后，立即搭船回来，傍晚到的汴京。应该是清明前一天。"

"你在宁陵只住了一晚？"

"嗯。当天，那位官媒薛嫂拿来张知县的草帖子，我见上面写的日期是三月初十，当时心里还想，张县令写错日子了，现在看来，他并没有写错，当天的确已经是寒食第二天，三月初十。"

"你搭的什么船？"

"是个货船，船资要少一大半。船主似乎姓贺，脚微有些跛——"宋齐愈又细细讲了一遍当天去宁陵的经过。

赵不尤听后，忽然想起一事，和宋齐愈所言撞到一起，心头豁然一亮，顿时明白了宋齐愈相亲遇假莲观的内幕，更清楚了章美为何要去应天府。

只是整个事件，还有一环需要确证。

于是，他起身道别："齐愈，我得去查证一件事，改天我再去约你。"

简贞心中怅闷，取出纸笔，想填一首词，但写下词牌名后，却始终落不下一个字。

平日里，她一般都是白天帮着嫂嫂料理家务，晚间做女红，闲下来才描两笔画，填几句词。她爱画，是由于能去的地方极少，整日幽居在家，见不到多少城市热闹、山水清妙，便以笔代足，画一些自己臆想中的山水人物，当作远游。至于词，则是见到宋齐愈后，才开始有了这种意绪，觉着若不写出来，心中便怅闷难抒。

起初，她并不知这是什么心思，后来再读那些古诗新词，才知道这叫春心与相思。这让她十分惊怕，觉着自己犯了见不得人的大过错。又不敢跟兄嫂说，只能在心里闷着。有一天，闷到几乎要涨溢出来一般，不由自主提起笔填了一首词，将心事泻之于文字后，才觉得畅快了。自那以后，词就如同水槽，一次又一次替她倾泻心中难解难言之闷。

自从宋齐愈和哥哥结识后，过了几个月，有一天，简贞无意中听到哥哥和嫂嫂在小声议论，似在说宋齐愈和简贞成就婚姻云云。她听到后，又惊又怕，又喜又羞，忙躲回了自己房中，很久了，心仍在怦怦乱跳。这是她一直不敢说，不敢想，却又渴念至极的心愿。

然而，静下来之后，她又担心起来。宋齐愈人才出众，听说在太学中也是人中翘楚，这样的人，不知道有多少名臣巨富之家来争抢？如今世道，嫁女不看奁资就看家世，而她，只是一个穷寒儒者之妹，两头不靠，家里连套像样的衣裳首饰都备不齐，又怎么能攀得上宋齐愈？

不久，她就听见大嫂也在担忧这件事，让哥哥找人去探一探宋齐愈口气，哥哥却说宋齐愈并非尘俗利欲之人，而且女方绝不能先开口，得等宋齐愈自己主动来说才成。她听到后，心里一凉，虽然她幽居闺阁，不知怎的，却比哥哥嫂嫂更明白世道人心，知道这事其实是妄想。

不过，她早惯于井中之境，宋齐愈只是井口上方一只飞鸿，只是偶尔经行，能得一见，已是大幸，不该再有非分之想。于是她重归于静，唯一盼的，是能多听几次宋齐愈的清朗声音。

后来二嫂乌眉嫁了进来，乌眉性子直率，不忌礼仪，她的父亲是个小纸店经纪，和章美家常有生意往来，乌眉回娘家有时也会碰见章美，她从章美口中得知宋齐愈已经有了意中之人，是一位员外郎的千金。简贞听二嫂说了之后，心里越发断了念，不愿再有任何奢望。

只是她没有料到，今年立春那天，宋齐愈和哥哥及其他六子论战，哥哥简庄一怒之下和宋齐愈绝交，简贞也就再无重见宋齐愈之期。

井水可以寒，可以寂，可以静，甚至可以结冰，却不能枯。

简贞的那口井却从立春那天，顿时枯了。

天上飘起细雨，渗出些凉意，赵不尤觉得神清气爽，心头大畅。

他大步走过虹桥，拐向西边，听到岸边有人唤他："赵将军！"

扭头一看，岸边一只货船艞板上站着一位瘦高的中年男子，赵不尤想了想才记起来，这人叫卫十五，是个货船船主，两年前曾帮他打过一桩官司。刚好，正要找几个船主打问事情。

"赵将军这一向可好？"卫十五跳下船，笑着迎了过来。

"多谢卫老哥，我都好。你也可好？"

"嗐！年景不好，这几个月东南闹事，水路不畅，最多到江宁就断了，咱们这些靠水路吃饭的最受害，往年十分货量减了七分。"

"只有忍忍了，过些时候，等乱子平定了就好了。"

"谁知道呢。听说势头不好呢。人都把咱宋军叫'软军'，打仗时，军士们还没见着敌军，才听到金鼓声，就先已经软了。"

赵不尤苦笑了一下，自仁宗朝以来，强军强了近百年，却越振越软。幸而百年来未遭大的敌难，否则实在堪忧。

卫十五抬头看了看天："这雨一时住不了，天色也不早了，赵将军快些家去吧。"

赵不尤道："卫老哥，有件事要问你，你认不得一个姓贺的货船主？"

"姓贺？有两三个呢，不知道赵将军说的是哪个？"

"脚微有些跛。"

"噢，是贺老崴，认得。这一向大家生意都不好，只有他贪了件好事，这几天乐得狠呢。"

"哦？什么好事？"

"他不知从哪里得了一幅王羲之的宝帖，说是叫什么《王略帖》，听说至少值百万钱。"

"哦？"

王羲之《王略帖》被书画名家米芾赞为天下第一法帖，当年曾被蔡京长子蔡攸收藏。米芾痴迷晋人书法，见到后，以死相逼，才用自己珍藏书画换到这幅法帖，珍异无比，每晚要锁在小箱中，放在枕边才能入睡。

赵不尤有些意外，不由得微微一笑，这比他原想打问的所获更多，也越发印证了他的推断。

他回到家，洗了把脸，换上家居的道袍，妻子温悦已经点好了茶，端了过来。

温悦叹了一声道："我下午去看江妹妹了，才几天，她人已经瘦了大半，脸色也不好。她说准备带着一对孩子回乡去，这大京城，她孤儿寡母没了倚靠，活着不易，还好郎繁父母都健在，回乡去要稳便些——"

"她何时回去？"

"说等查出凶手再走，否则难安心。"

赵不尤叹了口气，没再言语。

"对了，江妹妹让我把这个交给你——"

温悦走到柜边，取过一样东西递给赵不尤，赵不尤接过一看，是一个黑瓷小墨筒，径长只有一寸余，高也只有三寸，顶上有个油木塞子，塞得极紧。将墨汁存在里面，便于随身携带，急用时，写百十个字还是够。赵不尤拔开木塞，见里面是干的，也没有墨迹，是洗干净了的。瓶底有两朵干花瓣，他倒到掌心，是两朵梅花，花瓣已经褐黑。

"这是什么？"

"江妹妹说是在郎繁的书柜里找到的，这个小墨筒郎繁平日都随身带着，不知为何会藏在那里，她还说郎繁从来不留意花花叶叶，很纳闷为何会存两朵干梅花在里面。所以要我拿过来给你，看看是不是能查出些什么来？"

赵不尤沉思了片刻，一时也想不出什么，虽然章美去应天府的缘由他已经大致想清，但郎繁的死因却仍无头绪。他将干梅花重新装入墨筒中盖好，递给妻子："你先收起来。郎繁存着这个，应该是有些缘故，我们都再想想。"

"对了，上午简庄兄家的刘嫂和简贞妹妹来坐了一会儿。"

"哦？她们有什么事吗？"

"是为买田的契约，买的是个寡妇的田，她们怕不合律令。我见那田契上田主还有一个孙子已经十七岁了，就解释给他们听了。这个倒没什么，另有一件事，我觉着有些怪，我跟她们说起宋齐愈，姑嫂两个神色都有些异样，似乎都不愿提他，我也就没再说。"

赵不尤听了，心里暗想：又多了一条，这样就全了。

他的推断还没有当面得到证实，因此也就没有告诉温悦。

下了一夜雨，清早才停。

赵不尤起床推门一看，外面一派新鲜明净，顿时神清气爽。

他练过拳，吃过饭，找来纸笔写了五封短札，一一封好，出门到巷口去寻乙哥，见乙哥正蹲在颜家茶坊的门边，端着一大碗粥在吃。乙哥今年十五六岁，腿脚轻快，头脑灵便，常日替人跑腿送信。他见赵不尤手里拿着一沓信，忙将碗搁到门槛上，笑着站起来，双手在衣襟上擦了擦，问道："赵将军又有信要送？"

赵不尤将信交给他，又给了他五十文钱："这几封信尽快送出去。"

"好嘞！这两口粥扒完就去！"

那五封信分别写给东水五子，简庄、江渡年、田况、乐致和、郑敦，是邀他们今天上午到简庄家相聚议事。

看时候差不多了，赵不尤骑马来到简庄家。

门边竹竿上拴着三头驴，看来江渡年等人已经来了。门虚掩着，他才拴好马，琴子乐致和已经开门迎了出来。

院子里铺放了六副席案，简庄、江渡年、田况一齐起身叉手问候，只有郑敦还没有来。简庄仍请赵不尤坐在左边第一个席位，让乌眉端了茶出来。

简庄问道："不尤，案子可有进展了？"

"今天邀各位来，正是要请教一些事情。"

"章美的下落可查出来了？"田况问道。

"稍待，等郑敦兄弟来了，再一起细说。"

赵不尤环视诸子，心中却有些发沉。诸人不再言语，各自默默饮茶。

"我来晚了！抱歉，抱歉！"

过了半晌，郑敦才慌慌推门进来，连声道歉，脱了鞋子，坐在右边末座，不住擦着汗。乌眉又端了茶出来，郑敦忙起身接过，才又重新坐下。

赵不尤等他坐定后，才开口道："郎繁的死因，尚未查明。不过章美失踪之谜，已经大致解开。"

"哦？"诸子一起望向他。

"其实——章美为何会去应天府，诸位应该知道。"

"嗯？"诸人愕然。

"这事起因于另一个人。"

"谁？"江渡年大声问道。

"齐愈。"

听到"齐愈"两个字，在座五子都微微一惊，神情都不自在起来。赵不尤看到，知道自己所料不错。但他却没有丝毫喜悦，反倒有些不忍。

他略停了停，才沉声道："再说清楚一点，是齐愈相亲一事。"

五子同时一震，眼中全都闪动惊愕、慌张。

赵不尤慢慢道："若不是渡年前天那句话，我也很难这么快就想明白。"

"什么话？"江渡年强压着心虚。

"我问你寒食那天聚会，章美是否和齐愈争执，你说没有。而寒食那天，齐愈根本没有赴会，他在去相亲的货船上。"

江渡年脸上一阵抽动，满眼懊恼愧悔，随即猛地将脸扭到一旁，望着桌角，不敢再看赵不尤。

赵不尤继续沉声道："我想事情起因于新旧法，你们七子尊信旧法，齐愈却独自推崇新法。不过前两年，只是志向不同，还能相安无事。今天就不一样了，殿试在即，以齐愈才学，必定高中。你们怕他将来仕途得意，推扬新法，便想尽早制止。若仍是三舍法，齐愈身为太学上舍优等生，其实已经直接授官。偏偏今年复兴科举，他也得参加殿试。最简便的办法便是设法让他阙误殿试，断绝他的出仕之途——"

听到这里，五子都已经脸色发白，各自垂着眼，不敢抬视。唯有田况手里不住搓动着两颗棋子，发出刺耳之音。

赵不尤继续言道："但殿试是天大的事，怎么可能轻易阙误？据齐愈言，两个月前，他和章美因新旧法起过争执。我猜，不止章美，他恐怕是激怒了你们七子。而章美和郑敦又偏巧知道齐愈最大弱点——莲观姑娘。"

郑敦听到这里，头垂得更低了。

"你们知道，为了莲观姑娘，齐愈恐怕能舍弃一切。于是你们便想利用莲观骗他离开汴京的主意。模仿莲观，写一封假信，骗齐愈去相亲。我猜这个局，是棋子先生出的妙招。"

田况身子一顿，手中棋子搓动挤擦声顿时停住。

"章美和齐愈同在上舍，偷信最方便；模仿莲观笔迹，当然是渡年；至于信的内文，为了更像女子语气情态，我猜是简庄兄的妹妹所写。"

这时，门帘内有个身影一闪，看行姿，应该是简贞。

赵不尤不由得停顿了片刻，才又继续道："这相亲的假地址不能太近，但也不能太远，往返得在三天之内，能赶回来殿试。否则齐愈必定会等殿试过后再去。因此，应天府最合适不过。只要能赶回来，齐愈一定按捺不住，赶紧先去提亲。不过，这里便有个难题——他若及时赶回来，这计策便白费了。如何让他以为自己能赶回来，结果却绝对赶不回来？这个局最妙的地方就在这里，真正堪称'偷天换日'。恐怕还是棋子的计谋——"

田况偷望了赵不尤一眼，目光中露出得意之色，但随即收住，又变回愧悔。

"你们知道齐愈没有多少钱，便预先买通货船主贺老崴，寒食清早候着齐愈，将他诓上货船。致和常年在河边经营茶坊，熟知那些船主，贺老崴恐怕是你选中的。"

乐致和盯着面前的茶盏，不敢抬眼，脸颊和脖颈顿时通红。

"至于拿什么来买通贺老崴？钱少了，贺老崴不动心；多了，诸位都不是大富之人，也拿不出。一幅王羲之《王略帖》的赝品，倒是正合适。"

江渡年鼻子里闷闷哼了一声。

"等齐愈上了船，在酒里下药，将他迷倒。齐愈以为自己只睡了一个时辰，其实是睡了一天一夜，第二天上午才醒来。至于这迷药和剂量，得有行家才拿得准。这行家就是在街上卖药的彭针儿——那天彭针儿见到田况兄，赖着要学新棋招，那语气不像是求师，更像是讨债。"

田况重新捏挤起手里的棋子。

"齐愈的一天时日就这样被偷走。等他到了应天府，其实已经是第二天晚上，什么都做不得。第三天是清明，等寻到官媒去提亲，左右一耽搁，便是一天。等齐愈发觉，无论如何也赶不回来了。"

赵不尤停住话语，院子里顿时一片寂静，只听到墙外鸟雀声和远处人语声。

五子各自垂头低眼，泥塑一样。

赵不尤长叹一声，才又开口道："然而，齐愈却如期赶了回来。他去的不是应天府，而是宁陵县。"

五子一起抬头，惊望向赵不尤。

"宁陵县虽然隶属应天府，但路程少了一半，两天足够来回。"赵不尤环视一圈，最后望向郑敦，"那封莲观的假信是章美找人交给齐愈的？"

郑敦点了点头。

"章美改掉了假信的地址。"

五子越发吃惊。

"章美恐怕是心生愧疚，但对齐愈坚执新法，又始终愤愤难平。因此还是决意戏弄齐愈，所以另写了一封假信，将应天府改成了宁陵。"

五子面面相觑，恍然中仍充满惊疑。

"渡年说，寒食相聚那天，章美似乎心怀不满，出言无礼。我想应该是发觉了什么，所以才亲自去应天府查探。今天我来，要问的也正是这件事。原来那封假信上应天府的地址是哪里？”

简庄低声道："复礼坊朱漆巷梁侍郎宅。"

"这地址是从何处得来的？"

"我从别处偶尔听人说应天府梁侍郎家有女待字。"

"什么人说的？"

"上个月一个儒学会上，是何人所言，我已经记不得了。"

"真的记不得了？"

"事已至此，我难道还会隐瞒？"简庄陡然提高声音，眼中射出恼愤。

"若是偶然得来的地址，章美岂会轻易去应天府查探？"

"我哪里知道？"简庄语气虽硬，目光却又重新黯然。

赵不尤正声道："章美眼下生死未知，还请各位再多想一想。是否还有什么未说的？"

五子尽都默然。

第十四章　八子论战

天下之习，皆缘世变。

——《二程遗书》

简贞在帘内偷望，赵不尤走后，哥哥简庄和其他四子都默不作声，各自低头想着心事。

良久，郑敦才小心问道："简兄，我们该怎么办？"

简庄答道："能怎么办？孟子不是曾言'莫非命也，君子顺受其正'？你我能做的不过是先正己，再及人。宋齐愈一事，已经尽力，就这样吧，多想无益。倒是章美，各位再多尽些力，一定要找到他。"

又是一阵沉默。

郑敦起身道："那我先回去了，再去打问打问。"

江渡年、田况、乐致和也都起身道别。简贞看几人都有些涣散丧气，自己也不由得轻叹了一声。刚要回转身，却听背后一个压低的声音："瞧！被我说中了吧？"

简贞惊了一跳，是二嫂乌眉。

乌眉往帘外觑了一眼，仍压低声音道："我早说不能做，迟早要被人揭破。如今满京城的人恐怕都要传说——东水七子合起来整治宋齐愈，你哥哥这一世名声从今算是糟践了。"

简贞没有答言，嘴角勉强笑了一下，转身回自己房里去了。她呆坐在桌前，怔怔望着桌上的笔墨纸砚，心里空落落，一阵阵泛苦。

——给宋齐愈的那封相亲假信是她写的。

那场论战后，东水六子连续几天聚到这里，一起商议如何挽救宋齐愈。众人一致认为宋齐愈迷途已远，恐怕再难劝回，他一旦踏入仕途，必定会追随蔡京力推新法。救他、救天下的唯一办法就是阻止他进入仕途。

如何阻止？大家想来想去都想不出好办法，最后是郑敦忽然提到了莲观。简贞和院里诸子一样，也是头一次听到这个女子。诸子终于找到了宋齐愈的弱点，都有些振奋，帘内简贞的心却像是猛地被冰水浇透。

之前，兄嫂都相中宋齐愈，一直等着他来提亲，简贞自己却并没有抱什么期盼。她知道自己不过是井壁的青苔一般，如何能期盼天光？但真的听到宋齐愈早已心属他人，井口忽然被人盖死，猛地漆黑，她才发觉，即便深井青苔，其实也一直依光而活，而且比井外草木更渴念这泻入井中的微弱天光。

那一刻，心底这一线天光断然熄灭。

她呆立在帘内，怔怔间，不知不觉落下泪来。

听到嫂嫂从后面厨房提水出来的声音，她才惊觉，慌忙拭掉泪水，急步回到自己房里。

从小她就极能自持，那几滴泪后，她便强令自己断念、死心，重新回到井底之静。然而，第二天诸子商议出计策后，哥哥简庄就将她叫到书房，让她写那封假信，说诸子都是男子，由她来仿写，口吻才更像。

她知道哥哥这样做是逼不得已，是出于顾念旧友及苍生，才想出这个计策。

哥哥递给她一页纸，是章美设法偷来的——莲观写给宋齐愈的信。

读过那封信，让她惊骇不已，一个女子竟然敢如此公然向男子吐露私情！

她满面通红，拿着信的手都有些发抖，几乎吓出泪来，低声道："哥哥，这样的信我写不出来……"

简庄正声道："我知道这太为难你，但为天理大义，只得委屈你稍作通变。古今多少贤德女子，也曾为义捐节、为国殒命。"

她不好再推拒，只得点头应承。

那封信，她写了三天，无论如何都落不了笔。孔子不饮盗泉之水，只因憎其名不净，她一个洁净女子，又怎么能写这些邀欢偷情之语？

哥哥简庄再三催要，她才狠心提笔，莲观的那封信她已经读了很多遍，语气情绪早就熟络，情急之下居然一挥而就。写完掷笔，竟然脸颊赤红，额头细汗，大病初愈一般。

望着纸上那几行字，她才猛然惊觉自己并非是在仿写莲观，而是抒写自己深藏心底、从不敢想甚而并不知晓的渴念。

一回想立春那天，宋齐愈心里都会黯然。

那天，大家坐在简庄家院子里，仍旧一人一领席一张几，听乐致和弹奏立春新曲《春启》。

乐致和弹琴时并不焚香，只应节气选些花叶果蔬供在琴边，以作节礼。那天他摘了几片嫩草芽，向乌眉讨要了一碗清水，将嫩芽漂在水中，摆在琴前正中央。之后，才端坐琴前，凝神屏息，徐徐抬臂，缓缓伸指，在琴弦上轻轻一拨，霎时间，一缕春意从指尖流出，如东风启信，遥遥而至，又如春水融冰，漫漫而涌。之后，便觉千里春草竞相萌芽，万物生机次第而醒，一派春光融融漾漾，天地随之焕然而明……

一曲奏罢，满院生春，心也似被春水洗过，一片和煦明澈。

大家静默良久，谁都不忍发声，只有乌眉忽然发出一声叹息。

乌眉一向爱说爱笑，简庄也管束不住，八子相聚时，她在一旁奉茶，时常要说些不着边际的话来。今天，乐致和弹奏时，她跪坐于一旁，竟也被琴声牵住，一动不动听入了神，这时才忽然轻叹了一声。宋齐愈向她望去，见她眼中竟落下泪来，他大为纳闷，甚而觉得有些好笑。乌眉自己似乎也觉着奇怪，慌忙用袖子拭掉泪珠，悄悄起身躲进屋里去了。

宋齐愈想了想，才明白过来。春属木，主生，主仁，乌眉虽然未必能真正领会曲中之意，但人同此心，心同此情。乐致和琴曲发自天地生意，这支《春启》曲调和暖，韵律温柔，如同春风渗入冻土，苏醒了草根一般，触动乌眉心性深处，唤醒了她原本自有的恻隐之心，加之新近怀了身孕，从而催出爱慈之泪。

他正在默想，简庄感叹道："天地之大德曰生……"

章美接着念道："日月丽乎天，百谷草木丽乎土。重明以丽乎正，乃化成天下……"

宋齐愈知道他们念诵的是《易经》中的句子，也是关于生之仁，与自己所想不谋而合。

郑敦在一旁却问道："简庄兄和章美所引这两句，可是敬顺天命、仁以为己任的意思？"

简庄点了点头："孟子言，恻隐之心，仁之端。这天地生春，育养万物，也是一个仁字。儒者之命，正在推这一点仁心，以合天理。"

郑敦忙道："当年王安石竟然说'天变不足畏'，实在是狂妄无理至极。"

当年王安石为推行新法，曾向神宗皇帝进言"天变不足畏，祖宗不足法，人言不足恤"。这话成为当时及后来人指责王安石的罪证之一。宋齐愈知道这话说得惊世骇俗，但并不觉得有什么不妥，要力改时弊，必得有这般气度才成。

于是他摇头道："王荆公这一句并不是要违天，只是不愿人妄测天意。孔子不也曾说'天何言哉'？但自汉代董仲舒讲天人感应，汉儒将之漫延成灾异谶纬之学，这流弊直到今天仍大行其道。天地变化，本属自然，人却附会出许多说法。但你想，这天地这么大，这一年之中总有某处有某种天灾，难不成这天下每时每刻都无德？"

郑敦立刻反驳道："当年因为变法而生旱灾，我祖父上呈了《流民图》，神宗皇帝因此罢免了王安石，旱灾也跟着就消了，这难道不是天灾警示？"

郑敦的祖父名叫郑侠。当年王安石说服神宗变法时，天下骚动，群议沸起。但王安石学问渊博，口才极佳，满朝反对新法的臣僚群起攻之，他以一敌百，舌战群僚，没有一人能论得过他。

当时，郑敦的祖父郑侠只是皇城的一位门监，却心系国家，痛恨新法，他绘制了一幅《流民图》，将新法实行之后，百姓遭受旱灾流离困苦之状，全都画于图上，虽然屡遭上司斥骂，他仍设法将《流民图》上呈给神宗，神宗见到此图，心中悲怆，只得罢免了王安石。

郑侠成为力转乾坤、拯救天下的豪杰，一时间广被赞颂。

宋齐愈虽然敬重郑侠的品格，对这件事却一直有异议，便道："发生大旱，令祖父上《流民图》是熙宁六年，王安石被罢相是熙宁七年，时隔两年，旱灾缓解，不是很常见吗？神宗薨后，元祐太后垂帘听政，停罢了新法，那两年同样有旱灾、水灾，这天灾又是在警示什么？"

郑敦脸涨得通红："你是说我祖父借旱灾诬陷王安石？"

宋齐愈忙道："令祖父一腔爱国忧民之情，出于赤诚——"

"但仍是诬陷？"郑敦恼怒起来。

宋齐愈知道郑敦恼怒事出有因，当年郑侠献图之后不久，便被王安石亲信吕惠卿发配到海南，病死在穷乡。郑敦的父亲是被亲戚收养，才活了下来。

他忙解释道："我绝没有半点这个意思。"

但郑敦瞪着他，不再说话，眼中怒气始终不消。

这时，章美问道："这天地之变，的确难讲，但'祖宗不足法'也没有错么？"

这一条宋齐愈早已想明，随口应道："何谓祖宗之法？是尧舜禹汤文武周公之法，还是我大宋太祖所设之法？若是前者，尧舜禹汤文武代代不同，各有损益。若只守祖宗之法，周公何必制礼作乐？何不死守尧舜之政？若是后者，我大宋之法并非太祖一天之内凭空设立，也是因袭唐制，有所增损。太祖之后，太宗、真宗、仁宗又皆有更张，这世上可有万古不变的祖宗之法？"

章美答道："各代之法，虽有增损，却难违天地常理。如节用爱民，即便万世万代，也不可违逆。这常理便是祖宗万古不变之法。"

宋齐愈见他应得好，提起了兴致，立刻回击："王安石变法，何曾违背这节用爱民的道理？正因冗官、冗兵、冗费拖得国用不足，百姓疲弊，百年祖宗之法已难革其弊，他才创制'民不加赋而国用饶'之新法。"

简庄听到，冷声道："民不加赋而国用饶？这田地有限，人力有数，生财有度，不加百姓赋税却能增加财富，天下岂有这凭空生财的法术？难道不闻巧妇难为无米炊？要生国家之财，除去剥扣百姓之财，还有第二种办法？"

宋齐愈知道简庄这见解来自于其师程颐及司马光，宋齐愈也早已想过，立即答道："这财不但要会生，更要会省，会用。同一斗米，笨妇人和巧妇人两个，吃进嘴里的数目大不同。笨妇人不会储藏，被老鼠偷吃掉一些，霉掉一些，淘米撒掉一些，又煮煳一些，吃到嘴里恐怕半斗都没有。王荆公便是那巧妇，还是这一斗米，他尽力将那些偷掉、霉掉、撒掉、煳掉的米都救回来存好，这便是民不加赋而国用饶。"

简庄一时语塞，章美接过来问道："说来固然好听，但王安石新法中哪一条做到了不加民赋？"

宋齐愈答道："方田均税法、青苗法、均输法、免役法，皆是民不加赋之良法。头一条'方田均税法'更是立竿见影。天下田地，官吏豪强占了十之五六，却有不少隐匿瞒报，或是逃避税赋，或将赋税转嫁于小农。而下户小农就算想瞒，那区区几亩地又怎么能瞒得住？不多收已是万幸。方田均税法重新丈量天下土地，根除隐匿，增加赋税。这岂不是民不加赋而国用增？但这一条首先触怒了这些大田大地的官吏豪强，所谓怨声载道，其实大多是这些非富即贵者贪酷无理之怒。真正的百姓民声又怎么能轻易传到天子耳中？"

江渡年早已不耐烦，不等章美答言，抢过话头："果然是说着好听。你难道不知那些胥吏？他们到乡间丈量土地，官吏豪强不敢碰，只对下户小农百般刁难，任意妄为，不是增了税，便是减了田亩，这些年竟开始追究田契，多少农户田地被指为违律，田产被强行收归官府？"

宋齐愈最不喜这样首尾颠倒、本末不分，立即反问道："这究竟是法之错？还是人之过？法若错了，便来论法；法若没错，便是执行人有过。将人之过归罪于法，岂不是因噎废食？司马光以来，众人非议新法，大多都是这样不问根本，因人罪法。"

章美道："好，你要论法，我们便来论法。你方才说怨恨新法者，只是富贵之人。我来问你，怨青苗法的，也全都是富贵之人？朝廷既已收了百姓赋税，又生出这谋利之计，与市侩争利，这便是你所言民不加赋之良法？"

宋齐愈答道："判断法之对错好坏，当看它设立的缘由。青苗法之前，每年开春及秋收之前，农户新陈不接，衣食难继，没有余钱买种，只得向富室商人借贷，利息往往翻倍。借两斗还三斗，已是看顾了乡里情谊。青苗法正是为解民困而设，青黄不接之际，官府借给农户钱，只收二分利息。这救急之法，有何不当？"

章美反驳道："你可知各地官府以借贷之数来评定优劣，州县官为争个优评，不管农户需不需要，强行借贷，等要还贷时，又百般催逼，多少农户因还不了这钱，卖屋卖田，卖妻卖儿，甚而流亡逃难？"

宋齐愈笑起来："你这又是本末不分，将法之对错和法之施行，又混为一谈。施行失当，该去查问州县官员，岂能将这些错全都归之于法？"

田况一直捏着两枚棋子不住揉搓，发出的声响越来越刺耳，这时，他猛地停住手，也加入论战："借本乡本地商人的钱，多少还念些人情旧谊。借了官府的钱，则容不得半分通融。下户小农，宁愿借商人倍息的钱，也不敢碰官府这二分利。这样的法，不管好坏，最终都是给州县官吏一个施虐于民的新由头。"

宋齐愈回击道："一个治病的良方，因为庸医胡乱用药，害到一些病人，便要连这方子也一起毁掉？"

乐致和原本极少说话，这时也忍不住高声道："是药三分毒，即便是扁鹊、华佗，也不敢在仓促之间，胡乱开出一道方子，随意让人用。何况这天下之大，仅凭王安石一人，妄造出这些新法，是非对错未曾检验明白，便大肆推行于世。这不是贻害天下是什么？"

宋齐愈立即反问："若是一人病重垂危，请到扁鹊来医治，他开出一道方子，你用还是不用？"

郎繁在一旁厉声道："区区王安石，岂是治世之扁鹊？他不过是拾法家贪酷之术，捡汉武夺利之技。"

宋齐愈笑道："岂不闻天下同归而殊途，一致而百虑？只要有利于国，有利于民，何必分儒法道释？"

简庄虽然神色极难看，但毕竟修为甚高，他缓缓道："君子非不言利，却慎言利。《孟子》开篇即言，'何必曰利？亦有仁义而已矣。王曰，何以利吾国？大夫曰，何以利吾家？士庶人曰，何以利吾身？上下交征利而国危矣。'王安石最大之过，在于眼中只有一个'利'字。小民争利，尚要先顾些仁义是非。堂堂一国之宰，却开口闭口只知言利。上行下效，这天下便只剩个'利'字。利欲之下，谁还顾礼义廉耻？若没了仁义，这人间还成什么人间？遍天下尽是逐利的禽兽而已。却不知，若无仁义，这利也是难逐到，就是逐到，也难长久。只看新法施行已几十年，究竟利了谁？国用仍是不足，百姓仍然困顿，只营造了些宫观，平地起了座艮岳……"

宋齐愈听了，锐气顿减，他低头默想了片刻，才开口道："王安石一生清素，虽贵为宰相，衣衫脏旧却从不介意，吃饭也只夹面前那道菜。他于自身，何曾有过半点利心？他言利求利，也只是为救时弊，盼着能富国强军。"

章美又冷笑了一声："若民不得安宁，这利要它作甚？"

宋齐愈反问道："他何时不要百姓安宁了？"

郎繁抢过来答道："本朝行募兵法，兵农分离，兵卫国，农耕田，各不相扰，互助互利，本是莫大良法。王安石却兴出一条保甲法，每户男丁两个抽一个，强迫练武习战。农人尽力耕田都未必能养家糊口，再抽掉一个男丁，这不是扰民是什么？你难道没有听说有农夫为逃保甲，不惜断指自残？"

宋齐愈忙道："保甲法练武习战都是在农闲期间，并不会妨农。何况，本朝承平百年，人不知战事，一旦强虏攻来，如何应付？"

江渡年高声道："每年耗费亿万国库，养兵用来做什么？"

宋齐愈答道："养兵自然是备战卫国，但兵未必能处处防护得到，就如眼下东南内乱，若百姓平日习战，到这时便能防卫乡里。"

章美道："保甲法已行了几十年，这东南依然被方腊肆虐席卷，何曾见到什么防卫？"

宋齐愈道："那只因平日练习不够。"

七子被他噎得说不出话，全都铁青着脸，半晌，简庄才缓缓言道："所谓道不同不相为谋，宋君既然无视百姓怨愤，执意推崇新法，便是与天下万民为敌，也是与我们几位为敌。我这陋宅难留宋君，宋君请！"

宋齐愈顿时愣住，没想到简庄竟至如此，再看其他六子，都冷着脸，齐齐瞪着他。他知道没有回还余地，只得站起身，勉强笑了笑："今天争得过于执着了，还请诸位谅解，那我就先行告退。"

众人都低下眼，并不看他。宋齐愈又笑了笑，转身离开了简家。

第十五章　空宅、毒杀

人多昏其心，圣贤则去其昏。

——《二程遗书》

赵不尤搭船前往应天府。

章美和郎繁都去了应天府，一死亡，一失踪，而消失的梅船也来自应天府。目前疑团重重，必须亲自去查访一下。

下船后，随便吃了些东西，便租了匹马，骑着前往简庄说的那个地址——复礼坊朱漆巷。应天府虽不及汴梁繁华，毕竟是大宋南京，也是天下一等富庶之地。走了半个多时辰，才找到朱漆巷，巷子不宽，不过青石铺路，十分清幽。赵不尤见巷口石墩子上坐着一位老者，正在晒太阳，便下马向他打问。

"梁侍郎家？巷子里面那棵老榆树边就是。不过你不必去了，他家没有人。"

"哦？是搬走了吗？"

"搬走半年多了，全家都回南边家乡去了。那院宅子一直空着，托给南街的蒋经纪替他们典卖，至今还没有合适的买主。"

赵不尤望向那棵老榆树，树边那院宅子大门紧闭，门前积着些落叶，果然是许久没人住了。他谢过老人，刚要走，但转念一想，又回身问道："老人家是住在这巷子里？"

"是啊，就在梁侍郎家斜对过。"

"老人家，我再请问一下，这一阵都没有人去过梁侍郎家吗？"

"有倒是有，寒食前几天，蒋经纪带了两个人来，那两人住了进去，我还问过蒋经纪，他说那两人赁了那宅子。不过，那两个人看着有些不尴不尬，并没有什么家什，只带了几条铺盖，才住了没几天，就走了。"

"哦？他们是哪天离开的？"

"似乎是清明前一天。"

"他们住在里面的时候，有没有其他人去过那宅子？"

"有。前前后后好几个人。"

"有没有一个身穿白襕衫，太学生模样的年轻男子？"

"几个都是年轻男子，太学生模样的倒没见。"

赵不尤想章美或郎繁就算来了，穿的恐怕也是常服。便又问道："老人家，那位蒋经纪住在哪里？"

老人指着南边街口："那里有家汪大郎茶坊，蒋经纪常日在他家混，你过去一问便知。"

赵不尤又谢过老人，牵马走到南街口，果然有间茶坊，旗招上大大一个"汪"字。他将马拴在店口木桩上，刚要走进茶坊，无意间一扭头，见身后不远处一个路人猝然停步，迅即闪到旁边一棵粗榆树后，只露出一小截身子，穿着石青绸衫。赵不尤心里微有些起疑，正在张望，茶店店主笑着迎了上来："客官喝茶？"

"我是来寻一个人，蒋经纪。"

"那就是——"店主指了指窗边座上一个矮胖的中年男子，正在和对面一个老者下棋。

赵不尤便走了进去："请问你是蒋经纪？"

"是。你是……"蒋经纪拈着棋子抬起头。

"抱歉，打扰两位了。我想请问一件事。"

"什么事？"

"前几日，是否有人经你的手租赁了梁侍郎家的宅子？"

"是。"

"他们是什么人？"

"他们只说一个姓胡，一个姓……对，姓杨，名字我也不知道。"

"赁屋都要找保人、签契书，他们没有签？"

"那两人说是替自家主人寻宅子，他家主人挑剔得很，得先住几天试试看，还要找道士相看风水，中意了才签约。他们只交了五天的保银，我想着反正宅子空着，就让他们先住住看。清明过后，我去寻他们，竟已经走了，连院门都没锁。奇怪——"

赵不尤仔细留意蒋经纪语气神色，应该没有说谎。

简庄是从朋友处得来的梁侍郎家的住址，他恐怕并不知道梁侍郎一家早已南下归乡。照蒋经纪所言，那两个人来租赁梁侍郎家宅子，却只试住了几天，日期又恰好是寒食、清明，而梅船、郎繁、章美、宋齐愈……几桩事件也正好在这几天内发生，这是巧合？那两人究竟是什么来历？真的只是来试住房子？他家主人又是何人？

赵不尤道过谢，出了茶坊，向那棵榆树望了一眼，树后那人已不见了。

赵不尤来应天府前，曾去找过顾震，顾震写了封引介信给赵不尤，让他去应天府寻一位掌管船户户籍的主簿，姓回，是顾震的故友。

赵不尤到府里打问，找见了回主簿，一个四十出头的中年男子，样子十分和善。他读了顾震的信，忙叉手致礼："久闻赵将军威名，只是一直无缘得见，幸会！幸会！"

"回兄言重了，"赵不尤回过礼，说道，"在下此次来，是想打问梅船船主梅利强的讯息。"

"几天前收到顾震的信，我已经去查问过了，梅利强去年就已经死了。"

赵不尤一惊，清明那天死在新客船上的船主并非梅利强？那他是谁？他为何要冒充梅利强？那个叫谷二十七的船工为何要说谎？

他忙问："去年什么时候？如何死的？"

"是去年腊月。据他妻子说，夜里喝醉跌进水里淹死的。"

"他的船呢？"

"他妻子和两个儿子都不愿再经营那船，已转卖给他人了。"

"卖给了什么人？"

"是一位杭州的船商，有卖契，我抄了一份。"

回主簿从怀里取出一张纸递给赵不尤，赵不尤接过一看，关于买家，上面只写了"杭州船商朱白河"，身份来历都不清楚。再看卖价，竟是八百贯。

梅船并非新船，时价最多五百贯。造一只新船也不过六百贯，朱白河为何要用如此高价买下梅船？他和冒充梅利强的船主是什么关系？难道是同一个人？

应天府已查不出什么，赵不尤告别回主簿，把租来的马还了回去。刚离开鞍马店，眼角无意中扫过一人，石青绸衫，是个壮年男子，正在斜对街一个书摊子边翻书。赵不尤一眼便看出，那人的手势神态，没有丝毫心思在书上，显然是在装样子。此人应该正是方才茶店门外躲到榆树后的那人，他在跟踪自己。

正愁找不到线索，赵不尤装作不见，抬脚走向码头。走了一段路，发觉那个男子果然在后面跟了上来。

应天府去往汴京的船只都泊在西城门外的河岸边，赵不尤找好一只客船，船主还得等客，他便先去岸边一座茶坊里，要了两样菜、一瓶酒。他原本要坐到临河的座上，但那男子跟到码头后，不知躲到了哪里，应该就在附近，赵不尤便选了靠里一个座，能望见河岸，但岸边的人不容易看见自己。酒菜上来之后，他一边吃，一边偷眼望着河岸，那个石青绸衫果然走了过来，装作没事闲逛的样子，赵不尤忙侧转身低头吃菜。那男子走到那只客船边，向船主打问了些什么，随即上了那船，走进客舱里。他竟要跟到船上去，赵不尤放心吃起来。

吃过后，他见店主五十多岁，待人活络，便问道："店家，你可是常年在这里经营？"

"可不是，这店从我祖父算起，已经三代了。"

"你可知道一个叫梅利强的客船船主？"

"老梅？他是我家的常客，跟我年纪差不多，可惜太贪杯，去年腊月喝醉跌进水里淹死了。"

"他死后这三个多月，你可再见到过那只梅船？"

"听说梅船已卖给外乡的客商了，被买走后，再没见过，直到前一阵，我似乎看到过一次。"

"什么时候？"

"嗯……大约是寒食第二天，开始动火了。那船从我门前驶过去，我见船帆上似乎有一大朵梅花图样。不过那天生意好，店里忙，只看了一眼，没工夫细看。"

这时水边那只客船的船主在船头大声招呼，船要开了，赵不尤便付了饭钱，谢过店家，下岸上了船。

这船也是两排六间小客舱，船主将赵不尤安置在左边中间的小舱里。大舱中没见那个石青绸衫，应该在小舱里，不过小舱门都关着。

赵不尤便不去管他，走进自己舱里，坐在床头，斜靠在窗边，望着窗外又思索起来。目前既无法得知那个冒充梅船船主之人的真实身份，也不清楚郎繁和章美为何要在寒食节来应天府。梅船又凭空消失，船上二十几个人一起死于另一只客船，唯一的活口谷二十七又服毒自尽……

自从开始做讼师，他经手过数百个案子，从没有哪个案子如此离奇迷乱，更未如此茫然，毫无入手之处。

虽然如此，他却并不气馁，心想再离奇，也是人做出来的事情，正如程颐、程颢二先生所言，天下之事，无非理与欲。做这事的人，必定出于某种欲，也必定依循某种理。当然二程之"理"是天理、仁义，而赵不尤自家体会，理不但有善恶之理，更有事物之理。比如执刀杀人，其中既有善恶是非之理，也有为何杀人及如何杀人之理，即事物之理，这无关善恶对错，只是事物真相。若连一个人是否杀人，因何杀人都不清楚，就难以判断是非对错。

真相在先，善恶在后。

不过，无论如何，只要顺着"理欲"二字，总能查明真相，不同只在于迟速。

他理了理头绪，接下来，得摸清楚这几件事——

其一，简庄究竟是从何人口中得知应天府梁侍郎地址？

其二，去十千脚店查问，寒食节前和郎繁密会之人是谁？

其三，郎繁生前将两朵梅花藏在墨筒之中，是否有什么深意？

其四，托人去杭州打问买梅船的朱白河是什么人？

其五，梅船何以在众目观望之下凭空消失？

这五件事，只要查明其中一件，都能找出些头绪。

他正默默寻思着，忽觉得右肘有些酸痛，他的右胳膊一直支在窗沿上，窗框底沿只有一条窄木，因此有些硌。他放下胳膊，一边舒活关节，一边望着那窗沿，想起以前没有留意到，发现郎繁及二十几具尸体的那只新客船的窗底沿不太一样，镶了块木板，要宽一些。他想，还得再加一条——

第六，再去仔细查看一遍那只新客船。

上回着意于郎繁及二十几具尸体，没有亲自探查那船。那只船绝非偶然停在那里，或许那船上会有些线索。

此外，还有跟踪自己的那个石青绸衫男子，他是什么来路？难道也和此案有关？若真是为此而来，那再好不过，正好从他身上探出些踪迹。

斜阳照进卧房，温悦坐在床边收拾衣物，瓣儿在外间教琥儿认字，厨房里传来切菜的声音，夏嫂正在准备晚饭。

温悦细心叠着丈夫的一件半旧衫子，想起母亲的话，不由得笑叹了一声。当年父亲将她许给赵不尤，一是看重他的宗室身份，二则是相中了他的人品。母亲却有些不乐意，说赵不尤家世人才都不必说，但看着志向大了些，身为宗室子弟，又不能出仕任官，做不了事，自然会郁郁不得志。到时候嫁过去，他一肚子气恐怕会撒到温悦身上。

温悦只在相亲时隔着帘子偷偷瞧了瞧赵不尤，第一眼就中意于他的沉雄之气，觉着不似一般文弱士子，这才是男儿汉。听母亲这样说，她反倒更加乐意了。她不愿嫁个被朝廷供养、无所事事的宗室子弟。觉着身为男儿，就该像她父亲，尽己之才，立一番功业。赵不尤有志气，自然会去找些事来做。

如今看来，她猜对了。成婚不久，赵不尤就和她商议，搬离了敦宗院，住到了民间，做起讼师的事。成天忙个不住，却至少有一半的事都是白替人劳累，收不到钱。温悦出身仕宦人家，虽不算大富大贵，却也自小衣食优裕。起初她的确有些不适，但好在她生性随和，很快也就惯了。看着那些人敬服感激丈夫，她自己也觉着快慰。何况丈夫对她，始终爱敬不减。

温悦唯一担心的是，丈夫性子太直，打理讼案时，只认理，不认人，遇到权臣豪门也不退让。就像眼下这桩梅船案，连开封府尹都压住不敢碰，赵不尤却丝毫没有退意。不知道这案子背后藏了些什么，只盼不要惹出什么祸端才好。

温悦正在默想，忽听夏嫂在厨房里惊叫起来。她忙起身出去，快步赶到厨房，瓣儿和琥儿已经站在门边，朝里惊望着。夏嫂在里面连声叫嚷："爷咯！这是怎么了？"

她走进去一看，夏嫂一手拿着菜刀，一手捏着根切了一半的大葱，望着地上仍在叫嚷。地上躺着一只猫，龇着牙，嘴边吐出一些白沫，一动不动。嘴前不远处，掉了一条被撕咬了大半的鲤鱼。看来是这猫偷吃了这鱼，中毒而亡。

温悦忙道："瓣儿，带琥儿到堂屋去！"

瓣儿忙应声牵着琥儿躲开了。

夏嫂惊声道："我剖好洗好了这鱼，挂在柱子上沥水，正忙着切菜，这猫不知啥时间溜了进来，这么高都能把鱼叼下来，它怪叫了两声，我才发觉，等回头看时，它抽搐了几下，就不动弹了。"

"鱼仍是在老柳鱼行买的？"

"对啊。这两三年都是在他家，没换过别家。"

温悦心底忽然涌起一丝不祥："你回来路上碰到什么人没有？或者把鱼放到哪里了？"

"没有啊，我先买齐了菜，最后才买的鱼，只在鱼摊前跟老柳的媳妇说了两句话，就牵着琥儿回来了。"

"你再好生想想？"

"哦！对了！到巷口时，琥儿跌了一跤，我赶忙把菜篮子放下，把琥儿抱了起来，替他拍了拍灰……其他再就没了。"

"当时附近有没有其他人？"

"有！迎面一个汉子急慌慌走过来，琥儿就是被他撞倒的。我抱起琥儿回头要骂时，那人已经走远了。身旁还有个阿嫂，也跟我一起骂了那人两句，还问琥儿跌坏没有。"

"那阿嫂你见过吗？"

"从没见过，她也提着个菜篮子，不过上面盖了块布。她说完就往另一边走了。"

"今天买的这些菜都丢掉！菜刀、砧板都用热水好好烫一烫。晚饭切点酱菜，将就吃一顿。"

夏嫂听了一愣，忙要问，温悦却没有工夫解释，忙转身走到堂屋，告诉瓣儿："你带琥儿到里屋去！"

瓣儿似乎也已经猜到，并没有问，哄着琥儿走进自己房里。温悦又赶忙去内屋取了三百文钱，回到厨房，夏嫂正挽起袖子，将砧板放进热水锅要刷洗。

温悦道："这些先放着，等会儿再收拾，你拿着这钱去巷口找乙哥，让他租头驴子，赶紧去东宋门外瓦子，找见我妹子何赛娘，让她立刻到我家来一趟！"

夏嫂忙擦了手，接过钱，快步出去了。温悦跟着她走到院门，等她一出去，立刻闩好门，回身去堂屋摘下丈夫的那把长剑。

她握着长剑，心里急急思虑：那条鱼一定是有人投毒。

琥儿被人撞倒，是事先设计，跟在夏嫂身后那妇人恐怕一直偷偷跟着夏嫂，买了条一样大小的鲤鱼，喂好毒，趁夏嫂去扶琥儿，掉换了夏嫂篮子里那条鱼。

他们为何要下毒？一男一女，如此安排设计，一定是受人指使。一般仇怨绝不至于下毒杀人，难道是由于梅船案？那案子牵连极广，背后之人恐怕是知道赵不尤不会轻易罢手，因此才趁他去应天府，下毒毒害我们母子，好让他停手？

温悦惊怕起来，丈夫去应天府，恐怕也有危险！墨儿去了小横桥，说不准也要遭人暗算。那些人毒杀不成，恐怕还要来设法加害，眼下，我只能拼力护好瓣儿和琥儿。

她伸手将剑擎出一截，剑锋在夕阳下闪耀刺眼银光。她只跟着丈夫比弄过几回，从没有认真练过。真要有凶手逼近，恐怕斗不上两招。她不由得大为后悔，但事已至此，只能尽力而为。

正在慌惧，大门忽然敲响，温悦惊了一跳，门外传来夏嫂的声音："夫人，是我。"

温悦忙擎回了剑，过去打开门放夏嫂进来，随即又闩好了大门。

夏嫂看着她手中的剑，很是诧异，却不敢多问，小心道："乙哥拿了钱，立即去了。"

温悦回身坐到堂屋里，将剑横放在腿上，手一直握着剑柄，不时扫视大门墙头。

夏嫂将厨具都烫洗过后，才另煮了一锅米，盛了两碟咸菜酱豉。饭端上来，温悦却丝毫不想吃，让瓣儿和琥儿出来，跟夏嫂一起先吃，她则一直握剑防备着。

瓣儿吃过后，让夏嫂带着琥儿去内屋，她也去拿了把短剑，坐到温悦旁边，低声问道："嫂嫂，可是有人下毒？"

温悦点了点头。

"为了梅船案？"

"应该是。你不要在这里，进去，不论发生什么都别出来。"

"若真有人来，躲起来也没有用。我跟嫂嫂一起守在这里，两个人总胜过一个。哥哥也教过我一套剑法。"

温悦没再说什么，露出一丝笑，点了点头。

两人默坐着，守候了一个多时辰，天已渐渐黑了。

到了傍晚，赵不尤出去吹风，其他小舱只有两间开着门，但舱中都不是那个石青绸衫男子。他又去船头船尾随意走了走，都没有见到那人，可能一直躲在小舱里。于是他在船头吹着风，赏看河景，直到天黑，都未见那人露头，便回到舱中，默坐了一会儿，才上床安歇。

因防着那人夜袭，他睡得很轻，到半夜，果然被一阵轻微响动唤醒，是门闩滑动的声音，很轻，有人在门外用刀尖拨动门闩。自然是那个石青绸衫男子。没多久，门闩被拨开了，随即响起门轴转动声，极慢。赵不尤一直躺着不动，等他进来。看来此人不只是跟踪，还要暗杀。

舱门打开后，又被轻轻关上，随后，和着船的摇晃声，脚踩木板的轻微声响一点点向他移近。赵不尤偷眼觑探，窗外月轮被一大团云遮住，漆黑中只隐约见一个黑影朝自己逼近。他身子虽然一动不动，但全身都已戒备。

黑影来到床边，静立了片刻，似在运气。赵不尤不等他动手，自己猝然伸掌，向黑影腰部位置横砍过去，他这一掌能轻易将砖块劈裂，然而掌缘刚触到衣衫，那人便立即惊觉，急忙一闪，那一掌只削了他一下。是个练家子！

赵不尤随即腾身起来，一拳捣向那人，那人侧身让开，随即竟俯身绕到赵不尤胁下，双臂箍住他的腰身，一只脚绞住他的左腿，而后陡然发力，赵不尤脚下一虚，险些摔倒。他忙用力一蹬，站稳脚跟，同时一肘击向那人后背。那人却已经料到，身子一旋，绕到了赵不尤身后。

盘龙绞！赵不尤在京中跂社中曾见人使过这种招数，是相扑绝技，与人相斗时，盘旋不定，绞缠不止，矫如游龙。使的尽是巧力，稍有不慎，便会被错骨拧筋。

此人刚才这一绞，功力比京中相扑名家只高不低。赵不尤不敢大意，忙提起精神，不等那人从背后缠定自己，双拳弯到腰后，重重向后夹击过去。那人猛一腾身，躲过双拳，跳到赵不尤背上。"咚"的一声，应是顶篷太矮，撞到了他的头。赵不尤趁机扭身一甩，将那人甩开，随即一拳猛击过去。那人身未站稳，就势一倒，接着一滚，滚到赵不尤脚边，双手抱住赵不尤双腿，竟倒竖起身子，双脚绞向赵不尤脖颈。赵不尤知道这招叫"倒龙柱"，厉害无比，忙搂紧那人腰身，猛一弯腰，那人知道要被倒蹶，忙松开双手，躬蜷起身子，头钻到赵不尤腹部。赵不尤不等他换招，双臂用力一抛，将那人摔到地上。那人倒地之后，轻灵一旋，又站起身子，赵不尤隐约见他掏出一样东西放到嘴中，正在纳闷，那人又一弓身，向自己袭来。赵不尤知道不能让他近身，抬起左脚，狠力踢去，那人却侧步让过，继续逼过来。

这时，月亮移出云团，光亮透过窗纸照进舱中。赵不尤这才看清，那人瘦长脸，斜挑眼，几缕细髭须。他的嘴前寒光一闪，原来嘴里咬了一把钢锥。

赵不尤心里一寒，这锥刺恐怕是喂了毒，一旦被这人贴身缠住，就很难防备这锥刺。他忙又抬腿一招千军横扫，将那人逼开，随即抓起桌边那张椅子，用力一撇，卸下一条椅腿，借用霸王铜招式，横挥斜砍，暴风一般向那人袭去。舱室狭小，不时击到墙壁顶篷，不断发出震耳之响。那人的盘龙绞在这威势之下顿时丧失功效，他左滚右闪，不停躲避。赵不尤丝毫不给他喘息之机，连连进攻，渐渐将那人逼到门边墙角。

可就在这时，舱门忽然打开，赵不尤一棍击中门扇，发出一声巨震，门外随即一声惊叫。月光中依稀可辨，是船上的杂役，斜靠在对面舱门上，满脸惊恐。赵不尤略一分神，墙角那人猛地蹿出，从他身侧溜过，随即听到窗扇响，等赵不尤转身时，那人已经开窗钻出，纵身一跃，一声水响。

赵不尤忙奔到窗边去看，月光之下，水波如银，望了半天，才见对面近岸处水上冒出一个黑影，那黑影急速划水，游到对岸，之后便消失于黑苍苍的草野中……

火篇

香袋案

第一章　香袋、耳朵、卖饼郎

> 惟刚立之人，则能不以私爱失其正理。
>
> ——程颐

清明正午，那只客船从烟雾中消失时，一位中年男子正站在斜对岸焦急地等人。

男子名叫康潜，和当今天子同岁，今年整四十岁，经营着一间古董铺。他本就肝虚体弱，加上这几天忧烦不已，面色越发灰黄，人也越发瘦削，一双眼里，阴沉沉黯黄的愁郁。

不过，即便心里装着事，亲眼目睹对岸大船消失，康潜仍旧惊诧不已。看着白衣道士从烟雾中现身，顺流而下，漂过虹桥桥洞，都已经望不见了，他仍旧呆呆张望着。

正在失神，身旁忽然传来一声低沉之唤："请问，您是康先生吗？"

康潜吓了一跳，扭头一看，是个老汉，干瘦佝偻，衣帽破旧，手里捏着一个三寸大小的小布包。

康潜忙答道："是，我姓康。"

"先生大名是？"

"康潜。"

"那就对了，"老汉将小布包递过来，"这东西给您。"

康潜要去接，又迟疑了一下，问道："谁使你来的？"

老汉摇摇头："那位客人没说姓名，只说是'鱼儿'，他要我把这给康先生，说您会赏我五十文钱。"

"鱼儿"是康潜弟弟康游的乳名，他人并不知道。康潜向四周张望，并不见弟弟身影，他恐怕是不愿现身。康潜心里一阵怅郁，前日弟弟临出门前，忽然跪下来给自己连磕了几个头，这是生平头一回，看弟当时那神色，竟像是永诀……

"康先生？"老汉怯生生问道，拿着布包的手仍伸着。

"哦！"康潜忙从衣袋里取出一陌铜钱，整七十五文，递给老汉，"都拿去。"

老汉顿时咧开缺齿露龈的嘴，笑眯了眼，连声道着谢接过钱，忙又将布包递过来。康潜接了过来，等老人笑颠颠转身走后，才打开布包，里面是一个香袋，蓝底银线梅纹，香气馥郁，袋角上绣着个"花"字，是花百里锦坊的香袋。他看了看周围，并没有人留意他，又小心解开那香袋，里面装着艾叶、辛夷、薄荷等碎香叶，碎香叶中有一大颗深褐色药丸，另还有一个油纸小包，折角上隐隐沁出些血迹，他心底一阵恶怕，心想弟弟做事自然不会错，便没敢打开油纸包查看，系好袋口，将锦袋小心放进衣袋里。

约好的交货地点是身后的梢二娘茶铺，时候是正午，也差不多了。康潜回身走进茶铺，里面只有几个客人，康潜选了个临着汴河大街的座位，坐了下来。一大早他就从小横桥赶过来，这时才觉得疲乏之极，从昨晚到现在也没有吃东西，虚火冒上来，满额满腋是汗，连手都有些抖。

他知道这梢二娘店里煮的杂辣羹有名，就先点了一碗。羹很快端上来，鲜肚嫩肺，香辣滚烫，很是醒胃。才喝了几口，街上传来叫卖声："汴梁好饼属哪家？得胜桥边老郑家！油饼脆哎——炊饼鲜！糖饼香呦——辣饼欢！"是个年轻后生，肩着几屉竹笼，提个木架，边走边叫卖。康潜正想再添个饼，才抬头，还没招手，那后生已先望见他，快步朝他走了过来。

"炊饼，一个。"康潜放下筷子，去摸钱。

那后生却不放下饼笼取饼，竟问道："请问您可是康潜先生？"

康潜一愣，抬头望向那后生，二十出头，脸晒得褐红，眉眼生得倒也端正淳朴，只是脸虽挂着笑，神色却有些紧张。

是他？康潜心里一紧，略点点头，警惕地盯着后生。

后生望望四周，放低了声音："我……我是来取货的。"

康潜忽然想起以前好像见过这后生，终日在街头游走卖饼，似乎叫什么"馉哥"。他也忙扫视店里，见无人留意这边，便压低声音恨恨问："是你做的?!我妻儿在哪里?"

饽哥先一愣,随即慌起来:"不,不!我只是受人托付,来取东西,其他什么都不知道。"

康潜这才回过神。那等贼人怎么会亲自来取?当然要寻饽哥这样的小厮来替他跑腿。于是,他取出了香袋。

"就只有这个?"饽哥接过香袋,有些纳闷。

他是照娘的吩咐来取货的,不知道娘是从哪里接的这件差事,也不敢问,但娘交代的时候,语气不似平常,看康潜那神色,更是十分严峻。结果要接的货竟然只是一个小小香袋。

康潜道:"信里要的东西都在里面了。"

"哦。"饽哥点点头,将香袋仔细放进怀里。康潜一直用阴沉沉的眼盯着他,他忙扛起饼笼,拎起木架,转身才走出茶铺,胳膊却被康潜抓住。回头一看,康潜那瘦青的脸,像皱缩的干萝卜,嘶哑着声音又逼问道:"我妻儿在哪里!"

"我真的什么都不知道!"饽哥有些怕厌。

"谁让你来的?我要去见他!"

康潜目光似烧红的针,手指抓得饽哥生疼,饽哥更怕起来,正要躲开,康潜目光却忽然黯冷下来,手也缩了回去。饽哥有些诧异,却没工夫细想,赶忙趁机走开。他照娘的吩咐,没有直接回去,而是沿着榆疙瘩街,先向北边绕,他边走边回头偷看,康潜并没有追上来,不过一直站在茶坊外,抻着脖子,定定望着自己,孤魂一样。

看康潜的言语神情,似乎他的妻儿被事主绑走了,也怪可怜的。饽哥不由得叹了口气,但随即便自嘲起来。你算什么人物?每早五更天就爬起来,跑几里地,到得胜桥郑家油饼店赊饼,天一亮就扛着饼笼,满街叫卖。跑断腿,赔尽笑,一个饼五七文钱,一天下来,常常连百文钱都挣不满,回去还要挨娘骂。现在却可怜起别人?

穿出榆疙瘩街,走到无人处,他放下木架展开支好,把饼笼搁在木架上,从怀里取出那个香袋,解开细绳,打开一看,一些碎香叶里,有颗大药丸,还有一个油纸小包。他心里好奇,取出纸包小心打开,一眼瞧见里面东西,猛地一个激灵,惊叫一声,连油纸带里面的东西一起扔到地上——

是耳朵!血糊糊一对人耳。

他激出一头冷汗,心跳得几乎要蹦出胸口,良久,才平复下来。他壮着胆子，折了两根柳条，硬咬着牙，把那两只耳朵拨进油纸，勉强包好，夹进香袋里，小心扎好绳口。至于耳朵上粘了泥灰，已顾不得了。这下再不敢放进怀里，想了想，管不得许多了，揭开饼笼，把香袋挤在饼中间。等重新扛起饼笼，始终觉得有老鼠在咬肩头一般，一阵阵发悸。

他绕到正东边的新宋门，进城沿着东御街向西走了一段，才转向南。经过街口的丑婆婆药铺时，想起清早他娘说脑仁又痛起来，他娘一向吃这家的药最灵，就进去照旧又买了十颗川芎祛风丸。

买了药出来，他又顺路折到香染街，街上大半店铺是卖香料、染料的，一路飘散着各种香气。走了不多远，见斜对面走过来一个小伙子，担着一副挑子，因走热了，褂子都掖到后腰，露出一件破旧汗衫，是串街卖干果子的刘小肘，有气没力叫卖着："干果、蜜果、闲嗑果，又脆又甜又香糯！"

饽哥迎着走过去："肘子哥，我买榛子，十文钱的。"

刘小肘瘦尖脸，小弯缝眼，左臂有点畸形，比右臂短小一些，他笑眯眯放下挑子："饽哥，今天生意可好？"

"还成。"饽哥随口应着，也支好饼笼，从腰间解下一个小布袋，里面有九串钱，是他每天一文、两文偷偷攒的。因怕弄出声响被娘和弟弟听到，就十文一串，用麻线扎得紧紧的。他取出一串，又把钱袋系回腰间。

刘小肘已揭开前面竹筐的盖布，里面一袋一袋挤满了干果，他找出榛子袋，用个木瓢舀了小半瓢，又添了一小撮，取出张油纸，包了起来，他左臂虽然有疾，手指却灵巧。

饽哥掀开他后筐的盖布看，里面挤满了竹筒，装着各色蜜煎果子：楂条、回马葡萄、西川乳糖、狮子糖、霜蜂儿、柿膏儿、橄榄、温柑、金橘、龙眼、荔枝、党梅、香药……他赞道："你的货色更齐全了。"

刘小肘已经包好榛子，递给饽哥，仍眯眯笑着："没法子啊，现今人的嘴一年刁似一年，随你什么新鲜吃食，吃几回就厌了。"

"可不是，去年我只卖一样油饼，倒也还好。今年吃紧，又添了三样，生意还是不如去年。"

饽哥重新扛起饼笼，两人道声别，各自前行。

走了不多远，饽哥就望见"梁家鞍马雇赁"的招牌，隔着街上路人，他一眼瞅见，牌下墙根一个穿着浅绿布衫的姑娘，正蹲在木盆边洗东西，是小韭。

一望见小韭，饽哥不由自主就笑得花儿一样。

小韭是梁家雇的女使，去年才来，因爱吃郑家油饼，常向饹哥买，一来二去，两人渐渐能言笑几句，再后来，越发亲熟。饹哥从未和女孩儿这样过，不觉动了心，空一天不见，都会觉着虚落落的难受。

只是梁家主人看管得严，不许小韭和外人多说话。饹哥和小韭除了借买饼悄悄说两句，大多时候，只能远远望一望，笑一笑。后来，饹哥有了个主意，常用私攒的钱，买些香糖果子，偷偷送给小韭。

饹哥咧嘴笑着，踏着欢步，向小韭走过去，还没走近，小韭就已经发觉了他，扭头朝他抿嘴一笑，小小尖尖的脸儿，瘦瘦巧巧的身子，配着绿衫，像春天河边柳条上的一只翠鸟。

饹哥顿时醉掉，越发笑得没了边沿儿，虽扛着饼笼，却鸟雀一样，几乎是轻跳着到了小韭近旁。

"今天要饼子不？"他跟小韭每天先说的都是这句。

小韭仍蹲在地上，搓洗着衣裳，因怕羞，也怕主人家和邻人看到，头也没敢抬，只笑着说："今天不要了。"

"哦……"饹哥这才发现小韭戴上了他买给她的假髻，眉心也贴了花钿，越发好看了。他抬眼望向店里，主人家并不在门首，赶忙把右手的木架倚在腿边，腾出手，从怀里掏出那包榛子，扔到小韭脚边，小声说："给你的。"

小韭睃了一眼店门，忙伸手抓起纸包，迅即塞进怀里，斜仰起脸儿，朝饹哥笑了一下，眼里闪着欢喜感激，清亮亮，灵闪闪，比露珠还动人心。

店里忽传来咳嗽声，两人忙各自躲开目光，饹哥装作无事，转身走开。一边走一边回想小韭那一笑，心里甜过霜蜂儿糖。有几个路人看他独自傻笑，也都望着他笑。

穿出香染街，就回到汴河大街了。

街上正热闹，出城进城的人像水里的蝌蚪一样，黑麻麻，涌来涌去。街角上，一群人围在查老儿杂嗷店口，里面传出一个爽朗朗的声音："那天公将军张角大喝一声，头顶的肉瘤伸出一尺多长……"饹哥朝里望了一眼，是说书人彭嘴儿，身形胖壮，一双圆鼓鼓的大眼，一脸浓乱胡须，头顶扎了个髻，灰袍子外披了一领深褐披风，扮得似道非道，正瞪圆了眼，说得起兴。

饹哥没有停步，扛着饼笼继续向东。身后忽然有人唤他的大名"孙勃"，他听得出来是幼时同学赵墨儿，但他一直不太愿意见赵墨儿，现在更没心思和人说话，便装作没听见，快步出了东水门，向虹桥走去。

虹桥桥头街南口是温家茶食店，紧挨着店，靠街边两顶大伞，伞下挂着个"饮子"小招牌，是饽哥他娘摆的水饮摊子。因天气转暖，出城踏青的人多，他娘让他每晚煮些漉梨浆、卤梅水、甘草水，趁过节摆在桥头，好卖些钱。

"娘。"饽哥走到水摊边，轻声叫道。

他娘尹氏，四十多岁，双眼已盲了十来年，但面容端洁，仍可见当年之标致。她生性要强，极爱整洁，衣衫虽然全都旧了，却每天都要换干净。当然，都是由饽哥来洗。

这时，他娘正侧着脸，跟旁边伞下一个喝水的客人说话。那人在大讲林灵素、神仙、祥瑞什么的。听到饽哥的声音，他娘忙回过脸，脸上顿时露出慈爱："勃儿啊，跑了这一上午，渴了吧，赶紧歇一歇，喝碗梨浆。"他娘说着，伸手去摸小桌边的木勺和碗，要给他舀水。

饽哥忙道："娘，我不渴。"

他娘仍满脸慈爱，柔声问道："噢，那好，等渴了再喝。对了，东西取到了吗？"

"取到了。"

"那你扶娘进屋里去。"

"好，娘，你慢点。"

旁边那客人羡叹道："母慈子孝，难得！"

他们家就在温家茶食店后边，饽哥将木架挎在臂弯，腾出手扶着娘回到家里，开门进去后，他娘尹氏照常收起慈笑："把门关起来！"

饽哥放下饼笼，关好了门。

"东西给我！"

饽哥打开饼笼，用两根指头捻起那个香袋，放到尹氏张开的手掌中，尹氏仔细捏摸了一番，而后道："成了，你去卖饼吧。"

"娘，那个姓康的说有人绑走了他的妻儿。这香袋——"

尹氏神色微变，但随即冷冷道："不用管那么多，你走吧。"

饽哥只得答应了一声，扛起饼笼开门出去了。

听着饽哥的脚步声出了门，混入街上谈笑、吆喝、驴牛、车轮的嘈杂声海之中，再辨不出，尹氏仔细闩好门，仍侧耳静待了片刻，确信屋里没人后，才慢慢走进自己卧房。

她来到床边的柜子前，从脖颈上取下钥匙串，摸寻着打开柜锁，手伸到下层最角落，从一摞衣服下取出一个小楠木盒，又从钥匙串中摸到一把小钥匙，打开盒盖，用手指一一摸着清点里面的东西：螺钿小首饰盒里一副金耳环、三枚玛瑙戒指、一个银镯子、三根银钗、一卷房屋田产文书、三块小银饼——一块三两，两块一两。一样不缺，都在。

她这才从怀里取出饽哥方才取来的香袋，一股药草香味。她向来不爱好奇，不愿打听人家的隐秘，更怕香袋里的东西撒漏出来自己看不到，便没解开绳扣，只是又细细摸了摸，有个圆球，两块软韧的东西，不知道是什么，此外就是干草叶子和碎碴。她没多想，把香袋放进木盒，仔细锁好，放回柜子角落。又关起柜门，再次锁好，把钥匙串套回脖子，几把钥匙仔细塞进前襟里，这才摸索着出门，扶着温家茶食店的外墙，慢慢走回街角的水饮摊，坐下来等那取货人。

原本这温家茶食店整个都是她丈夫孙大郎的产业，她嫁到孙家时，还享过两年的富贵。可惜丈夫好赌，把整片宅店都抵当掉后，一次喝醉回来，摔下虹桥淹死了。只丢下这三间续盖的小房，一块田地，两个幼子。

那样的丈夫，死了自然是好事，她一个人，虽然辛苦些，至少清静安稳。唯一让她气难顺的是饽哥。

饽哥并非她亲生，是孙大郎前妻所生。这孩子虽然自小老实听话，并没有什么大不是，但无论如何，看着都不讨喜。尤其丈夫死后，他哑了一样，极少开口说话，常拿眼睛直愣愣盯着人看，盯得人浑身不自在。尹氏盲了以后，听什么都格外响，只要听到他的动静，甚至只是呼吸的声气，她心底不由自主就会腾起一股火。不过就算四邻不议论，她自己也知道做人之理，并不让这火随意烧出来。

这些年，母子之间，还算相安。尤其是当着外人的面时，他们母子会一起做出彼此亲善的样儿来。这从没教过、练过，自然而然就是这般默契。这一点上，饽哥比圆儿更像她亲生的。

真正让她操心的是自己亲生的儿子孙圆。这孩子只比饽哥小一岁，却比饽哥伶俐得多，但可能是自小过于宠了，做事拈轻怕重，心气又高。去上学，不守规矩，被撵了回来。跟人学做生意，又吃不得苦，东一灯，西一烛，到哪儿都亮不久。已经年满二十岁，却还四处晃荡，连个正经营生都没有……

"娘！"尹氏正坐着烦恼孙圆，就听到孙圆叫。这孩子连声音都滑溜溜、稳不住。

她忙问："你不是跟着仇大伯去点货吗，怎么这会儿就跑回来了？"

孙圆嘟囔道："我巴巴赶过去，他还嫌我去晚了，唠里唠叨说我懒，跟了他半个月，腿都跑断筋，至今只给了我三百文钱，够喝风还是喝雨？我一恼，就回来了。"

尹氏骂道："我好说歹说，仇大伯才肯带携你，你连正经路都没上，不过帮着跑跑腿、点点货，每天饭食还是仇大伯管，前天你点错了香料件数，让仇大伯平白亏了几贯钱，他没罚你钱，反倒给你钱，你还嫌不够？"

孙圆嚷起来："我在那儿点货，他在一边叨嘈个不停，能不点错？"

尹氏气得说不出话，听见孙圆抓起木勺，舀了碗漉梨汁，咕咚咕咚大口喝尽，她正要骂，孙圆却爽足地大呼了口气，走过来蹲在她身边，揽住她的胳膊，身上散出一股香料味，笑嘻嘻摇着说："娘，别气了，我已经找到桩极好的买卖，今年朝廷废了三舍法，又要重兴科举，今后来京城的举子，必定又要大增，书生们的钱好挣，我已经挂搭上望春门外印书的胡大个子，正商议着印些书生们用得着的卷册，娘就瞧着吧，等我赚了大钱回来孝敬娘，不过……"

尹氏打断道："又要钱？"

孙圆在她臂边磨缠："谈生意，至少得喝喝茶、吃吃东西，我不能总白吃别人的嘛。"

尹氏被缠不过，只得掏出钱袋，数了三十文："费油灯，拿去！"

孙圆嚷起来："这连一顿茶钱都不够啊。只够到娘这儿，几个体面人蹲在地上，一人喝一碗这煮梨水儿。"

尹氏骂道："我坐这一上午，通共就卖了这几十文钱。你不心疼钱，也该心疼一下你这瞎眼的娘！"

孙圆没敢再出声，一把抓过那些钱，转头甩着腿噗哒噗哒走了。

尹氏叹口气，不知道这儿子何时才能上得了正道。

第二章 偷换

> 人多思虑，不能自宁，只是作他心主不定。
>
> 要作得心主定，惟是止于事。
>
> ——程颐

尹氏等了近两个时辰，有个人走过来，坐到了水饮摊前的小凳上。

尹氏先闻到一股极淡的香气，混着沉香、腊茶和鸡舌香——男子熏衣的香味。她立即知道，是那位叫她取货的人。果然，那个有意压低却仍然清朗的青年男子声音在身前响起："尹嫂，是我，货取到了吗？"

"取到了，你随我去拿。"尹氏也放低声音，抓住木杖站起身，戳点着，向屋里走去。

这个年轻男子寒食前两天来到水饮摊，要了碗卤梅水，等附近没人后，才压低声音，跟她谈这桩生意，代取一样东西，一贯钱，先付二百文。

在这汴河湾，四方生意人云集，常有代人取货的生意，尹氏此前也接过不少，不过一般最多一百文钱。她有些吃惊起疑，但一想，又不是替人偷盗，只是转手交个货，所以就答应了。这男子也立即取出三陌钱交给了她。

尹氏数了一下，一陌不是街市通用的七十五文，而是七十文。各行各业的钱陌数不同，她记得七十文好像是书画行的数目，要取的货恐怕是名贵书画，就问了句："你是书画经纪？"

男子只回了句："这些你就不用问了，只要好好把货取到就成。"

尹氏识机，花这么多钱找人代取货物，自然有隐情不愿人知道。她便不再多问，仔细听那男子交代了取货的事宜。听后越发觉得这事不寻常，有些怕起来。男子似乎看破她的心思，笑着安慰说："你不必担心，取了货交给我就完事，其他和你无关，不会有任何不妥。"

她却仍旧担心，但随即想到饽哥，让饽哥去取，就算有事……她虽然一直看不惯饽哥，心肠始终热不起来，却从未有过什么歹意。这次却生出这种念头，这让她很是不安，不过已经答应了人家，何况也应该不会有什么。

现在东西已经取到，交给这男子就了结了，她引着青年男子来到自家屋里，让男子在外屋等等，她摸着走进自己卧房，掏出钥匙，依次开锁，取出那个香袋，回身出来，把香袋交给了那男子。

男子接过香袋，一阵窸窣声，香气越发浓郁，应该是打开袋子在验视。

"不对！"男子忽然道。

"怎么？"

"袋子里的东西被换了！"

天色已晚，饽哥的饼却还剩一大半没卖掉，大太阳底下捂了一天，饼已经隐约散出酸馊气，明天是混卖不出去了，光本钱就得二百多文钱。以往卖不完时，他会找个穷汉或贪占便宜的妇人，多减些钱，整卖掉。可今天几条街走下来，都没见着一个愿要的。回去怎么跟娘交代？

他正在犯愁，旁边传来一阵猪哼哼声，是一家的猪圈。只好这样了，先用自己私攒的那些钱当利钱，今晚给娘，先对付了，至于郑家饼店的赊账，明天再说。他走到那猪圈边，把笼里的饼全丢了进去。自己也有些饿了，就留了个辣菜饼。边走边吃，边往家赶。

其实自从父亲死后，那个家就已不是家了。人还没踏进门槛，娘那双盲眼，无影寒针一样，时时隔空刺探着你。他很怕这个娘，从小就怕。她很少骂人，更不打人，甚至极少看你一眼。但她身上有股冷冰冰的气，逼着你，让你不敢乱动，更不敢笑。尤其是盲了之后，她似乎另生了一双眼睛，随意你怎么躲，都能看穿你的心底。所以，他一直小心再小心，哪怕现在已经成人。

他时常在想：若是娘的眼睛没有瞎，会不会不一样些？

娘是为了他，才弄瞎了眼——

十年前，汴河发洪水，大水漫上岸，冲到屋子里。当时还是清早，他和弟弟孙圆才醒，正要穿衣服，娘从院子里大叫着奔进来。弟弟机灵，看到水，立刻从后窗跳出去了，他却仍想着怕娘骂他没穿衣服，慌忙中还抓起衣服套到身上，一耽搁，大水已经冲了进来，连叫一声都没来得及，一阵急流就把他卷了起来。他虽然自幼熟悉水性，但水势太猛，一下子被水拍晕，之后便什么都不知道了。等他醒转，才知道，他被大水卷到街上，娘为了救他，跳进水里把他扯了回来，自己却被水里冲来的粗树枝戳到双眼，从此瞎了。

那之后，娘什么都没说，更没抱怨他，但邻居们时常在念叨，他也经常提醒自己：你欠了娘的一双眼。

扛着饼笼，饽哥上了虹桥，天已经暗下来，两岸食店灯烛荧荧，像两条明珠链子，河面上的泊船有的也点起灯火，桥西北岸那只客船尤其明亮，十几盏灯笼把那船映得通明，上面有几个人在走动，今天街上人们纷传"仙船"消失前撞到了一只客船，说的就是它吧。

河上的凉风吹过来，饽哥又想起小韭，若是能和她一起站在这里看灯景，那该多好……但想到娘，他忙收了心，大步走下桥。

走到家门前，屋里漆黑，没点灯。

他轻轻推开门，小心走进去，屋里静悄悄没有声息，他轻唤了一声"娘"，却没有回应。他有些纳闷，放下木架，搁好饼笼，在窗沿上摸到火石，打着火芯，点亮了油灯，回头一看，见尹氏端坐在靠正墙的椅子上，对着门，脸色有些异样。

他又小心唤了一声"娘"，尹氏的嘴角微微动了动，却又犹豫了片刻，脸色忽然柔和下来，露出些笑意，温声道："回来啦，累了吧？"

饽哥吓了一跳，只有在外面当着人时，娘才会这样跟自己说话。他不知道该如何作答，愣在那里。

他娘仍旧微笑着："勃儿，你坐下，有件事我要问你。"

"什么？娘……"饽哥越发诧异，在家里娘极少这样叫自己。他本名叫"勃"，后来因卖饼，被人们混叫成"饽"。他小心走到桌边坐下来。

"这些年来，我这个做后娘的待你如何？"

"娘……"饽哥张着眼睛，不知所措。

"这里又没有外人，所以咱们也不必再说虚话。我不是你亲娘，没法像疼圆儿那样疼你，全天下但凡做娘的，都由不得。这我自己清楚，你心里也明白。不过，神佛面前，我敢说，你死去的爹娘面前，我也敢说，我偏心圆儿，却也没有亏欠你什么。这几年你卖饼，挣的钱，一半拿来家用了，另一半我一直存着，总共三十贯。另外，家里那块田，每年收的租，我也省下一些，这些年也攒了三十几贯。我都兑成了银子——"

这时饽哥才发觉，尹氏手里一直抱着一个小布包，很沉。她将布包放到身边桌子上，摸索着揭开，里面叠着两块猪腰子形状的银铤，在油灯下闪闪发亮，饽哥见铤面上铭着字："京银铤壹拾伍两"。

"圆儿这些年花出去的，只会比这个多。所以，这些钱都该归你。你好好收着，小心别被他看到。"

"娘这是……"

"你爹没留下什么家业，只有这三间半旧房，还有那块田，不过再少也是家业。下午我已经托隔壁的温朝奉作保，替我写好了分家关书，房和田，你兄弟两个一人一半，等你们签押后，再到官府印押。你已经成年，若想出去自己过活……"

"娘，这究竟是怎么了？"饽哥惊得背都寒起来。

他娘却用那无光的盲眼朝着他，神情肃然："你最后听我说一句——你我母子一场，我从没求过你什么，今天就求你一次，把那香袋还给娘。"

"香袋？中午不是已经给娘了？"

"里面的东西被换了。"

"啊？我从那姓康的手里拿到，回来就交给娘了。难道是他交错了？"

"你中午也说了，这香袋关系到他妻儿性命，他绝不敢弄错。除了他，这香袋经过手的，只有我和你。"

"娘，我没有！我连看都没敢看！"

"勃儿，娘求求你。我虽不是你亲娘，圆儿却是你亲弟弟。那收货人今天发了狠话，说找不回香袋里的东西，就拿你弟弟的一条腿来换！"尹氏的声音忽然变得尖利，脸也扭斜起来。

饽哥正要辩解，忽听到有人敲门。母子两人顿时收声。

饽哥过去打开门，漆黑中站着个人，看不清脸。

饽哥还未询问，那人已先开口："我妻儿在哪里？"

是中午交货那个康潜。他怎么会找到这里？

饽哥吓了一跳，不由得倒退了两步，康潜却抬腿冲了进来，扯住饽哥的衣领，连声问："我妻儿在哪里？在哪里？"

灯影下，他面色灰白，青筋毕露，眼珠鼓胀充血。

第二天清早，赵墨儿才进城门，就望见一个人候在自家书铺凉棚下，是饹哥。

当年在童子学里，他和饹哥十分亲近，上下学都一起做伴，后来饹哥的父亲亡故，饹哥就休了学。此后，两人偶尔在路上碰见，饹哥似乎总是有意躲着墨儿。

"孙勃。"墨儿走过去，笑着招呼。

饹哥今天并没有扛着饼笼，看到墨儿，嘴角勉强扯出些笑，犹豫了片刻，才开口说："我娘有件事想求你。"

"哦？什么事？"

"她丢了样东西，想求你帮忙找回来。不知道你……"

"现在就去？"

"嗯。"

墨儿忙一口答应，饹哥从来没有求过他任何事。

两人又一起出城门，往虹桥走去，一路上，饹哥都不言语，看着心事重重。墨儿也没多问。

到了饹哥家，尹氏听到声音，已摸索着迎了出来："是墨儿兄弟吗？"

"尹婶，是我。您一向可好？"墨儿当初还吃过尹氏亲手蒸的糕儿。

"墨儿兄弟，我有件急事，就不跟你客套了，你得帮帮我。"

"您尽管说。"

"我丢了样东西，很紧要，若找不回来，你圆儿兄弟恐怕有大麻烦。"尹氏素来气性刚傲，这时却露出忧色。

"究竟是什么东西？"

"你跟我来……"

尹氏转身摸索着向内边的卧房走去，墨儿跟了进去，屋子很窄，一张雕花旧木床就占去大半，床边一个漆色发暗剥落的旧木柜，墙角堆着一个旧木箱子，两个坛子，窗边一个小木桌，上面摆着些瓶罐木盒。窗子很小，窗纸已经黄旧，房里十分昏暗。

尹氏从脖颈上取下一串钥匙，摸寻着打开柜锁，将手伸进最下层，从里面摸出一个乌漆小木盒，盒前挂着一个小铜锁。她用从钥匙串上选出的一枚小钥匙，打开了木盒，从里面摸寻出一个小香袋，递给墨儿："就是这个香袋。里面的东西昨天被人偷偷换掉了。"

墨儿接过那香袋，蓝底银线梅纹，角上绣着个"花"字，认得是汴梁有名的花百里锦坊的香袋。他解开绳扣，里面一些碎叶香草，一颗裂成两半的药丸，还有一个油纸包，打开油纸，里面是撕成两片的柿饼，油纸内面浸着血迹，粘了些尘土沙粒。

"原来这里面是什么东西？"

"我也不知道，我只是摸了摸，闻了闻，就锁起来了。"

"那您如何知道里面东西被换了？"

"这个……唉！怪我贪心，几天前，有个人找我，说出一贯钱，让我帮他取样东西，我没多想就答应了，昨天让勃儿去取了来，我拿到后就锁在这盒子里。下午，那人来取，我就拿给了他，他说里面东西不对，被人换了。我现在回想，放进去时，摸着和现在的确有些不一样。那人让我三天之内必须找回来，否则就用圆儿的一条腿赔偿。圆儿一夜都没回来了！到现在都不见人……"尹氏声音发颤，一双盲眼空望着屋角，脸上现出忧急。

"这柜子和盒子的钥匙有几把？"

"都只有一把，我一直挂在胸前，揣在怀里。这二十年从来没离过身。"

墨儿望着尹氏胸前那串钥匙，想起上童子学时，铎哥邀他到家中玩耍，他记得那时尹氏胸前就挂着这串钥匙，那个小木盒中藏着的，恐怕是首饰银钱等贵重之物。她双眼已盲，自然会格外小心警觉，除非硬抢，否则很难偷走那钥匙。

"一般一只锁都配有两把钥匙，另一把钥匙呢？"

尹氏一怔，想了想，才说："十几年前就没了，随着他爹去了。"

墨儿随即想起，尹氏的丈夫十几年前失足落水，尸体被大水冲走，没有找到，另一套钥匙在她丈夫身上，自然也找不见。

"会不会锁的时候没锁好？"

"不会，每次锁完，我都要摸拽一下。昨天比平日更仔细些。"

"开柜子的时候，锁头是好的吗？"

"都锁得好好的。"

"屋门呢？"

"我放好香袋出去后，也锁好了。回来取东西时，门锁也锁得好好的。那人走后，我赶紧去摸窗户，也都是关死的，外人应该没进来过。不过，屋门钥匙勃儿和圆儿都有。"

墨儿点头想了想，又问："香袋是从哪里取到的？会不会对方给的时候就已经不对了？"

"是个姓康的人，他应该不会这么做，昨晚他还冲到我家里，疯了一般跟我们要他妻儿。"

"他妻儿？"

"他说那取货的人劫走了他的妻儿，用那香袋里的东西来换。"

"这么说，他也不会换掉里面的东西。目前看，经过手的共有五人……"

墨儿不由得回身向外屋望去，饽哥不知什么时候已经立在卧房门边，他沉着脸瞪着尹氏，目光又冷又硬，更隐隐透出些乐祸之意。墨儿暗暗一惊，尹氏是饽哥的后母，饽哥自小就很怕尹氏，和尹氏说话都低着头不敢大声，现在却这样直直瞪着尹氏。

饽哥随即转过眼，望着墨儿，冷声道："我没动过里面的东西。"

"除了你，还有谁？你就是要害死我们母子……"尹氏厉声反问。

"尹婶，先不要着急，姓康的和取货的都没说香袋里究竟是什么东西？"

尹氏略略平息了下怒气，低声道："取货的那人不愿意说，姓康的昨晚才讲，说药丸里应该藏着一颗珠子，油纸包里是对耳朵。"

"耳朵？"墨儿一愣。

"他说是人耳朵。"

"什么人的耳朵？"墨儿起初以为只是小事一桩，这时才发觉这事情不简单。

"姓康的不肯说，不过他说，他也是经了别人的手给他的，他拿到后只看了一眼，油纸包也没敢打开，就交给了勃儿。"

"这么说，姓康的拿到时，或许就已经被换掉了。"

"姓康的说，交货给他的人绝对信得过。"

墨儿又抬头望了一眼饽哥，饽哥也正盯着他，目光满是被冤枉的气闷。他转头又问："尹婶，木盒里其他东西有没有少？"

"其他东西都在，只有块一两的小银饼没有了。那块银饼我已经藏了十几年。"

"您昨天最后见到孙圆是什么时候？"

尹氏面色微变："昨天下午，我放好香袋出去，他回来过一次。不过，他就在水饮摊子那里待了一会儿，我听着他是直接走了，并没有回家。而且，圆儿虽然有些懒散，却从不偷拿家里的东西，需要钱他都是直接跟我要，这么多年，我家里从没丢过一文钱。还有，我接这香袋的事，因怕他多事，并没有告诉他，只告诉了勃儿一个人……"

第三章　古董铺

> 君子于天下，达善达不善，无物我之私。
>
> ——张载

墨儿告别了尹氏和饽哥，心里有些忐忑。

这件事初看只是一个小小的香袋窃案，但现在看来，那个香袋不但关系到康潜妻儿的安危，更关涉到一双耳朵，甚至是一条性命。

哥哥今天让自己独自照看讼摊，一大早居然就遇到这样一桩案子。他有些后悔，若知道这么严重，开始就应该找借口推掉。不过随即想起哥哥早上说的话，自己已经成年，不该总依附着哥哥，的确该振作起来，独自办些事情。跟着哥哥这么多年，其实经见过的事情已经不少，只要用心尽力，应该能做得到。

于是，他在心里告诉自己，那就别再犹豫，好好查一查这件事情。

他已经仔细查看了尹氏家中的门窗、柜子和那个小木盒，门锁没被撬过，门框门板也都牢固无损；几扇窗户都是方格木窗，里面插销都紧紧插好，窗纸虽然旧了，但只有几道小裂缝。据尹氏和饽哥讲，这几天都没开过窗户，窗框积了薄薄一层灰尘，的确没有什么擦抹印迹。只有尹氏卧房窗户插销处有几个指印，尹氏说她得知香袋东西被换后，去查看过那扇窗。而且门窗对着街，昨天清明，这一带人来人往，外人想要撬门窗进入，也难有时机。

尹氏卧房那个木柜，虽然也已陈旧，但用料是上好核桃木，连蛀洞都没有。柜锁没有被撬的印迹，柜子内外的木板、边缝，墨儿都一一细查过，并没有松动之处，更不见被割砍撬开的痕迹。而那个藏香袋的小木盒是楠木盒，八个角都镶着铜皮，边角都没有任何缝隙或残破处，锁子、锁扣也都看不到划痕。

若要偷换香袋里的东西，只有两个办法：其一，交给尹氏前就换掉；其二，偷走尹氏胸前的钥匙串。

若是夜里，或许能趁尹氏睡熟，偷走钥匙，但从锁好香袋到取出来，都是白天，前后不到两个时辰。尹氏锁好后便去了水饮摊。其间，尹氏的小儿子孙圆曾回来，并凑近尹氏。不过，就算他手法高明，能偷到钥匙，但偷完之后，如何将钥匙重新挂回尹氏脖颈上？尹氏虽盲，但其他感官都极敏锐，偷走又放回她脖颈间的钥匙而不被察觉，这几无可能。何况水饮摊在虹桥口，最是热闹，无数人来往看着，即便能偷走，也难以下手。

看来只有一个可能，香袋交给尹氏时，里面东西就已经被换。

那么，是谁换的？

目前所知，经手的有五人：交货给康潜的人、康潜、饽哥、尹氏、取货人。

虽然据尹氏转述，康潜认定交货给他的人完全信得过，但依然值得怀疑。不过，尚未见过那人，暂且存疑。

康潜，他的妻儿被人绑架，要用香袋里的东西来换，按理而言，他应该不会换掉里面东西。不过，事情因由目前还不清楚，也要存疑。

饽哥，据他讲，拿了香袋，并未打开看过，回来直接交给了尹氏，看他当时神情，似乎说的是实情。饽哥为人也一向质朴诚恳，但照目前所知，他嫌疑倒是最大。若真是他，他为何要偷换？那个香袋里原本有一颗珠子，恐怕是个值钱的东西，他是因为贪财？不对，如果仅仅是为贪财，他偷走珠子就成了，为何要连那双人耳也要一起换掉？从耳朵被换来看，他的嫌疑似乎可以抹掉？

尹氏，应该不会贪心到拿自己亲儿子来赌。

取货人，那香袋对他显然很重要，且很怕暴露行迹，不至于取到货后，又来讹诈尹氏。

眼下还得不出任何定论，得先见一见事主康潜。

汴梁有四条河水穿城，汴河、蔡河、金水河、五丈河。其中五丈河由城东新曹门北边流出，水上有座石桥叫小横桥，沿岸两条长街。这里原本僻静少人，十几年前，天子赵佶因嫌汴梁周围太平阔，缺了高山景观，便搜寻江南奇花异石，经淮河、汴河，源源运载到京城，号称"花石纲"。耗费数年之功，在城东北郊以人力垒起一座青峰，名曰"艮岳"，周回几里，林木繁茂，景致幽绝。

官宦富商都来凑景借光，在东北郊置业造园，小横桥一带也跟着热闹起来。河北岸街西头，有家古董书画店，店前挂着一面褐色锦绣招子，写着"康家古物收售"，锦色已经灰旧，边角也已残破。店里堆满了金石古物、书画瓶盏，杂乱无章，蒙满灰尘。

康潜呆坐在店铺里头的一张乌木旧桌前，店里常日生意本就冷清，即便有人进来，他也毫无心思起身招呼。客人若不仔细看，甚至辨不出他是个活人。

活到四十岁，康潜发觉自己竟活到一无所有。年少时，被父亲逼着读书，十几年苦寒，却连考不中。仕进无望，又没有任何其他本事，幸而父亲因在前朝名臣欧阳修府中做过文吏，欧阳修酷好金石古玩，首开古董之学，康潜的父亲也跟着喜好起来。康潜又自幼受到熏染，还算知道一些深浅好坏。父亲病故后，就借着父亲留下的一些古物和这间临街宅子，开了这家店。后来又娶了妻子春惜，生了儿子栋儿。他生性不爱说话，没有几个朋友。一店，一妻，一儿，便是他的全部所有。此外，就只剩个弟弟康游。

可现在，妻儿被人劫走，弟弟已生嫌隙，只剩这间店宅，古墓一般，毫无生趣。自己孤零零守着这店，也似孤魂一样。

昨天，饽哥取走香袋后，他始终放心不下，四处打听，终于问到饽哥住处。夜晚冲到饽哥家，但那家只有一个盲妇、一个卖饼的后生，看他们惊惶的样子，看来的确不知道自己妻儿的下落。让他更加气败的是，他们竟然说袋子里的东西被人换了。他听了之后，胸中怒火翻滚，但自小家教严苛，连大声说话都不敢，虽然气得浑身发抖，却不知道该如何发作，只狠狠跺了两脚，闷着头，离开饽哥家，一个人在外面乱走，走到筋疲力尽才颓然回家。

奔走了一整天，虽然累极，却睡不着觉，自己除了古玩，世事一无所通，收到那封信后，也只能交给弟弟去做，结果却落到这个地步。春惜死活，他已不挂怀，甚至暗暗盼着她死。但儿子栋儿却万万不能有任何不测。然而现在，栋儿安危一无所知，劫匪更不知道是什么人，香袋里的东西又被人换掉……他越想越怕，越怕越焦，正在床上翻来覆去，忽然听到后门轻轻叩响。

他吓了一跳，顿时定住不敢动，又响了两下，他小心走到后面厨房，门外传来一个低低的声音："哥哥。"

是弟弟康游！他忙打开了后门，一个身影飞快闪入，就着月光辨认，果然是弟弟康游，但头发凌乱，衣衫似乎也破破烂烂。康游转身很快将门关住闩好，随后低声道："到里面去说。"

康潜跟着弟弟来到里面过厅，月光照不到里间，一片漆黑。康潜摸到桌上火石，准备打火点灯，康游却低声阻止："莫点灯。"

康潜忙住了手，心里越发惊疑，他隐约见弟弟坐到桌子靠外的木条长凳上，便也摸到对面坐了下来，漆黑里望着弟弟的黑影道："取货的人说香袋里的东西被换了……"

"我知道，我抹脏了脸，装成个乞丐，一直偷偷跟着。"

"是不是你找的那个老汉换掉的？"

"没有，我就是怕他偷看香袋，才用了块布包起来。把东西交给他后，我一路都盯着他，他没动过那个小包。"

"你当时在哪里？我怎么没见到你？"

"躲在树后。"

"你真的是照着信里说的，取到了那两样东西？"

康游略略停顿，才道："这个哥哥放心。"

"那就是卖饼的饽哥换的？"

"哥哥把东西交给他后，我一直在后面跟着，想看他究竟会交给谁。穿出榆疙瘩街后，他偷偷打开香袋看了——"

"那就是他换的！"

"没有，他看完之后，又把东西装了回去。不过，他途中又去了两个地方，先是丑婆婆药铺，然后是梁家鞍马雇赁店，最后才到水饮摊，把香袋交给他的瞎眼娘。"

"那就是在那两个地方换的？"

"他进药店，我以为会在那里交货，忙凑到门边盯着，他只是买了些药就走了。后来到香染街，他又在路上买了包榛子，送给了鞍马店的一个小姑娘。"

"香袋藏在那包榛子里？"

"应该不会，他打开香袋看了之后，把香袋放进了饼笼里，一路上再没打开过饼笼。"

"把香袋交给他瞎眼娘的时候？"

"他没在外面把香袋交给他娘，搀着他娘进屋之后才给的。他家门窗朝着后街，街上来往人多，我不好凑过去，只有这一节没有看到。"

"那应该就是那时候换的。劫走栋儿的那人你见到没有？"

"饽哥把香袋交给他娘后，他娘又回到水饮摊，我一直躲在斜对面看着，谁知道后来有个真乞丐过来纠缠了一番，等我打发走后，饽哥的娘已经不在水饮摊子上，我忙跑到后街她家门外，却见她从屋里出来，脸色很不好，我想事情恐怕不对。就一直守在那附近。后来饽哥回家，天已经黑了，我在窗外偷听，才知道东西被换了。饽哥他娘也怀疑是饽哥，但听那声气，似乎不是他。"

"既然你断言那老汉没有换，那就只有饽哥。"

"目前还不能断定。不过我猜劫走嫂嫂和栋儿的人一定会来这里，所以这一阵我得继续躲在暗处。"

"船上那人怎么样了？你真的……"

"这个哥哥就不要多问了。这事恐怕还得要几天，哥哥明日到县衙帮我告个病假。我先走了，哥哥也不要过于忧念，有消息我会马上来告诉哥哥——"

康游说着起身穿过厨房，轻轻开门，悄悄走了。

墨儿来到康潜的古董店门前。

他朝里望去，只见店里古物凌乱堆满，到处蒙着灰尘，一片死寂，不像个店铺，更像一座墓室。张望了半晌，才发现店里最里面的角落有张桌子，一个人坐在暗处，呆呆地，一动不动，像个木塑泥胎一样。

他轻声问道："请问，您是店主康潜先生吗？"

连问了两遍，那人都不答言，连眼都不动一动。

墨儿正在纳闷，听见旁边一扇门打开了，里面走出一个人，胖壮魁梧，竟是说书的那个彭嘴儿。墨儿和他平日在香染街街对角，虽然经常见面，却未说过话。

彭嘴儿见到墨儿，立刻认了出来，笑呵呵问道："是赵小哥，来买古玩？"

墨儿没有答言，只笑着点点头。

彭嘴儿走到古董店门前，朝里面喊道："大郎，有主顾来了，怎么不来招呼？"

康潜这才闷声闷气道："今天不做生意。"

"怎么？身子不舒服？"

康潜并不答言，抓起一本书，胡乱翻开，装作在读。

"赵小哥，我看你还是去别处看看，街东头还有一家古物店，"彭嘴儿凑过来压低声音，"他家娘子生气，带着孩儿回娘家去了，康大郎这几天正在生闷气。"说着，就大步走了。

墨儿看彭嘴儿走远，才穿过铺子中间一条小道，走到康潜跟前，小心道："康先生，我是受虹桥水饮摊的尹婶之托，来问先生一些事情。"

"什么事？"康潜一愣，抬起了头。

"关于那香袋。"

康潜一惊，赶忙站起身："那个盲眼妇人？你是什么人？"

"我叫赵墨儿。"

"你是她什么人？她为何要叫你来？"

墨儿顿时心虚起来，嗫嚅道："我……我哥哥是东水门外开书讼摊的。"

"难道是讼绝赵不尤？"

"是。"

康潜眼中的犹疑似乎消了不少。

墨儿却有些沮丧，若不搬出哥哥的名号，自己到哪里都只是个无名之辈，根本办不成事。不过，他随即给自己打气，你本也什么都没有，所以更该尽力把这件事查清楚。

于是，他微赔着笑，问道："康先生，那香袋关系到你家妻儿安危，能否将事情的因由告诉我？这样我才好找出香袋里的东西，还有你妻儿的下落。"

康潜眼中疑云又升起来，他盯着墨儿看了片刻，又低下头，盘算犹豫。

墨儿见他这样，便小心问道："是不是那绑匪告诫了，不许告诉他人，更不许惊动官府？"

康潜点点头。

墨儿跟着哥哥办讼案，遇到过不少这种境况，便道："康先生请放心，此事我一定会格外小心，不会泄露给外人，除非能保证你妻儿安全，否则也绝不会让官府知道。"

康潜抬起眼，似乎定下主意："其他的你不必知道。偷换香袋的一定是那个卖饼的饽哥，我交给他时，里面的东西还在。他拿到香袋后，穿过榆疙瘩后，在僻静处偷看过香袋里的东西，而且，途中去了两个地方，一个是丑婆婆药店，另一个是梁家鞍马雇赁店，尤其是后一家，他给了那家一个小姑娘一包东西。"

墨儿听了一惊，饽哥只讲了途中去丑婆婆药店买药的事，鞍马店的事情则只字未提。

他忙问："香袋里原先也是一颗药丸？"

"不，那其实是一颗珠子，外面裹了层药膏。"

"什么珠子？"

"这……我也没见到。"

"哦？如果不知道是什么珠子，那怎么去找？"

"饽哥自然知道。"

"那双耳朵是什么人的？"

康潜猛地一颤，但随即强硬起来："这个你不必管，既然你说要帮忙找回东西，那就去找。"

墨儿知道不能再问，这事恐怕关系到一桩伤人，甚至是杀人案，康潜决不会轻易说出来。至少从康潜这里已经得到一些线索，当务之急，是尹氏之子孙圆和康潜妻儿的安危。

于是他小心问道："康先生能断定香袋交给饽哥时，里面东西都在？"

"是。"

墨儿别了康潜，出来后长舒了一口气，这头开得还算顺利。

虽说是借了哥哥的光，才让康潜愿意开口，但总算是自己独自向他问出了一些事情。康潜认定香袋里的东西是被饽哥换掉，他恐怕是偷偷跟踪了饽哥，饽哥拿到香袋，并没有直接回去，而是绕了一大圈，先后去过丑婆婆药铺和梁家鞍马店。

难道东西真的被饽哥偷换了？

墨儿仔细回想饽哥的言语神色，饽哥一直冷沉着脸，还有些负气，看不出有什么不对。不过还是先去那两处地方查问一下。

那香袋里有一颗涂了药膏的珠子，看起来像药丸，后来却被换成了真的药丸。而昨天，饽哥先去丑婆婆店里买了十颗药丸，这事尹氏也说是自己早上交代的。墨儿当时取出香袋里的药丸，又向尹氏要了她的药丸，对比了一下，颜色、气味都很相似，难道真是巧合？

他先进城去了丑婆婆药铺。丑婆婆药铺是京中名店，街面三层宏阔高楼，底层左边是一大间零卖药铺，右边一大间是生药大货收卖。楼上两层及后面大院都是仓房。

墨儿走进零卖药铺，里面几个伙计正忙着各自招呼买主，找药称药。账柜这边，坐着个老者，正在查看账簿。墨儿认得，是这药铺管账的林祥安。去年哥哥赵不尤曾替他打赢一场官司。

他走过去笑着问候："林大伯，一向可好？"

"赵小哥啊，"林祥安忙站起身笑呵呵道，"有一阵子没见啦，赵将军可好？"

"哥哥一切都好。林大伯，我今天来是打问一件事。"

"尽管说。"

"昨天中午是否有个年轻人来买过药？年纪和我一般大，扛着个饼笼，他买的是川芎祛风丸。"

"哦？你也来问他？昨天下午就有个人来问过。那卖饼的是来买过药。"

墨儿想，昨天先来问的那人应该是康潜，便问："那年轻人一共买了几颗？"

"十颗。是阿奇接待的他，他以前也来过，每次都买十颗。"

墨儿环视店里，一圈都是柜台，客人伸手够不到药柜，不可能偷拿到药，于是又问："会不会多给他数了一颗？"

"阿奇数好药丸，拿到我这里，我还要再数一道，应该不会出这个错。"

墨儿从袋中取出半颗药丸，是香袋里换掉珠子的那药丸："再劳烦林大伯帮我看看，这半颗是不是川芎祛风丸？"

林祥安接过去，仔细看了看，闻了闻，又掐了一点在指间碾抹，笑着道："这可以叫川芎小风丸。我们店里的川芎祛风丸有二十八味君臣药，这半颗只有川穹、防风、当归、生地黄四味，其他全是荞麦面，街上那些江湖郎中常卖的多半是这种药丸，随处都有。"

墨儿拜谢过后，离了药铺，又赶往香染街。

香袋里的药丸至少不是在丑婆婆药铺里买的，而取到香袋之前，饽哥不可能预先知道香袋中会有药丸，也就无法预先备好。

听康潜所言，饽哥拿到香袋后，他必定一路跟踪，饽哥在途中应该没有到别处买过药丸。至于梁家鞍马店的那个小姑娘，康潜也只看到饽哥给了那小姑娘一包东西，并没看到小姑娘拿东西给饽哥。

因此，大致可以断定，药丸并非途中换的。

不过饽哥和那小姑娘的事情还是得去查问一下。梁家鞍马店离书讼摊很近，墨儿和哥哥常去他家租驴马轿子。他家去年新雇了个女使，墨儿也见过，名字好像叫小韭。康潜说的应该就是她。

来到香染街，还没走近梁家鞍马店，墨儿就先望见了饽哥。

饽哥将饼笼搁在街边，站在那里向街对面的鞍马店张望，墨儿顺着他的目光望过去，见鞍马店门口有个绿衫小姑娘，正是小韭，牵着一头驴子出来交给一个客人，那客人似乎嫌驴鞍脏，那姑娘正拿着刷子和帕子，忙着刷拭。

墨儿又望向饽哥，饽哥定定盯着小韭，像是欣赏什么稀世珍宝，眼里嘴角还泛着笑。

墨儿顿时明白了。

第四章　情事

道义者，身有之，则贵且尊。

——周敦颐

梁家鞍马店外，墨儿见饽哥在痴望着那个小韭姑娘。

饽哥自从父亲死后，就变了一个人一般，独来独往，闷闷少言，后来沿街卖饼，言语神情也直来直去，始终没学会说甜话油话来巴结买主，遇见墨儿也始终避开。但此刻，他眼中闪着欢悦，如同常年阴沉的天忽然透出一缕霞光。

墨儿知道饽哥是对那小韭姑娘动了情，不敢打扰，正想避开，但还没转身，就已被饽哥瞧见，只有笑着走过去。

饽哥脸涨得通红，慌忙弯腰去搬饼笼。墨儿虽还未经历过这等情事，却也知道自己无意中撞破了饽哥隐秘心事，得小心说话。不过，一旦存了小心，便不知道该如何开口了。

倒是饽哥很快恢复平静，没事一般问道："你去见过那个姓康的了？"

墨儿点点头。

"他怎么说？"

"香袋交给你的时候，里面东西都在。"

"他也怀疑我换了？"

墨儿顿时语塞，良久才小心道："这也难怪他。你是经手人，人们通常会这么想。"

"你呢？也怀疑我？"

"我……我暂时得不出结论。"

两人都沉默起来。

半晌，墨儿才小心开口："有件事得问你，不过你听了不要生气。我得先把事情弄清楚，才能找回香袋里的东西。"

"你问吧。"

"取了香袋之后，回来路上，你是不是在这里停过？"

"谁告诉你的？"饽哥眼里一惊。

"这个……暂时不便说。"

"我是在这里停过，但和那个香袋无关，我只是买了包榛子，送给了一个人。"

"是不是对面那个小姑娘？"

饽哥又一慌，盯了墨儿片刻，又不由自主望向对面。这时，鞍马店门口那客人已骑着驴走了，小韭站在店门口望着这边。饽哥似乎怕她知道，忙转过头，略想了想，才点了点头。

"那姑娘……很好。"墨儿想了一会儿，才憋出这句。

饽哥眼中又露出方才的爱悦，但一闪而过，随即又沉下脸："我只买了榛子送给她，并没有碰过那个香袋。"

墨儿看他眼神镇定，甚至有一些怒意，知道至少在这件事上，他没有说谎，那怒意除因自己清白外，更有惜护那姑娘，不愿她也牵连进来的情意。

于是墨儿点了点头："我信你。"

饽哥忽然郑重道："求你一件事。"

"你说。"

"不要把这事告诉我娘。"

"好。放心，我不会说——对了，还有件事要问你。"

"什么事？"

"那包榛子是从哪里买的？"

"卖干果的刘小肘。我走过来刚好碰到他。买榛子的钱也是我自己攒的，有时候碰到有钱的主顾，每个饼我会多卖一两文，慢慢攒起来的。"

墨儿听着，心里很不是滋味。相比而言，饽哥出生时家境原本很好，理当一生快活自在。而自己，才出生，父亲便因袒护过苏轼，名字被刻上"奸党碑"，贬到了岭南，母亲随行，双亲相继受瘴疠病亡。自己和瓣儿幸好被义父偷偷收养在京，才免于夭折。然而现在，自己跟着义兄赵不尤，亲胜手足，衣食无忧，馇哥却为了点滴小钱，整天东奔西走，好不容易私攒些钱，自己却舍不得用，又花给心仪的姑娘……

他不知道该怎么对答，一时间沉默不语。半晌，想起正事，才又问道："今天你见到你弟弟孙圆没有？"

"没有。"

"他一般会去哪里？"

"这一向都跟着一个姓仇的香料商人。就在这街北口，向东拐过去第三家。不过我刚才经过时，仇大伯向我埋怨说这两天都没见到他了。"

"哦？除了香料店，他还会去哪里？"

"常和一班朋友混在一起，我都不太熟。不过，那天碰到他一个朋友，说他迷上了第二甜水巷春棠院里的一个妓女，叫什么吴虫虫。但去那些院里要花大银钱，弟弟并没有那些钱去那种地方。那朋友可能是在乱说。"

"我去查查看。"

墨儿去梁家鞍马店租了头驴子，骑着赶回家中。

进了院门，却见瓣儿和一个年轻姑娘坐在杏树下，似曾见过，却想不起来。猛然撞见女儿家私会，墨儿有些手足无措，不知道该上前拜问，还是该装作没看见回身出去。

瓣儿看见，笑道："墨儿，做什么呢，鬼鬼祟祟、扭扭捏捏的？快来拜见我的朋友，她姓池，叫了了。"

墨儿忙走过去，低头不敢抬眼，叉手致礼："池姑娘好。幸会。"

池了了也忙起身，万福回礼。

"我回来取点东西，马上就走。"墨儿说罢，忙走进自己卧房，从箱子里取出两块各一两的小银饼，这是嫂嫂按月给他的零用钱，他一直没有什么花销，都攒在这里。揣好银子，出去后，他又低头向池了了叉手道："池姑娘好坐。"

池了了也忙又起身万福。

瓣儿在一边笑着摆手："快走快走！"

墨儿忙又出了院门，骑上驴，进城向第二甜水巷赶去。

到了第二甜水巷，墨儿踌躇起来。

他从未到过妓馆，一想便怕。但馇哥说孙圆或许会去春棠院，而尹氏的木匣中又少了一两旧银饼，难道是孙圆为了会那个叫吴虫虫的妓女，迫于无钱，偷了尹氏的银饼？看到香袋里的珠子，又顺手换走了？孙圆一夜未归，无论如何得去查证一下。

他鼓起勇气，向路口一个锦服男子问春棠院，那男子却浑不在意，想都未想，就抬手往巷子里指去："吴虫虫？就是那家，墙里种了几棵海棠的那个小院。"

墨儿骑着驴行了过去，来到那个庭院外，墙头露出的海棠，虽已半残，但枝头仍有许多花瓣粉白似雪。他向里望了望，院内寂静无声，庭中立着一块大青石，形状峻秀，掩住视线，石边栽种了些兰蕙，甚是清幽，并非他想象中那般糜艳。

他正在犹豫，却见一个小女孩走出门来，约十二三岁，一身藕色衫裙，面容娇嫩，见到墨儿，笑着问："公子来会我们家姑娘？这时候太早了些吧，姑娘还在午歇呢。"

墨儿低声道："我……我是来向吴姑娘打问一件事。"

"哦？什么事？"

"一个叫孙圆的人是否来过这里？"

"孙圆？是不是那只小耗子啊。"

墨儿一愣。

小女孩儿笑着道："是不是二十岁左右，瘦瘦的，和你差不多高，走路抬不起脚，噗哒噗哒的。还说自己是东水门外虹桥口茶食店的富少爷。"

"对，就是他！"

"昨天他还来过。"

"哦？现在他在哪里？"

"我怎么知道？昨天他拿了一块小银饼来，连一两都不足数，还要见我家姑娘。这点钱，只够一杯茶钱。那会儿刚好没客人，姥姥就让他进来了，茶还是我给倒的。姑娘坐在床边，让他坐在门边小杌子上，他话也不敢说，说了姑娘也不理。就这样，他还坐了半个时辰赖着不走，看着天要黑了，姥姥就把他撵走了。"

"那一两银子是什么样？"

"我看着脏兮兮、黑秋秋，像是从哪个坟里刨出来的。"

"小姑娘，能否求你家姥姥让我看一看那块银子？"

"我不叫小姑娘，我叫小蟋！"

"哦，是东西的西？"

"你才是东西，是蟋蟀的蟋！"

墨儿一愣，看来这家坊主喜欢虫子，当家艺妓名叫吴虫虫，小使女又是蟋蟀。不由得想笑，但怕惹到这小姑娘，忙忍住笑，又问道："小蟋姑娘，能否让我看看那块银子？"

"那可不成，姥姥出去了。再说银子哪里有白看的，看丢了怎么办？不过……我看着你生得挺俊的，这样吧，你身上有没有一两的银子？"

"有！"

"你给我一陌钱，再把一两银子给我，我去把小耗子的那一两给你换出来。"

"谢谢小蟋姑娘。"墨儿赶忙掏出一两银子、一陌钱，一起递过去。

小蟋皱着小鼻头笑了笑，拿着钱转身跑了进去。

墨儿等在外面，浑身不自在，怕里面出来其他人，便将驴子牵到一边，在墙边等着。等了许久都不见小蟋出来，正在想是不是被骗了，却见小蟋轻灵灵跑了出来，到了跟前，将右手白嫩的小拳头一张，掌心一块小银饼，果然有些脏旧。但小蟋随即又握住了小拳头。抬起头，用黑亮的眸子盯着墨儿："你知不知道，帮你换这银子，要是被姥姥发觉，我就得狠狠吃一顿竹板？"

墨儿忙点头道谢："多谢小蟋姑娘。"

"我不要你谢，我要你答应我一件事。"

"什么事？"

"不许你去会我家虫虫姐姐。"

墨儿忙又点头："我不会。"

"还有，再过两年，我就梳头了，那时候你再来。"

墨儿一听，惊了一跳，顿时涨红了脸。

"一定要来！答应我！"小蟋紧紧盯着墨儿的眼睛。

墨儿慌忙胡乱点了点头。

小蟋绷紧的小脸儿忽然笑起来，宛然仍是个天真小女童。她抓住墨儿的手，把那块银饼放进墨儿掌心。

墨儿连声道着谢，飞快骑上驴，慌慌逃走了。

出了东水门，墨儿这才停下来，将驴牵到护龙桥边。

他从怀里取出那块银饼，果然很脏旧了，积了一层黑垢，银饼两面依稀有残余铭文，正面是"中靖"两字，各缺了一半，背面是半个"匠"字。

墨儿猜测，这块银饼应是从一锭银铤上截下的一小块，铭文大概是：建中靖国元年，某监匠所制。距今已经二十年了。

这块银子竟和自己同岁，墨儿骑上驴背，不禁微微一笑。

那一年，不只对他重要，对天下而言，也极关键。

那是当今天子继承皇位的第二年，皇太后驾崩，天子初御紫宸殿，正式亲政。当时，这位新官家踌躇满志，引用《尚书》"懋昭大德，建中于民"，立了这个新年号，意图调和神宗、哲宗四十多年新法旧法之争，中道而行，让国家得以靖安。但次年就换了崇宁年号，任蔡京为相，大兴新法，清除元祐旧党。第二年，墨儿的父母也被贬到岭南，从此骨肉永诀。

北边的大辽，这一年也发生了大事。道宗皇帝耶律洪基病薨，耶律延禧继位，这位新皇帝荒于游猎，政令无常，挥霍无度，二十年来耗尽大辽国库，散尽北地人心……

墨儿边想边行，不觉已到虹桥口，拐到尹氏家，见尹氏倚在门边，睁着空茫双眼，侧耳听着路口动静。

没等墨儿开口，尹氏便问道："墨儿兄弟，是你吗？"

"尹婶，是我，"墨儿忙下了驴，走过去，取出那块银饼递到尹氏手中，"尹婶，你看看，是不是这块银子？"

尹氏接过银饼，拇指才一摸，便脸色大变："是！是这块！你从哪里得来的？"

"第二甜水巷的一家……一家妓馆里。"

"这银子怎么会跑到那里去的？"

"是孙圆。"

"不会！圆儿怎么会去那种地方？他从没去过！"

"尹婶，是他。他是昨天傍晚去的。"

"就算他去了那地方，又是怎么拿到这块银子的？他没有钥匙，根本打不开柜子和匣子。"

"这还得再查。"

"圆儿人在哪里？"

"昨晚他就离开了那家妓馆——"

"那他去了哪里？"尹氏空盲的眼珠急急颤动。

"尹婶不要过于担忧，那取货的人既然给了三天期限，三天之内应该不会加害孙圆。"

"他虽然顽皮，却从来没有夜不归家，到现在还不见人……"

"尹婶，有件事我还得再问一遍。"

"什么事？"

"昨天你将香袋锁起来之前，摸里面的东西和取出来之后再摸，真的不一样？"

"今天我一直在回想，之前摸香袋里的东西，除了碎香料，那颗药丸要硬一些。还有样东西，有点滑韧劲儿，估摸应该是耳朵。后来取出来，因那人在等，就没仔细摸，不过味道闻着略有些不一样。"

"哦？"

"之前，香味重，药味轻，后来闻着药味似乎浓了一些。"

墨儿回到家中时，天色已晚，夏嫂早已备好了晚饭。

今天大家似乎都有心事，饭桌上不似往日说说笑笑，哥哥默默喝着酒，很少动菜；嫂嫂夹了块哥哥素日爱吃的煎鱼，放到哥哥碗中，见哥哥不吃，也没有劝，她自己也神情倦倦，似带悲容；瓣儿则一直低着头，吃得很慢，不言不语，似乎在思忖什么；琥儿病虽然好了，却仍没精神，坐在一边小凳上，夏嫂轻声喂他吃饭，他也不愿多吃；至于自己，一直在想那香袋的事，犹豫着要不要告诉哥哥。

正吃得没情没绪，忽听院外有人敲门，墨儿忙放下筷子出去，开门一看，是二哥赵不弃。

"吃过饭没有？还有剩的没有？我可饿坏啦！"赵不弃还是那般喜气洋洋，无拘无束。

夏嫂去拿了副碗筷，墨儿和瓣儿挪开座椅，让赵不弃坐在中间。赵不弃坐下便大吃大嚼，一边吃一边得意道："哥哥，我也要开始查一桩案子啦，这案子极有趣。弄不好会惊动天下！"

只要赵不弃在，便是想闷也闷不起来，座中其他人全都抬眼望向他，赵不尤问了句："什么案子？"

赵不弃猛刨了两口饭，才放下筷子道："前任宰相何执中的孙子何涣。这话只能在这屋子里说，万万不能传出去。你们知不知道，他是个杀人凶犯？而且他瞒住罪案，不但参加省试，今早还去殿试了。"

赵不弃讲起他遇的这桩案子，的确十分离奇，大家听完后，谈论了一番。

墨儿在一旁听着，也忍不住道："我今天也接了桩案子——"

他将香袋疑案也讲了一遍。

赵不弃听后笑道："你这案子也有趣。"

赵不尤却道："这案子关涉到几个人的性命安危，不能轻忽。"

墨儿本就有些心虚，一听此言，忙道："这件案子还是哥哥来查吧。"

赵不尤道："我手头有这梅船的案子，这一阵恐怕腾不出手来。我听你刚才讲，想的、做的都不错，而且当天就查出了那块旧银子。你就继续放手去查，若有什么难题，咱们一起商量。"

墨儿本已心生退意，听哥哥这样讲，重又有了些底气，忙道："眼下始终想不明白的是，照尹婶所言，那香袋锁起来前，闻着药味淡，再拿出来，药味变浓了些。香袋里原先是一颗珠子外抹了些药，所以药味淡；后来换成了真药丸，药味自然重了。这么说来，馉哥交给尹婶的时候，的确没有换里面的东西。没有钥匙，没撬锁，也没弄坏柜子和木匣，却把里面东西换了，这像是隔空取物变法术一样，怎么做到的？"

赵不弃笑道："除非是鬼。"

墨儿道："今天临走前，尹婶也问我，会不会是有鬼作祟？"

赵不尤道："莫信这些。始终记住，万事万物皆有其理，越鬼怪，越要往平常处想，莫要被面上这些障眼术迷住眼睛。"

"理……"墨儿低头默想起来。

第五章　穿墙术

> 公于己者公于人，未有不公于己而能公于人也。
>
> ——周敦颐

夜里睡不着，康潜又起晚了。

他翻身起来，头有些晕沉，坐在床边，呆望屋中。桌椅箱柜什物，到处铺满灰尘。一扭头，见床头挂的那面昏蒙蒙铜镜里，自己面色灰白，头发凌乱，脸越发瘦削，眉头拧出深褶，一双眼里，阴沉沉的愁郁，简直像孤魂瘦鬼，一阵酸辛漫上心头。

他深叹口气，捶了捶脑袋，蹬好鞋子，拎过那件已经污旧的布袍，胡乱一套，边系衣带，边向外走，去开店门。以他现在这心境，其实早已无心开店，只是多年来已成了早间定式，又还想着不要让邻居起疑。

懒洋洋穿过外间瓶鼎古董间那条窄道，他的衣袖不小心抓落了木架间一只茶盏，哐啷一声，碎了。那是唐贞元年间御制的雪瓷茶器，今年开春才从城外一个员外那里买进。原本一套，几天前，儿子栋儿顽皮，碰碎了一只茶托，被他打了一巴掌，那是他生平第一次动手打儿子，为此和妻子春惜又生了场气。他原还想设法再配出一套来，如今好了，盏和托，全碎了。

他蹲下来捡拾碎片，那天是春惜蹲在这里捡，栋儿则挂着泪珠站在一边。弟弟康游进来，见情势不对，也不敢说话，忙抱着栋儿出去了。

其实那时，他和春惜及弟弟之间，已经不对了。

他一生庸庸，若说算得上大事的，只有三件：一是开了这家古董铺，一是娶了春惜，再一件，就是生了栋儿。

春惜姿色现在倒不觉得如何，但相亲初见那时，却也让他着实心动。收到媒人从女家讨来的草帖后，他去庙里问卜，生辰属相都吉，就回了细帖，上面填了三代名讳、金银、田土、宅舍、财产等事项，女家也回了细帖，虽然陪嫁没有多少，但于康潜算登对，于女方也合意，于是便要相看。

他订了一艘汴河画舫，备好二匹锦缎和一支金钗，媒人带着他上了船。大舱里只见到春惜的父母，春惜则躲在隔间里不出来。春惜的父母生得都有些古怪，父亲嘴有些歪，母亲则一只眼大，一只眼小。康潜于相貌还是有些看重，父母生得如此，女儿自然也不会多好。便想放下压惊用的二匹锦缎，起身走人，媒人看出了他的意思，便使眼色让他稍等，随后进到隔间，将春惜强拉了出来。

帘子掀开那一瞬，康潜如同见到妩媚春光一般。春惜穿着粉衫粉裙，梳着一朵云髻，翠眉秀眼，满腮羞晕，鲜丽如春水岸边的一枝碧桃。他惊了半晌，随即从怀中摸出那支金钗，媒人一把接过，插到了春惜乌黑的鬓边——插钗定亲。

不过娶过来后，康潜发觉，春惜性情有些冷淡。很少见她笑，床笫之间也难得起兴。起初，他以为是新婚害羞，渐渐觉得，或许她生性便是如此。再后来，相处日久，他原本喜静不喜闹，春惜常日里安安静静，本本分分，将家里又操持得井井有序，他反倒觉得是好事了。

直到弟弟康游从边关回来……

第二天，墨儿一早就赶到饽哥家，饽哥已出门卖饼，只有尹氏在家，孙圆昨晚仍未回来。

尹氏越发焦虑，脸色惨白，嘴角起泡，盲眼里冒着黑火一般。一见尹氏这么焦急，他又慌乱起来，忙告诫自己莫慌，莫慌，沉住气好好想想。

偷换香袋的恐怕真是孙圆，那颗珠子应该很值钱，他这两天没回家，也许是去找人变卖珠子，好去会那个吴虫虫。既然孙圆不见人，这事本又起于康潜妻儿被劫，还是先去康潜那边问问详情。

于是他安慰道："尹婶，你莫焦急，我一定尽力。"说着忙拜别尹氏，赶往小横桥。

"尽力"他能做到，但"一定"两个字说出来时却十分心虚。

一路上他都急急思虑，如果偷换香袋的真是孙圆，他又是如何不用钥匙就换掉柜子里的香袋？哥哥说要依理往寻常处想，但这件事寻常决计做不到。若往不寻常处想，除了邪魔法术，再没有其他办法，邪魔法术却肯定信不得。寻常与不寻常之间，是否还有其他可行之路？他想来想去，也想不出来，不知不觉间，到了康潜的古董店。

康潜还是那般阴郁模样，见到墨儿进来，他倏地站起身，急急问道："香袋里的东西找到了？"

墨儿歉然摇了摇头，康潜目光顿时暗下来，一屁股又坐了回去。

墨儿的心也随之黯然，他忙小心解释道："康先生，香袋的事只找到了些线头，目前还没有确切结果。我今天来，是想再求康先生能讲讲你妻儿被劫的事，当务之急是找到他们母子。若能查出那劫匪的踪迹，就能设法救回你妻儿，那样，香袋的事就算不得什么了。"

康潜听了，似乎略有心动，但眼中随即升起犹豫。

墨儿忙鼓起气劝道："我想那劫匪这两天一定会在暗中打探，尹姊找我帮忙查找，他恐怕也已经知道，所以，你告诉我实情，他应该不会太在意。"

康潜静默了片刻，忽然站起身，走过去把店门关起来，才回身说："我们到后面去讲。"

墨儿随着他来到后面，这房子是前后三进，外面一大间店面，中间一间小厅，左右两边各一间卧房，门都开着，右边房里一架大床，应该是康潜夫妻居住。左边一间很小，摆着张小竹床，是间小卧房。后面那间则是厨房，有道后门，关着。

康潜请墨儿到厅中的方桌边，面对面坐下，他搓着自己的手指，清了清嗓子，低声讲起来："他们母子是忽然间就不见了……"

"忽然间？怎么回事？"

"那是三月初八，寒食前一天，我早上起了床，贱内说跟隔壁二嫂约好，要一起去庙里烧香。我没说什么，自己去开了店门，贱内在厨房里煮了粥，我们一起在这里吃过后，我煎了壶茶，到外间店里坐着吃茶看书，她在厨房里收拾。每回她去烧香前都要洗浴，又烧了一锅水，自己洗好后，叫醒了栋儿，也给他洗澡。栋儿调皮，母子两个一直在厨房里嬉闹。过了一阵，隔壁武家的二嫂柳氏过来唤贱内，我就去厨房叫她，进了厨房，地上摆着大木盆，水溅得到处都是，却不见人影，我又回来到两间卧房看，都不见人。重又回到厨房，仍不见人，厨房的后门又闩得死死的。一低头，见门槛边地上有个信封，打开一看，才知道母子两个被人劫走了。"

墨儿听后大惊，门窗紧闭，一对母子却无影无踪。

他忙问："后门真的关死的？"

"是，门闩插得好好的。"

"窗户呢？"

"后边窗户是死的，打不开。"

"没有外人进来？"

"没有。我一直在外间坐着。"

"隔壁那个二嫂进来没有？"

"没有，她一直候在店外，见我找了半天，才进来。"

"那封信呢？"

康潜眼中又现戒备："那个你就不必看了。"

墨儿想，那信里写的，定是要挟康潜去割下某人耳朵，拿到珠子，事关凶案，康潜自然不愿拿出。眼下也暂时顾不到那里。只是香袋的古怪还没解开，这里又冒出更大的古怪。

他原想劫匪可能是趁那母子不留意，强行劫走。这么一听，活生生两个人，竟是凭空消失，那劫匪是怎么做到的？

"我去看看厨房。"

墨儿起身穿过小厅，小厅和后面厨房之间有扇门，这扇门正对着前面店铺的门。那天康潜妻子洗浴时，应该是关着这扇门的，否则店里来人可以直接望见厨房，不过他还是回头问康潜："康先生，那天大嫂洗浴时，这扇门关着吧？"

"关着的。这扇门平时难得关，她洗浴时才会关。"

"大嫂洗浴时，你儿子在哪里？"

"在这小厅里，他娘给他穿好衣服后，给他舀了碗粥，让他好生吃着，我记得他似乎闹着要吃甜糕，他娘还唬他，若不吃就不带他上庙里，他才没敢再闹。他应该是趴在这桌上吃粥。他们不见后，小粥碗还在这桌上，是吃完了的，只剩了几粒米没吃净。"

"大嫂洗完后，给你儿子洗时，也关上了这门？"

"我想想……是关着的，我当时坐在店里，他们母子在里面嬉闹的声音，只能听得到，却听不太清。隔壁武家二嫂来唤她，我先敲门唤了两声，听不见回话，才推开了门，里面虽然没上闩，但这门关起时很紧，用力才推得开。"

墨儿点点头，走进了厨房，厨房挺宽敞，外墙正中间是后门，左角是灶台，灶口上一大一小两口铁锅，都用木盖盖着，上面蒙了薄薄一层灰，灶洞里积着些冷灰，看来几天没动过火了。旁边一个大木筐里有半筐黑炭。

厨房右角靠着外墙则是个木柜，木柜已经陈旧，柜上堆着些厨房杂物。旁边是个水缸，还有一只大木盆。

左右两边墙上各有一扇小窗户，都勉强可以钻进一个人，但正如康潜所言，窗户是死的，而且贴着窗纸，窗纸可能是去年末才换，还是新的，没有任何破裂。绑匪不可能从这里进入。

右边靠里墙，还有一扇门，门关着。

墨儿问："这里还有一间屋子？"

"那原是杂物间，因我弟弟从边关回来，就拾掇了一下，改成了间小客房，有时他回家来，就住这间。"

"你还有个弟弟？"

"他叫康游，原在陇西戍守，前年才回来，现在开封县里做县尉。"

"大嫂失踪那天，他在吗？"

"不在，他来得不多，一个月只来住两三天。"

"我能看看房间里吗？"

"请便。"

墨儿轻轻推开门，很小一间屋子，只有一张床，一个柜子。外墙上也有扇窗户。墨儿走过去察看，窗户是菱形格板钉死在窗框，也打不开，窗纸也是新换没几个月，还雪白如新，没有任何破裂。劫匪不可能从这里出入。

他掩上门回到厨房，去察看那扇后门，门已经陈旧发黑，但门板很厚实，板缝间拼合得极紧，又加上多年油垢弥合，除了两三个极小的蛀洞，没有丝毫缝隙。门闩的横木硬实，没有裂痕，两个插口木桩也钉得牢实。康潜妻子洗浴时，应该不会大意，必定会关死这扇门。

墨儿打开门走了出去，门外正对着五丈河，离河只有十几步，河上有几只漕船在缓缓行驶，济郓一带的京东路粮斛是由这条水路入京。墨儿向两边望望，这一排房舍都向河开着后门，方便洗衣泼水。

绑匪劫了康潜妻儿，可以从这里乘船逃走。不过，两边都有邻舍，白天河上都是往来船只，只要康潜妻儿稍作挣扎喊叫，就会被人发觉。绑匪是如何无声无息地劫走那母子的？

他回身查看门框、门枢，也都结实完好。他让康潜从里面闩住门，自己从外面推，只微微翕动，绝对推不开。他又弯下腰细看门闩处的门缝，一般窃贼可以用薄刃从这缝里插进去，一点点拨开门闩。不过刀尖若是拨过门闩，必定会在两边木头上留下印痕。他让康潜打开门，凑近细看门板侧面，门闩那个位置并没有印痕。看来绑匪并没有用刀拨开门闩，那么他是如何进去的？

更奇的是，那天康潜进来时，门是从里面闩上的。看来，绑匪劫持着那对母子，并没有从后门出去，那么他们是如何离开的？

比起那香袋的隔空取物，这更加难上几倍，是带人穿墙的神迹。

"大郎……"

墨儿正想得出神，旁边响起一个妇人的声音。扭头一看，是个五十来岁的妇人，面容慈和，衣着整洁，双手里端着一个青瓷大碗，上面扣着个白碟，透出些油香气来。

康潜走出后门，硬挤出些笑，问了声："武家阿嫂。"

"春惜妹子还没回来呢？落下你一个人，这几天恐怕连顿热汤热饭都没吃着吧，有人给你武大哥送了两只兔子，我刚烧好，给你端了碗来，你好下酒。"那妇人将手里的大碗递给康潜。

"这如何使得？"康潜忙连声推辞。

"这有什么呢？咱们两家还分你啊我的？我们也没少吃你家的。"

康潜只得接过来："多谢阿嫂。"

"这位小哥没见过，他是？"妇人望着墨儿。

"哦，他姓赵——有个古董柜子要卖给我，看看这门够不够宽，能不能搬进来。"

墨儿最不善说谎，正不知该怎么遮掩，听康潜替他掩过，暗暗松了口气。

"哦，那你们忙。"妇人转身走进右边隔壁那扇门。

墨儿随着康潜也走进屋里，关好门，才问道："我正要问左右邻舍，刚才那位是？"

康潜将碗放到灶台上："是隔壁武家大嫂朱氏。我们已做了十几年邻居，他家有三兄弟，长兄叫武翔，在礼部任个散职，因喜好古物，常来我这里坐坐；二弟叫武翱，几年前和我家弟弟康游同在西边戍守，前年和西夏作战时阵亡了，他妻子柳氏和我家那位甚是亲密，那天约着烧香的，就是她；三弟叫武翘，是个太学生。"

"左边邻居呢？"

"左边房主姓李，不过房子租给了别人，现住的姓彭，也是三兄弟，老大是影戏社的彭影儿，老二是茶坊里说书的彭嘴儿，老三原是个太医生，不过太医学罢了后，只在街上卖些散药针剂，人们都叫他彭针儿。"

"这三人我都见过，竟和你是邻居。你们和他家熟吗？"

"他们搬来才一年多，并非一路人，只是点头之交。"

墨儿听后，又在厨房里四处查看了一圈，并没看出什么来，便向康潜告辞。康潜见他似乎一无所获，虽然未说什么，眼中却露出些不快。

墨儿心中过意不去，勉强笑着安慰康潜："那绑匪没得到想要的东西，暂时应该不会对大嫂母子怎么样。我一定尽力查寻。"

又说出了"一定"这两个字。

康潜满脸郁郁，勉强点了点头。

墨儿不敢多看他的神情，忙叉手拜别，才转身，险些和一个人撞上，抬头一看，胖大身躯，络腮胡须，是彭嘴儿。

彭嘴儿其实远远就看见赵墨儿了。

他说书的茶坊和赵不尤的书讼摊正好斜对，经常能看到墨儿，却未怎么说过话。他生性爱逗人，越是本分的人，越想逗一逗。

他见墨儿和康潜在说什么，想凑过去听，等走近时，两人却已道别。彭嘴儿凑得太近，墨儿险些撞到他，他忙伸臂护住，手里提着一尾鲤鱼，一荡，又差点蹭到墨儿身上，彭嘴儿咧嘴笑道："赵小哥啊，对不住。又来选古董了？难怪这两天都不见你们去书讼摊子。还以为你相亲去了。"

墨儿没有答言，只笑着点了点头，问了声"彭二哥"，而后转身走了。

彭嘴儿转头望向店里，康潜已经坐回到角落那张椅上，昏暗中垂着头，并不看他。彭嘴儿又笑了笑，抬步到自家门前，按照和大嫂约好的，连叩了三声门，停了一下，又叩了两声。

门开了，却只开了一半，大嫂曹氏从里露出头，神色依然紧张，低声道："二叔啊，快进来！"

彭嘴儿刚侧身挤进门，大嫂立即把门关上了。

"大哥呢？"

"还在下面呢。等饭煮好再叫他上来。"大嫂仍然压低了声音。

彭嘴儿将手里提的半袋米和一尾鱼递给大嫂，大嫂露出些笑脸伸手接住：

"又让二叔破费了。"

"该当的。"

彭嘴儿笑了笑，以前除了每月按时交月钱外，他也时常买鱼买菜回来，大嫂从来都是一副欠债收息的模样，哪曾说过这样的话？这几天，大哥彭影儿惹了事，大嫂才忽然变了态度，脸上有了笑，话里少了刺。

大嫂拎着鱼米到后面厨房去了，彭嘴儿朝身后墙上的神龛望去，半扇窗户大小的木框里，一坨干土块，上面插着根枯枝。这枯枝是大嫂从大相国寺折来的，大相国寺后院有一株古槐，据说已经有几百年，上面筑了几十上百个鸟巢，清晨傍晚百鸟争鸣，比乐坊笙箫琴笛齐奏更震耳。行院会社里的人都说那是株仙树，掌管舌头言语，说书唱曲的拜了它，能保佑唇舌灵妙，生业长旺。那坨土块便是大嫂偷偷从那古槐下挖来的。

大哥彭影儿这时正藏在那神龛底下。

彭嘴儿来相看这房子时，房主偷偷告诉他，这神龛正对着墙后面卧房的一个大木柜，那个木柜底板掀开，是个窄梯，可以通到下面一个暗室。他当时听了不以为然，住进来一年多，也只下去看过一回。

谁知道，大哥现在竟真的用到了这暗室。

第六章　猜破、撞破

> 急迫求之，只是私己，终不足以达道。
>
> ——程颐

柜子锁着，匣子也锁着，如何换掉里面的东西？

门窗紧闭，既能进去，又能出来，如何做到的？

墨儿一路上都在苦思这两桩异事，到了家门前，呆呆站住，望着上了锁、紧闭着的大门，不断问自己：不开门，怎么进去？怎么进去？

康潜妻儿被人劫持，明天便是最后期限，那对母子生死存亡，全系于己。

他心里越来越慌："怎么进去？怎么进去？"

"二叔，你脚疼？"是琥儿的声音。

夏嫂牵着琥儿的手，从巷外走了过来。

墨儿忙笑了笑："二叔在想事呢。"

"二相公没带钥匙？"夏嫂也纳闷地望着他，从腰间取出钥匙开了门，牵着琥儿要进去。

琥儿挣脱了小手："我要跟二叔一起想。"

墨儿想起哥哥说的"越鬼怪，越要往平常处想"，就蹲下来笑着问："琥儿，若是这大门关上了，你怎么进去？"

琥儿想都不想道："推开门呀。"

"门要是锁上了呢？"

"夏婶婶有钥匙。"

不成，墨儿顿时泄气，这就是最"平常"。

若是照着这平常之理，换掉香袋里东西的，只能是尹婶，只有她有钥匙。但就算她再贪图那颗珠子，也应该不会拿自己儿子性命来换。若换成饽哥，她是后娘，倒也许会这么做，但绑匪显然知情，要挟的是她亲生儿子孙圆。做母亲的绝不会为财而舍子，这也是最平常之理。除非她能保证儿子性命无碍。难道孙圆是被她支开，藏到某个地方去了？

应该不会，绑匪显然不会轻易放手，已经盯紧了尹婶一家，孙圆年轻，也许会利欲熏心，但尹婶性子极要强，以她平素为人，绝不会为贪一颗珠子，让儿子永远躲起来不敢见人。

所以，平常之理在这里行不通。

至于康潜的妻儿，后门一直闩着，前面有康潜，绑匪既进不来，也出不去。除非他会遁形之术。常理在这里，更行不通。

不对！墨儿忽然想起康家厨房里还有个套间，康潜弟弟康游的卧房。

康游那两天并未回家，康潜夫妇平常可能不大进那房间，而厨房的门白天极有可能忘了关，绑匪处心积虑谋划此事，在前一晚可以趁机溜进厨房，事先躲进那房间，第二天早上再悄悄摸出来，绑走康潜妻儿！这样，厨房门就算闩上也没用。

不过——康潜妻儿猛然看到陌生人从那个房间里出来，一定会惊叫，康潜自然会听到。但康潜并未听到任何异常，说只隐约听到妻儿在后面嬉笑，小孩子洗澡常会顽皮，也许是他们母子惊叫了，但康潜却以为是在嬉闹，并未在意？这在常理上说得通。

绑匪可以先捉住栋儿，而后低声要挟康潜妻子，康潜妻子自然不敢再出声，只能听命于绑匪，打开厨房门，跟着绑匪出去。不过，他们出去后，如何从外面闩上门？从外面用刀拨开门闩，倒还做得到，想从外面插上门闩却儿无可能。如何做到的？

另外，绑匪绑架了康潜妻儿，应该立即逃离，为何要费这心思和工夫去闩上后门？这岂不是多此一举，自找麻烦？其中有什么道理？常理何在？

墨儿站在门槛外，闭起眼睛苦思，琥儿在一边连声问他，摇他的手，他都毫无知觉。

对了，拖延！

在那种情形之下，多此一举必定有其效用。隔壁二嫂来叫康潜妻子，康潜到后面去找，若是见后门没闩，第一步自然是出门去看，绑匪若未走远，便会被发觉。但若门是关着的，康潜便会回身去其他房间去找，这样便会拖延一阵，绑匪胁持着康潜妻儿，就能从容逃走。另外，妻儿凭空消失，康潜自然极其吃惊、慌乱，故布疑阵，让他更难查找绑匪行踪。

这些，常理上都说得通。

只是，绑匪如何从外面闩上房门？

妻子春惜失踪前，康潜其实已经动了恨意，想要休掉她。

生于这世上，康潜常觉得力不从心。他自幼体质羸弱，跟里巷的孩童们玩，常被丢在后面，拼力赶，也赶不上。读书，多读两句，就会觉得吃力难懂。至于世务，更是迟缓滞重，毫无应变之力。因此，他不爱和人多语，怕露怯，久而久之，没有一个朋友。若不是随着父亲见识了些古玩器物，连这点存身之技都没有。

能高者狂，才低者吝。能捉在手里的，他都极其珍惜。这汴京城人过百万，每日钱财流涌，更是亿万，他能有的，只有这家店和三个人——妻子、儿子、弟弟。

然而，妻子和弟弟却让他后心中刀。

他自小被其他孩童冷落嘲弄，只有弟弟康游从来不嫌他慢或笨，相反，还一直有些怕他，又始终跟在他后边。弟弟体格壮实，若外边的孩童欺辱他，弟弟总会冲上去跟人家厮打。

成人后，弟弟去了边关，他一直忧心不已。好不容易，弟弟从边关回来，由武职转为文职。他们兄弟总算团聚，他心里似乎也有了底气和倚仗。妻子春惜煮好饭，一家四口围着桌子，说说笑笑，是他平日最大乐事。那种时候，他才觉得自己是个稳稳当当、踏踏实实的男人。

直到有一天，他去后边厨房洗手，猛地看见弟弟和春惜在后门外，弟弟似乎要替春惜提水桶，春惜却不肯，康潜看到的那一瞬，春惜的手正抓着桶柄，弟弟的手则按在春惜的手上。

两人一起发觉了康潜，一起慌忙松了手，木桶顿时翻倒，水泼了一地。弟弟和春惜都涨红了脸，弟弟忙抓起木桶，低着头又去井边提水去了，春惜则匆匆看了康潜一眼，随即走进来，到灶台边，侧过脸，拿起火钩，弯下腰去捅火。

弟弟只要回来，总会抢着做些活儿，康潜起初也并没有在意，舀水洗了手就回前面店里了。但坐下后，回想起来，心里渐渐觉得有些不对。他们为何要惊慌？为何会脸红？难道……他心里一寒，怕起来，忙断掉了思虑。

晚饭时，三人照旧说着些家常，康潜却明显觉得春惜和弟弟都有些不自在，一旦觉察后，他也开始不自在。只有儿子栋儿照旧不肯好好吃饭，米撒了一桌，被他大声喝了句，才老实了。但饭桌上顿时沉默下来，冷闷得让人难受。

吃过饭，弟弟并没有照往常住下来，说县里有公事，匆匆走了。春惜倒还照旧，淡着脸，没有什么声响，只偶尔和栋儿说笑两句。康潜心里却生了根刺。

过了几天，弟弟才回来，第一眼见到，康潜就觉得弟弟目光有些畏怯，像是在查探他的神色。他心一沉，那根刺似乎活了，开始生根。弟弟是相当聪敏的人，当即就觉察到，目光也越发畏怯，甚至不敢看他，也不敢看春惜。

原本和乐一家，就此有了裂隙。

墨儿牵着琥儿进了院门，仍在苦想从外面闩门的法子。

琥儿闹着要他陪着玩耍，他却充耳未闻，走到堂屋门口，从外面关起门，又打开，再关起，再打开，反反复复，却想不出任何方法，能从外面将里面的门闩插上。

琥儿手里拿着个玩物，一只竹编的螳螂，拴在一根细绳上。他牵着绳子不断地甩，嘴里喊着："飞，飞，飞！"墨儿再次将门打开的时候，琥儿将竹螳螂甩进了门里，墨儿却没留意，又一次关上了门。

"二叔，我的螳螂！"琥儿拽着绳子嚷起来，竹螳螂卡在门缝里扯不出来。

墨儿却忽然一惊，顿时明白过来：细绳子！细绳可以拴住门闩，从外面拉扯着插上！他忙俯身在右半边门扇上细看，中间两块木板间有道细缝，这就足矣！

"琥儿，你这细绳借给二叔用用。"

"你要做什么？"

"一件极有趣的事。"

"好。"

墨儿将竹螳螂的细绳解了下来，打开门，将细绳一头紧紧扎住门闩横木的前端，另一头穿过左边木插口，从门板细缝穿了出去，让琥儿在外面牵住。而后自己蹲下身子，从细绳下钻出门去，起身从外面关好两扇门，扯住绳子往外拉，门闩果然随绳子移动，插进了插口！

就是如此！康潜家的后门虽然没有这种板缝，但门板上有几个蛀洞，其中一个似乎正在门闩的旁边，正好用。

心头重压的阴云终于裂开一道亮光。

"琥儿你看，门从里面插上了！"

"我也要玩！"

"好！"

墨儿刚说完，却发现另一个难题：门虽然从里面插上了，但绳子怎么解下来？

琥儿在一旁嚷道："门插上了，咱们怎么进去？"

又一个难题。

墨儿苦笑着跑到厨房，找了把尖刀，回来插进门缝里，一点一点拨开了门闩。他看了看门缝两边的门板，自己在康潜家所设想的没错，刀刃果然在门板上磨出了一些印迹。那个劫匪不是用刀拨开后门的。

"该我玩了。"琥儿抓住了绳头。

"先别忙，等我进去。"

答应了琥儿，只好让他也玩一次。他钻进门里，关上门，琥儿在外面拉拽绳子，虽然琥儿年幼，没什么手劲，但在外面拽了一阵，门闩还是随着绳子慢慢移动，插进了木插口。

"我也把门插上啦！二叔，再来一次！"琥儿在外面欢叫。

墨儿便拨开门闩，一边陪琥儿玩，一遍遍开关着门，一边继续想：插上门后，怎么从外面解下绳子？

琥儿在门外拽着细绳，拉动门闩，玩了几回便厌了，又说要玩他的竹螳螂，墨儿便打开门，将细绳从门闩上解下来，拉动绳扣时，他心中一亮，恍然大悟，这样不就得了。

他喜出望外，将细绳重新拴在竹螳螂上还给琥儿，又让夏嫂照看琥儿，自己到瓣儿房中找了一根细韧的线绳，又寻了一根大针，将线绳穿在针上，别在袋中。然后急匆匆出门，去租了头驴子，一路快赶，到了小横桥来找康潜。

康潜也正呆望着厨房后门，想自己的妻儿。

自从他无意中撞到弟弟康游与妻子春惜那一幕后，弟弟来家的次数便越来越少，来了也不去后面，只买些吃食和给栋儿的玩物，在前面店铺说一阵话，放下东西就走。春惜若在店里，他连话也难得说，只问候两句。

康潜心里很难过，不断想，难道是自己多心了？但他们两人若真没有什么，为何当时都要慌张？弟弟为何越来越怕和自己对视，更怕和春惜说话？他从小就性直，跟自己更是从来直话直说，毫不弯转，既然他没这个心，为何不跟自己说开，反倒要躲开？

活到现在，从未有一件事让他如此难过，那一向，他对春惜也越来越暴躁，两人常常争执斗气。正在烦闷不堪，春惜母子却被人劫走了。

他们母子被劫得古怪，后门关着，人却不见了。那个赵墨儿说这绝不是什么神迹巫术，而是有人使了计谋。但什么计谋能不用开门，来去无踪？

他望了望右边弟弟那间小卧房，猛地一惊。若有人事先躲在这间卧房里，便不用开后门，就能绑走春惜母子！

那人是谁？他心里忽然一寒：弟弟康游？

不会！不会！他惊出一身冷汗，忙压死这个念头。绝不会是弟弟康游，他更不会写那种勒索信，然后又自己去那船上，做那种事情。

排掉了疑虑，他像是治愈了一场大病，浑身轻了许多，却也如虚脱了一般。

"大郎！"

店门前传来叫声，是隔壁武家的老大武翔。

武翔和康潜做了十几年邻居，他因也爱好古玩书画，常来店里攀谈，康潜朋友很少，武翔算是一个。

康潜走到前面，见武翔和一个中年胖子站在店门口，是京郊祥符县的汪员外。前一阵武家老三武翘引荐他和康潜谈一桩古董生意，因为价格谈不拢，便搁下了。

汪员外笑着问候道："康经纪一向可好？我又来了。"

武翔五十来岁，清瘦温和，也笑着说："汪员外说主意定了，来找我家三弟做保人，三郎在学里，他便强拉着我来作保。"

康潜这几天都无心做生意，但汪员外家里那两件古物他十分中意，一只莲花白玉羽觞，一枚流云镂文玉扣。货好，要价也高，两样至少要二十贯。康潜没有那么多余钱，想起春惜嫁过来时，陪了一头母牛，一直租给乡里农人，现今值十贯钱，每年租息也至少一贯，去年又刚产了子。康潜知道汪员外在乡里有田地，用得到牛，便和他商谈，用这母子两头牛换他那两件古物。汪员外则只愿单用那只羽觞换两头牛。

康潜勉强打起精神，叉手问讯过后，问道："汪员外果真愿意我出的那个价吗？"

汪员外哑着嘴："能否再补三贯钱？"

"只能那个价。"

武翔也劝道："物是死的，牛是活的，不但有租息，还能产子。你刚才不是说主意已定？"

汪员外却还想再磨一磨，不停搓手咂巴嘴，直念叨自己的东西有多好。康潜却没精神再争执，连听都不耐烦听。一扭头，却见赵墨儿骑着驴子快步赶了过来，眼里似乎闪着喜色。难道他查出什么来了？

康潜越发不耐烦，回头断然道："就那个价，母换羽觞，子换扣。"

汪员外见说不通，便叹着气道："也罢，也罢。跑这几趟，盘缠都饶进去不少，再跑下去，越亏越多了。货我已带来，咱们就请武侍郎作保，现在就写约？"

"好。"

墨儿赶到时，康潜正在交易。

他虽然急着要将喜讯告诉康潜，却只能耐着性子，在一旁看着康潜写好契约，用自家母子两头牛只换来一只玉杯、一枚玉扣，康潜、汪员外和保人武翔分别签字画押，交割完毕后，武翔才陪着汪员外走了。

康潜将那玉杯、玉扣收好后，才问道："让赵兄弟久等了。这么急匆匆赶来，是否查出了什么？"

墨儿忙道："我已想出绑匪是如何劫走你的妻儿了。"

"哦？"这几天来，康潜第一次略微露出了点喜色。

墨儿请康潜来到厨房，他走到后门边，先看了看左边门板，门闩斜上方不远处果然有个蛀洞，很小，但能穿过细线绳。他从怀里掏出那根细线绳，尾端紧紧拴在门闩横木中央，系成了活扣，活头一端留出一尺多长。而后，他把针线穿过门板上那个蛀洞。

康潜一直看着他，满眼疑惑。墨儿笑了笑，低头绕过细绳钻出门，牵住线绳活头，拉住门环，从外面将两扇门关了起来。随后抽出蛀洞中穿出的针，扯出线头，用力拉拽，里面门闩横木随之插进插口，门从里面闩起来了。而后，他又扯住门缝里牵出来的线绳活头，用力一拽，里面绳扣应手解开，再用力一抽，线绳便整根抽了出来。

这样，轻轻松松、毫无痕迹，便从外面将门闩上，线绳也收了回来。

康潜从里面打开了门，望着墨儿，有些惊异："亏得赵兄弟能想得出来。"

墨儿笑着道："不过是个小伎俩，只是这绑匪看来真的是花了心思。"

"那绑匪是怎么进来的？"

"这我也有了个想法，不过先得问个问题，这后门白天是不是常开着？"

"贱内在家时，她要进出后门，白天是常开着的。"

"那绑匪就应该是前一天趁你们不留意，溜了进来，躲进你兄弟的卧房里。"

"这我刚才也想到了。不过，我还想起一件事，那天上午，吃过粥后，我进过这卧房一次，去取了本书，是欧阳修的《金石编》，此前我兄弟说睡前看，拿了进去。我进去取书时，房里并没有躲着人。"

"会不会躲在床下？"

"不会，床下塞满了木箱子。我这房子窄，东西没地方堆，只好全都塞在床下，家里三张床下全都塞满了。"

墨儿走进康游那间卧房，见床下果然堆满了木箱，连只猫都难藏，此外，屋中只有一床一柜，那柜子是五斗橱，也藏不了人。看来绑匪并非事先藏在这里，仍得从外面进来。

"穿墙"出去的谜虽已解开，但绑匪又是如何"穿墙"进来的？

才见到光亮，顿时又变作阴霾。

他只得又告别康潜，闷闷地回到家。

等哥哥赵不尤回来后，忙道："哥哥，绑匪给尹婶的三天期限明天就到了。绑匪那天说，若尹婶找回了香袋里的东西，就在水饮摊的伞杆上拴一条红绸。"

赵不尤想了想，道："绑匪并不知道东西没能找回，可以诱他出来，只要捉住他，就好找回康潜妻儿。"

两人商议了一阵，觉着这事得请顾震派些人手帮忙。墨儿正要出门去求顾震，万福恰好来了，送来那个船工谷二十七身上搜出的药瓶和纱带。

赵不尤对万福道："我们正在帮人查一件绑架案，事主受了威胁，担心自己家人性命，因此没敢报官。明天，那劫匪恐怕会现身，就在虹桥口，你能否找两个弓手，明日帮忙监看一下？只是这件案子暂时不能外泄。"

万福笑着道："没问题，这个在下便做得了主。赵将军放心，明早我让两个亲信的弓手穿便服过去。"

墨儿忙赶去细细嘱咐了尹氏。

第七章　埋伏

> 盖得正则得所止，得所止则可以弘而至于大。
>
> ——张载

第二天一早，墨儿和哥哥赵不尤一起来到虹桥口。

街上并没有几个人，饽哥却已经摆好了水饮摊，正在支伞，看到他们过来，按照昨晚商议的，装作没看见。撑好了伞，取出一条红绸系到伞杆上，而后扛起身旁的饼笼，朝坐在摊子里边小凳上的尹氏说了声："娘，都好了，我走了。"说完转身走了。

墨儿见他冷沉着脸，仍在负气。尹氏则呆坐在小凳上，连头都没点，一双盲眼望着天空，脸色发青，一双清瘦的手紧紧拧着衣角。

墨儿向两边寻看，西面河边柳树下有两个人，以前见过，是顾震手下弓手，都是常服打扮，朝他们微微点了点头。

墨儿从未做过这类事，有些紧张，赵不尤低声道："有两位弓手在这里，你只去这十千脚店楼上看着就成了。绑匪可能知道你，尽量不要露面。"

墨儿点点头，忙转身走进十千脚店，赵不尤也随即上了虹桥，去老乐清茶坊寻访乐致和。

十千脚店虽是歇脚之店，却是这汴河两岸最大的一家店。茶酒、饭食、住宿、囤货一应俱全。墨儿走进店里，店中大伯认得他，笑着迎了上来："赵公子，快快请进！您一个人？"

墨儿装作没事，笑了笑："姜哥，楼上可有空座？我想一个人安静坐一坐。"

"有有有！这时候还早呢，全空着。"

"先只要煎茶就成了，到午间再要饭。"

"好嘞！"

墨儿上了楼，楼上两间房，虽算不上多精雅，却也十分齐整。他走进向东那间，里面果然空着，东面窗户正对着尹氏的水饮摊，街不宽，看得清清楚楚。

墨儿搬了张椅子坐到窗角墙边，只露出一点头影儿，确信下面看不到时，才坐定。这时姜哥也端了茶上来，见他坐在那里，有些纳闷，但他是个识趣的人，并没有多问，将茶瓶、茶盏放到桌上，斟好一盏茶，笑着说："赵公子请随意。"说完就下楼去了。

墨儿望着对面，尹氏平常是极坐得住的人，随时见她，都腰身挺直，十分端严。今天尹氏的头却不时转动，侧着耳朵在四处探听，看得出她十分紧张。刚才经过时不好问，但一看尹氏这样，便能知道，她的小儿子孙圆仍未回来。

墨儿不由得又愧疚起来，查了几天，几乎没找到任何线索。虽然哥哥赵不尤昨晚开导说，这绑匪太狡狯，又经过精心布置，这么两三天查不出来，也是自然。但对墨儿而言，这是他头一次独自查案，也是第一次受尹婶和饽哥托付，更关系到康潜妻儿的安危，自己却毫无进展，实在是没用，他们托错了人。

他心里沮丧至极。

只盼着今天那绑匪能现身，否则康潜妻儿和孙圆的性命越来越危险。

那个绑匪是个什么样的人？

据尹氏讲，那人声音很年轻，比饽哥和墨儿大不了几岁，说话很斯文，身上有男子熏衣的香味，还有墨味，恐怕是个读书人。而看他所设之计，也极精巧缜密，毫无痕迹，相当有见识和心机。

墨儿一边盯着水饮摊，一边在心里想象那人的形貌，这样一个人，按理说应该读书应举，将才智用于仕途才对，为何要绑架别人妻儿，迫使他人去做割耳甚至杀人之事？那被割耳之人又是什么人？

绑匪之所以选尹氏替他取货，是因尹氏双眼失明，看不到他真容。而他绑架要挟康潜，是什么原因？以康潜那副瘦弱样，杀鸡也难，更何况去割人耳朵？但康潜的弟弟康游却是个武夫，曾在边地戍守杀敌，因军功才得以转文职，任的职务仍是县尉，近于武职。看来绑匪选择康潜，是因他弟弟康游，知道康游为了嫂侄会去做那种割耳伤人的凶事……

墨儿正在思索，忽见一个人走向水饮摊，是个年轻男子！

墨儿忙抓住窗棂，抻长了脖子，朝尹氏水饮摊望去。

那男子身穿青绸褙子，看起来不过二十三四岁，走路轻飘，透出些油滑气。他望着尹氏，似乎有些犹疑，顿了两步，才走近水饮摊子。尹氏也听到了脚步声，身子一紧，手立即伸到了面前小桌上。她的手边有一只水碗，是商议好用来摔碎报信的。

墨儿忙望向岸边，那两个弓手在楼左侧，这边看不到，不知道他们两个在不在？眼看那年轻男子走到了伞下，墨儿的心剧跳起来，他忙跑到北窗，急急打开窗扇望向河边，只有一个弓手在柳树下，不过正盯着水饮摊。墨儿这才放心，忙又跑回东窗，向对街望去。

那年轻男子已走到水饮摊边，微弯着腰，向尹氏说了什么，尹氏的手一颤，墨儿仿佛已经预听到碗碎之声，眼睛不觉一闭。

然而，尹氏并没有摔碗，反倒将手缩回，竟厉声骂起来："上回就告诉你了，不许你们这起油皮混头来找我儿子！你再敢来，小心我拿汤水泼你！"

那年轻男子讪笑着挠了挠头，望了望两边，随即转身离开水饮摊，摇摇摆摆向东去了。

墨儿愣在窗边，半晌才明白，那个年轻男子应该是孙圆的朋友，恐怕也是不务正业，又来勾引孙圆，所以尹氏才会骂他。他一阵失望，坐回到椅子上。尹氏身子似乎在微微颤动，方才自然受惊更甚。墨儿苦笑一下，向河岸望去，这时才发现，另一个弓手坐在桥东侧的茶摊上，正望着尹氏，他塌着双肩，似乎也很失望。

一直等到中午，又有几个人先后走近水饮摊，但尹氏都没有摔碗。

虚惊了几次后，墨儿疲惫之极，看尹氏也神情委顿，而那两个弓手，已来回移换过几次，都木着脸，看来也有些吃不住了。

但绑匪未来，只能继续等。

中午，十千脚店二楼来了客人，墨儿不好耽搁人家生意，就挪到了楼下。

他坐在门边一个座位偷望着对面的水饮摊。坐久了，不但店里大伯和掌柜，连进来的客人都开始留意他。他只得起身出去，装作闲逛，到四处走了一圈，在桥顶食摊上买了两个油糕，坐着慢慢吃了一阵，又去桥头东边的茶摊上要了碗茶，坐下来继续守望。他见那两个弓手也一样，不时换着地点。

可是，一直苦等到傍晚，尹氏始终都没摔那只报警的碗——绑匪没来。

桥头茶摊也要收了，墨儿不好再坐，走到虹桥上，装作望风景。这时，饽哥卖完饼回来了，他先把饼笼放回家里，又到水饮摊收了伞，将桌凳碗坛都收回了家，尹氏却不愿回去，仍在街角站着，身影在暮色中显得十分凄寒。墨儿看着，心里越发过意不去，正在沮丧，见哥哥赵不尤从桥北边走了过来。

墨儿忙道："绑匪恐怕不会来了。"

赵不尤点了点头："也好，他今天不露面，至少告诉我们一件事——"

"什么事？"

"这里说话不便，你先劝尹氏回去，我们到家中再说。"

墨儿便下了桥，走到尹氏那里："尹婶，绑匪应该不会来了，您先回去吧。"

昏暗中，尹氏木然点了点头，颤着声音道："他是不是已经把圆儿也绑走了？"

墨儿只能勉强安慰："应该不会。他若是绑走了孙圆兄弟，肯定会让尹婶知道，好以此要挟。不然，绑人就没有什么用处了。"

"可圆儿已经三天不见人了。"

"我估计他应该没事——"

"你估计？都几天了，你一丁点儿线索都没查出来，是不是嫌我没给你钱？前天我给你两贯钱，你又不要，是不是嫌少？你跟我家去，我把家里所有的钱都给你，求求你，墨儿兄弟，帮我把圆儿找回来！"

尹氏哭了起来，张着双臂找寻着墨儿的手，墨儿忙扶住她的胳膊："尹婶，您放心，这不是钱的事。我虽然不成，但我哥哥也一直在帮着查这件事，他刚刚说已经找到些苗头了——"

"真的吗？"

"我怎么会骗尹婶？您先回去，好好吃饭歇息，不要把身子弄坏了。"

墨儿把尹氏扶回了她家，饽哥已经点了灯，在旁边厨房里弄晚饭。

墨儿走过去问他："这两天可有人向你打问香袋的事情？或者其他可疑的事情？"

"没有。"锌哥正在淘米，头都没有抬。

墨儿只好告别出来，见哥哥等在路边，那两个弓手也已经回去了。

回到家中，嫂嫂已经备好了晚饭。

饭桌上，墨儿忙问："哥哥，你刚才说绑匪至少告诉了我们一件事，是什么事？"

赵不尤道："这两天，绑匪必定在暗中随时留意尹氏和康潜，你来回跑，他恐怕全都看在眼里。"

"早知道我该当心些。"墨儿一阵悔疚。

"未必是坏事。绑匪很谨慎，不会轻易露出行迹。不过，并非动才能见行迹，不动之中同样可推测出一些东西。尹氏前两天都没有出摊，一直在家里，从尹氏这边，绑匪很难探出什么，我想他也不敢贸然去探问锌哥——"

"是，我刚问过锌哥，并没有人探问他什么。这么说，绑匪是从康潜那边探到的？"

"应当是。据你所言，康潜这两天也一直在店里坐着，没有出门。绑匪想要查探他，只有两种法子：其一，装作买古董的客人，到店里探查，不过这种办法不能过于频繁，也难查出什么；其二，不必扮客人，但能不时进到康潜店里去——"

"康潜认识的人？左邻右舍？"墨儿大惊，立即回想道，"这两天我去康潜那里，康潜的左邻武家和右邻彭家的人，都来过他店里！对！康潜的妻儿是大白天被人绑走，我原来想，康潜家后门离岸边只有十来步，最近便的办法是用船，但要将母子两人强行带到船上，难保不被人看见。可如果是邻居的话，便能直接绑到自己家里，趁天黑再转走，风险便小了很多！"

"你再仔细探查一下这两家人。不过，得小心，不要让他们察觉。"

"嗯。"墨儿用力点头，心里顿时明朗了许多。

第二天一早，墨儿先赶到锌哥家，向尹氏询问。

从昨晚到今早，绑匪始终没有来，孙圆也仍没回来。墨儿只得又劝慰了一番，让尹氏仍去出摊，绑匪说不准今天会出现，万福派的两个弓手仍会在附近继续监看。安排好后，他才急急赶往小横桥去见康潜。

到了康潜的古董店，店门关着，墨儿敲了好一阵，都没有人应。倒是隔壁武家的门开了，那日见的武家大嫂朱氏探出半截身子来："小哥，你找大郎啊，他还在睡吧。"

墨儿点了点头，又加力敲了几下，又将耳朵贴到门缝上，仍听不见动静。朱氏又道："咦？大郎一向起得早，今儿这是怎么了？你等等，我去后门敲敲看。"

墨儿有些纳闷，等了一小阵子，一个少妇从武家前门急急走了出来，朝墨儿唤道："这位公子，我大嫂请你快些到后门去！从我家穿过去！"

墨儿大惊，忙跟着那少妇走进她家，慌忙穿过堂屋、过厅和厨房，还没出后门，就已听见朱氏在隔壁一边拍门一边大叫："大郎！大郎！"墨儿几步赶过少妇，先奔出门，跑到康潜家后门，朱氏见到他，指着门缝嚷道："大郎躺在地上呢！"

墨儿忙趴到门缝边，使劲向里觑看，门缝极窄，只隐隐约约看得到里面果然有个人躺在地上。他心里一沉，忙又用力捶门，再觑看，那人纹丝不动。难道是……他强压住慌乱，忙问朱氏："大嫂，可否寻把尖刀来？"

刚才那个少妇也已赶了过来，听到问，说了句"我去取"，随即跑回自己家中，朱氏在一旁连声道："大郎这是怎么了？他娘子又不在，一个人儿孤零零的，难道是病了？"

墨儿蹲在门边，心里急想：康潜恐怕已经死了，难道是被人谋害？但前后门都从内关着，难道是那个绑匪重施故伎？若康潜真是被人谋害，得小心，不能慌乱，不要搞乱凶犯所留的踪迹。沉住气，沉住气！

他忙望向门闩位置的门缝，没有刀撬过的痕迹，凶犯不是用这法子进去的。他又望向门扇上那个蛀眼，那天他向康潜演示了如何从外面闩门后，康潜有些惊怕，从炉壁上抠了点油泥，把门扇上的蛀洞全都粘封住了。现在那几个蛀眼仍被黑油泥封死，没被穿空。除了利用这蛀眼，应该没有别的方法可以从门外将门闩闩上……

他正在急急猜想，那个少妇已拿了把小小的匕首出来："这个成不成？"

墨儿接过来一看，刀刃很薄，便点了点头，随即将刀刃挤进门缝，慢慢拨动门闩，正拨着，听见右边传来一个男子的声音："这是怎么了？"那声音尖亮，很耳熟，墨儿忍不住回头一看，二十来岁，瘦瘦尖尖一个人，是彭嘴儿的弟弟，街市上行走卖药的彭针儿。

墨儿没有作声，回头继续慌慌拨门，朱氏在身后给彭针儿解释缘由，彭针儿听了，用那尖亮的嗓子连声叫着："这几天满京城都不安宁，怎么连咱们这里都出事了？康家嫂子去哪里了？怎么连着几天都没见着人影儿了？"

一会儿，门闩拨开了。朱氏和彭针儿就要推门进去，墨儿忙伸手拦住："慢些！现在情势不明，不能贸然进去。"

止住两人后，他才小心推开了门，屋里一阵酒气扑来，康潜躺在厨房中间，一动不动，身边倒着一个瓷酒瓶子，瓶口处的地上，有一小片潮湿印迹。除此而外，看不到其他什么。墨儿小心走过去，见康潜微张着嘴，脸色枯槁青灰，面目已经僵住。他弯下身，伸手去探康潜脖颈的脉搏，皮肤冰凉，脉息全无，已经死了。

他心里一阵悲疚，慢慢站起身，若不是外面三人都睁大眼睛望着他，他几乎要哭出来。彭针儿尖声问道："死了？"墨儿黯然点点头，朱氏悲嚷起来："爷喽！这是咋了？！"

墨儿朝里屋望了望，心想得去查看一下，便尽力压住心中内疚悲闷，小心走进中间小过厅，桌上一副碗筷，一个碟子里盛着些酱瓜，旁边两个酒瓶。四根条凳面上都薄薄地蒙了层灰，只有碗筷这边的条凳上有人坐过的印迹，看来仍是康潜一人独自吃饭。左右两间卧房门都开着，他轻步进去都查了一圈，又到前面店里查看，都没有躲着人，前门也闩死的。他这才回到厨房，朱氏三人都在后门外张望，墨儿顾不得他们诧异，见右边那间小卧房门关着，又走过去，伸手轻轻推门，门没有闩，随手而开，他探身进去，和那天一样，里面空着，窗户也完好。

全部查完后，他才轻步走了出去，对彭针儿道："彭三哥，这里我不熟，能否劳烦你去请这里的坊长和保正来？让他们赶紧找人去官府报案。"

彭针儿一脸不情愿，但若真是命案，邻里都要牵涉进来，他自然明白这一点，因此稍踌躇了一下，还是答应了一声，转身去了。

墨儿又对两个妇人道："请两位大嫂不要离开，好做个见证。这位是武家二嫂吗？"

少妇点了点头，她就是康潜所说的柳氏，康潜妻子失踪那天，就是和她约好去庙里烧香。墨儿打量了两眼，见柳氏中等身材，容貌虽然一般，但神色沉静，看到康潜死，虽然也脸带悲怜，却不像身边的大嫂朱氏又悲又叹，始终能够自持。

墨儿打量她，她也打量着墨儿，随后轻声问道："敢问这位公子是……"

墨儿这才想起来这里的缘由，正要从她们口中探问些讯息，忙答道："在下是康大哥的朋友，康大哥前几天找我来帮他查找他妻儿的下落。"

墨儿盯着妯娌两个，朱氏本来望着房内康潜的尸首，正在悲念，听他们说话，才停住嘴转头来听，听到墨儿这句，她愣在那里，似乎没听明白。柳氏眉头一颤，露出些诧异："哦？春惜姐姐和栋儿？他们娘儿俩不是回娘家去了吗？"

朱氏也才回过神，大声道："是喽，他们娘儿俩回娘家了呀，查什么下落？"

墨儿摇了摇头，继续盯着她们："不是，他们母子被人绑架了。"

"绑架？！"朱氏嘴张得更大，"爷喽！这是闹的哪一出哦？"

柳氏也一惊，望着墨儿，并没有说话，等着继续听。

墨儿便继续道："绑匪要挟康大哥不许说出去，他才谎称妻儿回了娘家。这件事关系到两条性命，两位大嫂一定要保密，万万不要告诉任何人，包括你们的丈夫。"

朱氏忙道："好！好！好！"

柳氏则望着屋内康潜的尸首，喃喃道："难怪那天康大哥神色不对。我本来已经和春惜姐姐约好去烧香，早上去叫时，康大哥到后面转了几圈，出来却说她回娘家去了，他当时面色极差，言语也不清不楚，我还想着他们夫妻又斗气了，没敢多问……"

"哦？他们夫妻经常斗气？"

"起先还好，两人和和气气，相敬如宾，可是这一向，不知怎的，开始斗起气来。"

"他们争吵吗？"

"这倒没有，两个人都是闷性子，最多争一两句，便不作声，各自生闷气。"

"是喽，有两回，我看着他们夫妻神色不对，还替他们说和了呢。几天前，为孩子打碎了一只茶盏，两人又还争吵过，孩子又在哭。那回争得声音有些大。"朱氏附和道。

康潜未曾讲过这些，墨儿听了，都记在心里。

柳氏忽然问道："康大哥为什么不去报官府，反倒要找你？公子难道有什么来历？"

"我姓赵，没有什么来历，只是跟我哥哥开了家书铺，替人写讼状，查案子。"

"公子的哥哥难道是那个赵将军？"

墨儿点了点头，柳氏又要问，刚开口，就见彭针儿引着一个胖胖的盛年男子急急赶了过来："坊长来了！"

第八章 醉死

> 塞便是处塞之道，困便是处困之道，道无时不可行。
>
> ——《二程遗书》

那坊主遇事老练，在门外见到康潜的尸首，没有进去，守在门边，让墨儿他们退后一些，但都不许离开，挨个儿盘问前后情形。

墨儿回答过后，心里一直在寻思，是谁杀了康潜？为何要杀康潜？难道是为了催逼他交出香袋里的东西？但康潜身上看不出伤口，房内也没有扭打争执的迹象。何况康潜一死，就算他弟弟康游能找回香袋里的东西，恐怕也不会交出来了。杀死康潜对于绑匪来说，不但无益，反倒有害，更会暴露自己。难道绑匪和杀人凶手是两个人？彼此不相干？

劫走康潜妻儿的人可能是左右邻舍，刚才探问武家妯娌，她们似乎并没有嫌疑，大嫂朱氏一直在悲叹，她和康潜比邻多年，那种伤怜应该不是装出来的。二嫂柳氏虽不像朱氏那么伤悲，但三月初八春惜母子失踪那个早上，柳氏还在前门唤春惜去烧香，更没有嫌疑。至于武家三兄弟，二弟阵亡，老大武翔那天见过，一个极和善的人，老三武翘还是太学生，他们应该很难瞒住朱氏和柳氏去做绑匪。

比较看来，左边彭家嫌疑更大。不过墨儿记得，寒食前后那几天，彭家老二彭嘴儿一直在香染街口说书，每天都能见到，应该没有嫌疑。

墨儿向彭针儿望去，坊长正在问彭针儿发现尸首的经过，彭针儿连声说："我并不知道，听到他们嚷才出来看到。"他常日在街头到处游走卖药看病，行踪不定，不过看他的神情，对康潜的死似乎也很意外，若他是绑匪和凶手，刚才请他去找坊长时，为了伪装，便不会有推拒之意。

目前只有老大彭影儿不曾见过，彭影儿在京城勾栏瓦舍里演影戏，难道绑匪和凶手是他？

他正在沉想，却见顾震带着万福和一个年轻男子骑马赶了过来。

顾震一眼看到墨儿，十分纳闷："墨儿？你怎么会在这里？"

墨儿见旁边有人，便略过绑架一事，将前后情形简要说了一遍。顾震听了，转身吩咐那个年轻男子："姚禾，进去查一查。"

墨儿才知道那年轻男子姚禾是仵作，他和众人一起站在后门外，看着姚禾检查康潜尸首，万福也进去帮忙填写验状。

姚禾查验完尸首，又走到屋子里看了一圈，出来向顾震禀告道："顾大人，并非凶杀，事主是醉死的。"

墨儿和其他人听了，全都大为诧异，朱氏更是大声叫道："哦喽！爷啊！"

姚禾继续禀告："事主身上没有任何伤口、伤痕，也没有扭打迹象，屋内桌上两瓶酒都已喝光，尸首身旁酒瓶里还有些残酒，卑职尝了尝，酒性极烈。看事主面色、眼白都泛青黄，是肝病之兆。头发燥枯，皮肤干薄，嘴唇发青，应是连日缺少饮食，空腹喝烈酒，又倒在地上，受了一夜寒气，肝脏衰竭而死。"

墨儿听了，浑身一阵发冷，心里顿时又涌起悲疚。越拘谨的人，心事便越重。康潜性格极拘谨，妻儿在他心中所占分量，恐怕远过于他人。我答应他，会找回他妻儿，可直到现在仍无头绪。康潜愁闷难消，只有借酒抒怀，他之死，有我之责……

他正在沮丧自责，身后忽然传来一阵粗粝的悲声："哥哥！哥哥！"

一个衣衫破烂、满身污垢的年轻汉子，一把推开门前围着的人，几步奔进屋里，扑到康潜尸身上哭起来——

墨儿忙问身边的朱氏，朱氏抹着泪道："这是康家二郎。"

康潜、康游两兄弟五官虽然相似，但康游生得十分壮实，一看便是个武人出身。他是开封县尉，不知为何这样衣衫脏破、满脸泥垢。看着康游这样一个粗猛汉子哭得如此伤恸，墨儿心中越发愧疚难当，呆立在一边，不知该如何是好。

墨儿走到顾震身旁，放低声音道："顾大哥，请到一边说话。"

两人走到五丈河边，墨儿才低声把事情的详细经过讲了一遍，顾震听了之后，皱了皱眉："我还道这个康潜既然是自己醉死，这里也就没事了，谁承想里面还有这么多原委，你既然已经查到这个地步，就拜托你继续查下去，若有需要哥哥处，尽管说！"

墨儿却已毫无信心，沮丧道："我已经害死了康潜先生，不能再查了。"

顾震忙劝道："莫乱说，是他自家心气窄，想不开，与你何干？眼下这桩案子，前前后后、里里外外只有你最熟悉，何况你跟着你哥哥查办过许多疑案，另找一个人来查探，又得从头摸索，而且也未必及得上你。你莫胡思乱想，更不要怪罪自己。若你真的不成，我也不会把这事托付给你。"

墨儿虽然沮丧，但心底其实始终难弃，听顾震这么讲，便点了点头。

顾震笑着拍了拍他的肩："这才对嘛。这案子眼下你怎么看？"

墨儿略想了想，才慢慢道："康潜妻儿仍在绑匪手里，安危难料，这背后藏了些什么，还不知道。我和哥哥商讨过，绑匪应该就是康潜的左邻右舍。事情到这个地步，恐怕再不能暗查了。得请顾大哥给他们明示一下，我才好名正言顺地去查。"

"这个好办，我们这就去说明——"

墨儿随着顾震回到康潜家后门边，顾震对门外诸人大声道："康潜之死还有一些缘故未明，我已委托这位赵公子继续查证，你们不得推诿避逃！"

诸人都望向墨儿，这时康游已止住哭声，也转过身睁着哭红的眼望过来。

墨儿之前只是受尹氏私托查这案子，这时当着众人被正式授权，才真正感到责任在身，不容他再犹豫推脱。

于是他鼓起勇气，叉手正声道："还望各位能多多关照，赵墨儿先行谢过。"

顾震又诫斥了众人几句，这才带着万福和姚禾先走了。

墨儿回身先望向彭针儿："彭三哥，能否问你一些事情？"

"我？"彭针儿尖瘦的脸上露出诧异之色，一双细眼游闪不停，"有什么事赵公子就问吧。"

"这里不太方便，能否去你家里？"

"家里？"彭针儿目光忽地一暗，不过随即笑起来，"好啊，请随我来。"

彭针儿还未走到自家后门，就朝里喊道："嫂嫂，家里来客了！"

墨儿微有些诧异，觉得彭针儿像是在特地报信一样，不过他装作不知，跟着彭针儿走了过去。

彭针儿走到门边，却没有进去，俯下身摸着门板自言自语道："这门板裂口已经这么大了，门轴也快朽了，得换了。"说了一阵才直起身推开了门，墨儿越发觉得彭针儿是在有意拖延什么，彭针儿却露出在街头哄人买药的笑容："赵公子请进——"

彭家屋里格局和康潜家一样，后边是厨房，也套了间小卧房，应该是彭针儿在住；中间一个小过厅，左右各一间卧房；前面却没有开店面，是间前堂。屋里只有些粗笨家什，东西胡乱堆放着。

彭针儿引着墨儿到了前堂，请墨儿在中间方桌旁坐下后，又朝里面喊道："嫂嫂，来客人了！"

后边卧房的门开了，随后一个矮瘦的中年妇人走了出来，高颧骨，宽嘴巴，一双眼里闪着警觉，她朝墨儿微微侧了侧身子，小心问道："这位是？"

墨儿知道她是老大彭影儿的妻子曹氏，忙站起身，未及回答，彭针儿在一旁道："这位是赵公子，是官府差的，隔壁的康老大昨晚死了，他是来问事儿的。"

"康大郎死了？"曹氏张大了眼，十分惊异。

"隔壁才闹嚷了一阵子，嫂嫂没听见？"彭针儿问道。

"我身子有些不好，才躺着，听到有人哭嚷，没在意。原来是康大郎死了——"

墨儿见曹氏言语神色间似乎始终在遮掩什么，听到邻人身死，也并不如何伤悲。

他开口问道："大嫂，你知不知道隔壁康家的妻子和儿子去了哪里？"

"他家妻小？不是回娘家去了？"

墨儿盯着曹氏的眼睛，见她神色虽有些纳闷，却并没有躲闪，似乎真的不知情，于是转头问彭针儿："彭三哥知不知道？"

彭针儿笑起来："我哪里会知道？那康老大心胸极窄，最爱吃醋，多看他家娘子一眼，都要嗔怪你。平常我就是见到他家娘子，也装作没见。那孩子倒还嘴甜，有时我也会买点糖果子给他。怎么？他家娘子和儿子也出事了？"

墨儿见彭针儿说话虽然油滑，却也只是惯常形色，并没有什么遮掩躲闪。他心里暗暗纳闷，这叔嫂两个心里一定都藏着什么，但对于康潜及其妻儿，却似乎真的并没有嫌疑。

于是他避而不答，又问道："彭大哥和彭二哥今日都不在？"

曹氏的目光又忽地一暗，彭针儿倒仍是笑着道："大哥回家乡去了，二哥还在街上说书赚口粮呢。"

墨儿发觉这叔嫂的隐情似乎在彭家两兄弟身上，便继续问道："哦？彭大哥走了多久了？"

彭针儿眨了眨眼，转头问曹氏："嫂嫂，大哥是寒食那天走的吧。"

"嗯——"曹氏语气稍有些犹疑。

墨儿确认隐情在彭影儿身上，又问道："你们家乡是哪里？"

彭针儿答道："登州。"

"来京城几年了？"

"十来年了。"

"你们是去年才搬到小横桥这里？"

"嗯。是二哥找的房子。比我们原先赁的那院房子要宽展些，钱却差不多。"

墨儿想再问不出什么了，便起身道："打扰两位了，在下告辞。日后若有事，恐怕还要叨扰。"

彭针儿随口道："要到饭时了，赵公子吃了饭再走吧！"

墨儿看曹氏白了彭针儿一眼，便笑道："不了，多谢！"

他仍从后门出去，临出门前，彭针儿悄声问道："隔壁娘子真的出事了？"

墨儿见他眼中全是猎奇偷鲜的神色，越发确定他的确并不知情，便只笑了笑，转身离开了。

他回到康潜家，武家妯娌和其他围观的邻人都已散去，康潜的尸首仍横在厨房地上，蒙了一条布单。康游跪在尸首边，已不再哭，垂着头木然不动。

墨儿又悲疚起来，但随即告诫自己，悔之无益；尽快查清案子才是正理。

于是他小心过去，低声问道："康二哥，有些事得问你，不知——"

康游仍然不动，不过沉声应了句："你问吧。"

他的左额刺了几个墨字："云翼第六指挥"，是当初从军时所刻军旅番号，虽然如今已经由武职转了文职，这颗文却仍旧留于额头，有些刺眼。

"康二哥，是你去取的那个锦袋吗？"

"是。"

"康二哥是从哪里取来的？香袋里那双耳朵又是怎么一回事？"

康游目光微微一顿："这事关另一件大事，我不便多说。过几天，我自然会以实情相告。目前得先找回我家嫂嫂和侄儿。"

墨儿看他神情，就算强逼也不会说出来。于是退一步问道："清明正午你下船后，找了一个老汉将香袋转交给康大哥的？"

"是。"

"康大哥将香袋交给饽哥时，珠子和耳朵果真在香袋里？"

"是。那位老汉信得过。我也一直偷偷在后面跟着。"

"你扮成这样，这几天也是在偷偷查找绑匪？"

"是。可惜一无所获——"康游看了一眼地上康潜的尸首，眼睛又开始泛潮。

"据我和家兄探讨，绑匪应该是你家左邻右舍，尤其是隔壁武家和彭家嫌疑最大。"

"哦？"康游一惊，随即痛悔道，"果然，要劫走嫂嫂和栋儿，只有他们两家最方便。唉！我怎么早没想到！"

"康二哥看这两家哪家嫌疑更大？"

"武家大哥与我哥哥多年邻居，两人志趣相投，我和武家二哥又是沙场上的生死之交，他们必定不会。彭家兄弟去年才搬来，因不是一路人，并没有深交，不知底细。"

"我刚去过彭家探问，只有他家大嫂和老三彭针儿在，不过看神情话语，他们两人似乎并不知情。"

"他们三兄弟都在市井里混走，必定极会遮掩。"

"没有查明白之前，两家都有嫌疑。另外，有一事还要请问康二哥，康大哥和大嫂两人平日可和睦？"

康游神色一变，声调也有些不自在："起先哥嫂两人十分和睦，这半年来，有些事——"

墨儿忙问："什么事？"

"也不是什么大事，只是不似往常那么和睦。"

墨儿发觉康游似乎在遮掩什么，不愿意说出来，不好追问，便道："还请康二哥再仔细想想，这两家还有什么可疑之处。"

康游还未张嘴，武翔和一个年轻男子走了进来："二郎……"

武翔面色凝重，应是已从妻子那里听到了康潜噩耗，进门望见地上尸首，他神情越发沉痛。他身后那个年轻男子一身白色襕衫，眉眼和武翔有些像，墨儿猜他是武家老三、太学外舍生武翘，看到尸首，武翘眉头颤了一下，先有些惊怕，随即也涌起悲意。

"怎么会这样？大郎平日并不贪杯呀。"武翔深叹了一口气，"尸首这样搁着不成，二郎快去找件干净衣裳给大郎换上，上方寺离得最近，就请那寺里的师父来做法事，二郎你看如何？"

康游沉声道："我哥哥并不信这些。"

"那也得立个灵位，左右邻舍也好祭拜。三弟，你去纸马店请个灵牌，买些香烛纸钱，另外叫你两个嫂嫂也过来帮着料理一下。"

武翘点头应了一声，随即转身走了。

墨儿仔细留意武家兄弟，两人悲悼出于真挚，丝毫没有作假的意思。他们要帮助康游料理后事，墨儿也不便问什么，就先告辞出来了。

回去途中，他在驴背上又回想彭家曹氏和彭针儿的话，说他家老大彭影儿回乡去了，而且是寒食那天。两人说起来时，神色之中始终有些遮掩。

彭影儿善做影戏，又精于口技，在汴梁百戏行当中也算有些名头。墨儿曾看过一回，那次演的是三国戏，彭影儿藏身在一块白绢屏风后面，操弄着羊皮刻镂描画的各色人物，如刘备、诸葛亮、关羽、张飞等，灯光映照上去，鲜明如活，不但手足能动，而且彭影儿又给这些人物配上相应话语声音，各个音色语调不同，更有金鼓之声、马嘶声、风声、人马杂沓声、刀剑搏击声……恍然间，如同亲临战场，看万军厮杀。

寒食连着清明，官府要休五天假，正是勾栏瓦舍生意最好的时节，彭影儿为何要选这个时候归乡？康潜妻儿是寒食前一天失踪，彭影儿次日就离开，难道其中有关联？

彭影儿常在城东望春门外的朱家桥瓦子作场，离得不远，墨儿便驱驴先去了那里。

比起中瓦、里瓦等大瓦子，朱家桥瓦子只能算二等，但也有十来座勾栏，远远望过去，彩绘木栏围出一块二十多亩地的宽阔场地，四面都架着高大欢门，彩幡花锦簇绕。墨儿从东边欢门进去，虽然还未张灯，已有许多人进进出出。进到里面，仍是用彩绘木栏分隔出一座座勾栏，勾栏内是高阔的瓦棚，棚里摆满桌椅，有的将台子立在中央，有的则搭在最靠里处。

虽然没到最热闹的时候，但这些勾栏中大半也已经坐满了人，台子上有说的、唱的、弹的、相扑角力的、舞刀弄棒的、弄傀儡的……各种声响动静，江海暴雨一般喧震沸闹。

墨儿记得彭影儿是在西南角上那座勾栏作场，便快步穿过去，见这里人还不多，只坐了半场子，台子上一个赤膊的人正在踢弄彩球。墨儿扫了一圈，见勾栏角上有个老者正蹲在一个小炉子边看着烧水，知道是常日在这里点茶卖汤水的，便走过去问道："老人家。"

老者回头望了一眼，问道："这位公子要茶吗？"

墨儿笑着说："不是，我是想打问一件事。"

"什么事？"

"演影戏的那个彭影儿去哪里了？"

"说是有人办大宴请他去作场了。"

"什么时候？"

"清明那天。怪的是，这几天了，至今不见他回来。"

"嗯？不是寒食吗？"

"清明前一天他还在这里作场。"

"老人家没记错？"

"这个我可记得准哩，老彭演影戏要润嗓子，每回都要我替他熬梨汤，寒食不能动火，头一天我就给他熬了三天的量，那三天人多，他早中晚各演了一场，清明前一天半夜演完了口渴，还问我要梨汤喝哩……"

第九章　沙场恨

夫所以谓之观物者，非以目观之也。
非观之以目，而观之以心也，非观之以心，而观之以理也。

——邵雍

回到家后，墨儿又忙和哥哥赵不尤商讨起来："哥哥，我始终猜不透绑走康潜妻儿的究竟是谁。彭家兄弟似乎嫌疑更大，尤其是彭家老大彭影儿，清明那天他忽然回乡，他妻子曹氏和三弟彭针儿却说他寒食就走了，他们为何要在这上面说谎？"

"他家人在日期上说谎，反倒证明他并不是绑匪。"

"嗯？为何？"

"康潜妻儿是寒食前一天被劫，彭影儿若是绑匪，他家妻弟要替他遮掩，就该把日子往前说，而不是往后。"

"哦……对。我总觉得他们在这日期上说谎，一定有什么隐情，陷到里面，倒忘了寒食前一天，彭影儿在朱家桥瓦子作场。这么说，彭家三兄弟都没有嫌疑。老二彭嘴儿我记得很清楚，那天他在咱们书摊对面说书，老三彭针儿看口气，应该不知情。那绑匪应该是武家兄弟，不过武家两兄弟看着又不像……"

赵不尤想了想："门关着，那对母子却不见了。绑匪未必非得是男子。"

"嗯？哦！对了！我怎么没想到？这件劫案并不是强行绑架，应该是熟人骗走，女人更容易得手！不过……康潜的妻子春惜当时正在洗澡，一定会把门闩好，就算绑匪是邻居熟人，不论武家妯娌，还是彭家曹氏，敲门开门，自然会说话，康潜在前面就能听到，但康潜只听见他妻子和儿子的嬉笑声，并没有听到敲门声和外人说话声。”

“这是关键，再仔细想想，什么情形之下，并没有人敲门，却去开门？”

“倒水？”

“除了开门，还有绑架。”

“春惜开门去倒洗澡水，邻家的某个妇人等在后门外，招呼她……把她骗进自己家？还有康潜的儿子栋儿——栋儿也跟了出去，随着他娘一起被骗进邻居家？不对，康潜后来去厨房看，洗澡盆在地上，洗澡水也并没有倒掉。”

“未必非要倒洗澡水，康潜的妻子主动开门才是关键。无论为何，她是自己开的门。否则，那门不可能被打开。另外，她并不知道自己会被绑架，否则稍一叫喊，就会被发觉。”

“那天她和武家二嫂柳氏约好去烧香，柳氏在前面唤她，康潜这才发觉妻儿不见了。康潜左右邻居有三个妇人，至少柳氏没有嫌疑。”

“未必。”

“哥哥是说柳氏是为了避开嫌疑，才故意到前门去唤？”

“有这可能。她到前门来唤时，康潜妻儿已经被绑走了。另外，还有一个疑点——绑匪绑架康潜妻儿，是想胁迫他去取那对耳朵和珠子。其实只需在母子中绑架一个，就能迫使康潜听命。而且，绑架一个人要容易得多，尤其是幼儿，熟人随便就能骗走。为何要绑架母子两个？似乎不合情理。”

“嗯……这的确有些怪。绑匪像是在自找麻烦……”

“不合情理处往往藏着深一层的情理。就如一个人说谎，破绽处才是真相。不能顺着看，要逆着想。”

“逆着想……顺看是绑匪绑架了春惜母子，逆着想，那就是……绑匪并没有绑架春惜母子？”

赵不尤笑了笑：“春惜母子不见踪影，又有那封要挟密信，这劫案是一定有的。要逆着想的不是劫案，而是绑匪为何要绑架母子两人？”

“绑匪本来只想绑架栋儿，但春惜主动让绑匪把自己也绑走？这更不合情理。”

“要绑架母子两个，稍有不慎，母子中的一个喊叫起来，就会被人察觉。但这桩劫案无声无息，更像是悄悄逃走，而非被劫走。或许是阴差阳错，逃到了劫匪手中。”

"春惜逃走？这……据康游和武家妯娌说，这几个月康潜和妻子春惜争吵多了起来，但就算争吵得再凶，也不至于逃走啊。春惜若不高兴，回娘家住一阵子就是了，我看康潜为人，也不至于拦着不让走。逃，一定是因为怕，春惜怕的是什么呢？"

"你再仔细想想，看看还有什么疏忽了没有？"

第二天，墨儿租了驴，又赶往小横桥。

康潜之死和顾震委托，让他再无犹豫退缩之心，他暗暗下定心意，无论多难，都要查清此案，一定。

他自幼父母双亡，虽然义父和义兄待他胜过骨肉，但他心底始终有些欠缺，因此，事事都有些畏懦，不敢自强。就像"一定"这个词，就极少说出口，甚至都难得出现于心念中，但今天，他却觉得敢确定无疑地说出这个词。

哥哥赵不尤的一番话提醒了他。康潜妻儿是大白天被人劫走，竟能无声无息，实在是离奇难解。因此这一项他才始终想不明白，劫匪是如何穿门进去？若是康潜妻子春惜自己要逃走，这事就立即清楚了。

但春惜为何要逃走？而且还带着儿子栋儿？

昨夜一场春雨将四野洗得分外鲜亮，他望向远处的田野，见几个农人已经在田里干活，其中一个驱着一头牛在犁地，那牛远远传来一声哞叫，听到这声音，他忽然想起一件事——

那天他去寻康潜，康潜正在和人做交易，是用自家的两头牛换那人的古玩，一只羽觞、一枚玉扣。墨儿到古董店门边时，两人正在谈价，康潜说"母换羽觞，子换扣"，当时墨儿偶然听到，还有些纳闷，后来看他们签契约，才明白母是母牛，子是子牛。两人为方便，才省了牛字。

想到这事，墨儿心里一动：我当时听着就有些纳闷，春惜是不是也误会了？

看康潜的脾性，谈生意时自然不会让春惜插手，他们夫妻那几天又正在生气，春惜更不会到前面去看丈夫谈生意。她在后面听到"母换羽觞，子换扣"，会不会疑心丈夫要卖了他们母子？若真是这样，她自然要设法逃走！

不过康潜家虽不是大富，但也是中产之家，衣食自足。春惜一般绝不会乱想丈夫会卖他们母子，何况一只羽觞、一枚玉扣，这卖价也未免太低。

除非——他们夫妻间有了深仇恶恨。

据武家妯娌和康游讲，康潜夫妻近来虽然有些不和，但应该未到要卖掉她的地步。

不！墨儿想起了康游讲起这事时的神情，极不自在，似乎有些愧疚。他为何要愧疚？难道他和自己的嫂子发生了什么不该的事情？

对了，康潜提起春惜时，担忧之外也有些回避，一直不愿多提妻子。说起弟弟康游，神色语气也是如此。康游和春惜叔嫂两个若真有什么不妥，必然会激怒康潜，就算他并没有卖妻的意思，但春惜心虚，恐怕不由自主便会往这里想！

想到这里，墨儿忙催动驴子，加快前行。

他边赶路边继续想，春惜若是要逃走，应该是悄悄离开，结果却被人绑架，如哥哥所言，绑架者和逃离者撞了个正着。也许春惜求助于人，所求之人正是要绑架她的人。那么这个人会是谁？

应该是信得过的人。

据诸人讲，康潜夫妻和武家很亲熟，和彭家却没有什么交情。那么绑架之人应该是武家的人。

墨儿忽又想起康潜那桩古董生意是武家老三武翘牵线，难道这桩生意也是预谋？

对！武翘一定是设法探听出康潜没有余钱，家里有头母牛刚产了子，又知道康潜夫妻不和，因此才特地促成那桩生意。双方谈价时，他在中间圆场，有意诱使双方省略"牛"字，只说母子，以此来惊吓春惜，促使春惜求助，从而配合他轻轻松松完成绑架！

墨儿被自己的推断惊到，越发急切地赶往小横桥。

来到康潜家，前门却关着。墨儿绕到后面，后门也关着，上了锁。

墨儿下了驴，在门边等着，猜想康游应该是入殓去了。他站了一会儿，听见左边宅子的后门吱呀一声打开，走出来一个人，是彭嘴儿。

彭嘴儿一见墨儿，马上笑着问道："哦，赵兄弟？"

墨儿笑着点了点头："彭二哥。"

"听说你是受了官府之托来查案子的，莫非康大郎的妻儿真的出了事？"

"抱歉，暂时不方便说。"

"哈哈，明白。康二郎一早雇了车送他哥哥的尸身去焚化院了，这会儿也差不多该回来了。"

"彭影儿大哥还没回来？"

"他？还得些日子。"

墨儿发觉彭嘴儿虽然笑着，但眼神一闪，似乎藏了什么。看来他的长兄彭影儿的确有些古怪。不过眼下顾不到这些，他便没有继续探问。

彭嘴儿忽然道："前面门开了，康二郎回来了！我去买些纸钱，邻居一场，得尽点心。"

彭嘴儿转身走了，墨儿侧耳一听，前面果然有响动，他便伸手叩门，良久，才有人到后边来开门，是康游。头上扎了条白麻巾，身上罩着白麻孝服，双眼通红，神色悲戚。

"康二哥，实在抱歉，有件事还得再问问。"

"请进来说话。"

墨儿随着康游进到中间小厅，见桌上供着康潜灵牌，摆着香烛供果，他便先站到灵牌前，躬身致礼，心里默语：康大哥，我一定查出绑匪，救回你的妻儿。

康游等他拜罢，问道："什么事？"

墨儿略一踌躇，才慢慢道："这件事很难启齿，不过又是查出绑匪的关键，只好斗胆相问，还请康二哥不要动怒。"

"你尽管问。"

墨儿小心问道："康大嫂被劫走之前，他们夫妻在生气，是否与康二哥有关？"

康游脸色顿变，鼻翼急剧抽动，瞪着墨儿，满眼羞愤，但随即目光暗了下去，变作羞惭痛悔，低下头黯然点了点。

康游一直拼命想忘掉那件事，但越想忘掉，就越忘不掉。

尤其哥哥康潜这一死，那件事如刺字一般刻在心底，永难抹掉。

哥哥大他五岁，虽然常冷着脸，不爱言语，但从小就事事都想着他，让着他，哪怕吃一个果子，娘要给他们一人一半平分，哥哥却知道他食量大，都要自己动手，故意分得不均，把大的一半留给。这些事，哥哥只是做，从来不说。他却都记在心里。尤其是爹娘辞世后，哥哥对他更是加倍爱护。平日哥哥自己吃穿都很节俭，他回来时，必定要买些鱼肉，加两三个菜。娶了嫂嫂之后，仍是这样。

可是，他却和嫂嫂春惜发生了那样的事——

嫂嫂和他同岁，性情和哥哥有些像，也安静少语，不过待他十分亲善。起初他只是觉着长嫂如母，对嫂嫂亲里带着敬。而且嫂嫂进门没多久，他就应募从军，去了西北边地。正是血气方刚的年纪，几年戍守苦战，每天所见，不是孤垒黄沙，便是军士武夫，身心都焦渴之极。后来终于回到京城，猛地见到嫂嫂，纤秀清婉，微微含笑，就如沙漠之中忽而见到一株青草一般，心里竟萌生一种说不出的欢悦。

嫂嫂不再是嫂嫂，而是一个女子，一个面容姣好、性情柔静的女子。

这心思让他害怕，却又压不住，更忘不掉，只要见到嫂嫂，不由自主就会心跳气促。不过，他始终知道：这女子是你的嫂嫂。因此，他并不敢有任何妄念，最多只是偷偷多望两眼。

可是事情终于还是没能遮掩住——

那天他又回到哥哥家，先在前店和哥哥聊了几句，又陪着侄子栋儿玩耍了一会儿，心里却一直念着嫂嫂，便借故去后面厨房，见嫂嫂正提着一桶水回来，他忙迎出门，伸手要去接，嫂嫂却说不打紧，他也并没有多想，仍旧执意去抓桶杆儿，却不小心按到了嫂嫂的手。偏巧这时哥哥恰好也走到后面来，一眼看到。他慌忙收回了手，嫂嫂竟也松开了手，水桶顿时翻倒在地上。

那天他原本是要住在哥哥家，发生了那样的事情，他既羞又愧，不敢再见哥哥和嫂嫂，抓起木桶去井边重新打了一桶水回来后，便匆匆向哥哥告别，哥哥连一眼都没看他，也没有应声，冷青着脸坐在店铺角落那张椅子上，装作翻看账簿。

他再不敢回哥哥家，但拖了一阵，又觉得不对，便硬着头皮去了，见到哥哥，他装作没事问候，哥哥却仍冷青着脸不看他，只勉强点了点头。他不敢去后面，便坐在店里没话找话，哥哥始终不看他，只是偶尔含糊应一声。嫂嫂听见声音，走了出来，他忙站起身，叫了声嫂嫂，偷偷望了一眼，嫂嫂却像原先一样，淡淡笑了笑，轻声问了句"叔叔来了"，随后就转身去后面了。

四个人吃饭时，只有栋儿不时说些话，嫂嫂低声应着，他和哥哥则都低头默默吃着。吃过饭，他又匆匆告别，逃跑一般离了哥哥家。

自那以后，隔很久他才回去一次，嫂嫂一直还是那样清清淡淡，他却早已不敢再有任何念头。哥哥则始终冷青着脸，他们兄弟之间像被什么看不见的东西扭着，始终尴尴尬尬，再也回不到原先那般亲近和乐。这让他无比痛悔，却不知道该如何才能赎回这罪过，他甚至想，如果能以一死换回往日兄弟之情，他也情愿。但是就算他死了，哥哥这心病恐怕也终难根除。

寒食前一天，嫂嫂和栋儿被人绑架后，哥哥才主动去县衙找到他，他自然义不容辞，替哥哥去做那密信上要挟的事情。虽然他也为嫂嫂和侄儿焦虑担忧，但能为哥哥做些事情，让他心里多少有了一些慰藉。

临行前，他郑重跪在哥哥面前，将心中郁积的话说了出来："哥哥，我起先的确对嫂嫂生出一些违背人伦、万万不该之心。但我对天发誓，除了那天抢水桶无意中碰到了嫂嫂的手，再没有对嫂嫂有过丝毫非分之举，那之后也不敢再有任何苟且之心。这次若顺利救回嫂嫂和栋儿，我从此再不看嫂嫂一眼，若要看一眼，我就挖出这双眼珠子来谢罪！"

哥哥康潜听了，深叹了一口气，沉声说："我知道了，你起来吧。"

现在哥哥突然亡故，嫂嫂和侄儿却仍旧下落不明，生死未知。哥哥是带着那心病辞世，此生此世，他康游再也无望赎回自己的罪过。一想到此，眼泪又从眼眶里涌出……

墨儿听后，心中一阵恻然，想劝慰，却不知该说什么。

倒是康游，用手背擦掉泪水，长舒了口气，勉强笑了笑，问道："这事就是这样，赵兄弟还有什么要问的？"

墨儿摇了摇头，压低声音道："这么说来，劫匪是隔壁武家的人。"

"武家？怎么会？"

墨儿把自己的推断细细讲了一遍。

康游听了，半晌才道："我嫂嫂误会哥哥倒是有可能，但武家人为何要做这种事？"

"你们是否和他家有过什么过节，但你们却没有在意？"

康游想了许久，才喃喃道："他家二弟武翱……"

"武翱不是战死在边地吗？"

康游摇了摇头："武翱是我杀死的。"

墨儿睁大了眼睛。

康游沉声道："我和武翱性情最相投，一起应募从军，又在同一个军营里。沙场之上，常有兵士身受重伤，断手断足，身躯残缺，我和武翱曾说，这样活着，自己难受不算，回去还要拖累家人，不如死掉痛快。因此我们两个商议好，若是一个受了重伤，就算治好也难自理的话，另一个就一刀让他解脱。"

墨儿听了，心里一寒。

康游继续道："我们驻守于泾原路板井口，那回西夏兵又来进犯抢粮，大约有三百人，我和武翱是正副都头，手下只有兵士百人。一番死战，杀伤对方大半，我们也只剩六十多人，敌军退逃，我和武翱想痛惩这帮恶匪，只留下十人守寨，率领其余五十人追击敌人，却没想到中了西夏兵埋伏，又是一场血战，终于再次杀退了夏兵，我们也只剩十来个人还活着，全都受了重伤。那时，我才看到武翱躺在沙地里，浑身是血，身上不知中了多少刀，到处伤口冒血，左臂被砍断，肚皮也被豁开，肠肚都流了出来，只剩一口气，疼得一抽一抽……”

墨儿心中黯然，伤到这个地步，其实已经救不活了。

康游停了停，长出了一口气，才又道："我爬到他身边，他睁开眼，看到是我，拼力说了句'杀了我'，我见他实在难过，咬咬牙，一刀刺死了他……"

"回来后，你把这事告诉了武家人？"

"没有。我们两个当初约定，不论谁做了这事，都不许让对方家人知晓，因此，我并没有告诉武家的人。"

第十章　太平御览

中刚则足以立事业、处患难，若用于他，反为邪恶。

——邵雍

这就对了，绑架康潜妻儿的是武家的人！

康游并没有告诉武家实情，当时武翱已经濒死，无望救活，康游杀他，只是让他少受些苦痛。武家人恐怕是从别处得知了这件事。当时沙场上，除了康游，还有八个军士活了下来，透露口风的应该是这八人中的一个，而那人也并不完全清楚实情，只看到康游杀死了武翱。

武家人并不知道康游不说，是因为和武翱已有约定，他们只会认为康游是心虚隐瞒。因此才会绑架春惜母子，报复康家，威逼康家兄弟去割耳夺珠。而且也知道康潜做不来这种事，自然是由康游去做。

只是，武家为何要逼迫康游去做这等歹事？看起来不仅仅是为了陷害康游，更不会是为了贪图那颗珠子。

墨儿暂时想不明白，便先把自己已知的推测告诉了康游，康游听后，先是愣住，继而痛悔起来："原来罪责全在我，不但亲手杀了挚友，更害了哥哥性命……"

墨儿忙劝慰道："康二哥不要过于自责，其中恩怨恐怕是出于误会。我这就去请武家兄弟过来，大家将事情说清楚。"

正说着，武翔和武翘走了进来，手里都提着一摞钱纸。

墨儿忙迎上去："武大哥、武三哥，我正要去请你们二位。"

武翔道："哦，赵兄弟有什么事吗？"

"嗯，是大事，关于康大哥妻儿。"

武翔纳闷道："他们母子怎么了？大郎死了，还没找人去叫他们回来？"

墨儿看他神色自然，绝非装腔作势，心里一愣，难道他真不知情？是我推断错了？但随即，他留意到武翔身后的武翘目光一颤，躲向别处。是他。

于是他盯着武翘道："武三哥应该知道这事。"

武翔听了更纳闷，回头望向弟弟，武翘面色越发不自在，但强装镇定笑了一下："我怎么会知道？"

墨儿加重了语气："耳朵和珠子。"

武翘又强笑了一下："我不懂你说什么？"

武翔却大惊："老三，你？！"

武翘脸上一颤，躲开兄长的逼视，恨恨低下头，并不答言。

武翔有些恼怒："我不是早说了？这事撂到一边，不许去管，那事情原本就是我违了国法，早就该受处罚——"

"大哥，这事你不要怨老三，是我逼他做的——"门外忽然传来一个女子的声音，是武翱的妻子柳氏。

柳氏缓缓走了进来，神色镇定，面色透着些冷青。大嫂朱氏跟在后面，神情畏怯，看来也已知情。

柳氏望着武翔道："大哥，当年你是为了两个弟弟，才会做那些事情。若没有你，他们两个早就饿死、病死了。你说不管，我们却不能不管，何况这事一旦泄露出去，老三也要受牵连。老天有眼，让仇人就在隔壁——"柳氏转头逼视着康游，"他为了独揽军功，好转文职，居然狠心杀死我丈夫，若不是黄四哥告诉我们，我们还一直把他当作旧邻居、好兄弟。自从知道这事以后，我日夜都想要替丈夫报仇，偏巧哥哥你又遇到这种事，正好一并了结。我原想这个凶手若能顺利办成这事，也算将功赎罪，就宽恕了他。谁知道眼下东西不知下落，那我只有亲手杀了这个禽兽！"

柳氏忽然从怀中抽出一把剪刀，几步冲过来，向康游胸口狠命刺去，康游却悲望着柳氏，不但不躲，反倒将胸膛迎了上去！

墨儿在一边忙伸手抓住柳氏的手臂，柳氏挣扎着还要去刺，武翘也忙赶过来，从柳氏手中夺下了剪刀。柳氏强挣了一阵，忽然顿住，身子一软，坐倒在地上，低声哭起来。

"这是怎么了？"门边又传来一个男子的声音，是彭嘴儿，手里拎着一串钱纸，朝里探着头，一双大眼不住转动，打量着屋里的人。

墨儿忙道："没什么，为件小事争了几句。"

"哦，那就好，听着动静，以为又闹出什么事来了。我来祭拜祭拜大郎——"

彭嘴儿说着走了进来，朱氏忙扶起柳氏，搀进了旁边卧房里，武翔和武翘也让到一旁，彭嘴儿望着康游道："二郎节哀。往后你家嫂嫂和侄子全都指靠你了。"

康游低声道："多谢彭二哥。"

彭嘴儿又转向桌上的灵牌，叉手躬身拜了三拜，嘴里大声道："康大郎，你我邻居一场，叨扰你不少，今天来拜送你，唯愿你在九泉之下安安心心，多寻些古玩字画。"

言罢，他将钱纸在蜡烛上点燃，放到桌边地上的铁盆里，等纸燃尽后，才转身道别。

等彭嘴儿离开，墨儿才问武翘："康大哥妻儿在哪里？"

武翘有些愤愤不情愿，低着眼并不答言。康游望着他，眼中混杂着悔忧急切。

武翔在一旁大声喝问道："你把他们母子怎么样了？"

武翘这才低声道："他们现在五丈河船坞，我托了老吴照看他们。"

墨儿知道武翘只是要逼迫康游去船上杀人取物，并不会伤害春惜母子，应该平安无事，便问道："那香袋里的耳朵和珠子究竟是怎么一回事？"

武翔叹了口气道："这事要怨我。老三，那封信在你那里？"

武翘从怀中取出一张纸递给墨儿，墨儿接过细看，见上面字迹笨拙歪斜——

三月初十未时，应天府码头，梅家客船，杀左中小客舱内紫衣客人，割其双耳，另有宝珠一颗，以为凭证。清明午时，东水门护龙桥，藏于花百里蓝锦香袋交货。否则，揭汝明州高丽使者图书阴事。

墨儿一看到"应天府""梅家客船"，心里大惊，忙抬头问道："这梅家客船是不是船帆上绣着一大朵梅花？"

康游在一旁点了点头。

墨儿越发震惊，心头狂跳：这案子竟和哥哥所查的清明梅船消失案有关联！

他忙又问康游："剑子郎繁是你杀的？！"

康游摇了摇头："那事我也听说了，和我无关。"

墨儿再看纸上，写的是"紫衣客人"，而郎繁死时所穿的是石青色梅纹缎袍，何况他的尸首并不在梅船上，而在新客船上发现。不过尽管如此，墨儿仍有些疑心。

康游似乎看出，沉声说道："我上那船时，生死已在度外，若人是我杀的，自会承当。"

墨儿见他神情坚定，应该并非虚言，又问道："你杀了那紫衣客人？"

"我答应了人，替他守住秘密。过一阵，那人自己会去找你们。"

"什么人？"

"抱歉。我不能说。"

墨儿只得作罢，又低头仔细读那信，读后抬头问武翔："你们也是被人胁迫？明州高丽使者是怎么一回事？"

武翔神情顿时暗郁下来："我一生本分守法，只有这件事，终生愧憾……"

武翘没想到这么快就被赵墨儿识破了。

他暗暗后悔，赵墨儿其实并没有证据，若早些告诉哥哥武翔，哥哥就不会当着赵墨儿的面质问，至少还能拖延一阵子。如今白忙一场，那东西却仍不知下落……

他们三兄弟父母很早辞世，大哥武翔年长几岁，当时刚刚中了进士，由于要奔丧守服三年，不能出仕，也没有俸禄。为办丧事，只得典卖了家里那点田产，三年孝守下来，家中储蓄消耗一空，还向亲族借了不少债。等出了服，大哥武翔才娶了大嫂朱氏，娶亲又欠了笔债，幸而很快被任命为明州主簿，他便携带妻子和两个弟弟全家一起赴任。

武翘那时才十一二岁，他自幼禀赋不足，体质极虚弱，大哥武翔每月不足十贯的月俸，至少要拿一半给他治病。二哥武翱读不进书，去跟武师学弓马，又得不少花费。此外还得还债，因此家境十分窘迫。

那时，朝廷在明州设立高丽使馆，高丽使者往返都经由明州。高丽渴慕大宋书籍，每次派遣使者都极力请求图书，但朝廷为防国家机密泄露，颁布禁令，除佛经、医药等书籍外，严禁其他图书流入外国。

十一年前，武翔随着明州知府去了乐宾馆，陪同朝廷接送馆伴，设宴款待高丽使者。酒宴中，武翔去后园解手，一位高丽使者也跟了出来，进了茅厕，那使者从怀中取出两条金块，偷偷递给武翔，低声央求武翔私赠一些书籍。武翔先惊了一跳，忙连声拒绝，但经不住那使者苦苦哀求，再看到那两条金块，恐怕有二十两，少说也得值三百贯。他犹豫再三，终于还是壮着胆子答应了。

那使者想求《太平御览》，这部书是当年太宗皇帝命文臣学士编纂的类书，全书有一千卷，萃集了五代以前近两千部典籍，可谓中华典籍集大成。高丽曾屡次向朝廷求购，都被拒绝。

武翔忙道："这部书我断不敢给你，再说它有一千卷之多，怎么能瞒得过人眼？"

那使者道："我也不敢如此贪心，我听闻《太平御览》共分五十五门，前三门是天部、时序部和地部，都无关时政，也并非贵国机密。我只要这三部。"

武翔犹豫良久，才问道："我怎么交给你？"

"我们后日启程回国，届时知府照例会去航济亭送行，武主簿你也会陪同前往吧。你将书藏在两个酒坛中，就说是饯行之酒，当众送给我。"

"任何货物都要严查，我怎么能躲得过？"

"用油布将书密密包裹起来，塞进坛子里。再烧融蜡水，浇在书上，等蜡封好之后，舀些酒将坛子灌满，只是酒要选混浊的。"

"我平白无故送酒，也会让人生疑。"

"这个你放心，等一下回到筵席，我会送给各位一些礼品，后天你就说是回赠。"

武翔听他已经谋划周密，应该不会被察觉，便接过那两条金块，藏在衣袋里，先匆匆出去了。那使者随后也返回筵席，谈笑一阵后，他果然让随从拿来一些礼物，高丽人参、折扇、笔、墨、白纸等，分赠给席上诸人，武翔也得了一副笔墨。

宴罢后，武翔忙去书肆买到《太平御览》前三部，共五十多卷，照着高丽使者所言，买了两只大酒坛，把书封藏在酒坛中。

第三天早上，他让二弟武翱挑着两只酒坛，一起到了航济亭。航济亭立在海岸边，是为迎送高丽使者而设。到那里时，接送馆伴、明州知府正在亭中和高丽使者攀谈，石桌上堆放着一些锦帛瓷器，应该是知府回赠给高丽使者的礼物。

武翔强压住慌惧，进到亭中，向那高丽使者道："前日承蒙国信使惠赐嘉礼，武翔无以为报，特去选了两坛明州老酒，聊供途中消渴解闷。"

那高丽使者笑着道："已蒙馆伴和知府大人馈赠，武主簿又如此多礼，实在愧不敢当。"他谦让了两句，随即吩咐随从将礼物搬上船去，武翔忙叫二弟武翘将酒挑到船边。

一艘大海船泊在码头边，一些船工正在往船上搬货。朝廷严控高丽使者所运货物，巡检使率人一直在岸边监看货物，一件件都要打开细查。那巡检使见到酒坛和礼物，伸手拦住，命手下解开两只坛子封口的油纸，都看了一眼，这才摆手让船工搬上船去。

武翔从未经过这等事，惊得腿都险些抽筋，见坛子顺利上了船，才偷偷擦掉额头渗出的汗。

那二十两金子，一半还了外债，一半用来找名医给武翘调养身体。几年下来，武翘的身子渐渐好转，武翔也被调到汴梁做了京官，虽然职位不高，但武翘从了军，武翘又考入太学，一家人虽不富庶，却也清闲安乐。

至于帮高丽使者私购图书的事，并没有人知晓，武翔兄弟起先还有些后怕，渐渐地也就忘了。

谁知道，寒食前，武翘清早去后面厨房时，发现地上有一封信，打开一看，顿时惊呆。这匿名送信之人竟然知道哥哥武翔十一年前的那桩秘事，并以此为要挟，让他去杀人越货。

他忙拿进去给哥哥看，武翔看后也吓了一跳。兄弟两个猜了很久，也猜不出此人究竟是谁。难道那高丽使者除了武翔，也买通了其他人，那人因此才知道这隐情？他既然知道那桩事，为何当年不揭破？时隔十一年，他竟然还能记得，并且用来要挟，此人用心之阴深，实在可怖。

两兄弟烦恼了一整天，晚上武翔才定了心，说私送图书给高丽使者，固然是叛国重罪，但毕竟那些书并没有国家军政机密，并未造成什么祸害。而杀人越货的事则万万不能去做，再不能错上加错。那人要揭发，就让他去揭发，这事原本就违了国法，这些年偶尔想起，心底始终难安。该受的责罚若逃不过，就坦然受之，至少能得个心安。

武翘听了，不好再说什么，但兄长这么多年的抚育之恩都没有回报，怎么能坐视不顾？他正在烦闷，二嫂偷偷将他唤到外面，跟他商议计策，说这事可以设法让康游去做。

二哥武翔死后半年，一个名叫黄四的人偷偷来到武家，他是康游和武翔手下的军士，当年在那场恶战中，他虽丢了半条腿，却侥幸活了下来。他说自己当时亲眼看见康游举起刀刺向了武翱。

康武两家多年邻居，康游和武翱更是彼此投合，武家人听了黄四这话，都不大相信，大哥武翔更是恼怒起来，大声怒喝着将黄四逐走了。只有二嫂柳氏记在心里。

不久，康游因立了军功，被转了文职，回到了京城。柳氏试探了几次，发觉只要提到武翱，康游始终有些不安，因此，她越发信了黄四的话。

武翱先还半信半疑，听二嫂这么说，也就全然相信了。将胁迫杀人这件事转嫁给康游，既能避祸，又能报仇，正是天赐良机。而且柳氏已经想好了一个主意：设法绑架春惜母子，胁迫康潜。康游自然会替他哥哥去做这事。

难处在于，如何绑架而能不被察觉？

柳氏和春惜一向亲密，无话不说，知道康潜和春惜近来不和，康潜似乎疑心春惜和康游之间有苟且之事。武翱想起太学一位同学说起自家叔父有两件古玩要卖，而康潜又热衷收购古董，又没有什么余钱，便想到了那个用母子牛换古玩的主意。

他撮合同学叔父汪员外与康潜交易，并先暗中告诫汪员外不要轻易降价。起先商谈时，约在自己家中，他有意将母牛、子牛的牛字省掉，减称为母和子，汪员外和康潜也随他这样说起来。谈了三次之后，他才让两人到康潜店中商谈，有意让春惜听见。而后柳氏偷偷向春惜透露，那人并不是来谈古董生意，似乎是商谈买妾的事。

春惜听了，害怕起来。柳氏又趁势极力渲染，春惜不由得信了。柳氏便说让她暂躲几天，让武翔去劝劝康潜，等劝好后，春惜再回来。春惜想躲回娘家，但她父母年初已回家乡去了，只剩个族兄，平日就龃龉不和。柳氏便说躲到康潜寻不到的地方，康潜才会着急悔恨。武家有个老友姓吴，在五丈河船坞监管官府船只，那里有许多闲船，躲到那里最稳便。

于是武翱写好匿名信，又预先租好一只小船。柳氏和春惜约好寒食前一天清晨，春惜假意要去烧香，早上洗澡时，偷偷带着栋儿从后门出去，上了小船。武翱则把密信丢在门内，用细线绳从外面闩上康潜家后门，造迷阵拖延康潜。完事后，柳氏再到前门去假意唤春惜。

为避开嫌疑，武翱选中了在虹桥口水饮摊的盲妇人尹氏，花钱托她接货。

原以为万无一失，谁知道二哥武翱的仇没能报成，反倒害得康潜抑郁醉死，取来的东西又中途丢失，至今不知去向……

第十一章　再失踪

中刚则足以立事业、处患难，若用于他，反为邪恶。

——邵雍

武翘引着墨儿、武翔、康游去接春惜母子。

墨儿听武翔讲述了原委，原来武家兄弟也并不清楚梅船的来历，不知道什么人在幕后胁迫，为何要去杀船上的紫衣客，更不知道郎繁为何而死。不过，至少找到了春惜母子的下落。自从接手这案子以来，他这才稍有了些收获与欣慰。

五丈河船坞离小横桥不远，在五丈河边人工开出一大片湖湾，用来停泊官府用船。湾口架着一座高大水门，两扇木栏门紧关着。船监住在水门边的几间房舍中。

武翘走在前面，来到那排房舍头一间，门开着，武翘唤道："吴大哥！"

一位五十来岁身穿公服的矮瘦男子迎了出来，神色有些异常："武兄弟？我正要找人去唤你！"

"哦？吴大哥，出什么事了？"

"那对母子不见了！"

"什么？"

武翔听到，忙几步走到近前，急急问道："老吴，怎么回事？"

老吴苦着脸道："这几天每到饭时，他们母子都是下船到这里来吃，可今天上午我那浑家煮好了饭，等了半天不见他们来，就去唤，却不见他们母子了，我在船坞里找遍了，也没找到。"

武翘道："我昨晚来，他们还在的啊！"

老吴道："你走后，我们吃过晚饭，他们娘儿俩还在这里坐了一阵，说了会儿话，才回到船上去了，晚上我睡之前，见船上灯还亮着。"

墨儿在一边听了，心顿时又沉黯下来，再看身边的康游，更是满脸忧急。

武翘又问："他们母子能到哪里去呢？"

老吴道："恐怕是逃了。"

武翘道："他们没有逃的道理啊。"

"你们随我来——"

老吴引着四人进了屋，那屋子有道后门，通往船坞里边。一大片水湾中泊着几十只船，大大小小，纵横排列着。他们走到一只中型游船前，船身横着，一条木板斜搭在船前艄板上。

老吴指着那只船道："他们母子就住在这条船上。"

墨儿透过一扇半掩的窗户朝里望去，里面有张宽大的床榻，上面被褥铺叠得整齐，旁边小桌上一只水瓶，一只茶盏，盏里还有一些残茶。

"我估计他们母子是从那里逃走的——"老吴边走边指着前面那堵围墙，"船坞里除了船，并没有什么贵重物件，不需要防盗，除了我，也没有其他看守的人，只砌了这圈矮墙。不过，上午我来查时，发现了这些印子，原先并没有。"

来到那堵墙下，墨儿顺着老吴所指望去，见那墙最多只有八九尺高，从墙头到墙根有些印迹，似乎是脚蹬踏出来的，再看墙头，有粗绳勒的深痕，这些痕迹显然是新留的。

墨儿仔细看过后，才道："应该是墙外有人接应，抛进绳子，康大嫂攀着那绳子爬出去的。"

武翘道："康大嫂来这里，并没有外人知道，怎么可能有人接应？"

"这个暂时还不知道。不过，要想偷偷出去，必定是如此。"

"栋儿只有四五岁大，怎么能爬上去？"武翘又问。

"你看这里——"墨儿指着墙上绳印两边的两处印迹，"这墙不高，栋儿应该是被他母亲举着，离墙顶只有两三尺，而后抓着绳子就能爬上去，这两边的两个小印子应该是栋儿蹬出来的。墙外有人，栋儿跳下去就能接住。"

康游在一旁低声道："栋儿爱跑跳，这个做得到。但我家嫂嫂为何要逃走？"

墨儿强压住沮丧，转身问老吴："吴大哥，这几天有没有其他人见过他们母子？"

"没有。这里只有我和浑家两个人。寒食、清明用过一些船，不过我都预先让他们母子藏好，来取船的人划了船就走了，并没有人见到他们母子。"

墨儿又问："昨晚吃饭时，他们母子有没有什么异常？"

"也没发觉。吃过饭，康家大嫂和我那浑家一起收拾洗刷，两人又说了一阵子，天黑下来才回船上去了。栋儿就在后门边玩耍，也和前几天一样。"

墨儿原以为终于找到了春惜母子下落，谁知道这对母子竟然趁夜逃走了。

看守船坞的老吴并没有听到任何动静，再看墙上印迹，春惜母子似乎是主动逃走。春惜母子为何要逃走？墙外接应他们的又是谁？难道春惜听到了丈夫的死讯，赶回家去了？即便如此，也没有不告而别、偷偷逃走的道理。

墨儿和康游及武家兄弟都心存一线希望，匆忙赶回了小横桥，然而到了一看，古董店的门从外面锁着，诸人还不死心，开门进去后，才确信春惜母子并没有回来。

四个人面面相觑，都有些茫然失措。尤其是武翘，他虽然承认自己造出绑架春惜母子假象，逼迫康氏兄弟上梅船杀人，但这既是为长兄武翔免祸，又是给次兄武翱报仇，因此起初他并没有多少愧疚，这时才开始悔惧起来，低着头根本不敢看其他三人。

那天用船将春惜母子偷偷送到船坞后，他怕泄露行踪，一直没有去船坞看视。昨天康潜死后，二嫂柳氏托人到太学外舍给他送信，他才告假回来，去了趟船坞，本想将康潜死讯告知春惜，但话临要出口，想起自己和二嫂费了这许多气力，却至今未拿到密信上要挟的东西，春惜母子一旦回去，就前功尽弃。因此，他忍住没说，没想到当晚春惜母子就逃走了。

武翔瞪着弟弟武翘，恨恨骂道："你……"痛急之下，竟找不到词语。

康游却顾不得去怨责谁，满脸忧急，闷头蹲在地上。

墨儿本也沮丧至极，见他们如此躁乱，知道自己有责在身，不能也和他们一样，忙沉了沉气，细细想了想，才问道："康二哥，康大嫂会不会去了娘家？"

康游摇头道："我嫂嫂的娘家家境不好，她双亲在京城营生艰难，但在登州家乡还有些地，年初就回登州去了。"

"她在汴梁有没有其他亲近的人家？"

"只有个族兄，似乎并不亲近。除此之外，再没有了。"

几个人全都沉默起来。

这时，武翔的妻子朱氏急慌慌走了进来，手里拿着张纸，几步赶到武翔身边，将纸递给了他："又是封密信，不知什么时候从咱家后门缝里塞进来的——"

武翔慌忙看过，脸色大变，随手递给了墨儿，墨儿接过一看，信上写着：

明日将银一百两放于来船木桌上，换竺春惜母子及香袋之物。

墨儿抬头问康游："康大嫂姓竺？"

康游点了点头，走过来要过那张纸，读完后也是一脸惊愕。

墨儿慢慢道："看来此人不但劫走了康大嫂母子，也是之前偷换了香袋里东西的那人。"

康游问道："既然他偷走了香袋里的东西，那里面有颗药丸，我当时用刀割开了一道缝，里面是颗大珠子，围长快有一寸，恐怕至少得值百万。有了那珠子，他为何还贪一百两银子？"

墨儿想了想，道："看来这个人并不富裕。"

众人都有些纳闷。

墨儿继续道："既然那颗大珠子至少值百万，自然是名贵之物，一来难于脱手出卖，二来容易暴露自己身份。他自然不敢随便拿出去卖。银子则不一样，可以随意拿来支用。我估计他是想逃往他乡，却没有什么钱，急需要盘缠。"

武翘也要过那密信，看后道："他既然偷了香袋，就可以要挟我们，何必再去冒险劫走康大嫂母子？另外，康大嫂藏在船坞中，除了我和二嫂，并没有第三个人知道，这人怎么会找到那里？"

"这的确有些不合常理……"墨儿低头默想起来。

香袋是在尹姊那里丢的，这人不但知道康大嫂母子藏身之所，又从尹姊那里偷走香袋，两下里他竟然全都知情。另外，从迹象看来，康大嫂母子似乎不是被强行劫走，而是主动跟着他走。若不是信得过的熟人，怎么肯在深夜跟他逃走？这是什么人？

这时，武翔又问道："这信上说把银子放到'来船'上，这是什么意思？"

墨儿答道："此人恐怕已经安排好了一只船来。"

康游道："他来取银子，难道不怕被捉住？"

墨儿道："他自然是已经想好了脱身之计。"

武翔道："无论如何，咱们先把银子准备好。"

朱氏小声道："咱们家积蓄，全都搜罗出来，恐怕也只有五十两银子。"

武翔大声道："我去借！莫说一百两，便是一万两，我们也得设法弄来！这倒不是为那个香袋，而是我们欠康家的。康大郎因我们而丧命，便是抵上我们性命，也得救回他妻儿！"

朱氏和武翘顿时红了脸，一起低下头。

武翔转身刚要走，康游拦道："武大哥，我还有些积蓄，大概有六七十两银子。"

武翔忙道："这事是我家招惹出来的，怎么能让你出？"

康游满眼悲悔，沉声道："不能怪武二嫂和武三弟，事情起因于我，该当由我来赎罪。何况要救的是我嫂嫂和侄儿。武大哥就不必再争执。"

武翔叹了口气道："好。救人要紧。我们先凑齐一百两银子，救回他们母子，其他事以后再说。"

香袋案竟然和梅船案有关。

墨儿忙赶回家中，去给哥哥报信，嫂嫂却说哥哥已经搭船去应天府了。

他大为遗憾，又骑驴进城，找到顾震，向他求助。顾震听了，立即吩咐万福明天带四个弓手前去小横桥协助缉捕绑匪。

第二天清早，墨儿早早起来，租了驴，急急赶往小横桥。

到了小横桥，武家和康家的门都关着，墨儿来到康潜古董店门口，下了驴，抬手敲门，隔壁彭家的门却先开了，里面走出一个人，是彭嘴儿。

彭嘴儿扭头看到墨儿，立即笑着问候："赵兄弟早啊。他家的事还没查完？"

墨儿只应付着笑了笑："彭二哥又去说书？"

彭嘴儿笑道："可不是，生来就是辛劳命。"

这时，古董店的门也开了，是康游，仍穿着孝服，满脸疲容。墨儿向彭嘴儿点了点头，便走了进去。

康游在身后刚关好门，墨儿看见万福从中间小厅走了出来。

万福压低声音道："四个弓手我已布置好了，一个在康家厨房里，一个在武家厨房，另两个在对岸草丛里埋伏。"

康游走过来指着桌上一个布包说："银子也准备好了。"

墨儿问道："密信上说的船来了没有？"

万福和康游一齐摇了摇头，三人走到后面厨房，一个弓手坐在灶台上，趴在窗边，将窗纸划了道小口子，透过缝隙向外张望，听到三人进来，他回头道："万主管，船仍没来。"

万福道："只能等了。"

厨房里摆了三张椅子，万福坐了下来，康游却走到左窗边，也用指甲划开一道口子向外张望。

墨儿道："那人既然说派船来取银子，自然不怕我们，我们恐怕也不必这么偷看。"

万福道："除非他会遁形隐身法，否则绝不可能安然取走银子，这人是不是在戏耍我们？"

墨儿想了一夜也没想明白，那劫匪在打什么主意？哥哥又去了应天府，他只能靠自己。然而他唯一想到的是，劫匪这恐怕是拖延之计，把大家拴在这里，他好趁机逃走。但他是什么人，根本无从知晓。他将春惜母子藏到了哪里，更没有一丝踪迹。他投密信反倒有可能暴露行踪。难道这人仍是近旁之人？

墨儿忽然想到，知道春惜母子藏身之所的，除了武翘，便只有武翱的妻子柳氏。春惜也相信她，她若编造个借口，春惜多半会跟她逃走。同时，武翘找尹氏替他取货，柳氏也是唯一知情之人。难道柳氏仍想为丈夫报仇？

不过，柳氏又如何能从尹氏柜子里偷换掉香袋里的东西？她既没有钥匙，那柜子和盒子也都没有被撬损。

墨儿望着厨房后门，想起春惜在这里伪装被劫走的计谋，心里忽然一惊：仍是合谋？柳氏想要偷走香袋里的东西，唯一的办法是——花重金买通尹氏，尹氏自己将香袋里的东西偷换给她！

想到此，他忙对万福道："万大哥，我到隔壁武家去看看！"

说着便开门出去，来到武家后门，抬手敲门，来开门的是武翘，武翘低声道："船还没来。"

墨儿点点头，问道："你家二嫂可在？"

武翘有些纳闷："在。"

墨儿走了进去，这宅子他上次从前门到后门穿过一次，不过当时担忧康潜，事情紧急，没有细看。房子格局和康家相似，不过要宽展一些，陈设也稍好一些。

武翔和朱氏都坐在中间过厅里，两人看到墨儿，一起站起身，脸上都有些忧急。武翔走出来道："那人会不会在骗我们？"

墨儿道："目前还不清楚，等那船来了再看。"

朱氏叹道："那船至今还不见来。"

墨儿扫视一圈，不见柳氏，便问道："柳二嫂可在？我有些话要问她。"

"我在。"柳氏从过厅旁边的一间卧房里走了出来。

墨儿见她两眼红肿，应该是昨天听到丈夫武翱的死状后，伤心痛哭所致。虽然如此，她却神色清冷，仍能自持，并不在人前流露悲意。

她望着墨儿问道："赵公子要问什么？"

墨儿话刚要出口，忽然想到，柳氏若真的仍在怨恨康游，想要报仇，只该针对康游一人，何必要劫走春惜母子，更偷走香袋，害自家人？这样一想，便犹豫起来。

柳氏却似乎立刻明白了，她缓缓道："赵公子是在怀疑我？"

墨儿哑然，不知该如何对答。

"也好，这件事我也该说清楚——"柳氏轻叹了一口气道，"昨天听你说明白后，我已经不怨恨康游了。我丈夫的性子我知道，他是个果断人，活得干脆，死也愿意利利落落。康游让他那样死，正合他的意，也让他少受了苦楚折磨……我倒是该向康游道谢。因此，赵公子不必疑心我，这两天我都在家里，哪儿也没有去。哥哥嫂嫂都是见证。"

墨儿见她话语平静坚定，自己真的想错了，忙致歉道："事关重大，我方寸有些乱，错疑了二嫂，还请二嫂见谅。"

柳氏涩然一笑："赵公子为这事奔走劳累这么多天，却没有分文报酬，我们谢还来不及，哪敢说什么见谅？"

柳氏话音刚落，武翘忽然在后门边低声道："来了一只小船！"

第十二章　空船

> 无思，本也；思通，用也。几动于彼，诚动于此。
>
> ——周敦颐

　　墨儿等人忙聚到门边，门开了一道缝，墨儿抻头看见一只小篷船停在了康家门外的水岸边，一个中年艄公放下船橹，跳下船，朝岸上走去，他忙开门出去，见康游也开了门，站在门边望着那艄公。

　　那艄公走到康游面前，微弯着腰，带着谦卑问道："请问官人是不是姓康？"

　　康游点了点头。

　　那艄公仍谦卑地笑着："这船我给您停在岸边了，傍晚我再来取。哦——对了，那租船的客官让我带句话，说银子要五十两一锭的，还得是开封府今年的新官银。"

　　康游忙问："那个租船的是什么人？"

　　艄公道："他是昨晚去我家租的船，只在门边交了五百文定钱，又吩咐了这些话就走了，那时天已经黑了，看不清他的脸，似乎脸上受了伤，大半边脸贴着药膏。"

　　墨儿在一旁听了，知道那药膏一定是假的，那人趁黑去租船，就是为了遮掩自己的面目行藏。

　　康游又问道："银子就放到你船上？"

　　"其他的我就不知道了，那位客官让我把船交给您，就远远走开，说余下的事您自然晓得。那我就先走了。"艄公说着就转身走了。

见他沿着河岸走远后，墨儿才问道："康二哥，你们准备的银子对不对？"

康游道："银子倒是两锭五十两的，但是旧银。他为何非要新银子？"

万福和武翔、武翘兄弟也聚了过来，万福皱眉道："这人又耍什么诡计？"

墨儿忙道："眼下也只能听他的安排，只是急切间到哪里去换新银？"

武翔在一旁道："我有个朋友在市易务，那里应该有开封府今年的新库银。老三，你赶紧拿银子去老瞿那里问问看。"

康游忙进去将银子取来交给武翘，墨儿道："武三哥骑我的驴子去。"

武翘装好银子，骑着墨儿租来的驴，急急进城去了。墨儿和万福诸人则走到岸边，向那船里望去。那是只极普通的小篷船，船尾放了一只竹篓、一捆麻绳，船篷内有两条木凳、一张小木桌，除此之外并无他物，没有什么可看的。几人猜测了半天，也猜不透那人的诡计。

武翔倒是认得那个艄公，姓黄，家就在小横桥那边，人很老实本分，常日驾着这只小船在五丈河上舶客。

等了半个多时辰，武翘骑着驴急急赶了回来，跳下驴子道："银子换到了！"

他喘着气从袋子里取出那个褐色布包，打开布，里面是两锭锃亮的新银铤。

万福道："那就照密信里说的，放到船篷里的小桌上。"

武翘望望众人，包好银子，走到岸边跳上船，钻进了篷子，随即又钻了出来，走回来道："放好了。"

万福道："咱们还是照原先的安排，各自回去，关起门看他怎么玩。"

武家兄弟回自己家，墨儿和万福、康游则走进厨房，关紧了门，分别趴到两扇窗户边去监视。

那只小篷船一直静静地泊在水中，河里并没有多少往来船只，偶尔才会有一只货船经过。对岸是田野，河岸边柳枝静垂，后面青草蓬蓬，只有鸟儿不时鸣叫飞掠。

一直从上午监视到下午，河岸边那只船始终静静泊在那里，一丝一毫异常都不见。只有货船经过荡起水波时，才会摇漾一阵。不见有任何人接近那只船。

万福皱眉道："这贼人莫是要变妖法，想隔空取物？"

墨儿闷闷道："不可能有什么隔空取物的法子，只是一直猜不透这人的用意，他真是想要银子？或者只是拖延之计？"

太阳落到半山时，那个艄公老黄回来了。

万福忙开门叫住老黄，让他先不要靠近那只船。

墨儿、康游也急忙出门，和万福一起走到岸边，跳上那船，见船篷内毫无异常，那个包着银子的褐色布包仍摆在小木桌上。康游钻进篷子，打开布包，里面两锭银铤也仍在。

万福皱着眉对墨儿道："恐怕真的像你所说，那贼人并没有想要这银子，只是脱身之计，把我们拴在这里，他好逃走。"

墨儿并没有应声，望着康游手里两锭银铤，心里急急思想：若真是脱身之计，那人一定怕我们怀疑到他，所以才会使这计谋。他既有这担心，那一定是近旁之人，这几天就在眼前，我们却都没能察觉。这人究竟是谁？

这时，武家兄弟也走了过来，站在岸边，诸人彼此对视，都十分沮丧。

那老黄走过来小心问道："众位客官，这船我能划走了吗？"

万福道："你划走吧。"

他伸出胖腿，费力下了船，墨儿和康游也只得跳下船，老黄朝众人躬身卑笑着点点头，上船摇橹，船迎着夕阳，徐徐向小横桥那边驶去，船橹的吱呀声也渐渐远去。

万福带着四名弓手走了，临走前他对众人道："你们再好好想想，若想出那贼人是谁，尽管来唤我。被这贼人白耍了这一天，不管他逃多远，我也得捉到他。"

墨儿见这里无事可做，便也告辞。

夕阳如金，路上只稀疏几个路人。他骑着驴，疲然归家。忽然很想念哥哥赵不尤。从小到大，他事事都靠着哥哥，有任何繁难，首先想到的便是去找哥哥。这件案子虽说是他独自在查，但每晚回去，都要和哥哥商议。然而此刻，哥哥去了应天府，他头一次觉着完全没了倚靠，心里空落落的，不知该如何是好。

他想起那天哥哥所言："凭你的才能见识，就是独自开一家书讼摊也拿得下来。"

真的吗？他自己不太敢信。

不过他随即想到，不管信不信，眼下是没办法靠哥哥，只能靠自己。

于是他不再乱想，凝神思忖起案子。夕阳耀得人睁不开眼睛，他眯着眼，仔细思虑。除了柳氏，还有谁既能从尹氏那里偷到香袋里的东西，又能打探到春惜母子的藏身之处，还能哄骗走他们？

武家兄弟妯娌应该不会；康游更不可能；尹氏双眼已盲，即便想做也做不到；饽哥？他倒是有可能偷换香袋里的东西，但应该很难骗得春惜母子半夜跟他逃走；饽哥的弟弟孙圆？他至今不知下落，也有可能贪财偷走了香袋里的珠子，但也很难骗走春惜母子……除了这几人，还有谁？彭家兄弟？他们紧挨着康家，倒是有可能偷偷跟踪武翘，找到春惜母子的下落，哄骗他们逃走，但他们绝难偷到尹氏柜子里的香袋。

这些关联到的人似乎都不是，那还有谁？

一对燕子在夕阳下轻翔，掠过墨儿眼前，又轻盈飞远。

墨儿忽然想到，为何非得是一个人？若是两个人呢？一个偷换香袋，另一个劫走春惜母子，这样两头便能扣起手！

他心里一亮，那会是谁和谁？

偷换香袋的，应该是尹氏家的人。柜子和木盒都锁着，只有尹氏有钥匙，她自己偷换最方便，但从她的话语神情来看，她是真心忧急，应该没有偷换；饽哥从康潜手里取到了香袋，是经手人，不过尹氏锁起香袋时还摸过，至少那时饽哥没有偷换香袋里的东西。香袋锁起来后，他没有钥匙，怎么偷换里面的东西？至于孙圆，一直都不见人，但出事那天下午，他曾拿着尹氏盒子里的银子，去会过春棠院的吴虫虫，他的嫌疑最大。

而骗走春惜母子的，恐怕是彭家的人，不过彭家三兄弟和曹氏，究竟是单独作案，还是合谋？彭家老大彭影儿清明那天据说去人家作场，又说是回乡了，难道是他？但从两家的情形来看，他们并不亲熟，能用什么法子骗得春惜半夜翻墙逃走？

目前都只是猜想，没有任何实据，看来还得再到尹氏和彭家分别去查探一下。

到了东水门，他先去梁家鞍马店还驴子，到了那店门前，一个胖丫头迎出来挽住驴子，并不是原先那个丫头小韭。墨儿心里一动，问那丫头："你是新来的？原来那个姑娘呢？"

那胖丫头道："是啊。你问小韭啊，她说家里有事要她回去，昨天已经走了。"

墨儿想起那天饽哥在对街痴望小韭的样子，据尹氏说，她已把多年的积蓄全都给了饽哥，不知道饽哥能不能如愿娶到小韭？

他回转身，出了东水门，走到虹桥，这几天尹氏心里焦虑儿子孙圆，没再出来摆水饮摊。他走到后街，见尹氏家的房门虚掩着，便轻轻敲了两下，推开门，只见尹氏呆坐在椅子上，他轻声问候道："尹婶？"

尹氏听到声音，急忙站起来，大声道："赵兄弟？我一早托人去找你，到处找不见，你总算来了！我说是他偷的，果然是他！果然是他！"

墨儿忙道："尹婶你莫急，慢慢说，你说的是谁？"

尹氏咬牙切齿道："那只耗子！那只癞头哑耗子！"

"饽哥？"

"就是他！昨晚他就没回来，至今不见人，一定是逃走了！"

墨儿立时想到鞍马店的小韭，难道两人约好一起逃走？这么说，真的是饽哥偷换了香袋里的东西？但尹氏盒子里那一两碎银是被孙圆拿走，这又如何解释？难道是他们兄弟两人合谋？

墨儿猛地想起，孙圆迷恋春棠院吴虫虫的事情，是从饽哥口中得知。难道饽哥是有意说出来的？他偷走了珠子，顺手拿了那块银子，知道孙圆正缺钱，就给了孙圆，造出误导线索。那么孙圆去了哪里？被饽哥藏起来了？一个大活人怎么能藏得住？难道……

墨儿心底一阵发寒，但急忙又回到最初的疑问：柜子、盒子都锁着，饽哥用什么办法偷换掉香袋的？

尹氏仍在厉声叫着："就是他！就是他！"

墨儿则在心里急想，如何不撬坏锁头，却能换掉里面的东西？常理！记住常理！

依照常理，唯一的办法是用钥匙打开。但钥匙一直在尹氏脖颈上挂着，不可能偷走。除非有另一套钥匙！

他忙问："尹婶，柜子和盒子的另一套钥匙真的丢了？"

尹氏听到，猛地收声，脸色微变，片刻后才道："那套钥匙他爹一直带在身上，死后尸首一直没找到，钥匙自然跟着没了。"

墨儿看她脸色微变，心里一惊，难道尹氏丈夫之死另有隐情？她丈夫是黑夜在虹桥顶上失足落水，并没有人看见，是第二天从桥栏边遗落的一只鞋子断定。失足落水之人怎么会留下一只鞋子做证？难道……她丈夫不是失足落水，而是被人推下河中？

墨儿忙道："尹婶，那套钥匙是关键，您是否隐瞒了什么？"

尹氏微张着嘴，神色越发慌张，空茫的眼珠急急转动。良久，才忽然狠狠道："好！只要你答应找回圆儿，我就全都说出来！"

墨儿一听，知道自己猜对了。丈夫嗜赌成癖，眼看将家业败尽，尹氏将丈夫推下了河。

望着尹氏急剧颤动的一双盲眼，他既有些怕，又有些哀，不知该如何对答。

尹氏又厉声问道："你不肯答应？"

墨儿忙道："无论如何，我都会尽最大力气去找回孙圆。"

尹氏陡然松弛下来，略垂下头，盲眼朝着墙角，放低了声音："我亲眼见到那串钥匙落进了河里——

"刚嫁到孙家的时候，大房大田，人人都说我命好。才过了五年，房宅店铺没了，田也眼看要卖光了。那时圆儿还不满六岁，他爹的赌瘾却丝毫不见收敛，再赌几场，这几间矮房、最后几亩地也必定输尽。我娘家又没有倚靠，就算我受得了穷，也不能让圆儿沦为乞儿。

"那套钥匙他一直带在身上，家里只剩盒子里那点我陪嫁的首饰。我怕他连那点东西也赌掉，晚上趁他睡着，偷偷把他的那套钥匙藏了起来。第二天他发觉后，强逼着要走了我的那套钥匙，又取了两根簪子去赌。

"那天晚上，都深夜了，他还不见回来。圆儿和馎儿已经睡了，我本也想熄灯去睡，但看外面下起大雨，心里又腾起一阵火，再按不下去，便挑了一只油纸灯笼，打着伞出去。虹桥对岸的章七郎酒栈每晚都开赌局，我知道他一向在那里赌，却从没去过。但那晚，我再也忍不住，决意去那里当众狠狠痛骂他一场。

"那天雨很大，夜又黑，才上虹桥，就听见他醉哼哼的声气，唱着啥'铜钱去，金宝来，财是一粒种，运到百花开……'。他赌赢的时候，就会哼这歪词。我听见，越发气恼。赌局中那帮泼皮闲汉一向就是这样钓人，你输得多了，想要歇手，他们便让你小赢一把，勾住你的魂，让你继续去输。

"他摇摇晃晃走过来，认出是我，从怀里摸出两陌铜钱，伸在我眼前荡悠，搅着舌头说：'你不是嚷着没米钱了？这是什么？嗯？看清楚，这是什么——'嘟囔了几句，他忽然停住，趴到桥栏上，大声呕吐起来。看着他那副软烂模样，我再也受不得，只有一个念头：一了百了！

　　"我心一横，扔掉手里的灯笼和伞，灯笼遇了雨，随即就灭了，正好。我蹲下身子，攥紧他的裤脚，用力一抬，他慌叫一声，想抓紧木栏。我又一咬牙，拽牢他两条腿，狠命一推，他的大半截身子滑出木栏，一只手却死命抓着栏杆，我记得很清楚，他腰间那串钥匙碰得叮当乱响……"

　　尹氏略停了停，长舒了口气，才缓缓道："最后，我咬牙死命一推，栏杆水滑，抓不牢，他手一溜，头朝下，倒栽进河里。雨声、水声很大，把他的叫声盖过了，我只听见他落水的声响，从那晚起，这个家才算安宁了……"

　　墨儿睁大了眼，像是自己跌进了黑河里。半晌，才低声道："这么说，那串钥匙真的没有了……"

　　尹氏忽然哀求道："墨儿兄弟，我藏了十五年的话都掏出来了，你一定要帮我找回圆儿啊！"

　　墨儿不知道是该怕、该厌，还是该怜，怔了片刻才说："我会尽全力。"

　　尹氏忙连声道谢，他不愿再久留，默默离开了尹氏的家。

第十三章　吃饭

徒善未必尽义，徒是未必尽仁；好仁而恶不仁，然后尽仁义之道。

——张载

回去路上，暮色渐昏，墨儿心里发闷，许久才收回心神，继续思索案子。

饽哥和小韭昨天一起离开，应该不是偶然。香袋里的东西恐怕也是饽哥偷换掉的。但尹氏亲眼看到另一套钥匙和她丈夫掉进了河里，没有钥匙，饽哥是如何做到的？

墨儿又忽然想起第一次来尹氏这里问案情，饽哥冷冷瞪着尹氏，那目光满是恨意，现在想来，那恨意已超出对后母的不满，另外，还隐隐有些快意。

对，是快意，复仇的快意。

难道饽哥知晓自己父亲的死因？

父亲死后，饽哥几乎变了个人。若他父亲的死真是尹氏所致，而饽哥又知道内情，他自然深恨尹氏。那么他偷换香袋，藏匿甚至谋害孙圆就有了更深的缘由。

但若没有钥匙，饽哥绝换不掉香袋里的耳朵和珠子。

或许他父亲死前身上那套钥匙是另一套，并非从尹氏那里抢走的那套。不知何种原因，落到了饽哥手里。那是父亲的遗物，饽哥自然很珍惜，难道一直藏着？只有这样，他才能打开锁，换掉香袋。

饽哥昨晚没回来，他去了哪里？难道已经和小韭一起私奔了？

不过——饽哥得了香袋里的珠子，为何不早早逃走，非要等到昨天？他和康潜妻儿被劫一事应该没有关联，但昨天武翔收到的那封密信，既提及春惜母子，又说到香袋，看来饽哥偷换了香袋里的东西后，交给了别人。他为何不独贪了珠子，却要交给别人？

墨儿想起康游下午曾说，他在梅船上拿到香袋之后，打开去寻那颗珠子，里面却只有颗药丸，用刀在药丸上划了道缝，才见里面藏着珠子。饽哥取到香袋后，康游扮作乞丐一直跟在后面，途中饽哥只打开香袋看了一眼，恐怕没有发觉那药丸里会藏着颗珠子。等到后来武翘去取香袋，才说出药丸里藏着珠子，那时饽哥恐怕已经将香袋里的东西交给了另外那人，充其量只能得些赏钱。

尹氏为求饽哥，将平生积攒的钱全都给了饽哥，但也只有十五两银子，若要独自去他地谋生恐怕不够。饽哥之所以一直未逃走，应该是在等钱。

这么说，昨天那密信里勒索一百两银子并非虚晃拖延，而是真想要。但若真是想拿银子，为何要雇一只船在岸边空等了一整天？

不对——这其中一定有什么计谋，我却没有看出来。

墨儿不由得停住脚，望着地面急急思索起来：空船、银子……

他反复回想今天所有的事情，寻找遗漏之处。良久，他忽然记起那勒索之人让艄公老黄带了句话——银子要今年开封府新造的银铤，五十两一锭。

勒索之人为何非要新银？这里面一定有玄机！

他又急急想了一阵，心里忽然一震：糟糕，调包计！

那并非一只空船！船篷内的船板可以揭开，里面可以藏人，银子放在桌子上，虽然两岸都有人监看，但船舱内有船篷挡着，里面藏的人可以悄悄爬出来，换掉桌上的银子！后来那桌上放的是假银！

汴京城有些金银铺在铸造镀金镀银的假货，勒索之人之所以非要新银不可，是由于旧银铭文样式差别太大，开封府今年新银则好造假、好调包。

这也是饽哥为何昨晚才逃走的原因，他身材瘦，昨晚等艄公老黄睡着后，偷偷溜进船舱下面躲起来，只是得吃一天一夜的苦头。

墨儿连连叹悔，见夜幕已临，天色渐渐昏暗。

老黄早已将船划了回去。不过，饽哥此时一定还躲在船舱里，至少得等天黑才敢从船舱里爬出来！

墨儿忙转身急急赶到梁家鞍马店，这次他租了匹马，跨上马背就往小横桥飞奔。心急之下激醒神思，他在马背上忽然又想到一点——登州！

彭影儿三兄弟家乡在登州，康潜妻子春惜也是登州人！

难道他们曾是同乡，早就相识？彭家兄弟来汴京已经多年，为何去年要赁住到康家隔壁？这恐怕并非偶然。春惜若和彭家兄弟是旧识，她和柳氏商议逃躲一事便有可能告诉彭家兄弟，彭家兄弟也便能跟踪武翘，找到春惜藏身之处，并乘夜哄骗她逃离船坞！

此人应该是彭嘴儿！

这几日只要碰见他，他都要凑过来找话说，一定是在打探讯息。今早他还在询问康家事情查得如何，难怪那笑容含着些嘲意。

想到此，墨儿越发心急，不住拍马急赶。赶到康潜家时，天已经昏黑，勉强可辨十几步远。康家古董店的门关着，他忙跳下马，抬手用力敲门，没人应门。

右边武家的门却开了，武翔走了出来："赵兄弟！太好了，你竟来了！"

墨儿忙走过去，武翔急忙问道："康游去追彭嘴儿了，我家三弟武翘去报官了！"

"康二哥察觉彭嘴儿了？"

"是啊。"

"武大哥，今天那个艄公老黄家住在哪里？你快带我去！"

"就在小横桥那边。"

墨儿让武翔骑了马，自己跟着跑，急急往桥那边赶去，他边跑边问："康二哥是如何察觉彭嘴儿的？"

武翔在马上说："他没有细说。只让我们赶紧去报官，两句说完就往东边追去了。"

过了小横桥桥口没多远，拐进一条伸到河岸边的小巷，老黄家就住在岸边。

墨儿几步奔到河边，黑暗中借着点水光，隐约见那只小篷船系在水边一个木桩上。他忙跳上船，船篷里一片漆黑，他弯下身子伸出双手，往船板上摸去，摸到小木桌那边，一块船板被掀开在一边，露出下面黑洞，饽哥已经逃走了……

康游沿着河岸急急追赶。

这两天，他心里只剩愧罪：我若早一些将武翱死去的实情告诉武家，武翘和柳氏便不会想到要嫁祸于我；而我若没有对嫂嫂生出那种不堪之情，我们兄弟之间便不会生出嫌隙，嫂嫂也不会疑心错会哥哥要卖他们母子。几下里的误会全都是由于我。

下午墨儿走后，他垂着头，正准备进屋，见彭家老二彭嘴儿从后门走了出来，扭头看到他，招呼道："二郎，你嫂嫂还没回来？"

康游不想答，只摇了摇头，抬腿要进门，彭嘴儿凑过来两步，又问道："我看今天官府公人还有'疤面判官'赵不尤的兄弟都聚在你家里，他们母子莫不是出了什么事？"

康游越发不耐烦，又摇了摇头，随即进了门，正要回身关门，却听见彭家大嫂曹氏在隔壁后门边喊道："彭二，家里盐要没了，你去买一斤回来！"

彭嘴儿在门外答道："今天的还够吧？我去会个朋友，晚些才回来，大嫂就不要等我吃饭了。"

"莫忘了盐，不然明儿吃白水捞菜！"

"记着了。"彭嘴儿答话时，已经向东边走去了。

听他们叔嫂对答，康游似乎被触动了一下，却想不起来到底是什么。他关好门，回头看屋中昏暗幽冷，实在难以久留，就又打开了厨房门，对着门坐在椅子上，望着夕阳河水发闷。

以往这时候回哥哥家，是最心暖的时候，哥哥在喝茶读书，侄儿在闹，嫂嫂忙着煮饭烧菜，而后嫂嫂轻唤一声："吃饭啦！"一家人围坐在一起，边吃边聊，时不时笑一阵……

对，吃饭的"吃"！

康游猛地想起来，嫂嫂春惜来汴京几年，说话已经大致是汴梁口音，但说到吃饭的"吃"，口音稍有些怪，隐约带着些"嗑"音。刚才彭嘴儿说这个字时，也带着"嗑"音，比嫂嫂的更明显！康游手下有个军士是登州人，说"吃"时，也是这种发声。

嫂嫂是登州人，彭嘴儿难道也是登州人？

康游想了一阵，隐约记起去年彭家兄弟搬到隔壁后，哥哥似乎说起过，他们原籍是登州。

随即，他又想起一件事。有两三次，他去外面井边提水时，碰到彭嘴儿也在打水，彭嘴儿看到他，随口笑着问："今天是你来替你家嫂嫂打水？"

康游一直不喜彭嘴儿一副油荤样，不太愿意跟他多话，都只是随意应付一下。但现在回想起来，彭嘴儿那句问话似乎另有含义，那笑容里也似乎藏着些失望，难道彭嘴儿每天专门去井边候嫂嫂？

康游心里一震，彭嘴儿刚才凑过来难道是在打探？

嫂嫂藏在船坞内，并没有外人知道。武翘除了第一天送过去后，一直没敢再去，直到前天晚上才去了一趟，只有偷偷跟踪他的人才能得知那个藏身之处。一般人，嫂嫂绝不会带着侄儿跟他半夜逃走，除非是熟人。彭嘴儿自然是熟人，而且一张嘴十分油甜，最能套近蛊惑。

彭嘴儿刚才说去会朋友，不回来吃饭，难道是去见嫂嫂？但嫂嫂一向谨守妇礼，难得和外面男人说话，就连武家兄弟，已经十分熟络，也都尽量回避，她怎么会跟着彭嘴儿逃走？

无论如何，彭嘴儿十分可疑。

康游忙跑出去敲开隔壁武家的门，开门的是武翘，康游急急道："我估计那贼人是彭嘴儿，我去追他，你赶紧去报知万福主管，带人朝东边追！"

说完，顾不得武翘愣蒙在那里，就急忙向东边追去。

追了一阵，见彭嘴儿正大步前行，便放慢脚步，悄悄跟在后面。

彭嘴儿沿着河岸走了一段路，不时回过头张望，康游险些被发觉，因此不敢跟得太近，幸而河岸边隔几步就栽着榆柳，多少还能遮掩。

走了一阵，彭嘴儿似乎想起什么，穿过一条小巷，走到正街上，康游忙跟了过去，远远看见彭嘴儿来到一家馒头熟肉店，买了一大包吃食，又去旁边酒店买了一坛子酒。之后提着酒食又折回到河边，沿着河岸继续向东行去。

这时天渐渐昏黑下来，十几步外景物已经变得昏茫，这下更好跟了。只是四周也越发安静，康游不敢大意，尽量放轻脚步不发出足音。

走过五丈河船坞，彭嘴儿仍继续向东，沿着河岸大步走着，脚底发出唰唰的声音，暗寂之中格外响。康游便不再往树后躲藏，拉开一段距离，跟着彭嘴儿的足音，轻步追随。

又走了一阵，前面河中隐约亮出一盏灯，是船上的灯笼。

难道彭嘴儿是要去那只船上？嫂嫂和侄儿也在那里？

康游继续小心跟着，渐渐走近了那盏灯笼，船身也渐渐能辨认得出了，那是只小篷船，停在一片小河湾处。船头灯光下似乎站着个人，是个男子。

天已全黑了。彭嘴儿果然走向了那只船，他走到船头边，和船上男子对答了两句，声音压得低，听不清楚，只隐约见船上男人点了点头，随后伸手将彭嘴儿拉上了船，两人一起掀开帘子，钻进了船篷。

康游忙加快脚步，赶到那船的附近，躲在岸边一棵柳树后面，探头去看，船帘里透出一些灯光，但看不见里面的人，只听见彭嘴儿和那男子的说笑声，随后有一个女人声音也跟着笑起来，不是嫂嫂春惜的声音。

三人在说什么，隔得有些远，听不太清楚，只隐约听到彭嘴儿说"饽哥"，康游心里一动，难道是那天取货的卖饼郎？他正在思忖，忽然又听见船里传出一个孩童的声音："我爹呢？"

是栋儿的声音！

康游再顾不得藏身，急步冲到船边，躲在黑暗里侧耳又听。

又是栋儿的声音："娘，爹不跟咱们一起去？"

"嗯。"

虽然极小声，但康游心头猛地一颤，是嫂嫂春惜的声音。

康游再忍不住，直起身子，朝船篷里喊道："嫂嫂！栋儿！"

船篷里忽然静下来，连栋儿的声音都没有了，他的嘴一定是被捂住了。

康游又喊道："嫂嫂！是我，我来接你和栋儿！"

船篷里仍毫无声息。

康游不耐烦，一步跳上了船头，伸手就去掀船帘，才掀了一角，他猛地想起自己向哥哥发过的誓："这辈子绝不再看嫂嫂一眼。"

他忙收回了手，犹豫了片刻，直起身子，转过背，面朝着船尖，放缓了声音，向船篷里道："嫂嫂，请带栋儿出来吧。"

半晌，身后船篷里才传来嫂嫂春惜的声音，极低极弱，有些颤："叔叔……请……请稍等……"

"好——"

一个字才吐出一半，他猛觉得后背一阵刺痛，随即感到一把尖刀刺进了自己的后背，疼得全身一阵痉挛。

他曾在边地征战戍守数年，早已无畏于刀兵战阵，回来之后，做了县尉，虽然偶尔也去缉捕盗贼，却哪里及得上边关分毫，觉得这京城如同一大张软床，至于彭嘴儿之流，只如虮虱一般，哪里需要防备。

然而，后背又一阵剧痛，那把尖刀从后背抽了出去。康游费力转过身，见昏黄灯光之下，彭嘴儿手里攥着一把短刀，刀尖还在滴血，他狠龇着牙，脸斜扭抽搐着，嘴唇不住发颤，双眼则闪着惊怕……

康游又望了一眼船篷，船帘遮着，仍不见嫂嫂和栋儿，他知道自己又错了一回，而且错得永无可赎之机。他心里一阵痛楚，随即仰头栽倒，最后低声说了句："哥哥，对不住……"

第十四章 一个甜饼

> 命于人无不正，系其顺与不顺而已，行险以侥幸，不顺命者也。
>
> ——张载

彭嘴儿只有一个念头：杀了康游。

若不杀了康游，他这一世便再没有任何可求可盼之机了。

他的父亲是登州坊巷里的教书先生，一生只进过县学，考了许多年都没能考入州学，又不会别的营生，便在家里招了附近的学童来教。

他父亲一生都盼着他们三兄弟能考个功名，替他出一口怨气。可是他们三兄弟承继了父亲的禀赋，于读书一途丝毫没有天分，嘴上倒是都能说，但只要抓起笔，便顿时没了主张。写不出来，怎么去考？

他们的父亲先还尽力鼓舞，后来变成打骂，再后来，就只剩瞪眼空叹。最后大叫着："家门不幸！家门不幸！"咯血而亡。

好在他们还从父亲那里听来不少历史典故，大哥跟着一位影戏匠学艺，那师傅口技一绝，但肚里没有多少好故事，他大哥彭影儿学了口技之后，又加上父传的古史逸事，说做俱佳，一手影戏全然超过师父，得了"彭影儿"的名号。

彭嘴儿原也想跟着大哥学，但他只会说，始终学不来口技，手脚又有些笨，所以只能做个说书人，又不想下死功，因此只学了三分艺，哄些过路客的钱。

他家那条街的街口有个竺家饼店，那饼做得不算多好，但店主有个女儿叫春惜，生得像碧桃花一样。

那时彭嘴儿才二十出头，春火正旺的年纪。有次他偶然去买饼，竺家只是个小商户，雇不起用人，妻子、女儿全都上阵。那回正巧是春惜独自守店，她穿着件翠衫，笑吟吟站在那里，比碧桃花还明眼。

彭嘴儿常日虽然最惯说油话，那天舌头却忽然肿了一样，本想说"一个甜饼，一个咸饼"，张嘴却说成了"一个甜饼，一个甜饼"。

春惜听了，顿时笑起来，笑声又甜又亮，那鲜媚的样儿，让他恨不得咬一口。

春惜说："听到啦，一个甜饼，何必说两遍？"

他顿时红了脸，却不肯服输，忙道："我还没说完，我说的是买一个甜饼，再买一个甜饼，再买一个甜饼，还买一个甜饼……"

春惜笑得更加厉害："你到底是要几个？"

"你家有多少？我全要！"

"五、十、十五……总共三十七个，你真的全要？"

"等等——我数数钱——糟了——只够买十二个的钱。"

"那就买十二个吧，刚好，六六成双。我给你包起来？"

自此以后，每天他只吃饼，而且只吃竺家饼。

吃到后来，一见到饼，肠肚就抽筋。但这算得了什么，春惜一笑，抵得上千万个甜饼。

不过，那时他才开始跟人学说书，一个月只赚得到两三贯钱，春惜的爹娘又常在店里，他们两个莫说闲聊两句，就是笑，也只敢偷偷笑一下。

他好不容易攒了三贯钱，买了些酒礼，请了个媒人去竺家说亲，却被春惜的爹娘笑话了一场，把礼退了回来。

这样一来，他连饼都不敢去买了，经过饼店时，只要春惜爹娘在，他连望都不敢望一眼。偶尔瞅见只有春惜一人在店里时，才敢走进去，两人四目相对，都难过得说不出话。半天，他才狠下心，说了句："你等着，我赚了钱一定回来娶你。"春惜含着泪点了点头，但那神情其实不太信他说的话。

他开始发狠学说书，要是学到登州第一说书人的地步，每个月至少能赚十贯钱，那就能娶春惜了。

可是，才狠了十来天，他又去看春惜时，饼店的门关着，旗幌子也不在了。他忙向邻居打问，春惜一家竟迁往京城，投靠亲戚去了。

一瞬间，他的心空得像荒地一样。

他再也没了气力认真学说书，每天只是胡乱说两场混混肚子，有酒就喝两盏，没酒就蒙头睡觉。父母都已亡故，哥哥和弟弟各自忙自己的，也没人管他。

弟弟彭针儿跟着一位京城来的老太丞学了几年医，京城依照三舍法开设了御医学，那老太丞写了封荐书，让彭针儿去京城考太医生。彭影儿知道后，说也想去京城，那里场面大，挣的钱比登州多十倍不止。彭嘴儿见兄弟都要去汴梁，也动了心。

于是三兄弟一起去了京城。

彭嘴儿原以为到了京城就能找见春惜。可真到了那里，十万百万的人涌来涌去，哪里去找？

他哥哥彭影儿功夫扎实，很快便在京城稳稳立住了脚。弟弟彭针儿进了医学院，看着也前程大好。只有他，那点说书技艺，在登州还能进勾栏瓦舍混几场，到了京城，连最破落的瓦舍都看不上他。他只有在街头茶坊里交点租钱，借张桌凳，哄哄路人。每天除了租钱，只能挣个百十文，甚至连在登州都不如。

京城什么都贵，他们三兄弟合起来赁了屋子，不敢分开住。三弟彭针儿进了太医学外舍后，搬到学斋去住。唯有他，只能勉强混饱肚子，独自出去，只能睡到街边。

不过，三弟彭针儿和他一样，做事懒得用心用力，学了几年，仍滞留在外舍。去年蔡京致仕，太医学随着三舍法一起罢了，彭针儿也就失了学。他原就没有学到多少真实医技，又没本钱开药店医铺，只能挑根杆子，挂幅医招，背个药箱，满街走卖。

起初，彭影儿还能容让两个弟弟，后来他挣的钱比两个弟弟多出几倍，脸色便渐渐难看起来。之后又娶了亲，嫂嫂曹氏性子冷吝，若不是看在房屋租钱和饭食钱三兄弟均摊，早就撵走了他们。即便这样，她每天也横眉冷眼，骂三喝四。

他们两兄弟只能忍着。忍来忍去，也就惯了，不觉得如何了。

这个处境，就算能找到春惜，仍是旧样，还是娶不到。因此，他也就渐渐死了心，忘了那事。每天说些钱回来，比什么都要紧。

两三年后，他渐渐摸熟了京城，发觉凡事只要做到两个字，到哪里都不怕：一是笑，二是赖。

伸手不打笑脸汉，无论什么人、什么态度，你只要一直笑，就能软和掉六分阻难；剩下三分，那就得赖，耐心磨缠，就是铁也能磨掉几寸；至于最后一分，那就看命了，得了是福，不得也不算失。

于是，他慢慢变成个乐呵呵的人，就是见条狗，也以乐相待，恶狗见了他都难得咬。

这么乐呵呵过了几年，直到去年春天，他去城东的观音院闲逛，无意中撞见了一个人：春惜。

春惜早已不是当年的模样，已是一个少妇，手里牵着个孩童，身边还跟着个中年男子。不过他仍旧一眼认出了春惜，脸还是那么中看，仍是一朵碧桃花，且多了些风韵。春惜并没有看到他，他躲在人背后，如饥似渴地望着，怎么看也看不够。

春惜烧完香后，牵着那孩子，跟着那个男子离开了观音院，他便悄悄跟在后面，一直跟到小横桥，看见春惜进了那家古董店。

之后他便不停往那里闲逛，偶尔看到春惜一眼，便会醉半天。没几天，他在那附近的茶坊里歇脚吃饭，听到两个人闲谈，其中一个说自己古董店隔壁那院宅子准备另找人赁出去。他一问，租价比自己三兄弟现住的每月要贵五百文，不过房间也要宽展一些。他立即回去说服兄嫂搬到小横桥，多出的五百文他出三百，彭影儿和彭针儿各出一百。兄嫂被他赖缠不过，就过来看了房，都还中意，就赁了下来。

彭影儿和彭针儿当年虽然也见过春惜，却早已记不清，认不出，都不知道彭嘴儿搬到这里是为了春惜。

搬来之后，他发觉春惜像变了个人，冷冷淡淡的，只有对自己儿子才会笑一笑，见到外面男子，立即会低下头躲开，因此她也一直没有发觉彭嘴儿。

彭嘴儿留意了两个月，才找到了时机——只有在井边打水时，两人才有机会单独说话。他便赶在春惜打水之前，先躲在井口附近，等春惜刚投下井桶，才走了过去，低声道："一个甜饼，一个甜饼。"

春惜先吓了一跳，但随即认出了他，脸顿时羞得通红，却没有躲开，直直盯着他。他忙笑了笑，虽然这几年他一直乐呵呵的，其实很少真的笑过。这一笑，才是真的笑，但又最不像笑，心底忽然涌起一阵酸楚，几乎涌出泪来。

春惜也潮红了眼，轻轻叹了口气，弯腰慢慢提起井里的水桶，转身要走时，才轻轻叹了句："你这又是何苦？"

自那以后，他们两个便时常在井边相会，到处都是眼睛，并不敢说话，连笑也极少，最多只是点点头。但这一瞬，珍贵如当年的甜饼。所不同者，甜饼能填饱肚子，这一瞬，却让他越来越饿。

直到今年寒食前两天，他又到井边打水，春惜刚将水桶提起，见到他，眼望着别的地方，低声说："我丈夫要卖我们母子，隔壁武家二嫂明天要帮我们躲走。"

他忙问："躲到哪里？"

春惜却没有回答，提着水桶走了。

他顿时慌乱起来，他丢过春惜一次，好不容易找到，不能再丢第二次。

那天他仍得去说书挣饭钱房钱，但坐到香染街口的查老儿杂燠店，嘴和心根本合不到一处，说得三不着调，围听的人纷纷嘲骂着散开了。他正在失魂落魄，却见武家三弟武翘走了过来，并没有留意他，拐向东水门，朝城外走去。

他想起春惜的话，不知道和武翘有没有关联；便偷偷跟了过去，见武翘坐到虹桥口的水饮摊边，和那水饮摊的盲妇说了一阵话，又似乎掏了三陌钱给了那盲妇，水也没喝就走了。

他知道那盲妇是卖饼郎饽哥的娘，看武翘举止有些古怪，怎么会给盲妇这么多钱？不过一时也猜不出，却记在心里。

第二天，他一早起来就出了门，却没走远，站在小横桥头，远远盯着康潜家的店门。盯了好一阵，才见武家的二嫂柳氏走到古董店门口唤春惜，但春惜并没有出来，又过了一阵，康潜才出来跟柳氏说了两句话，柳氏便回家去了。

他心里纳闷，却又不能过去问，心想康潜恐怕不许春惜出门，春惜也就没法逃走了。他稍稍安了些心，仍旧去香染街说书去了。下午回家后，他在康潜家前门、后门张看了几遍，都不见春惜的人影，连那孩子的声音都听不见。春惜真的躲走了？

一夜辗转难安，第二天寒食，上午他又去窥看，仍不见春惜和那孩子，看来春惜真的躲走了。但躲到哪里去了？

他慌乱不宁，却又没有办法，只得照旧去说书。到了香染街，看见卖饼的饽哥扛着饼笼走了过来，忽然想起武翘的事，也许和春惜有关。他便装作买饼，向饽哥套话："听说你家摊了件好事？"

"我家能有啥好事？"饽哥这后生极少笑，木然地望着他。

"什么能瞒得住我？我都见那人给你娘钱了。"

"哦，那事啊。只不过是替人取样东西。"

"什么东西这么金贵，取一下就要三陌钱？"

"我也不知道。"

他听了有些失望，这和春惜可能无关。但看着饽哥要走，他又一动念，不管有关没关，武翘拿这么多钱给饽哥他娘，必定有些古怪。于是他又叫住饽哥，拉到没人处。

"饽哥，跟你商议一件事，你取了那东西，先拿给我看一眼，我给你五十文，如何？"

"别人的东西，你看它做什么？"

"是那人托了你娘，你娘又吩咐你去取？"

"是。"

"我知道你娘是后娘，一向刻薄你。重的累的全是你，甜的好的全都给她亲儿子，我早就想替你抱不平，只是一直没有机会。好不容易碰到这种事，咱们来整治整治你那瞎眼娘。若那东西值钱，咱们就把它偷换掉，卖了钱平分。若东西不值钱，也给她换掉，让她尝尝苦头，我另给你五十文。如何？"

饽哥犹豫起来，他又极力说了半天，饽哥终于被说动，答应了。

清明过后第二天一早，饽哥拿了个香袋偷偷塞给彭嘴儿。

彭嘴儿打开一看，吓了一跳，里面除了一些香料和一颗药丸，还有血糊糊一双耳朵，已经隐隐有些发臭。

"这东西值不了什么钱。那就照昨天说的，让你娘吃苦头。"

他取出备好的一百文钱给了饽哥，等饽哥走后，才又仔细查看，发现那颗药丸裂了道缝，剥开一看，里面竟是一粒明珠，莹亮光润，珠围几乎有一寸。他虽然不识货，却也知道这珠子一定极值价，自己说几辈子书恐怕都难挣到。

他喜得手都有些抖，一直以来正因为穷，才一而再地错失春惜，有了这颗珠子，还愁什么？

于是他开始极力寻找春惜的下落，但又不能明问，没有一点头绪，反倒见赵不尤的弟弟赵墨儿接连去找康潜，康潜又一直谎称春惜回娘家去了。一般有讼案，赵不尤才会介入，难道春惜出了什么事？

他忧烦了这许多天，见康潜比他更忧闷憔悴，脸色发青，眼珠发黄。他向弟弟彭针儿询问，彭针儿说康潜是肝气虚弱，沾不得酒，千万不要借酒消愁才好。

他听了之后，忽然生出一个念头。春惜逃走是为了躲避康潜，倘若康潜一死，春惜也就可以安心回来，更可以另行嫁人。

这个念头让他害怕，心底陷出一个漆黑深渊，一旦失足，恐怕再难见天日。但又一想，自己活了这么些年，虽然每天笑呵呵的，其实何曾见过什么天日？

——春惜才是天日。

他横下心压住害怕，开始谋划。他曾听人说全京城的酒，唯有前任枢密院邓洵武家酿的私酒酒性最烈。邓洵武去年年底已经病逝，其子邓雍进正在服孝，不能饮酒。他家去年酿的酒恐怕都还藏着。彭嘴儿认得邓家一个姓刘的厨子，他便去邓府后门唤出刘厨子，狠狠心，拿了三贯钱向那厨子偷买了三瓶酒。

等到天黑，前后街都没人时，他另灌了一瓶水，拿了两个大酒盏，连同那三瓶酒用布包兜着，又去找了一根细绳穿在大针上，藏在衣袋里。准备好后，才出去轻轻敲开康潜家的后门。康潜一向不愿理他，冷冷问他做什么，他却不管，笑呵呵强行进去："我得了几瓶好酒，见大郎这几日闷闷不乐，过来替大郎散散愁闷。"

康潜说不喝酒，他仍不管，提着酒径直走到中间小厅，点亮了油灯，见四条长凳面上都蒙着灰，便说"腰不好，得坐高些"，将一条长凳竖着放稳，坐在凳腿上。取出四个酒瓶、两只酒盏，给康潜斟满了酒，自己斟的则是水。康潜跟着走了进来，一直站在旁边望着，满脸厌烦。他照旧不管，笑呵呵道："大郎坐啊。"

康潜只得坐下，他把那盏酒强行塞到康潜手中，笑着劝道："你一向不大吃酒，不知道这酒的好处。尤其是愁闷时，痛快喝他一场，蒙头睡倒，什么烦恼全都去他娘了。"

康潜只饮了一小口，立刻呛得咳嗽起来。他忙继续笑着劝道："再喝，再喝！多喝几口才能觉出这酒的好。世人都说英雄难过美人关，不知道这酒关更难过。好比大郎你的媳妇，算是极标致的美人了，还不是照样被你娶到了手？每日给你端茶煮饭，可见这美人关有什么难过的？但酒就不一样了，大郎你就极少沾它。不知道的人都说大郎你性格懦弱没胆量，但我最清楚，大郎你只是不愿喝，真要喝起来，几条壮汉也喝不过你。你那媳妇那般服服帖帖，一定也是怕你这从不外露的气概。"

康潜听了，果然不再推拒，几杯下肚后，惹起酒兴，再加上彭嘴儿极力劝诱，康潜一盏又一盏，全都一口饮尽，一瓶很快喝完，人也来了兴致，嘴里念念叨叨不知在说什么。彭嘴儿继续哄劝，把第二瓶也哄进了康潜肚中。康潜已趴在桌上，不住地晃着脑袋，呜呜咕哝着，像是在哭。

彭嘴儿想差不多了，即便酒量高的人，也受不住这两瓶，便打开第三瓶酒，让康潜自己继续喝，他则起身收起自己那只酒盏和灌水的酒瓶，扶正了自己坐的木凳，摸黑出去了。

那天他偷看到墨儿用细绳从外面扣住门闩，康潜后来用黑油泥填抹了门板上的蛀洞，他便也从炉壁上抠了些油泥，而后取出自己带的细绳，照着那个法子，从外面将康潜家的后门闩起，用黑油泥重新填抹了那个蛀洞，这才溜回自己家中。

第二天，康潜果然醉死了。

彭嘴儿原本以为康潜死后，柳氏就该让春惜母子回来奔丧了。

但直到天黑，都不见春惜母子回来，却见武翘从后门走了过去，神色似乎不对。他忙偷偷跟着武翘，一直来到官府船坞。武翘进到船监屋里，只逗留了一小会儿就出来走了。彭嘴儿仍躲在附近，等四周没有人时，才偷偷趴到窗边向里窥视，竟一眼看到了春惜母子。

他喜得几乎落泪，一直定定看到春惜母子告别了船监夫妇，向船坞里头走去，他忙绕到船坞后墙，幸好墙不高，找了两块石头垫脚，翻了进去。船坞里有只船亮着灯，他悄悄走过去，见船窗半开，春惜正在里面坐着和栋儿玩耍。

他轻轻叩了叩窗，春惜探出头，认出是他，险些惊呼出来。他忙嘘声止住，而后轻步上船，进到船舱之中。

两人四目相对，都说不出话，倒是栋儿，由于彭嘴儿时常买吃食玩物给他，见到彭嘴儿，笑着叫道："彭二伯！"

春惜忙嘘住栋儿，抬头问道："你怎么找到这里的？"

"我偷偷跟着武翘来的。"

两人四目相对，又说不出话。

半晌，彭嘴儿才问道："我若有钱了，你愿不愿嫁我？"

春惜先是一愣，怔了片刻，眼睛开始泛潮，轻声道："你没钱，我也只愿嫁你。"

"真的？"一阵暖热从心底直冲上头顶，彭嘴儿油了十几年的嘴忽然涩住，一个字都说不出，他向前走了半步，忽又顿住，双手想要伸出，却只动了动，便僵在那里。半晌，他才小心问道："你愿不愿意跟我走？"

这时，春惜已平静下来，她轻声问道："去哪里？"

"离开京城，走远一些，到外路州去。"

"我得带着栋儿。"

"那当然，我也爱这孩子。"

"什么时候走？"

"最好现在就走。"

彭嘴儿带着春惜母子偷偷翻墙逃离了船坞，走到岸边，他才发觉自己太冒失。

这时天已黑了，带着春惜母子去哪里是好？他身上只有一百多文钱，住店都不够，何况也不敢去住店。客船一定是没有了，雇车马又怕人看到。

铎哥交给他的香袋没有带在身上，那对耳朵已经烂臭，但他不知来历，不敢丢掉，包了几层油纸，藏在自己床下一个小坛子里。那颗珠子怕丢了，也藏在卧房墙角的一个洞里。

要离开京城，至少得有些钱才好，那珠子不是凡常之物，至少半年之内不能拿出去卖。他这几年每天说书挣的钱，除开食费和房费，剩不下几个，只攒了五六贯。有个百十贯钱，才好在他乡安家立业。

他心里烦躁，却不敢露给春惜，心想，至少今晚得找个安稳地方安置春惜母子。

他忽然想到鲁膀子，来京城几年，他并没有交到什么朋友，只有鲁膀子性子有些爽直，又爱听彭嘴儿说些古话，两个人时常喝点酒，交情还算厚，人也大致靠得住。鲁膀子家不敢去，在他船上躲一两天应该不妨碍。

于是他低声对春惜说："今晚你们母子得委屈一下，我去找个朋友，你们在他船上将就一晚，明天再商量去处。"

"好。"夜色中看不清春惜的脸，但声音里似乎微微带着些欢悦。

彭嘴儿心里又一阵暖，没想到自己竟能和春惜肩并肩站得这么近，更没想到她的心和自己的心能合到一处。

天上飘起细雨，彭嘴儿后悔没带把伞出来，他忙脱下自己的外衣递给春惜："你们娘儿俩先在这树下等一等，我去寻那朋友，让他划船来这里接你们。"

"你也要淋湿。"春惜不肯要那外衣。

彭嘴儿执意塞给她，临走时本想告诉她康潜的死讯，但又怕另生枝节，便忍住没说，转身大步望东水门跑去。

　　许久没有跑过了，他却丝毫不觉得累，反倒觉得畅快无比，地上渐渐湿滑，他连摔了几跤，却都立即爬起来，笑着继续跑。奔了半个多时辰，终于来到虹桥，他先去看鲁膀子的船，那船泊在岸边，一根缆绳拴在柳树根。船里并没有人。他转身又向鲁膀子家快步走去，没走多远，却见前面两个黑影急匆匆走了过来。走近之后，才发现竟是鲁膀子夫妇，他们身上各背着一个大包袱。

　　"鲁兄弟？"

　　"彭二哥？"鲁膀子声音有些慌张。

　　"你们这是？"

　　"我们……"鲁膀子支吾起来。

　　"莫不是出了什么事？"

　　"没有，没有！我们只是……"

　　"跟哥哥我还支吾什么？实话跟你说，我也有桩麻烦，所以才来找你们。"

　　"哦？那去船上说。"

　　三人上了船，钻进船篷，鲁膀子却不肯点灯。

　　"我先说我的——"彭嘴儿见他们迟迟不肯开口，便道，"以前哥哥跟你说过，我相中了一个女子，她父母却嫌我穷，把她嫁给了别人。那女子刚跟我逃了出来，我想求鲁兄弟一件事，用船把我们送离开封府界，我们再搭其他的船走。"

　　"哥哥啊，我们也惹了桩麻烦，正要逃走呢。"

　　"哦？什么麻烦？"

　　"麻烦太大，这一时半会儿也说不清楚，总归被个闲人捅破了，得尽快逃走。"

　　"你们就划着这船走？不怕下游锁头关口盘查？"

　　"走旱路也不稳便，更容易被人看见。"

　　"这样冒冒失失乱撞不是办法，既然我们都要逃，那就做个难兄难弟，力气使到一处。我有个主意——这汴河盘查严，五丈河却要松得多，既然你们已经被人发觉，这两天一定缉捕得紧，不如来个虚实之计。先躲起来，却不离开京城，让官府的人觉着你们已经逃离了京城，过个两三天，自然会松懈下来，那时我们再一起从五丈河逃走。"

"躲到哪里？"

"五丈河下游有一片河湾，十分僻静，除了过往船只，难得有人去那里。那河湾里有个水道，原是灌田开的沟渠，现今那一片田地被官家占来修艮岳园林，那沟渠被填了，只剩入河的一小段，刚好能停得下你这只船，两边草木又深，藏在那里，决计不会有人发觉。"

鲁膀子夫妇听从了彭嘴儿，将船划到五丈河，接了春惜母子，一起躲到了东边河湾的那个水道里。

他们不敢点灯，黑暗中彭嘴儿看不清春惜，便再三交代了鲁膀子夫妇，让他们好生照看春惜母子，这才告别离开，摸黑赶往小横桥家中。

一路上，他都念着春惜，简直像做梦一般。

第十五章　逃

> 志可克气。气胜志，则愤乱矣。
>
> ——程颢

饽哥在老黄小篷船的舱板下整整躲了一天。

等四周安静下来，透过板缝见天色也已经昏黑，他这才小心爬了出来，手脚早已僵麻，趴在船板上舒动了好一阵，才勉强能站起来，他不敢耽搁，强挣着下了船，四下没人，他忙沿着河岸往东边赶去，去见小韭。

起初彭嘴儿找他商议偷换香袋时，他顿时想起父亲留下的那三把钥匙，一把门的、一把柜子的、一把木匣的。三把钥匙他一直藏着，藏在自己床脚的一个墙洞里，藏了整整十五年，谁都不知道。

当年，父亲的尸身被水冲走，始终没有找到，这三把钥匙于他而言，就如父亲的骨骼一般，是一个留念，从没想过要用到它们。

彭嘴儿说借机整治他后母，他心里想到的，却是终于可以报父仇了。

十五年前那个雨夜，他目睹后母将父亲推进了河里。

当年父亲续娶了这个后母进来后，他便被后母随时随地冷冷盯着，每日每夜、满身满心不自在，每天最盼的是晚间父亲回来，摸摸他的头，朝他笑笑。不管父亲多晚回来，他都等着。

那天晚上下起大雨，他知道父亲就在河对岸的章七郎酒栈夜赌，想去给父亲送把伞，但伞在正屋里，后母见了一定不许。他只能在自己屋里趴在窗边，把窗户撑开一条缝，在黑暗中朝外望着等父亲。

当时弟弟孙圆已经睡着了，他听到开门声，以为父亲回来了，一边纳闷自己竟然没看到，一边赶忙蹬上鞋出去看——父亲并没回来，后母也不在正屋，桌上的油灯仍亮着，门关着，却没闩上。他推开门，见漆黑大雨中一盏灯笼光，似乎是后母。

她去送伞？父亲是出去赌，后母气恨得要死，绝不会去送伞，恐怕是去责骂父亲。于是他冒着雨偷偷跟了出去，跟到虹桥桥根，他望见后母刚走到桥中央，迎面来了个人，是父亲。父亲似乎说了两句话，雨声太大，听不清楚。随后父亲趴到桥栏上呕吐。可就在这时，后母手中的灯笼掉到了地上，灯光被雨浇灭那一瞬，他看到后母拽住父亲的腿，把父亲往河里推搡！

他吓得连叫都叫不出，拼力睁着眼望着，对岸酒店里还有几盏灯亮着，大雨微光中，隐约看见一个黑影从桥栏上坠落，跌进了河水中。他忘了一切，纵身跳进了水中。生长在汴河岸边，他自小就在水里玩，水性很熟，他估计着父亲落水冲走的位置，拼力游向河中央，不住伸手摸寻父亲。

竟被他估计准了，右手碰到了一个东西，是身体、衣襟！

他忙伸手去抓，但水势太急，只抓住了一串硬物，是钥匙。他右手死命攥紧那串钥匙，左手随即去抓父亲身子，却只摸到了父亲的腿，太滑，没能抓住。右手被钥匙绳勒得生疼，他咬着牙死命拽住，想往回拉。可一用力，手中忽然一松，钥匙绳扯断了，他惊喊了一声，猛地呛到了水，等要再去摸寻时，父亲早已不知被冲到了哪里。他自己也被急流冲向下游，这时才发觉自己恐怕也要死掉，求生之念猛地涌起，他忙把那串钥匙咬在嘴里，拼力向岸边游去，幸而上游冲下一根大树，他攀住树枝借着力，才费力游到了岸边。

上了岸，他攥着那串钥匙，望着大雨漆黑的河面，号啕大哭。

哭得再也哭不出来，他才湿淋淋往回走，幸好他卧房的窗还开着，他就从那里悄悄爬进去，把湿衣裳脱下来晾在椅背上，摸黑钻进了被窝，后娘并没有发觉。

那年，他七岁。

彭嘴儿回去想了一夜，总算想好了一套主意。

康潜已经死了，他其实可以正正当当把春惜娶过来，不过春惜的双亲仍在，他们当年嘲笑过彭嘴儿，这次未必就能答应。妥当起见，还是带着春惜去他乡为好，只是得有些钱做底。

可急切之中到哪里去找钱？为了春惜，这次就算杀人越货也得去做。

武家兄弟香袋里的东西还在他手里，除了珠子，那对已经烂臭的耳朵也非同小可，向他们勒要一点钱，应该不难。他想到了明修栈道，暗度陈仓的典故，鲁膀子就经常趁船上客人不留意，偷拿客人带来的酒肉塞到船板下面，可以用这个法子把武家兄弟的钱骗到手。

只是这个法子得有个帮手才成，他先想到弟弟彭针儿，但弟弟一向贪滑，得的钱至少得分去一半。随即他又想到饽哥，那后生老实好哄，而且身子瘦小些，好藏在船舱下面。他若是肯一起逃走，做什么还能打个帮手，好使唤。

只是——若是他不肯呢？

彭嘴儿想起来有两次经过梁家鞍马店时，曾见饽哥偷偷给那店里的使女送东西、暗传情，和自己当年去春惜店里买饼无异。为了中意的女孩儿，后生无论什么都肯干。

于是第二天，他先在自己房里写好一封密信，假意去提水，经过武家后门时，见两边无人，便将信塞进了门缝。

而后，他便去了东水门外寻饽哥，找了一圈，在汴河北街找见了饽哥。

"饽哥，我又有件好事找你商议。"

"什么好事？"

"娶亲。"

"娶亲？"

"你想不想娶梁家鞍马店的那个小姑娘？"

饽哥顿时红了脸。

"但我告诉你——你娶不到她。"

饽哥立时愕然。

彭嘴儿便把自己当年求娶春惜不成，后来重遇，昨晚逃走的事情讲给了饽哥听，说得自己都流出泪来，他用袖子擦掉眼泪，才深叹道："你老哥哥我花了十来年才终于如愿，这苦头你不必去尝。现今有个法子让你立即就能娶到小韭姑娘……"

饽哥听了勒索武家兄弟的计谋后，果然有些犹豫。

彭嘴儿忙道："你不为自己想，也得为小韭姑娘着想，你知道昨晚春惜跟我说了什么？她说她当年就想嫁我，可只能听父母安排嫁给那个闷头，白白受了这几年苦楚。你那小韭姑娘也一样，她父母怎么肯把她嫁给一个卖饼郎？"

饽哥犯愁道："小韭若不肯跟我走呢？"

"这个包在老哥哥身上，我去替你说。"

饽哥再无话说，害羞地点了点头。

彭嘴儿便叫着饽哥一起去梁家鞍马店，正巧见小韭提着篮子去买东西，他便走上前，笑呵呵叫住："小韭姑娘。"

小韭回头看着他，有些纳闷，随即望见后面的饽哥，越发诧异。

"我们有件事跟你说，这里不太方便，我们去那边——"

小韭茫茫然跟着他们来到街边墙下。

彭嘴儿笑着问道："小韭姑娘，你愿不愿意嫁给饽哥？"

小韭先是一愣，随即羞红了小脸，低下头，双手抓着篮子晃来晃去，并不答言。

彭嘴儿见饽哥也又红了脸，笑道："看来是愿意。是不是，小韭姑娘？"

小韭仍低着头，小声说："他又没请人去我家说媒。"

彭嘴儿忙道："就算请了媒人，也不中用——我给你说件事。"

小韭忙抬起头，彭嘴儿又将自己的经历说了一遍，说到动情处，不由得又流下泪来。

小韭听了后，也红了眼圈，说："我爹也说过，若是乡里，至少要给我找个四等户，若是城里，也得八等户以上的人家。"

彭嘴儿忙道："全天下都是这样。你们从今天起就死了心吧。除非听我的主意——"

"什么主意？"小韭忙问。

"咱们一起逃走。两家人到外乡找个地方，一起安安生生地过。你若不愿意，那就让你爹娘给你找个人家，让那汉子成天打骂。"

"我爹就成天打骂我娘。"小韭眼圈又红了。

"你看是不是？这天底下你若再想找一个饽哥这样实诚的人，难！"

"那我跟你们走……"

于是小韭回到鞍马店，向店主告了假。彭嘴儿带着她买了些吃食，一起来到五丈河下游的河湾，找到鲁瘸子的船。

春惜母子和鲁瘸子夫妇都坐在船舱里，彭嘴儿一眼看到春惜，容色比以往任何时候都更加秀美，他甚至不敢直视，小心笑了笑。春惜则望着他，微微笑着，全然没有井边偷会时的局促紧张。

彭嘴儿还有事情得办，不敢久留，把小韭交给他们，没敢透露勒索武家的事，只简要说了几句，便匆匆赶回小横桥。

他知道一家银铺暗地里在做假银，就去买了两锭仿制今年新银的假银铤。天黑下来后，他从弟弟彭针儿的药箱里偷了片药膏贴在脸上，才去找到艄公老黄家，交了订金，租下他的小篷船。

而后，他找到等在附近的饽哥，把假银铤交给他。等夜深后，看着饽哥钻进了老黄的船舱底下。

第二天，彭嘴儿一直留在家里，窥探隔壁的情形。果然如他所料，武家兄弟、康游和官府公人全都在岸上监视着那只船，中间并没有去船舱里查看过。直到傍晚，艄公老黄来划走了船，他才放了心，装好那颗珠子，又去探了探康游的口风，饽哥应该是得手了，他便赶往五丈河下游河湾。

等他赶到那片河湾，天已经黑了。他昨天已经告诉鲁胜子，今晚可以把船灯点亮，饽哥万一早到，好寻到这只船。这时，远远就望见了一盏灯光，鲁胜子已经将船划到了河湾。

他高高兴兴上了船，春惜揽着栋儿，和小韭坐在一边，鲁胜子的媳妇阿葱则坐在另一边，小小的舱中挤得满满当当。

他笑着对春惜说："饽哥随后就到，他来了咱们就走。"

春惜望着他笑着点了点头，眼里满是温柔依顺。从没有哪个女子这样望过他，让他心里一阵醉，一阵痒，一阵慰足。

栋儿却问道："娘，爹不跟咱们一起去？"

春惜刚低低应答了一声，船外岸上忽然有人叫起来，是康游。

饽哥揣着两锭银铤，沿着漆黑河岸，尽力往东边跑去。

想着马上便可以和小韭一起远走他乡，他心里极欢喜又有些怕，这一天盼了许久，根本没有想到会来得这么快。

他又想到自己的父亲，父亲的脸已经记不得了，但父亲那双手记得很真，摸着他的头，又厚实又暖和。他心里默默说：爹，我给你报仇了。

那天，他把从康潜那里接到的香袋交给后母后，扛着饼笼继续去卖饼。他跑到花百里锦坊，用私攒的钱买了一个一模一样的香袋。回来时，又见到买干果的刘小肘，想起香袋里的那双耳朵，便买了一饼柿膏儿，撕成两半，用油纸包住塞进香袋里。走到虹桥北街，遇见卖药的彭针儿，向他买了一大颗润肺的药丸，也装进香袋。他把饼笼寄放到一个认得的食店里，绕道从背街回到家里，见四周无人，才进了门，从床下墙洞里取出父亲的那串钥匙，到后母房中打开柜子和小盒子，换掉了香袋，他见盒子里还有一块旧银，随即生出一个念头，便拿走了那块银子，又去找了一根长麻绳。

他绕路跑到第二甜水巷，果然见弟弟孙圆在吴虫虫的春棠院门前踅来踅去，自然是没有钱，进不去。他走过去取出那块旧银递给孙圆，说自己找到了一个藏银子的秘洞，孙圆一听眼睛顿时亮了，马上要跟他再去多取些，他已经盘算好，得让孙圆先进春棠院见过吴虫虫，好留个凭证，替自己开脱嫌疑。便让孙圆先进去坐坐，一个时辰后在烂柯寺碰头。

饽哥先去取了饼笼，才慢慢走到烂柯寺，等了一阵，孙圆果然赶来了。

饽哥引着孙圆绕到烂柯寺后面，走了半里地，有一大片荒宅，曾是一个大族的宅院，多年前那族人得了怪疾，死了大半，请了道士来看，说是有凶煞，剩下的人全都搬走了，那宅院卖也卖不出去，就荒在那里。饽哥少年时曾和墨儿、孙圆等伙伴来这里玩耍过。

他们走到那院子后面，庭中荒草丛生，庭中央有口井，已经枯了。

走到井边，饽哥说："那块银子就是从这井里找到的，还有不少，我当时害怕，没敢多拿。"

孙圆有些害怕："你怎么下去的？"

"那天我是把绳子拴在旁边这棵树上，今天我们两个人，就不必拴了，你下去，我在上面拽着——"饽哥取出了绳子。

"我不敢，哥，还是你下去——"

"我已经下过一回了，这次该你了。你若不下去，咱们就回去。"

"那好——"

孙圆看着机灵，其实有些傻，又一直有些怕饽哥，只得将绳子系在腰上，爬上了井沿："哥，你一定要抓牢……"

"放心。"

饽哥慢慢把孙圆放下去，等孙圆到了井底，在下面摇了摇绳子，饽哥心一横，手一松，将那根绳子抛进了井里。井底顿时传来孙圆的怪叫，饽哥心里忽然不忍，孙圆从小其实一直都爱跟着他，说什么都听，他们其实是一对好兄弟……想到此，他眼中顿时涌出泪来，但想想父亲被害的那个雨夜，他又咬咬牙，擦掉眼泪，扛起饼笼，离开了那片荒宅。

后母杀了他的父亲，他也要杀了后母的儿子，让她尝一尝亲人被害的滋味。

听到康游的声音，彭嘴儿心里猛地一颤，这些天所有心血顷刻间全都白费。

他慌忙望向春惜，春惜的脸也煞白，栋儿听到他二叔的声音，张口要叫，春惜忙伸出手捂住栋儿的嘴。鲁膀子夫妇和小韭也都瞪大了眼睛，一动不敢动。

康游叫了两声后，跳上了船板，彭嘴儿知道康游是个武人，自己万万斗不过，只能等着康游掀开帘子，将春惜从自己身边抢走。

不成！没有春惜，我也不必再活！

他从腰间抽出准备好的一把短刀，拔出刀鞘，攥紧了刀柄，等着康游掀帘进来。然而，康游并没有进来，站在船头说："嫂嫂，请带栋儿出来吧。"听那声音，竟像是背对着船舱。

春惜望了彭嘴儿一眼，小声道："叔叔……稍等……"边说边望着彭嘴儿使了个眼色，似乎在暗示彭嘴儿动手。

彭嘴儿不知道康游为何要背对船舱，但春惜既然这么暗示，自己还疑虑什么？他攥紧短刀，悄悄起身，轻轻掀开帘子，康游果然背身而立。他不再犹豫，抓紧了刀向康游背上狠狠刺去。

刀刺进去了，刺得很深，应该是肺的位置。康游猛地一颤，随后像顿住了一般。这时彭嘴儿已忘记了慌怕，他猛地想起弟弟彭针儿曾说，刀刺在人身上，若不拔出刀，人未必会死。于是他又猛一用力，拔出了刀，血顿时飞射而出，溅了他一身。康游转过身，瞪着眼看着他，他惊得几乎昏过去，但康游随即摔倒在地上，抽搐了几下，就不动了。

彭嘴儿喘着粗气，觉得自己的头脸血脉胀得像是要爆开一般，他望着船板上的康游，不住念着："怨不得我，是你自找；怨不得我，是你自找……"

这时，船舱里猛地传出一声尖叫，是小韭。

随即一阵窸窣声、咚咚声，小韭从船舱那头跑了出去，跳到岸上，一边哭一边向西边跑去。

彭嘴儿被她的动静惊醒，见小韭的身影迅速隐入黑暗，只听见哭声不断远去。

"你不能走！"彭嘴儿忙也跳下船，追了过去。

第十六章　杀

柔善，为慈，为顺，为巽；柔恶，为懦弱，为无断，为邪佞。

——周敦颐

犇哥一边跑一边寻找着灯光，不知道彭嘴儿说的那只船停在哪里。

无论如何，今晚就能离开这里，丢下后母一个人，看她怎么过！

自从后母盲了之后，家里几乎所有事情都是犇哥做，即便这样，后母也从来没有好好朝他笑过一次。这几天，看着后母为孙圆焦虑啼哭，犇哥心里说不出的痛快，当年父亲被推下水后，他在家里连哭都不敢哭，想父亲时，只能远远躲到没人的地方偷偷哭一场。

想到后母那双盲眼，犇哥心里忽然冒出一丝内疚，后母是为了救自己才弄瞎了双眼。但他迅即挥掉这个念头，狠狠问道：父亲一条命和她一双眼睛比，哪个重？

他不再乱想，继续往前跑，天太黑，岸边路又不平，跑得跌跌绊绊，又跑了一阵，眼前亮出一点灯光，是了，就是那只船！他忙加快了速度。

但没跑多久，前面黑暗中忽然传出一阵叫声，女孩子的声音，是小韭！

那叫声十分惊慌，小韭怎么了？

他慌起来，拼命往前奔去，一不留神猛地摔倒在地上，疼得涌出泪来，但前面又传来小韭的惊叫，他忙爬起来，忍着痛，瘸拐着尽力往前赶去，前面小韭哭叫起来，似乎是在和人争扯。

那灯光终于越来越近，渐渐能辨清那只船了。但小韭的声音却在前面的黑暗之中，不知道发生了什么。

又跑了一阵，他终于看到了一团身影，不是一个人，是两个人，一个是小韭，另一个似乎是彭嘴儿，两个人扭挣着往船边靠近。

两人身影接近船头的灯光时，饽哥才辨认出来：小韭似乎不肯上船，彭嘴儿硬拽着她，想往船上拉。小韭一直在哭喊。两人争扯了一会儿，小韭忽然挣脱，转身往饽哥这个方向跑来，彭嘴儿忙又追了上去。

饽哥仍不明白究竟是为何，但已没有余力去想，唯有拼命前奔。

终于，他渐渐接近了，依稀能辨出小韭正快步朝自己奔来，但这时彭嘴儿也已经追上小韭，小韭又被拽住，仍在哭叫着挣扎，挣扎了一会儿，忽然停住，也不再喊叫。

饽哥心里涌起一阵惊恐，疯了一样奔过去，走近时，见彭嘴儿喘着粗气呆呆站着，小韭却倒在地上。饽哥扑跪到小韭身旁，小韭一动不动，他伸出手去摇，仍没有回应。

小韭死了？！

他忙抬头望向彭嘴儿，彭嘴儿张着双手，看不清脸，但隐微船灯映照下，神色十分惶恐。

饽哥又低头望向黑暗中的小韭，她仍一动不动。一年多来，他一直偷偷盼着能牵一牵小韭的手，摸一摸这娇小的身子。然而此刻，他却空张着两只手，不敢再碰小韭的身子。

一股悲怒火一般从心底蹿出，化成一声嘶喊，简直要将心劈裂。他猛地抽出自己带的短刀，又嘶喊了一声，站起身就朝彭嘴儿戳去。彭嘴儿还在发愣，刀尖已刺进他的腹部。饽哥却已经疯了一般，拔出刀又继续猛扎，一刀又一刀……

夜太黑，墨儿骑着马不敢跑得太快，也不知道饽哥、彭嘴儿究竟逃往了哪里，只能依着武翔所言，一路往东追。

彭嘴儿拐带了春惜，饽哥又有小韭，几人要想离开，走水路最稳便。于是他便沿着河岸搜寻。五丈河上船只平日就远少于汴河，又多是京东路的粮船，眼下还没到运粮时节，再加上是夜晚，河面上只看到几只夜泊的货船。只亮着微弱灯光，彭嘴儿应该不会藏身在这些船里等人来捉。

墨儿又往下游行了一段，过了官家船坞后，四周越发漆黑寂静，河面上更看不到船影。他想，饽哥从艄公老黄的船舱里爬出来后，带着两锭银铤去和彭嘴儿会合，彭嘴儿自然会选僻静的地方等着。墨儿便继续驱马往下游寻去。

又行了一段，前面亮出了一点灯光，他忙驱马加速，往灯光处奔去。奔了一阵，忽然听到前面有人在嘶喊，又像哭又像骂，似乎是饽哥的声音。

等他奔近时，见一个汉子提着盏灯笼站在小径旁，竟是汴河艄公鲁膀子，他身旁站着两个妇人和一个孩童，其中一个妇人是鲁膀子的媳妇阿葱，另一个面容姣好，用双臂将那孩童揽在怀里，应该正是康潜的妻儿。灯光映照之下，三个人都脸色苍白，一起惊望着地上，墨儿顺着他们的目光望去，见暗影中一个年轻后生弓着背跪在地上，垂头呜咽哭泣，是饽哥。而饽哥身边，似乎躺着两个人，都不动弹。

墨儿忙跳下马，奔了过去，才看清地上躺的是彭嘴儿和小韭。小韭一动不动，彭嘴儿则满胸满腹都是伤口，血水将整个前襟几乎浸遍。饽哥右手边地上掉了把短刀，似乎沾满了血。

见到这惨状，墨儿一阵悲惊，他忙俯身去查看小韭，没有鼻息和脉搏，已经死去。看这情势，他大致明白，恐怕是彭嘴儿先杀了小韭，饽哥急怒之下，又杀了彭嘴儿。彭嘴儿行凶，则恐怕是为小韭不愿跟他走，想要逃回去，他怕小韭走漏风声，惊动官府，或是真的动了杀念，或是惊慌之下捂住小韭口鼻，勒住小韭脖颈，误杀了小韭。

但康游在哪里？他先追了过来，自己一路都没见到人影，难道康游追错方向了？墨儿忙抬起头，却见鲁膀子悄悄捅了捅身旁的妻子，使了个眼色，夫妇两个慢慢往后退，随即一起转身往那只船跑去。

墨儿忙叫道：“你们不要走！得做个证见！”

鲁膀子夫妇听了，反倒加快脚步，慌忙跑到岸边跳上了船。墨儿急忙追了过去，鲁膀子将灯笼交给阿葱，随即掣起船篙插入水中，就要撑船。墨儿觉得纳闷，他们为何这么害怕？等他追到岸边时，船已经撑开，墨儿一眼望见船头趴着个人，灯笼照耀下，那人背上一片血红，似乎是康游。

“不许走！”墨儿大叫着往水里奔去。但鲁膀子却拼命撑着船篙，船很快划到河中央，向下游漂去。墨儿只得回到岸上，急跑回去寻自己的马。

这时，黑暗中传来一阵马蹄声，还有几点火把亮光，从西边飞奔而来，很快到了近前，是万福和四个弓手。

墨儿忙道：“万大哥，快追那只船，不能让他们逃走！”

万福听到，立即扬手发令，率四个弓手一起往前追去。

墨儿便留下来看着饽哥和春惜母子。饽哥已经停止呜咽，但仍跪伏在小韭身旁，不停晃着身子，竟像是得了癔症。春惜则揽着儿子，静静站在那里，漆黑中看不到神情。

墨儿轻声问道："你可是康大嫂？"

春惜没有答言。

墨儿又问："康潜大哥已经身亡，你可知道？"

黑暗中，春惜的身子似乎轻轻一颤，但仍不说话。

墨儿忽然明白，并非是彭嘴儿诱骗她逃走，而是两人合谋。看来两人早有旧情，彭嘴儿去年搬到康家隔壁，恐怕正是为此。众人这些天想尽办法要营救的人，其实早就想逃走……

这时，栋儿忽然问道："娘，身亡是啥？爹怎么了？"

春惜却没有回答，半晌，才轻声道："你知道他死了，为何不等一等，正正当当向我提亲？"

墨儿一愣，有些摸不着头脑，随即才明白，春惜是在对地上的彭嘴儿说话。

春惜继续道："你又何必要逃？更何苦做出这些事？我本已是死了心的人，你却把我叫醒，我醒了，你却走了……"

她啜泣起来，再说不下去，黑暗中只听到她极力克制却终难抑止的低低呜咽声。

墨儿心中一阵悲乱，他无论如何都没有料到，这件事竟会让四个人丧命，更勾出这些不为人知的凄情悲绪。

正在伤怀，东边传来万福和弓手们的呼喝声："再不停下就放箭了！"随即嗖嗖两声破空之响，紧接着便是阿葱的惊叫声。墨儿忙望向河中，见两支箭矢射到了船篷上，鲁膀子慌忙停住手，不敢再继续撑船。

万福又喝道："把船划回来！"

鲁膀子犹疑了半晌，忽然大叫一声，纵身跳进水中。

"快下去追！"万福命令道。

扑通、扑通……连着四声投水声，四个弓手跳进河中，两个去追鲁膀子，两个游到船边，爬了上去，将船撑了回来，押着阿葱下了船。

阿葱不住地哭着："不关我的事，船上的男人和岸上的小姑娘都是彭嘴儿杀的，彭嘴儿是铧哥杀的！"

万福驱马过来，举着火把照向阿葱，叫道："昨天到处找你们夫妇找不见，竟然躲在这里！"

阿葱又哭起来："那个术士也不关我的事，那天术士把我赶下船去了！"

"关不关，等回去再说——"万福指着春惜和饽哥，吩咐那两个弓手，"这对母子和饽哥也一起押回去。"

饽哥听见，慢慢站起身来，悲沉着脸，望着墨儿道："有件事要拜托你。"

墨儿忙道："你说。"

"我弟弟孙圆，他在烂柯寺后面那个荒宅子的井里。还有，替我回去告诉我娘，她给我的那些银子我没有拿，放在弟弟枕头下面。"

墨儿独自挑着盏灯笼，骑马来到烂柯寺后的那座荒宅，这时已是后半夜。

月光下，四下里一片死寂，只有一些虫鸣。那宅子的门扇早已被人卸掉，只露出一个黑洞。墨儿下了马，向里望去，门洞内庭院中生满荒草，一片荒败幽深。一阵夜风吹过，那些荒草簌簌颤动，他不由得打了个冷战。虽然幼年时曾来过这里，但那是几个人结伴，又是白天，并不觉得如何。这时独自一人，又是黑夜，心底升起一阵惧意。但想着饽哥应该不会说谎，孙圆在这后院的井里，便将马拴在门外一棵柳树上，提着灯笼、壮着胆子小心走了进去。

庭院荒草中间有一道被人踩过的痕迹，应该是饽哥踩的，墨儿便沿着这条路径穿过前庭，又小心走过空荡荡的厅堂，来到后院。后院荒草藤蔓越发茂密，那口井就在院子右边墙根下，只能勉强看到井沿。墨儿顺着后廊慢慢走过去，拨开廊外一丛藤草，刚迈出腿，忽然听到扑棱棱一阵刺耳乱响，吓得他猛地一哆嗦，几只鸟飞腾四散，原来是惊到了宿鸟。

墨儿擦掉额头冷汗，定了定神，才小心走到井边。井沿周围也生满野草，不过被人拨开踩踏过。墨儿将灯笼伸到井口，小心探头向下望去，井里黑洞洞的，什么都看不到。孙圆是清明那天下午失踪，至今已经这么多天，就算他在井底，恐怕也早已死了。墨儿这才后悔起来，刚才不该谢绝万福，该让个弓手一起来。

他又将灯笼往井下伸去，抻着脖子向下探看，仍是黑洞洞的看不到什么。正在尽力探寻，井底忽然传来一个嘶哑的声音："哥！"

墨儿惊了一跳，猛地又打了个冷战，手一颤，灯笼险些掉下去。

井底那声音再次响起："哥！哥！是你吗？哥？"

似乎是孙圆的声音！

墨儿忙大声问道："孙圆！孙圆是你吗？"

"是！是！你是谁？快救我出去！"

墨儿忙将灯笼挂在旁边树杈上，取下肩头斜挎的那捆绳子，是方才向武翔家借的。他将绳头用力抛下井中，另一头在手臂上绕了几圈死死攥住。不一会儿，绳子被拉紧，颤动起来，孙圆在井底叫道："好人！我爬不动，你拉我！"

墨儿忙抓紧绳子拼力往后拉拽，费了不少工夫，终于见一个身影从井口爬了上来，果然是孙圆，他头发蓬乱，面色惨白，但看动作，似乎并没有什么大碍。他爬下井沿，跌坐在地上，忽然呜呜哭起来，边哭边抬头望向墨儿："墨儿哥？谢谢你！谢谢！"

"你在井底这么多天，竟然还能活着？"

"是我哥，他隔一天就往井里扔几个饼、一袋水，可就是不让我上来！呜呜……"

墨儿把孙圆送回了家，尹氏猛地听到儿子声音，一把抓住，顿时哭起来。

墨儿悄悄离开，骑上马向家里行去。康潜、康游、彭嘴儿和小韭相继送命，饽哥又犯下杀人之罪，让他悲郁莫名。这时见到尹氏母子抱头喜泣，才稍稍有些宽慰。

这时天色已经微亮，远处传来一两声鸡鸣，街上还看不到一个人影。穿出汴河南街，沿着野外那条土路行了一阵，墨儿忽然看见前面隐约有两个人，站在一棵大柳树下，那两人也似乎发现了他，原本倚在树上，这时一齐站直了身子。墨儿顿时觉得不对。

虽然这里是城郊，但人户密集，监察又严，从来没有过剪径的盗贼，最多只有些泼皮无赖，但也不会在凌晨劫道。墨儿略想了想，不由得伸手摸了摸腰间的香袋。

那香袋里是珠子和耳朵。珠子是从彭嘴儿身上搜出来的，回到小横桥后，万福又带着弓手去搜了彭嘴儿家，从他床下一个坛子里搜出了一个油纸包，里面是一对已经腐烂的耳朵。这两样东西是追查幕后真凶的仅有线索，墨儿便向万福借了来。

前面这两人难道是为这个？

墨儿有些怕，想掉转马头，但这两人若真是为了这两样东西而来，就算今天躲开，明天恐怕仍要来纠缠。他自幼跟着哥哥习武，虽然没有和人真的打斗过，但心想对付两个人应该不成问题。于是，他继续不快不慢地向前行去，心下却已做好了防备。快要走近时，前面那两人忽然一起从怀里取出一张帕子，各自蒙在了脸上，其中一人走到了路的另一边。墨儿这时才依稀看到，两人腰间都挂着刀。

他们难道不怕我逃走？墨儿不由得扭头往后一望，身后不远处竟也有两个人，不知什么时候冒出，也都腰间挂刀，用帕子蒙着脸，一起从后面向他逼近。而路两边则是灌田的沟渠，马未必能越得过。就算能越过，两边都是新翻垦的田地，马也跑不快。

墨儿原还想设法制伏前面两人，从他们嘴里掏出些线索，但现在以一敌四，便很危险，不过也越发确信，这四人是为香袋而来。他不由得有些紧张，攥紧了手里的马鞭，这是他唯一的兵器。只能设法脱困，保住香袋不被夺去。

前面两人迎向他，慢慢逼近。微曦之中，墨儿隐约发现，路中间有根绳子一荡一荡，两人竟然扯着根绳索，显然是用来绊马。听脚步，后面两人似乎也加快了脚步。沉住气，莫慌，墨儿不住提醒自己，仍旧不疾不徐地向前行去，心里却急急盘算对策，眼下情势，只能攻其不备。

距离前面两人只有一丈多远时，他猛地扬手，向马臀抽了一鞭，那马咆哮一声，顿时加速，向前冲去。前面两人惊了一跳，忙停住脚，扯紧了绳子。

墨儿继续驱马急冲，眼看要到绳索前，他双腿一夹，猛地一勒缰绳，那马扬起前蹄，又咆哮一声，马头应手一偏，马身也随即横转。这时，墨儿已经腾身一旋，双手抓牢马鞍，身子凌空，使出"鞍上横渡"，一脚踢向右边那人，那人根本没有防备，一脚正中颈项，那人惨叫一声，顿时倒地。墨儿双脚落地，随着马疾奔了几步，已经来到左边那人近前。那人正在惊惶，墨儿腾身一脚，脚尖踢中那人前胸，这一脚极重，那人也痛叫一声，倒坐到地上。

这时后面两人已经追了过来，一人举刀劈向马头，一人则向墨儿砍来。墨儿忙用左脚跨蹬，左手抓鞍，驱马在原地嘶鸣着急转了半圈，躲过马头那一刀。随即他前身横斜，头离地只有一尺，避过砍向自己那刀，右手执马鞭反手一抽，正抽中那人大腿，那人怪叫一声，一个趔趄，险些摔倒。另一人再次挥刀向墨儿砍来，墨儿陡然翻身，让过那刀，在马上狠狠一抽，抽中那人手臂，钢刀顿时落地。

墨儿才在马上坐稳，前面两人已经爬起，一齐拔刀向他攻来……

金篇

范楼案

第一章　无头尸

生怕离怀别苦，多少事、欲说还休。

——李清照

"五花丛里英雄辈，倚玉偎香不暂离，做得个风流第一……"

清明正午，汴河大街、香染街口孙羊店三楼西厢房里，两个客人坐着喝酒说话，旁边一个女子在唱曲。那女子名叫池了了，二十出头，外面穿着件半旧的碎叶纹靛锦镶边的无袖紫色缎褙子，里面是半旧的百合色罗衫和水红抹胸，下身是半旧紫色罗裙。虽然是南方人，她却生得不够灵秀，脸盘子略方了些，又常日在街巷串走，皮肤不够白细，幸而一双水杏眼，极有神采。

她的歌喉被风尘磨久了，也少了甜润，再欢喜的曲子，唱出来总有一丝涩意。不过，她天生记性好，熟记了十几套大曲、几百首辞令，又自小苦练过琵琶。加之能沉得住气，从不怯场，走到哪里都不会失手。今天所唱这套《圆里圆》她更是熟得不得了，唱过何止数百遍，今天却几次忘词，几次走腔，几次按错弦位，甚至想摔了琵琶。

好不容易才算唱完《圆里圆》最后一支尾曲。

她不是正路上的歌伎，入不了妓籍，汴京各家妓团乐社也都不收纳她。她惯于单走，索性就一个人到处赶趁酒宴茶会，京城把她这种乐人唤作"歧路人"，又叫"打酒坐"。这孙羊店是京城酒楼七十二家正店之一，自家就雇有数十个正籍妓女，说起来根本没有池了了进去唱的余地。只因她平日和店里主管、大伯们往来言谈得好，白天若有空缺，偶尔会叫她来陪客。

今天，店里祝大伯知道她遇了事，一个月都没出来唱，才托信让她来。她不好推辞，只好强打起精神出来。谁知道，才进城门，就见到曹喜——那个凶手，他竟被放了出来，和他父亲曹大元并肩骑着驴，边走边笑，好不畅快。他高昂着头，那得意模样，看来是完全没事了，以至于都没看见池了了。

池了了才稍稍平复的心，顿时又翻腾起来。

一个月前，那血淋淋的一幕又涌现眼前。董谦躺在墙边，脖颈处被齐齐斩断，不见了头颅，血流了一地，甚至都还没冷。而当时，曹喜站在一旁，装作一脸吃惊、什么都不知道的样子……

到孙羊店，见了客人，坐下来开唱时，她一直念着千万不要辜负祝大伯好意，才勉强撑下来。幸而客人们谈兴欢浓，并不在意她唱得如何。唱完了，客人也并不知道。池了了不好插嘴告退，只好坐着等，脸上连笑都挂不住。

客人面前，哭丧着脸是最大忌讳。这些年，她也早就练成了两张脸，不管心里如何，外面那张脸总能笑得合适，不让客人厌烦。今天，外面那张脸却像脂粉被汗渍，再遮不住里面的烦乱了。

过了一阵，两位客人终于起身，做东的是个瘦子，他人瘦，出手更瘦，说没有散碎银子，也没带铜钱，方才他一直用一根银耳挖的尖头剔牙，就顺手将那耳挖赏给池了了了。这耳挖不到一钱重，满算也就值一百五十文。这两年物价腾贵，尤其方腊在东南闹事，漕运大减，一斗米都涨到三百文。若是往常，池了了绝不会轻易放过，总要尽力奉承，多讨要一些，但今天哪有心思？她勉强笑着道谢接过，送客人出去。

客人走后，她失魂落魄呆坐了一会儿，见桌上有碗粉羹客人并没有动，就从放在墙角的青布包袱里取出一个朱地剔黑半旧的小圆食盒，将那碗粉羹倒进食盒，盖紧放进包袱包好。

临出门前，她走到窗口望了一眼，看见街对角一家人正在说笑，其中一个年轻姑娘看着眼熟，她心里一动：那不是赵瓣儿吗？瓣儿姑娘的哥哥赵不尤是京城有名的"疤面判官"，他或许能拆穿曹喜那凶手的杀人真相？不过，赵不尤平日只是替人写讼状，似乎并不去查探案子。而且……我算什么呢？就算董家没人了，告状也轮不到我呀。

站在窗边，她犹豫起来，打算撒手不管，但又想到董谦之死全因自己而起，怎么能忍心不管？

这时，街对面，瓣儿的嫂嫂抱着孩子，上了一顶雇来的轿子，瓣儿则跟在轿子旁。她们要走了，无论如何也要试试，不能让曹喜那凶手就这么逍遥逃罪。瓣儿姑娘很热心，先找她说说看。池了了心一横，忙跑下楼来，刚出了酒楼大门，就和一个落魄道士撞到一起，道士忙连声道歉，池了了却全没听见。

赵瓣儿刚好走到孙羊店门前，池了了迎过去唤道："瓣儿姑娘！"

赵瓣儿看到她，顿时笑着抓住她的手："了了？"

去年，池了了被唤去箪瓢巷一户人家酒宴上唱曲，在巷子里，不小心被一块石子崴了脚，跌倒在地上，正跌在瓣儿家门前。瓣儿刚巧出来见到，跑过来扶起她，强邀她挪进屋里。赶紧去烧了水，用热水帕子替她敷脚，又找了跌打药给她敷上。

尽管这些年她也遇到过不少热心、善心人，不过大半都是男子或妇人，极少接近闺阁中的女儿，更难得如此善遇。她发觉瓣儿不是那等藏养起来不通世事的一般女儿家，相反，瓣儿极有见识，没问就已经知道池了了的营生，而且既不惊怕，也不好奇，既没嫌弃，也没怜悯，聊起来就像是说农人务农、工匠做工一般。

闲聊中，她才知道，瓣儿的哥哥竟是汴京五绝的讼绝赵不尤。那天赵不尤夫妇去朋友家中赴宴，并不在家。池了了环视屋里房外，一座极平常的小宅院，家具陈设也都素朴简省，皇家贵胄竟住在这种地方。再看瓣儿衣饰，甚至不及汴京中等人家的女儿。她心里纳闷，却没多问。

傍晚，瓣儿又让家里的那个厨妇夏嫂出去雇来顶轿子，扶着池了了上了轿，又给她包了些药，仔细嘱咐一番，才让轿夫起轿。

那次别后，池了了多次想去拜谢瓣儿，却顾虑自家身份，怕沾染了瓣儿名声，所以最终没有去。

"瓣儿姑娘，实在对不住，我一直念着要去谢你——"

"那有什么？我早忘了，你就更不必放在心上。"瓣儿仍笑吟吟的。

她的笑颜让池了了安心不少，便直话直说："有件事，又要劳烦你。"

"你等等！"瓣儿跑到轿子边，隔着帘子道，"嫂嫂，你和琥儿先走，我说两句话就来。"

"好的，不要乱走，要去哪里，让墨儿陪着你。"轿子里的声音十分温婉。

"放心，说完话，我就马上回去。"

瓣儿回身拉住池了了的手，两人一起走到东水门城墙脚下。

"什么事？说吧。"

"一个月前，陈州门外，范楼的无头尸案，你听说了吗？"

"嗯。"

"我求你的就是这件事。"

"这件事我能做什么呢？"

"凶手曹喜被放出来了。你能帮我求求你哥哥，为董谦申冤，讨回公道吗？"

"这个案子和你有关？"

"那天我也在范楼，和他们在一起。"

"那个唱曲的原来是你？"

"你愿意帮我吗？"

瓣儿垂眼略想了想："我现在还不能答复你，明早你来我家，我再告诉你。"

"谢谢你，瓣儿姑娘。"

"'瓣儿'就成，'姑娘'免掉。"

瓣儿微微一笑，转身轻快走远，却不是出城追轿子，而是朝城里去，花朵逐春水一般，隐没于熙攘的人群中。

池了了望着瓣儿拐到香染街，再看不见，便出了东水门，慢慢走着，心里一直念着董谦的事。

刚走过护龙桥，正要往北转回家去，忽听见一个苍老的声音："我儿子有七尺高，身材有些魁梧，皮肤微有些黑，穿着件白布襕衫，这是他的像……"

一听声音，池了了就知道是董谦的父亲董修章。董修章已经年过七十，在太子中宫府任小学教授。他半弓着背，须发眉毛花白，目光发昏，脸上布满深纹。才一个月，原本微胖的身材已变得瘦弱。虽然认了尸，也许是伤痛至极，后来他却不信自己儿子死了，这一阵，常见他在街头，逢人便问有没有见到他儿子。

这时，他正在曾胖川饭店边询问一个老妇，从怀里摸出张皱巴巴的纸，颤着手递给那老妇看。池了了瞧着难过，便走过去，小心问候："董伯伯。"

董修章扭头看到她，脸色忽变，混浊的老眼顿时射出精光，凹瘪的嘴抖了一阵，猛然举起手中的黄杨木拐杖，朝池了了挥打过来。池了了毫无防备，被他重重打中肩膀，手里拎的布兜顿时撒手，掉落在地。董修章使力过猛，自己也险些摔倒，他却不停手，刚站稳了脚，旋即大声骂着，继续挥杖打过来："死娼妇、贼娼妇！就是你害死我儿！"

周围人顿时望了过来，池了了羞红了脸，却又不忍辩解，只得小心避了几步。

那老妇带着个小孙子，那小孩儿正在董修章腿边玩，被董修章撞了一下，跌在地上，哭了起来。老妇忙去抱起孙儿，朝董修章嚷起来："老柴棍，昏了头了？你打人，踢我孙儿做什么？"

董修章被骂得愣住，横握着杖子，喘着粗气顿在原地。旁边一个六十来岁的老汉赶了过来，池了了也见过，是董修章的老仆人吴泗，吴泗挽住董修章："老相公，莫跟这起人计较，回家去吧。"他小心劝着董修章，扶着他走开。董修章边走边回头瞪池了了，仍骂声不绝。

池了了望着董修章，满心难过，倒想让他多打几杖，多消一些他心头的悲愤。老人家恐怕还不知道凶手曹喜已被放了出来。等董修章走远，她才俯身抓起布兜，兜里的食盒摔开了，汤水洒了一半，她扣好食盒，并不理会周围人的目光，朝北向烂柯寺那边走去。

她住在烂柯寺后边，和义父、义兄三人合赁的一小院屋宅。

她的义父鼓儿封手虽有些残疾，但敲得一手好鼓；义兄萧逸水懂音律，又会填词，专给京城妓女们谱新曲、填新词。两人都是池了了来京城后相识的，这几年，他们三个住在一处，已经情同父子兄妹。

经过烂柯寺，寺里的小和尚弈心站在门边张望，见到池了了，弈心双手合十，向她行礼道："女施主一片慈悲，善哉！"

池了了一愣，随即明白，这里离曾胖川饭店只有百十步，弈心刚才可能远远望到了她挨董修章打。弈心小和尚只有十七八岁，性情极好，任你怎么说他，都从不生恼。池了了平日常常逗他，叫他"小瓠瓜"。可今天哪里有心思？只涩笑了下，便朝家走去。

弈心在身后依然念叨着："有负于人，被责，而能不怨，难；无负于人，被责，而能不怨，更难；不但不怨，反生慈悲，难上难。阿弥陀佛，善哉善哉……"

池了了到门前一看，大门锁着，她掏出钥匙开了门，见院中屋里干干净净，不由得惭愧起来，深叹口气："这个封伯呀……"

这几天，萧逸水被妓馆请去帮忙料理寒食清明会。鼓儿封受了风寒，一直卧病在床。池了了又失魂落魄，根本没有心思清扫房屋，所以房中一直凌乱不堪。今天她特意早点回来，本想也该清扫洗刷一番了，谁知道鼓儿封已将里里外外都打整干净。

她取出布兜里的食盒，粉羹只剩一小半，因鼓儿封爱吃，她才带了回来，现在连一小碗都不够了。她越发沮丧，呆呆坐着，正在气闷，门忽然推开，一阵粗沙般的笑声传了进来，是鼓儿封。

鼓儿封年近五十，身材瘦长，穿着件干净的旧青衫，骨骼锋棱，一身的清硬之气。池了了见他面带笑意，早上还有些委顿，这时神气却很是清爽。

池了了站起身埋怨道："不好好养病，你跑哪里去了？让你不要乱动，等我回来再收拾清扫屋子，就是不听。"

鼓儿封笑着道："我已经好了，躺了这许多天，动一动才好。"

"你刚才在哪里，我怎么没见你？"

"随处走了走。"

池了了见鼓儿封脸上虽然笑着，眼神却露出关切之意，刚才自己挨董修章打骂，封伯恐怕也看到了。

果然，鼓儿封坐下来后，收起了笑，温声道："阿了，那件事并不能怨你，你也并没有亏欠他们什么，以后不要再去接近那董朝奉了。"

池了了勉强笑了笑，随即又叹了口气："他老年丧子，看着太凄凉了。何况，我的确欠他儿子一份情。那天要不是他护着我，也就不会和曹喜结怨……对了，封伯，被你说中了，曹喜被放出来了，上午我出门就看到他。"

"我也看到了。"

那件无头尸案发生后，池了了曾和鼓儿封、萧逸水多次争论过，鼓儿封始终不信曹喜是真凶，因此脸上露出一丝喜色，虽然随即掩饰过去。池了了却一眼看到，立刻嘟起嘴："封伯，你先别忙着得意，我已经求了'疤面判官'帮忙查这个案子。"

"'讼绝'赵不尤？那太好了！若是有他出手，这案子也许有望能破。"

"就算赵判官破不了，我自己也要把它查清楚。我不信它能瞒一辈子，瞒住所有人！"

和池了了分手后，赵瓣儿转身往城里走去，回到香染街路口时，躲到一个胖子身后。

其实，不少人仍围在书讼摊的凉棚边，人缝里能望见哥哥赵不尤和墨儿正在跟一个主顾说话，根本看不到她，她忍不住伸舌偷笑了一下，放心拐进香染街。

等会儿要走好几里路，她又一向不爱坐轿子，拘在个木箱子里不自在，让人抬着，更不安心。这街上有家梁家鞍马雇赁店，今天刚巧穿着前后开衩的旋裙，正好骑驴，就找了过去。店里一个小姑娘笑着迎上来，穿着翠绿的衫儿，戴了个双螺假髻，没戴稳，一动就晃颤，眉毛画得浓黑，眉心贴着鹅黄花钿，一看便是学京城最时兴的妆样儿，却没学像。

瓣儿没在这家租过驴子，担心没有抵押钱，正要问价，一个壮妇人笑着迎了出来："赵姑娘啊，你要租马还是驴子？"

"大嫂认得我？我租驴子。不过，没带抵押钱……"

"怎么认不得呢？你是赵大判官的妹子啊。一头驴值什么钱？赵姑娘骑去就是了，赵大判官去年帮我家解了那桩大麻烦，还没好好答谢过呢。小韭，快去把那头白花驴牵出来！换套干净鞍垫。"

"那太好了，谢谢大嫂。我先把一天的钱付了。"

瓣儿按时价，取出一陌铜钱，那妇人连声辞让，瓣儿执意再三，妇人才笑着收了。小韭已牵出一头青毛白花的驴子，瓣儿道声谢，骑着驴子走了。

她向北穿出香染街，折向西进了内城，到了相国寺北门外的寺北街，这街上有很多南食店。她找到祝顺鸭鹅店，要了一只白炸春鹅，又添了五对糟鹅掌，正好凑成一陌钱，让伙计用油纸包好，提着鹅，骑了驴，一路向南，笔直朝陈州门走去。

汴京城南有三座城门，陈州门在最东。出了陈州门，继续往南，一条横街，是清仁巷，范楼就在左边巷口，斜对着太学外舍、辟雍东门。

瓣儿没有停留，骑着驴慢慢在街沿上边行边看。范楼是两层楼，气派虽不及京里那些正店，却也足够敞阔。楼下大厅看起来能摆几十张桌子，楼上临街十间单间。但店里似乎有些冷清，没有多少客人，恐怕是那桩无头尸案晦气未散，余慑还在，人都不敢来。

那案子发生在二楼中间的那间，不知是第五间，还是第六间？

那两扇窗都紧闭着，看不出什么来，若真要查这案子，还得到里面仔细踏勘。她轻轻一踢，催驴走快，离开了范楼，向东面行去。

上个月，范楼无头尸案很闹了一阵子。

两个前科进士去范楼喝酒，一个叫董谦，一个叫曹喜，还请了唱曲的池了了。池了了中途离开了，董谦和曹喜继续喝，门关着。店里伙计去上菜时，却发现曹喜喝醉了趴在桌上，董谦则躺在地上，流了一大摊血，已经死去。而且，头不见了。

官府的人去查勘，房间内不见刀斧等凶器，董谦的头更不知去向。旁边隔间里喝酒的人都不曾听到打斗喊叫声。曹喜身上并没有血迹，他声称自己喝醉了，并不知情。官府羁押了曹喜，但他当时虽然人在凶案房间内，却找不到其他杀人证据，因此难以结案。

京城太大，事太多，才十来天，人们就去赶趁其他新鲜事，这两天已经很少有人说了。当时赵不尤也曾动过心，不过案子已收归开封府，府里并没有来邀他相助，他也就作罢了。

瓣儿记得，那天聊起无头尸案来，哥哥说验尸的仵作是吴盘石。赵不尤一向只依理行事，并不去阿附贵要，倒是嫂嫂温悦替他着想，说常年帮人诉讼，免不了和官府各级人物打交道，虽不必巴结，但也不该过于疏冷自傲。因此，凡哥哥办的讼案，所遇的官府人等，嫂嫂都细心留意，各人性情如何，喜好如何，每逢年节，都要一一送些薄礼过去。礼虽轻，不值什么钱，却都用了巧心思，清雅不俗，倒比那些重礼更令人欣喜。

瓣儿一直帮嫂嫂打理礼物，也很熟悉这些人。知道吴盘石是江南人，爱吃鹅肉。所以特地去了京城最好的南食鹅店，花了些钱，备了份礼。她只知道吴盘石住在城东南外木柴巷，就往那边赶去。

每天看墨儿跟着哥哥办事，她心里好不羡慕，只恨自己是女儿身，诸事不便。池了了托她这件事，勾起了她的心事，自己年纪也不小了，活这么大，从来没正经做过什么事，甚至连门都难得出几回。历朝历代，都有奇女子，都做过些惊天动地、青史留名的事来，自己虽不敢比她们，却也不该将青春白白虚耗在闺阁之中。她虽然爱笑，每每于深夜想到这些，都忍不住在锦被里偷偷落泪。

所以，她决计去办这件事。

哥哥嫂嫂恐怕不会答应，那我就偷偷去查，趁着还没嫁人，好歹该做一桩不寻常的事，往后老了、闲了，才好回想。

想到"嫁人"，她顿时羞红了脸，忍不住自个儿笑出声来，惊得路边柳梢上两只鸟儿飞鸣而去。幸而路上没有什么人，春风微漾，满眼新绿，驴儿跑得轻快，驴铃叮当悦耳，一派春日好光景。想起自己最爱的当世女词家李清照那些小令，她也兴起，在驴背上自填了一首《如梦令》。

> 独自骑驴漫喜，闲惹流莺非议。碧草重芳情，纵使东风无意。不弃，不弃，那怕此途迢递。

第二章　尸检验状

叶叶心心，舒卷有余情。

——李清照

来到木柴巷，瓣儿打问到吴盘石的家。

她来到门前，下了驴，轻轻叩门，半晌门才打开，是一个矮胖和气的妇人，望着她有些纳闷："你是？"

"婶子，我是赵不尤的妹妹，叫赵瓣儿。有事来请教吴大伯。"

"赵姑娘啊，快请进！"

瓣儿牵驴走进院里，将驴子拴在门边木桩上，才回转身，见一个高瘦的老年男子从屋里走了出来，她见过，是吴盘石。恐怕是由于常年查验尸体，吴盘石神情始终冷郁郁的："你是赵将军的妹妹？"

她忙恭恭敬敬答道："对。吴大伯，我叫赵瓣儿，这是我哥哥让我送来的祝顺鹅，他说这几年常劳烦您，正好过节，略表一点谢意。"

吴盘石露出一丝笑："这怎么敢？前日刚收到赵将军送来的江南扇子，还没去当面道谢，这又……"

"哥哥说，若不是吴大伯眼力老到、行事谨细，好几桩疑案就都沉埋地下了。"

瓣儿把鹅递给了吴妻，两下推拒了一阵，吴盘石才让妻子收下拿进去。

瓣儿忙道："我今天来，还有一事相求。"

"姑娘请说。"

"想请教一下吴大伯，一个月前，范楼那桩无头尸案。"

"莫非府里请赵将军来查这案子？"

"没有，哥哥只是觉得好奇，让我顺便请教吴大伯。"

"赵将军想知道什么？"

"那尸体有没有什么疑点？"

"最大疑点便是头颅不知所在。"

"其他呢？"

"尸体全身其他地方都没有伤痕，死因可能有二，一是被捂住口鼻闷死，二是重击头部致死。"

"会不会是毒死呢？"

"不会，指甲、皮肤都没有青黑迹象。"

"还有呢？"

"尸体颈部切口断面平滑，没有伤到骨头，是从骨缝间割开，刀法相当老练。"

"吴大伯相信凶手是和死者一起喝酒的曹喜吗？"

"我只勘验尸体死因，其他不敢乱说。不过，那看伤口和血迹，是才行凶不久，但曹喜手上、身上均没有血迹。我还抄录了一份尸检验状，你可以拿回去给赵将军看看。初检、复检都有，初检仵作是白石街的姚禾。"

吴盘石回身进屋，取出一卷纸递给瓣儿，瓣儿接过来忙连声谢过，告别了吴盘石夫妇。

走到途中，她将驴停在路边，取出那卷纸，在夕阳下细看。

那是范楼无头尸案的尸检验状副本，正本一式三份，官厅、尸检官和死者血亲各留一份。想来是吴盘石行事谨慎细心，抄录了一份，自己留存。

尸检分初检和复检两次，分派两拨人检验，吴盘石是复检仵作，瓣儿先看初检验状。

开封府验状宣和三年第八十七号

二月初十日未时，据董修章讼状乞检尸首。开封府左厢推官于当日申时差人吏廖旺赍牒左厢公事干当官初检。本官廨舍至泊尸地头计三里。

初检官：左厢公事干当官岳启德

申时一刻承受，将带仵作人姚禾、人吏刘一、章起，于三十日申时三刻到太学辟雍东坊清仁巷范楼，集坊正张武盐、坊副万戚千、已死人亲父董修章，初检到已死人头颅被割，系要害致命，身死分明，各于验状亲签。

死人尸首在范楼二楼左六间内，东西向仰躺于地，身距南墙六寸，距北墙七尺三寸，距东墙三尺六寸，足距西墙二尺五寸。尸身无头，正、背、左侧、右侧皆无伤痕，无中毒征兆，颈项切口伤面平滑。外衣白布襕衫，内衣白布衫，白布裤，白布袜，足黑布履。腰系一青锦袋，内有钱一百三十七文，墨丸两颗，纸笺三张，药单一张，发丝一缕。死人亲父董修章检视，除发丝外，确为其子董谦衣物。

仵作人　姚禾　人吏　刘一　章起

坊正　张武盐　坊副万戚千

已死人亲父　董修章

左厢公事干当官　岳启德　押

瓣儿又读复检状，吴盘石是当天两个时辰后去范楼复检，和初检并没有什么出入改动。她收好两份验状，站在路边细想：董谦为何被杀？他只是一个太学生，家境一般，并没有多少钱财，杀他一定不是谋财。当时屋中只有他和曹喜两人，曹喜真是凶手？但为何身上没有血迹？他被捕后始终拒不承认自己杀人，若凶手另有其人，曹喜为何一无所见？董谦的头去了哪里？凶手为何要将他的头藏起来？这当然不是街坊所传的什么食头鬼作祟，凶手将头藏起来定是有他不得不藏的缘由。

这个案子还真有些考验人，以目前所知，无法得出任何结论。初检官是公事干当官岳启德，他和哥哥赵不尤有过交往，不过眼下尽量先不要去找他，万一被哥哥知道就不好了。初检的仵作叫姚禾，这个名字不曾听过，刚才吴盘石说他住在白石街，离这里不远，正好在回家沿路，不如先去姚禾那里再打探些讯息。

瓣儿骑上驴，沐着晚霞，向北面行去，想着这案子竟比哥哥历年办过的都要难，她心里欣喜难耐，又吟唱起来时填的那首《如梦令》，唱到"不弃，不弃"时，忽然笑起来。刚才没发觉，自己竟将二哥赵不弃的名字填进了词里。

赵不弃是赵不尤的堂弟，为人风雅倜傥，诙谐不羁，瓣儿最喜欢听二哥说笑话。她笑着想，等哪天见到二哥，一定要把这首词念给他听。

到了白石街，瓣儿打问到姚家，背街的一个小宅院。

这时暮色已浓，瓣儿心里暗暗焦急，但因是顺路，还是问一问吧。她下驴敲门，开门的是个年轻后生，和自己年纪相仿，方脸大眼，长相端朴。

"请问姚仵作是住在这里吗？"

"是。"后生望着瓣儿，有些诧异，又略有些腼腆。

"我姓赵，想问他点事情。"

"什么事情？"

"这事得当面问才好。"

"我就在你当面啊。"后生笑起来，笑得有些憨朴。

瓣儿也忍不住笑起来："你看我，一说仵作，想着不是叔叔，就是伯伯。"

"我爹是仵作，今年我才替了他的职。"

"那我有点事情，能问你吗？"

"请讲。"

"话有些长，我们就这样隔着门槛说话吗？"

姚禾的脸顿时红起来："本该请你进来，不过我爹娘都出去了，家里现只有我一个……"

瓣儿脸也顿时绯红，窘了片刻，才想起来："我看巷子口有间——"

"茶肆。我也正要说……"

两人目光一碰，又都微红了脸。

"我先去那里等你。"瓣儿忙笑着转身走开，心想，我这是怎么了？他怎么也是这样？

她走进茶肆才坐下，姚禾就已经赶过来。

"伍嫂，露芽姜茶！"他先要了茶，而后笑着坐到瓣儿对面，"这家没什么好茶，不过露芽姜茶煎得特别，别处没有。"

那伍嫂端了茶过来，房里已经昏黑，她又点了盏油灯。虽然看着普通一间茶肆，却也是一套定窑莲纹泪釉的精巧瓶盏，在灯光下，莹莹如玉。茶汤斟到盏中，褐红润亮，瓣儿呷了一口，馨香醇郁，果然特别，笑着赞了声。

姚禾仍腼腆微笑着："我见过你，你是赵将军的妹妹。"

"哦？刚才你为何不讲？"

"嘿嘿……怕太唐突了。此外，我也知道你要问什么事情。"

"哦？对了……你的确知道。"

"嗯？"

"你既然知道我是我哥哥的妹妹，那你当然就知道我是为问案子而来；既然你今年才开始做仵作，就还没接过多少差事，而那件案子又最古怪……"

两人对视，眼中都闪着亮，一起笑起来，脸又一起泛红，忙各自低头喝茶。

半晌，瓣儿才抬起头问道："那案子你怎么看？"

姚禾想了想，慢慢道："这一阵，我也时常在想那案子。那天我到范楼时，见董谦尸首横在窗根地上，周身都没有伤，也没中毒，手指自然张开，没有扭打或挣扎迹象。看来是死后或者昏迷后，被人割下头颅。"

"那曹喜呢？"

"我们到时，他被酒楼的人关押在隔壁，填写验状要凶犯在场，他被带了过来。"

"他进来时神色如何？"

"惊慌，害怕，不敢看地上尸体。而且手上、身上皆没有血迹。房内也并没有清洗用的水，就算有，水也没地方倒。"

"他不是凶手？"

"这案子太怪异，我爹做了一辈子仵作，都没遇见过。我只见了曹喜那一面，不敢断定。不过，他若是凶手，杀了人却不逃走，为何要留在那里？"

"若能清理掉证据，不逃走反倒能推掉嫌疑。"

"你说他是凶手？"

"我现在也不能断言。这案子不简单，我得再多查探查探。"

"你？"

"嗯，我想自己查这案子。"

"哦？"

"你不信？"

"没有，没有！只是……"

"你仍然不信。"

"现在信了。"

瓣儿笑着望去，姚禾也将目光迎上去，两下一撞，荡出一阵羞怯和欣悦。

瓣儿笑着垂下眼："我查这案子，后面恐怕还要劳烦你。"

"好！好！我随时候命。"

"谢谢你！天晚了，我得走了。"

　　瓣儿告别姚禾，急忙忙去还了驴，匆匆赶回家时，天早已黑了。

　　到了家门前，她担心被哥哥骂，正在犯愁怎么敲门，却见门虚掩着，哥哥和墨儿也还没回来？她小心走进去，果然，只有嫂嫂温悦一个人坐在正屋，点着灯，拿着件墨儿的衣裳在缝补。见到她，嫂嫂却装作没见，冷着脸不睬她。她正要道歉解释，嫂嫂却先开口问她："你也学你哥哥查案去了？"

　　瓣儿大吃一惊，虽然嫂嫂聪慧过人，但绝不可能知道她下午的行踪。嫂嫂一定是在说讽话，误打误撞而已。她没敢答言，笑着吐了吐舌头。

　　嫂嫂却继续问道："那个池了了是不是怕你哥哥？她有事不去找你哥哥，为什么要找你？偏生你又一直憋着股气，总想做些事情。"

　　瓣儿听着，越发吃惊："嫂嫂？"

　　嫂嫂忍不住笑了一下："我是怎么知道的？中午我在轿子里听到她唤你，掀帘看了一眼，见她一脸忧色，一定有什么难事。听到你叫她名字，才想起来你说过，上次有个唱曲的在我们门前崴了脚，自然就是她。我见她身上虽然有风尘气，不过神色间并不轻贱浮滑，还是个本分要强的人。否则，当时我就不许你再与她言谈。而且，她若心地不端，依你的性子，也绝不会和她多说一个字。"

　　瓣儿听了，既感念又惊叹，忙问："还有呢？"

　　"上次你帮了她，半年多她都一直没来找过你，我猜想，她并非不知感恩，一定是有些自惭身份，怕坏了你的名声。隔了这么久，她忽然又来找你，又一脸心事，当然是有什么难事要你帮忙，一路上我都在想，会是什么事呢？回家后，看到桌上的邸报，我才忽然记起来，上个月的邸报上似曾见过她的名字。我忙去找了邸报一张张翻看，果然有，上个月城南的范楼案，她也被牵连进去。案子至今没有结，她找你应该就是为这事。那件案子，她只是个旁证，并非死者亲族，按理说和她无关，更无权上诉。我想，她一定是和案子里两个男子中的一个有旧情，想替他申冤，但这心事自然不好跟你哥哥讲，所以她才婉转去找你。"

　　瓣儿惊得说不出话："嫂嫂……"

　　嫂嫂望着她，笑了笑，满脸疼惜："而我们这位姑娘，偏生又热心，而且一直满腔踌躇，想做些大事，和男儿们比一比，正巴不得有这样一个由头。两下里凑巧，这姑娘就开始去查那案子了……天黑也不管了，嫂子担心也不顾了……"

瓣儿心里又甜又酸，一把抓住嫂嫂的手，不知怎么，眼里竟滚落泪珠："嫂嫂……"

温悦笑道："还没开始骂你呢，你就装哭来逃责。"

瓣儿"噗"地笑出来，忙抹掉眼泪："嫂嫂，这件事我一定要去做。你得帮我，先不要告诉哥哥。"

嫂嫂柔声道："可是，你一个女孩儿家，怎么去查呢？"

"总会有办法。像池了了，她跟我同岁，还不是一个人东奔西走？"

"那不一样。"

"当年我和墨儿如果没有被哥哥一家收养，还不是得像池了了一样？"

"唉……好吧，就让你了一回愿。你先试着查一查看。不过，任何事不许瞒着我，抛头露脸的事，尽量找墨儿去做。还有，再不许这么晚还不回家。至于你哥哥那里，我先替你瞒着，咱们边走边看。这案子不小，到时候恐怕还是得告诉你哥哥。"

"太好了！有嫂嫂帮我，咱们二女对二男，一定不会输给哥哥和墨儿！"

第二天清早。

因要去瓣儿家，池了了选了套素色衣裙，也没有施脂粉，简单绾了个髻，只插了根铜钗。

箪瓢巷在城东南郊外，很僻静的一条巷子。京城里房宅贵，京官大多都赁房居住，有财力置业的，除非显贵巨富，也大都在城郊买房。箪瓢巷的宅院大半便是京官的居第。

池了了曾经来过，直接寻到赵不尤家，她才轻叩了两下门环，院门便已经打开，瓣儿笑吟吟地站在门里，朝阳映照下，像清晨新绽的小莲一样，清洁而鲜嫩，池了了顿觉自己满身满心都是灰尘。

"了了，快进来！家里人都出去了，只有我们两个，我们就坐在院子里说话吧，你先坐一坐。"

池了了看瓣儿轻盈地走进旁边的厨房，她环视院内，杏树下已经摆好了一张小木桌，两把木椅，铺着浅青色布坐垫。她坐了下来，院中仍像上次那么整洁清静，一棵梨树、一棵杏树，不时飘下粉白的花瓣，越发显得清雅，比池了了去过的许多富贵庭院更让人心神宁静。

不一会儿，瓣儿端着一个茶盘出来，茶具虽不是什么名瓷，但很洁净。瓣儿给池了了斟了一杯茶，自己也斟了一杯，才坐下来，笑着说："你昨天说的事，我答应。"

"谢谢你。你跟你哥哥说了？"

"这个……有些变动。我没有跟我哥哥讲，那个案子，我想自己去查。"

池了了一怔，但看瓣儿眼神坚定，知道她是认真的。瓣儿虽然十分聪慧，但只是个女儿家，并未经历过什么，论起人情世态，自己都远胜过她……

"你信不过我？"瓣儿笑着问。

池了了笑了笑，面对酒客，她能从容应对，面对瓣儿，却不知道该如何作答。

瓣儿从怀中取出两张纸："这是董谦的尸检验状，昨天我已去拜访了初检和复检的仵作，已经大致了解了案情。这个案子疑点极多，有许多原委还不清楚，目前我也得不出任何结论。不过，我已经想好了从哪里入手，该去打问哪些人。我虽然经历不多，但我哥哥历年经手的那些案件，我都仔细研习过。不论凶手有多缜密狡猾，只要犯案，必定都会留下破绽。这就和刺绣一样，无论你手艺有多精熟，哪怕只用一根线绣成，也得起针和收针，这一头一尾的线头，神仙也藏不住。只要细心，总会找出来。"

虽然两人同岁，池了了却始终把瓣儿当作小妹妹，听了这一番话，心里生出些敬服，更不忍拂了瓣儿好意，便问道："你真觉得能查出真相？"

"世上没有查不出的真相，只有没擦亮的眼。"

池了了听了略有些不以为然——这话说得太轻巧，以她所经所见，猜不透、想不清、查不明的事情实在太多。不过，或许是自己身份低下，从来都是供别人欢悦一时片刻，极难走近那些人一步半步，故而很难看清。瓣儿姑娘读过书，有见识，又身为宗室女，站得自然高些，看事想事恐怕要比自己高明透彻得多，何况她还有这份热心。

于是，池了了定下心，认真道："我信你。"

瓣儿眼睛闪亮："太好了！其实不止有咱们两个，我已经找到两个帮手，一个是这案子初检的仵作，他叫姚禾，昨天已经答应要帮我；另一个是我嫂嫂，她比我要聪明不知多少。还有，我孪生的哥哥墨儿，你应该见过，如果有什么事，他随唤随到。另外，如果咱们实在查不出来，再向我大哥求助也不迟。所以呢，你放心，这个案子一定能破。好，现在你就把事情原原本本讲一下，越细越好。"

第三章　独笑书生争底事？

> 不知酝藉几多香，但见包藏无限意。
>
> ——李清照

池了了啜了一口茶，酿了酿勇气，才慢慢讲起上个月范楼那桩惨事——

"说起来，要怨我。之前，我若是稍稍忍一忍，董谦和曹喜就不会结怨，也就不会有范楼那场聚会……"

范楼凶案那天，其实是池了了和董谦、曹喜第二次见面。

第一次要早几天，刚好是春分那天，仍是在范楼。

池了了一向喜欢去太学附近赶趁酒会，一来太学生有学问，顾身份，待人文雅，一般不会乱来；二来，池了了对自己琴技歌艺还是有些自负和自惜，太学生就算不懂音律，见识也高于一般俗人，能听得出歌艺高低；最重要的是，太学生虽然大都没多少钱，但出手慷慨，给钱利落，很少耍横使刁。

范楼近邻太学辟雍东门，太学生常在那里聚会，池了了和范楼的人也混得熟络。那天她背着琵琶，鼓儿封拎着鼓，两人一起去范楼寻生意。京城把大酒楼的伙计们都称作大伯，池了了在一楼跟两个大伯说笑了两句后，上了二楼。二楼的一个大伯叫穆柱，一见到池了了，立刻笑着道："巧呀，有几位客人要听东坡词，我正想找你。"

当时歌伎唱的绝大多数都是柔词艳曲，池了了却独爱苏东坡，喜欢他的豪放洒落。女子一般很难唱出苏词中的豪气，池了了嗓音不够甜润，略有些沙，唱苏词却格外相衬。鼓儿封也最中意苏词，他的鼓配上苏词也最提兴。

苏东坡因卷入党争，名字又被刻上奸党碑，虽已经过世二十年，诗文却至今被禁，不许刻印售卖。池了了却不管这些，官府也难得管到她，若遇见识货的客人，便会唱几首苏词。只是，很多人畏祸，很少有人主动点苏词，更难得有人专要听苏词。

她和鼓儿封随着穆柱进了最左边客间，里面坐着三人，都是幞头襕衫，太学生衣着。

穆柱赔着笑引荐道："三位客官，她叫池了了，整个汴梁城，论起唱苏词，她恐怕是女魁首。"

"哦？"坐在左边座上的那个书生望向池了了，那人方脸浓眉，皮肤微黑，目光端厚温和，他笑着问，"熟的就不听了，《满江红·江汉西来》会唱吗？"

池了了笑着反问："独笑书生争底事？"

那书生笑了起来："看来是个行家。"

池了了后来才知道，这书生叫董谦。主座上清俊白皙的是曹喜，右边瘦弱微黑的是侯伦。三人其实也并非太学生，而是上届的进士，因为积压进士太多，官缺不足，三人都在候补待缺。

曹喜看到他们，却似乎不喜欢，皱着眉头说："街边唱野曲的，懂什么苏词？"

董谦忙道："好不好，听一听再说。这唱曲的钱，我来出。"

曹喜越发不快："东坡词前谈小钱，你这算什么？"

池了了隐隐有些不乐，但还是笑着道："三位公子，不必为这计较，我若唱得还算入耳，就打两个赏；若唱不好，我也不敢收公子们的钱。"

董谦笑着对她说："好，你唱，别理他。"

侯伦在一旁第一次开口："不值什么，先听听再说。"

曹喜沉着脸，不再说什么，头侧向一边，也不看池了了和鼓儿封。

穆柱忙搬过两把椅子，放到门边，让池了了和鼓儿封坐下，赔着笑圆场道："太学博士听了她唱，都赞叹唱得好。"

池了了见鼓儿封脸色不好，想是在恼曹喜。客人面前又不好劝，便笑着道："封伯，鼓子敲起来！"

鼓儿封将鼓放在膝盖上。他的双手食指各缺了一截，只能用其他八根手指和手掌来击鼓。但他精通音律，又多年苦练，小小一面鼓，能敲得人热血激荡，惊魂动魄。

不过那天，鼓儿封低着头，沉着脸，起手就有些乱，鼓点涣散无力，全无平日神采。池了了忙抱好琵琶，不等他前奏结束，就重重拨响琴弦，掩住鼓声，鼓儿封见机，随即停手。池了了心里也不服气，勾挑捻抹，尽兴施展，发力弹奏了一段曲引，提起豪健之兴，随即开口唱道：

> 江汉西来，高楼下、蒲萄深碧。犹自带，岷峨雪浪，锦江春色……独笑书生争底事，曹公黄祖俱飘忽。愿使君、还赋谪仙诗，追黄鹤。

一曲唱完，她特意将"独笑书生争底事"一句反复了两遍，才歇声停手。虽然少了鼓儿封的激越鼓声，但她自信这曲仍然弹唱得豪情深长，无愧东坡。果然，唱完后，席间三人先低眼静默了片刻，随即，董谦高声赞道："好！"

池了了浅浅一笑，心里这才舒畅，扭头看鼓儿封，见他仍旧沉着脸，不时望向曹喜。而曹喜也同样沉着脸，并不看他们。

董谦问他："如何？"

曹喜却不理他，瞪着池了了冷声问道："你最后反复唱那句，是在讥笑我们？"

池了了一惊，她当时确有这个意思，但立即笑着答道："小女子哪里敢，只是觉着这首词的意思全在那一句，所以才重复了两遍。"

曹喜猛地笑起来，笑声冷怪："你算哪路才女？居然敢在我面前评点苏词？"

池了了顿时红了脸，没有细想就回口道："就算苏东坡本人，也给我们歌伎填过词——"

话音未落，曹喜忽然抓起手边的一副筷子，一把朝她掷了过来，池了了忙侧身躲开了一根，另一根却砸到鼓儿封脸上。池了了腾地站起身，大声质问："公子这算什么呢！喜欢，就听一听，不喜欢，说一声，我们赶紧走人。我们虽下贱，却也是靠自家本事吃饭，并没有讨口要饭。公子的钱比铜锣还大，就算赏我们，我们也扛不动。"

曹喜气得嘴唇发抖："跟你多话，辱了我体面，滚！"

池了了还要争辩，鼓儿封却伸手抓住她，低声道："走吧。"

"曹喜！你做什么？"董谦怒声喝问。

"怎么？又要做惜花郎君？正经花朵，惜一惜，也就罢了，这等烂菜叶子，也值得你动火？"曹喜又发出那种冷怪笑声。

"你——"董谦脸涨得通红，说不出话，起身一拳击向曹喜，砸中曹喜肩头，衣袖带翻了桌边的碟子，跌碎在地上。

"好啊，菜叶子郎君又要扮泼皮情种了。"曹喜说着站起身，也挥拳向董谦打去。

两人动了真怒，扭打起来，这让池了了大大意外，一时间愣在那里。不过两人都是文弱书生，看来都没有打过架，撕缠在一处，你抓我的衣领，我扯你的袖子，帽儿被抓歪，衣服被拽乱，却没有几拳能实在打到对方，桌上碗盏倒是被撞落了几个。因此也分不出谁占上风、谁落败。若换成池了了，几招就能制胜。

旁边的侯伦见打起来，忙站起身去劝，但也是个没劝过架的人，拽拽这个，扯扯那个，最后变成了三人互扯衣服。幸而穆柱听到响动，赶了进来，连求带哄，才将三人各自分开。

又低声劝着，让池了了和鼓儿封赶紧离了客间，悄悄走了。

从范楼出来后，池了了随即也就把这事儿忘了。

从十三岁出来唱曲，这样的事经得多了，算不得什么，心上裹的那层茧，比她指尖的弦茧还厚。只是偶尔会想起董谦，到京城后，她见得最多的是文士，大多也都本分守礼，但很少有谁能这样热诚待她，不但真心赞赏她的歌艺，更为护她不惜和好友动手。

不过，她也只是心中感念，并没有其他非分之想，连去打听董谦姓名的念头都没有。谁知道，后来竟会再次见到董谦，并成死别……

过了几天，有天早上，她梳洗打扮后，正准备出门，却听见敲门声，开门一看，是个书生，身材瘦弱，面皮微黑，神情有些拘谨，似乎在哪里见过。

"池姑娘，在下姓侯。"

"哦？侯公子有什么事吗？"

"池姑娘不认得在下了？那天在范楼——"

"哦？侯公子怎么找到这里的？快请进！"池了了这才想起来他是那天和董谦、曹喜一起喝酒听曲，不爱说话的那位。

"我是从范楼的大伯那里打问到池姑娘住址的，今天特意来请池姑娘去助兴。"

"怎么敢劳动公子大驾？随便找个人捎个口信就是了。去哪里呢？什么时候？"池了了心里一动，又想起了董谦的样子。

"还是范楼吧，就今天中午。"

"好，我一定去。"

"另外——"侯伦犹豫了一下。

"什么？"

"那天在范楼，他们两个结了气，至今互不说话，我们三个是多年好友，往日从没这样过。我是想替他们说和，事情因池姑娘而起，所以才来请池姑娘，望池姑娘……"

"那天怨我张狂了，耍性子，没顾忌，惹得那位公子生气，正想着找个时机好好道歉赔罪呢。这样正好，侯公子放心，今天我一定多赔几杯酒，酒钱也算我的。"

"你能去，就已经很好，酒钱怎么能让你出。"

池了了早早就去了范楼，和店里大伯穆柱闲聊，才知道护着自己的叫董谦，讨人嫌的那个叫曹喜，和事佬是侯伦。

一直等到中午，侯伦和董谦先到。一看到董谦走进来，池了了心微微一动，看董谦身材魁梧、方脸浓眉，不似一般书生那么纤白，皮肤微有些黑，正是自己最喜欢的一类长相，尤其那目光，端正而温和，让人看着安心踏实。

她忙迎上前去，深深道了个万福："董公子，那天实在是对不住。"

董谦叉手回礼，笑着道："是我们失礼才对。"

"董公子这么说，让人实在承受不住。"

"哪里，的确是曹喜——"

池了了一抬眼，见曹喜走进店来，忙向董谦使了个眼色，董谦会意，微微使了个鬼脸，回转身，咳嗽了一下，笑着道："正说你，你就到了。"

曹喜脸色仍有些不快，但还是笑着问："又说我什么？"

侯伦忙道："没说什么，咱们上楼吧。"

池了了走到曹喜面前，也道了个万福："曹公子，那天是我莽撞失礼，还望公子能多担待。"

曹喜只摆了摆手，勉强露出些笑："那天我多喝了些，说了什么，做了什么，全都不记得了。"

"不记得最好。"侯伦笑着道。

三人笑着上了楼，池了了也取过琵琶跟了上去。

席间，三人说说笑笑，看来已尽释前嫌。

池了了也觉得快慰，在一旁斟酒看菜，十分殷勤，又唱了两首柳永的词，连曹喜也似乎真的释怀，笑着点头，以示赞赏。

大家正在开心，一个人忽然跑了进来，短衫布裤，是个小厮，朝着侯伦急急道："侯公子，你家父亲又犯病了！直嚷胸口疼。你妹子让我赶紧来找你回去！"

侯伦一听，忙扔下筷子，站起身道别："对不住，我先走一步。"

董谦忙道："我们也去！"

"不用，你们也知道，家父这是旧症复发，应该没有大碍。"

侯伦匆匆走后，席上顿时有些冷，董谦和曹喜互相对望，又各自避开，都没了情绪。

池了了忙圆场道："我昨日学了一首《定风波》，是新填的词，不知道两位公子可愿一听？"

"好啊，有劳池姑娘。"董谦笑着道。

于是池了了轻拂琵琶，慢启歌喉，细细唱道：

燕子来时偶遇君，一衫细雨满城春。帘外柳思烟绪淡，轻叹，心中波浪眼中寻。

只道情生如碧草，怎料，空留荒芜送黄昏。一片痴心何处去？无绪，青山仍待旧时云。

唱完后，董谦、曹喜都默不作声，池了了见董谦低着头，以袖拭眼，竟似落了泪。她暗暗心惊，但不敢言语，假意没看见，慢慢放好琵琶，这才转身笑问："两位公子觉着如何？"

曹喜点头道："不错，苏东坡、黄山谷等名家都填过这首，苏词豪爽，黄词雄深，这首清新深挚，有晏几道、秦少游之风。"

董谦也抬起头，虽然笑着，但泪容仍依稀可见："这是谁填的词？"

池了了笑着答道："是我义兄，名叫萧逸水。"

"是我孤陋寡闻了，竟不知道还有这样一个才子。"

池了了听他们夸赞萧哥哥，心里甚是欢慰。

曹喜和董谦也有了兴致，边饮酒，边谈论起各派词家。池了了坐在一边，笑着旁听。董谦看重词中的意境胸怀，曹喜则讲究格律炼字。两人说着说着，争论起来，互不相让。

他们本就喝了不少酒，争得起劲，声音越来越大，脸都涨得通红，曹喜更是连太阳穴、脖颈的青筋都根根暴起。

池了了看到，忙拿话岔开："两位公子，菜都凉了，先歇一歇。来，先把酒满上，然后听我唱一首周邦彦的《苏幕遮·燎沉香》，这首词不论格律，还是词境，都是一流，两位公子想必都爱。"

池了了给他们斟满酒，先端了一杯双手递给董谦，董谦这才停口，但斗意未消，脸仍然红涨。他勉强笑了下，接过了酒："周邦彦这首的确是上品。尤其一句'水面清圆，一一风荷举'，清新如画，又了无痕迹。"

池了了又端起另一盏递给曹喜，曹喜接过酒，只微微点了点头，转头又对董谦说："你没听说'曲有误，周郎顾'？周邦彦是词律大家，这首好就好在律工韵协，宛如天成。"

池了了见他们又要争起来，忙抓起琵琶，笑着道："小女子唱得若有误，还请两位公子多多看顾。"

池了了说着拨动琴弦，弹奏起来，董谦和曹喜也就不好再争，坐着静听。池了了才弹了前引，还未开口唱，房门敲了三下，随即被推开，穆柱单手托着个漆木方盘进来，盘中两大碟子鹅菜，他将托盘搁到门边的小桌上，端过其中一碟："两位公子，实在抱歉，这最后一道菜是五味杏酪鹅，讲究软嫩，比较费火候，所以上晚了。"

桌上主座是侯伦，已走了，董谦和曹喜在左右两边，面对面坐着，中间菜又已摆满，穆柱正犹豫该放哪边，曹喜道："放那边。"穆柱便把那盘五味杏酪鹅摆向董谦这边，董谦却说："放他那边。"穆柱已经放下，听了一愣，手一慌，碰翻了董谦面前酒盏，盏里的酒刚斟满，还没饮，酒水泼到了董谦前襟上。穆柱吓得连声道歉。池了了忙放下琵琶，掏出帕子替董谦擦拭，董谦笑着连声说："不妨事，不妨事，正好泼得酒香带醉归，哈哈。"

穆柱又再三道歉后才端起门边木盘，小心出去，池了了也收了帕子，回身要取琵琶，却听董谦说："听说池姑娘是岳阳人？这道五味杏酪鹅应该是岳阳名菜吧。"

"是啊，不过我离开家乡已经好些年了。"

"少年时，读范文正公《岳阳楼记》，便十分向往那里：'衔远山，吞长江，浩浩汤汤，横无际涯。朝晖夕阴，气象万千……'可惜至今没去过。想必那里的饮食也是'气象万千'。池姑娘，你来尝尝这鹅，看看比你家乡的如何？"

"公子们都还没尝，我怎么敢先动？"

"酒边相逢皆是友，何必这么多礼数计较？你是行家，先来考校考校。"

董谦捉起筷子夹了一块鹅肉，放到池了了碗里，池了了只好举筷尝了尝："大致是这个意思，只是杏酪略少了些，糖又略多了点，压过了其他四味，吃着稍嫌甜腻了些。不过这已经是上好的了。我在别家吃过几回，更不像。"

"池姑娘自家会不会做？"

"我自小就学琴，很少下厨，只粗学过几样。偶尔想念家乡了，才自己做一两样来吃。像这道五味杏酪鹅就做不来。不过，岳阳菜里，它还不算什么，有道'万紫千红相思鱼'，才最有名。"

"哦？这菜名听着就勾人。"

"这紫是紫苏，红是楂丝，再配上些姜黄芹绿，做出来的菜色，便如春光一样，菜味酸甜里略带些辛香，开胃，发汗，醒酒是最好不过的了。"

"酸甜辛香，果然是相思之味，听着越发馋人了，可惜京城酒楼似乎没有卖的，无缘一尝。"

"我最爱它的菜色菜味，名字又好，所以特意学过。公子想吃，要不我去厨房，替公子做一道？"

"怎么好劳烦池姑娘，再说这酒楼厨房也不许外人随意进去做菜。"

"这里的厨房我常进去，有时候他们忙不过来，会叫我去帮帮手，里面做菜的几位茶饭博士都很熟络。我也很久没有吃过，说起来，自己也馋了。我这就去做，两位公子先慢慢喝着，不过，说些高兴事，莫要再争执了。"

第四章　万紫千红相思鱼

> 炙手可热心可寒，何况人间父子情。
>
> ——李清照

瓣儿听池了了讲那天在范楼的经过，发觉只要提到董谦，池了了的目光和语气就会变得柔暖。自己和嫂嫂猜中了：池了了对董谦动了芳心。

但董谦对池了了呢？从池了了的叙述中，董谦似乎只是天性和善，始终以礼待人，并没有其他的意思，而池了了自己也似乎明白这一点，因此，讲述时，始终在掩饰自己的心事。但无论她如何掩饰，总会不经意流露。

听到池了了说中途下楼到厨房去做"万紫千红相思鱼"，瓣儿不禁暗暗惋惜：池了了若一直留在那里，董谦恐怕就不会死。但随即她心中暗惊，难道池了了是被特意支开？

她忙问："你说下去做鱼，曹喜怎么说？"

池了了想了想，才说："那会儿，一直是我和董谦在说话，曹喜坐在一旁，一个字都没讲。"

"他当时在做什么？脸上什么表情？"

"我忙着说话，没太留意，不过……他酒量不太行，已经有些醉了，当时好像在不停敲头抹脸。"

"哦……"瓣儿暗想：自己多疑了。做鱼是池了了自己主动提起，两人都没有强求，曹喜更是只字未言。

"你做鱼花了多久？"

"做鱼倒是没要多久，蒸好之后，再挂汤浇汁，工夫主要在用料、调汤味上，前后最多一炷香，不过范楼厨房里没有紫苏和山楂，我出去现买的，来回耽搁了些时候，但也不算远，只走了半条街就找到家干果生鲜店，那店里偏巧也都有。买回来后，马上就动手做。两条鱼做好后——"

"两条鱼？"

"我才剖完洗好了一尾鲤鱼，店里大伯穆柱来厨房端菜，问我做什么，听我讲后，他就央我多做一条。说楼上有桌客人头次来范楼，点菜的时候，不信他推荐的那些，穆柱就说隔壁董谦他们是常客，把他们点的菜单报给了那桌客人，那桌客人就说照他们点的上菜。那桌客人的菜其实已经上完了，不过穆柱想多赚些钱。我平日又常得他们照顾，一锅不费二锅柴，就顺手多做了一道。穆柱把鱼端走后，我边洗刷锅灶，边和厨房里的茶饭博士们闲聊，忽然听见楼上碟子摔碎的声音，紧接着，穆柱在楼上惊叫——"

池了了停住声音，抬头望着杏树枝叶，长长吁了口气，眼中满是悲意。

瓣儿忙给她斟了茶，端起来递给她，轻声道："稍歇一歇。"

池了了轻啜了两口茶，低头静默了片刻，才抬起头，慢慢讲道："我听到叫声，赶忙要上去看，偏偏滑了一跤，摔倒在厨房门口，那时也顾不上痛，瘸着上了楼，楼道上很多客人，都出来在那门口围看，我挤了进去，见穆柱站在桌子旁边，瞪大了眼睛，望着窗边的地上，像见到了鬼一样。曹喜却坐在我的椅子上，抬头看着穆柱，像是刚睡醒。我又走近两步，顺着穆柱的目光望过去，就看到董谦……那一眼，我这辈子也忘不掉……"

池了了再说不出话，望着地上，双手紧握着茶盏，拇指不停挤搓。

瓣儿忙轻声说："后面的我已经知道了，不用再讲了。"

瓣儿送走了池了了，独自坐在杏树下。

午后无风，粉白花瓣不时落下，在空中飘旋，她的思绪也随之飞扬。

听了池了了的叙述，范楼一案，已大致知道事情原委，她在心里细细梳理着——

这案子起因看起来是由于池了了，当时也的确引起肢体冲突，但只是寻常争执。第二次相聚时，董谦和曹喜两人已经和解，虽然席间因谈论填词，又起争执，也只是艺文之争，绝不至于性命相拼，何况两人多年好友，人命关天，董谦被杀，必定有其他原因，这原因究竟是什么，竟能激起杀念？杀死还不解恨，连头颅都要割去？

池了了下楼做鱼，屋中只剩董、曹二人，两人虽然关着门，但若是争执扭打，必定会有些声响，但据官府查问及池了了所言，众人之前并未听到任何异常。其间究竟发生了什么，以至于董谦丧命？

据仵作姚禾判断，董谦死前恐怕是被打晕或迷昏。这一点，曹喜的确能做到。但从池了了叙述中看，董、曹二人都是文弱书生，两人扭打时，极笨拙，连架都不会打的人，何以能割下好友头颅？就像许多人，连鸡都不敢杀，就更不敢割下鸡头，何况人头？

另外，最重要的疑点，凶手究竟是不是曹喜？若是他，为何身上没有血迹，头颅也不知所终？若不是他，那会是谁？就算曹喜真的喝醉，凶手闯入屋中，杀人割头，他应该不至于一无所见，难道他在说谎？但他是第一嫌犯，包庇凶手只会害他自己。凶手和他是什么关系，竟能让他甘冒被当作凶手？难道他早已料到，自己终会脱罪？

瓣儿心里一惊，恐怕真是如此——

真凶由于某种原因，对董谦怀有极大仇恨，一直在寻找可乘之机杀死董谦。那天他也在范楼，或是偶然，或是尾随而至，等房间中只有董谦、曹喜两人时，便偷偷进去。当时曹喜已醉，董谦恐怕认识凶手，故而没有在意，凶手趁董谦大意，或是在他酒中放了迷药，或是用重物将他打晕，而后割下头颅，用东西包裹起来，偷偷溜走。

至于曹喜，或者和凶手情谊很深，所以不愿揭发；或者受到凶手威胁，不敢指证，总之，就算他看到凶手，也装作没见。

瓣儿心头大畅，没想到这么快就理出头绪，现在只需要找到真凶就成了。

她忍不住站起身，展开衣袖，在落花间，轻舞回旋。

"那不是我儿子，不是我的谦儿，不是……"

董修章坐在后院一张竹椅上，呆望着眼前黑瓷方盆中那株梅树，自言自语，喃喃反复。

那株梅树只有三尺多高，主干贴着土面横生，如一条苍龙，龙背上生满了青黑色小灵芝，如龙鳞一般。主干向上斜生出四根枝，每根枝迂曲盘转，上又错落伸出些细枝。虽然花期已过，但枝苍叶绿，别有幽致。而且，略站远一些，就可以辨出，四根梅枝拼成了四个字："长生大帝"。

这株梅树是董修章几年前回乡奔丧时，于途中偶然见到，他猛然想起道士林灵素曾向天子进言，说天子乃是神霄玉清王，号称长生大帝君。这梅枝又恰好生成"长生大帝"四个字。他大喜过望，花重金买下，运到了京城。又向常山一位道士求来灵芝种养秘方，在主干上培植了些灵芝，培育了几年，养成龙鳞之状。他见梅枝所拼的那四字，略有唐人张旭狂草笔致，便着意修剪，如今这四字已浑然似从张旭《古诗帖》上斜生出来的一般，圆劲奔逸。虽然只是小小一株梅树，却有清透天地的傲姿。

这株瑞树本是要留给儿子董谦，然而，儿子却……

他已年过古稀，老眼遇风就爱流泪，这时并没有风，泪水却仍自流下，沾满灰白稀落的唇髭。他用袖子拭去，颤着嘶哑之声，又喃喃道："那不是谦儿……"

那天开封府衙吏赶来告知："董谦出事了。"他一听到，眼前就一阵黑，好在一生波折磨砺，磨出老茧性格，还能强行挺住，问那衙吏究竟如何了，衙吏却不愿说，只催着他赶紧去范楼。他忙租了头驴子赶到城南，等上了楼，见到尸身，心像被人狠狠一拧，顿时栽倒。

等醒来，人已经僵木，检视官让他辨认衣物，他便一件件细细看，仿佛谦儿去应考，清早起来替他整理文房衣袜。仵作脱掉尸身的衣服，让他辨认身体，他便一寸寸看视，像是谦儿生了病，为他查看病症。

都对——衣服、物件、身体，是谦儿。衣角上有道破口，家里没有妇人，是谦儿自己拿针线缝的；药单是他春天痰症复发，归太丞给开的，儿子说会完朋友就去药铺抓药；三张纸笺上，各写着几行小字，是谦儿笔迹；至于尸身，虽然没有了头，但肩宽、腰围、长短、腿形，也都对。是谦儿。

检视官问他谦儿平日性情、交游等事，他也一一回答。答完后，他木木然离开范楼，骑驴回家，如何到的家，浑然不知。

过了几天，开封府让他领回谦儿尸身，领尸、入殓都是老仆人吴泗去做，他则整日呆坐，什么都不知道，直到上个月二十九那天早上，吴泗煮了碗面，端到他跟前，笑着说："老相公，今天是您七十大寿，吃碗寿面吧。"

他茫然地看着寿面上冒起的热气，忽然间想起谦儿遗物中那几张纸笺，胸口一疼，肺腑翻腾，猛然失声痛哭起来。谦儿死后，他这是第一次哭，活了七十年，也是第一次哭到喉咙出血、痛彻肝肠。

那几张纸笺上写的是寿宴、寿礼单子。谦儿竟瞒着自己，已偷偷开始预备。

二月初十　下请书

二月十五　寺东门大街曹家冠戴　青纱幞头　古玉腰带　白罗袜　黑缎鞋

马行街罗幺子衣店　青罗凉衫　赭锦褙子

二月廿八　冯元喜筵官假赁　椅桌陈设　器皿合盘　酒檐动使

二月廿九　茶酒司　厨司　白席人

花庆社　杂剧

彭影儿　影戏

曹喜出狱之后，刚走进家门，就觉得家里有些不一样了。

父亲曹大元对他倒还是那般爽朗慈爱，不过言谈间似乎多少有了些顾忌。母亲扈氏一向性情古怪，忽喜忽怒，爱恶莫测，昨天他进院门后，母亲急步迎出来，一把抱住他，又哭又笑，一边又连声嚷着："让那起野狐养的看看，我儿子回来了没有？看看！看看！"

曹喜知道母亲是在说给二娘听，二娘自然毫不示弱，扯着三岁的儿子也赶上前来，接着母亲的话，撇着嘴道："是咯！这一个月，不知哪家的乌鸡，成天号丧叫死的，咒咱家大郎。丘儿，快叫哥哥啊，你不是一直哭着说想哥哥吗？"丘儿缩在他娘腿后，死活不肯出来。

三娘则巴不得看到这战事，抱着才满周岁的儿子，笑嘻嘻道："谁说不是哪？前院乌鸡叫，后院野狐鸣，这个月根本就没安生过，吵得俺们囡囡夜夜睡不着。哎哟哟，你们快瞧，囡囡见着他哥哥回来，在笑呢。"

四娘娶进来一年多，尽力贴合着正室，腆着怀了几个月的肚子，挪到大娘身边，挽住大娘的胳膊，提高了嗓门笑着嚷道："姐姐，我说什么来着？咱家大郎绝不是那等下贱种子，怎么会做那等强匪的行径？这不是？一根毛也没少，整模整样，好端端给您送回来了。"

五娘则才进门几个月，还不熟悉军情，不敢站错了军营，不管谁说完，只是连声赔着笑："是呢，是呢，可不是嘛。"

曹喜知道，自己这一去一回，战局全乱了。所以从昨晚到今天，除了吃饭，他一直躲在自己房里，不愿出去。

父亲曹大元原本在开封府做个小衙吏，家小人少，除母亲偶尔闹闹脾气，家里一直还算清静。曹大元一向喜爱诗文，最近几年，见朝廷对苏轼诗文禁令渐松，就托病辞去吏职，开了家书坊，明里印些经书发卖，暗中刻印了苏轼及苏门四学士黄庭坚、秦观等人的诗文集，在京城找了些靠得住的书铺，私下偷卖，谁知道销得极好，印都来不及。几年下来，仅靠着苏轼，便赚了数万贯。书坊生意也越来越兴旺。

成亲二十多年，父亲始终有些惧内，事事让着母亲。有了钱，气陡然壮起来，不顾母亲哭闹，娶了一房妾，竟生下一子。他便来了兴致，连着又娶了三房。这家便热闹起来。曹喜原是独子，现在却有了两个弟弟，一个不知是弟弟还是妹妹，更不知道后面还会不会有。

他遭了刑狱，二娘、三娘，甚至四娘、五娘恐怕都暗自欢喜，然而现在他又被无罪释放，不知这些娘心里又开始谋划什么战策。

他摸着腰间那个古琴玉饰，心里极是烦乱。

第五章　四淑图

人何处，连天芳草，望断归来路。
——李清照

　　瓣儿满以为已将范楼案梳理清楚，开心得不得了。昨天下午，嫂嫂温悦回来后，她忙说给嫂嫂听，温悦却问道——

　　"其中有三个疑点，其一，杀董谦的若另有其人，那个人为何不选个僻静的地方动手，而要选在范楼？那里当街，人来人往，虽然小间的门可以关上，但酒楼大伯随时会敲门进来；其二，他选曹喜在场的时候动手，照常理来说，应该是想嫁祸给曹喜，否则趁董谦单独一人时，更好下手。但若想嫁祸给曹喜，就该在曹喜身上做些手脚，比如将血抹在曹喜的手上，可是他却没有这样做，曹喜也因为身上没有血迹，才得以脱罪；其三，他杀了董谦，为何要将头颅割下带走？"

　　瓣儿一听，顿时萎了，自己太轻敌了，开封府推官查了一个月都未能找到线索，自己才两天怎么能理得清楚？

　　温悦笑着安慰道："不必气馁，这案子不简单，就算你哥哥来查，我看也得耗些心神。"

　　瓣儿点点头，回到自己屋中，坐到绣座前，拈起针线低头绣起来。无论有什么烦心事，她只要绣起活计，就能静下心来。手头正绣的是四淑图的最后一幅，这是一套绣屏，她选了自己最心仪的四位汉晋佳人，卓文君、蔡文姬、谢道韫、卫夫人，合成文、琴、诗、书四屏。不用当世盛行的精丽纤巧院体画风，而是研习本朝线描第一的李公麟，将龙眠白描线法用于绣作，力求简淡洗练，清雅高逸。又题了四首诗，以簪花小楷绣于画间，前后已耗费了大半年，昨晚一直绣到深夜，才终于完工。

今早，她将这套绣作细细卷起来，用一块素绢包好。范楼案她是铁了心要查个清楚，出去四处查访，必定要花钱，这是她自己承担的事情，不愿向哥哥嫂嫂要钱，平时攒的虽还有一些，但不多，怕不够，于是她打算把这套绣作卖掉。

几年前，宗室住地之禁松弛，哥哥见亲族人多房少，住得窄挤，便将受赐的房子让给人丁最多的一位族兄，自己在城郊买了这座小宅，当时还借了不少钱。瓣儿为帮助哥哥，就将自己绣作拿出去卖，她的绣风全然不同于坊间绣工之作，深得文人雅士喜爱，卖了不少钱，还得了个雅号——"瓣绣"。

临出闺房，她重又打开绢包，展开四幅绣作，细细赏看抚摩了半晌，一丝一线，都极尽心血，真是舍不得。

"哇！四个姑姑！这个在念书，这个在写字，这个在抓雪，这个抱了根糖棒子在咬……"琥儿不知道什么时候进来了，指着绣作一个个认着。

瓣儿见他把蔡文姬吹的胡笳认作糖棒子，顿时笑起来，笑得眼泪都出来了，良久，她才收住笑，细细卷起绣作，叹道："这四位姑姑要走啦。"

"她们去哪儿呀？"

"一个好人家。"瓣儿心里暗想，但愿她们能遇着个有眼力识货的人。

她包好了绣作，牵着琥儿出去，向嫂嫂拜别。

"戴着这个吧，出门方便些。"嫂嫂手里拿着顶帷帽，是新买的，帽子用细竹篾编成，极精细，里外蒙了层浅绿的细绢，绣着一圈柳叶纹样。帽檐垂下一圈浅青的纱，柳池青烟一般，好不爱人。

瓣儿忙连声道谢，嫂嫂笑着帮她戴好了帷帽，将纱罩住她的脸，才放她出门。

她先去租了驴子，进了城，赶到大相国寺南的绣巷，巷口有家周绣坊，是京城头等绣庄，瓣儿先前的绣品就是卖给他家。坊主周皇亲见到瓣儿，笑弯了眼，忙迎了上来，连声问好，及见到四幅绣作，更是放声惊叹："这何止逸品，简直仙品！前日郑皇后的弟弟、枢密院郑居中大人给女儿置办嫁妆，看遍了我店里的绣作，都瞧不上，若见了这套，恐怕再说不出话来！"

"郑居中？"瓣儿本来始终有些不舍，听他这样赞，而且居然已经有了下家，心头大乐，忍不住笑了出来。她曾听哥哥说起过郑居中，此人虽然是当今皇后胞弟，倒也不曾仗势做过什么恶事，要嫁的应该是他家幼女，传闻也是位才貌俱佳的仕女，这套绣品落到她手里，也算物得其所。

于是她问："周伯伯，这套你出多少钱？"

周皇亲想都没想："这套绣品我不敢出低了。这样吧，一幅十贯，因是一套，再加十贯，总共五十贯！"

"成交！"瓣儿大喜过望，她原想最多不过一二十贯，也已是一般朝官一个月的俸禄，没想到卖出两三倍价来。不但自己花的足够了，还能给家里添置些东西。

"还是换成银子？现今时价，一两银是两贯钱，总共二十五两。"

周皇亲随即将银子取了出来，五两一锭，五锭小银铤，亮锃锃排在桌上。瓣儿又请周皇亲将其中一锭换成一两一块的小银饼，她来时带了个漆盒，将那些银子大小分开，用锦袋仔细装好，放进盒子里，又用包袱包好，告别了周皇亲，骑着驴，高高兴兴赶往城南外。

出了城门，来到范楼，远远看见两个人站在楼外路边，一男一女，是姚禾和池了了，两人已如约等在那里了。

"我来晚了！这位是仵作姚禾。这是我的姐妹，池了了。"

瓣儿笑着将姚禾和池了了引荐给对方，两人互相致礼。池了了仍然素色打扮，端洁中透出些英气。姚禾则似乎特意换了件浅青色褙子，配着白布衫、黑布鞋，素朴而清朗。他望着瓣儿，微微一笑，牙齿洁白，满眼春风。瓣儿也还他粲然一笑。

三人一起进了范楼。进到门厅，比在外面看宽敞许多。迎面是一道楼梯，通到二楼。左右两个大堂，各摆了一二十张桌子。地铺青砖，桌椅皆是黑漆乌木，四墙粉白，齐整挂着几十幅笔墨丹青，格调不俗。不过这时上午客少，只有两三桌上零落几个客人。瓣儿抬头望向二楼，楼上房间原来不止临街一排，而是"回"字形四合环围，一圈红漆雕花栏杆护着，前后两排各十间房，左右两侧稍短一些，各六间房。

一个身穿青布短衫、头戴青帽的酒楼大伯迎了上来，他先看见池了了，笑着点点头，而后招呼瓣儿和姚禾："两位客官，坐楼下还是楼上？"

池了了接过话："我们是有事来找穆柱大哥。"

另一个酒楼大伯从楼后走了出来，二十来岁，瘦瘦高高："了了姑娘。"

"穆大哥，这是赵姑娘、姚仵作，他们想看看上个月发生案子那间房。"

穆柱脸色微变："上个月就查了很多遍了，怎么还要看？"

瓣儿正要开口，姚禾已先笑着道："那案子至今未破，推官大人说有些疑点，命我带了人证，再来踏勘一下。"

穆柱面露难色："这个我做不得主，得请店主来。你们稍等——"

他刚要转身，那店主已经走了过来，一个矮胖的中年男子，穿着褐色锦褙子、青绸衫，两缕稀疏髭须，他用一对大眼扫视三人，脸上有些厌色。酒楼生意最怕这些凶事，这店主显然不胜其烦。他望着姚禾问道："姚仵作？尸检上月就做过了，尸首也随后搬走了，怎么又来查？来查也该是司理参军的事吧？"司理参军主管狱讼勘查。

姚禾忙道："尸首当时摆放的四至方位没量仔细，推官大人让我再来确证一下。"

店主又望向瓣儿："了了姑娘是证人，这位姑娘呢？"

姚禾道："她是死者的亲属，算是苦主，推官大人让她一起来监看。"

店主似乎有些疑心，不过还是吩咐穆柱："你陪姚仵作上去。"

穆柱点点头，在前面引路，上了楼。楼上过道不宽，勉强容两人并行。穆柱引着瓣儿三人走向左边过道，绕过左廊，来到前排房间。楼上房间门都开着，并没有一个客人。来到前排左数第六间房门前，穆柱停住了脚，侧身请瓣儿三人进去。

瓣儿临进那门时，忽然有些生畏。

这无头尸案虽有些血腥，但哥哥这几年查过不少这样的血案，她听多了，也就不再怕惧。这两天反复思索这案子，心里时常会想象无头尸体的情景，也只是略微有些不适。此刻，真的站到凶间门前，要走进去时，才发觉自己这是生平第一次走进凶案现场，一阵寒意扑面而来。

她屏了屏气，迈步走了进去。房间不大，中间摆着张乌木大方桌，至少可以坐八人，配了四把乌木椅子，桌边椅角都雕着梅花镂空花样，很是雅致。门边一个乌木小柜，里面沿墙还摆着四把乌木椅子备用。此外，便不剩多少余地。面街两扇大窗户，窗格上也是梅花镂空图样，漆得乌亮，窗纸也干净。三面墙上，只要够得到的地方，都写满了墨字诗词，行楷草书都有，应该是来店里的文人墨客们所留。

瓣儿回头看池了了，见她盯着桌椅，眼中悲惧闪动。瓣儿忙伸手握住她的手，池了了涩然一笑，回握了一下。

姚禾走到桌子和窗户中间，指着地上说："尸首当时就在这里。"

瓣儿走了过去，见那条窄道只比一肩略宽，她左右看看，抬手推开了窗户，下面是街道，对面也是一座两层楼房，底层是一间衣履店，上面可能是住家，一个中年妇人正从左边一扇窗户里探出半截身子，手里扯着件衫子，正要晾到外面的横杆上。她回头问站在门边发呆的穆柱："穆大哥，那天你最后进来时，窗户是开着还是关着？"

穆柱皱着眉想了想："似乎是开着的。"

池了了道："那天已经开春，中午太阳又大，很暖和，曹喜把窗户打开了，说把闷气晒掉。"

瓣儿点点头，但随即想：那天他若是有心杀人，恐怕不会去开窗户，开了又得关，何必多此一举？

她存下这个疑问，又问穆柱："你进来时，桌椅是什么样子？"

穆柱又想了想，才慢慢开口道："桌子……没动，还是原样，左右两张椅子……因那两位公子坐过，又出去过一次，所以搬开了些……靠门这张……原是了了姑娘坐的，但……我进来时，曹公子坐在那里……"

"他们出去过一次？"

"嗯……是下楼去解手……我正给那边客人端了菜出来，他们在我前面下的楼。"

瓣儿发觉穆柱说话极小心，像是生怕说错一个字。给这种凶案作旁证，谁都会怕，但穆柱除了这一般的怕以外，似乎另外还在怕些什么。但她一时看不透，便随着穆柱，也放慢了语速："他们两个……是一起去解手？"

"嗯……茅厕在楼下后院，我看曹公子可能……可能是醉了，脚步有些不稳。董公子扶着他……"

若真的醉得这样，还能杀人吗？难道是装醉，故意让董谦扶着，做给别人看？

瓣儿又存下疑问，继续问道："曹喜最初是坐哪个座椅？"

池了了说："右边这张。"

"他先坐右边，然后下去解手，回来后坐到了靠外这把椅子……"瓣儿一边说着，一边走过，坐到靠外边那张椅子上，桌子略有些高，坐下后就只能看见桌面，看不到窗边那条窄道的地面。尸首倒在那里，又没了头，若非侧身低头绕开桌面，根本看不到。

曹喜回来后，为什么要换到这里坐？是因为醉了，顺势坐下？或者，坐在这里就可以推托自己没看见尸体？

她又扭头问："穆大哥，你最后进来时，曹喜是什么姿势？"

"他……他一只胳膊搁在桌子上……头枕在臂弯上……"

瓣儿照着做出那个姿势："是这样吗？"

"是……"

"你进来后，他是很快抬起了头，还是慢慢抬起来的？"

"这个……我进来后，先没发觉什么，见董公子不在，就近前几步，想问一下曹公子，结果……见到桌脚那里露出一双脚，就走过去看，结果发现董公子……我就叫起来，连叫了几声，曹公子才抬起头，醉得不轻，眼睛都睁不太开，望着我，好像什么都不知道……"

"他真的醉了？"

"嗯……应该是吧……我当时吓坏了，也记不太清……"

若是醉成这样，自然杀不了董谦，但真的醉到了这种地步，有人进来杀董谦也毫不知情？瓣儿又想起这个疑问。

她站起身，走到门边，对面一排房间门都开着，房内桌椅看得清清楚楚。她又问穆柱："那天对面客人坐满没有？"

"嗯……朝阳这面十间、东边六间都坐满了，南面十间和西面六间背阴，都没坐满，只坐了五六间。"

"对面坐了客人的有几间？"

"我记不太清了……两三间吧。"

这样说，那天客人不算少，若凶手另有其人，正像嫂嫂所言，他进出这房间，难保不被人看见，他又何必非要在这么热闹的地方杀人呢？除非……瓣儿不由得望向穆柱，穆柱也正在偷瞧她，目光相遇，他立即躲闪开去。

除非是这店里的人！尤其是端菜的大伯，进出任何房间都绝不会有人留意！

瓣儿被自己的推断吓到，她忙又望向穆柱，穆柱则望着外面，心事重重，目光犹疑。难道是他？！

瓣儿吓得挪开两步，忙转过头，装作看墙上的题诗，眼角却偷看着穆柱，心怦怦乱跳。

"那应该是董公子题的——"穆柱忽然道，"出事那天才题的，董公子以前替我写过一封家信，他的笔迹我认得。"

"哦？董谦？"

瓣儿慌忙回眼，墙上那些字她根本没在看，这时才留意到，上面题了首词《卜算子》：

红豆枕边藏，梦作相思树。竹马桥边忆旧游，云断青梅路。

明月远天涯，总照离别苦。你若情深似海心，我亦金不负。

第六章　厌

> 险韵诗成，扶头酒醒，别是闲滋味。
>
> ——李清照

姚禾和瓣儿、池了了离了范楼，在附近找了家茶坊。

他们坐到最角落的一张桌上，瓣儿和姚禾面对面，池了了坐在侧手。

"先说好，茶钱我来付。"瓣儿说。

姚禾听了，想争，但看瓣儿说得认真，知道争也白争，反倒会拂了她的好意，便只笑了笑，心想就先让她一次，后面再争也不迟。

池了了却说道："这事是我请你来帮忙，怎么能让你破费？"

瓣儿笑着道："既然我接了这件案子，它就是我的事了。你赚钱本来就不容易，为这事又要耽搁不少。你我姐妹之间，不必争这点小事。古人肥马轻裘，与朋友共，敝之而无憾，何况这点小钱？你若连这个都要和我计较，那咱们就各走各的，也不必再查这个案子了。"

池了了忙道："你和我不一样，哪里来的钱呢？"

"我虽在家里，可也没闲着，平日又没什么花销。你放心吧，我都已安排好了——"瓣儿说着将手边一直提着的小包袱放到桌上，打开包布，里面一个红梅纹样的漆木盒，她揭开盒盖，从里面取出一个锦袋，沉甸甸的，她又解开袋口，露出四锭银子，"今早，我刚卖了四幅绣作，得的这些银子，专用来查这个案子，应该足够了。咱们三个在这里说好了，以后再不许为钱争执，齐心协力找出真凶，才是正事。"

池了了笑了笑，却说不出话，眼中有些暖湿。姚禾心想，她奔走风尘，恐怕很少遇到像瓣儿这般热诚相待的人。再看瓣儿，她重新包好银子，而后握住池了了的手，暖暖地笑着。这样一副小小娇躯内，竟藏着侠士襟怀，姚禾心中大为赞叹激赏。

他自幼看父亲摆弄尸体、研视伤口、勘查凶状，习以为常；稍年长一些后，父亲出去验尸，都要带着他；过了几年，他已轻车熟路，自然而然继承父业，做了仵作。

原本他和其他孩童一样，也爱跑跳，坐不住，但因时常研习那些常人惧怕之物，同龄之人都有些避他，渐渐地，连朋友都没了。长到现在，也早已惯于独处，除了应差验尸，回到家中，也经常找些猫狗鼠兔尸体，在家里观察记录。此外，除了读读书，再无他好。人们笑他是一堆死尸中的一具活尸。他听了，只是笑一笑，并不以为意。

那天，听到敲门声，他放下手中的一具兔子尸体，出去开门，见到了瓣儿。

当时天近黄昏，瓣儿一身洁白浅绿，笑吟吟的，如同一朵鲜茉莉，让他眼前一亮，心里一动。

等攀谈过后，他更是心仪无比，这样一个女孩儿家，竟要自己去查凶案，而且话语如铃，心思如杼，他想，世上恐怕再没有比这更赏心悦目的女子了。

他生来就注定是仵作，就像自己的名字，是父母所给，从来没觉得好或不好。但那天茶坊别后，他生平第一次对自己这身份有了自卑之心。他只是一个仵作，而瓣儿则是堂堂皇室宗族贵胄，虽然瓣儿言谈中毫无自高之意，但门第就是门第。

不过，他随即便笑着摇摇头，瓣儿姑娘只是找你帮忙查案子而已，她或许只是一时兴起，兴头过去，便再无相见之理。就算她是真心要查，这案子也迟早会查完。完后，她自是她，你自是你，你又何必生出非分之想，徒增烦恼？

想明白后，他也就释然了。能和瓣儿多见两次，已是意外福分，那就好好惜这福，珍这时吧。

店家冲点好三盏茶，转身才走，瓣儿就说："咱们来说正事，我以为，穆柱可能是凶手。"

"穆柱？"姚禾正偷偷瞧着瓣儿小巧的鼻翼，心里正在遐想，她的俏皮天真全在这小鼻头上。听到瓣儿说话，才忙回过神，"哦？说来听听？"

瓣儿望着他们两个，脸上不再玩笑："这凶案有三处不怕，其一，选在酒楼行凶，却不怕那里人多眼杂；其二，进出那个房间，不怕人起疑；其三，进去行凶，不怕人突然进来。能同时有这三不怕的，只有酒楼端菜的大伯。他们常日都在那酒楼里，熟知形势，而且近便，自然不怕；大伯进出房间，没有人会在意；每个房间的客人他们最知情，若客人全都在房间内，自然知道除了自己，一般不会再有他人来打扰。而那天招待董谦和曹喜的，只有穆柱。"

姚禾听了，不由得赞道："你这三不怕，很有见地！穆柱做这事也的确最方便。"

池了了却问道："穆柱为什么要杀董谦？我认识他一年多了，他是个极和善老实的人，从来没有过坏心，没道理这么做。"

瓣儿沉吟道："至于为什么，的确是首要疑点，人心难测，我只是依理推断，并没有定论，有不妥的地方，你们尽管再说。"

姚禾本来不忍拂了瓣儿的兴头，听她这样讲，才小心说道："若凶手是穆柱，这里面有个疑点似乎不好解释……"

"什么？"

"他行凶倒有可能，但为何要割下董谦的头颅，而且还要带出去？另外，他们端菜，手中只有托盘，血淋淋的头颅怎么带出去？"

"这倒是……"瓣儿握着茶盏，低头沉思起来，"其实还有一点，和曹喜一样，他若是凶手，手上、衣服难免都会沾到血迹，但当天两人身上半点血迹都没有，虽说他的住房就在后院，不过跑去换衣服的途中还是很难不被发觉。另外，照他自己所言，那天临街这面的十间房都客满，是由他一个人照管，必定相当忙碌，并没有多少空闲工夫，若是一刀刺死还好说，再去割下头颅，恐怕耗时太久，难保不令人起疑。最重要的，今天他的神色虽然有些胆怯犹疑，但说起董谦，他似乎并不心虚，更不厌惧，相反，他倒是很敬重董谦，眼里有惋惜之情。这么一看，他应该不是凶手。"

姚禾见瓣儿毫不固执己见，真是难得。又见她如此执着，心想，一定得尽力帮她解开这个谜案。于是他帮着梳理道："那天进出过那个房间的，所知者，一共有五人，董谦、曹喜、池姑娘、穆柱，还有一位是当天的东道主侯伦。他中途走了，会不会又偷偷潜回？"

"是，目前还不能确定真凶，因此，每个在场者都有嫌疑。也包括了了。"瓣儿向池了了笑着吐了吐小舌头，立即解释道，"我说的嫌疑，不是说凶犯，而是说关联。我听我哥哥说过，这世上没有孤立之事，每件事都由众多小事因果关联而成，所以，这整件事得通体来看，有些疑点和证据说不准就藏在你身上，只是目前我们还未留意和察觉。"

池了了涩然笑了笑："的确，那天之前，我就已经牵连进去了，而且若不是我多嘴说要去做鱼，董公子恐怕就不会死了。"

"了了，你千万不要自责。目前整件事看来，其实与你无关，若真要说有关，也是凶手利用了你。"

姚禾忙也帮着瓣儿解释道："我之所以怀疑侯伦，正是为此。那天是侯伦做东道，替董谦、曹喜二人说和，才请了池姑娘你。他真的只是为了劝和才邀请你们三位的？"

池了了道："开始我也怀疑过侯伦，不过，侯伦应该不是凶手。那件事发生了几天后，我偷偷去打问过他的邻居，那天他中途离开，的确是因为他父亲旧病复发，他邻居看到他跑着进了门，又跑出来找了大夫，而后又去抓药，不久就提着药包回家了，再没出来过。他邻居还去探访过他父亲，说侯伦一直守在父亲病床前服侍。"

瓣儿道："这么说，侯伦没有太多嫌疑。就算他能借着抓药偷偷溜回范楼，酒楼人不少，大伯们又忙上忙下，难保不被人看到。这件事看来是经过缜密谋划的，他若是凶手，一定不会冒这个风险。"

姚禾道："看来凶手只能是曹喜。"

池了了也附和道："对。只有他。"

瓣儿却轻轻摇了摇头："我始终觉得不是他。"

池了了立即问道："为什么？"

"至少有两点：一、他身上没有半点血迹；二、他没地方藏头颅。不过，眼下不能匆忙下任何结论，我还并未亲眼见过这个人，更不能轻易断定。目前所知还太少，我得去见一见这个人。另外，我还得去拜望一下董谦的父亲，侯伦那里也得去问一问……"

姚禾望着瓣儿，心里偷偷想：真是个执着的女孩儿，她若是中意了什么人，恐怕更是一心到底、百折不回。

池了了执意要陪瓣儿一起去见曹喜。

不管别人怎么说，她始终坚信，曹喜才是真凶。

虽然她和曹喜只见过两面，但只要一想到这个人，她心里不由自主就会腾起一股火。与董谦的敦厚温善正相反，曹喜是她最厌恶的一类人：傲慢、偏激、冷漠。见到这样的人，最好的办法是——脱下鞋子，狠狠抽他一顿。

因此，她要再当面去看看曹喜，看他如何强作镇定，冷着脸说谎。

两人打问到，曹喜家在南薰门内，离国子监不远，一座中等宅子。

大门开着，池了了和瓣儿走了过去，正好一个年轻妇人出门。

"这位嫂嫂，请问曹公子在家吗？"瓣儿笑着问道。

"寻我家大郎啊，你们稍等，我唤他出来。"少妇十分亲切。

不一会儿，曹喜出来了，依然清俊白皙，也依然微皱着眉头，眼露厌意。一看到他，池了了顿时觉得气闷，她狠狠瞪着曹喜。

曹喜先看到她，微有些诧异，连一丝笑意都没有。随即，他又望向瓣儿："两位找我何事？"

瓣儿笑着说："是关于董谦的案子，我们有些事想向曹公子请教。"

池了了一直盯着曹喜，见他听到董谦，眼中果然一震，既有厌，又有惧。

但他的脸却始终冷着："池姑娘我见过，不过你是谁？要请教什么？这案子跟你有什么干系？"

池了了忙道："她姓赵。董公子于我有恩，他死得不明不白，官府如今也查不出，我就请了赵姑娘帮忙，我们自己来查。"

"你们两个？"曹喜笑起来，令人厌恶的蔑笑。

"怎么？不成吗？"

"当然可以，不过不要来烦我。"

池了了被冷冷打回，一时顿住。

瓣儿却仍笑着说："曹公子和董公子是好友，应该也想找出真凶，替董公子雪冤吧。"

曹喜目光又一震，但仍冷着脸并不答言。池了了气得想立即脱下鞋子。

瓣儿继续道："我们虽是女流，但也看不得这种冤情。哪怕智识短浅，不自量力，也情愿多花些工夫，慢慢解开其中的谜局，就算最终也找不到真凶，也是为公道尽一分心力。何况，这世间并没有藏得住的隐秘，只有没尽心、没尽力的眼睛。"

曹喜的神情缓和下来："你不怀疑我？"

瓣儿摇摇头，笑着说："怀疑。真相未揭开之前，所有当事之人都得存疑。"

池了了正在想瓣儿答得太直接，却见曹喜不但没有生气，反倒笑了笑，这笑中没有了厌恶和轻蔑。

"好。家里不方便，去那边茶坊吧。"

曹喜知道自己常常令人生厌，而且，他是有意为之。

自小，他就觉得父母有些不对劲，只是年纪太小，还说不清究竟是哪里不对。

母亲从来没有一个惯常性情，忽冷忽热，忽笑忽怒，从来捉摸不定。对他，也同样如此，有时似冰霜，有时又似火炭，不论冷和热，都让他觉得不对劲。起先他还怕，后来渐渐发觉母亲虽然性情善变，但任何喜怒都是一阵风，既不必理她的怒，也不必感念她的善。总之，根本不必怕。于是他在母亲面前便越来越肆意，即便母亲恼怒大骂，甚至抄起竹条打他，他也毫不在意，不过挨几下疼而已。

至于父亲，对他极是疼爱，甚至可以说是溺爱。尽管那时家境还不好，只要他想要的，父亲都会尽力买给他。巷里孩童都羡慕他，他心里却似乎有些怕父亲，只要父亲在，事事都尽力做到最好，从不敢在父亲面前露出丝毫的懈怠。他做得好，父亲便更疼爱他；更疼爱他，他便越怕、越累。

于是，他便渐渐养成两副样子：在父亲面前，恭谨孝顺；在母亲及他人那里，则我行我素，毫不遮掩。

这两个他，他自己其实都不喜欢，但只能如此。

因此他也难得交到朋友，至今也只有董谦和侯伦两个。

在太学时，董谦和侯伦与他在同一斋舍，最先走近他的是侯伦。除了父亲，曹喜从来不会迁就任何人，侯伦又偏巧性情温懦，事事都顺着他，故而他们两个十分投契，一起走路都是他略前半步，侯伦偏后半步，难得有并肩而行的时候。

侯伦和董谦，两家又是世交，孩提时便是玩伴。董谦为人又忠直，事事都爱争个道理。若见到曹喜欺负侯伦，便会过来抱不平。曹喜自幼经过母亲无常性情的历练，向来不在意旁人言语，见董谦义正词严的样子，只觉有些好笑，不过也并不讨厌。故而有时会有意做出些不妥的举动，逗董谦来论理。一来二去，两人反倒成了朋友。

而范楼案，让他吃了从未吃过的苦，受了从未受过的辱。他丝毫都不愿回忆当时的情形。

谁知这个赵瓣儿和池了了竟为这事找上门来。

"首先，我申明，我不是凶手。"

到了茶坊坐下后，他先郑重其事地说出这句。

从见面起，池了了就一直盯着他，眼中始终含着怒意，听到他这句话，眼里更像是要射出刀来。曹喜有些纳闷，虽然自己经常激怒别人，但从没让人怒到这个程度。这怒意绝不仅仅由于自己曾蔑视过她，她只是一个唱曲的，被人轻视嘲骂应该是家常便饭，绝不至于怒到这个地步。难道还因为董谦？但她和董谦只见过两次，并没有什么深情厚谊，怎么会因为董谦的死而怒成这样？除非……这姑娘一定是由于董谦维护过她，而对董谦动了情。想到此，他又觉得好笑了。

赵瓣儿也盯着他的双眼，也在探询，不过目光并不逼人。她听后只是笑着微微点了点头，看来也不信。

曹喜撇嘴笑了笑，并不在乎："你们要问什么，请问吧。"

赵瓣儿道："能不能讲一讲那天的经过？"

曹喜不由得皱了皱眉，那天的事，他极不愿回想，但看赵瓣儿和池了了都是一副决不罢休的样子，还是讲了一遍——

那天，池了了下去做什么家乡的鱼，曹喜和董谦顿时有些冷场。

曹喜有些看不上董谦和池了了这种态度，董谦对这样的女子竟也要以礼相待，而池了了，虽然东坡词唱得的确不俗，但终究只是个唱曲的，她恐怕也真把自己当作良家才女了。侯伦也是个多事的人，竟搓弄这样一场无聊酒局。

他越想越没情绪，正想起身走人，董谦却端起了酒杯，露出些笑容，道："那天是我过激了，这杯赔罪。"

曹喜只得笑笑，也举起杯子："过去就过去了，还提它作甚？"

那天的酒是侯伦从家里带来的老酿，有些烈，喝下去割喉咙，肚里热烘烘的，一阵阵上头。

"对了，你丢了这个——"

董谦从怀里掏出一样物件，是枚玉饰。

曹喜看到那玉饰，不由得愣住……

第七章　古琴玉饰

春意看花难，西风留旧寒。
　　　　　　　　——李清照

　　曹喜忙站起身，隔着桌子，从董谦手中接过那块玉饰。

　　那是一枚古玉，却并非上好之玉，加之年月已久，玉色有些昏沉。不过它被雕成一张古琴的模样，雕工还算细致，琴柱、琴弦都历历可辨。玲珑之外，更透出些古雅。

　　这件玉饰曹喜自小就佩在腰间，父亲说这是他的性命符，万不可丢失，可是前一阵，曹喜却不小心遗失了。

　　曹喜抬头问："你从哪里捡到的？"

　　董谦望着他，目光有些古怪，似嘲似逗："你自己丢的，自己都不知道？"

　　"春纤院？"几天前他曾和一班学友去了春纤院，寻歌伎汪月月喝酒耍闹，那晚喝得有些多，"但那晚你并没有去呀。"

　　董谦却笑而不答，笑容也有些古怪。

　　曹喜向来不喜欢被人逗耍，便将玉饰挂回腰间，拿过酒瓶，自己斟满了一杯，仰脖喝下，并不去看董谦，只是扭头望着窗外。

　　十二岁那年，知道真相后，他其实就想扔掉这玉饰。

　　那年夏天，有个上午，他母亲无缘无故又发作起来，为一点小事和父亲争吵不休，父亲不愿和她纠缠，便躲出门去了。母亲一边扫地，一边仍骂个不停，骂桌子，骂椅子，骂扫帚……碰到什么就骂什么。曹喜坐在门边的小凳上，看着好笑，母亲扭头见他笑，顿时抓着扫帚指着他骂："戏猢狲，张着你那鲜红屁股笑什么？"

他那时已不再怕母亲，继续笑着。母亲越发恼怒，一扫帚向他打过来，边打边骂："没人要的戏猢狲，早知道你这游街逛巷、逢人卖笑的贱坏子，老娘就不该收养了你，让你饿死在臭沟里。"

曹喜被母亲打惯了的，并不避让，硬挨了一下，虽然有些痛，但没什么。母亲的话却让他一愣，母亲虽然一直都骂他"戏猢狲"，却从来没有骂出过"收养"之类的话。母亲看到他发愣，乘胜追击，继续骂道："十二年了，你爹不让我说，我今天偏要说！告诉你，戏猢狲，你不是我生的，你是从街上捡来的，你腰间那块破石头是你那亲爹留给你的！"

那一瞬间曹喜才恍然大悟，终于知道了父母究竟是哪里不对劲：自己生得既不像父亲，也不像母亲。父亲对他太好，好过了一般亲生的父亲。母亲则因为自己不能生养，对他既爱又恨，不管爱恨，都不是亲生母亲之情……

当然，他没有把玉饰的这段原委讲给赵瓣儿和池了了听。

他挂好玉饰后，不管董谦，自斟一杯，又一口喝了，继续扭头望窗外。对街楼上，一个妇人抓着件湿衣，从窗户里探出上身，要晾衣服，窗户有些高，而那妇人又有些矮胖，费力伸臂，颤颤抖抖的样子，笨傻至极，曹喜不由得笑了出来。

"你笑什么？"董谦问。

"你又笑什么？"曹喜反问。

董谦顿时收住笑，似乎有些不快，曹喜知道他爱较真，也最爱看他不快，笑着又自斟一杯，一口喝下。董谦坐在对面，也不说话，也在自斟自饮。

曹喜又喝了两杯，觉得没趣，想起身离开，但一想家中五个娘闹个不停，其他朋友又都没约，去哪儿呢？他扭头望了一眼董谦，董谦冷冷回了一眼。他忽然有些伤感，这世上，人无数，但真正关心自己的，只有父亲——那位并非自己亲生父亲的父亲。除了父亲，便只剩眼前的董谦和回去的侯伦，偶尔还能说两句真话。但此刻看来，董谦也不过是个隔心人。

念及此，他又继续喝起来，渐渐就醉了……

瓣儿听曹喜讲到这里，问道："曹公子那天最后的记忆是什么？"

曹喜斜望着屋角，想了半晌，才道："董谦最后看我那一眼。"

"他扶你下楼去了后院，你不记得了？"

"哦？他扶我下楼去过后院？谁说的？"

"酒楼的大伯穆柱。"

"我不记得了。"

"这么说，在中途离开酒间之前，你已经大醉了？"

曹喜点了点头。

瓣儿仔细留意他的目光神情，曹喜始终是一副懒厌模样，辨不出真伪。

池了了却在一旁恼怒道："你说谎！"

曹喜并没有理睬，只用鼻子冷哼了一声："好了，我该说的说完了，告辞。"

随即他站起身走了出去，池了了瞪着他的背影，气得直拧手帕。

瓣儿却觉得此行还是有些收获，便劝慰了两句，而后两人各自回家。

回到家中，嫂嫂温悦正在杏树下教琥儿认字。

"姑姑，我会认'琥'字了！"

"哦，哪个是琥字？"

"就是这个，左边王，右边虎，我是虎王！喔——"琥儿指着地上画的一个"琥"字，做出老虎的样子来。

"真了不起呢，琥儿都认得自己的名字了，姑姑奖你个好东西。"

瓣儿从袋中掏出一只锦虎，她在路上见到货郎的货担上挂着这只锦虎，色彩斑斓，猛气里带着憨态，想起琥儿，就买了回来。琥儿见到锦虎，高兴得不得了，双手抱过去，便在院里跑着玩起来。

"你把那套绣作卖掉了？"温悦抬眼问道。

"嗯，没想到卖了二十五两银子呢。"

"你要用钱，跟我说就是了。那可是半年多的心血呀，何况那绣艺、画境，满京城恐怕也难找到第二套，卖这点银子做什么呢……"温悦大是惋惜。

"一幅一万两千五百钱，已经很高了，文同、米芾、李公麟这些名家，他们的画有时也不过卖这个价。我自己留了五两，这二十两嫂嫂你收起来。"瓣儿取出装银子的漆盒。

"我不能收。就是收下，只要想起你那一针一线，还有那四位绝代佳人，还怎么忍心用这银子？"

"长这么大，一直都是用哥哥嫂嫂的钱，这点银子算什么呢？这一阵哥哥查那梅船的案子，又没有什么进项，嫂嫂若不收下，从今天起我就不在家里吃饭了，连墨儿也不许吃。"

"唉……我先替你收着。我家这姑娘平常看着是个极柔美的佳人，倔起来怎么跟头小驴子似的？"温悦笑叹着，只得接过漆盒，"看来你是铁了心要做个女讼师，连自己的绣作也狠心舍得了，你那案子查得如何了？"

瓣儿将自己所查所问讲给了嫂嫂。

温悦听后，细想了一会儿才道："这么看来，曹喜，还有酒楼的大伯穆柱，可能都不是凶手。但那酒楼又是回廊四合的构造，当天二楼对面又有客人，外人极难得手。曹喜虽然醉了，董谦却没有，外人只要推门进去，董谦就会察觉，就算他再文弱，也会喊叫两声。还有，凶手也未必知道曹喜醉到那个地步。对他而言，要对付的是两个人……"

"穆柱进出最方便，曹喜本身就在房间里，两人都有嫌疑。尤其是曹喜，他说后来的事全然不记得，但他若是装醉，又和凶手是合谋呢？"

"若是合谋，曹喜何必留在那里？岂不是自找麻烦？"

"这倒是……他就该像侯伦一样，中途先走掉才更合情理。"

"侯伦你可问过了？"

"还没有，不过池了了上个月就已经去查过，那天，侯伦的父亲的确是犯了旧症，侯伦也真的是回去请大夫、抓药、服侍他父亲。"

"总共五人，侯伦中途走了，曹喜醉在现场，池了了在楼下厨房做鱼，穆柱上下跑着端菜。就只剩一个可能——"

"董谦是自杀？不过自杀又不可能割下自己的头颅。"

"嗯。这桩案子的确离奇，你哥哥也不曾遇到过这种谜题。"

"所以我一定要查出来！"

"这案子若能查出来，你就是京城'女讼绝'了。"

瓣儿听了笑起来，但随即又想到一事："董谦遗物中有一束头发，又曾在范楼墙壁上题了首词，看那词文，相思誓盟，恐怕与某个女子有了情愫。明天我就去拜访一下他的父亲董修章，看看能不能找出些线索？"

吴泗见董修章仍呆坐在那里，饭桌上那碗米饭一口都未动，不觉有些动气。

他比董修章小五岁，已经六十五，这把年纪，还要伺候人，本已命苦。现在董修章又变得疯疯癫癫、呆呆痴痴，比婴儿更难照管。

他叹了口气，走上前，端起那碗饭，舀了几勺肉汤倒在饭里，拌了拌，递给董修章，劝道："老相公，还是吃几口吧。"

董修章却木然地摇摇头，吴泗用汤匙舀了一勺饭，伸到董修章嘴边，忍着气劝道："来，张开嘴——"

"我不吃！"董修章一挥手，打落了汤匙，汤匙跌碎，米粒洒了一地。

吴泗心头一阵火起，却只能强忍着，放下碗，拿来扫帚将地上收拾干净，嘴里低声念叨着："饿死也好，省得受这些熬煎……"

董修章一生艰辛，苦苦考到五十岁，先后六次参加省试，都未考中。幸而朝廷为怜惜年老考生，有特奏名的例外恩赏，年五十以上、六次省试者，可赐第三等上州文学的出身。董修章挨到五十岁，终于得授了个小官职。隔年，才娶了妻，竟还生了个儿子董谦。

吴泗夫妇就是那年来董家为仆，那时他身骨还健壮，董修章家里人丁少，又出身贫寒，没有什么规矩讲究。吴泗就是贪这轻省，一直跟着董修章，服侍了二十多年。

他虽有四个儿女，但来董家后，因要随着董修章四处游宦，就把儿女寄养在亲族家中。后来，妻子死了，儿女也各自成家。六十岁后，精力渐衰，耳朵也有些背了，他曾想辞别董家，去投靠儿女，但儿女们都家境寒窘，一个个推托着，都躲着他，他只得又回到董家。

好在董家使惯了他，离不得。尤其小相公，是他夫妇护侍长大，性子敦厚，心地又善，虽然名为主仆，却始终待他亲厚，并曾答应他，一定会好好为他送终。谁知道，董谦竟先他们两个老人而亡。

得知董谦死讯后，吴泗也如同丧了亲骨肉，心肠被锯子锯碎了一般。但又得看顾着董修章，不能尽兴伤痛。只有夜里，一个人睡下时，才蒙着被子，连哭了好几夜，这辈子剩余的一些老泪，全哭给了董谦。

老相公看来是活不了多久了，我这把又聋又朽的老骨头，这往后可怎么办？

董修章生性吝啬，除了愿在儿子董谦身上花钱外，对其他人，从来都是一个铜钱一个铜钱地计较。这一阵，吴泗原想着董修章已经昏聩，在钱财上恐怕也会疏忽一些。谁知道，他人虽昏，禀性却丝毫未改。现在家中只有他主仆二人，每日饭食都是吴泗采买烹煮，董修章虽然没减每天七十五文的定额，却也一个铜钱都没有增加。

每日清早，董修章还是照旧规矩，从钱箱中数出一陌钱，交给吴泗买米菜盐醋。钱箱的钥匙则牢牢拴在腰间。只是不再像往常那样，每天的饭菜端上桌后还要细算一遍。

一旦董修章亡故，董家还有些亲族，钱财房宅自然都归那些亲族。吴泗则一文都摸不到。

不成，老相公不能死。

他放好扫帚，望了一眼仍旧呆傻的董修章，另取了一把汤匙，快步回到饭桌前，又端起那碗饭，舀了一勺，发狠般劝道："老相公，张嘴！"

董修章木然摇了摇头，他提高了声量："张嘴！吃！你若不吃，小相公在地下也难安生！"

"那不是谦儿，我谦儿没死！"董修章忽然翻起眼皮，眼里射出火来，一掌把那碗饭打飞到墙上。

瓣儿见姚禾如约站在巷口的柳树下，安静等着，不由得绽开了笑容。

她这样每天抛头露脸到处乱跑，不只嫂嫂温悦担心，她自己其实也有些不安。池了了原本要陪她，但提到今天要去拜访董修章，顿时面露难色，说董修章最不愿见她。瓣儿只好自己前往。姚禾却说他今天没有什么事，可以陪她去。

那天第一眼见到姚禾，瓣儿就觉得姚禾很亲，他有些像墨儿，但又不一样。究竟哪里不一样，瓣儿自己也说不清。就像冷天里喝口热水，或热天里喝口凉水，人都会说水好喝，但其实，除了解渴，谁能说得清水的滋味呢？

姚禾也是这样，瓣儿说不出他好在哪里，就是觉着不冷不热，不紧不慢，不远不近，一切都刚刚好。

姚禾看到她，也立即露出笑容，那笑容也是刚刚好。

被别人望着，人走路时多少会有些不自在，但被姚禾笑望着，瓣儿却不觉得，她笑着轻步走出巷子，来到那株柳树前，见树下拴着两头驴子，她撩开脸前的轻纱，笑着问："你连驴子都租好了？"

姚禾笑着点点头，并没有答言。两人对视了一眼，又都笑起来。

董修章住在城东南郊，两人一起骑上驴子，在春风里不急不慢地并肩前往，路上随意聊着。姚禾读书虽然不很多，却也不算少，说什么都不会唐突浅陋。说起验尸，更是难得见到的有神采。

瓣儿后半路一直听着他讲尸体，病死、老死、殴死、毒死、溺死、勒死……种种死状的不同、尸体的变化、疮口的征兆……越听越惊叹，没想到其中竟会有这么多学问，听得入迷，竟不觉得怕。

两人聊得正兴起，却已经到了董修章家门前，一座小宅院。

姚禾敲了半天门，才见一个矮瘦的老人来开了门，那老人布衣短衫，应该是董家的老仆人吴泗。

姚禾上前问道："老人家，董朝奉可在家中？"

董修章官阶为从六品朝奉大夫，现在太子府中任小学教授。

姚禾连问了两遍，才发觉吴泗有些耳背，又大声问了一遍。

"在！你是？"吴泗大声应道。

"我是开封府的，来问董朝奉一些事情！"姚禾大声回复。

"哦，请进！"吴泗引着他们进了院子，到了正屋，"你们先请坐，我去唤老相公！"

瓣儿看院里屋中，一片冷清萧索，院子里落叶未扫，凌乱满地，屋中到处是灰尘，桌上还摆着两碟未吃完的菜和半碗米饭，旁边墙上一大片油汤印迹，还粘挂着些菜叶米粒。董修章妻子已亡，晚年得子，却又早夭，家中又只有吴泗一个老仆，这晚景实在太过凄凉，她心中一阵伤愬。

椅子上也蒙着灰，两人便没有坐，站在门边等候。一会儿，吴泗扶着董修章出来了，董修章目光呆滞，头发蓬乱，满脸密布松弛的皱纹。他因年高昏聩，上个月董谦死后不久，已被勒令致仕，却仍穿着绿锦公服，已经很久没洗，胸前尽是油污。

姚禾忙上前叉手拜问："董朝奉，晚辈是开封府的，来问一些事情。"

董修章茫然地望着姚禾，待了片刻，忽然恼怒起来："开封府？我儿并没死，我儿去学里了，正在用功应考。要找也该是国子监或者太学学正，开封府找我做什么？难道是我儿高中了？他中了第几名？状元？榜眼？探花？前十名也好！不，管他第几名，只要考中就好！对了，我记起来了，谦儿中的是第二甲进士及第！"

吴泗在一旁皱着眉、摇着头，瓣儿知道董修章神志已昏，近于疯癫，问不出什么来。便悄声问吴泗："老人家，我们能跟您聊聊吗？"

吴泗没听清，先一怔，但随即明白，转头扶着董修章到桌前坐下，拿起碗筷塞到董修章手里："老相公，饭还没吃完，你慢慢把它吃完。"

董修章攥着筷子，低头叨念着："谦儿既然中了，照例是该外放到路州做判司簿尉，恐怕就要接我去上任，我得吃饱些。"他大口刨饭吃起来。

"两位请随我来。"

吴泗引着姚禾和瓣儿来到旁边一间小房，陈设只有一张床、一只柜、一张小桌、两把高凳，也布满灰尘，到处塞满了杂物，应该是吴泗的卧房。吴泗拿帕子擦净了凳子，让姚禾和瓣儿坐下，自己弓着背站在一边问道："那案子查得如何了？"

姚禾忙请他坐到床边，才大声道："这案子太棘手，仍在查。"

吴泗叹了口气。

瓣儿也尽力放大声，问道："老人家，董谦除了曹喜和侯伦，还有什么朋友？"

吴泗望着瓣儿，有些疑惑她的身份，不过并没有多问，大声道："我也不清楚，除了曹公子和侯公子，其他朋友没来过家里。"

瓣儿又问："他出事前有没有什么异常？"

连喊了两遍，吴泗才答道："有！这几个月他看着时常心烦意乱，做什么都没好气。在老相公面前还能忍着，我只放错了两本书，他就朝我大嚷，小相公自小对我都和和气气，从来没有吼过。"

"是为什么事？"

"不知道，我问了，他不愿说，只说没事。"

"出事前两天也没说什么？"

"那两天他越发烦躁，回来就沉着脸，饭也不吃，自个儿在屋子里转来转去，还摔碎了一只茶盅。"

出事前两天？是因为池了了和曹喜争执而烦躁吗？瓣儿又要问，却因一直大声喊话，不由得咳嗽起来。

姚禾忙帮她大声问道："他还是没说为什么烦吗？"

"没有，他什么都不肯说。出事前一天傍晚，他拎着一个包袱出去了，说是去会侯公子，很晚才回来。"

"侯伦吗？"

"是。"

"包袱里装的什么？"

"不知道，不过看着不重，是软东西。"

"晚上那包袱没带回来？"

"没有。"

瓣儿想起董谦遗物中那束头发和范楼墙上的题词，又大声问道："他有没有定过亲？"

"没有。媒人倒是来过不少，不过老相公大多都看不上，好不容易有看上的，小相公却又不愿意。老相公从来不会勉强小相公，所以至今没选中一家。"

"出事前一晚，他回来也没说什么？"

"那晚回来后，他进门就沉着脸，也没跟我说话，就回房去了。我看他的灯烛一直亮到后半夜，偷偷瞧了瞧，他一直在屋子里转来转去，像是在为什么事犯愁。第二天，他一早就出去了，再没回来……"

吴泗话音未落，门外忽然传来嘶哑吼叫："你们竟敢背地里说我谦儿坏话！"

董修章站在门外，怒睁浊眼，抓起手中的拐杖，颤着身子冲进来就打。瓣儿正坐在门边，惊叫着跳起来，姚禾忙护到她的身前，那拐杖打到了姚禾的肩上。幸好吴泗赶忙过去抓住了董修章，董修章不停挣扎着仍在叫骂："我谦儿是进士出身，连皇上都爱惜他，你们这些草头麻鞋下等男女竟敢叫他的名字？"

姚禾一边说着"老伯，多有冒犯，晚辈这就走！"，一边护着瓣儿快步出了门，逃离了董家。

瓣儿骑着驴，慌慌行了很久，心仍剧跳不已，几乎要哭出来。

想着姚禾替自己挡了一杖，瓣儿扭头问道："方才那一下打得痛吗？"

"不痛，老人家能有多少力气？倒是你，吓到了吧。"姚禾微微笑着，目光如暖风一般。

瓣儿轻轻点了点头，又叹了口气："难怪人都说世间最悲，莫过于老来丧子，董老伯实在不容易。"

"是啊。"

"为了他，咱们也得把这案子查清楚。我想现在就去探访一下侯伦。"

"好，我陪你去。"

第八章　云断青梅路

夫博者无他，争先术耳，故专者能之。

——李清照

瓣儿已向池了了和曹喜打问过侯伦的住址，也在城西南，不远。

石灰巷口一座旧矮房，临街，没有院子。据曹喜说，侯伦的父亲当年犯了事被免了官，因此家境不好，房子也是赁住的。

来开门的是个年轻男子，身材瘦弱，面色发黑，神色很拘谨，他打量着瓣儿和姚禾，有些诧异。

瓣儿笑着问道："请问是侯公子吗？"

侯伦点了点头："你们是？"

"这位是开封府仵作姚禾，我是池了了的朋友，我们是来向侯公子打问一些事情，关于董谦。"

侯伦越发惊异，不过随即道："那请进来说吧。"

"是谁啊？"门内传来一个苍老的声音。

"爹，是两个朋友。"

瓣儿和姚禾随着侯伦进了门，屋里有些昏暗，桌椅陈设也都寒陋。一个老人拄着拐杖从侧房走了出来，年过六十，也很瘦弱，胸口发出呹呹的喘气声，一看长相便认得出是侯伦的父亲侯天禧。

瓣儿忙道万福，姚禾鞠躬致礼，一起拜问道："侯伯伯。"

侯天禧点了点头："两位以前没见过。"

姚禾恭声道："晚辈冒昧登门，是来向侯公子请教一些事情。"

"哦，你们说话，我出去走走。"侯天禧慢慢走了出去。

"两位请坐。"侯伦从柜子中取过两只旧瓷杯，提起桌上的旧瓷壶，倒了两杯茶，茶色很淡，水只稍有些温意。他随后也坐下来，神色有些局促："你们要问什么呢？"

瓣儿问道："董谦之死，侯公子估计凶手会是什么人？"

侯伦用右手中指抹着桌边一大滴茶水，沉默了片刻才说："我也不知道。我当时不在场。"

"你有没有怀疑过曹喜？"

侯伦看了瓣儿一眼，随即低下头，仍来回抹着那滴水："我也不清楚，不过官府不是已经放了他吗？他应该不是凶手。"

"他们两个平常争执多吗？"

"多。经常争执。"

"动过手吗？"

"只有一次，为那个唱曲的池了了动过手，扭打了一阵。"

"听说你和董谦很早就相识？"

"嗯，家父和董伯父都曾在江宁任职，我们是邻居，自小就在一起玩。"

"董谦是否得罪过什么人？"

侯伦已经将那滴水抹干，这时开始搓那指肚上的污渍："应该没有。董谦为人很忠厚。"

"但有时也过于耿直是吗？"

"嗯，他爱争论是非。"

"除了曹喜，他还和什么人争执得厉害些？"

"他一般对事不对人，觉得不对才争，争也不至于让人记恨。"

"你们三人都在候补待缺，会不会因为争夺职任得罪了什么人？"

侯伦已经搓净那根中指，无事可做，又用拇指抠起桌角："职任由吏部差注，又有'榜阙法'，差任新职，都要张榜公布。我们只有等的份，哪里能争什么？何况，至今也还没有空阙出来。"

"对了，董谦在范楼墙上题了首词，你见了吗？"

"哦？没留意。他一向只钻经书，难得写诗词。"

侯伦刚说完，手指猛地一颤，桌角一根木刺扎进了指缝，他忙把手指凑近眼前，去拔木刺。

瓣儿只得等了等，见他拔出了木刺，才又问道："他可有什么中意的女子？"

侯伦将那根拇指含进嘴里，吸吮了一阵，才摇头道："应该没有吧，他没提起过。"

"他那首词里写有'青梅竹马'，你们少年时，亲友邻舍里有没有小姑娘常在一起玩？"

侯伦拇指的痛似乎未消，又伸进嘴里要吸吮，发觉瓣儿和姚禾都盯着自己，忙掣回了手，坐正身子，手却不知该往哪里放，就在腿上搓起来："小姑娘倒是有，不过我们一般不和她们玩耍。"

"你有姐妹吗？"

"有个妹妹。已经许配人家了。"

"她和董谦小时候在一起玩耍吗？"

"家父家教严，从来不许妹妹和男孩子玩耍。"

"哦……"瓣儿不知道还该问些什么。

姚禾接过了话头："那天是你做东道，替他们两个说和。这事跟其他人讲过吗？"

"没有，这种事怎么好跟外人讲？不过，那位池姑娘是不是跟别人讲了，我就不知道了。"

"后来你见过曹喜吗？"

"他在狱中的时候我去探视过两回，出来后，又见了一次。"

"曹喜酒量如何？"

"我们三个里，他酒量最小，最多只能喝半角酒。"

"哦……"姚禾也似乎没有什么可问了。

侯伦却咳了一下，抬头问道："你只是仵作，为何会问这些事？"

瓣儿忙答道："这案子开封府已经搁下了，是池了了让我们帮忙查这个案子。"

"哦？她？你们查？"侯伦微露出些不屑，但随即闪过。

瓣儿笑了笑道："董谦死得不明不白，我们只是稍稍尽些心力。"

侯伦点了点头，用力搓着腿，低声道："惭愧，我和他是总角之交，都没有尽到朋友之责，你们却能……"

瓣儿见他满脸愧疚，倒不知该如何开解，侯伦这样一个谨懦的人，不会有多少朋友，心底恐怕极珍视与董谦的友情。

她想再没有什么要问的，刚起身准备告辞，忽然想起吴泗所言，忙又问道："出事前一天傍晚，董谦来找过你？"

"嗯，是我约的他，和他商量第二天与曹喜和好的事。"

"他出门时，提了个包袱，你见到没有？"

侯伦低头想了想，才慢慢道："没见到，他是空手来的。"

两人见问不出什么，只好告辞出来。

姚禾送瓣儿回家，一路商讨，觉得侯伦应该和此案无关。

到了箪瓢巷巷口，两人约好第二天到池了了家中再议。瓣儿将驴交给姚禾，笑着道声别，走进巷子。临进院门前，扭头一望，姚禾仍在巷口望着她，她心里一暖，又粲然一笑。姚禾望见，也笑了。

第二天，瓣儿跟嫂嫂说了一声，又出门来到东水门外护龙河桥头。只等了一会儿，就见姚禾提着个木箱走了过来。走近后，瓣儿才发觉姚禾脸上带着歉疚。

"我今天去不成了，汴河北街鱼儿巷发生了命案，我得去验尸。"

"公事要紧，你赶紧去吧！"

"好！"姚禾刚走了两步，忽又回身说，"若完得早，我去池姑娘家寻你们。"

瓣儿笑着点点头，目送姚禾走远，才独自沿着护龙河，经过烂柯寺，去寻池了了家。远远就见池了了已经候在路边，迎上来牵住瓣儿的手问道："姚禾没来吗？"

"他有公事要办。"

两人手牵着手一起进了院子。院子很小，却清扫得很干净，一个老者站在正屋檐下，清瘦修挺，布衣整洁。

瓣儿忙道了个万福："封伯伯吧，我是赵瓣儿。"

"赵姑娘好！万莫多礼，快快请进！这几天尽听了了说你。"鼓儿封笑容温和，一见就觉得可亲。

三人走进堂屋，也很窄，中间一张方桌便占去一半，屋中没有多少陈设，俭朴清寒。鼓儿封请瓣儿坐到方桌左边，自己才坐在了正面，池了了跑到后边很快拎了一个陶茶瓶，托着一个木茶盘出来，上面四只白瓷茶盏，她放好茶盏，给瓣儿斟了一杯："我不像你那么会点茶，这是我煎的胡桃茶，你尝尝。"

瓣儿啜了一口，茶以清为上，但这茶汤浓香馥郁，从没喝过，连声赞道：

"好喝！怎么煎的？"

"是个胡商教我的，茶里配些胡桃粉、姜粉，再略加点盐和香料。"

三人闲聊了一阵，池了了才问道："你们昨天去找过董伯父和侯伦了？"

"嗯，从董家仆人吴泅那里知道，董谦死前那一向，心绪都有些不宁，出事前一晚，他带个包袱出去，却没拿回去，包袱里装了什么，吴泅也不清楚。当晚董谦还会过侯伦，侯伦却说没见到他拿包袱。不知道那包袱和案子有没有关联？不过，就是有关联，恐怕也没办法查找它的下落了。"

"那个……董谦在范楼墙上题的那首词你问侯伦了吗？"

瓣儿见池了了语气有些遮掩犹疑，知道这是她最大的心事，便小心答道："侯伦不知道有这首词，也不清楚董谦是否有……"

"那样的词，一读就知道，董谦心里一定有个意中人，而且是自小相识。"池了了笑了笑，略有些涩。

瓣儿放了心，自始至终池了了恐怕都没有过非分之想，知道董谦心有所属，虽不免失意，却不会如何伤情。

她边想边慢慢说："读了那首词，我也是这么看。不过昨天问过侯伦，他和董谦自小就是邻居，似乎不记得有过这样的小女孩子。他有个妹妹，也已经出嫁了。而且，就算真有这么一位女子，她和董谦的死会有关联吗？"

池了了猜道："难道是两人为争抢同一个姑娘而结仇？"

"据吴泅所言，董谦从没有提起过这样的事，他是上届的进士，有不少人争着向他提亲，都被他回绝了。看来他是非常钟情于那个女孩子，不过，他既然有这样一个意中人，为什么不去提亲？"

"难道是行院里的女子？只是要脱妓籍，至少得花几百万，而且还未必脱得了。董谦家未必有这么多钱和门道。"

"你这么一说，倒真有这可能……对了，曹喜那块玉饰！曹喜丢了那玉饰，却被董谦捡到，那天在范楼还给了曹喜。据曹喜说，可能是丢在了一家行院里。难道董谦的意中人就是那家行院的妓女？"

"春纤院的汪月月。"

瓣儿为难起来："这可不好办了，那种地方我没法去查……"

池了了却道："这好办。我义兄萧逸水常日在行院里，人路熟，他可以去打问一下。"

"那太好了！"

池了了却有些失落："我说曹喜是凶手，你们却都说他没有杀人的理由。现在不就有了？两人是为了争同一个女子反目成仇。第一次在范楼，他们两个扭打起来，其实并不是因为我，而是为那个汪月月早就结了怨气。"

瓣儿反驳道："我看曹喜性情孤高，应该不会为了一个烟花女子而去杀人，何况董谦还是他的朋友。"

鼓儿封一直听着，这时也开口道："单论体格，董谦要比曹喜壮实，曹喜就算没醉，也未必能杀得了董谦。另外，两人若真是为那个汪月月结怨，动杀念的该是董谦才对。"

瓣儿点头道："曹喜也说，那天董谦将玉饰还给他的时候，语气神色似乎有些不满，但没有明说。"

池了了立即反问："曹喜说的话你也信？"

瓣儿答道："眼下案情还比较迷乱，这些当事人的话都不能全信，但也不能全然不信。"

鼓儿封也道："是，两人是否为汪月月结怨也还不能断言，等逸水去打问清楚才知道。"

"要我打问什么？"一个男声从院子里传进来。

瓣儿扭头一看，是个年轻男子，有二十七八岁，眉眼俊逸，身材修长，穿着件青锦褙子、蓝绸衫。虽然笑着，神色间却隐有几许落寞之意，如一支遗落在尘土里的玉笛。

"萧哥哥，这位姑娘就是瓣儿，快来拜见！"池了了笑着大声道。

萧逸水已先留意到瓣儿，笑着叉手躬身深拜道："赵姑娘好！"

瓣儿也忙站起来道了个万福。虽是初次见面，她已听池了了念过几首萧逸水填的词，一等温雅风流文字，这时又见他风度潇洒，自然便生出一些亲近之意，像是兄长一般。

池了了在一边笑着道："萧哥哥已经煮好斋饭了？我们有件事要你去办。"

萧逸水见瓣儿在座，不便入座，便没有进来，站在门边问道："什么事？尽管说。"

池了了将汪月月的事情说了一遍。

"这个好说。汪月月邀我填过两首词，我正要进城，找她问一问就是了。"

次日，瓣儿在家中，帮嫂嫂料理了一些家务，才歇下来，池了了来了。

瓣儿忙将她引见给嫂嫂，池了了也以"嫂嫂"相称拜见温悦，温悦见了池了了，毫不见外，忙让进屋中。她知道池了了自幼身世艰难，更多了些怜爱，亲自去点了茶上来，三人坐着饮茶、说话。

池了了取出一个布兜，里面是一套"摩睺罗"的彩塑泥人，十二个身穿月令服饰的孩童，异常鲜明生动，是买给琥儿的。温悦连声说"太破费了"，忙唤琥儿进来谢过池了了。琥儿见到泥人，高兴得不得了，温悦叫夏嫂牵他到外边去玩。三人安静坐下来，闲聊了几句。

池了了忍不住道："萧哥哥去春纤院向汪月月打问回来了，那汪月月说曹喜、董谦和侯伦三人早先的确去过她那里，不过董谦似乎不惯风月，呆坐在一边，话都没说一句，汪月月想逗他喝酒，还险些惹恼了他。后来就只有曹喜和侯伦两人偶尔去她那里，再没见过董谦。侯伦看着没什么钱，每次都是曹喜付账。曹喜自己单独还去过几回，但也只是一般的恩客，他还常去其他坊院，并没有对汪月月如何例外。"

瓣儿原本以为从汪月月那里可以找到些缺口，现在看来又是妄测，她微皱起眉头道："这么说，他们并不是为了汪月月而结怨，那会是谁？听董谦这样的性情，他中意的恐怕也不会是其他风月女子……"

池了了点了点头："至于那块玉饰，汪月月说是见过，曹喜一直佩在身上，不过并没有丢在她那里。"

"董谦又是从哪里找到那块玉饰的呢？曹喜当时就问过他，董谦却笑而不答，曹喜说当时董谦神色有些古怪。也或者董谦的死和那块玉饰并没有什么关联，平常朋友之间，一个捡到另一个的东西，常会卖些关子逗对方。"

池了了恨恨道："就算和那玉饰无关，和曹喜总是有关。"

瓣儿笑了笑，池了了对曹喜竟会有如此大的恨意，这除了因董谦而生的迁怒，恐怕也源于曹喜的态度。那天，看曹喜对池了了始终有些轻视嘲意。有人天生就和另一个人性情敌对，池了了对曹喜恐怕就是如此。因此，她才会始终怀疑曹喜是真凶。

瓣儿轻叹了一声："这案子现在走到死角了。难怪开封府也只能把它当作悬案搁下了。"

池了了听了，也愁闷起来，垂下眼不再吭声。

温悦却笑着说："这样的案子才值得破呢。你看你哥哥，这一阵手头那桩梅船的大案子，也是毫无头绪，他却不但不泄气，看着反倒更有劲头了，早晨起来打拳，打得呼呼响。别人碰到难事，都要减饭量，他这两天却反倒长了一些。"

瓣儿笑起来："虽然我的饭量没长，可也没泄气。"

温悦笑着道："我还不知道你这头小倔驴？哪怕一百岁都没破得了这案子，你恐怕仍会憋着这股气。"

瓣儿吐了吐舌头："这案子嫂嫂可有什么好见解？"

温悦摇了摇头："这两天我也在一直琢磨，也没想出什么来。不过我看你哥哥平常查案有两种办法，一是查周边的人，若是实在没有头绪，就用第二种办法，就案解案。"

"就案解案？不管外围，只查案发现场？"

"是。再高明的手法，总要留下些痕迹。若外围没有线索，就在现场继续找痕迹，一旦找到，总能查出些内情。"

池了了纳闷道："刚开始，我们就是从范楼现场入手，根本找不出什么，实在没办法，才去外围找的呀。现在外围也没有什么出路……"

瓣儿喃喃道："不过眼下也只能就案解案。我们重新来看看——一间房，两个人，一个人醉了，另一个被杀，痕迹在哪里？"

"所谓痕迹，有时能看得到，有时却被凶手刻意遮掩。眼下看，这案子的痕迹被遮掩住了，很难看出来。不过，痕迹虽然看不到，用来遮掩痕迹的东西却在眼前——"温悦说着，从袖管中取出一方手帕，将桌上的一只茶盏盖住，"杯子是痕迹，帕子是遮掩，看不到杯子，却能看到帕子。凶手就是用帕子遮掩杯子，只要找到帕子，就离杯子不远了。"

瓣儿深受启发："对！高明的遮掩，是让人觉得这里只该有帕子，看到帕子，丝毫不会起疑，反倒觉得自然而然，合情合理，有时甚至都不会去留意。这就是哥哥常说的'障眼法'。我们不该找那些疑点，该找那些看起来根本不是疑点的地方！"

池了了仍有些纳闷："道理是这么讲，但不是疑点、自然而然的东西到处都是，该看哪里？"

瓣儿伸手揭开嫂嫂那张帕子，笑着说："不怕，只要找到了办法，就已经找到了第一张帕子！"

第九章　月令童子

专即精，精即无所不妙。

——李清照

温悦去探望郎繁的妻子江氏，瓣儿在家陪着琥儿在院里杏树下玩。

琥儿抱出池了了送的十二月令童子，排在小桌上，让瓣儿挨个给他们起名字，瓣儿心里悬着范楼的案子，只是随口应付着。

"姑姑，这个举着大叶子的叫什么？"琥儿拿起一个穿着鲜绿肚兜、抱着根碧绿莲叶的童子问道。

"这个啊，是六月童子，六月莲花开，他举的是莲叶——咦？这个不是月令童子……"

瓣儿发现这个泥人小童虽然和其他的月令童子大小差不多，但样式有些不同，那套月令童子精巧灵动，这一个的工艺却要粗朴憨实些。她数了一下，数目并不差，刚好十二个。这个是怎么混进来的？难道是池了了买的时候拣错了？再看琥儿，抿着小嘴巴，眼睛一闪一闪，露出得意的小神情。

她正要问，琥儿却忽地把藏在背后的小手亮了出来："哈哈，在这里！"他手里握着个泥人小童，穿着鲜红肚兜，手里握着一柄荷叶、一枝荷花，这才是月令童子里的那个。琥儿晃着那个六月童子大声笑道："骗到姑姑喽！骗到姑姑喽！"

瓣儿刮了一下琥儿的小鼻头，呵呵笑了起来："你个小灵怪！"

正笑着，她心中忽然闪过一句话——"那个不是我儿子！"——是董修章说的。

她顿时愣住了，之前听董修章说这句话，以为只是伤痛过度说的疯话，但董谦是他唯一爱子，知子莫若父，他说这句话时，或许是觉察出什么来了？

瓣儿的心咚咚跳起来，背上一阵阵发寒，琥儿连声叫她，她都没有余力应答。随即又想起嫂嫂说的用帕子遮掩杯子，用他物遮掩痕迹。

范楼案至今如同乱丝，始终解释不清楚——若说曹喜是凶手，他杀了人却装醉留在现场，实在有违常理，绝不是曹喜那等聪明人所为；若说凶手是其他人，但曹喜在场，就算他醉得再厉害，凶手多少都会心存忌惮，极难在这种情形之下杀人；若说凶手和曹喜合谋，曹喜留在现场难逃嫌疑，甚至会背上杀人之罪，以曹喜为人，就算合谋，恐怕也不会做这种傻事；若说凶手威逼曹喜做伪证，一般的案子还好，但这是杀人凶案，最大的威胁不过一死，若不是开封府推官这次依理断案，曹喜极易被判定为凶手，性命随时难保。更不用说当时范楼生意正好，人正多，还有董谦的头颅被割下，找不到下落……

对！凶手为何要割掉董谦的头颅？

在酒楼杀人，已经很难，何必冒险再去割掉头颅，除非——除非是为了蒙混！

死者并非董谦？！

不对，不对！

死者若不是董谦，那会是谁？董谦又去了哪里？

董修章和仆人吴泗都认过董谦的尸首，两人当时并未有疑议，董修章后来惨痛疯癫，才说那不是自家儿子；还有衣裳，董修章和吴泗都认出董谦衣服上的破口缝处，绝不会错。池了了下去做鱼后，范楼大伯穆柱还曾见董谦和曹喜下楼去后院解手，到端鱼进去发现尸首，时间并不长。

先杀死董谦，再脱下他里外的衣裳，又换给另一个人，这个过程也太过艰难费时。何况要换走董谦，还得在人来人往的酒楼中搬一具死尸进去，又要搬走董谦的尸体，这绝不可能。

瓣儿苦笑着摇摇头，断掉了这个狂念，又耐心陪着琥儿玩耍起来。

但这个念头一旦生出，就垫在心底，始终抹不去，她耳边不时响起董修章的话："那不是我儿子！"

她便不再抗拒，任自己继续往下想。若这个推断是真的——用另一人的尸体换走董谦的尸体，为何要这么做？是为了掩藏另一人的身份？杀了那个人却不想让别人知道，所以换尸？但这样就得杀两个人，何必？何况酒楼中人来人往，用一具尸体换另一具尸体，岂不是自找麻烦？何必劳神费力冒险做这种无益之事？

不对，凶手绝不会做无益之事。

她猛地想起董修章的疯癫呓语："我谦儿要赴任去了……"

对！若是董谦没死呢？！

她又被自己吓了一跳，心又怦怦剧跳，但心思却忽然敞开：对！若是董谦没死，便不是以尸换尸，而是以活人换死尸！这样整个过程就简便得多了！

正在这时，嫂嫂温悦回来了，瓣儿忙把琥儿托付给夏嫂，拽着嫂嫂走进自己屋里，把这个想法告诉了嫂嫂。

温悦听了，竟笑起来："你这水银心肝，整天滴溜溜乱转，竟转出这么一个奇想。不过这案子的确古怪，正该这样放胆去想。"

瓣儿也笑起来："反正这已经是个死案，乱想还说不准能想活了它。我想了好一阵，若董谦真的没死，很多死扣就都能解开了——首先，曹喜和酒楼其他人为何没有发觉房间里发生凶杀案？因为根本没有凶杀；其次，为何要割下尸体的头颅？是为了混淆死者与董谦的身份；第三，尸体的头颅为何找不到？因为董谦将它带走了。"

温悦收起了笑，低头默想了片刻，才慢慢道："的确有些道理。不过有三个疑点：第一，董谦为何要这么做？第二，那具尸首是从哪里来的？第三，要搬一具尸首进酒楼而不被察觉，很难。"

"嗯。这还得再想。不过，那天范楼生意好，客人很多，曹喜又喝醉了，董谦若是想要偷偷离开范楼，应该不难。另外，我还想起了一个证据——据董谦家的仆人吴泗讲，事发前一天晚上，董谦带了一个包袱出去，不重，好像很软，带出去后再没带回来，我猜里面装的应该是他的衣服，他去见的是凶手，把他的衣服给死尸穿上。至于那具死尸，应该是另一桩凶案，董谦之所以这么做，大概是为了包庇凶手。"

"你先顺着这想法继续想想，只要能找到董谦这么做的缘由，其他都好办。"

"我和姚禾、池了约好，每隔一天，就在咱们巷口外的颜家茶坊碰一次，好商议案情。他们是紧着我方便。时候差不多了，我这就去和他们会合，看看他们有什么见解。"

"你哥哥不见你，是要责骂我的。"

瓣儿做了个鬼脸："哥哥才舍不得责骂嫂嫂呢，嫂嫂就替我遮掩一下嘛。"

温悦笑道："油嘴妮子，去吧。不过这个案子办完之后，可再不许碰这些事。早去早回，不许耽搁晚了，等墨儿回来，我让他去接你。"

"不用，就几步路。"

瓣儿进了茶坊才坐下，池了了就来了。

她想等姚禾来了再一起谈，便先点了茶和池了了闲聊了一阵，姚禾才急匆匆赶了进来，他掏出帕子擦着额头的汗，难为情道："实在抱歉，来晚了，刚才你家堂兄赵不弃去找过我，耽搁了一阵。"

"哦？我二哥？他找你做什么？"

"是一桩旧案，当时是我验的尸，他发现了些疑窦，来找我查证。"

"呵呵，他原是个最懒散的人，如今也这么起劲了。你快坐下，咱们不管他，说咱们的正事，我有了个新念头，说出来你们可不要惊叫……"

瓣儿把自己的想法说了一遍，姚禾和池了了虽然没有惊叫，却都大睁着眼睛，惊望着她。

她忙问道："如何？快说说你们怎么看的？"

池了了随即道："这个不会吧？从那天起，董谦就没了踪影，他若活着，去了哪里？你也听到了，他从小极孝顺，怎么可能装死骗自己父亲？"

瓣儿点头道："嗯，除了我嫂嫂说的三条，这又是一条不好解释。"

池了了又道："还有——那天穆柱上菜，不小心碰翻了酒盅，酒水洒到了董谦胸口上，当时我看地上的尸首，记得胸口那个位置酒痕还在，尸首若是换的另一身衣服，那酒痕怎么说？"

"这倒好办，董谦知道自己胸口有酒痕，要作假，就照样在尸首胸口同样的位置洒一些酒，两下若不对照，很容易蒙混。"

"还有，若死尸是另一个人，董伯父和吴泗怎么会辨认不出来？"

"董谦身上应该没有什么胎记瘢痣之类的东西，如果恰好他和死者身材相当，没了头脸，又穿了他的衣服，一般的父亲，儿子稍微长大一些，就很少看到儿子身体，再加上猛然看到尸体，伤痛之下，很难辨认。但毕竟是自家儿子，故而董伯父后来开始念叨那个不是他儿子，我也是从这里才开始起疑心的。"

姚禾一直在默想，这时才开口道："另外有一个疑点——尸首。我验尸时，那具尸首是刚刚被杀的，伤口是新的，身体还有些余温，血也鲜红，仍在滴。若董谦没有死，当时也得现杀一个人。这样，那间房子里，就至少还有一个人。"

瓣儿点了点头："嗯，第五条。而且董谦不像是能杀人割头的凶犯，除了死者，凶手另有其人。搬尸进去又不可能，这样，至少还得有两个人进入那个房间，在加上当场行凶，曹喜醉得再厉害，恐怕也该察觉了。看来这个想法只能扔掉。"

姚禾却道："未必。我们现在还不知道曹喜丢的那块玉饰，董谦究竟是从哪里捡到？他在范楼墙上题的词究竟是写给谁？虽然他和曹喜并没有因为那个汪月月结怨，但会不会另有一个女子？若真有的话，他就有记恨嫁祸曹喜的嫌疑。"

池了了低声道："这两天我细细回忆董谦的神情，他虽然笑着，但眼底始终有些牵念伤怀，他心里一定有一个钟情的女子。"

瓣儿道："我不能经常出门，这件事只有靠你们两位再去设法探查一下，若是能找到那个女子，很多事就会清楚些，而且董谦若真的还活着，说不准现在就藏在那个女子家呢。"

姚禾和池了了一起答应去查。

三人又商议了一阵，看天色将晚，就散了。

第二天清早。

瓣儿在自己房中，将五尺白绢仔细绷在绣框上，安稳在绣架间，而后端坐架前，凝视这一片雪白，心里构画新绣作。

这一阵她读《诗经》，读到《郑风》，无意中发觉《野有蔓草》《出其东门》《子衿》和《溱洧》四首，恰好可以合成一联四章——相识、相知、相思、相谐。

《野有蔓草》是相识之喜："野有蔓草，零露溥兮。有美一人，清扬婉兮。邂逅相遇，适我愿兮。"《出其东门》是相知之惜："出其东门，有女如云。虽则如云，匪我思存。缟衣綦巾，聊乐我员。"《子衿》是相思之苦："青青子衿，悠悠我心。纵我不往，子宁不嗣音？……一日不见，如三月兮。"而《溱洧》则是相谐之乐："维士与女，伊其相谑，赠之以勺药。"

默诵着这些诗句，四幅画面渐渐在心里鲜明起来，一位士子、一位佳人，由露草初相逢，到山水两相知，而后江海深相思，最终花月两相谐……不知怎么，她心中所摹想的那位士子的面目，竟隐隐似是姚禾，猛地发觉这一点，瓣儿顿时羞红了脸，不由得想起《论语》里孔子所言："郑声淫""恶郑声之乱雅乐"——春秋时，各地歌乐中，郑地之音最纵肆淫乱。想到此，她心里一阵寒栗，惭怕起来。不过她随即又想，孔子既然厌恶郑声，他删订《诗经》时为何不把《郑风》索性删干净，反倒留下二十一首？在《国风》中，《郑风》比居于正统的《周南》《召南》存诗数量还多？

看来郑声也不全都可憎可厌，这么美的诗怎么会是淫声？孔子也不是后世腐儒，事事刻板不通情理。想到这里，她才舒了口气，忍不住笑了起来，心里偷想，他若知道，不知会怎么想？

她一边想，一边笑着起身，去架上取下一卷画纸，铺展在桌子上，而后从笔筒里拈出一支画笔，蘸了墨要描绘画样底稿。要落笔时才发觉自己拿错了笔——桌上有两只笔筒，一只装字笔，一只装画笔，因为心不在焉，她错拿了字笔。

她又笑起来，正要换笔，心里忽然一闪，一个念头倏地冒出来，她顿时惊住，看看手中的笔，又望望桌上两个笔筒，不觉喃喃道："走错了！"

她忙跑出去，见哥哥和墨儿都已经走了，嫂嫂温悦正在院里晾衫子。

她跑到温悦身旁，大声道："嫂嫂，我知道了，是走错了！"

温悦愕然回头："什么走错了？"

"董谦！范楼的酒间！"

"嗯？你莫慌，慢慢说。"

"不用搬尸体，尸体在隔壁！"

她过于惊喜，嘴里一时搅不清楚，温悦当然听不明白。

她稍稍理了理思绪——

第一，董谦并没有死，地上那具无头尸体是另一个人；

第二，董谦也并没有杀人，那具尸体是其他人杀的；

第三，董谦也不用搬具尸体进来，那具尸体在隔壁，是其他人杀的。

理清楚后，她才放慢语速，一条条讲给温悦听，最后一字一字道——

"董谦扶着大醉的曹喜回来后，走错了房间，走进了隔壁！"

温悦听了，先是一惊，低头默想了半晌，才慢慢道："这案子最难解释的，是房间里发生了凶案，曹喜却一点都没看到、听到。说他是凶手，身上又没一点血迹。你这个想法倒是能说得通——若是走错了房间，那尸首在靠墙边的地上，隔着张桌子，曹喜已经大醉，被扶进门后，马上坐到靠外的椅子，趴在了桌上，没看到尸体并不奇怪。董谦也只要随手关上门，悄悄走出去就成了，那天范楼人多，不太会有人留意。不过——"

瓣儿等不及，忙道："范楼横着有十间房，各间的陈设也都一样。董谦他们那间是左数第六间，正好在中间，就算没醉，也很容易走错。而且我估计董谦绝不是无意中走错，而是有意为之。他恐怕是和隔壁的人事先约好，隔壁的凶手杀了人，然后把房间留给董谦。"

"曹喜没有发觉进错房间，倒好解释，但池了了和其他人也没有发觉？"

"了了当时一定是慌了神，根本顾不上去看是第五间还是第六间。对了，还有一个证据能证明董谦和隔壁凶手是合谋——据了了讲，那天隔壁的客人是三个人，他们点菜时，让酒楼大伯穆柱照着董谦他们的菜式来点，两间房里桌上的菜一模一样！了了下去给董谦做鱼之前，最后一道菜已经上来了，隔壁凶犯应该就是这个时候杀的人，两个杀一个，要容易得多。此外，了了在厨房做鱼时，穆柱还请她做了两份，说是要给隔壁那间的客人！"

"这么说，那个穆柱知情？"

"那天我们去范楼，穆柱吞吞吐吐，很畏怯的样子。不过，我估计他和这件凶案无关，只是看破了真相，却不敢说。也许隔壁的凶手威胁过他。除了穆柱，其他人恐怕都不知道这内情。"

"但董谦为什么这么做？"

"一定是为了嫁祸给曹喜，至于原因，还得再查。"

"如果穆柱能证实房间错了，那这个案子就告破了！咱们家瓣儿姑娘真真的了不起呀！"温悦伸出拇指赞道。

瓣儿喜得涨红了脸："除了穆柱，了了和曹喜说不定也能证实，我这就找他们一起去范楼！"

"看你一时冰雪聪明，一时又莽愣愣的，他们隔那么远，你何必费力来回跑？先找乙哥给他们捎个信，等约好了再一起去。"

"我这就去写信！"

第十章　隔壁房间

> 慧即通，通即无所不达。
> ——李清照

曹喜坐在自己房中，父亲早已躲了出去，外面几个娘为一只碎碗闹成一片，吼的、骂的、叫的、哭的、劝的……那不是五个妇人，而是五把铁铲，这家也不再是家，而是一口大铁锅，那些铁铲在铁锅里拼命乱敲、乱砸、乱搅、乱刮……

他实在受不住，狠狠撂下手里的《金刚经》，铁青着脸朝外走去。

"大郎，你来说句公道话！"二娘本来正在和三娘撕扯，看见他，披散着头发奔过来要拉他，曹喜忙躲闪开，加快脚步奔向门边，身后几个娘仍在叫唤嘲骂。

刚出了院门，一个瘦小厮快步走了过来："公子可姓曹？"

"是，什么事？"曹喜没好气道。

"有封急信给您！"小厮将一封信交给他，听到院里争吵，探头望去。

曹喜怒道："看什么！"

小厮吓得忙转身跑了。

曹喜胡乱拆开信一看，只有短短一句话——

范楼案已有眉目，今日午时范楼期盼一聚，赵瓣儿敬候。

他被几个娘闹得心中灰冷，读过这短信，并不以为然，但一想又没有地方可去，时候还早，便没有骑驴，信步朝城外走去。

出了城门，见前面一个绿衣女子背着一把琵琶，正快步而行，看背影是池了了。赵瓣儿应该也约了她。曹喜便跟在池了了后面，边走边盯着瞧。

这女子脚步爽利，直挺着腰身，透出一股倔硬气。那回在范楼第一次见到池了了，曹喜就觉得她和一般唱曲的有些不一样，走进门时，一丝惧意都没有，也不像混惯了的滥贱，脸上虽然也笑着，但不是做出来讨赏的笑，反倒留出几分持重。

曹喜当时立即有些不屑，长这么大，他并没有见过几个真正硬气的人，所谓硬气，大多不过是摆个姿势，只要你出的价稍稍高过这些人心里的要价，他们立即就会软下来，何况只是个唱曲的。

后来再看到池了了的言谈笑态，她始终做出那般姿势，谈起苏东坡，竟也像是说家常一般，他不由得恼起来，以至于和董谦闹翻。

第二次在范楼，池了了仍是那样，和董谦有说有笑，全然忘了自己身份。看那神色，似乎对董谦生了情。她不是硬气，而是不知高低。一个不通世故的傻愣女子。董谦死了，这个傻愣女子继续傻愣着，居然执意要查明真相。

这又算什么？曹喜不由得笑起来。

正笑着，走在前面的池了了似乎觉察到身后有人跟着，忽然回过头，一眼看到曹喜，先是一惊，随即眼里就升起一股厌恨，并迅速扭过头，加快了脚步。

曹喜被她这一瞅一瞪，笑容顿时僵在脸上。

虽然他常被人厌，不被厌时，还有意去激起别人的厌，但池了了的这种厌似乎不一样。不一样在哪里？也许是她这等低贱身份，竟敢公然去厌人？

不止——那厌里还有恨。

她为何这么恨我？怀疑我杀了董谦，记恨于我？但似乎不止于此。

被人厌，他毫不介意，但被人恨，则让他有些不舒服。

前面池了了行走的背影越发倔硬起来，曹喜看着，不由得又笑起来，我这是怎么了？竟然跟她计较？

他低嘲了自己一声，继续慢悠悠跟着池了了，看她走得如此决断，似乎没有什么能拦住她一般，心里忽而有些羡慕，随即又猝然生出些伤感——自己并非父母亲生，却一直寄附于那个家，原想着中了进士，一般会被放外任，就能远离那个家，去异地他乡独自成家立业，谁知道朝廷人多阙少，眼看今年又一批进士要出来了，自己却迟迟等不到职任。

他一向自视甚高，可眼下看来，还不如这个女子。

想到此，他顿时沮丧无比，想转身回去，但回哪里？那个家？

有生以来他第一次发觉，天地如此之大，竟没有自己可驻足之处……

瓣儿赶到范楼时，远远见姚禾已经等在门前。

姚禾也一眼看到了她，脸上顿时露出笑，那种不多不少、刚刚好的笑意。瓣儿不由得也笑起来，不过发觉自己的笑里有了些羞意，等走近时，脸也微微有些泛红。姚禾竟也一样，望着她，想扶她下驴，却又不敢，一双手刚要伸出，又缩了回去，缩回去之后，又不知道该往哪里放。

瓣儿看着，忍不住笑出声来，姚禾也跟着笑了，露出洁白的牙齿。

"这案子我已经找到缺口了。"她跳下驴子，笑着道。

"哦？真是太好了！"

"等了了和曹喜来了，我再说。"

"好。"

两人一对视，又一起笑起来，脸也同时又泛红，慌忙一起躲开。

瓣儿没话找话："他们应该都是从那边来吧。"

"嗯，应该是。"

之后便没话了，一起站在街边，都不敢看对方。

"来了，是了了！"

"曹公子在她后面。"

池了了也看到了他们，加快脚步走了过来："瓣儿，你真的想出来了？凶手是不是曹喜？"

瓣儿忙道："不是。"

"那是谁？"

"等一下，到酒间里再说。"

曹喜慢慢走了过来，神色似乎有些怅郁，瓣儿和姚禾一起问候，他也只是微微笑了一下，看了一眼池了了，随即转开了目光。池了了回瞪了一眼，扭头先进去了。

酒楼里人不多，大伯穆柱看到他们，脸色微变，但还是笑着迎了上来："池姑娘、赵姑娘、曹公子、姚公子，你们今天是？"

瓣儿忙道："还是那件案子，能否劳烦你再领我们去那房间里看看？"

穆柱稍一迟疑，勉强笑着道："各位请——"

他引着四人上了楼，由右手边绕过回廊，来到朝阳那排酒间的第五间，伸手推开门，而后略躬下身，请瓣儿等人进去。

瓣儿在门边停住脚，盯着穆柱问道："你确定是这间？"

穆柱微微一慌，马上道："是。"

其他三人都有些纳闷，望着瓣儿。

瓣儿问池了了："了了，你们那天是在这间？"

池了了怔了一下："是啊。"

"曹公子？"

曹喜似乎有些不以为然，只点了点头。只有姚禾虽然也一脸茫然，但似乎明白了什么。

瓣儿不再多言，走进了那间酒间，姚禾等人也跟了进来。

瓣儿道："曹公子，了了，请你们照原先的位置坐下来，再看一看，想一想，那天真的是在这间房里？"

两人仍旧纳闷，但还是各自坐了下来。曹喜坐在右手位置，池了了则坐在下手座椅上。两人左右环视，但回避着彼此的目光。

池了了看了一会儿，抬头问道："瓣儿，你这是？"

瓣儿笑着答道："我觉得你们那天并不是在这间房里，而是在隔壁。穆柱大哥，是不是？"

穆柱目光一闪，像是被刺痛了一般，嗫嚅着正要回答，池了了却先道："这应该不会弄错吧？"

"是——"曹喜忽然低声道，随即他站起身，走到窗边望向对面，断言道，"那天不是这间！"

瓣儿忙问："哦？曹公子，你发现了什么？"

"对面那妇人——"曹喜指着街对面，"那天我和董谦喝酒时，对面二楼有个妇人在晾衣服，晾衣竿正对着我这边窗户！"

瓣儿忙走到窗边，见对街那座房子的二楼只有一扇窗户外横架着一根晾衣竿，正对着隔壁窗户。从这里看过去，则是斜对过。

找到证据了！

瓣儿心头大亮，欢喜无比，忙回头对穆柱道："穆柱大哥，能否带我们去隔壁那间看看？"

穆柱忙点点头，不敢和瓣儿对视，低着头出门向隔壁走去，瓣儿等人急步跟了出去。进到隔壁右数第六间，瓣儿忙推开右边窗户，果然正对着对街二楼窗外架着的晾衣竿！

池了了却仍没回过神："房间怎么会错了呢？"

曹喜也有些惊诧，看看对面，又扫视房间内，而后望着瓣儿，并没有说话，眼中却充满疑惑。只有姚禾，先也疑惑不解，随即便连连咂舌，低声道："原来如此，竟会如此……"一边叹，一边望着瓣儿，眼中满是激赏。

瓣儿朝他笑了笑，回头看了一眼站在门边的穆柱，穆柱目光急剧闪动，惊惧犹疑，交错混杂，微张着嘴，似要说什么，却似又不敢说。

瓣儿笑着问道："穆大哥，你是不是已经知道，但不敢说？"

穆柱微微点了点头，随即又慌忙摇摇头："我——我不知道。"

瓣儿忙安慰道："穆大哥莫怕，一定是有人威胁过你吧。放心，这不是你说出来的，而是我推测出来的。和你没有关系。"

穆柱忙又点点头，低声道："请各位稍等——"说着转身出去了。

范楼无头尸案后，穆柱一直惴惴不安。

这不仅因为那天是他侍候的董谦和曹喜，也不只是因为他头一个发现的尸体，而是当天晚上，和其他大伯一起收拾打整完酒店，回到后院，走进自己的那间小房去睡觉时，刚点着油灯，扭头一看——床头上插了把匕首，刃上还沾着鲜血，在油灯光下，荧荧血亮。

他惊得几乎要叫出声来，待在那里，直到在后厨帮工的妻子阿丰进来，听到关门声，他才回过神。他忙拔下匕首，藏到身后，对妻子小声道："有件事，很吓人，你不要出声。"他慢慢从身后亮出那把匕首。

阿丰瞪大了眼睛，张口就要叫，他忙低声止住："嘘——莫出声。"

阿丰压低了声音："这是哪里来的？你拿着它做什么？上面还有血？！"

"我也不知道，进来就见到插在床头上。"

"谁插的？"

"不知道。不过我猜和今天楼上的凶案有关。"

阿丰仍旧瞪大了眼睛，面色在灯影下显得越发惊惶。

穆柱心里一阵慌乱："可能是那杀人犯留在这里的。"

"他留这个做什么？"

"让我别多嘴。"

"啊？今天官差来，你说了什么？"

"我只是照实说了。"

阿丰捂住嘴低声哭起来："你一定是说了什么不对的话……"

穆柱慌道："我也不知道我说了些什么——"

那一晚，他们夫妻都没睡着，忧慌了一夜。

穆柱躺在床上翻来覆去回想整个过程，始终猜不出自己到底说了什么不对的话，惹怒了那凶手。但凶手是那个曹喜呀，他已经被官府押走了，根本不可能到后边房里来插这刀子。难道还有其他帮凶？那帮凶也一定在酒楼里，会是谁？他会拿我怎么样？他越想越怕。

"小心保得一生安。"

来京城前，他问父亲有什么要教的，父亲只跟他讲了这句话。

他们是京东一户平常小农，自己没有地，佃了别人的田，是客户。穆柱从小就爱听人说话，越新鲜就越觉得有趣。那时乡里来了个教授，典了三间草屋，开了个私学，教授乡里的童子们。

穆柱只要得空，就去那私学后窗下偷听。那教授嘴里冒出来的话，在乡里从没听到过。穆柱大多都听不懂，但就是愿意听，听着满心畅快。听了好几年，那教授死了，再没处听这些不一样的话语，他惋惜了很久。

那教授生时，不时有些书生来寻访，穆柱偶尔会听到他们谈论京城的事。等他长大后，回想起那些话题，他想，就算书没读成，至少也该到京城去看看。天下哪里都是田，何必非要在这里佃田种？

十九岁那年，他告别父母，独自来到京城。进了城门，别的不说，单是街上那密密麻麻的人，就让他惊得合不拢嘴，当时想，这么些人，就是当个讨饭的，一人只给一把米，回去也是个大财主了啊。

虽然眼睛花，心里怕，他却告诉自己，这么个好地方，能听到多少趣话？多难都要留下来！

老天给路，当天下午他就在一家小茶食坊找到了活儿做，食住都有了着落。别的他没有，力气多的是，也肯往死里干。才过了几个月，他已完全站稳了脚跟。最让他高兴的是，茶坊里什么地方的人都有，口音、话题都是从来没听过的，每天听得他快活得不得了。

过了几个月，他开始瞅着大的酒楼了。那里人更文雅些，谈的话自然更上一层楼——这句话是当年从那位教授那里学到的。

就像小时候偷听教授讲书，每天只要有空，他就溜到大酒楼，去偷听偷看，攒点余钱，也都花在酒楼，壮着胆子进去点一两样菜，虽然受那些大伯冷眼，也丝毫不以为意。

第二年，他就进了一家小酒楼，还娶了同样只身来到京城的阿丰。第三年，他来到这范楼。他爱这范楼，是因它正对着太学辟雍，来酒楼的大多是学生士子。他们的言行举止要文雅得多，谈的话题也高深，就像当年那位教授。虽然只能在端菜的间隙听些片言只语，却也已经让他如同活在诗海书山中一般。

谁知这样一个风雅之地，竟也会发生这等血光之灾。

来京城几年，一路虽还算顺当，穆柱却始终记着父亲说的那两个字：小心。

这京城不像其他地方，更不似他的家乡，随便一个小户人家，资财在他乡里都算中等以上的富户。随便一个人，都不知道背后是什么来路。因此，一定要小心，小心，小心。

可是哪怕如此小心，还是撞上这样的事，招来这样一把带血的匕首。

池了了环视酒间，茫然问道："瓣儿，这究竟是怎么一回事？"

瓣儿笑着道："我们最先其实都在怀疑，但都没有想到那其实根本不可能——"

"什么事？"

"曹公子当时虽然醉了，但毕竟还有知觉，凶手胆子再大，也不敢当着他的面行凶，更不可能无声无息离开。因此，当时根本没有发生凶杀案。"

"那尸体呢？"

"尸体不在这间房里。"

"难道是从外面搬进来的？"

曹喜在一旁沉声说道："董谦扶着我回来后，并没有进原先这间房，而是进了隔壁那间，尸体在隔壁。"

"走错了！"池了了更加惊诧，望着曹喜，全然忘了记恨。

"是——"曹喜点了点头，随即转向瓣儿，"赵姑娘，依你所见，董谦并不是无意中走错？"

瓣儿点了点头。

曹喜忽然低叹了一声："所有人里，我只把他当作朋友……"

瓣儿见他神情忽然变得无比落寞，心下一片恻然。

池了了忙道："怎么可能？他为什么要这么做？而且，当时出事后，我也赶忙回来了，我的琵琶搁在墙角，若是走错了房间，我的琵琶就不应该在那里！"

瓣儿轻声道："整个凶案其实根本不是凶案，只发生了一件事——就是把你的琵琶放到了隔壁。"

姚禾在一旁补充道："凶案其实发生在隔壁。死者也不是董谦。"

池了了越听越糊涂："董谦没死？那他人在哪里？那具尸首又是谁的？"

瓣儿道："了了，你记不记得一件事？当时穆柱大哥曾提到，隔壁那三个客人点的菜和你们这边完全一样。他们应该是早有预谋，三个客人中的两个杀了另一个。事先又和董谦约好，让他走错房间，留下大醉的曹公子和地上那具尸首。"

池了了大声反问道："董谦为什么要这么做？"

瓣儿轻声道："至于原因，还得再查。"

她又望向曹喜，曹喜立在窗边，片刻之间，他似乎疲瘦了几分，但脸上却挂着一丝笑，似嘲，又似愤。嘴里喃喃道："我竟以为自己认得他……"

瓣儿本想问他些话，但见他如此，不忍再开口。

这时，穆柱回来了，手里拿着个布卷。他揭开布卷，里面裹着一把尖刀，刀身细薄，只有半尺多长，刀刃闪着森森寒光，一看便极锋利。他小心道："那天出事后，晚上我回后院自己住的房间，这把刀插在我的床头。"

瓣儿望着那刀，心里升起寒气："这临街一面共有十间房，这间是右数第六间，和隔壁那间都在中间，极容易混淆，一般人稍不留神都会进错，何况发生了凶案，慌乱之下，就更难分辨。只有穆柱大哥也许会发觉房间错了，所以凶手才把这刀插到他床头，威胁他，不让他出声。"

姚禾走过去，接过那把刀，仔细看了看道："刀根和刃槽上还残留着些血迹，那尸首的头颅也许就是用这刀割下来的。"

瓣儿问道："穆大哥，你记不记得那天隔壁的三个客人？"

穆柱脸上仍有惧色，吞吞吐吐道："我也是前天才忽然想起来，恐怕是房间错了。这两天我一直在想那天隔壁的客人，不过，隔得有些久了，想不起他们的模样，只记得似乎是南方口音，其中两个穿着讲究，另一个穿着太学生襕衫。他们是第一次来范楼，说不知道点什么菜好，我说隔壁三位都是常客，推荐了董公子他们常点的几样菜，那三人就让我照着隔壁上菜。其他的，就再记不起来了……"

瓣儿略想了想道："那是另一桩凶案，咱们暂时顾不到。眼下最要紧的是，得查清楚董谦现在人在哪里？他为何要这么做？"

屋中几人都默不作声，姚禾继续查看着那把刀，曹喜转身望着窗外，穆柱目光在几人间扫视，池了了则坐了下来，呆望着桌面，仍在惊疑中……

瓣儿也坐了下来，轻声道："董谦有意走错房间，把大醉的曹公子留在那里，恐怕只有一个意图——陷害曹公子。董谦为何要这么做？"

曹喜回过头，却没有答言，只苦笑了一下。

瓣儿又慢慢道："从董谦留在隔壁墙上那首词来看，他一定有个意中人，这个女子是谁？董谦之所以会陷害曹公子，必定是出于极深的怨恨。他和曹公子平日虽有争执，却不至于怨恨到做这种事。唯一可能在于他中意的那个女子，也许他认定曹公子与那女子有什么不妥，才会激起如此深的怨恨。"

这回，曹喜愕然道："我不知道，也想不出有这样一个女子。"

姚禾在一旁道："按理说，董谦要陷害曹公子，就必须和隔壁的凶犯预先合谋，一起预订好相邻的房间，而且必须是中间两间，这样才能造成混淆。但那天的范楼之聚，发起人是侯伦。穆大哥，你记不记得侯公子那天来订房的情形？"

穆柱皱眉想了许久，才慢慢道："那天侯公子来得很早，酒楼才开张，并没有客人。他进来就说要订楼上房间，我就陪他上来，他直接走到这一间，看了一眼，说就要这间。"

瓣儿忙问："隔壁那三个客人呢？"

"侯公子刚下楼，那三个客人中的一个就上来了，选了隔壁那间。留了一贯定钱，说给他留着那间。快到中午时，他们三个才来。"

姚禾道："看来侯伦也参与其中！"

瓣儿、曹喜和池了了听了，都有些意外。

瓣儿点头道："这么看来，还有一件事也得重新查——董谦那首词里提到青梅竹马，他钟情的女子应该自幼就相识。董谦和侯伦幼年是邻居，侯伦又有个妹妹。曹公子，你知不知道这件事？"

曹喜道："侯伦不大讲他家里的事。我只听说他有个妹妹，从没见过。"

瓣儿琢磨道："侯伦说他妹妹已经许配人家，那天我们去董谦家，他家老仆人吴泗又说董谦并没有定亲。看来侯伦的妹妹并没有许给董谦。董谦若是钟情于侯伦的妹妹，他们两家又是世交，为何没有结亲？"

池了了道："昨天我去侯伦家附近悄悄打问过，侯伦的确有个妹妹，叫侯琴。侯琴常日难得出门，邻居们很少见到她。这一向，似乎更没见侯琴露过面。"

姚禾道："侯伦若真的参与其中，他所说的那些话便得重新思量了。我去其他路子再查问一下。"

大家散后，姚禾独自回家，刚到巷口，见几个人蹲在大柳树下说笑，其中一个叫庄小七，二十三四岁，精瘦机敏，常日里专门替人跑腿帮闲，人都叫他"油脚七"。

姚禾想起父亲说庄小七口风紧，还算信得过，以前常找他办事，便走过去道："七哥，我有件事要托付你，去我家说话？"

庄小七立即答应一声，乐呵呵跟了过来，进了门刚坐下，立即问道："姚兄弟，什么事？"

"我想请你帮我打探一个人的底细，不知道你愿不愿做？"

"当然愿意！这种事我最在行，你就放心交给老哥。你要打探谁？"

"这人叫侯伦，是上一届的进士。我是想知道他妹妹的事情。"

"姚兄弟莫非是要寻亲事？"庄小七點笑起来。

"不是，不是！我是受朋友之托。"

"那好，给我三百文，我连那女孩儿身上长了几颗痣都给你打探出来。"

"这倒不必，我只需要知道她所许配的人家，最近一两个月的去向，还有他家有什么来往之人。"

庄小七果然有招数，第二天就兴冲冲来回报了——

"那个侯伦的妹子叫侯琴，今年二十三岁，模样生得标致，读过些书，性情温顺娴静。不过他家本没什么根基，他爹侯天禧做官也只做到八品，后来又因为贪渎赈灾钱粮，被夺了官职，罚了铜，家里就更破落了，没钱出不起嫁妆，一直没人去提亲。三年前她哥哥中了进士后，才有些人家上门提亲，他爹侯天禧却又牛冲起来，一般人家全看不上眼，把个嫩瓜儿生生就要藏成老瓜了——"

姚禾忙问："她一直没有许配人家？"

"没有，刚才这些只是零嘴，不值一百文，接下来才是正菜——"庄小七喝了口茶，把一只脚缩抬到长凳上，歪着身子得意道，"我打问出来，侯伦他妹子侯琴这两三个月都没见人影，我觉着里头一定有些暗水，既拿了姚老弟你的三百文钱，做活儿就得做透。我就猫在他家巷口等着，还真让我等着了——天擦黑时，侯伦从家里出来了，往城西头走去，我悄悄跟在后头。他走到新郑门外的车鱼坊青鳞巷，进了一院宅子。那时天已经全黑了，左右都没人，那宅子外有棵榆树，我就爬到树上往里望，见那院子不大，堂屋门开着，桌上点了盏油灯，侯伦和一个年轻女子在里面正坐着说话。厨房里也亮着灯，有个妇人在里面忙活，看样子是仆妇。侯伦和那女子说话声音很低，听不清说的什么，那年轻女子在抹眼泪，侯伦似乎在劝她。看那宅子，还有他们说话的神情，那女子应该不是私娼。一男一女这么斯文坐着，又像是很亲熟，应该正是侯伦的妹子侯琴。"

姚禾忙问："你敢断定？"

庄小七翻了翻眼皮，笑道："我'油脚七'的名头是一脚一脚跑出来的，哪一句踩空过？我猜你就要问这个，今早我又去了一趟，在那巷口晃了一阵子，见昨晚那个仆妇提着只篮子，从那宅子里出来，我就迎上去问道：'大嫂，侯小姐这两天身子可好些了？'那仆妇瞅了我两眼，说：'你是大官人使来的吧，多久都不见他来了。侯小姐成天愁眉苦脸抹眼泪，身子能好到哪里去？'这不就诈出来了？我支吾过那妇人，就赶回来告诉你了。"

第十一章　总角之宴

> 寂寞深闺，柔肠一寸愁千缕。
>
> ——李清照

池了了租了头驴子，骑着进了南薰门，来到曹喜家的宅子。

刚才她和瓣儿、姚禾如约又聚到箪瓢巷口的茶坊，姚禾将打探到的消息告诉了她们两个。

瓣儿听了纳闷道："侯琴并没有许配人家？侯伦为何要在这件事上说谎？他把侯琴安置到那个宅子做什么呢？"

池了了却一听就懂了："那个大官人……"

"哪个大官人？"

姚禾忙道："'油脚七'去诈那个仆妇，那个仆妇所说的大官人。"

瓣儿仍没明白："难道是准备把侯琴许给那个大官人？"

姚禾低声道："不是许配。"

"那是？"瓣儿刚问完，脸忽然涨得通红，"你们是说侯伦让自己的妹妹去给那个大官人——"她再说不出口。

姚禾低声道："侯伦虽然中了进士，但朝廷里冗官太多，三年了还等不到一个缺，眼看新榜进士又要出来一批，情势越发严峻，我猜那个大官人是吏部的人，主管进士职任派遣……"

瓣儿一听，双眉紧蹙，惊怒道："他为了谋个职任，就让自己妹妹去做这种事情？！"

姚禾道："或许是他父亲的主意。他父亲侯天禧因为贪渎被免官罚铜，所以恐怕将所有希望都寄托于儿子侯伦——"

"为了儿子，就可以这么作践自己的女儿！"瓣儿越发恼怒。

池了了从未见瓣儿这么动过怒，她心里暗叹：瓣儿毕竟涉世不深，哪里知道世间人为了利欲，什么事情做不出来。

她轻声安慰道："瓣儿，咱们先把这案子查清楚，看起来侯伦果然不是个善良人，和这案子恐怕脱不开干系，咱们把他揪出来，就等于搭救了侯琴姑娘。"

姚禾见瓣儿气恼，不知该如何是好，听了这话，忙道："池姑娘说的是。"

瓣儿这才稍稍平息，愤愤道："他们三个是同届进士，侯伦一定是怕曹喜和董谦跟自己争抢职缺，才设下这个圈套，在范楼选定房间，利用董谦陷害曹喜。"

姚禾道："大致应该是这样。只是——董谦为何会被利用？"

池了了道："曹喜身上那块玉饰！"

瓣儿道："嗯！那块玉饰很关键，曹喜不知道丢在了哪里？董谦捡到恐怕也并非偶然。还有——董谦那首词里写的青梅竹马，应该就是侯琴。"

姚禾思忖道："但曹喜从没见过侯琴，董谦该怨恨的是侯伦，怎么会迁怒于曹喜？"

池了了想了想道："我有个办法——"

她把想法说了出来，三人商议了一阵，觉着可行，池了了便起身回家，取了琵琶，进城先来找曹喜。

曹喜走出门来，见是池了了，略有些诧异，但神色之间已经没有了傲慢，有些回暖。

池了了也不再怨憎他，知道他是被朋友陷害后，反倒有些同情。

"池姑娘，有什么事吗？"曹喜的语气也温和了。

"我是来向曹公子借一件东西。"

"请说。"

"你身上那块玉饰，借用一天，明天就还你。"

曹喜有些纳闷，但并没有问，从腰间解下那块玉饰，递给了池了了。

"多谢——"池了了接过玉饰，抬眼见曹喜眼中满是萧索落寞，心里有些过意不去，轻声道，"之前……错怪了曹公子，还请曹公子见谅。"

曹喜笑了笑："哪里，最先是我对池姑娘无礼。"

"那好，两不相欠，一笔勾销。"池了了也笑了，"我要去找侯伦的妹妹侯琴，去查清楚一件事。明天傍晚我和瓣儿、姚禾在箪瓢巷口的颜家茶坊碰头，曹公子若想知道内情，可以去那里会合。或者我来还玉饰的时候，再说给你听。"

"我去。"曹喜眼中仍含着笑。

"那好，明天见。"

池了了笑着告别，骑上驴向城西行去，走了好一阵，仍能觉察到背后曹喜的目光，她没有回头。

车鱼坊是鱼商聚集之地，鱼商们在黄河捕鱼，清早由西边的城门运进汴京，所以取了这样一个坊名。

池了了来到青鳞巷，找见那座门边有棵榆树的宅子，下了驴，抬手敲门。开门的是一个中年仆妇，她上下打量着池了了："你是？"

池了了照预先想好的答道："昨天大官人听说侯小姐身子不大好，让我来给侯小姐唱几支曲，开开心，解解闷。"

"哦，这样啊，你进来吧。"

池了了走进院中，见院子里异常清冷，没有多少人家气。那仆妇引着池了了走进堂屋，来到后面的一间卧房，轻轻叩了叩门，轻声道："侯小姐，大官人找了个唱曲的来给你解闷。"

半晌，里面才传来一个女子倦倦的声音："你让她回去吧，我不想听。"

池了了不等那仆妇答言，先笑着朝门里道："侯小姐若嫌吵，我就不弹琵琶，清唱几段慢曲。侯小姐随意听听，若不然，平白回去，不但今天饭钱没了，还得挨骂。我们营生不易，还请侯小姐多体谅体谅。"

片刻之后，门开了，昏暗中露出一张苍白的脸，面容其实十分娟秀，只是眉眼之间尽是悲倦，又穿着件素色衣衫，竟像是春谷幽魂一般。她淡淡眄了池了了一眼，轻声道："进来吧。"

池了了道了个万福，抱着琵琶走了进去。

"侯小姐先慢慢听着，我准备晚饭去了。"那个仆妇说着转身走了。

池了了环视这间绣房，陈设布置比瓣儿房中要精致，但处处透着一股冷意，尤其是天已黄昏，只有一些微光透进窗纸，越发显得幽寂。

侯琴坐到床边，低着头，神思倦怠，像是一枝新花被折下来，丢弃在这角落一般。池了了看着，涌起一阵悲怜。心想自己虽然从小只身游走风尘，尝尽冷热，但比起侯琴，又不知道好多少倍。

她坐到窗边的一只绣墩上，将琵琶搁在墙边，笑着道："我新学了一支《卜算子》，词填得非常动人，唱给侯小姐听听？"

侯琴微微点了点头，像是应付一样。池了了略清了清嗓，轻声唱起董谦题在范楼墙上的那首《卜算子》：

> 红豆枕边藏，梦作相思树。竹马桥边忆旧游，云断青梅路。
> 明月远天涯，总照离别苦。你若情深似海心，我亦全不负。

起先侯琴还倦倦的，并没有着意去听，但听到竹马青梅那一句，心似有所动。等听到后来，竟默默流下泪来。

她忙用手帕拭掉泪水，轻声问道："这是谁填的词？"

"董谦。"

"董谦？"侯琴身子一颤，惊望向池了了。

瓣儿果然没有猜错，池了了笑着问道："侯小姐认得董谦吧。"

侯琴点了点头，眼中又流下泪来。

池了了又问道："这首词是董谦为侯小姐填的？"

侯琴猛地抬起头，流着泪问道："你怎么知道？你见过他？"

"我没见过他，这首词是从酒楼的墙上看到的。不过，我不是大官人请来的，今天来是为了董谦。董谦失踪了。"

"失踪了？！"侯琴顿时紧张起来。

"他是由于这件玉饰失踪的，侯小姐见过吗？"

池了了取出曹喜的那块玉饰，侯琴忙起身走过来，一看到玉饰，顿时惊问："你是从哪里拿到的？"

"侯小姐真的见过？"

侯琴眼中忽然闪出恨意："这是曹喜的。"

侯琴不知道上天为何要将人分为男女，既分了男女，又为何偏让女子如此无助。从生到死，自家一丝一毫都做不得主，只能安安分分听命，听命，再听命。甚至不如野地里的草，虽然也被人踩，被畜踏，但自生自长，自安自命，有风来，还能摇一摇，有蝶过，还能望一望。

从开始知事起，她听得最多的一个词是：贞静。

她的父亲侯天禧从来不跟她多说话，只要看到她说笑跑动，便会重重说出这两个字："贞静！"

后来哥哥侯伦也学会了用这两个字唬她，压她。开始，她不懂这两个字，曾偷偷问母亲，母亲说：女孩儿家，不能乱说、乱动、乱笑，要安静。她又问为什么呀？母亲说：你是女孩儿啊。

母亲的这个解释像一滴墨，滴进她心底，留下一小团黑影，再也冲洗不掉。

好在那时母亲还在世，她也还年幼，虽不能随意往外面跑，却能在后院里玩耍。父亲和哥哥很少来后院，也就不太管束责骂她。后院虽然不大，但母亲种了许多花草，还有一片小池子。自小没有玩伴，她也惯了，一个人在那里自己跟自己玩。有花有叶，偶尔还会有蝴蝶、蜜蜂、鸟儿飞过来，现在回想起来，的确已是十分自足自乐。

她家隔壁是董家，董家在后院墙根栽了一架蔷薇。那年春末，那蔷薇花藤攀上墙头，开出许多红花，胭脂一般。那时她家的花大多都已开败，她望着那些蔷薇，羡慕得不得了，但墙太高，只能望着。

有天下午，她正望着那些花眼馋，墙头忽然露出一张脸，是个少年。那少年爬到了墙上，看到她，笑着朝她做了个鬼脸，是董谦。

董谦有时和她哥哥侯伦玩耍，她见过几回，不过她父亲不许她和男孩子接近，因此虽然彼此认得，却没说过几句话。

"你想要这些花吗？"董谦骑到墙头笑着问她。

她没敢说话，但忍不住点了点头。

董谦便连枝摘了一朵抛给她，并说："小心有刺！"

她赶忙捡起那朵花，比远看更加好，花瓣胭红，还隐隐有些香气。

"还有！"董谦又摘了几朵，接连抛给她。

她一一捡起来，扎成了一小束，开心极了，朝着墙头的董谦笑着说："谢谢你！"

董谦笑着摇头："这有什么？那边墙上还有黄颜色的，我再去给你摘！"

这时墙那边院里忽然传来一个声音："谦儿，你爬那么高做什么？快下来！"

听声音是董谦的母亲，董谦朝侯琴做了个鬼脸，随即扶着墙头倏地溜了下去。

从那之后，她去后院，董谦不时会攀上墙头，有花就给她摘花，没有花，就给她抛过来一些小吃食、小玩意儿，两个人一个在墙头，一个在地上，说着话，讲些趣事。她和哥哥侯伦从没这么亲过。

只可惜，一年多后，董谦的父亲转任了其他官职，全家搬去了外地。隔壁搬来了另一户人家，也有个少年，却异常顽劣，偶尔爬上墙头，看到侯琴，就会丢土块，骂脏话。侯琴又厌又怕，只要听到他的声音，便会躲进屋里。

和董谦那一年多光景，竟成了她活到今天最欢悦的时日。

好在她的母亲自幼曾读过一些书，教了她认字识文，虽然不能去外面走动玩耍，读书时却也能神游四方。父亲不喜她读书，她便趁父亲不在时偷偷到书房取书来读。后来，她读《诗经》，无意中读到"总角之宴，言笑晏晏"，觉得竟像是写自己和董谦一般。

过了几年，她母亲过世了，父亲也迁了京官，她随着父兄搬到了汴京。汴京宅地贵，他父亲只赁了一套窄房，没有前后院，她只有一间朝南的小房间，常日阴潮昏暗。父亲俸禄低，还要尽力让哥哥侯伦读书交游，她便日夜做些针黹补贴家用，整日没有空闲，心也随之越发阴仄。

后来哥哥考入了太学，有天带回来一个人，她在后面听见哥哥跟父亲说："爹，你认不得他？"她父亲认了半天也没认出来。她哥哥笑着道："他是董谦！咱们家在江宁时的邻居。"

一听到"董谦"二字，她的心猛然一动，像是无意中捡到丢失了许多年的一粒珍珠一般。家里没有请仆妇，父亲便让她出来奉茶，她烧了水，煎好茶，端出去时，偷偷望了一眼董谦，他已是一位白衫青年，眉眼端方，气质敦厚。

董谦一见到她，忙笑着站起身施礼："这是侯琴妹妹吧。"

她没敢答言，斟好茶，慌忙躲了进去，心里却忘不掉董谦的笑容，那笑容并没有变，仍像少年时那般淳善。

那以后，董谦时常来她家拜访，每次也总是她去斟茶，他们从未对答过一句话，但眉目之间却越来越亲熟。她渐渐发觉，董谦这样频繁来访，似乎是为了见她。

恍然间，她如同又回到了江宁旧宅的后院，等着董谦从墙头出现。心里越来越希冀，也越来越难宁，心底像是冒出了一棵蔷薇花的芽，禁不住地生长起来。

有天晚上，她听到父亲和哥哥在外面商谈事情，虽然声音很低，她却听哥哥说董谦想来提亲。一听到这句，她立时站起了身，心咚咚狂跳，忙贴近门缝边偷听。

可是父亲却说："董家家境比咱们家好不到哪里去，比他家好的我都回绝了。结一门亲，若不能添些贵，至少也得来些钱。你妹妹这人才容貌，得找个好买家才成。那董谦，你以后别往咱们家领了……"

听到这里，她浑身冻住了一样，连脚都挪不动。她从来不敢怨自己的父亲，那一刻，心底却涌起无限悲怒，但随即，母亲当年那句话浮现心头："你是女孩儿啊。"无奈无助随着泪水一起流泻出来。

那之后，董谦一年多都没有来，直到他和哥哥侯伦都中了进士，发了榜，他才又来了一次。

侯琴本已死了心，但一听到董谦的声音，一瞬间便春风化冻。她匆忙准备茶水端了出去。董谦见到，仍那样笑着注视着她，她也想回他一笑，却不敢，只偷偷望了他一眼。虽然只一眼，心中却又暖又颤，像是走在寒冰之上，冰忽然裂开，身子却掉进温热的水中。

幸而父亲那天不在家，董谦和哥哥侯伦正在争执元稹那句"曾经沧海难为水"的出处，董谦说出自《孟子》，哥哥侯伦不信，起身去自己房里取《孟子》来对证。侯琴煎好茶，端出去刚斟满杯子，董谦忽然递给她一个小纸卷，她吓了一跳，但飞快接过，攥在手心里，慌忙抱起茶瓶躲进了厨房。进去之后，她颤抖着打开那个小纸卷，见上面写着四个字：非你不娶。

一看到这四个字，她顿时惊呆。她从来没敢奢望过什么，甚至连"我想"两个字都极少说。然而，这四个字正是她心底唯一期盼，埋得极深，深到她自己连梦里都不敢梦。董谦却将它送到她的眼前，这并非梦……

惊异之后，她忽然想哭，号啕哭出声，却不敢，只能任凭泪水涌泻。

良久，她才想到：董谦既有此心，我也该让他明白我之志。

她想到了四个字——非你不嫁。

但随即心生悲凉，这件事自己丝毫做不得主，这样的诺，她无力许出。

她在厨房里想了很久，才想到一件事，忙跑进自己卧房，找出母亲当年给自己的几颗红豆，挑了最大最圆的一颗。而后又取起剪刀，解开自己头发，剪了一缕，卷成小小一圈，将红豆藏在中央，找了半张纸包紧，捏在手心里。

她在门里踌躇慌乱了好一阵，始终不敢出去。这时哥哥在外面喊道："妹妹，茶瓶哪里去了？出来添茶！"

幸而刚才她慌乱之下将茶瓶拿回了厨房，她忙走进厨房拿过茶瓶出去添茶，哥哥侯伦在翻看那本《孟子》，侯琴给董谦添满了茶，见哥哥目光凝在书页上，急忙将手心里的小纸包放到董谦茶盏的后面。董谦见到，忙伸手盖住。她也放下茶瓶，慌慌逃进去了，许久，心仍狂跳不止。

过了一阵子，侯琴听到哥哥侯伦又向父亲提起董谦想要说亲的事情，她父亲却仍嫌董谦至今没有职任，就算有了职任，也只是从八品的官阶，许给他，这生意就亏了。

侯琴听到，虽然伤心，却已没了多少怨愤。她知道董谦的心，董谦也知道她的心，这已经足够了。身为一个女子，一生中能得到这样一张纸条，纸上这样四个字，"非你不娶"这样一个重比千钧的许诺，还能奢求什么？

她没有预料到的是，父亲和哥哥竟会逼自己去做那样的事情。

哥哥侯伦中了进士已经三年，却迟迟轮不到职任，父子两个都焦急难耐。侯伦花了两年多的心血，终于结交到一位能帮到他的人。那人不爱钱，只爱色，却因在守服，不能娶妾。父亲和哥哥商议了几天，决意将她送到那人在青鳞巷的别宅。

她从没有违逆过父亲，但这一次，她一直哭着执意不从。

父亲却骂道："我养你这么多年，从没要你做过什么，这回只是要你帮帮你哥哥，让我侯家早日脱了这几世穷贱命。你若不答应，我就去投水自尽！"

她听了，还能说什么？

到了青鳞巷那间宅子，有一个仆妇看守宅院。第二天，那人就来了，侯琴又羞又怕又惊慌，但想着父亲的话，不敢逃躲违抗，只能任凭那人凌辱。

那人走后，她哭着想起母亲的解释，母亲只解释了贞静的"静"，却没有解释"贞"。贞是忠贞，她该贞于谁？父亲、哥哥，还是董谦？她其实没有选的余地，连死都不能选。

她只能死心，但她知道这绝不是贞。

隔几天，那个人就要来一回，每来一回，她都像是死了一回。

她不知道那人姓什么、叫什么，只听父亲、哥哥和宅里那个仆妇称他"大官人"，她也从不愿打问，不知道更好，算是给自己留一丝情面。

自从来了这里，父亲只来过一次，是怨她不会讨那人欢心，将她痛责了一顿。哥哥侯伦则不时来看她。每次来，都要说些安慰的话，让她再忍一忍，等授了职任，就接她回去。而且，哥哥竟然知道她中意董谦，说回去后一定说服父亲，把她许给董谦。

听到董谦的名字，她心如刀割。她顺了父亲和哥哥的意，便已对董谦不贞，这一世她再没有任何颜面去见董谦，更何谈婚嫁？

忍受了三个多月，有天哥哥侯伦忽然说，想办法让她和董谦见一面。她本想立即拒绝，但话却舍不得说出口，董谦是这世上她唯一盼见又怕见的人。

过了两天，那仆妇出去买菜，从外面反锁了门。她坐在卧房里发呆，没多久，忽然听到外面门锁响，随即，哥哥侯伦引着一个人走了进来，是董谦。

一眼看到董谦，她觉得像是隔了几辈子，又隔了几重梦，怔在那里，说不出话，也动弹不得。

"我先出去，你们聊一会儿。"哥哥侯伦回身出去，掩上了门。

董谦站在门边，望着她，也一动不动。

成年重逢之后，他们其实没对答过一句话。

良久，董谦才低声问道："那人是谁？"

她低下头，半晌，才摇了摇头，想说不知道，却出不了声。

两人又静默了片刻，她忽然想起那块玉饰——那人上次来了之后，第二天，她在床脚发现了那块玉饰，她捡起来，丢进了抽屉里。

她忙起身从抽屉里取出那块玉饰，走过去递给董谦，却不敢抬眼看他，只低声说："这是他的……"

董谦接过玉饰，猛地惊道："曹喜?！"

水篇

変身案

第一章　惊牛

语天道性命者，不罔于恍惚梦幻。

——张载

落魄莫归乡，归乡情更伤。

当张太羽再次踏上这汴河大街，顿时有些局促不安。

他本是京城人氏，离京已有两年，今天刚刚回来。这两年，他一直在终南山修道，十几天前，有个旧邻行商路过终南山，上山游玩，恰好经过张太羽静修的小茅屋，见到他，很是意外，忙告诉他，他家里发生了一件异事——

两个月前，张太羽的妻子阿慈去烂柯寺烧香，正跪在佛前许愿，忽然晕倒，旁边人扶起来时，发觉她竟变成了另一个女子，面容完全不同。而那个女子醒来后，自称姓费，叫香娥，家住在酸枣门外，父亲是个竹木匠人。人们找到费家，那家果然有个女儿叫香娥，在后院忽然不见了，家里人正在四处找寻。人们让费老儿夫妇见了那女子，果然是他家女儿香娥……

张太羽听了，全然不信，但看那邻人又绝不是在说谎。他本已断了尘念，但邻人走后，再也静不下心来。又听邻人说自己儿子万儿已快四岁，生得十分乖巧，现在只跟着祖母蓝氏，祖孙两个艰难过活。张太羽思前想后，终于还是决定下山，回家看看。

汴河大街景致依旧，赵太丞医铺、四格井、刘家沉香、孙羊店……沿路不少人，就算不相识，也都面熟。他却觉得如同异乡陌路，脚踩在硬实平整的地面上，都有些虚浮不实之感。

一阵油盐烹肉的香气从孙羊店传出，这气味他也很熟悉，当年田产家业还在，又未婚娶，他常和朋友在这里相聚，旋煎羊、乳炊羊、虚汁垂丝羊头、糟羊蹄、羊脂韭饼……他已经茹素两年多，想起这些菜，竟忍不住咽了口口水。

刚走到十字街心，右边传来一阵笑声，扭头一看，是一对中年夫妻、一对年轻男女，围着一个幼儿说笑。张太羽隐约看到那中年男子脸上斜长一道伤疤，他记起来，那人叫赵不尤，京城"五绝"之一的"讼绝"，常日在街角那凉棚下，替人写讼状。因脸上有道刀疤，人都唤他"疤面判官"。

见赵不尤一家如此和乐，张太羽心潮一荡，不由得念起妻子阿慈。想起新婚时，站在门边偷看阿慈梳妆，镜子里映出阿慈那秀逸面庞，如一朵素兰……正在出神，肩膀猛然被人拍了一把，惊得他一颤，扭头一看，是师兄顾太清。

"师兄？"

"太羽，你什么时候回京的？"

顾太清仍然白胖丰润，道服鲜洁，发髻上横插一根乌亮的犀角簪。相形之下，张太羽道袍弊旧，面容焦枯。但让他惭愧的并非衣冠形貌，而是心——我一心求道，却焦心苦形；他满心俗欲，何以能如此自在？

顾太清并没有觉察他的心思："太好了，我正要找你！上回没能让你如愿，师兄一直过意不去，这回真正到了好时候，你再信我一回，富和贵，一样都不会少了你的。对了，你这是要回家？"

"哦？嗯。"张太羽忙回过神，点点头。

"今天我不能跟你多讲，过两天去你家中寻你。眼下我得赶紧去接教主——"

"教主？！"

"正是。"

"教主不是早已仙逝？"

顾太清笑着摇摇头，眼中满是得意："我先走了，回头再仔细告诉你！"说罢他大步向东水门外赶去，背影都满是急切与欢喜。

顾太清所言的"教主"是道士林灵素，御封"玉真教主"。张太羽出家就是拜在他的门下。不过，林灵素失宠后被放逐，去年，张太羽听到消息：林灵素病故，葬于永嘉。

教主又复活了？张太羽怔了半晌，才举步也向城外走去，经过孙羊店的欢门时，心神恍惚，不小心撞到一个女子，险些撞落那女子怀里的琵琶，张太羽忙连声道歉，那女子却看都不看他，急步走开了。

出了城门，街上无比纷乱，人们都在议论着什么。张太羽不断听到"仙船""神仙""天书"……却不知究竟发生了什么，不过也无心去理会。

这时太阳照得烘热，到处喧闹嘈乱，张太羽用袖子揩了揩额头的汗，觉着这汴河就如蒸肉的大锅，四下挨挤的人群，散出浓热的汗味、肉味、油味。这热汤一般的世界，恐怕只有活成一颗滑圆子，才能与世浮沉，如鱼游水。

他上了虹桥，挤过桥上人群，快步下了桥，对岸人少了很多，才觉得清爽了些。

沿着汴河北街，绕过河湾，走到头，那七株大柳树下，就是他家。沿街的店家他大都认识，原还怕见到熟人，得一一招呼，幸而这会儿街上的人全都跑到岸边去张望谈论，整条街没几个人影，他低头快步走了过去。

刚走到街口，就望见那几棵初染新绿的老柳树，树下苍黑的瓦檐，一股暖流忽地涌起，说不清是悲是欣。瓦檐下跑出一个孩童，接着一位老妇也颠颠地跟了出来，是他娘，蓝氏。

远望过去，他娘的身形似乎萎缩了一些，腰背也弯驼一些。才两年多，娘竟已显出老态。那么，前面这个孩童是万儿？一定是万儿，再过两个月就满四岁。

张太羽脚下似乎被胶粘住，竟迈不出一步，连肚肠都隐隐抽动起来。

他正在心怀纠结，前面忽然"哞"的一声牛叫，跟着几个人同时惊叫："牛！"

一头牛从他家右边屋后猝然冲出来，横奔过街，后面有个人慌慌追赶，一队轿马又正好从东面过来，前面开道的仆夫忙去驱赶那牛。那牛受到惊吓，扭身转头，向街这边奔过来，而万儿，就在牛前方十几步远，正往街心一蹦一跳着玩耍。

一声惨叫，是他娘那辣而厉的声音……

眼睁睁看着那头牛撞向万儿，万儿的小身躯凌空飞起几尺高，随即又重重摔到地上，张太羽也失声叫起来。

他娘蓝氏哭喊着扑向万儿，他也忙加快脚步赶了过去。等他走近时，已有十几个人围住了他娘和万儿，只听得见娘的哭喊。他扒开前面的人，挤了进去，他娘跪在地上，万儿仰躺着，双眼紧闭，一动不动，脑后流出一溜血。他娘伸开双手，想抱住万儿，却又不敢碰，惊惶无措，双手不住地抖，嘴里不停地哭："我的肉儿啊！亲亲，你醒醒……"

张太羽忙凑近蹲下，伸出手指去探万儿的鼻息，虽然微弱，却仍有一丝温气，他又抓住万儿的小手腕，有脉搏，忙抬头喊道："快找大夫，还活着！"

他娘一听这话，喉咙里先是发出一声怪异的声响，随即扭头望向张太羽，呆怔了片刻，才认出自己儿子。她怪叫一声，猛地伸出双手，朝张太羽一阵抓打，又哭又骂又怪叫，疯了一般。

张太羽顾不得这些，见围观的人仍在呆看，又喊道："哪位帮忙快去找位大夫来！"

人群外有个声音道："马步，骑我的马，快去找大夫！"

张太羽听那声音熟悉，但见娘在摇万儿，忙制止道："娘，千万莫乱动他！"

他娘听见忙止住手，声音也立时放小，望着万儿，一声声小声泣唤。

张太羽看着娘和儿子，忽然间恍惚起来。娘很陌生，万儿更陌生，连自己，也觉着陌生。但方才为何那样忧急？自己何止没能斩断尘缘，血脉尘根竟一直藏埋心底，如此深固。一时间，他不知是悲是喜，怔在那里。

"伯母……志归？你回来了？"是刚才那声音。

张太羽抬头，是朱阁，当年县学的同窗好友。白脸，修眉，细长眼，衣着鲜明，比当初多了些华雅之气。听他叫自己俗家旧名，张太羽越发觉得陌生，茫然点了点头。

朱阁挤进来，查看了下万儿，安慰道："是昏过去了，应该没有大碍。"

"大夫来了！"有人叫道。

一阵马蹄声停在人群外，人们赶紧让开一条道，张太羽见一位老大夫慌手慌脚下了马，踉跄着赶了过来，是鱼儿巷的葛大夫，在这一带行医已经几十年。葛大夫看到张太羽，一愣，但随即过去俯身在万儿身边，探鼻息，听心跳，摸脉息，又伸手在万儿手臂、身体上轻摸了一圈，才用那老哑嗓言道："性命无碍，除了脑后，其他伤还看不出来，只能等醒转过来再看。先找块板子来，把孩子搬到床上去。"

他娘听了，又哭起来，挣起身要去找木板。

"我家有，"一个小伙子转身跑进对面食店的厨房，很快挟了一块晒豆菜用的长方形竹匾来，"这个中用不？"

孩子小，足够用，葛大夫点头说："小心轻挪。"

张太羽和那小伙子一起托住万儿头脚，诸人也来帮手，将孩子轻轻放到竹匾上，抬进屋里，轻手搬到正房的大床上。

葛大夫又仔细查看了一番，从药箱里取出纱带和药，先替万儿包扎了脑后的伤口。其他人识趣，都悄悄离开了。葛大夫又取出一个小瓷瓶，交给张太羽："这药安神舒血，隔两个时辰喂一颗。我到晚间再来看看。若他醒转过来，不管什么时候，马上去叫我。"

张太羽道过谢，接了药，从行囊里取出仅有的两陌铜钱，双手递给葛大夫："不知道够不够？"

"都是老邻居，又没做什么，何况万儿就像我自家的孙子一样。"葛大夫推让着。他鳏居多年，张太羽的娘守寡后，他曾托媒人来说合，被蓝氏回绝了。

"葛大夫，不要收他的钱。"

张太羽见他娘忽然站起身，冷着脸说完这句话，并不看自己一眼，转身走进内间。张太羽、葛大夫以及站在门边的朱阁，都有些愕然。只听见钥匙开铜锁声，拉抽屉声，铜钱碰击声……片刻，他娘从里面出来，手里攥着一陌钱，过来交给葛大夫："您全收下，这孩子病情还不知道，过后还得麻烦您。"说着，他娘的眼泪又涌了出来。

葛大夫不好再推让，只得收了钱，安慰了两句，转身出门，却险些撞上一个正进门的人。葛大夫连声道歉，侧让着身子，从一边出去了。

进来的是个女子，明丽照人，屋中随之一亮：梳着京城时下最风尚的云尖巧额发式，全身一色的春红：桃瓣花钿贴额，水红银丝锦镶边的半臂粉锦褙子，桃红缠枝纹绮衫，浅红软罗抹胸，樱红百褶罗裙。她款款走进来，如一枝桃花，随春风摇曳而至。鬓边玉钗上镶着一颗胭脂红的玛瑙，如一滴血，荧荧耀目。

"婶婶！"女子抬脚迈槛，露出翘尖桃叶纹红绣鞋，刚进门，就见到张太羽，顿时叫起来："志归哥哥？！"

这时，张太羽才认出，是朱阁的妻子——冷缃。

冷缃与阿慈幼年同住一条里巷，曾是姊妹玩伴，张太羽和阿慈的婚事还是她说合的。冷缃性情爽利，事事好争强，每说一句话、做一件事，都比别人要多使一二分气力。这时，冷缃望着张太羽，既意外，又欣喜，但脸上那神情，比意外还多些意外，比欣喜更多些欣喜，看来，她那性子有增无减。

也正是这会儿，张太羽望了一眼门外，才发觉，刚才那队轿马和仆役们都停在门外，只有一个女使模样、红衫紫裙的少女随着冷缃走了进来。那竟是朱阁和冷缃的轿马随从，张太羽有些吃惊。

三年前，朱阁境况只比张太羽稍强一点，他考上了府学，张太羽却仍滞留在县学。算起来，目前朱阁最多是府学上舍生，他们夫妇哪里来的这套富贵阵仗？

张太羽向冷绯点点头，勉强笑了笑。冷绯上下打量他，目光仍像往昔，有些硬和利，见张太羽一身道服，再看蓝婆坐在床边扭过脸，根本不望这边，她似乎立即明白张太羽母子间情势，便不再出声，小心走到床边看视万儿，轻轻将万儿的手臂放到被子下，理顺了被子。万儿一直闭着眼一动不动，唯有鼻翼微微有些翕动，额头和鼻侧渗出一些细汗。冷绯又取出绫帕，轻轻替他拭净，而后回头朝那个使女道："阿翠，这两天你就留在这里，好生照料万儿。"

阿翠轻轻点头答应，蓝氏却抬起头道："用不着的。"

冷绯笑着道："婶婶跟我还见外？阿慈不在了，我当姨的不管万儿，谁来管？"

阿慈不在了？张太羽一怔，随即回过神，终南山上那邻居所言看来是真的。这时他才环视屋中，阿慈极爱整洁，当时每日都要将家里清扫得干干净净，可现在，屋子里东西凌乱堆放，处处都能看到灰尘油迹……

朱阁和冷绯坐了一阵，告辞离开了。

蓝婆一直守在万儿身边，过了一个多时辰，万儿的身子动弹了一下，眼仍闭着，问他也不答声，只低声呻唤着。

总算是活转过来了。蓝婆喜得险些哭起来，她抬头看了一眼儿子，心想他会去找葛大夫，他却仍旧像木桩子一样杵在床边，眼里连点活气都没有。蓝婆恼起来，也不理他，自己跑到对面汪家茶食店，托他家伙计去找了葛大夫来。

葛大夫来后又细细查了一遍，抬头笑着说："蓝嫂，不打紧，万儿身上除去后脑，没有其他伤，后脑也只是被牛蹄蹭到，不是踢到，没伤到骨头，就是头皮裂了道浅口子。好好将养几天，万儿就能蹦跳了。"

"河神娘娘保佑！"蓝婆听后，终于忍不住哭起来，一双老手攥住万儿的小嫩手，呜咽着，"我的肉儿啊，你把奶奶的魂儿都扯跑了啊。"

半晌，她才用衣袖擦掉眼泪，又一眼看到儿子，这个穿着道袍、越看越认不得的儿子，不由得想起儿子像万儿这么大的时候的样子，一样的机灵乖巧招人怜。丈夫因他也动了柔肠，给他取名叫"志归"，说从此再不为禄利挣扎，好好寻一片田产宅院，卸职归田，一家人清静安乐度日。当时，她还真信了。

后来她才明白，那时，丈夫又一次被贬官，正是心灰意懒的时候，说这些话，不过是宽慰他自己。没过半年，丈夫又被调回京里，那满头满脸的欢喜的意气，简直能把帽子吹起来。

有些人馋肉，有些人馋色，她丈夫这辈子改不掉的脾性是馋官。

偏偏这几十年朝廷开流水席一般，颠来倒去，闹个不停，主客换了一拨又一拨，菜式翻了一桌又一桌。而她那个丈夫，又偏偏是个慢脚货，一辈子学不会挑席占座，每次抢到的都是残席。

眼看司马光要败，他偏生贴着司马光；眼看赶跑司马光的王安石要败，他又热巴巴去追附王安石；眼看踩死王安石的吕惠卿要败，他又慌忙去投靠吕惠卿；眼看撵走吕惠卿的苏轼要败，他又痴愣愣守在苏家门口……从头到尾，他没有一次看准、踩对过。

最后一次，蔡京被任了宰相，正被重用，他跟着一个愣骨头同僚，一起上书告蔡京意图动摇东宫太子，以为这次一定能成，结果被蔡京反咬，脸上被刺字，发配到海岛。第二年，蔡京虽然真的被罢免，她丈夫却病死在海岛。

就这样，蓝婆跟着丈夫，一辈子被贬来贬去，贬成了焦煳饼。丈夫虽死了，却把这焦煳命传给了他的儿子。不知为何，儿子志归性子竟像极了他父亲，自小不服输，事事都要强争，却很少胜过一回两回。争来争去，竟争到绝情绝义，舍母，抛妻，弃子，出家做了道士，说走就走，把她最后一点求倚靠的心也一脚踩烂……

蓝婆正在乱想，忽听有人敲门。儿子去开了门，她就坐着没动。

"请问丁旦可回来了？"是一个男子的声音。

"丁旦？"儿子志归有些纳闷。

蓝婆一听到这个名字，惊得一颤，忙起身走到门边，门外暮色中一个男子，不到三十，白净的脸，眉目俊朗，衣着华贵，气度不凡。

蓝婆从没见过，警觉起来："你是谁？"

"在下名叫赵不弃，是丁旦的好友。"那男子微微笑着。

"你找他做什么？"

"我怕他有危险，特来告知。"

"什么危险？"

"这个——"

"他没回来，也不会回来了！"蓝婆猛地关上了门。

"娘……"志归满眼疑惑。

儿子回来大半天，第一次叫自己，蓝婆已经几年没有听到，心里猛地一热，但随即一冷，这一冷一热，几乎催出泪来。她忙转身回到床边，把脸别过一边，狠狠说了声："我不是你娘！"

屋里已经昏暗下来，蓝婆却没有点灯，静静守着昏睡的万儿。

后面厨房里透出些火光，传来舀水、动锅、捅火、添炭、洗菜、淘米的声音，儿子出了家，竟会自己煮饭了，蓝婆心里涌起一阵奇怪莫名的滋味，又想笑，又想哭，又想骂。

她坐着听着，正在发呆叹气，外面又响起敲门声，她没有理，但外面仍在敲，轻而低，她这才听出来，是何涣。

她忙起身过去，打开门，昏黑中一个身影，果然是何涣。青绸幞头，青绸衫，中等身量，肩宽背厚，眉目端正，一身温纯儒雅气。

"老娘。"何涣低声问候。

"快进来！"

何涣忙闪了进来，蓝婆正要关门，忽然听到后面厨房里儿子大叫："什么人？"接着地上铜盆被一脚踢翻的声音，随即听到一个人重而急的脚步声，从厨房的后门冲了进来，蓝婆感到不对，忙朝何涣叫道："快走！"

何涣却愣在那里，慌了神，没有动。顷刻间，一个黑影从厨房里奔了出来，刺啦一声，黑影忽然顿住，似乎是衣襟被门边那颗挂竹帚的钉子挂住，黑影挣了两下，刚扯开衣襟，志归也从厨房赶出来，一把扯住那黑影，大叫："你做什么？"

两个人在门边撕扯扭打起来，蓝婆忙又朝何涣叫道："快走呀！"

何涣这才回过神，忙转身向外跑去，却不小心被门槛绊倒，重重摔倒在门外。而那黑影也一把推开志归，奔到了门边，抢出门去，蓝婆险些被他撞倒。黑影从地上揪起何涣，粗声说："走！"随即扭着何涣的胳膊就往外走。蓝婆这才隐约看清，那黑影是个壮汉，穿着件皂缎衫子，皂缎裤，一双黑靴。因背对着，看不到脸。

这时志归忽然抓起根板凳，追上黑影，朝他后背猛力一击，黑影痛叫一声，险些被砸倒，志归继续挥着板凳追打，黑影被连连击中，招架不住，逃走了。志归望着他走远，才回转身。蓝婆忙走出去，何涣仍在门边，正揉着膝盖。

志归凑近一看，不由得唤道："丁旦？"

何涣低着脸，不敢回言，支吾了两句，瘸着腿一颠一颠走到房子右边，解开木桩上拴的马，一阵蹄声向西边疾奔。

第二章　殿试、狂赌

清则无碍，无碍故神；反清为浊，浊则碍，碍则形。

——张载

何涣骑在马上，奔了很远，心犹在惊惶，他不住回头，确信后面没有人跟来，这才放心打马进城。

他住在城右厢的曲院街，小小一院房舍。到了家，他下马叩门，仆人齐全挑着只灯笼来开了门。齐全今年六十来岁，眉毛蓬张，眼窝深陷，嘴紧闭成一道下弧线。他在何家为仆已经三十多年，何涣只身来京，他母亲不放心，让齐全夫妇两个陪了来。何涣一向视齐全如叔伯一般。齐全生性谨默寡言，难得听到他的声音，但今天何涣出门前，他却开口劝道："小相公，今天就不要出去了，天已经晚了。"何涣却没有听。刚才受了那场惊吓，现在看齐全眼中满是责备之意，不免有些悔疚，朝齐全赔了赔笑，齐全却似没看见，沉着脸接过马缰绳，牵马去后院了。

齐全的老妻顾婶笑着迎了出来："小相公可算回来啦，那老木橛一直在叨噪呢。小相公要不要再吃点什么？"

"不必了，温习温习书就睡了。"

何涣转身进了自己房，关起门，才长舒了口气。他不想点灯，走到窗边桌前，坐在漆黑里发呆。外面有些月光，窗前种了一丛细竹，还没换新叶，白天看着有些枯乱，这时映在窗纸上，竟像文同画的墨竹一般，清俊秀拔，满窗逸气。看着这夜色窗景，他的心神才渐渐平复。

就像这竹子，他自小就有股拗劲。他祖父何执中曾是朝廷重臣，官至宰相，他完全不必苦学应考，按朝廷恩荫之例，便可轻松得一个官职。他却不愿走这捷径，几次将恩荫之额让给亲族，情愿以布衣之身赢得功名。

这两年，他一直在开封府学勤修苦读，别无他想，一心应考。可谁料到，这几个月竟遭逢这么多变故，简直如杂剧中编造的戏文，几生几死，看今天蓝婆家情形，恐怕还没完结。

窗纸上的竹影微微摇动起来，可能是有些小风。

何涣独坐在窗边，并没有点灯。他虽然钦慕范仲淹"不以物喜，不以己悲"之襟怀，但并非那种凡事都能处之泰然的人，看到竹影摇动，他的心也随之摇荡。

再想到明天就是殿试，十几年苦读，等的便是这一日。他的心更是怦怦跳起来，连手脚都不由自主有些紧促。

他忽然极渴念阿慈，若她在这里，该多好……

黑暗中，想着阿慈，越想越痴，一时间怅痛莫名，惶惶无措。满心郁郁之情无可宣泄，便点亮了蜡烛，铺开纸，提起笔，填了一首《诉衷情》。

思卿如醉醉思卿，竹影乱离情。墨锋不懂别恨，剪碎一窗明。

约未定，信难凭，忆空萦。此心何似，梦里只蝶，海上孤星。

写罢，他反复吟咏，越咏越痴，不由得落下几点泪来，这才痛快了些。心想，或许阿慈真如蓝婆所言，本是狐仙，化作人形，偶然来这世间一游。自己与她能有数月之缘，已属万幸，又何必贪恋太多？

房门轻轻叩响，何涣忙拭干眼泪，抓了本书，装作在读。

齐全夫妻走了进来，各捧着一个包袱，放到床边柜子上。

顾婶轻声道："小相公，这是明早的衣帽鞋袜和笔墨砚台，时候不早了，早点安歇吧，明天得赶早进宫殿试呢。"

"就睡了，你们也早点休息吧。"

"对了，傍晚有人来找过小相公。"

"什么人？"

"他说他叫赵不弃。"

"哦？他说什么了吗？"

"他说有件要事，不过必须和小相公面谈，说是关于姓丁的。"

"我知道了。"

何涣面上装作若无其事，背上却惊出了一身冷汗。齐全夫妇两个一起出去带上了门后，他才忧心起来，他与赵不弃曾在朋友聚会上见过，但只是点头之交，他为何会说这话？难道被他知道了？

何涣早早赶到皇城东边的东华门，门前已经一片拥挤喧闹，看来还是来晚了。

这条御街是禁中买卖之地，凡饮食、花果、金玉、珍玩等宫中所需，都在这里交易，聚集天下之珍奇，平日就十分繁盛。今天又是殿试日，举子就有近千人，人们争相前来围看，黑压压拥满了人，何涣好不容易才挤了进去。

若仍依照"三舍法"，何涣其实还要熬几年才能参加殿试。

最先，大宋沿袭唐五代科举制，举子们经过州郡解试、礼部省试、天子殿试这三级科举考试，考中者分等授官。五十年前，王安石变法，以"三舍法"变更旧的科举法。王安石以为，三场考试绝不足以检验考生德行才干，而所考的经书记诵、诗词歌赋，更难经世致用。因而，他创设太学"三舍法"，将太学分为外舍、内舍、上舍三级，太学生每月、季、年均有行艺检试，每年又有一次朝廷公试，总计校试和公试，逐级上升，上舍上等生可免试，直接授官。考试内容也罢去记诵和诗赋，考校义理辨析和时务策论。

十八年前，蔡京升任宰相，将"三舍法"推广至州县，科举制被全面废止。

何涣自幼便是依照"三舍法"，从童子学开始，按级上升。他天分未见得多高，但用心专，用功勤，又有家学渊源，一路升得顺利，一直升到开封府学上舍。按理说，他还得考进太学，经过几年苦学，才能升到太学上舍。

可是去年年底，蔡京被罢相，王黼继任宰相。上任以来，王黼几乎事事都与蔡京相反。于取士上，撤除"三舍法"，恢复了科举法。

这样，何涣便能提前应试。他因是府学上舍上等生，免除了开封府解试。上个月，他赴礼部参加省试，不但顺利过关，更名列第二。

东华门前用朱红木杈围出一片空地，数十个御林卫士执械守护，只留一个入口，有监门官检阅考状。举子们一色白布幞头，白布襕衫，黑布鞋。何涣排在其他举子后面，从袋中取出考状，考状上记录有籍贯、姓氏、亲族、保人及州府解试、礼部省试履历。监门官仔细查看后，才放何涣进入。

何涣虽然自小就听祖父讲皇城旧事，但这是第一次亲身进入，见两扇金钉朱漆的门敞开，墙壁砖甃上镌镂龙凤祥云纹样，沿路都有执械守卫，他不禁有些气促，看前后几个举子，比他更紧张，面色都有些发白。

进了东华门，迎面一座宏丽宫殿，朱栏彩槛，画栋飞檐，琉璃瓦在朝阳下耀着金光，何涣知道这是紫宸殿，是正朔朝会之所，殿试并不在这里，而是北面的集英殿。果然，侍卫在前面列成一排拦着，有个侍卫官抬手示意，指挥举子往右走，果然如祖父所言，监考极严，举子们被视作盗贼一般。侍卫官和侍卫们全都面色难看，态度凶恶，有个举子过于紧张，没听清指示，直直向前走去，一个侍卫立即将手中长戟逼向他，侍卫官大声呵斥："瞎了眼了？往右！"那举子一慌，险些摔倒。

右边沿墙有条长廊，长廊尽头是间宿值的大屋，举子要先进那屋里检身。何涣跟着队列走了进去，里面十数个侍卫，分成几列，逐个搜检包袱衣物，除文房四宝外，任何东西不得带入。不但物件要细搜，侍卫更命令举子脱光衣服，检查身体皮肤是否文写有文字。已有几个举子脱得精光，转着身子让侍卫看检。何涣前面有个举子才脱得赤条条，两手捂着下身，两条腿紧夹着，"张开腿！"检查的侍卫呵斥着，用刀鞘在他腿上重重一拍，那举子不得不张开腿，何涣见他大腿内侧密密写了一片小字。"撵出去！"搜检侍卫将那举子的衣服扔到他身上，立刻有两个侍卫过来，挟起那举子就往外走，那举子顿时哭叫起来，宫城禁地，又不敢放声，强压着，越发让人心颤。听得何涣心里一阵阵难受，何苦呢，一次私挟文字舞弊，六年两届不得再考。再想到自己隐瞒了重罪，依律绝不许应考，他越发心虚胆寒，再顾不得害羞，走上前，将包袱交给侍卫，自己随即脱光了衣服，任他检验。检完后才从另一侧门出去。

沿着长廊向北，何涣随着其他举子快步前行，一路都有侍卫，何涣只敢偷眼向左手边张望，心里默默数着，文德殿、垂拱殿、皇仪殿，四下宁静，只听见足音沓沓。前面举子开始左转，离了长廊，向左边一个院门走去，集英殿到了。

进了院门，一个极开敞的庭院，铺着青石地砖，面南一座宏伟大殿，伫立于清晨朝阳之中，朱红青碧，彩绘焕然。一阵翅响，何涣抬头一看，几只仙鹤从殿顶檐间飞起，翔舞于朝辉之中。何涣从未目睹过这等神异肃穆场景，不由得深吸了一口气。

"看榜寻自己座号！"一个侍卫官喊道。

何涣转头一看，旁边墙上贴着一大张榜单，他走过去找到自己的名字，是西廊二十三号。庭院两边两条长廊，廊上用青缦隔成一个个小间，每个小间摆着一副桌椅，桌上都立着个木牌，上写着座号及姓名。已有不少举子入座。何涣沿着南墙步道，穿过庭院，走到西廊，挨个数着，找到二十三号木牌，上面写着自己名字，便走了进去，坐下来，取出笔墨纸砚。

他仔细铺展开试纸，这张纸顶头写着姓名、年甲、三代亲人、乡贯，是由本人填写好，投给贡院，加盖印信之后，再发还给举子。今天答完交卷后，卷子要糊名封弥，用纸粘住姓名籍贯，编以号码。为防笔迹泄露，试卷还要由专人誊写，副本才交给考官阅卷评等，层层严管，以防舞弊。

看着试纸上祖父、父亲及自己的名字，又抬头环视四周，何涣心中涌起一阵感慨：我并没有倚仗祖父之荫，全凭自己之力，几经波折，今日总算坐到了这里。

等了一阵，举子们全都入座。大殿之前，列着三副桌椅，礼部三位主副考官也已经落座。何涣向殿内望去，隐约见殿里龙椅上似乎有个身影，天子今年也亲临殿试了？往年殿试完后，到唱名发榜日，天子才会临轩策问。也许今天重兴科举法，天子兴致高？正在猜想，大殿前传来一阵鼓声，随即只见一个文吏立于台阶之上，大声宣布："大宋宣和三年殿试开始！"声音清亮，在殿宇庭院间回响，何涣的心咚咚跳起来。接着，那文吏又朗声宣读禁条："考生不得冒名代笔，不得挟带书册；按榜就座，不得妄自移易；静默答卷，不得遥口传义……本场考题，御笔亲制。"最后，他才宣读考题——

> 朕稽法前王，遹求先志，顾德弗类。永惟神器之大，不可为，不可执，故以道莅之，夙兴夜寐，惟道之从，祖无为之益，以驰骋乎天下万世无弊者也。然为道在于日损，物或损之而益，益之而损，损之又损，至于无为，则是无弊之道，损益随之。子大夫以为如之何而无损无益乎？朕粤自初载，念承百王之绪，作于百世之下，继志述事，罔敢怠忽，立政造法，细大不遗，庶几克笃前人之烈。推而行之，间非其人，挟奸罔上，营私背公。故庠序之教虽广，而士风凋丧；理财之术益多，而国用匮乏；务农重谷，而饥馑荐臻；禁奸戢暴，而盗贼多有。比诏有司，稍抑浮伪，事有弗利于时，弗便于民者，一切更张之，悉遵熙、丰之旧矣。盖可则因，否则革，权时之宜也，揆之于道，固无损益。然当务之为急，则因革损益，其在今日乎。子大夫详延于廷，为朕言之毋隐。

赵不弃走进汪家茶食店，要了碗茶，坐下来，慢慢看着对面的蓝婆家。

他是赵不尤的堂弟，也是太宗一脉六世嫡孙。不过，不像堂兄赵不尤受不得贵，耐不得闲，不愿袖手坐食，总得做些事才安心，他喜欢闲。这京城又是最能消闲的地方，各色的会社层出不穷，吟诗、斗茶、酒会、花社、丹青、笔墨、蹴鞠、围棋、樗蒲、弓弩……甚至鱼鸟虫蚁，只要有所好，都能聚到友，结成社，更不用说走不尽的花街柳巷，玩不罢的勾栏瓦肆，你有多少闲和钱，这京城便有多少乐与趣。

这些年宗室支脉越来越众，仅男孙已过数万，朝廷越来越难负荷，供济的钱米也逐年减少。三十年前哲宗朝时，已经降到每人每月二贯钱、一石米，十二口以下，每家只给分两间房。人丁多的宗族人户，食住都艰难，有的旁支远宗甚至沦为乞丐。赵不弃倒还好，一妻一妾两儿，一家才五口，妻子家世又好，仅陪嫁的田产就有几百亩。每年除了公派钱米，还有不少进项，因而过得很是优裕。

早先宗室约束严格，住在敦宗院中，门禁森严，不得随意出入，更不许与朝臣交往。但这些年来，宗族人口巨涨，房宅不足，朝廷开始默许宗族子弟在京城内自择住地，门禁之限也就随之涣散。赵不弃生性最爱结交人，生逢其时，自家买了处好房宅，整日四处游走，交人无数，贵胄、官宦、富商、儒生、词人、武夫、僧道、工匠、妓女……只要有趣，他都愿交，成日闲得极快活，因此朋友们都叫他"赵百趣"。

他常去看望堂兄赵不尤，见堂兄替人写讼状，时常碰到疑难案件，极考心智见识，比下棋猜谜更有趣，也难免心痒，想寻一件来做，只是始终未有机会一试，直到他发现了何涣的隐秘——

赵不弃第一次见到何涣，是两年前，一个秋菊诗会上，那时何涣还是府学学生。听友人引见，他才知道何涣是前任宰相何执中之孙，却不愿受恩荫，要凭自己才学考入仕途。大宋开国以来，独重科举，即便官位相同，由科举而进的，被视为正途，远尊于恩荫荐举等升进旁途。何涣这种举动，前朝倒是不少。但近年来，朝政混乱，世风日下，何涣便显得格外难得。

赵不弃虽然赞赏何涣志气，但看何涣为人端谨，与自己性情不投，便没有深交。此后见过几次，也都点头而已。

去年冬天，赵不弃又见到何涣，让他大吃一惊。那天因下了场大雪，几个官宦子弟约赵不弃踏雪赏梅，晚间又一起到常去的勾栏院里开了个赌局。中途，何涣居然也来了，一进门，赵不弃就发觉何涣像是变了一个人，举动张狂，满嘴京城浮浪话语，身边还跟了个帮闲。坐下来后，大呼小嚷，和陪酒的女妓肆意调笑。赵不弃看得出来，那几个子弟面上虽然亲热说笑，实则是在合伙嘲弄戏耍何涣，何涣却浑然不觉。

果然，等开赌之后，何涣已是半醉，那几个子弟联手做戏，不一会儿，何涣就输光了带来的一百两银子。他又让身边那个帮闲取过一个盒子，里面是十几件金贵首饰。又不多久，这些首饰也全都输尽。何涣嚷着又让那帮闲回去取钱，赵不弃看不过去，出言相劝，何涣却破口骂起来。那几个子弟倒也不是贪财穷汉，也说笑几句，随后就各自散了。

没过多久，赵不弃就听说，何涣连自家金顺坊的那所大宅院都输掉了。那宅院是当年天子御赐给他祖父何执中的，宅中建有嘉会成功阁，当今天子曾亲笔题额示宠，是京城名宅之一，如今价值千万。

输掉那御赐大宅后，又欠了一大笔赌债，何涣便不知下落。他曾向友人打问，众人都不知道。他想起何涣在府学读书，又去府学打听，学正说何涣有族亲病逝，告了假，回乡奔丧去了。

那时，对于何涣，赵不弃也只是有一点点好奇，随后就忘了。

第三章　接脚夫

> 一物两体，气也；一故神，两在故不测。
>
> ——张载

"百趣"赵不弃观望了一个多时辰，街对面的房子里一直静悄悄的，始终只有蓝婆和一个道士，蓝婆只走动了两三回，道士则拿着扫帚出来，将门前清扫了一番。

他向店里的伙计打问，伙计说，那个道士是蓝婆的儿子，叫张志归，三年前林灵素正得宠的时候，出家做了道士，拜林灵素的徒孙为师，取了个道名叫太羽。林灵素失势后，他却没有回家，这两年都不知去向，昨天才忽然回来。

正听着，却见那张太羽端了个木盆出来，早间还穿着道袍，这时换成了一件青布便服。他把盆里的水泼到门边，往两边望了望，随后便转身进门去了，看着有些神不守舍的样子。

赵不弃心里不由得叹笑：又一个红尘里打滚，滚不进去，也滚不出来，最终滚进沟里的人。

他扭头向东边望去，路边柳树下那人仍在那里。大鼻头，络腮胡，穿着皂缎衫裤，神情凶悍，隐隐透出些威武之气，赵不弃猜他应该是个军汉。昨天下午，赵不弃来这里时，就见他在这附近闲转，眼睛却始终盯着蓝婆家的门。今早来时，又见到他，仍在盯看蓝婆家。他恐怕是来追捕丁旦的。

关于何涣和丁旦，赵不弃至今摸不清楚两人究竟有什么玄机，或者如自己所猜，两人其实根本只是同一人？

腊月间，赵不弃和一干朋友来东郊汴河游赏，骑马经过蓝婆家，无意中看到何涣牵着个孩童，从门里走出，穿着件旧布袄，一身穷寒气。赵不弃愣了一下，堂堂宰相之孙，竟落魄到这个地步。但看何涣正在逗那孩子说笑，似乎十分欢畅，并没有半点落魄之意。

何涣一抬头，看到赵不弃，脸色忽然一变，立即低下头，抱着那孩子进门去了。赵不弃见状，越发好奇，趣心就是从那时被逗起。

第二天，他忍不住又来到这里，走进对面这间茶食店，偷看蓝婆家。不一会儿，就见何涣搬了一袋东西出来，门外木桌上放着个竹匾，何涣将袋里的东西倒进竹匾，远远看过去，似乎是豆子。而后，何涣抓住竹匾簸了起来，动作很是笨拙，才簸了几下，里面豆子就撒了一地，何涣忙放下竹匾去捡拾豆子。

赵不弃向店里伙计打问，那伙计望着何涣，说他叫丁旦。

丁旦？赵不弃一愣。那伙计却没留意，继续讲，说对面卖豆豉豆酱的蓝婆，儿子出家去了，丢下妻子阿慈和一个幼儿。蓝婆看家里没了倚靠，去年年初，见儿子不知去向，就自作主张，给媳妇阿慈招赘了这个名叫丁旦的人，做了接脚夫。

丁旦？难道是何涣输光了家产，为躲赌债，就改名换姓，来这家做接脚夫？不对啊，丁旦去年年初就赘入蓝婆家，那时何涣仍住在御赐大宅里做贵公子，怎么可能入赘到这穷寒之家？但店里小二说得十分肯定，他常年在这里，自然不会错。难道是我认错人了？

赵不弃又向何涣望去，不但长相，连动作神情，都是何涣，应该不是自己认错了人。光看簸豆子时那笨拙的样子，也不像招赘进来帮着干活的样子，怎么看，都是四体不勤、五谷不分的贵公子模样。

赵不弃大觉有趣，这其中一定藏着什么不可告人之事。

此后，他时不时就过来偷看一下，何涣还是那样，穿着旧布袄，过得似乎很是安乐，脸上总是笑着，簸豆子、干粗活也熟练了一些。有次，赵不弃看到了蓝婆的媳妇阿慈，才似乎明白了什么。

那天，何涣在门边抬酱罐，一个女子轻步走出门来，手里端着一碗水，虽然只穿着件淡青的袄子，蓝布的裙，也看不太清眉眼，但身形纤秀，仪态娴静，青袅袅，如一枝素淡的兰花，让人一见尘心顿消。

女子端着水，走到何涣身边，似乎轻唤了一声，何涣回过头，见到她，顿时露出笑来，女子将水递了过去，何涣忙接过去，大口喝起来。女子静静望着何涣，似在微笑。赵不弃远远看着，竟能感到那微笑漾起一阵柔风。

赵不弃并不是多情之人，自己一妻一妾，相貌都算出众，但久了之后，便视若无睹，京中绝色艺妓，他也会过一些，都不过是逢场戏笑，从不留念。但见到阿慈那一刻，他也不禁心旌摇荡。

原来如此……赵不弃不由得自言自语，何涣变作丁旦，原来是为她。

但那不久之后，有天他和堂兄赵不尤、左军巡使顾震相聚喝酒，席间顾震说起前一天办的一件案子，案子本身并无奇处，一个人在一只小船上，用一方砚台砸死了一个术士。让赵不弃心惊的是凶手的名字：丁旦。

这一年多，张太羽一直在终南山苦修，乍返红尘，触眼都觉得累赘繁乱。

家中早已不是他离开时的模样。娘做酱豉，屋里浓浓一股酱味，阿慈又不在了，不但东西凌乱，几乎所有什物都蒙着油黑的灰腻。晚上躺在自己原先的床上，被褥虽然不算脏，却也散出霉味。

三年前，他出家为道，正是由于受不得这酱豉气味。父亲死后留了些田产，虽然衣食不愁，却也算不得多富裕，因此她娘才操办起这酱豉营生。家里到处是酱坛豉罐，满屋酱豉气味，连衣服上都是。他去学里，同学们都叫他"酱豉郎"。他憋着股气，勤力读书，想挣出个功名。然而，他于读书上似乎始终缺才分，无论怎么卖力，总是不及别人。在县学连考了几年，都没能考上府学。

正当灰心失意时，他偶然碰到了顾太清。顾太清是他县学的同学，也是学不进，见天子崇奉道教，就出家做了道士，后来又设法投靠到天师林灵素门下，得了不少富贵。张太羽见了很是动心，又经顾太清劝诱，便也决意出家。只是他行动已经晚了，那时抢着出家的人太多，仅一道度牒，就已卖到一百八十贯。

顾太清说，这一两百贯小本钱算什么？只要跟了天师林灵素，每年一两千贯的进项不在话下。于是，他背着娘偷偷卖掉了家里那片田产，买了一道度牒，出家去求富贵，想等赚够了再还俗。

谁知道，连面都没见到，林灵素就已经败了。张太羽灰心至极，没有颜面再回家，便上了终南山，真的做起了道士。两年修行，尘心才尽，现在却又回到这酱豉窝里。

夜里，他翻来覆去睡不着，娘已老了，万儿又年幼，恐怕再不能像上次那般，说走就走。但若真的回到这里，过不了多久，自己也将如屋里这些器具，蒙上一层油腻，散出酱味霉味，陷身于此，再难超拔……

早上，他被外间娘的声音吵醒："肉儿乖，再喝一小口。"

"我不想吃了。"是万儿的声音，已经醒转了，声气弱而嫩。

离家前，万儿还不满岁，张太羽只听过他的咿呀声和啼哭声。

张太羽忙起身穿好道服，走出去见娘端着一只碗，正在给万儿喂粥，听到他的脚步声，娘仍连看都不看，一脸慈笑，哄着万儿又吃了两口。万儿脸色仍然发白，没有精神，但看来已经没有大碍。

张太羽走到床边，万儿抬起眼，盯着他，眼睛黑亮亮，有些好奇，又有些怯生。张太羽朝万儿笑了笑，万儿忙躲开眼，伸手拉过祖母的衣袖，遮住了自己的脸。张太羽略有些尴尬，又笑了笑，转身去后面厨房舀水洗脸，身后传来万儿的声音："奶奶，他是谁？"

娘犹疑了一下，张太羽停住脚，侧耳倾听，娘低声说："他是你爹。"

"爹，又一个爹？怎么这么多爹？"

"不许乱说。来，再吃两口，吃得多，伤才好得快。"

张太羽听到，顿时怔住，心里说不出是什么滋味。

赵不弃在汪家茶食店坐了一上午，什么动静都没见到，反倒坐饿了。

这店里没什么好吃食，他随意点了一盘煎煿肉、一碟辣脚子、一碗煎鱼饭，又要了一角酒，独自坐着慢慢吃。

凡事他都没有长性，喜欢什么，都是一阵子，过后就淡了。对何涣，他的好奇却格外持久。那天听顾震说丁旦杀了人，他以为自己听错了，又问了一遍，真是东水门外卖豉酱家的接脚夫丁旦。

那个丁旦被关在狱中，赵不弃向顾震打问了提审的日期，到了那天，他特地去开封府外候着，顾震押了几个犯人过来，其中一个果真是丁旦，或者该叫何涣？虽然同样穿着囚服，其他囚犯或满脸惊恐，或浑不在意，再或者黯然垂头，他却不一样，双眼茫然，满脸悲悔，竟像是个纯良少年，丢了珍贵东西，又闯了大祸，没等别人盘问，已先在心里将自己处决。看来他是真的杀了人。

审结之后，赵不弃又去打问，丁旦供认说，他和一个叫阎奇的术士约在船上谈事情，阎奇满嘴污言秽语，他被激怒，用砚台砸死了阎奇。开封府判官见他杀人之后主动投案，又属失手，并深有悔意，阎奇家中也并无亲族追讼，就从轻发落，只判了他流放沙门岛。

听到阎奇这个名字，赵不弃又惊了一下。因当今官家崇奉道教，道士、术士们如蜂寻蜜一般，全都聚到京城。阎奇便是其中之一，他懂一些方术，又兼能言善道，来京几年，结交了许多公卿重臣，十分得志。丁旦连拎半袋豆子都吃力，阎奇却体格健壮，他居然会被丁旦砸死？实在是古怪又离奇。

然而，何涣的离奇哪止于此？

之后没几天，赵不弃就听说了阿慈变身的事。其实丁旦杀人之前，赵不弃就听到这个传闻，只是这些年京城生造讹传的逸闻太多，他当时没有在意。

据说丁旦陪着阿慈去烂柯寺烧香还愿，阿慈跪下去才拜了一拜，忽然昏倒，等扶起来时，竟变成了另一个女子。赵不弃亲自去了烂柯寺打问，寺里一个小和尚说，此事的确是真。难怪丁旦会去找阎奇，恐怕是想求阎奇以法术找回阿慈。阿慈没找回，却失手杀了阎奇。

事情还没完——案子审结后，丁旦被押解去沙门岛，谁知道才出京不久，就得了急症，暴死于船上。赵不弃听说后，深感惋惜，一个如此古怪有趣之人竟这样死了。"百趣"赵不弃顿觉无趣。

谁知道，没过多久，他又见到了丁旦。

不，人还是那个人，但再见时，他又叫回原来的名字：何涣。

再次发觉何涣，是在礼部省试的榜单上。今年重兴科举，天下士子英才齐聚汴梁，是上个月京城一大盛事，省试结束后，礼部发布榜单，赵不弃好奇，也赶到观桥西的贡院去看榜，结果一眼就看到名列第二的名字：何涣！

他先以为是重名，但想到何涣身上诸多离奇，心下未免存疑。两天后，途中偶遇礼部的一位好友，便顺口向他打问第二名何涣的籍贯身世，那好友说，是前任宰相何执中之孙。

赵不弃虽然已有预料，听了之后，仍惊了一跳。看来，那个杀人凶犯丁旦是诈死！或者吃了什么药，或者买通了押解的官差，更或者用了什么高明障眼法，总之，让丁旦死掉。丁旦死后，他金蝉脱壳，又做回何涣，参加省试，并名列第二。

朝廷科举禁令中，头条便是曾受杖刑以上者不得应举，何况是杀人凶犯。

不过，赵不弃倒不在意何涣是否违禁应考，他只是觉得好奇、有趣。

何涣若是在科场舞弊，请人代笔，他或许会去检举，顺手赚取三百贯的告发赏银。但何涣是凭自己真实才学，专就考试而言，并没有可非议之处。至于他杀的那个术士阎奇，平日趋炎附势、招摇撞骗，死了也就死了，赵不弃更不介意。他反倒有点担心，有人若也看破其中真相，去告发何涣。三百贯赏银，可在京郊买一间不错的小宅院。

正因为怕惊扰到何涣，他没有去接近何涣。

谁知道，何涣又跳出来，让赵不弃惊了一下。

寒食节，赵不弃去应天府探望亲族。由于宗族子弟太多，东京汴梁的三处宗族院已远远不能容纳，朝廷便在西京洛阳和南京应天府两地，各营建了两大区敦宗院，将京中多余宗族迁徙到两地。太宗一脉子孙被迁到应天府。

到了应天府，会过亲族后，清明前一天上午，赵不弃准备搭船回来，他找到一只客船，中午才启程，他便在岸边闲逛，想着船上吃得简陋，就走到闹市口，寻了家酒楼，上了楼，选了个临街望景的座坐下来，点了几盘精致菜肴，独自喝酒吃饭。

正吃得惬怀，忽然见下面街边往来人群中，一个身穿紫锦衫的身影急匆匆走过，赵不弃手猛地一抖，刚夹起来的一块鱼肉掉到了腿上——那人是何涣。

何涣神色慌张，不时撞开前面的人，像是在逃躲什么，奔了不多远，一转身，拐进了右边一条窄巷，再看不见人影。

后天就是殿试了，何涣在这里做什么?！

正在纳闷，又见两个皂衣壮汉也急步奔了过来，边跑边四处张看，似乎是在找什么人。两人随手拨开前面挡住的路人，引来一阵骂声，却毫不理会。追到何涣拐走的那条小巷口，两人放慢脚步，左右看看，似乎商议了片刻，随即分开，一个继续往前疾奔，另一个则快步拐进了小巷。

他们在追何涣? 何涣又惹出什么事来了?

清明一早，赵不弃搭的船到了汴京，他上了岸，本要回家，却在虹桥边和一个汉子擦肩而过，虽然只一晃眼，赵不弃却立刻记起来，这个汉子正是昨天在应天府追何涣的两人中的一个，大鼻头、络腮胡，很好认。

他转身回看，见那汉子大步疾行，沿着汴河北街向东行去，那个方向不是蓝婆家吗? 他追何涣追到汴京来了? 赵不弃大为好奇，便也快步跟了过去。果然，那汉子到了蓝婆家附近，停下脚步，向蓝婆家里张望了一会儿，随即走进斜对面的茶食店。

赵不弃放慢脚步，装作郊游闲步，也走进那家茶食店，那汉子坐在檐外的一条长凳上，一直望着蓝婆家。赵不弃拣了个靠里的座儿，要了碗茶，坐下来偷瞧着那汉子。

看了许久，对面蓝婆一直在进进出出忙活，她的小孙儿跟在左右，除此，再无他人。那汉子恐怕不知道，丁旦已"死"，又做回了何涣。他追的是杀人凶犯丁旦，还是宰相公子何涣？

赵不弃猜来猜去也猜不出眉目，不过他毫不着急，只觉得越来越有趣。

正坐着，远远传来一阵闹嚷声，似乎是虹桥那边出了什么事，闹声越来越大。赵不弃只顾盯着那汉子，并没有在意。过了一阵，见汴河北街的店主、行人纷纷跑到河岸边，这边店里的几个人望见，也跑到岸边去看，赵不弃忍不住也走了过去。两岸惊呼声中，只见河中央，一个白衣道士漂在水上，顺流而下，玉身挺立，衣袂飘扬，如神仙一般。近一些才发现，道士脚下似是一只木筏，上盖着白布，身后还立着两个白衣小道童。这又是闹什么神仙戏？赵不弃睁大了眼睛，不由得笑起来。

顺流水急，道士很快漂过河湾，再看不见。赵不弃笑着回到茶食店，听着店里那几个人飞唾喷沫地谈论，越发觉得好笑。这些年，怪事越来越多，怪事本身并没有多少趣，最有趣的是，这些怪事里面全是一往无前、追名逐利的心，外面却都配着一本正经、惨淡经营的脸，难有例外。就像方才那装神仙的道士。

赵不弃笑着望向檐外那大鼻头的汉子，方才只有他没有去凑热闹，一直坐在长凳上，盯着对面蓝婆家，对身边之事视而不见、充耳不闻。这人也可算一怪一趣。

那么，我自己呢？我看别人有趣，他人是否也正看着我，也觉得我有趣？不过他随即想起《金刚经》所云"应无所住而生其心"，我非有趣，非无趣，亦非无无趣，乃无所住而生其趣，是为真趣。哈哈。

他正自笑着，就听见一阵喊叫，街那边一头牛受惊，直冲过来，踢伤了蓝婆的小孙儿。而惊到那头牛的，是一队轿马。众人全都围了上去，骑马那个男子也下马去看，赵不弃见过这男子，名叫朱阁。原是个落魄书生，后来不知怎么，巴结到蔡京的长孙蔡行，在小蔡府中做了门客，沾带着受了恩荫，白得了个七品官阶。

一阵哭叫忙乱，有人请了大夫来，将那小儿搬进了屋里，这才消停。赵不弃扭头一看，那大鼻头汉子不知何时竟不见了。恐怕是等不到丁旦，不耐烦走了。

何涣已回到本身，丁旦又顶着杀人诈死的罪名，应该不敢再回这里了。难道那汉子也知道这内情，去找何涣了？何涣明天就要殿试，若被他找到，就不太有趣了。得去告诉这呆子一声。

他便离开了茶食店，先回家梳洗歇息了一阵，终放不下心，便骑了马，向城里走去。

何涣输掉家中的大宅后，不知道现居何处。不过何涣参加省试，解状上要填写住址。于是他赶到贡院，到了门口，才想起清明休假，贡院果然只有两个值日的门吏。他正要回去，不死心，又随口向两个门吏打问，没想到其中一个竟然知道何涣住址。省试发榜后要发喜帖，这差事交给他兄弟去跑腿，他兄弟又拉着他一起去，故而知道。

赵不弃得了住址，马上赶往曲院街，找到何涣的新家，小小一座旧院落。应门的是个老仆妇，说何涣出门去了，问她去了哪里，她说是东水门外。

东水门外？那呆子难道真的要去蓝婆家？赵不弃忙给那老妇留了话，让何涣小心少出门。然后又往城外赶去，骑在马上，他不禁笑自己真是太闲，正经事都没这么操劳奔波过。

到了蓝婆家，他想到这里应该是说丁旦了，便敲门问丁旦，却吃了蓝婆一道冷冷闭门撞头羹。他倒也不在意，听蓝婆那声气，何涣应该没来。

这时天色已晚，为了个何涣，奔波了一整天，他也累了，两边又都留了话，再没什么可做的了，就骑马回去了。

今天起来，无事可做，他骑着马出来闲逛，本要找些朋友，谁知道不由自主又来到蓝婆家这里，远远就看见那个大鼻头汉子在斜对面柳树下蹲守，他便进了茶坊坐下来一起守，望了这半天，什么都没见着。

看来那大鼻头汉子虽然知道丁旦是诈死，但并不知道何涣就是丁旦。这一上午何涣都在集英殿参加殿试。

看着时候差不多了，何涣该考完出场了，赵不弃便骑马进城，想再去何涣家里会一会他。临走，他回头向那边柳树下的大鼻头汉子笑了笑，心里道：伙计，你继续值班，我先走一步。

那汉子似乎看到了，身子一震，又急忙低下头，装作玩石子、捉虫子。赵不弃哈哈笑着走了。

大鼻头汉子名叫薛海，他看到那边马上那个锦衣男子朝自己这边笑，吓了一跳，难道自己被发觉了？那人又是什么人？猜了半天，也没猜出什么来，那锦衣男子又骑着马已经走远。或许是自己多疑了。

他揉了揉自己的大鼻头，继续盯着丁旦家的门。昨天那个老大夫又到了他家，开门的是那个瘦高个道士，今天换了件便服，薛海心里恨骂起来：他娘了个骱子！昨晚若不是你，我已经捉到了那个丁旦，这会儿大爷已经安安生生吃饭喝酒了。

昨天他守了一天，直到天黑，终于看到丁旦骑着马，偷偷跑回家来。薛海本想立即冲过去，但怕被街对面的人看到，就绕到他家后门，从后门冲进去，结果被臭道士一顿乱打，人没捉到，反倒挨了两凳子，又被逼到前街，只得赶紧跑掉。

柳絮飘得恼人，鼻子一阵阵发痒，他又狠狠揉了揉大鼻头。

小时候，有个算命道士见到他的大鼻头，说他一生富贵无比，又说鼻子主胆气，镇江山，他若习武，功名更高。听得他爹娘无限欢喜，就请教头教他习武，练了半年，那教头说他手脚不应心，没一招能使到位，不是个练武的材料。他自己也发觉，手脚总是不太听使唤，教头扎的草人，他指着左耳打过去，拳头常常落到左脸上，打左脸，又落到鼻子上，总是要偏一些。

他爹娘却不信，撵走了那个教头，又请了一个，还是不成，又换。换来换去，换了十年，穷文富武，家里本来还算殷实，十年下来，田产卖尽，从主户变成了客户，得租佃人的田种。他却也只勉强学会了几套拳法。去应武举，首先要考弓箭，他是练死也射不准。至于兵书战策，更是通不了几句。考了几次都不中，人已年近三十，田也不会种，妻也未娶成，爹娘又先后劳碌而死，剩自己光杆汉一个，没办法，只好从军。

随着童贯去打西夏，西夏人勇悍无比，看得人心惊，对阵的时候，他只能尽力护住自己别被伤到，哪怕这样，大腿也差点被砍断。医好后，实在受不了这个苦，他就做了逃军，四处流落，干些苦力。

后来，流落到京城，汴河岸开酒栈的一位员外见他生得勇悍，会些拳脚，又着实有些气力，酒栈里时常要替船商放货看管，就收留了他，让他做了护院。这个差事正合他意，并没多少事，只要勤谨一些就成，他踏实做了几年，很得那员外重用。

寒食那天，那员外忽然把他和另一个护院胡三叫到内间，交代他们一件事，说做得好，每人赏五十两银子，还给娶一个媳妇。但若做不好，就卸一条腿来喂狗。他想媳妇想了许多年，当即拍了胸脯。

他们两人照着员外吩咐，到了应天府，顺利抓到了要抓的人。那人薛海竟然见过，是卖豉酱的蓝婆家的接脚夫丁旦。平常看着呆里呆气，谁知道其实狡猾无比，他们一不留神，丁旦便跑了。他们在应天府追了一天，后来打问到丁旦搭了条回汴京的船，便也坐船追过来。

开船之后，满船找不见胡三，有个船工见到，开船时，胡三跳下船走了。胡三定是怕失去自己的一条腿，薛海却念着那员外这几年的恩情，又舍不得那个安稳好差事，更盼着真能娶到媳妇，思前想后，终于还是没跑。

来到汴京，他也不敢去见那员外，一直在这里守着，昨晚明明已经到手，却又被丁旦溜掉，至今不见人影。丁旦吃了昨晚一吓，恐怕是再不敢回来，这么大的京城，让我到哪里去找？

第四章 策文

> 若无所污坏，即当直而行之；若小有污坏，即敬以治之，使复如旧。
>
> ——程颢

殿试过后，何涣无心旁顾，埋着头匆匆赶回家中。

一路上他都在反复回想所答题卷。街市人闲谈时，都言当今官家只知风月享乐，日夜纵情声色笔墨。此次策题，是天子钦制，从题文中来看，天子心中其实还是在挂念天下，思虑治国之道。而且，对于登基二十年来所推行的新法，已觉不妥，决意要损益更张，寻求治世良方。今年重开科举也正是为此。

何涣的父亲生性淡泊，并不愿出仕，但何涣自幼受祖父熏染，对于国家时政，始终在关注思索。祖父仙逝后，守孝三年期间，他身边并没有师友探讨，来京之后，学里的博士及同学也大都死守学问，不问世事。他便独自旁观默想，多年下来，也慢慢有了一套自家见解。今天的题目似乎特意为他而设，因此，提起笔一气呵成，将心中见解悉数道来。

他正在回忆所对策论，忽听后面有人唤他，回头一看，瘦瘦矮矮，眼细鼻窄，是府学的同学葛鲜。

在礼部省试中，葛鲜中了头名。葛鲜是汴京人氏，家境寒微，读书勤力，府学几年，他一直暗中与何涣较劲。何涣却从未在乎过这些。于读书上，两人也志趣不同。当年王安石及其子著写了《三经新义》，后来学校传授经书便以《三经新义》为准，古今各家都废止不用。葛鲜读书时，除《三经新义》及王安石文集，其他一概不读。何涣却自小立志要遍览古今群书。因此，两人几年同学，只偶尔有些言谈交往。

"何兄今日必定文思酣畅、下笔激扬？"葛鲜笑容微酸。

"哪里，只是将心中所想，书之笔端而已。"

"此次策题，官家的意思委实难测，让我好不踌躇，都不知该如何下笔。"

葛鲜苦起了脸，何涣知道这苦是真苦。策题中对新法已有了疑虑，葛鲜自小读书都只认新法，这一回自然感到为难。他看着葛鲜瘦皱的脸，微有些同情，但随即想，葛鲜虽然读书窄，但钻得极深，再差也不会不中，只在名次高低而已。

这时也正好走到汴河大街两人分路处，他宽慰了两句，便叉手道别了。

回到家中，齐全夫妇早已候在门边，见到他，忙一起问考得如何，他只笑着答了句"不坏"，随即回到书房，提笔展纸，将今日所答默写下来。

臣对。《象》曰："刚健笃实，辉光日新。"老子云："致虚极，守静笃。"儒曰求实，道言致虚，何者为是？何者为非？儒为有为，道为无为，何者可宗？何者可依？今天下众议如沸，难衷一是，绍变纷争，莫知其可。岂不知《系辞》又云："天下同归而殊途，一致而百虑。"老子亦云："知常容，容乃公，公乃王。"是故，道无古今，因势而行；法无新旧，惟适为用。有益于世，虽旧亦尊；有利于民，虽新亦行。观今之世，其弊不在法之新旧，而在法之利害难明；不在道之损益，而在道之是非难测。臣愚以为，当务之急，莫过于明四要、去四冗。

何谓明四要？其一，去新旧之争，惟道是依。法不论新旧，人不择贤愚，举一法，试一地，问于臣庶，咨于朝野，众曰可，则行；众曰不可，则去。其二，息百家之争，惟益是视。无论道之自然，儒之仁礼，法之励惩，有益于治世则尊之，无益于安民则抑之。百泉成川，千流成海。乃公乃王，乃天之容。其三，止党伐之争，惟才为用。孔子云"君子群而不党"，人之贤否，不在其党，而在其德其才。任其使，责其事，上忠于君，下仁于民，则臣责尽矣，何问与孰为朋，身归何党？其四，凡行一法，必责一任。观当今诸法，行之多阻，非议腾喧，其病不在法，而在法之施行难畅难遂。臣僚泥阻于上，众吏舞弊于下，如置佳种于焦壤旱天，而欲其苗秀，不可得也。今行一法，当专其人、授其任、责其效、赏罚其功过。如是，则事有专任，任有专责，无推诿荒怠之隙，有按查详究之纲。

何为去四冗？其一，去冗务、慎更张。夫一躯之体，若非疾痛，不轻用药石。何也，良药之佳，在其对症。若非其症，反受其毒。何况天下之大、民生之繁？《书》云："高宗谅谙，三年不言"，非不欲言，是不轻言也。庙堂之上发一声，普天之下应其响；朝廷行一法，动牵亿兆民。自行新法以来，更张翻覆，诏令如雪。旧法未详，新法已至；旧令未施，新例已颁。官吏惶惶，莫知所从；民间扰扰，朝夕惊惕。《礼》云"君子慎始，差若毫厘，谬以千里"，如更一法，当行于其不得不行，事出有因，则群议不惊。改停一令，止于其不得不止，疾得其灶，则民疗得舒。慎始慎终，去繁存要，则政简而民安、令行而人悦。其二，去冗官、严升选。朝廷之患，冗官为最。今民未加多于囊时，而官则十倍于前朝。一人之职，数人与共，功未见增，费则数倍。民之膏血已尽，而官之增额不减。庸碌饕餮食于朝，残狠虐厉于野。不去其冗赘之弊，国将受蠹蛀之患。其三，省冗费、罢宫观。今税赋比年而增，而国用日叹不足，何也？费漏于无尽之施，财耗于无用之地。太湖一石，运至汴京，人吏数十，钱粮千贯。抵中产之家十年财用，竭客户小农百年勤力。节用爱民，罢此不急之需，释民之怨、息民之力。其四，裁冗兵、励军志。朝廷养兵数百万，国家却无御敌之威。禁军骄惰，厢军疲弱，将怠于上，兵懦于下。十战难一胜，临敌多溃奔。国之安危，系之于军。当罢庸懦、奖忠勇、裁冗兵、去老弱。严督勤练、砥砺士气，威慑邻敌、远迩来服。臣昧死谨上，愚对。

他反复读了两遍，自觉切中时弊，言之有物，词句也算简练通畅，不差。至于能否得中，只能听天由命。他在京中并无什么知交好友，想拿这策文给人看，却不知道该找谁。一时有些寂寞之感，不由得又想起阿慈。

阿慈虽然并未读过多少书，也不喜多言，但心思细密，爱沉思默想。这会儿阿慈若在身边，念给她听，即便不懂，她也会耐心听着，听完之后，也必会有一些自家见解。

可惜……

这时，院外忽然传来敲门声、开门声。

"老人家，你家公子回来了吗？"

听不出来是谁的声音，静默了片刻后，听齐全说了声："我去问问。"

"小相公，又是那个宗室子弟赵不弃。"齐全来到何涣书房门前。

何涣正要让齐全推谢掉，却听见院中传来赵不弃的声音："何兄，赵不弃冒昧登门，有要事相商。"他竟自行走进来了。

看来躲不过，何涣只得沉了沉气，起身迎了出去。

赵不弃还是那个模样，衣冠鲜亮，面含轻笑，举止间透出风流态、闲云姿。对此人，何涣总觉得难以捉摸，更难交心。所以虽见过几次，却不太愿接近。

赵不弃笑着叉手道："今日殿试，何兄一定文思泉涌，下笔如神。"

何涣勉强笑着回礼："多谢赵兄。赵兄请进！"

到了正堂，宾主落座，齐全端了茶出来，搁好后，默默退出，何涣见齐全沉着脸，似乎也不喜赵不弃。

何涣不愿寒暄客套，直接问："不知赵兄有何要事？"

赵不弃笑了笑，放低了声音："我是为丁旦而来。"

何涣虽然心里已经戒备，听到后仍然一惊，他强压住惊慌："哦？在下不明白。"

"何兄无须多虑，我并非那等多嘴多舌、贪功冒赏之人，这件事并未告诉任何人。"

赵不弃仍笑盯着他，目光像一双无形之手，想极力拨开何涣的胸怀。何涣又怕又厌，却又不敢露出半分，更不知道赵不弃究竟知道多少。不过看来，他至少知道丁旦，而知道丁旦，就知道丁旦是杀人凶犯。何涣一向不善遮掩，心里慌乱，不知道该如何应对，只能惶惶盯着赵不弃。

赵不弃又笑着道："之前，正是怕惊扰到何兄，在下一直有意避开，只是看到有人在追踪何兄，怕对何兄不利，所以才来相告。"

何涣浑身一颤，仍不敢轻易出言。

"何兄，那些人为何要追踪你？"

何涣顿时想起昨晚在蓝婆家，被那个黑影抓住……不由得打了个冷战。

"看来何兄也不知道？这倒是怪了。"赵不弃笑着低头沉思起来。

何涣心里惶惶急想：他究竟想要什么？

这几个月变故太多，他心里乱成一团，再加上惊怕，更是毫无主意。

赵不弃却似自言自语般低声道："其他倒也没什么，只是冒罪应试这一条……"

他连这都知道了？！何涣像被雷击了一般，顿时张大眼睛呆住。

赵不弃抬起头，收起了笑，郑重道："或者何兄又惹出什么事端来了？何兄，还望你能相信我，我并非要害你，而是来助你。若是要害你，不但今天的殿试，上个月的省试，你就早该被逐出门了。我在京郊看中一处宅院，只要五百贯，至今还未凑够钱，若是检举了你，我现在就该在那池子边喝酒赏花了。"

何涣望着他，将信将疑，但看他说得诚恳，心安了不少，小心道："我一直闭门读书，并未惹什么事端。"

"你是说做回何涣以后？"

看来他真的知道，何涣只得小心点点头。

"前两日你去应天府做什么？"

"应天府？我从未去过应天府！"

赵不弃从何涣家出来，肚子已经饿了，想起许久没有去看望过兄嫂，便驱马向东城外走去。

到了堂兄家里，才进院门，他就大声嚷道："讨饭的来啦！"

墨儿笑着迎了出来，接过缰绳，将马拴到墙根。他大步走进去，见兄嫂一家已经开饭，桌上仍是那几样简单菜蔬。夏嫂忙去拿了副碗筷，瓣儿替他添了把椅子，赵不弃坐下来，拿起筷子便大吃大嚼，一边吃一边得意道："哥哥，我也要开始查一桩案子啦，这案子极有趣。弄不好会惊动天下！"

堂兄赵不尤却没太在意，只随口问了句："什么案子？"

赵不弃猛刨了两口饭，才放下筷子道："前任宰相何执中的孙子何涣，你知不知道？"

"只见过一回，没说过话。"

"哥哥觉得此人如何？"

"看着比较本分诚恳。上个月省试，他似乎是第二名？"

"哈哈，看来他连哥哥的眼睛都能瞒过。"

"哦？他怎么了？"

"这话只能在这屋子里说，万万不能传出去。你们知不知道，他是个杀人凶犯？并且瞒住罪案，不但参加了省试，今早还去殿试了。"

墨儿忍不住道:"隐瞒重罪,参加省试、殿试,又是宰相之孙,这事情一旦揭穿,真的会惊动天下。"

赵不尤却问道:"你是从哪里得知的?"

赵不弃笑着答道:"我也是无意中才发觉的,并没有告诉任何人。何涣那人虽然是杀人凶犯,人却不坏,只是有些呆傻。"

赵不尤又问:"是有人托你查这件事?"

赵不弃道:"并没有谁让我查,我只是觉得有趣,想弄明白。"

他将事情经过讲了一遍。

瓣儿平日最爱说笑,今晚却第一次出声,笑着道:"这可真比那些说书人讲的故事还离奇,听起来何涣这人的确不坏,二哥你就别检举他了。"

赵不弃笑道:"我怎么会做那种事情?我现在倒是怕追踪他的那些人会检举他,想帮帮他,好意上门去告诉,那呆子却不敢信我。"

赵不尤又问:"你说在应天府见到了他,他怎么说?"

赵不弃叹道:"原本都说动他了,但一提到应天府,他又缩了回去,再不跟我讲实话了。我也只有出来了。"

"很巧,我正在查的案子也和应天府有关。"

赵不尤将郎繁、章美的事情简略说了说。

赵不弃笑道:"这么巧?不过,我在应天府只见到何涣一个人,并没有见郎繁和章美。我以为我这案子胜过你原先查过的所有案子,谁知道你又接了一桩这等奇案。大哥,你平日最爱说万事皆有其理,你说说看,何涣变丁旦,这其中有什么理?"

赵不尤道:"此人我还不甚了解,不过他做这些事,自有他不得不做的道理。"

"那么,那蓝婆的儿媳妇忽然变身成另一个女子呢?"

"这一定是个障眼术,你再去细查,应该会找出其中破绽。包括何涣杀阎奇,那日我听顾震讲凶犯是丁旦,因不认识,便没在意。但凶手若是何涣,倒有些疑心了。"

"你认为不是他杀死那术士阎奇的?可他自己也招认了。"

"若单是这桩命案,倒也罢了,但之前还有那女子变身异事,两者难说没有关联。另外,何涣一介书生,如何能殴死阎奇?这也多少有些疑点。"

"你这么一说,其中倒真有些可疑,我再去查问一下。若他不是凶手,那便没有冒罪应考的罪责了。"

"何涣一事，你最终打算怎么做？"

"并没有什么最终打算，只是觉得有趣，想弄清楚究竟是怎么一回事。"

"若他真是冒罪应考，恐怕还是要去检举，毕竟国法不容凌越。我大宋最公平严正之处便是这科举之法，布衣抗衡公卿，草民成就功业，全仰赖于它。何况那何涣还是贵胄之子、宰相之孙。"

"这些我管不到，其中还有很多疑点，我先去把事情来由弄清楚，其他的就交给大哥去决断。不过，这一阵，我旁观何涣，的确不是个坏人。"

赵不弃走后，齐全留意到何涣神色不安，低着头回到书房，关起了门。

他不放心，走到门边侧耳听了听，书房里传出来回踱步的声音，还有叹息声，听着很焦躁。老妻顾氏在堂屋见到他偷听，忙摆着手低声喝他，他却不理。主母将小相公托付给他，这半年小相公怪事不断，让他窝了一肚子疑虑担忧——

去年初冬，何涣说有几个朋友约他到城东郊的独乐冈看雪赏梅，一大早就骑着马去了。谁知到了下午，葛鲜等几个同学抬着何涣回来，只见何涣昏死不醒，满脸是血，满身污臭。

那几个书生说，大家在一家食店喝酒，中途何涣出去解手，半天没回来，他们就去找，发现何涣倒在茅厕中，不知道为何，头脸都受了伤。

齐全慌得失了神，颤手颤脚忙去找了大夫来，大夫看了之后，说是重伤昏迷，性命倒无碍。他这才稍稍放了些心。大夫清洗了何涣脸上血污，查看伤口，两眼、鼻腮，好几处重伤，眼睛和嘴都肿得张不开。大夫说是被人用硬物击伤。

一直养了一个多月，何涣的伤势才渐渐好转。这小公子是他夫妇两个护侍长大，和他们一向亲熟，平日有说有笑。可是自病后，虽然嘴已能说话了，话却少了很多，笑也只是勉强应付，问他因何受的伤，也不愿意讲。

等身体大愈之后，何涣的性情更是逐日而变。何家一向门风谨厚，何涣自幼就谦和守礼，病好之后，举止却渐渐透出粗鄙，说话颠三倒四、失了张致。对他夫妇，也不似常日那样亲近，说话时，眼睛似乎在躲闪，语气也变得很小心，像是在讨好一样。他们夫妇俩都很纳闷，却又不敢多问。

最让他吃惊的是，何涣开始不停要钱。何家规矩，银钱都是由家中主母掌管，何涣尚未娶妻，来京时，也只派了齐全夫妇随行陪侍，主母担心何涣不通世务，于银钱上没有识见，就让齐全料理何涣的财物，钱箱的钥匙也由齐全掌管。

来京时，主母交给齐全三百贯钱，之后每年又会托人送来一百贯。何涣平日只知读书，衣食用度上浑不经心，除了买些文房用品和书以外，很少用钱，偶尔朋友聚会，才会向齐全要一些钱。齐全夫妇和其他几个护院，月钱又是另支的。何涣一个人，每月用不了五贯钱。几年下来，通共也只用了不到二百贯。

但病好可以出门后，何涣每次出去都要带些钱，而且越要越多。没多久，钱箱就被要空了。京中大宅里，还有不少金银器皿和古玩名画，钱用完后，何涣又瞄上这些贵重之物，一件件携出去，从不见带回来。

齐全眼睁睁瞧着，家渐渐被何涣搬空……

万儿的病情又好了些，在床上扭来扭去，已经有些躺不住了。蓝婆看着，才终于放了心。

这一天她一直守着万儿，什么都没做，见儿子将屋里屋外都清扫得干干净净，又煮好饭，给他们祖孙端过来，味道虽不怎么好，却也让她心头大暖，儿子出家，竟像换了个人一样。

她仍旧不愿跟他说话，等他忙完了，站在床边，看着那身道袍刺眼，便说了句："你要进这家门，就把那袍子给我脱掉。"

儿子只犹疑了片刻，便回身进到里屋，出来时，已经换上便服，是他当年的旧衣，一直留着。蓝婆只望了一眼，便扭过脸，心里却一阵翻涌，说不清是快慰还是伤心。

这儿子从怀孕起，就是她一桩心病——儿子并非丈夫的骨肉。

她嫁进张家五年后才怀上了这儿子，当时丈夫又一次遭贬，被放了柳州外任，她已受不得这些磨折，更怕那地方的瘴疠，便没有跟去，自己留在京中。独守空闺，不好过，她便常去各处庙里烧香，没料到遇见了那个和尚。那和尚待人和善，常常开导她，一来二去，亲熟起来。那天庙里没人，和尚请她去后边看镇寺的宝物，她知道和尚安了别的心，略一犹疑，便起身跟了去。一进禅房内间，和尚便抱住了她，她并没挣扎，依从了他。

出来之后她才怕了，再不敢去那寺里。过了一阵，发觉自己竟有了身孕，这可怎么向丈夫交代？她惊慌无比，也不敢去娘家告诉母亲，正在忧惶是不是该去找个野郎中，偷偷打掉腹中的胎儿，丈夫却居然在途中被赦还，回到了京中。时日只差一个多月。于是她便瞒住了丈夫，顺利产下了这个儿子。

丈夫有没有起过疑？她不知道，而且这辈子也不会知道。至少丈夫从来没有说过这事，待儿子也十分疼爱。她也就渐渐忘掉了这事。儿子出家后，她才猛然忆起，当初那和尚就常跟她讲因果，难道这是报应？

儿子走后，媳妇阿慈说要守节，和她一起操持起豉酱营生，只愿一心一意把万儿养大。她却知道这一守不知道有多艰难，见儿子的旧友丁旦为人活泛，常来家里帮忙，又没娶妻，便做主招赘进来。

谁知道进门之后，丁旦便渐渐变了，或者说原本就不是个老实人。他不知在哪里结识了个泼皮，姓胡，常日替人帮闲牵线，人都叫他"胡涉儿"。两人整日混在一起，吃酒赌钱，不但不帮着做活，反倒向阿慈强要钱，不给就偷，根本管束不住。等蓝婆悔起来，已经晚了。好在阿慈难得好性子，始终没有说什么。

儿子回来后，蓝婆最怕儿子问起阿慈，儿子却竟没有问。

第五章　独乐冈

盖中有主则实，实则外患不能入，自然无事。

——张载

关于丁旦，何涣已不知该怨，还是该谢。

若没有丁旦，这半年，他便不会遭遇这么多磨难，更不会去杀人。

但也是丁旦，让他遇见了阿慈，又痛失阿慈，被猛然抛闪。

去年初冬，京城下了第一场雪。

葛鲜等几个府学同学邀何涣一起去城东宋门外的独乐冈，看雪赏梅。游赏过后，大家在冈下一家食店里喝酒吟诗，也算雅趣快活。酒中，何涣出去解手，刚走进茅厕，就听见身后有踩雪的脚步声，他并没有在意。谁知那脚步很快走到背后，跟着脑后一阵剧痛，随即便晕死过去。

等他醒来，头上、脸上、腿上，到处剧痛，眼睛也肿得睁不开。只模模糊糊觉得有人给自己洗伤口、敷药。又听见一些声音，从没有听见过，似是一个老妇人，还有一个孩童，偶尔还有一个年轻女子。也不知道是谁，用汤匙给自己喂汤水。

过了几天，等眼睛微微能睁开时，他看到一个纤瘦的身影不时来到床边，应该是那年轻女子，她步履很轻，换药洗伤时，手指更轻柔，触到脸庞时，微有些凉。还有个孩童不时来到身边，声音乖嫩："爹怎么了？爹的脸长胖了。爹的眼睛像兔子屁股……"而那个年轻女子则柔声说："万儿不要吵，爹生病了。"声音听着清凉如水。

后来有天清晨，醒来后，眼睛终于睁开一条缝，勉强能看清东西。他才知道自己躺在一间窄旧的屋子里，布被布褥也都半旧，有些粗硬。除了旧木床，屋里只有一个旧木柜，上面摆着些坛罐。不过虽然简陋陈旧，屋子却十分整洁，每样东西都擦洗得十分洁净。

这是哪里？他正在疑惑，一个浅青布裙的女子走了进来，手里端着一只白瓷小碗。正是每日照料自己的那个女子。晨光之中，一眼看过去，那女子素净纤秀，如同一株水仙。

女子走到床边，斜着身子轻轻坐下，只看了他一眼，并没有说话，用汤匙舀起一勺清粥，送到他的嘴边。他早已呆住，怔怔望着那女子，女子正对着窗，窗纸透进晨曦映亮了她的脸，皮肤似雪，但略有些苍白，面容清秀，双眉细长，目光如秋水般明净，却又透着些浅寒清愁。

女子见他发怔，抬眼望向他，碰到他的目光，慌忙躲开，脸上顿时泛起一丝红晕，隐隐透出些羞意。这一慌一羞，如同霞映白莲一般，清素中顿添了几分明艳。

他顿时心眼晕醉，神魂迷荡。茫然张开嘴，正要问"你是谁"，那女子却已将一匙粥送进他的嘴中。其实那一阵，每天早上吃的都是这粥，今天含在嘴中，却如同玉露一样。他细品半晌，舍不得咽下，双眼则一直望着女子的脸，简直觉得如同面对世外仙姝。

女子又舀了一匙粥，汤匙碰到碗边，发出一声清响，也如同仙铃奏乐。他又张开嘴，接住女子送到嘴边的粥，又慢慢咽下，生怕稍一用力，清梦便会惊破。只盼着这一小碗粥，永远吃不完。

然而，一匙，一匙，一匙，终于还是吃完。女子掏出袖中手帕，轻轻替他擦净嘴角，又看了他一眼，眼中闪过一丝疑惑，不过随即便站起身，端着碗出去了。

望着那纤秀身影消失于旧门之外，他忽然记起：自己曾见过这女子！

齐全一辈子最足以自傲的，是他的忠心，临老却被丁旦毁掉。

他也曾断续读过两三年书，但不久家业败落，再没力量，只有断了这个念头。随着一个行商到处走贩，久了之后，便有些受不得锱铢必较的市侩气。当时正好来到汴京，在食店里听一个中年男子跟牙人说，想找个贴身的仆人。他见那男子幅巾儒袍，气度淳雅，是个读书人，心里一动，便凑过去自荐。言谈了几句，那人看中他性情诚朴，又认得些字，当即便找了家书铺，和他定了雇契。

那人便是何执中，齐全随他到家中后，才知道何执中竟是朝中六品官，大出意外。因感于何执中倾心相待之恩，他事事都小心在意，从来不敢稍有懈怠。几年下来，何执中已全然离不得他，虽然升至宰相，待他也毫无骄凌之态。并将曲院街的这院旧宅赏给了他，还给他娶了一房妻室。

在何家过了这些年，他心里已将自己认作是何家的人。起初，雇契到期，还要续签，后来，连雇契都索性免掉了。妻子顾氏给他生了个儿子，儿子成人后，何执中还将一个恩荫的额让给了他，儿子因此得了个官职，在个小县任了主簿。这是他自年少时便渴慕的事情，后来连想都不敢想，谁知竟在儿子身上成就。

只有那两年，他动了私心，想和妻子离开何家，去儿子那里一家团聚，做个官人的爹，也让人侍候侍候。谁知儿子因水土不服，得恶疾死了。伤痛后，他也就连根断了念头，一心一意留在何家。

何执中致仕归乡，他夫妻也随着去了江西。何执中父子相继亡故，何涣来京，主母唯一信赖的便是他，让他陪护到京城。

谁知何涣一场病后，竟像变了个人，连偷带要，看着就要将家业败尽。

他不知道那些钱物究竟用在了哪里，问过两回，都被何涣恶声恶气一句顶回来，这在从前从未有过。

有天傍晚，他见何涣又偷偷裹了家里的一套银茶器出去，他悄悄跟在后面，见何涣进了一家妓馆，他趁没人，也摸了进去，隔着窗，见何涣和一帮富家子弟围坐着，大呼小叫，在掷骰子，才知道原来何涣是在赌。

回去后，他伤心不已，何家几十年来诗礼持家，哪怕做到宰相，也一向俭素，从不奢侈。何执中回乡后，将大半家产变卖，置了义田，用来救济族人。谁知竟生下这样一个浪荡破家子。

他也不敢写信告知主母，何家一脉单传，如今只剩主母婆媳两人在家乡，主母已经年过七旬，如何受得了？再想想，自己夫妻两个也已经年过六十，儿子早夭，这往后的生计该如何是好？以前，他从未想过养老送终之事，以为只要在何家，必定不会被亏待，但现在，何涣已经成了这副败家模样，还怎么靠得住？

他苦想了几天，终于横下心，自己偷偷出去买了个灵牌，写上老相公何执中的名讳，等没人时，将灵牌端放于案上，而后跪在灵牌前哭告："老相公，齐全愧对您啊，没有督管好小相公，让他成了这般模样。齐全有心无力，劝也劝不回，还盼老相公在天之灵能宽宥齐全。齐全大半辈子伺候老相公，如今年纪已老，没了倚靠，所以才生了这个私心，与其眼睁睁瞧着小相公将家业输给那些孽障，还不如留些给齐全。老相公若地下有知，万莫怪罪齐全，等齐全也归了土，再去黄泉侍候老相公……"

于是，他们夫妇两个便也开始偷拿何家的东西。曲院街的那院小宅原先一直租赁给人，他们收了回来。何涣似乎不太识货，只瞅着金银器皿拿，齐全却知道那些古物看着陈旧，其实更值钱。他就拣那些好私藏携带的，一件件往曲院街搬。

何涣明拿，他们暗取，没多久，大宅里值钱的东西全都淘腾干净。后来，何涣竟连大宅也一起输掉，之后便不见踪影。

他们夫妇则偷偷搬到曲院街去住。

何涣看清阿慈时，猛然想起来：之前曾见过阿慈。

那是在烂柯寺，那天学里休假，同学葛鲜邀他去汴河闲逛，出了东水门，走到护龙河北路那头，见藏着间小寺，两人就信步走了进去。寺里并没有什么，前后各一个小庭院，院中间只有一间小殿，供着尊金漆已经剥落的旧佛。倒是大门内两廊的壁上，有些佛画，虽然已遭风蚀，但仿的是吴道子画风，仿得极高明，所谓"吴带当风"，笔线如风中丝线一般，细韧饱满，劲力鼓荡。

他正跟葛鲜叹惜这样的好画竟然无人顾惜，任其残蚀。忽见一个女子从佛殿中出来，浅蓝的布衣布裙，除了一支银钗，并无其他装饰，然而面容清丽，神貌素净，如岸边水仙一般，令人眼前如洗、心尘顿静。他忘了身边一切，呆呆望着。

那女子觉察到他的目光，似乎有些羞怯，立即转过身，躲到院中那株大梅树后边，枝叶翠茂，遮掩住了。他这才回过神，暗暗惭愧太过失礼，忙慌慌离了那寺，险些被门槛绊倒，葛鲜追上来嘲笑了一番。

谁知道才过了一个多月，竟身受重伤，躺到那女子家的床上。

他心头狂跳，以为是梦，但头脸的伤痛俱在，又拧了把大腿，也痛。这究竟是怎么一回事？我头上、脸上的伤又是怎么来的？难道上天知道我对那女子一见倾心，特意如此安排？

他正在床上苦思不解，一个孩童颠颠地跑了进来，跑到他床边，睁着亮亮的眼睛问他："爹，你的病好了呀，眼睛已经不像兔子屁股了。"

爹？他忍痛扭过头，望着那孩童，大约三四岁，从未见过。而他自己从未婚娶，竟会被人叫爹。他越发迷乱，怕屋外听到，小声问："你叫什么？"

"万儿啊。"

"这里是哪里？"

"家里啊。"

"刚才端粥进来的是谁？"

"娘啊。"

"娘叫什么？"

"嗯……叫媳妇，不对，叫阿慈。"

"那我叫什么？"

"爹啊。"

"我的名字呢？"

"不知道……"

"万儿——"那女子的声音传来，她又走了进来，抱起万儿，"不要吵爹，咱们出去玩。"临走前，她回头望了一眼何涣，问道："你好些没有？等下葛大夫来换药。"

他忙点点头，扯得头上到处疼。女子却抱着万儿出去了。

那孩童叫我爹，她也说我是那孩童的爹，还服侍我吃药吃饭，我是她丈夫？

——她把我当作了她丈夫。

何涣心又狂跳起来，怎么会这样？

他想大声唤那女子进来，刚要张口，忽然想到：她浑然不觉，我一旦说破，就再也不能与她相近……就这么将错就错？他不禁咽了口唾沫，声音大得恐怕连屋外的人都能听见。

"这种赌汉，死了倒好。你管他做什么？"屋外忽传来一个老妇的声音。

随后是那女子的声音，极低，他尽力听也听不清。

老妇又道："你也算仁义都尽了。唉，是我害了你。等他好了，我就去书铺找个讼师，写张离异讼状，告到官里，撵走他。"

女子又低低说了些什么，仍听不清。

老妇说："就这么定了。你还年轻，耗不起，也不值。"

"奶奶，你要撵谁？"那孩童。

"撵那头混驴！走，跟奶奶去汪婆婆家。"

屋外再无人声，只听见盆罐挪动、菜刀剁响的声音。

他们方才在说我？不对，是说她的丈夫。

难怪她问我"好些没有"时，神情有些冷淡，还有些厌弃。看来她丈夫不是个贤良之人。

何涣心中升起一阵恻隐惋惜之情，但随即又自嘲道：她丈夫好坏与你何干？赶快想明白，你为何会在这里？他们为何把你错认作那个丈夫？那个丈夫是谁？他现在在哪里？

何涣性子虽然有些慢，但做事却很少拖延。

从小祖父就时常教导他，凡事莫慌更莫急，功夫到处自然成。祖父一生为官，清廉宽和，富贵不忘贫贱时。唯一悔处，是顾虑太多，虽然升任宰相，一生却未能有大建树。因此，他又教导何涣：贵在决断，切莫优柔。

这一慢、一断，何涣一直记在心里，以此自励。成年后，他渐渐明白，其实慢才能断。唯有先慢思，才能想得周详深切；想得周详深切了，才能有通透确然之见；有了通透确然之见，自然会生出坚定不移之断。

不过，面对阿慈，他却只有慢，再无断。

躺在阿慈家的床上，他反复思虑，既然他们祖孙三个都将我误认为是他家的人，一定是因为自己和那人生得极像。虽然这实在太过巧合，但世间万万人，总会有两个长相相似者，只是大多未能得遇。

至于他为何躺到她家床上，恐怕就不是巧合了。他记得自己是在独乐冈和朋友赏雪饮酒，自己去上茅厕，后面似乎来了个人，随即脑后一痛，便不省人事。自己头脸会受伤，必定是身后那人所为，那个人恐怕正是阿慈的丈夫——和自己长相极像之人。他之所以打破我的头脸，是为了蒙混。两人就算生得再像，亲近之人还是能辨认得出，但头脸受伤之后，再亲之人，也难分辨。嘴唇肿痛，也无法自辩。腿也被砸伤，即便想去寻他，也动不得。

但是，他为何要这么做？

身份，我的身份。

看这屋子和他们母子衣着，他家虽不至于贫寒，但也只是平常小户，而我，则是丞相之孙，身居广宅，虽然祖父将多半家产都置成义田，用来救济亲族，但比起他家，仍然富足百十倍。

听外面那老妇人的话语，阿慈的丈夫平日定是好吃懒做之人。他恐怕正是看中我的家世，又偏巧长相极似，所以用了这个调换之计。他要瞒过齐全夫妇和其他护院家人，恐怕也要将头脸弄伤……想到这里，何涣心中一寒，脊背发冷。

但他随即想到，这人还算没有恶极，否则，他无须打破我的头脸，只要杀了我，将尸体掩埋到无人去处，就能安然去做何涣。或许他还有些人心，再或者有些胆怯，至少没有夺去我的性命，还算万幸。

不过，他难道不怕我去找他？

他或许已经想好了对策吧。

那么我该怎么办？立即回家去！趁他还没有做稳我。

他忙爬起身，但头一阵晕痛，腿也刺痛钻心，险些摔下床去。他强咬着牙，挣扎着坐起来，缓了一阵，才慢慢伸腿下去找鞋子，刚费力触到鞋子，阿慈进来了。

"你做什么？"阿慈话语虽关切，神情仍淡而冷。

"我……"何涣张开仍肿着的嘴唇，却吐字含糊。

"葛大夫说这两天别乱动，你要解手吗？"

何涣慌忙摇头，想说"不"，肿嘴发出来却是"勿"。这两天自己都躺在床上，难道解手都是……他心头狂跳，脸顿时涨红。偷瞧了阿慈一眼，阿慈脸上却仍淡静，轻步走过来，扶住他的肩膀："那还是躺下吧。"

微凉细柔的手指一触到何涣，何涣顿时没了丝毫气力，老老实实重又躺了下来，眼却始终望着阿慈。阿慈也望了他一眼，随即侧坐在床边，目光似怜似怨，看她侧脸和身子都如此纤瘦，何涣心里顿时涌起惜护之情，忽然不愿说破自己身份，只愿做她丈夫，好好怜她护她。

这种心情从未有过。

他自幼读书习礼，又喜欢独自想事，很少和其他孩童玩闹。年纪稍长，连亲族中的堂表姊妹们也难得亲近。进了学之后，更未接近过其他女子。来到京城，偶尔也会被同学邀去坊院里吃酒寻欢，那些歌女艺妓，虽然也有色艺俱佳、清丽出众的，但他一来拘谨腼腆，不像同学那般能尽意嬉闹调笑，二来心里总是有些拒意，那等女子毕竟是为钱赔笑，难得见到真情谊。

说起来，除祖母、母亲和仆妇外，阿慈是他至今走得最近的一个女子，近到长大后连母亲都不曾这样过。何况眼前的阿慈，如此素净清柔，如一波波春水，不断将他的心融化。

就让她丈夫去做何涣吧，我来做他。

那个身份，并没有多少可留恋处，相反，自己苦苦求学，不就是一直不愿活在祖父荫庇之下，想凭自身之力，建一番功业？这个家贫寒一些，但这有什么？何况我照旧可以读书应举，功名利禄并非什么难事。至于家人，眼下亲人只剩了祖母和母亲，想必阿慈的丈夫不敢连这也去夺，等我入了仕途，接她们来同住，好好孝敬就是了。

想通之后，他顿时释然，不由得露出笑来。阿慈似乎觉察，回头望了他一眼，碰到他的目光，一阵轻羞，面颊又泛起红晕，慌忙扭过头。正好这时，门外传来蓝婆的声音："葛大夫来啦！"阿慈忙站起身。

何涣心里一颤，他很怕见这葛大夫。之前，葛大夫来过几次。上一次来时，何涣的眼睛才能看清东西，他见葛大夫望着自己，眼中似乎有些探查的意思，难道葛大夫发觉他是假身？

葛大夫走进门来，脸上带着些笑，先朝阿慈点了点头，阿慈忙让出了床边空地。葛大夫走到何涣身边："这两天如何？"

何涣不敢答言，只含糊应了一声，盯着葛大夫的眼睛，葛大夫目光中似乎没有上一次的探查，只是寻常大夫看病的眼神，也许是自己多虑了，他这才放了心。

第六章　豉酱情

二气交感，化生万物。万物生生，而变化无穷焉。

——周敦颐

何涣等着天黑，心里又盼又怕。

他知道天黑阿慈就会来这屋里，睡到这张床上。前几天他眼肿不能视物，头又昏沉，只感到有人晚间睡在身旁，并没余力去在意。今天，他已完全清醒。

他躺在床上，不时强睁着眼，去望后窗的天光。好不容易挨到黄昏，霞光将屋内映得一派金红，原本俭素的小屋，这时竟显出异样的幻丽，比他家中大厅大房更多了几分暖亮。

阿慈迎着霞光走了进来，仍端着一碗热粥，竟像是画中的观音大士一般，浑身罩着层光晕。她又侧身坐在床边，只看了何涣一眼，便低眉垂目，轻手舀了一匙粥，送到何涣嘴边。何涣不敢多望多想，赶忙张嘴，粥是咸的，里面有肉，还有菜。这两天他一直吃的素粥，猛沾到荤，胃像是欢然醒来一般，一口便吞了那匙粥，肠管里发出一阵咕噜怪响。屋中极静，声音极响，他羞窘无比，阿慈却笑了，如莲花湛然开启，他顿时醉了。

正在这时，外面忽然传来一个年轻女子的声音："婶婶——"

蓝婆笑着道："阿细？朱阁？快进来！快进来！"

随后是个年轻男子的声音："伯母，听说丁旦病了？"

丁旦？何涣头一次听到这个名字。

蓝婆声音却随即冷下来："病得太轻！"

那男子笑着说："我去看看他。"

一对年轻夫妇走了进来，衣着皆鲜明，容貌都出众。

阿慈已放下粥碗，迎了上去，那个阿绸牵住阿慈的手一起走到床边，一见何涣，立即惊叫起来："天喽，怎么成这副模样了？"

朱阁也凑近来看，叹道："唉，这是怎么弄的？"

冷绸皱眉撇嘴道："自然是被人打的。又出去赌输了是不是？唉，我说丁哥哥，你不能再这样了呀，原说你靠得住，才招你进来，现在反倒是你在勒啃他们祖孙。"

朱阁也劝道："阿旦，以后就歇手吧，再这样下去可不成。"

两人轮番劝着，何涣只得勉强笑着，听一句含糊应一声。好不容易，两人才停了嘴，一起告别出去了。

何涣躺在那里想：原来她丈夫叫丁旦，是个赌棍。

他又是不平，又是叹息，其间还杂着些庆幸。胡乱想着，不觉间，房中已暗，夜色已浓，阿慈擎着盏油灯走了进来。

终于等到这时刻，何涣不由得大声咽了口口水，又急忙用咳嗽掩住。阿慈却似乎并未在意，她来到床边，将油灯轻轻搁在床头的桌上。背对着何涣，脱掉了外衣，露出底下贴身的白汗衫。何涣忙闭上眼，不敢再看，将身子向床里挪了挪。他听到阿慈又在褪去裙子，搭到桌边椅背上，而后走过来，轻手将他身上的被子理了理。何涣一直闭着眼，一动不敢动。

阿慈吹灭了油灯，掀开被子，躺到了他身侧，清咳了一声，之后便只有细微的呼吸声，也许累了，很快便已入睡。

何涣全身紧绷，丝毫不敢动弹，漆黑寂静中，听着阿慈细微的鼻息，隐隐嗅到一缕体香。他的双手都放在胸前，手肘微微触到阿慈的肌肤，格外细柔温软。阿慈却轻翻了个身，背对着他，又静静睡去。

过了不知多久，阿慈的鼻息越来越绵细均匀，应是睡深了。何涣身体内猛地涌起一股热流，他将右肘向阿慈身体微微凑近了半毫，真切感到阿慈的肌肤，绵柔温热，他的心狂跳起来。

不！他忙在心里喝止自己——万万不能存苟且之心！

但……她以为我是她丈夫……

不！你并非她丈夫。她若知道真相，一定会吓到，甚至将你告到官府……

不成！成！不成！成……

两种心思如两个仇人一般，在他心里扭打交战，让他心如火烧，身子却又不敢稍微动弹。只有不住默念《论语》中四非礼"非礼勿视，非礼勿听，非礼勿言，非礼勿动"，觉得不够，又添了两条"非礼勿思，非礼勿欲"，翻来覆去地警告自己，煎熬了一夜，直到筋疲力尽，才昏然睡去……

开始，何涣还盼着夜晚，现在夜晚成了煎熬。

每当阿慈脱衣上床，他便如同犯了重罪，被罚酷刑，身子一点都不敢动，心里却火烧油煎，万般难挨。

我不可如此欺瞒于她，我得将实情告诉她！夜里他一遍遍这样告诉自己，可是到了天明，一看到阿慈的冰玉一般的脸，便丧了全部勇气，既不舍不愿，更怕惊吓到阿慈。然而，阿慈终于还是发觉了。

躺养了十来天后，他头脸的伤渐渐痊愈，虽然阿慈不太看他的脸，但目光偶尔扫过时，开始停顿，并未露出些疑惑。有天天气晴暖，阿慈端了盆热水进来，拧了一把帕子，伸手要解开他的上衣，看来是要给他擦身子。他猛然想起自己锁骨上有颗痣，阿慈的丈夫丁旦定然不会有。他吓得身子忙往后缩，阿慈有些诧异，抬眼望向他，他更加惶愧，脸顿时红了。

阿慈越发纳闷，盯着他看了一阵，但并没察觉什么，便又低下头，伸手轻轻撩开他的前襟，他再不敢动，只能听之任之。果然——阿慈低低惊呼了一声，身子一颤，手里的帕子掉落在他胸口，随即，急往后退了两步，盯着他，满脸惊怕。

何涣心里顿时冰冷，但也随即释然，他鼓了一阵勇气，又清了清嗓子，才低声道："我不是你丈夫……"

阿慈眼中一惊，在他身上慌乱扫视，良久才轻声问道："你是谁？"声音有些发颤。

"我叫何涣，那天在独乐冈被你丈夫打伤，换了身份……"

阿慈眼中闪过一阵悲怒。

"我并非有意要欺瞒你，那天你丈夫是从后面偷袭，我并没有看到他。醒来后就已经在这里了，我想明白后，本要说，但嘴肿着，说不出话来，这两天能说话了，却又怕惊到你，因此始终不敢说……"

阿慈身子一直颤着，听到后来，眼中滚下泪来，她忙伸手擦掉眼泪，低头转身，疾步出去了。

何涣躺在床上，怔怔望着幽暗空门，心中不知是悔，是怅，还是释然。

呆卧在床上，他正在忐忑思虑，那个老妇人急匆匆赶了进来，是阿慈的婆婆蓝氏，这一阵她曾进来取过几次东西，却根本未看过何涣一眼。

这时蓝婆却圆瞪着一双老眼，满是惊怒："你是谁?！"

"在下……在下名叫何涣，是府学学生。"

"你好大的胆子！读的那些书全读到猪肠子里去了？竟敢装头扮脑，混到我家里来？"

"老伯母恕罪，在下绝非有意欺瞒！"何涣忙坐起身子。

"呸！"一口唾沫啐到何涣脸上，何涣却不敢去擦，蓝婆伸出皱皱的手指指着他的鼻子，大声痛骂，"到这时候了，你还装出个竹筒样儿来混赖？说！你究竟想怎么样？"

"我这就走……"何涣忙翻身要下床，腿伤未愈，疼得一抽。

"你在我家白吃白喝，臭气都没散，就想走？"

"依伯母之见，该当如何？"何涣正挣扎着要下床，只得顿住。

"你这等泼赖货，欺负我孤儿寡妇，抓你到官府，打断你腿，揭了你皮，发配三千里外，都抵不了你这罪过！"

何涣吓得全身发软，忙连声求告："伯母，我真的并非有意欺瞒，我也不知道自己如何受了伤，醒来就躺在你家床上。据我猜测，恐怕是你家女婿将我弄成这个样子……"

"什么？"蓝婆顿时惊住，瞪着他，半晌才问道，"他为何要这么做？"

"我也不知，恐怕是贪图我家门第家业。"

"门第家业？你究竟什么来路？"

何涣犹豫起来，他不愿说出家世，但若不说，恐怕难让蓝婆消气，便只得实言："我家住在金顺坊嘉会苑。"

"嘉会苑？何丞相是你的……"

"祖父。"

蓝婆眼睛睁得更大。

"伯母若不信在下，可以去嘉会苑瞧一瞧，你女婿应该正住在那里扮我。"

"好，我这就去！反正你也逃不掉。"

下午，蓝婆回来了，何涣忙又坐起身子。

蓝婆满眼惊疑愁闷："那烂赌货果然在嘉会苑，我见他走出门来，虽然装出个富贵样儿，但那贱赖气几世也脱不掉。他那狗友胡涉儿也跟在身边。我向看门的打问，说他家公子前一阵头脸也受了伤，才刚刚好些……"

何涣虽然早已料到，但真的听到，仍然浑身一寒，像是被人猛地丢进了阴沟枯井里，用烂叶掩埋了一般。

蓝婆望着他，竟有些同情："不能让这烂赌货这么便宜就得计，我去找人来抬着你，咱们一起去告官！"

何涣正要点头，心里却随即升起一丝不舍，不舍这贫寒但轻松无重负之身份，更不舍……阿慈……

蓝婆催道："喂！你还犹豫什么？你堂堂宰相之孙，还怕他？其他的你不必担心，我已经问过媳妇了，你并没有玷污她的清白。"

"但……毕竟我与她同……同床了这许多天……一旦告官，她的名节恐怕……"

蓝婆一听，也踌躇起来，叹气道："唉，这倒也是……我这媳妇命太苦，怎么偏偏尽遇上这些繁难……这可怎么才好？"

何涣鼓足了勇气，才低声道："她若是……若是不厌烦我……"

蓝婆一惊："你是说？"

何涣抬起眼，痛快说出心中所想："我愿娶她为妻！"

"这怎么成？"

"只看她，若她愿意……"

蓝婆张大了嘴，愣在那里。

话说出口后，何涣也觉着有些冒失，自己和阿慈毕竟只相处了十来天，又没有说过话，是否自己一时情迷，过于仓促？

自那天说出真相，阿慈再没进来过。何涣正好摒除杂念，躺在床上，反复思量，想起祖父所教的观人之术。祖父由一介布衣书生，最终升至宰相，一生阅人无数。致仕归乡后，他曾向何涣讲起如何观人，他说："静时难查人，观人观两动，一是眼动，二是身动。"

眼动是目光闪动之时，有急有缓，有冷有热，有硬有柔，以适中为上。但人总有偏移，极难适中，因此，以不过度为宜。目光动得过急，则是心浮气躁；过缓，是阴滞迟钝；过冷，是心狠意窄；过热，是狂暴猛厉；过硬，是冷心酷肠；过柔，是懦弱庸怯。

至于身动，是举止。急缓，软硬，与眼动同。另外还有轻重之别。举止动作过重的人，性蛮横，多任性，难持久，易突变；而过轻的人，性狡黠，善隐匿，多伪态，难深交。

何涣以祖父的观人法仔细度量阿慈，阿慈当是轻、缓、柔、冷之人。

她的轻，绝非轻浮，也非隐伪，只是多了些小心，不愿惊动他人。

她的缓，并非迟钝，除小心外，更因天性淡静，不愿急躁。

她的柔，不是柔懦，而是出自女子的温柔性情。

她的冷，乍看似冰霜，但绝不是冷心硬肠之人，看她这些天照料自己，丈夫虽然令她寒心，她却不忍置之不顾，换药喂饭时，再不情愿，也仍旧细心周到。

这样一衡量，何涣心中顿时豁然：我绝非只贪图她的样貌容色，更是爱她的性情品格。

至于门第身世，世间择婿择妻，无非看重富贵二字，对我家而言，这两个字值得了什么？我只需看重她的人，只求一心一意、相伴终生。

只是以他现在身份，没办法明媒正娶，但他想起祖父当年成亲也极寒碜，那时祖父尚未及第，两边家境都寒窘，只能因陋就简。父亲成亲，更加仓促，当时祖父远在蜀地为官，祖母在家乡病重，以为不治，想在辞世前看到儿子成家。母亲则是同乡故友之女，孀居在家，祖母一向看重她温柔端敬，并不嫌她是再嫁，自作主张，找了媒人，将纳采、问命、纳吉、纳成、告期、亲迎六礼并作一处，才两三天，就将母亲娶进门来，只给祖父写了封急信告知，祖父一向开通随和，并未说什么。何涣来京时，祖母和母亲都曾说过，信他的眼力，若碰到好的亲事，只要人家女儿人品心地好，他自己做主也成。

于是，何涣便想了个权宜的法子，只用一对红烛、一桌简便酒菜，完了婚礼，只在心诚，无须豪奢。

等蓝婆进来送饭时，他郑重其事说了一遍。

"你这是说真的？"蓝婆仍不信。

"婚姻岂敢儿戏？这两天，我反复思量过，才敢说出这些话。"

"你这样的家世，婚姻能由得了你？"

"我家中如今只有祖母和母亲，来京前她们说若有好的亲事，我可以自己做主。"

"我仍是不信，你真的愿意娶阿慈为妻，不是妾，更不是侍女？"

"正室妻子。"

"这样啊……"蓝婆皱起眉想了想才道，"我得去问问阿慈，她看着柔气，其实性子拗得很。上回招丁旦进来，她百般不肯，是我逼了再逼，最后说留下万儿，要撵她一个人出去，她才答应了。谁承想招进来这么一个祸患。这回我再不敢乱主张了。你等等，我去问问她——"

蓝婆说着走了出去，何涣听着她将阿慈叫到自己房中，低声说了些话，始终听不到阿慈的声音。

过了半晌蓝婆才又走了进来，摇着头道："不中——阿慈说不得已嫁了两次，命已经够苦了，不愿再有第三次。"

何涣一听，顿时心冷了，他只想着自己如何如何，竟没有顾及到阿慈的心意，不但一厢情愿，而且无礼至极。

"不过，她让我来向你道谢，多谢你能这么看重她。"

"她就没有一丝一毫看中于我？"

"她说你是极好的人，是真君子，自己万万配不上你。"

何涣一听，心又活转："她是极好的女子，说什么配不配得上？求老娘再去劝说劝说，何涣并非轻薄之人，这心意也绝非一时之兴。"

"我也这么说了，她说自己虽不是什么贞洁烈妇，但毕竟还是丁旦之妻，就算夫妻情分已尽，但名分还在，怎么能随便应许别人？若答应了你，不但自己轻贱了自己，连公子的一番深情厚谊也糟蹋了。"

"那我去找丁旦，用我家京城全部家产，换他一纸离婚书契。"

"你真愿意？"

"嗯！"

"小相公，那个赵不弃又来了。"齐全在书房门边低声道。

何涣一听，心里又一紧，看来是躲不过这人了。他只得起身迎了出去，赵不弃已走到院中，脸上仍是无拘无束略带些顽笑："何兄，我又来了！哈哈！"

何涣只得叉手致礼，请他进屋坐下。看赵不弃一副洋洋之意，实在难以令人心安，但说话间，又的确并无恶意，反倒似是满腔热忱。自己瞒罪应考，的确违了朝廷禁令，既然赵不弃已经知道内情，他若有心害我，何必屡屡登门？直接去检举，或者索性开口要挟就成。难道是想再挖些内情出来？但除了瞒罪应考，我再无其他不可告人之处。看来不坦言相告，赵不弃恐怕不会罢休。

于是他直接开口道："你那天在应天府见到的不是我，应该是丁旦。"

赵不弃略有些诧异，但想了想，随即笑道："你和丁旦……原来是两个人？对……只能是两个人……你们可有血缘之亲？"

何涣摇了摇头。

"那真是太奇巧了。"赵不弃眼里闪着惊异之笑。

何涣苦笑一下："是啊，我自己都没料到。"

他慢慢讲起前因后果——

关于和阿慈的亲事，经不住何涣苦苦恳求，蓝婆又去反复劝说阿慈。阿慈终于答应，不过始终坚持和丁旦离婚后，才能和何涣议亲。

对何涣而言，这其实也是好事。不告而娶，于情于礼都有愧于祖母和母亲。一旦泄露出去，阿慈也将背负重婚偷奸的罪名。等阿慈和丁旦离婚后，禀告过祖母和母亲，再明媒正娶，才不负于阿慈。

于是，他继续留在蓝婆家里，央求蓝婆不时去打探丁旦的消息，但丁旦现在是堂堂相府之孙，根本难以接近。何涣曾想过去告官，但又怕传扬出去，坏了祖父清誉，更怕丁旦反咬，会牵连到阿慈的名节。

一来二去，转眼又拖过了一个月。这短短一个多月，却是他有生以来最欢喜的日子。

他占了阿慈的卧房，阿慈便去蓝婆屋里挤一张床。但老小几个人，每天在一起，竟像一家人一般。不但阿慈，连阿慈家中的事事物物，何涣都觉得无比新鲜，每天帮着弄豉酱，筛拣豆子、泡水、蒸煮、调味、搅拌、腌存……都是他从未经见过的事，做起来竟比读经书、看诗词更加有滋味。

而阿慈，虽然言语不多，也时时避着他，但脸上似乎有了笑意，蓝婆和万儿也都格外开心。虽然何涣自己家中也和睦安宁，但毕竟有些规矩讲究，在这里，凡事都简单松活，让他无比舒心自在。

赵不弃一路听着，并不说话，但一直在笑。听到这里，才开口问道：

"你一直没有去看看那个丁旦？"

"只去过一次，腊月底的时候，我趁天黑进城，到了我家宅子门外，远远见大门关着，看不到人，等了一会儿，我怕被人认出，就回去了。"

"丁旦赌光你家房宅钱物，你知不知道？"

"知道。是蓝伯母去打听来的。"

"你不心疼？"

"家祖、家父从来不愿我贪慕钱物。我只是有些惋惜，那些钱物本该用来救助穷困。"

"好！"赵不弃笑着赞了句，又问道，"你这一路奇遇，才过了一半，接下来，那位阿慈就变身了？"

"这你也知道？"

"当然，正月里到处都在传。"

何涣叹了口气。

第七章　穿空移物术

> 五常百行，非诚，非也；邪暗，塞也。
>
> ——周敦颐

腊月转眼过去，到正月十五，阿慈说要去庙里进香还愿。

她和朱阁、冷绪夫妻约好了，何涣也想出去走走，他们四人便抱着万儿一起去。只要有外人来，何涣怕被看破，便尽量沉默，能少说话就尽量少说。朱阁夫妇只是笑他病了一场，竟连舌头都病硬，人也病木了，不过幸好没有多留意，也就没有察觉他的身份。

本来打算去大相国寺，但冷绪说那里人太多，四人商议了一下，说拜佛何必择庙宇，便就近去了烂柯寺。烂柯寺里果然没有人，连那个小和尚弈心都出去化缘了，只有住持乌鹭一个人迎了出来。

何涣不信佛，心里念着庙廊两侧的壁画，上次未及细看，阿慈和冷绪去烧香，他抱着万儿和朱阁去细赏那壁画。乌鹭禅师为人慈和，也陪着他们，边看边讲解画中佛祖、菩萨、罗汉、天女的来历。

院子中央那一大树老梅开得正盛，这些年，天气越来越冷，黄淮以北，已经很难见到梅花，这株梅树却不知有几千几万朵，簇满枝头，一大团胭脂红霞一般。阿慈和冷绪见到，并没有立即进殿，而是一起走到梅树边赏玩。过了一会儿两人竟嬉闹起来，何涣听到笑声，忙回头去看，原来冷绪摘了一小枝梅花非要插到阿慈头上，阿慈不肯，两人绕着梅树追逐笑闹。

何涣和朱阁看着，都笑了起来，万儿在何涣怀里拍着小巴掌直乐，连乌鹭也忍不住笑出了声。冷绡正追着，裙脚被树后的铁香炉挂住，险些摔倒，阿慈笑着回去扶住了她，两人这才停止嬉闹。冷绡整理好裙子，去左边的茅厕净手，阿慈则独自先进了佛殿。

何涣见阿慈进去跪在蒲团上，才拜了一拜，忽然倒在了地上。他忙赶过去，冲进佛殿扶起阿慈，但一看到阿慈的脸，吓得手一抖，惊呼一声，险些坐倒——

阿慈竟变了另一张脸！

粗眉、扁鼻、龅牙的嘴。

"阿慈变成了个丑女？"

赵不弃想着当时情景，觉得很滑稽，忍不住笑着问道："怎么个丑法？"

"比起阿慈，远远不及……"何涣眼中露出当时之惊怕。

"她是在你怀里变的身？"

何涣黯然点头："阿慈晕倒后，我忙去扶，才扶起来一看，她的脸已经变了。"

"后来你们找到这丑女的父母了？"

何涣点了点头："那女子醒来后，看到我们，立即哭叫起来，好不容易才安静下来。她说自己姓费，叫香娥，家住在酸枣门外，父亲是个竹木匠人。她正在后院编竹笼，忽然头一痛，眼前一黑，不知道怎么就到这里了。我和朱阁带着她去了酸枣门外，找到她家，她父母因她忽然不见了，正在哭着寻她。"

"这么说，那个费香娥没说谎？"

"嗯，我们送她回家后，她家的邻居都来围看，应该不会假。"

赵不弃和堂兄赵不尤一样，也从来不信这些鬼怪巫术，最早听到这件事时，便已觉得是有人施了障眼法，只是这法子使得极高明，能在众人眼皮底下大换活人。这手法纵使不及堂兄所查的客船消失案，也已是非常难见的奇事。

探明何涣和丁旦的身份真相后，他本已没了多少兴致，这时又兴趣陡涨。

他笑着问道："你真相信阿慈变作了那个丑女？"

何涣苦着脸道："若是听人说，我绝不会信，但这件事，从头到尾我一直看着，我也觉着其中恐怕有人作怪，但当时只有乌鹭住持一个外人，他又和我们在一起看壁画。而且，阿慈自此消失，再找不见。我也不得不信是鬼神作祟了。"

赵不弃笑着摇头道："自古人都有死，但从没见过有谁凭空消失。所以，其中必定是有人在搞鬼，只要细心查，一定能解开这套障眼法术。"

"赵兄能找回阿慈？"

"我只是说，阿慈是如何消失，一定能解开，但阿慈现在是生是死，我却不敢断言。"

何涣一听，顿时又黯然神伤。

赵不弃笑着转开话题："我倒是知道谁设计让你和丁旦换身了。"

"哦？这难道不是丁旦自己的主意？"

"丁旦只是个无赖赌棍，未必想得出这主意，就是想得出，凭他自己也难做到。"

"那还有谁？"

"你那同学葛鲜。"

"葛鲜？！这怎么可能？"

赵不弃笑了笑："不是可能，而是必须。"

"必须？"

"他省试第一，你第二，殿试你们两个谁更有可能得状元？"

"这个……殿试不同省试，状元由皇上钦点。"

"但至少在府学中，你们两个应该是不相上下？"

"这个倒是。不过，这和丁旦有什么关联？"

"你第一次在烂柯寺见到阿慈，神魂颠倒，葛鲜是不是正好在旁边见到了。"

"嗯，他当时还奚落了我一顿。"

"你去独乐冈，是不是他邀请的？"

"是，不过……当时还有其他同学。"

"那天，送受伤的丁旦回你家旧宅的，是不是葛鲜？"

齐全在门边忽然答道："是他。之前他曾来过府里几次，我认得。"

赵不弃笑着点点头："还有。我打问到，葛鲜的父亲是个大夫。"

"葛大夫？！"何涣瞪大了眼睛。

"葛鲜怕你和他争状元，那葛大夫又和蓝婆家亲熟，自然知道你和丁旦长得极像。父子两个为除掉你这个敌手，才谋划了这场变身把戏。"

何涣惊得说不出话来。

"殿试还没有发榜，你要不要去告发他？你若想告发，我就替你找出证据来。"

何涣低头想了想，叹了口气道："算了。好在这事没有造成多大伤害。他也不容易，出身低微，又好强好胜，每日都极辛苦。"

赵不弃笑着道："你说算了就算了。我只管把真相揭出来，让你知道。若不然，糊里糊涂被人毒打戏弄一场，也未免太窝屈。"

何涣苦笑了一下："知道后，反倒添了心病，不知日后该如何相见。"

赵不弃大声笑道："见了面，不必说话，先朝他下阴狠踢一脚，把账讨回来。之后，是敌是友，随你们两个。"

何涣听了，苦笑着连连摇头。

赵不弃忽然收起笑："这件事且丢到一边，目前最要紧的是你的杀人案。我见有人在追踪你，若他知道真相，检举了你，这冒罪应考的罪名可不小。"

何涣一慌，随即垂下了头。

"你真的杀了那个阎奇？"

何涣郁郁地点了点头。

"但我堂兄却怀疑你可能并未杀死他。"

"'讼绝'赵神判？不过……人真是我杀的，这无可抵赖。"

"当时究竟如何，你仔细说一说？"

阿慈消失后，何涣四处找寻，朱阁和冷缃也一起帮着寻，但找了好几天，却一无所获，真如雪花遇火一般，无影无踪。

阿慈消失后第六天的清晨，何涣早早起来，正要继续出门去寻，才打开门，却见一个圆头圆眼、体格肥壮的人站在门外，穿着一件玄锦道袍。何涣曾见过这人，名叫阎奇，是个术士，终日奔走在官宦富商门庭，据说能炼长生散，还会些奇门遁甲的法术。

阎奇迎头就问："你家娘子不见了？"

何涣纳闷地点点头。

阎奇笑着说："她是着了妖人的穿空移物术，这法术早已失传，不知为何会重现于世，不过我师父曾教过破解之法。"

何涣向来不信这些，但忧急之下，已难把持，忙问："法师愿意帮我找回娘子？"

"我正是为此而来。"

"法师若能找回我娘子，晚生愿做牛马以报！"

"哥儿不必说这些，我们既学了这些法术，自当斩妖除魔，驱除恶祟。不过法不空行，哥儿你得供奉一件贵重之物。"

"法师要什么尽管说，多少钱都成！"

"我行法从来不要钱，只要古旧器物，也非是贪物，为的是汲取些岁月精气，才好施法。"

"什么古器？"

"这穿空移物术是道家极阴极野的法术，得用极阳极文的精气才能克制。器物得过百年，曾沾过书墨气。阳克阴，文胜野。"

"古砚可成？"何涣想起自己家中有一方古砚。

"嗯，砚出于石，石出于土，本是极阴，不过土软石硬，又是极阴所生极阳，砚台又常年吸墨，正是极文。"

"那好——"何涣忽然想起，自己的家早已被丁旦输光，连宅子都没有了，那方古砚自然也早被赌掉了，他顿时大为沮丧。

阎奇问道："怎么，没有？"

何涣忙道："有，有！不过今日不成，法师能否宽限两天？"

"这穿空术最怕拖延，每拖延一天，踪迹就淡掉一层，你娘子已被移走六天，超过七天便再也找不回来了，明天是最后一天。"

"好，明天我一定将砚台交给法师。"

"穿空术是水遁法，行法也得在水上，如此才能找到水印踪迹。我已选好了一只船，虹桥岸边有个叫鲁胜子的，他有条小篷船，你可知道？"

"知道，我也曾租过他的船。"

"好，明日午时，你带了古砚到那船上来见我。过了午时，阳气就衰，再不能行法，千万不要晚了。"

阎奇走后，何涣急得在屋中乱转。古砚倒是可以去买一方，但他现在一文不名，写信回家向母亲讨要，又来不及。

蓝婆刚才也听到了对话，她到自己屋中拿出个小盒子和一个布钱袋，盒子里面是一根银钗、几支珠翠、一对坠珠耳环、两个镶银的戒指："把这些都典了，这里我还存得有三贯钱，去买只古砚，不知够不够？"

"我也有一文钱，娘给我的。"万儿从脖子上解下一根红绳，上面拴了枚古铜钱。

"呦喽喽，乖肉儿！"蓝婆一把将万儿搂到怀里，"想你娘了，是不？你娘的命怎么就这么糟贱哦！三断五扯地没个完……"

何涣看着，也险些落泪，他用个包袱包起首饰盒和钱袋："老娘，我先去打问打问，你这些首饰和钱日后我一定加倍还给你。"

"说什么还不还的？阿慈是我媳妇，我孙儿的娘啊。"

何涣拎着包袱先去了相国寺，那里周边街上有许多古玩店，他找到一方古砚，看起来和自己家中那方差不多，向店主打问，果然是过百年的古砚，不过最低要二十贯钱。他又去典当的质库，拿出蓝婆那点首饰估价，只能典到三贯多钱，这样，总共也只有六贯钱。他只得再去寻便宜些的古砚，正转着，忽然见前面人群里一个老人，是他家的老仆齐全。

何涣忙几步赶上去，叫住齐全。齐全回身一看是他，先是一惊，随即露出慌惧。何涣知道齐全误把他认作丁旦了，忙把齐全拉到僻静处，将两个月来的经历简要说给了齐全。

"那贼囚不是小相公？"齐全越听越惊，最后竟落下泪来，伸手打了自己两个嘴巴子，"我这老眼比羊粪球子还不如，我怎么就没看出来！"

何涣忙抓住齐全的胳膊："齐伯，你莫责怪自己，是我不好，一直躲着没来找你。"

齐全将何涣带到曲院街的那院小宅，何涣这才想起祖父来京之初买的这院房舍。齐全的老妻顾婶见到何涣，听了原委，抓住何涣的手，哭了一场。何涣一直也在记挂齐全夫妇，只是不敢来找，现在见他们老夫妇能有这安身之所，也大感欣慰。

他记挂着家中那方古砚，忙问齐全，齐全竟从柜中取了出来："那贼囚赌尽了老相公留下的东西，我看不过去，趁他不在时，偷偷收了一些过来，最先拿过来的就是它。"

那是一方陶砚，端方古朴，坚润幽亮，用金铁利器刻划，砚面上也丝毫不留划痕。砚头上镂着一个"吕"字，是一百多年前河东泽州人吕老所制，所以称吕老砚，当年也并不如何值钱，一百文便可买到。只是吕老死后，这陶砚工艺随之失传，如今一百贯也难买到。

"齐伯，我得拿这古砚去救个人。"

"什么人？小相公，这可是你祖上唯一传下来的百年旧物啊。"

何涣只得将阿慈的事讲了一遍，齐全听后张大了嘴："小相公没有禀告老夫人，就要和这样一个女子定亲？！"

"来京前，祖母和母亲都说亲事可以由我自己做主。我心意已定，阿慈现在不知下落，必须得用这古砚施法才能救回来。"

齐全沉默了半晌才道："这是小相公祖上之物，小相公如今是一家之主，怎么处置这古砚，齐全也不敢乱说，一切就由小相公自己定吧。只是，不要辜负老相公就好。"

"物贱人贵，祖父若知道，也必定会用它来救人。"

齐全听了，不再言语。何涣拿了那方古砚，告别了齐全夫妇。

第二天中午，他赶到汴河岸边寻找阎奇，却没有想到自己竟会杀了阎奇。

"你杀阎奇这段，细细讲一下。"

赵不弃将身子凑近了一些，何涣见他眼中满是在勾栏瓦肆中听人说书的兴致，虽不至于不快，却也有些不舒服，但念着他是为帮自己而来，便慢慢讲起来。这些事，齐全夫妇只听他简略讲过，这时也一起站在门边仔细听着——

何涣抱着家中那方古砚，不等中午，就已赶到虹桥东头的汴河岸边。那只小篷船停在水边，不见船主鲁膀子，只有他的媳妇阿葱在船上，正在清洗船板。夫妇两个经营这只小船已经多年，专租给在河上吃酒赏景的客人。何涣去年也曾和葛鲜等几个同学租过他们的船。

何涣过去询问，那妇人说，阎法师的确已经租定这只船。何涣便在岸边等着。快正午时，阎奇才来了。

他头一句便问道："古砚可有了？"

何涣忙解开包袱，将古砚递给阎奇，阎奇仔细看视了半晌，笑着道："不错，是陶砚，以火炼成，阳气极旺。看这年月，文气吸聚得也够。好，咱们上船。"

两人上了船，钻进篷里，隔着张小藤桌，面对面坐了下来。阎奇让阿葱唤鲁膀子来开船，阿葱说她丈夫生了病，今天出不来，只有两个客人，她一个人就成。阎奇听了，便吩咐她将船划到汴河下游河湾处。

阿葱体格壮实，摇起橹来不输于男人，顺流很快就到了那片河湾。河面开阔，四下寂静。不见人迹，也没有船影。阎奇又让船停到北岸，船头朝东。泊好后，他叫阿葱下船去，上岸后至少走到百步之外，否则会沾到祟气。阿葱听了，晒成褐色的脸膛上露出惧意，连连点着头，放下船橹，跳上岸，快步朝岸上走去。阎奇似乎不放心，站到船头望着，何涣也将头探出船篷。见河岸边种着柳树，里面是一大片荒草丘，阿葱小跑着走到草丘后面，再不见人影。

"好，马上就正午了，咱们先来铺陈铺陈。"

阎奇看了看日影，钻回船篷，又坐到何涣对面，何涣望着他圆鼓鼓、泛黄的大眼，心里不禁有些惴惴。

阎奇从包袱中取出一个葫芦形黑瓷瓶："要破隔空移物妖法，得用千里传音术，这千里传音术靠的是心诚、意到。哥儿你得把全副心意都聚集到你家娘子身上，心里想着她的样貌，细细地讲出来，越细越真，法术就越灵。我这法器里有三年前集的终南山雪水，能收纳你的语音，而后用咒语施进河里，天下万水同源，便能沿着遁逃水印，追出你家妻子的下落。好，你现在就慢慢讲一讲你家妻子的样貌——"

何涣正了正身子，又清了清嗓子，才开口描述道："阿慈身高五尺半，身材清瘦，瘦瓜子脸……"

阎奇背靠着船篷，将那个瓷瓶抱在膝上，只是听着，并没有施法，脸上始终带着笑，像是在街上听人说趣事一般。何涣心里隐隐觉得有些不对。

他描述完后，阎奇笑着说："不错，外面都已讲明白了，里面呢？"

"什么里面？"

"衣服里面哪，难道哥儿只要妻子的头脸回来？身子就不管了？"

"我不是已讲过身材？"

"只讲了身材而已，女子最要紧的是什么？"阎奇眼中露出贪馋之色。

何涣立刻有些不快："这些也要讲出来？"

"千里传音术要里里外外整个人，少一样都找不回来，何况这最要紧的地方。"阎奇晃着膝盖上的瓷瓶，眼中神色越发放肆淫邪。

"这个……我讲不出来。"

"看都看了，做都做了，想也想了，难道还说不出来？你就当我不在这里，讲给自己听，新婚夜你是如何脱掉她的衫儿，先看到的是什么？先摸的哪里？摸起来觉着如何？软不软？滑不滑？她那最要紧、最要命的地方……"

何涣听他越说越不堪，眼神也越来越淫滥猥亵，腾地站起身要斥止，却不想船篷很矮，一头撞到竹梁，险些疼出眼泪来。

阎奇却仰着头，仍涎笑着，一双泛黄的大眼珠如同粪池里两个水泡一般，咧着嘴猥笑着道："我还忘了一件事，若找回你妻子，得让一夜给我。"

何涣听到这里，气得发抖，再忍不住怒火，一把抓起藤桌上的那方古砚，用力朝阎奇砸去，正砸中阎奇脑顶门，阎奇咧嘴惨叫了一声，倒在长条木凳上，一溜血水从头顶流出来。

何涣又气又怕，大口喘着粗气，呆望着阎奇，不知道该如何是好。半晌，阎奇身子似乎略动了动，肥壮的身躯如一条毒蟒一样，何涣心里猛地涌起一阵恶寒，不由得慌忙钻出船篷，跳到岸上，拔腿逃奔。

奔过那个荒草丘，眼前是一片田地，远远看见阿葱在田埂边摘着什么。何涣猛地停住脚，忽然想起自己家祖传的砚台，那件东西不能丢在那里。但是阎奇在那里，他的头被打破，不知道严不严重？他迟疑了一阵，终于还是转身回去了。

上了船钻进船篷一看，阎奇仍趴在那里，一动不动，头顶的血已经流了一大片，从木凳流到船板上，仍在滴答。何涣这时才慌了，阎奇死了？！他忙伸手小心碰了碰阎奇的肩膀，毫无动静，他又用力摇了摇，仍然没有反应。他壮着胆子将手指伸到阎奇鼻下，没有丝毫气息。

阎奇死了。

第八章　造案、翻案

常思天下，君臣、父子、兄弟、夫妇，有多少不尽分处。

——程颢

姚禾刚要出门，就接到府里的急令，让他去汴河北岸鱼儿巷验尸。

他忙赶到鱼儿巷，见两个弓手守在一家宅院门前，知道案发在那家。

他提着木箱过去报了自己姓名，弓手放他进去。左军巡使顾震和亲随万福站在院中，两个弓手守在屋门前。另有几个人立在旁边，神色都有些紧张，应该是坊长和邻人。

验尸其实只需厅子、虞候或亲随到场监看即可，但姚禾听父亲说过，顾震一向性急，不耐烦属吏做事拖沓敷衍，能亲力亲为，他总是不厌劳碌。

姚禾上前躬身拜见，顾震已见过他几次，摆手催道："快进去查验。"

姚禾答应一声，走进了堂屋，见屋子中间摆着一张方桌，四把条凳，右边的条凳倒在地上，靠里的地上，躺着一具尸首，是个五十多岁的男子，微张着嘴，唇边及下巴胡须上都沾着血迹，血滴飞溅到胸口。右胸口衣襟被一大片血水浸透，血从胁下流到了地上。看那老者面貌，似曾见过，好像姓葛，是个大夫。

他小心走进去，将验尸木箱放在门边，从里面取出一个小袋子，里面装的是石灰。他走到尸体边，避开地上血迹，抓出石灰，在尸体周边撒出四至边界线。而后从箱子里取出官印的验状和笔墨，正要填写，万福走进来："你来念，我填写。"

姚禾将笔交给万福，又取出软尺，到尸体边测量四至距离，一边量一边念："尸身仰躺，头朝西北，距北墙四尺二寸，脚向东南，距门槛五尺三寸，左髋距西墙八尺七寸，右髋距东墙四尺三寸。"

量过后，他才去查验尸体："伤在右胸口，第三四根肋骨间，长约一寸，皮肉微翻，应是刀刃刺伤，深透膈膜，刺破肺部。凶器已被拔出。死者当是一刀致命。口中血迹，当为内血呛溢。血迹微潮，未干透，尸身微软，死期当在四五个时辰之内。周身再无其他伤处。"

"这么说是昨晚亥时到子时之间？"顾震站在门边朝里望着。

"看桌上，昨晚应当有三个人。"万福在一边道。

"而且是亲熟之人。"顾震道。

姚禾朝桌上望去，桌上摆着一套青瓷茶具，一个茶瓶，三只茶盏，茶盏里都斟满了茶水。四把条凳，只有靠外这把摆放得整齐，右边那把翻倒了，里边和左边的都斜着。

姚禾暗想，看来是葛大夫和另两个人在一起喝茶，葛大夫坐靠里的主座。凶手恐怕是左右两个人之中的一人，或者两人？右边的条凳倒在地上，难道凶手是右边这个？他不知为何动了杀机，跳起来去杀葛大夫，才撞翻了条凳？

万福走到左边，拿起茶瓶往里觑看："瓶里还有大半瓶茶水，看来只斟了这三盏茶，而且，三个人看来都没有喝。"

顾震道："姚仵作，你查一查那茶水。"

姚禾忙走过去，端起右边一杯茶，见茶水呈浅褐色，微有些浊，是煎茶，盏底沉着一层细末。他端起来闻了闻，冷茶闻不出多少茶味来，只微有些辛辣气息，煎茶时放了些姜和椒，除这些茶佐料外，似乎还有些什么，他又仔细嗅了嗅，嗅不出来。他便伸指蘸了些茶水，用舌尖微微沾了一点，在口中细细品验，除了茶和佐料的辛香之外，果然另还有些辛麻，是曼陀罗！

他长到十一二岁时，他爹就开始教他仵作的行当，其中最难的一项便是验毒。一般验毒有两种办法，一是查看尸身症状，二是用活的猫狗来试。若急切之间找不到活猫狗，便得用第三种办法——尝。

他家祖上就一直干仵作行当，家传的秘法之一便是尝毒。每次尝毒只蘸一小滴，并不会有大碍，而且时日久了，体内自然生出抗毒之力。只是初学时却极险恶，对毒性、毒味没有任何经历，尝少了，根本尝不出来，尝多了，又会中毒。那几年，他经常尝得头晕目眩、口舌肿烂。花了五年多才渐渐掌握了各种毒性。像这曼陀罗，舌尖只需沾一点，便绝不会错。

他忙向顾震回报："顾大人，茶里有曼陀罗毒！可致人麻痹窒息而死。"

顾震目光顿时变得阴重："真的？难怪都没有喝这茶。"

万福道："这死者是大夫，又是主人，茶里的毒恐怕是他下的。不过，另两个人似乎察觉了，并没有喝。看来，这主客之间都存了杀意，主人谋害不成，反倒被杀。"

"顾大人，还有这血滴——"姚禾指着尸首左侧的地上。

刚才验尸时，他已发现地上血滴有些异样。死者由于肺部被刺穿，倒地后口中呛出血来，血滴飞溅到他左侧的地上，但上下两边能看到血滴溅射的印迹，中间一片地上却看不到。

顾震和万福也小心走过来，弯腰细看，万福道："看来死者被刺后，有人在他左边，挡住了喷出来的血滴。"

姚禾补充道："看这宽度，这个人不是站着，而是蹲着或跪着，才能挡住这么宽的血迹。"

顾震道："尸首头朝西北倒着，凶手应该是从右边位置刺死的他，该在尸首右边才对，为何要跨到左边？"

万福指着桌子左边的条凳说："看那把条凳，它是朝外斜开，左边这个人是从门这头起身，绕到尸首脚这边。"

顾震道："只有右边这把条凳翻倒了，而且是朝外翻倒，坐这边的人看来起身很急——"

万福道："最先被攻击的是他？"

顾震道："看来是左边这人站起来攻击右边这人，右边的人忙跳起身躲开——"

万福道："左边这人又去攻击刺死葛大夫？"

"恐怕不是……"姚禾忍不住道。

"哦？为何？"顾震扭头问他。

姚禾指了指桌上的茶瓶，他留意到茶瓶放在桌上的位置，并不是放在中央，而是靠近左侧："这茶瓶靠近左侧，斟茶的应该是他，而不是葛大夫本人。"

万福纳闷道："主人不斟茶，反倒是客人斟茶？"

"未必是客人——"顾震望着姚禾点了点头，眼中露出赞许。

万福恍然道："对！葛大夫有个儿子，叫葛鲜，是府学生，礼部省试考了头名，刚应完殿试，前两天被同知枢密院郑居中大人招了女婿，说等殿试发榜后就成亲呢。这么说，昨晚是葛家父子一起招待一个客人，这客人坐在右边这把凳子上，葛鲜起身去攻击那客人，不对呀！死的是他父亲——"

顾震道："也许是误伤。"

万福连声叹道："他去杀那客人，却被客人躲开，葛大夫当时恐怕也站起来了，正好在客人身后，那一刀刺到了葛大夫身上。葛鲜误伤了父亲，自然要跑过去查看父亲伤势，便跪到葛大夫的左边，所以才挡住了溅出来的血迹。"

正在这时，门外忽然传来一阵哭喊声："父亲！父亲！"

一个矮瘦的年轻男子奔了进来。

赵不弃告别了何涣，骑着马赶往开封府。

关于何涣杀阎奇，这件事恐怕毫无疑议，不过他想着堂兄赵不尤的疑问，又见何涣失魂的样儿，心想，还是去查问一下吧。虽然据何涣所言，赵不弃在应天府所见的是那个丁旦，但有人在跟踪丁旦，若是何涣这杀人之罪脱不掉，难保不牵连出来，这样何涣的前程便难保了。

他找到了开封府司法参军邓楷，司法参军是从八品官职，执掌议法断刑。邓楷是个矮胖子，生性喜笑诙谐，和赵不弃十分投契。他走出府门，一见赵不弃，笑呵呵走过来，伸出肥拳，在赵不弃肩膀上一捶，笑道："百趣这一向跑哪里偷乐去了？也不分咱一点？"

赵不弃也笑起来："这一阵子我在偷抢你的饭吃。"

"哦？难道学你家哥哥当讼师去了？"

"差不多。无意间碰到一桩怪事，一头钻进去出不来了。今天来，是要向你讨教一件正事。"

"哈哈，赵百趣也开始谈正事了，这可是汴京一大趣话。说，什么事？"

"你记不记得前一阵有个叫丁旦的杀人案？"

"杀的是术士阎奇？记得，早就定案了。"

"那个丁旦真的杀人了？"

"他是自家投案，供认不讳，验尸也完全相符。你问这个做什么？"

"没有任何疑点？"

"没有。你要查案找乐子，也该找个悬案来查。那个丁旦暴死在发配途中，这死案子有什么乐子？"

"我能不能看看当时的案簿？"

"案簿岂能随便查看？不过，念在你还欠我两顿酒的面上，我就偷取出来给你瞧瞧，你到街角那个茶坊里等我。"

邓楷回身又进了府门，赵不弃走到街角那个茶坊，进去要了盏茶，坐在角落，等了半晌，邓楷笑着进来了，从袖中取出一卷纸："快看，看完我得立即放回去。"

赵不弃忙打开纸卷，一页页翻看。果然，推问、判决记录都如何涣所言，过失误杀，毫无遗漏。他不甘心，又翻开阎奇的尸检记录，初检和复检都记得详细——阎奇因脑顶被砚角砸伤致死，身上别无他伤。

赵不弃只得死了心，将初检和复检的两张验状并排放到桌子上，心里暗叹：这个呆子，竟然用砚台尖角砸人脑顶，你若是用砚台平着砸下去，最多砸个肿包，根本伤不到性命。

"如何？找到什么没有？"邓楷笑着问。

赵不弃摇摇头，正要卷起两张验状，却一眼看到一处异样：关于阎奇脑顶伤口，初检上写的是"头顶伤一处，颅骨碎裂，裂痕深整"，而复检上却只有"头顶伤一处，颅骨碎裂"，少了"裂痕深整"四字。

他忙指着问道："这初检伤口为何会多出这四个字？"

邓楷伸过头看后笑道："初检验得细，写得也细一些。"

"'裂痕深整'四字，恐怕不只是写得细吧？"

"哦，我想起来了，这个初检的仵作姚禾是个年轻后生，才任职不久，事事都很小心。"

"'深'字好解释，可这'整'字怎么解？"

"恐怕是别字，不过这也无关大碍。"

赵不弃却隐隐觉得有些不对，便问道："这个仵作姚禾今天可在府里？"

"东门外鱼儿巷发生了件凶案，他去那里验尸去了。"

"他家住在哪里？"

"似乎是城外东南的白石街。怎么？你仍不死心？"

"我想去问问。"

"好。我先把这案簿放回去。你慢慢去查问，我等着瞧你如何把一桩死案翻活，哈哈……"

葛鲜正哭着要扑向父亲的尸体，却被顾震下令，将他拘押起来。

看着父亲躺在地上，胸口一摊血迹，他哭着用力挣扎，要冲开弓手阻拦，却被两个弓手死死扭住他的双臂，分毫前进不得。随后被拖出院门，押往城里。

沿途住户及行人纷纷望着他，有些人认得他，低声议论着："那是鱼儿巷葛大夫的儿子，礼部省试第一名，才考完殿试，说不准今年的状元就是他。前两天枢密院郑居中才把女儿许给了他。人们都说前程似锦，他这前程比锦绣还惹眼，他犯了什么事？这个关口犯事，真真太可惜啦……"

他听在耳中，又悲又羞，却只能低着头被押着踉跄前行，脚底似乎全是烂泥。以前，他始终觉着，生而为人，一生便是在这烂泥里跋涉。这一阵，他以为自己终于跳出了泥坑，飞上了青云，再也不会有人敢随意耻笑他，谁知道，此刻又跌到烂泥中，任人耻笑。

他父亲是个低等医家，只在街坊里看些杂症，勉强糊口。母亲又早亡，父亲独自带着他艰难度日。他才两三岁，父亲便反反复复告诉他：只有考取功名，你才能脱了这穷贱坏子。七八岁时，父亲带他去金明池看新科进士，那些进士骑着高马，身穿绿锦，头插鲜花，好不威风气派！从那一天，他便暗暗发誓，自己也要这般。

于是，不用父亲督促，他自己便用心用力读书。童子学的教授说，读通《三经新义》，功名富贵无敌。他听了之后，其他书一眼都不看，只抱着王安石的《三经新义》，一遍又一遍熟读默诵，读到每一个字在哪一页哪一行都能立刻记起。除此之外，他便只央告父亲买了王安石文集，没事时反反复复地读，读到自己几乎如王安石附体一般。

苦功没有白费，从童子学开始，他便始终出类拔萃，张口成诵，提笔成章。尽管同学都嘲笑他生得瘦小，在背后都叫他"猴子"，他却毫不在意。他知道迟早有一天，这只瘦猴子能踏上集贤殿。

直到进了府学，他遇见了劲敌——何涣。

何涣生于宰相之家，家学渊博，儒雅天成。最要紧的是，何涣从不把这些当作一回事，待人平易诚恳，吃穿用度和平民小户之子并没有分别。学业上，也和他一样勤力。从求学以来，葛鲜无论站在哪位同学身旁，都绝不会心虚气馁，但一见到何涣，立时觉得自己穷陋不堪。

他知道自己这一生无论如何尽力，为人为文都做不到何涣这般。

他恨何涣。

去年冬天，蔡京致仕，王黼升任宰相。

葛鲜听人议论，说王黼要大改蔡京之政，废除三舍法，重兴科举。葛鲜原本正在一心用功，预备考入太学，这样一来便免去了这一关，直接能参加省试、殿试。论起考试，他谁都不怕，只怕何涣。

那天何涣邀他出城闲逛，一直以来，他既厌恶何涣，又极想接近何涣。每次何涣邀约，他虽然犹豫，却都不曾拒绝。两人一路漫行，偶然走进烂柯寺，无意中发生了一件小事——在寺里，何涣看到阿慈，竟然神魂颠倒。

起初，葛鲜看何涣露出这般丑态，只是心生鄙夷，嘲笑了一番。但回家跟父亲讲起时，父亲问了句："你说的何涣，是不是和蓝婆家的接脚女婿丁旦长得很像的那个？"他听了十分好奇，阿慈他是认得的，家就在汴河边，父亲和她夫家是多年旧交。阿慈的丈夫弃家修道，又招赘了个接脚夫，但葛鲜因常年在府学里，从没见过。

为此，他特意去蓝婆家附近偷看，第一眼看到丁旦，让他吓了一跳，简直以为是换了件衣服的何涣。

他回去又向父亲打问丁旦，听到丁旦是个赌棍，丝毫不管家务，不惜妻子，葛鲜顿时心生一个念头：何涣家有钱，丁旦有美妻阿慈，设法让他们换过来。

他把这个主意说给父亲，父亲起初还连连摇头，但知道将来省试、殿试时，何涣会和葛鲜争夺名位，便不再犹豫。父子两个商议了几天，最了当的法子无疑是取了何涣性命，让丁旦去顶这个缺。不过毕竟人命关天，始终不敢下这狠手。最后终于定下计策，只要让何涣和丁旦互换两个月，让他无法去应考就成。

父亲又找来丁旦试探，丁旦正在为没有赌资而着慌，一说便上钩。

于是，葛鲜邀了何涣去赏雪吃酒，为避嫌，另外还招呼了几位同学。丁旦和他的朋友胡涉儿则躲在茅厕旁边，葛鲜的父亲已经教好他们，如何打伤面容和腿骨又不至于伤到性命……

赵不弃去见了几个朋友，喝酒玩笑了一场，下午才骑着马出了城，到白石街去寻那个仵作姚禾。

到了姚家，开门的是个素朴温和的年轻后生，彼此通问了姓名，才知道这后生正是仵作姚禾。姚禾听了来由，便请他进去，姚禾的父母都在家中，见他们要谈正事，便一起出去了。

赵不弃直接问道："姚仵作，我读了你给术士阎奇填写的初检验状，见上面记述他的伤口，写的是'头顶伤一处，颅骨碎裂，裂痕深整'，复检时，去掉了'裂痕深整'四字，这是为何？"

姚禾回想了一阵，才道："这事当时在下也曾有些疑虑，向司法参军邓大人禀报过，回来还讲给了家父听，家父也觉着似乎有些疑问，不过丁旦是投案自首，前后过程供认不讳，并没有什么可疑之处，便没有再深究。"

"哦？你说的疑虑究竟是什么？"

"据那丁旦自陈，他用砚台砸了阎奇头顶，不过只砸了一下，但从伤口边沿来看，颅骨碎裂处似乎要深一些。"

"请你再说详细一些？"

"请稍等。"

姚禾起身走进里间，不一会儿就走了出来，手里拿着一方砚台和一个葫芦。他来到桌边，右手握紧葫芦，圆底朝上，左手握住砚台，尖角朝下，用力向葫芦砸去，葫芦应手被砸出个破洞。

"请看这破口处——"姚禾放下砚台，指着葫芦上那个破口，"砚台尖角有三条棱，破口边沿裂得最深的是这三道，其他都是连带碎裂，破口很细碎。"

赵不弃见那三道裂痕旁边细碎处甚至落下一些碎屑，便问道："你在验状上写的'整'字，可是说裂痕边沿没有这些细碎，很齐整？"

姚禾点了点头，但随即道："不过颅骨不像葫芦这么脆，碎也不会碎到这个地步。"

"但仍该有些细碎骨屑？"

"是。除非——"

"除非下手极重，用力越重，碎处越少？"

"嗯。阎奇头顶伤口不但裂痕深，而且边沿齐整。我见过那个丁旦，不过是个文弱书生，按理说不会有这么大的气力。"

赵不弃心头一亮："或许有另一种办法能让这伤口既深又整？"

姚禾点点头，重新拿起那方砚台，将棱角按原先方位，对准葫芦的裂痕，上下连击了几次，而后将葫芦递给赵不弃。赵不弃再看那个破口处，果然齐整了一些，原先边沿的细碎处都被挤压平整。

他越发惊喜："这么说，丁旦只是砸伤了阎奇，并没有砸死？他曾慌忙离开那只船，有人乘机用这个法子，又在伤口处连击了几次？"

姚禾犹豫了片刻，才道："我当时的确这么想过。不过，丁旦亲口证明，当时船上只有他们两个人，另外，若要证实这一点，得重新检验，伤口裂痕虽然齐整，但若是反复击打过，骨头碎屑应该会被挤压粘在裂口边沿的血污中。但阎奇尸首早已火化——这怪我，当时若再仔细些，便能查得出来——"

赵不弃笑道："不怕，有疑点就好，我去找其他法子验证。"

第九章　暴毙、复活

到底须是是者为真，不是者为假，便是道，大小大分明。

——程颢

赵不弃骑马来到汴河边，黄昏细雨如丝，河上并没有几只船，柳雾蒙蒙、炊烟淡淡，四下一片寂静，似米芾的水墨烟雨图。他向来爱笑话文人骚客的酸情，这时竟也有些诗情意绪，自己不觉笑起来。

他记得鲁膀子夫妇的小篷船一向在虹桥东头等客，便驱马来到那里。果然，那只乌篷船泊在岸边那株老柳下。汴河两岸的柳树枝杈每年都要砍下来，填进岸泥中，用以紧固堤岸，因此被称为"断头柳"，这株老柳却因紧靠虹桥，并没有被砍，枝干粗壮，新绿蓬然。

一个妇人正蹲在船头的一只小泥炉边，用扇子扇着火口，忙着烧火煮饭。赵不弃见过这妇人，是鲁膀子的浑家阿葱。他来到岸边，下了马，一眼看到阿葱鬓边插着一支银钗，钗头上缀着几颗珍珠，少说也要值三四贯钱。随即又看到阿葱脖颈下粗布外衣内，露出鲜绿簇新的绣衫，衫领镶着银线锦边，看质料绣工，也至少值两贯钱。这一钗一衫被她的粗容粗服衬得十分刺眼。

赵不弃心想，证据就在这里了，他们夫妇俩靠这小篷船营生，每月最多恐怕也只能赚五六贯钱。那鲁膀子又是个酒糟的浑人，怎么肯拿出这么多钱给浑家添买钗衫？

"阿嫂。"赵不弃笑着唤道。

阿葱抬起头，看了一眼赵不弃，红紫的面膛扯出一丝笑："这位大官人可是要搭船？"

"我是来打问一件事。"

"哦？什么事？"

"上个月死在你家船上的那个术士阎奇。"

阿葱立刻收起笑："那事已经结案了，大官人要问什么？"

赵不弃见她眼中闪过一丝慌惧，心里暗喜，又问道："那天你丈夫在哪里？"

阿葱正要开口，船篷里忽然传出一个男子的粗声："你管这些做什么？"

随即，一个粗实的壮年汉子从船篷里钻了出来，似乎喝了些酒，满脸通红，正是鲁膀子，他上下打量了赵不弃一眼，看赵不弃衣着华贵，顿时泄下气，小心道："那案子官府早就结案了，凶犯也死了，不知这位大官人还问这个做什么？"

赵不弃笑着道："我只是好奇那天你在哪里？"

"我生了病，在家里躺着。"

"哦？可找了大夫？"

"没有，不是啥大病。蒙头睡了一天就好了。"

赵不弃听姚禾讲述了阎奇头顶的伤口后，断定何涣当时只是砸伤了阎奇，他惊慌上岸后，一定是有人偷偷拿起砚台，照着原先的伤口，又重击了几次，阎奇才因此丧命。

而阎奇在前一日就租定了鲁膀子的船，当天却只有阿葱一人划船，船驶到汴河下湾僻静没人处，阎奇让阿葱下了船。据何涣回忆，当时附近并没有其他人，那么凶手藏在哪里？

赵不弃记起以前和哥哥赵不尤租了鲁膀子的船，在汴河上消夏游玩，鲁膀子将厨具都收在船尾的甲板下面，还偷舀了他们带的一坛酒。凶手一定是藏在那里。那么谁是凶手？赵不弃先还只是怀疑鲁膀子，但见到阿葱的银钗和绣衫后，已经有了九分确认。

他想鲁膀子一定是受人重金指使，他杀了阎奇之后恐怕不敢再躲在船甲板下，何涣说那片河湾边岸上有个草丘，他该是急忙躲到草丘后，等何涣找回阿葱划船回去后，才绕道赶回家中继续装病。

于是，赵不弃诈道："那个术士被杀后，怎么有人看到你从汴河下湾鬼鬼祟祟往回跑呢？"

鲁膀子夫妻脸色一齐大变，赵不弃看到他们这惊惧神情，心里有了十成把握。

他笑着道："好。我的话问完了。你们赶紧煮饭吃吧，这往后恐怕难得吃到清静饭了。"

葛鲜被关进了开封府牢狱。

虽然家境寒微，但他从未到过这种阴暗潮湿之地。他呆坐在草席上，望着墙上小窗洞外的昏暗天色，心里憋闷，想哭却又哭不出来。

他和父亲让丁旦和何涣换了身份之后，父亲被蓝婆找去给何涣看病，正像他所预料的，何涣被阿慈迷住了，能下床行动后，却仍留在蓝婆家，并没有回自己家。这让他悬着的心终于放了下来。

那时，朝廷正式下了诏令——恢复科举法。

二月份就是礼部省试。葛鲜一面让父亲监看着何涣，自己也时常去探听丁旦。丁旦骤然有了偌大家产，当然绝不会轻易让开，就算何涣去告官，也得纠缠一阵子，只要拖过二月，就能让何涣缺试。

让葛鲜喜出望外的是，正月底，何涣竟然杀了一个术士，虽然没有被判死刑，却也发配到了沙门岛，而且发配途中，竟然暴病身亡。除了考进开封府学外，葛鲜从来没有这么畅快过。为此，他特意去了柳风院，和那院里的柳艾艾痛饮欢歌了一晚上。

可是，才过了几天，何涣竟然回到府学。

第一眼看到何涣，葛鲜以为是丁旦，但随即发现那不是丁旦，两人虽然面貌极似，但气质神情迥异。丁旦短短一个多月就赌尽了何家财产，随后不知去向，眼前这人虽然神色有些落寞，但举止从容，一身书卷雅贵之气自然流露于外，是何涣，绝不会错。

葛鲜以为自己见到了鬼，但看何涣与学正、学谕及舍友们攀谈，纯然是个活人。他不知道这究竟是怎么一回事，回去和父亲商讨了一晚上，也没弄明白。至于丁旦，再没见人影。

白白忙碌了一场，他越发厌恨何涣，却又无可奈何，只能潜心读书，准备省试。好在结果很好，他考中礼部头名，何涣屈居自己之下。他顿时名扬天下，喜事纷至沓来。京中许多名臣巨富都争着来说亲，其中竟有郑皇后之弟、同知枢密院郑居中。枢密院掌管天下军政要事，权位与宰相比肩，葛鲜当然立即应允。

虽然至今尚未见到郑家小姐，殿试也还未发榜，但生而为人，已登极境。这时他才哑然失笑，自己竟会和区区何涣计较。

正春风满怀，花情似锦，谁知道丁旦忽然找上门来……

何涣听了赵不弃的告诫，一直不敢出门，整天在家中读书习字。

今天上午，他正在临皇象《急就章》，听到外面敲门，不是叩门环，而是直接用掌拍，先是啪啪啪三声，接着又是三声，有些性急，又有些戏谑，他已经听熟，是赵不弃，忙掷笔迎了出去。

赵不弃进门头一句就说："阎奇不是你杀的。"

他不敢相信，顿时愣住，倒是赵不弃挽着他进了正屋，各自坐下，齐全忙去点了茶端上来。

"杀阎奇的，是那个船夫鲁膀子——"赵不弃把追查出来的结果告诉了他，最后说，"我刚已把这事告诉了开封府司法参军邓楷，他已经命人去缉拿鲁膀子了。"

何涣听完之后，怔了半天，这几个月来变故虽然多，但最令他悔恨不及的是杀了人。赵不弃竟能替他翻了这桩死案，让他顿得解脱。

他心中感念之极，不知该如何答谢，站起身走到赵不弃面前，拱手深深鞠躬，诚恳言道："不弃兄再造之恩，何涣终身难报。此后无论有何事驱遣，何涣必定犬马奔走！"

赵不弃站起身托起他，笑着道："我只是觉着有趣，才去做这些，你若这样，便没趣了。"

何涣不便再多说，只得回身坐下，心里却始终恩谢感慨不止。齐全夫妇躲在门边听到，也一齐望向赵不弃，眼中都闪着感恩的喜色。

赵不弃继续言道："这么一来，这事就不简单了。阎奇之死，是有人想陷害你。"

"哦？会是什么人？"

"夺走你未婚妻阿慈的人。"

"阿慈是被人夺走？"

"自然是。否则一个活人怎么会凭空就没了？"

"但她是变身作另一个女子……"

"天底下哪有这样的事？这不过是障眼戏法。那个丑女只是个替身，否则阿慈变作了她，她变成谁了？"

何涣也曾这么想过，但那天的事情经过自己全都看在眼里，不由得不信。

"你未婚妻的事暂且先放一放。有件事你还没有说——"

"我被发配后暴毙身亡的事？"

由于何涣是主动自首，开封府判官结案时，见他痛悔自陈，毫无隐瞒，又是被阎奇污语激怒，才过失杀人，便轻减一级，判他脊杖六十，刺配沙门岛。

生平第一次被人摁倒在地，众目睽睽之下被杖打，痛还在其次，羞辱最难忍受，他恨不得立时死去。之后，他又被文笔吏按着刺了字，一针针刺下，锥心一般，又是一场羞辱。

不幸之万幸，他是以丁旦之名受刑，没有辱及家门族姓，又因为是初犯，黥字并没有刺在面部，而是刺在了耳后，左右耳后的颈部各几个字，他不知道刺了什么字，但猜测应该是"杀人"和"刺配登州沙门岛"，从此，这罪耻将印记终生。

过了两天，两个公人押着他上了船，前往沙门岛。三人住一间客舱。当天傍晚吃过饭，他头有些昏沉，就睡了。等醒来时，竟躺在一间陌生屋子里，那两个公人不在旁边，床前坐着个陌生男子，五十来岁，瘦长脸，胡须稀疏，穿着青锦长衫，看样貌有几分儒气。

何涣忙爬起身，看屋内陈设布置，似乎是一户中等人家，窗外是个小庭院，院中站着两条壮汉，像是家丁。

他忙问那人："请问你是？"

"我姓归。"

"我为何会在这里？"

那人笑了笑，笑容有些古怪，像是在看一个孩童一样："你已经死了。"

何涣十分诧异，张着嘴，不知道该说什么。

那人从怀里取出一张纸，起身递了过来，何涣茫然接过来一看，是一张尸检状，死者姓名是丁旦，死因是心悸暴毙。开具尸检的是陈留县。

半晌，他才回过神，自己现在身份不是何涣，而是丁旦。看这尸检状盖着官印，是官府公文，并不假。

我死了？一瞬间他如同跌进一场梦里。

"你原本死了，尸首险些被火化，我家员外救了你，他有个起死秘方，熬制好给你服下，你又活了过来。他还让一个方士用药将你耳后的刺字消去了，不过这事不能让官府知道，否则你便是诈死逃罪，连我家员外都要受牵连。"

何涣这时才觉到耳后微有些刺痛，伸手一摸，两边都敷着药膏。一时间不知道该悲还是该喜，他忙问："请问你家员外是？"

"我家员外怕惹上麻烦，不愿现身，你就不要问了。不过，眼下他有件事要你去做，只要做成这件事，救命之恩就算报了。"

"什么事？"何涣警惕起来，看来那个员外不是无缘无故平白救人。

"到时候你自然会知道。不过，你放心，这件事一不违法，二不害人。另外，还有一些酬劳，这一百两是定金，事成之后还有一百两。够你换个名字，到别处去存身。"

那人打开小桌上一个包袱，里面是两锭五十两的银铤。

何涣心里暗想，自己流放沙门岛，听闻那里远隔陆地，恶劣之极，自己终身不能回来，其实和死已经没有分别，居然又在途中暴毙。他家员外救了自己一命，不管他出于何种目的，依理而言，也该尽力报答。只是不知道他要自己做什么事。但又一想，自己本是死囚，还怕什么事？何况这人说不违法，不害人。

于是他点了点头："若真的不伤天害理，我就答应。"

"这个你放心，我家员外是有德有望之人，岂会要你为非作歹？你先留在这里，那事要等到寒食节后。"

何涣忽觉有些凄凉，自己先变成丁旦，现在连丁旦也做不成了，此后就得隐姓埋名，逃犯一般偷偷求生。不知道该如何向祖母、母亲交代？

他又想到阿慈，不知道阿慈回去没有？阿慈若没有回去，蓝婆已老，万儿又小，这往后的生计不知该如何安排？

他望向桌上的两锭银铤，眼前这人不肯透露详情，他要我做的事情恐怕很凶险，说不准会送命。他见那人起身要走，忙道："我能否先去办一件事？"

"什么事？"

"我想回家看一眼。"

"你是已死的罪囚，不能让人看到。"

"这里是陈留吧，离京城并不远，天黑之后我偷偷回去，应该不会有人看见。只要让我回去一趟，之后你们要我做什么都成。"

"这事我得去问问我家员外。"

那人起身出门，何涣心里恍惚难宁，见那两个家丁时刻守在外面，自然是在看守自己。

那天晚上，葛鲜正准备上床睡觉，却听到低低的敲门声，是父亲开的门，他出去看时，却见丁旦不顾父亲阻止，已经走了进来。

丁旦看起来比往常更加惫懒，抖着肩膀，目光四处游闪，饥馋无比，一看到葛鲜，便油笑着道："恭喜葛大公子，如今已是天子的甥婿，过两天又要做状元，这荣耀富贵，全天下谁敢比？"

葛鲜一眼便看出他是来讹诈，心里暗暗害怕，却也只能强装镇静，赔着笑问候道："丁兄这一向都没见，不知到哪里去了？"

丁旦抽了抽鼻子："遭罪去了。若不是你们父子，我仍在张家做我的接脚夫，如今家也没了，钱也没了，你说怎么办是好？"

葛鲜忙请丁旦坐下："丁兄若有难处，在下只要能办到的，一定尽力相助。"

丁旦颠着腿道："那是当然，眼下呢，第一难处是没钱。"

"这个好说，这个好说。"

葛鲜望了一眼父亲，父亲也赔着笑，说着"我去取"，随即走进里屋，很快取出一锭五十两的银铤，放到丁旦面前的桌上，"这是我这十几年积攒的一点钱，原是要给鲜儿置办婚礼用的，丁兄弟既然有难处，就拿去救急吧。"

丁旦瞟了一眼银铤，哼了一声："十几年就攒了这点？"

"丁兄弟是知道我的，只替人看点杂病，能挣几个钱？"

"你儿子可不一样喽，已经是皇城里的金凤凰喽！"

"他也才刚刚起个头，一文钱的进项都还没有。丁兄弟先坐，我去倒茶。"

"如今你们已经不是布衣人家，是皇家贵戚了，怎么还要亲自倒茶？"丁旦斜着眼，抖着腿，眼睛不停转动，到处觑探。

葛鲜不好答言，只能勉强赔着笑，心里暗暗叫苦。如今自己身份已经不同，丁旦正是因此才登门，看他言语神情，绝不会餍足于这点小钱。赌瘾深似海，他和何涣换身之后，胃口更被养大。自己短处被他揪住，他恐怕是想咬住不放，要长久讹诈……

葛鲜越想越怕，杀心也随之升了起来。但他自幼读书，连虫子都没杀死过几只，何况是人？

心里正在翻腾，父亲端着茶盘出来了，葛鲜忙起身接过，见父亲偷偷朝自己使了个眼色，他立即会意——茶里下了毒。

他的手顿时抖起来，他忙尽力调顺呼吸，装作没事，抱起茶瓶先给丁旦斟了一盏，为防丁旦起疑，随即给父亲和自己也各斟了一盏。而后才回身坐下，尽力扯出些笑，望着丁旦。

然而，等了良久，丁旦却始终不碰那茶盏。他又不敢催，见父亲也神色紧张，便端起自己的茶盏，假意抿了一口。丁旦终于将手伸到茶盏边，却并不端起，只是用手指敲着盏沿，似笑非笑地说："怎么还拿这粗茶来招待人？这旧瓷茶碗该丢了。"

这不成——葛鲜心里暗想。他望了父亲一眼，父亲比他更失了方寸，脸发僵，眼神发虚，万一被丁旦识破就更糟了。急切之下，他胆量顿长，笑着问父亲："爹，前日郑大人不是送了我们一些好茶？"

父亲勉强应了一声。

他站起身说："我去找来给丁兄重新点一盏。"

他走进厨房，找到家里一把尖刀，藏在袖子里，稍鼓了鼓气，才装出笑容，走了出去，丁旦似笑非笑地望着他，他走到桌边问道："爹，你把那好茶放哪里了？"

嘴里说着，右手迅速抽出那把刀，猛地向丁旦刺过去，丁旦惊得身子忙往后一仰，连人带凳一起翻倒在地上，没刺中。葛鲜已经横下心，两步赶过去，举起刀又要刺，却听见父亲叫道："不要！"

他顿了一下，猛然想起，若是杀了丁旦，自己就成了凶犯，那就前程尽毁。他扭头看了父亲一眼，父亲已经站起身，满脸惊怕地望着他。而丁旦则仍倒在地上，也惊慌之极，身子不住往后缩。

他握着刀，手不住抖着，不知道该如何是好……

何涣一直在那个房间里焦急地等着。

到了傍晚，那个姓归的人才回来，他进门道："我家员外允许你回家去看一眼，不过得有人跟着。"

"有劳归先生了。还有一事——我能否带走这两锭银铤？"

"这是员外预支的酬劳，已是你的了，自然随你使用。我已吩咐他们煮饭，吃过饭，等天黑就送你回家。"

不一会儿，一个妇人端进来一盘饭菜，姓归的说了声"丁兄弟请用饭"，和那妇人一起出去了。何涣有些饿了，便不再多想，端起碗筷，填饱了肚子。

天黑下来后，姓归的便命那两个家丁带着何涣从后门出去，外面一小片林子，穿过去竟是一条大河，自然是汴河，岸边泊着一只小客船，艄板上坐着几个船工。

两个家丁引着何涣上了船，一起坐在舱内，吩咐船工开船。船行了不久，何涣发现这里竟是汴梁近郊，没多久就望见了虹桥两岸的灯火。那两个家丁竟知道蓝婆家位置，没用何涣提醒，就已吩咐船工将船停到那七棵大柳树的岸边。

两个家丁和何涣一起下了船，来到蓝婆家厨房后门，门关着，何涣上去敲门，家丁中的一个低声道："说完话就出来，请莫耽搁久了。"

随即，两个家丁分开了，一个站到岸边柳树下，另一个走向前边，何涣猜他是防备自己逃走，守前门去了。

后门开了，蓝婆举着一盏油灯探出头来，看到何涣，猛地一颤，睁大了眼睛："你……不是说你已经……"

"老娘，我没死。阿慈回来了吗？"

"没呢！她恐怕是回不来了。你这是？"

"外面说话不方便，进去再说。"

蓝婆却仍站在门边，嘴翕动了两下，似乎想说什么，却欲言又止。

虽然天已经黑了，何涣却怕被人看见，便推开门先走了进去，随后闩上了门，这才笑着道："我确实险些死了，幸而被一位员外救活了。"

蓝婆端着油灯，站在门边，神色似乎不对。

"老娘，有什么事吗？"

蓝婆话还没说出口，万儿忽然从里间跑了过来，望着何涣道："你才是爹，对不对？"

何涣听他说得奇怪，但没在意，伸手摸了摸万儿的头，笑着道："当然是我啊。"

万儿已经跟他很亲，拽住他的衣襟，靠在他的腿上。何涣心里一阵暖，虽然相处日短，他们已如亲人一般。他怕外面家丁等得不耐烦，将手里那个小包袱递给蓝婆："老娘，这一百两银子你收起来，和万儿两个慢慢用。"

"你哪里来的这些银两？"

"那位救了我的员外要我帮他做件事，这一百两银子是定金，事成之后还有酬劳。"

他刚说完，就听见身后传来一个声音："什么好事，定金都能付一百两？"

扭头一看，一个年轻男子从里间暗影中走了出来，走到灯影之内，何涣才看清男子的面容，刹那间，何涣顿时惊呆——

那男子和他长得极像，简直像照镜子一般。

第十章 自鸠

> 凡圜转之物，动必有机；既谓之机，则动非自外也。
>
> ——张载

"丁旦为了贪财，和你换回了身份？"赵不弃笑着问道。

何涣点了点头。虽然并不是自己有意为之，但回想起来，心里始终有些愧疚。

猛地看到丁旦，他惊了一跳。虽然他知道自己和丁旦生得很像，又互换身份两个多月，但真的面对面看到，仍觉得难以置信，更有些惧怕。

丁旦却浑不在乎，望着蓝婆手中那个包裹银锭的布块，露出饥馋之色，随即又反复扫视着何涣，像是癞猫盯着鲜鱼一般。

"你居然没死？还能得这些银子？果然是宰相之孙哪，和咱们这些草头小民是不一样……"

何涣见他这副赖皮相，顿时厌恶起来，不愿理他，扭头对蓝婆道："老娘，我答应了别人，得去办件事，办完之后再回来看你和万儿。"

蓝婆点了点头，脸上又忧又怕，万儿则紧拽着何涣衣襟，小声道："爹，你又要走了？"

何涣摸了摸他的头，温声道："万儿要听祖母的话，好好吃饭，青菜也要吃。你若乖乖吃青菜，爹回来给你买好玩好吃的物事。"

"呦？已经亲到这地步了？不赖嘛。"丁旦忽然赖声赖气地冷嘲道。

何涣装作没有听见："老娘，我这就走了，你和万儿多多保重。"

他转身刚要走，丁旦忽然道："且慢，我有桩好事跟你商量。"

何涣没有理，继续向门边走去。

"咱们两个再换回来，如何？"

听到这句，何涣不由得停住脚。

"你仍做你的宰相府大公子，我仍做我的破落小民。"

何涣心里一动，之前他还在想如何要回自己身份，但自从杀了术士阎奇，成了囚犯，便死了心，绝了念，再不敢想这事，没想到丁旦竟说出这话。他不由得回头望向丁旦。

丁旦也盯着他，脸上似笑非笑："如何？"

何涣问道："你真的想？"

"还是做自家好，不必藏头藏尾。不过你先得告诉我实情。你杀了人，被发配沙门岛，明明在途中暴毙了，怎么又活过来了？"

何涣把实情说了一遍。

丁旦将信将疑："真是这样？"

"我何必骗你？"

丁旦低头琢磨了一阵，又望向蓝婆抱着的银铤布包："打开那包袱，我看看是不是真银子？"

何涣走过去揭开了布，灯光之下，两块银铤银光闪耀。

丁旦不放心，也凑过来，抓起其中一铤，仔细掂量辨认后，又咬了咬。

"那好，把你衣服脱下来给我。还有，这银子得分我一铤。"

赵不弃骑在马上边想边笑，自己竟撞到如此趣事。何涣变丁旦，丁旦变何涣，一个败尽偌大家业，一个捡到美貌娇妻。娇妻忽又变作别家的丑女，接着又杀人流配，暴死途中，却碰到个不肯露面的员外，死而复生。接着，丁旦为贪财，何涣想避祸，两人又换回身份。

如今，何涣至少能中个进士，重振家门，丁旦则被人追踪，四处逃奔。

看来那员外交代的差事不是什么好差事，何涣暴死恐怕也是他设计安排。那个员外是何许人？只有找到丁旦，才可能找出那个员外。不过这又是另一摊子事，先把何涣这头的事情了结了再说。

何涣既然没有杀术士阎奇，就没有什么可怕的了。看他心心念念记挂着那位娇妻阿慈，就试着帮他找找看。这件事恐怕更有趣。

他正低头想着，忽听到前面有人叫自己，抬头一看，是司法参军邓楷，也骑着马，刚从东水门进来，身后跟着几个随从。

赵不弃驱马上前，叉手一拜，笑着问道："老邓，那个鲁膀子逮到没有？"

邓楷也笑道："正要找人去给你说这事，那鲁膀子果然有鬼。"

"哈哈，他招了？"

"逃了。"

"嗯？没逮到？"

"都是你提前透了风，他心里有鬼，还有不逃的？"

"哈哈，我不吃你开封府的饭，替你找出真凶，雪了冤案，已经是大功德了。至于捉不捉得到凶手，那是你们自家的差事。"

"我看你是有意透风，让他逃走，又逗我们跑腿。不过还是要多谢你。我今日还有许多事要办，改日再喝酒。"

赵不弃笑着道别，驱马出了城。

来到烂柯寺，他下了马，将马拴在寺门边的木柱上。一回头，见寺里那个爱吟诗弄句的小和尚弈心走了出来。

赵不弃很喜爱这个小和尚，一向不叫他的僧名，只戏称他为唐朝诗僧拾得："小拾得，最近有什么好诗没有，吟两首来听听？"

弈心双手合十，低眉道："诗心爱秋霜，春风随花无。"

赵不弃笑着随口对了句："和尚敲木鱼，秃头对月明。"

弈心听了，也笑起来。白净的脸配着雪白的牙，笑容异常淳朴悦目。

赵不弃这才道："小拾得，我今天来是要问一件事。就是正月十五，美人变丑女那件怪事。那天你在寺里吗？"

弈心收住笑："清早奉师命，进城捎书忙。"

"进城送信去了？那天寺里只有你师父一人？"

弈心点了点头。

"今天你师父可在？我进去瞧瞧。"

"松绿禅房静，窗明师心空。"

"你师父在坐禅？"赵不弃抬腿进了寺门，弈心跟在后面。

寺里面十分清寂，四下里也清扫得极为整洁，不见片叶棵草。庭中央佛堂前那株老梅树新叶鲜绿，迎空舒展，相比于花开时，另有一番蓬勃生机。

赵不弃照何涣所言，先走到右廊，墙上那些壁画他以前也曾看过。他站在那里面朝壁画，左眼余光正好扫到梅树和佛堂。当时阿慈和冷绡站在梅树下，自然也能看到。他又走到左廊，和右边一样，看壁画时，眼睛余光也能看到梅树和佛堂。

何涣和朱阁在这边欣赏壁画时，阿慈和冷绹绕着梅树追逐嬉闹，虽然当时梅树开满了花，但花枝间仍有间隙，就算人在梅树那边，也照样看得见。阿慈独自走进佛堂，据何涣讲，她并没有往左右两边走，而是直接在佛像前跪拜。这边廊基高出地面一尺，因此从这里望去，就算阿慈跪在蒲团上，也照样看得清清楚楚。

唯一遮挡了视线的是梅树后面那个香炉。

当时冷绹的裙子被香炉角钩住，阿慈过去蹲下身子帮她理开，只有这一小会儿，何涣他们在这边看不到阿慈。

难道那香炉有古怪？

赵不弃走下左廊，来到梅树后面的香炉跟前。那香炉原是一只大铁箱，大约有五尺长，三尺宽，四尺高，底下是四只五寸高的铁脚。顶上的箱盖被卸掉了，常年日晒雨淋，箱子外壁厚厚一层铁锈。箱子里积满了香灰，离顶沿只有五寸左右。香灰里满是细竹香杆残烬，中央插着三炷香，已经燃了一半，因没有风，香烟袅袅直上。

赵不弃从梅树上折了一根细长枝条，插进香灰之中。香灰积压得太久，有些紧实，他双手用力，才将梅枝插了下去，一直插到底，近四尺深，看来是装满的。

这铁香炉应该没有什么疑问，再说阿慈是进了佛堂之后才变的身。

赵不弃又走进佛堂，佛堂很小，只有门两边各一扇花格窗，光线有些昏暗。迈过门槛进去后，走两步地上便是三个蒲团，阿慈当时跪在中间这个蒲团上。蒲团前方是一张香案，底下空着，藏了人一眼就能看到。香案后则是一尊佛像。

赵不弃望向两边，左右贴墙各有一张长木台子，上面各供着一排一尺多高的罗汉，木台下面都空着。

赵不弃又绕到佛像左侧，不像其他大些的寺庙，这间佛堂并没有后门，佛像紧贴着后墙。

要换身，那个丑女必定要预先藏在这里，不过，她只要走到中间蒲团位置，何涣在外面就能看见。就算何涣没有发现，阿慈若猛地见一个人从暗处走过来，也会吃惊，甚至惊叫。但据何涣说，阿慈进门后并没有任何异常，只是跪在蒲团上，而且刚跪下才拜了一拜就昏倒了。何涣看到后，立即奔了过来，双眼一直望着阿慈，并没有见到其他人影。

最要紧的是：阿慈去了哪里？

何涣和朱阁夫妻，还有乌鹭住持发现阿慈变身后，立即搜了佛堂，并没有找到阿慈，何况这小小佛堂也没有地方能藏人。

赵不弃低头盯着那只蒲团，难道在底下？他忙弯腰挪开蒲团，下面是大青石方砖，接缝严密，看不到撬开移动的迹象，不可能有地窖。他又查看了其他两个蒲团和香案下面，都一样，不会有秘道。就算有秘道，也难在何涣眼底换人。

这桩怪事果然有趣，非常之有趣。

赵不弃不由得又笑起来。

最近京城凶案频发，案牍堆积，葛鲜的案子轮号待审，至少要等几天。

但他的岳丈郑居中听到消息，当天就使人催问，开封府推官第二天一早便提前审问。审问时，对葛鲜也十分客气。葛鲜只讲了一条：事发那天中午他去了柳风院，当晚并没有回家。柳风院的柳妈妈等三人是见证。

推官便遣了个小吏去柳风院查问，小吏回来禀告属实，推官便释放了葛鲜。

葛鲜回到鱼儿巷，邻居见到，都来问讯，葛鲜勉强应付着，走到自家门前，门虚掩着，他犹豫了片刻，才推门进去，一眼就看到父亲的尸体，摆放在堂屋地上，下面铺了张席子，上面蒙着块布单。

他站在院子里，不敢进去，呆立了半晌，似乎听到父亲慈声唤自己的名字，眼泪顿时涌了出来，哽咽了一阵，才忽然哭出声，腿一软，跪倒在地上。

他一边哭，一边跪爬到父亲尸体旁，手触到父亲尸身，已经僵冷，心里越发痛楚，放声号啕起来，哭得连肝脏都快扯出。

母亲死得早，父亲一人辛苦将他抚养成人，从没跟他说过一句重话，事事都以他为先。唯一不足是家境贫寒，让他时常有些自惭。但想着只要勤力读书，总会赢得富贵，改换门庭。而今终于一步登天，父亲却……

和枢密院郑居中的小女定亲后，父亲却让他重重尝到穷贱之耻。

那夜，他本想杀掉丁旦，却被丁旦躲开。他从没动过武，就算继续追杀，也未必杀得掉丁旦。而且，就算杀了丁旦，他自己也难逃罪责。

他慌望向父亲，父亲也惊慌无比，他心中忽然闪出前日在岳父郑居中家的遭遇——

那天郑居中邀他们父子去府上赴宴。父亲特地选了件最好的衣裳穿戴齐整，可到了郑府，一看门吏都衣着鲜明，顿时衬得他们父子如同乞丐一般。父亲从没进过这等贵邸，抬腿要进门，险些被高门槛绊倒。进了门，晕头晕脑，连脚都不会使唤了。等见了郑居中，舌头打结，说出些不着三四的浑话。他在一边，羞得恨不得死掉。等茶端上来，那茶盏乌黑幽亮，盏壁上一丝丝细白毫纹，他知道那是兔毫盏，他家全部家产也抵不上这只茶盏。然而父亲才喝了一口，猛地呛了一下，手一颤，那只茶盏跌到地上，顿时摔碎了。郑居中虽然并没介意，立即命人又上了一盏，他却羞恨无比，恨不得杀了父亲……

他看了一眼惊慌缩到墙边的丁旦，丁旦眼珠不住乱转，正在急想对策，再不能耽搁！他又望了父亲一眼，父亲伸出那双枯瘦老手，似是要来阻拦，那张面孔苍老而卑懦，一刹那，他的心底忽然闪出一个急念。

杀掉父亲，嫁祸给丁旦！

他悲唤一声："爹，恕孩儿不孝——"

说着，他心一横，一刀刺向父亲……

父亲本已年老，又全无防备，那刀深刺进了胸口。他握着刀柄，见父亲瞪着自己，满眼惊异，他顿时呆住。见父亲仰面倒下，他才惊慌起来，扑通跪倒在父亲身侧，又慌又怕，却哭不出来，只有连声叫着："爹！爹！"

父亲大口喘息着，目光虽然仍有些惊异，但很快似乎就明白过来，望着他，竟没有怨责，反倒涌出慈爱赞许之意。

他越发内疚，哽咽起来："爹，我……"

半晌，父亲拼力说道："鲜儿……好……好好珍惜前……"

父亲也许要说"前程"，"程"字还没出口，就咳了起来，咳出几大口血来，血喷了葛鲜一身。父亲又喘息了一阵，随后双眼一翻，面部僵住，再不动了，只有嘴还一直张着。

他轻轻摇了摇父亲，低声唤道："爹……爹！"

父亲纹丝不动，他这才意识到父亲死了，一时间不知道该如何是好，慌乱、悔疚、惧怕、悲痛一起涌来，全身却像化了石一般，顿时僵住。

这时，跌倒在墙边的丁旦发出些窸窣声，葛鲜听到，茫然扭头，见丁旦满眼惊惧，身子往后缩着，缩到墙根想爬起来，但看到葛鲜的目光，他顿时停住，不敢再动。

葛鲜也才想起自己的初衷，他又低头看了看父亲，伸手将插在父亲胸口的那把刀拔了出来，而后站起身，扭头又看了一眼丁旦，丁旦立时打了个哆嗦，慌忙把身子拼命往后挤。葛鲜并不理他，抓起桌上那锭银铤，转身回到自己房中，脱下溅了血的衣服，换了件干净的，将那把刀卷进血衣中。

随后，他急步走到后院，轻轻开了后门，先听了听，外面毫无动静，这才悄悄出去，带好门，穿过后巷来到汴河北街。夜已经很深，家家户户都闭着门，只有一些酒坊还开着，并没有谁看到他。

快到虹桥时，他捡了块石头包在血衣里，上桥后，将血衣和刀丢进河里，而后快步进了城，来到柳风院。柳风院是个小妓馆，只有三间房一个小院。老娘柳妈妈和一个小丫头护侍着柳艾艾。葛鲜只因她家价低，所以才偶尔来坐坐。自从中了礼部省试头名后，开始顾惜身份，便不再来了，尤其是被枢密院郑居中相中女婿后，就更不肯踏足这种地方。

那柳妈妈开门见是葛鲜，惊喜之余，又有些为难，低声道："葛公子？许久不见啦，今晚怎么得工夫想起我家艾艾了？不过啊，真真不巧，今晚已经有位恩客，唉，早知道葛公子——"

葛鲜忙打断她："我只是来借住一宿，不见艾艾也成。另外，有件事要拜托妈妈。"

"那快请进！"柳妈妈把葛鲜让到侧房，忙着要去张罗酒菜。

葛鲜忙止住她，从怀里取出那锭银铤："我遭无赖陷害，平白惹上些冤枉，恐怕会上公堂。求妈妈替我做个见证，就说我从今天中午就来了这里。"

那天葛鲜一直在家，岳丈郑居中说要看看他的诗文，他便在书房里点检整理，整天没有出门，邻居也没有见到过他。

柳妈妈眼睛转了几圈，问道："只要这句话？"

"嗯。不过艾艾和丫头也得说好，不要错乱了。"

"那好。只要葛公子往后不要把我们娘儿俩随意丢在脑后就成。"

"妈妈放心，我葛鲜不是负义忘恩之人。"

当晚他就想好，先脱罪，暂不提丁旦，过几天等机会合适，再设法将罪责引到丁旦身上，彻底断绝后患。从此安然踏上青云路……

然而，此刻望着地上父亲的尸体，他心底生出无限痛悔，如同一只铁爪要将他的心揪扯出来。

他不知道哭了多久，眼泪已经哭干，嗓子也已哭哑，膝盖一阵阵酸痛。他扶着门框站起身，慢慢挪到椅子边费力坐下。喉咙干渴，他茫然伸手，抓起桌上的茶盏，盏里还有冷茶，他便一口喝尽。

放下杯子，垂头呆坐了片刻，忽觉喉咙干涩，身子发麻，气促心燥，他抬头望了一眼桌上的空杯，猛然想起：茶水有毒！

父亲那晚想要毒死丁旦，丁旦却没有喝这茶。他刺死父亲，从后门出去，丁旦恐怕随后也逃走了。第二天官府来查案，并没有将桌上的毒茶倒掉，这三杯毒茶一直摆在这里……

毒性发作，一阵痉挛，葛鲜一头栽倒在地上，浑身抽搐，扭作一团，呼吸渐渐窒塞，他扭头望向父亲的尸体，使尽最后气力，嘶叫了一声："爹……"

赵不弃在烂柯寺追查阿慈变身的踪迹，但时隔已经快两个月，院子、佛堂都没有找出什么可疑之处。

他又绕到侧边去看，右边是一间厨房、一间杂物间和一间茅厕，并没有什么。左边一排有四间房子，乌鹭师徒各住一间，另有两间是客房。赵不弃透过窗缝一间间望过去，其中一间客房里，有个老僧正在床上闭目坐禅，没见过，可能是游方寄住的和尚。乌鹭则在自己房中坐禅，另两间则空着。至于后院，是一小片松柏林，三张石桌，清扫得干干净净，清幽无人。

赵不弃见找不出什么，就转身回到前院，小和尚弈心一直跟着他，见他要走，便合十问道："袖风飒然至，问君何所得？"

"逐云飘兮去，片尘不沾身。"赵不弃随口答了句，笑着离开了。

他先骑了马沿汴河北街走到蓝婆家附近，见那个换了便服的道士张太羽正在门前蹲下身子给儿子穿鞋，小儿乖乖站着，蓝婆则端着个木盆出来倒水。看那情形，一家三代似乎十分和乐。赵不弃又望向斜对面，前几天那个武夫模样的大鼻头竟然仍蹲在大树根，不时往蓝婆家偷觑。

他竟还没有追到丁旦？

看那模样，十分疲顿，也怪可怜的，赵不弃笑着摇摇头，心想：阿慈变身那天，还有朱阁、冷缃夫妇同行，他们也许会记得些什么。但这对夫妇他并不认识，何涣也不知道他们家住哪里。蓝婆应该知道，不过又不好再去惊扰她。

他一扭头看到旁边汪家茶食店，便驱马过去，见店里小伙计正好走出来，便下马问道："小哥，向你打问件事。常去对面蓝婆家的朱阁夫妇，你可知道？"

"怎么不知道？朱阁家也在这东郊，他爹是打鱼的。"

"他家在哪里？"

"他家原先在大河湾那边，不过是个穷寒小户。朱阁才考上府学，又撞上好运，投奔到小小蔡家做了门客，得赏了城里一院宅子，听说是在第二甜水巷。"

"小小蔡？可是蔡太师的长孙蔡行？"

"可不是？"

"多谢！"

赵不弃上马向城里行去，到了第二甜水巷，一打问，朱阁果然住在这里，街北头那个朱漆门楼的宅子就是。

赵不弃行到那门前，下了马抬手叩门，一个男仆开了门。赵不弃想，蔡行如今是殿中监，查视执政，天子面前宠信直逼其祖蔡京、其父蔡攸，朱阁能沾靠到他，自然是眼别高低之人，不会随便见人。便取出随身携带的名牒，递给那男仆："太宗第六世孙、武略郎赵不弃有要事和朱阁先生面谈。"

男仆接过名牒进去不久，一个华服男子迎了出来，五官俊美，但目光有些虚滑，先上下扫视了赵不弃一番，走到近前才含笑叉手道："赵兄光临鄙庐，不胜荣幸。"

赵不弃笑着还礼："冒昧叨扰，还请朱兄见谅。"

朱阁将赵不弃请至正堂，命人奉茶，赵不弃坐下后四下打量，见这宅院虽不宽阔，却陈设精致，处处露富。

朱阁笑着问道："不知赵兄所言要事是何事？"

赵不弃答道："丁旦之妻，阿慈。"

"哦？"朱阁面色微变，有些诧异。

"朱兄相信那变身妖妄之事？"

"在下原也不信，但那天亲眼目睹，不得不信。"

"我却无论如何都不信——"赵不弃笑道，"这事本来与我无关，但我曾听一位高僧说，除一妄，便是积一善。所以想查清楚这件事，积一点小善。"

朱阁微微一笑："赵兄胸怀可敬，不过那天阿慈走进佛堂时，连住持乌鹭禅师在内，我们几个人亲眼看见她跪下后没多久，就倒在地上，等过去时，她已经变成了另一个人。"

"前前后后你们一直看着？"

"本来我和乌鹭禅师、丁旦在观赏廊边壁画，贱内和阿慈在梅树边嬉闹，直到阿慈进了佛堂倒下，才一齐回头去看她们。"

"这么说，这是真事？"

朱阁叹了口气："虽说亲眼目睹，其实眼下回想起来，仍觉得像是一场怪梦。"

"你和丁旦相识有多久了？"

"有七八年了，他，还有阿慈的前夫志归，我们三人是县学同学，情谊最深。可如今志归出了家，丁旦又暴死于流配途中，唉……"

赵不弃看朱阁神情，虽然感慨之情不假，却也不深。不由得笑了笑，问道："依朱兄的意思，阿慈变身一事无须再查？"

"那件事发生后，我也放不下，怀疑是妖人作法，但查了十来天，却毫无结果。"

"阿慈变身的那个丑女你也查问过了？"

"嗯。她也并非什么妖怪，只是平常人家的女儿，自己也不清楚为何会忽然倒在烂柯寺里。"

"这么说来，我也该放手了。"赵不弃假意道。

朱阁望着他，目光平静无波。

第十一章　变身

静虚则明，明则通；动直则公，公则溥。

——周敦颐

赵不弃骑马来到酸枣门外，向街口卖水饮的老妇打问到姓费的竹木匠人的家。

两间矮房，门口堆着些竹匾木凳之类的家常器具，一个老汉正在锯一截木头，一个老妇坐在矮凳上编竹筐。

赵不弃下马问道："老汉，你姓费？"

费老汉打量了一眼赵不弃，忙放下锯子，弯着腰点头应了声："是。"

那老妇人也停住手望过来。

赵不弃笑着道："我是来打问一件事，关于你女儿香娥，她可在家？"

费老汉一愣，张开缺了一颗门牙的嘴道："她在婆家。"

"哦？她已经嫁人了？"

"是啊，嫁出去一个多月了。"

"那我就跟你打问一下，正月十五你女儿变身那件事。"

老两口神色微变，一起望着赵不弃。

赵不弃问道："那天她果真在家里？"

费老汉忙点着头道："是啊，是啊，那天她在后院编竹篓。"

"而后就忽然不见了？"

"是啊，是啊。"

"真的？"赵不弃盯着费老汉的双眼。

"是啊！"

费老汉眼里闪过一丝慌张，虽然极隐微，却没能逃过赵不弃的眼。

他又问："你女儿嫁到哪里了？"

"洛阳一个船工。"

"嫁得这么远？"

"是啊，是啊。"

赵不弃原打算直接问他女儿，人却已经在洛阳，便跟费老汉道声谢，骑马回转。走到街口，看到方才问路的那个老妇，那老妇人十分活络，又爱说话，他便来到水饮摊边，下了马，坐到小凳上："阿婆，来碗梅汤。"

老妇忙舀了碗梅汤，笑着递过来："我这摊子虽寒酸，煎的汤水这北城外没有谁家敢来比，大官人尝尝。对了，大官人可找见那老费了？"

"果然好梅汤——哦，找见了。"

"大官人找他是要买木器？"

"嗯——对了，他家女儿嫁到洛阳去了？"

"嫁了个跛子。"

"跛子？"

"也不算什么，只是左脚有些跛，能走能跳。他家女儿脸生得那样，能嫁这样的人已算不错了。不过呢，说起来那跛子也算有福，香娥脸面虽生得不怎么好，但那副腰身还是顶好的。夫妻两个吹了灯，谁还看得见眉眼？腰身好才是头一件。何况，费家的陪嫁在那条巷子里也算上等了。出嫁那天光衣裳就装了两大箱笼，那副珠翠顶戴少说也得值几百贯。要不是这陪嫁，他家女儿只有老在家里了……"

赵不弃又骑着马去找何涣。

一进门，他就问道："阿慈那天变身的事情，你得再给我细细讲一遍，越细越好。先从出门前说起。"

何涣请赵不弃进屋坐下，齐全端了茶上来。坐定后，何涣才又重新讲起那天的经过。

阿慈每年正月十五都要去庙里烧香还愿，她虽未明言，何涣却觉察出，阿慈这回去许的愿应该和他有关，便说自己也要去。阿慈只微微笑着点了点头。她换了身素净衣裳，又给万儿穿好正月新买的衣服。

才穿好，朱阁和冷绡夫妇就来了。他们两人正月初五就曾来过，那天商议好了十五一起去大相国寺。冷绡见阿慈穿的是平日衣服，说大年节的，穿这么素做什么，硬拉着阿慈去内屋，帮她换了身鲜亮的衣裳。

赵不弃听到这里，打断问道："阿慈衣裳多吗？"

何涣摇了摇头："我听老娘说，张志归出家后，阿慈将自己稍有些颜色的衣裳全都典卖了，只剩了几件素色的，几年都没再添买过新的。后来招赘了丁旦，老娘才强给她添了件新褙子，那天换的就是这件，我记得是藕荷色素缎面，镶了浅桃色的锦边。"

"好，你继续讲。"

何涣又讲起来——他抱着万儿，五个人告别了蓝婆，一起出门，并没有租车马，慢慢逛着进城。自从和丁旦换了身份后，何涣这是第一次白天出门。那天街上人很多，城外的人全都赶着进城去看灯、烧香，东水门进出的人、车、驴、马挤作一堆，半天动弹不了，天虽然冷，人却挤出汗来，万儿也被挤哭了。冷绡有些不耐烦，说城外都这个挤法，大相国寺就更别想进去。

于是他们退了回来，护龙桥边摆了许多吃食小摊，朱阁说早起没吃东西，都走饿了，大家便在一个馉饳儿摊上坐下来，各吃了一碗。那汤里韭末放得有些重，吃过后，冷绡从荷包里取出金丝党梅，一个人分了一颗含着，然后才折向北边，打算改去东北郊的观音院。

经过烂柯寺时，朱阁见寺门半掩着，便说烧香何必跑那么远，就近烧了就是了，他过去推开寺门，正巧住持乌鹭从里面走了出来，他问乌鹭能不能烧香。乌鹭说自己要去大相国寺开法会，但佛门不能拒信客，便请他们进去了。

乌鹭陪着何涣和朱阁观赏两廊壁画，冷绡和阿慈去烧香，两人就在梅树边追着嬉闹了几圈，而后分开，阿慈独自进了佛殿，之后便变身了。

变身之后，何涣和朱阁夫妇起先都不信，前院后院都找遍了，禅房、厨房甚至茅厕都没有漏过，但的确不见阿慈踪影。

赵不弃听完后，问道："冷绡和阿慈嬉闹的时候，你真的一直都看着？"

"嗯。我第一次见阿慈这么欢悦，所以一直扭头望着。阿慈生性柔静，忍着不敢大声笑，脸上看着有些羞窘，那神情比梅花更明艳动人。冷绡又在后面追，她不得不尽力躲避，只是她平日难得跑动，脚步都有些虚浮。一直到阿慈进了佛殿跪下，我才要回头，就见她忽然倒下，忙赶了过去。从头到尾眼睛都没离开过。"

"嗯……我再好好想想。"赵不弃仍没发觉有什么入手之处。

阿慈当天在一起的几人中，还有朱阁的妻子冷绡并没有见过，赵不弃便别过何涣，又往第二甜水巷朱阁家行去。

到了朱阁家门前，他想朱阁恐怕不会让自己面见冷绡，勒马犹疑了片刻，忽然想起一人——谢婆，便骑马继续前行，刚到街口，就见一个胖老妇人坐在茶坊门口，正在择拣青菜，正是谢婆。

谢婆是个牙人，平日帮人说媒传信、雇寻仆婢，专爱穿门越户，远近人家里里外外的事情知道得极多。赵不弃曾找她帮忙雇过一个使女。

赵不弃骑马刚走近，谢婆已经瞅到了他，忙撂下手里的青菜，扶着门框费力站起来，笑得像个甜馒头："赵大官人，多久没见到您了，又要寻使女？"

赵不弃下了马，笑着走过："上回找的那个使女仍在我家，还算好，不用寻新的了。我来是向你打问一些事情。这几文钱给你孙儿买点零嘴吃。"

他抓了十几文钱递给谢婆，谢婆双手抓过，笑眯了眼："我孙儿不知道在哪家等死，还没投胎呢。大官人要问什么事？"

"这街上新搬来的姓朱的那家你可知道？"

"怎么不知道？他家一个男仆、一个使女、一个厨娘，全是我帮着雇的。"

"这么说，他家娘子你也见过了？"

"何止见过？她的手我都摸过好几回了，生得跟白孔雀似的。论风流标致，我瞧这条街上所有行院里的姐姐都不及她，就是待人冷淡些。我们这些人去了，她难得赏个笑脸儿。其实何必呢，她那点弯弯拐拐的事，别人不知道，却难瞒得过我——"

"哦？说来听听？"

"这不好，我可不是那等背后随意说人隐私的豁嘴婆娘。"

赵不弃忙又抓了十几文钱递过去："我最爱听这些事，刚吊起了兴头，谢妈妈好歹说一说。这几文钱给你那没投胎的孙儿买个拨浪鼓预备着。"

谢婆扭捏着抓过钱塞进怀里，压低声音道："你可不许出去乱说——凭姓朱的那点三不着四的本事，就能白得了官阶，又搬进这院金贵宅子？"

"哦？难道靠的是他家娘子？"

"可不是？每个月至少有半个月，他娘子都不在家里住。前天我还见一顶小轿把她接走了。"

"她去哪里住？"

"这我可不敢说。"谢婆撇了撇嘴，坐回到小凳上，继续择起菜来。

赵不弃只得又抓了两把钱强塞进她手里："谢妈妈别让我这么噎着回去啊。"

"那好，我可不敢直说出名姓来，你能猜出来就猜。"

谢婆从那把青菜叶里捉出一条青虫，拈到赵不弃的眼前："就是这个。"

赵不弃看着那青虫在谢婆指间扭动，略想了想，忽然明白，笑着问："'菜花虫'？"

"菜花虫"正是蔡京的长孙，名叫蔡行，嗜色成病，京城人便给他起了这样一个绰号。

谢婆点点头："是了。朱阁这买卖比行院里那些龟公还划算，他只是把自己娘子舍了一半给'菜花虫'，'菜花虫'不但赏了他官阶和房宅，前几天还把自己一个婢妾给了他。好了，我得去煮饭了，其他的我再不知道了。"

"多谢！"

赵不弃上了马，慢悠悠又来到烂柯寺。

下来拴好马，他走进寺门，院子里极其清静，住持乌鹭和小诗僧弈心都不见人。赵不弃走到左廊壁画边，站在何涣所说的位置，又向佛殿那边望去。虽然庭中央有梅枝掩映，但并没有遮住视线，何况冬天梅树没有叶子，更稀疏些。阿慈从梅树边走进佛殿，全都能看见。

他伫立良久，反复回想何涣讲过的每个环节，却仍无一丝头绪。

一阵小风拂过，庭中央那棵梅树上落下一片叶子，那叶子盘旋着落到香炉后面。赵不弃忽然想起，当时冷缃裙子被铁香炉挂住，阿慈回身蹲下帮她整理裙角，只有那一小会儿何涣的视线被铁香炉遮挡。

变身只能在这一小会儿发生！

他又走到那香炉边，上下左右仔细查看了一遍。由于这香炉原是个铁箱，风吹雨淋，周身全都生了锈。而且上回他就已经查过，香炉里盛满了香灰，根本没有地方藏人。

赵不弃见那铁箱边沿上都钉着一排铆钉，他伸出手，用指甲抠住其中一颗，试着拔了拔，没想到那铆钉有些松动，再一用力，竟拔了起来！

他心里顿时一亮：我怎么这么傻？

香炉现在虽然盛满了香灰，但变身是在正月里，那时未必是满的。

只要腾空这个铁箱里的香灰，定做一个长宽相同的铁托盒，嵌套在香炉顶上，只要几寸深，装满香灰，能插香就成，从外面根本看不出来。箱子里面便足以藏个人进去。再把朝里一面的箱壁铆钉全都从里面卸开，虚扣住，这样藏在里面的人便可以自如进出！

随即，之前一连串疑窦如同珠链一般穿到了一起——

首先，那个丑女香娥。她的父亲只是个穷竹木匠人，并没什么家底，却能拿出许多奁资将自家的丑女嫁出去，而且是在变身之后不久。自然是有人出了钱，买通香娥玩这场变身把戏。

据卖水饮的那个老妇说，香娥虽然脸面生得丑，身材却不差，恐怕和阿慈身材接近，看来那人正是看中了这一点，用香娥的背影来蒙混。

其次，朱阁夫妇。朱阁为攀附蔡行，连自己妻子冷缃都献了出去。但那"菜花虫"出了名的心滥贪多，纵便眼下没有厌倦冷缃，恐怕也是迟早的事。朱阁为了固宠，才设下这"变身计"，劫走阿慈。

其三，变身真相。冷缃一定是有意让铁箱角钩住裙角，唤阿慈来帮忙。阿慈在铁箱这边蹲下来，何涣看不到。而那丑女香娥早已藏在箱子里，她趁机推开箱壁，钻出来，和冷缃一起把阿慈塞进去，再扣上箱壁。冷缃装作净手走开，香娥则背对着何涣走进佛殿，她背影和阿慈相似，走路姿势冷缃恐怕也事先调教过。

另外，那天临出门时，冷缃非要让阿慈换一身衣裳，她熟知阿慈境况，知道阿慈只有那套好衣裳，应该是预先照着给丑女香娥也缝制了一套，而后那天早上强迫阿慈换上那套衣裳。衣裳、背影、行姿都相似，何涣毫无防备，很难看得出来。

只是——

香娥猛地从铁箱里钻出来，阿慈一定很吃惊，冷缃和香娥把她塞进铁箱里，也自然要反抗。但当时毫无声息，为何？

赵不弃又低头凝神想了想，猛地记起何涣所言，那天他们进寺前先吃了碗馎饦儿，冷缃又取出金丝党梅分给诸人。回回国有一种叫"押不芦"的药，人吃下去不到一刻，就会昏迷，比中原的蒙汗药效力更强。冷缃恐怕是在阿慈那碗馎饦儿里偷偷投了药，或是事先将一颗金丝党梅用那药熬过。

她一定是事先掌握了迷药的时效，知道阿慈大致多久会晕倒。进到寺里，冷缃追着阿慈嬉闹，应该是想让药力尽快发作，看准药力要发作时，又装作裙子被挂，唤阿慈去帮她。对！何涣说阿慈跑起来脚步有些虚浮，他以为那是由于阿慈平日不常跑动，其实恐怕是由于药效已经渐渐发作。

阿慈帮冷绡整理裙子，蹲下去再起身，药力更易猛地发作，她恐怕很快就昏迷了。这时冷绡只要装作继续和阿慈说笑，丑女香娥便能趁机钻出来换掉阿慈，然后背对着何涣走进佛殿，跪下来装作昏倒。

等何涣发现"变身"，送丑女香娥回家后，朱阁再找人将阿慈从铁箱里拖出来悄悄拐走！

不过，做这事瞒不过寺里的僧人，难道乌鹭和弈心师徒是合谋者？不对，弈心说那天师父派他送信去了。这么说，是住持乌鹭自己和朱阁夫妇合谋，因此才支走了弈心。

赵不弃正在急速思索，忽听到身后传来一个低沉的声音："阿弥陀佛！"

回头一看，是乌鹭。

土篇

梅船案

第一章　十千脚店、烂柯寺

中正然后贯天下之道，此君子之所以大居正也。

——张载

清早，船到汴梁。

赵不尤下了船回到家中，见院门从内闩着，便抬手敲门。

"谁？"里面传来一个洪亮的女声，而且声气中带着戒备。

赵不尤听出来是温悦的义妹何赛娘，微有些诧异："赛娘，是我。"

"你是谁？"

"赵不尤。"

"姐夫？"门开了，里面一个身壮膀圆、粗眉大眼的年轻女子，正是京中有名的女相扑手何赛娘。她大声嚷道，"姐夫你总算回来啦！姐姐一晚上都在担心你呢！"

几年前，温悦随着父母进京，有天傍晚在途中遭遇三个剪径的毛贼，正没办法，猛听见后面一声大喝，一个胖壮姑娘骑着头驴子赶了上来。她跳下驴，一绊，一拧，一拐，转眼间就将三个毛贼弄翻在地上，疼得乱叫，爬不起来。随后，一个五十来岁的瘦男子也赶了过来，从袋里取出根麻绳扔给胖壮姑娘，那姑娘将三个毛贼串成一串捆了起来。一拜问，原来是何赛娘和她父亲，要去京城讨生活。两家人押着毛贼结伴前行，到了附近县里，将贼交给了县衙。途中温悦和何赛娘结为姐妹，到了京中，两家一直往来亲密，何赛娘也凭一身猛力，在汴京相扑界赚出了"女孟贲"的名头。

赵不尤有些纳闷，何赛娘怎么会一大早就来了？这时温悦迎了出来，面上神色看着不对。

赵不尤忙问："出了什么事？"

温悦摇了摇头："还好。只是担心你……"

"究竟怎么了？"

瓣儿走了出来："哥哥，有人给咱们家投毒！"

"嗯？！"赵不尤一惊。

温悦将事情经过讲了一遍，最后道："我怕他们再来暗算，赶紧把赛娘叫来了。墨儿天亮才回来，刚洗了脸，在屋里换衣裳，他在半路也遇到四个蒙面汉子，幸好被他甩开了。"

赵不尤听后心里一沉："我在船上也碰到个刺客，只可惜被他跳水逃走了。他们恐怕是为那案子而来，不愿我再查下去。你和瓣儿赶紧收拾东西，我送你们去洛阳岳父那里。"

温悦却问道："这案子你还要查下去？"

赵不尤略一犹豫，歉然点了点头。

温悦望着他，稍想了想，才道："你不走，我们也不走。有了难场，一家人更要在一起。他们这么着急下毒手，恐怕是那案子已经逼近真相了。"

何赛娘在一旁粗声粗气道："姐夫，你尽管去查你的案子，姐姐他们就包给我！"

这时，墨儿也从内屋走了出来："哥哥，你回来了？那个香袋的案子已经查清楚了，居然和梅船有关！"

大家一起到堂屋中坐下，墨儿将前后经过细细讲了一遍。

众人听了，先是惊叹，而后伤叹。墨儿这案子起初只源于小小一个香袋，竟让这么多人卷进来，让四个人送了命，更牵涉到梅船案。

赵不尤则越发心乱。他和温悦判断一致，那些人几处同时下手暗算，恐怕是梅船案已经逼近真相。然而，自己一家人却卷进这漆黑旋涡，险遭毒手。他望了望妻子，温悦眼中藏着忧色，他心中又是一阵歉然。

他其实已经心生退意，并没有谁托付他查这案子，官府也已经下令不许再查。自己执意要查，一是顾念故友郎繁和章美，二是不忍坐视二十几条性命无因而亡，三则是出于自己脾性，见不得谜团，忍不住就要去解破。

但如今自己家人性命有危险，还要执意查下去吗？

可是听了墨儿讲述，这件梅船案才揭开一角，就已牵连了这么多人，他不由得想起和田况论过的"人世如局"，这梅船果然像一枚重棋，顿时倾动了局面，微末如卖饼的饽哥，竟也牵涉进来，命运为之转折。这局面背后究竟藏了些什么？他虽然无法推断，但已森然感到这深处一股强大寒意，不只关涉几人、几十人，恐怕还会四处蔓延，若不及时止住，不知道还有多少人会被卷进来？还要造成多少祸患？

这些年，他接讼案，虽也始终本着勘明真相、谋求公道的心念，但大多都是孤立案件，最多关涉十数人，即便办得不好，也不会波及他人。然而这件案子却如同地下暗河，不但隐秘，而且四处流涌，所到之处，流血杀戮。怎能坐视不顾？

念及此，他心中不由得升起一种无法避让、不能推卸的担当之感。

于是他望向妻子，再次歉然道："这案子我没办法停手，恐怕得继续查下去。"

温悦轻叹了口气，嘴角微露了些苦笑，点了点头道："我知道。"

赵不尤心中涌起一股暖意，望着妻子说不出话。

墨儿却在一旁叹道："饽哥的父亲当年是被尹婶推进河中，饽哥似乎知情。他对尹婶怀恨在心，想要害死孙圆，来报复尹婶。可终究还是不忍心，一直给孙圆送饼送水，最后还是说出了孙圆的下落。哥哥，你能不能去开封府替饽哥讲讲情？他也实在可怜，见到小韭姑娘被杀，急怒之下，失了神志，才会杀了彭嘴儿。"

"嗯，我替他拟一份讼状，说明情由。不过饽哥毕竟杀了人，法理难越，罪责仍是要承当。照《斗讼律》来看，他是失了神志，比故杀、斗杀要轻一等，但比误杀又略重，性命能保住，但至少要判两千里徒刑。开封府现任推官、判官还算公允，应当会依律酌情决断，若判得不公，我再去理论。"

墨儿又自责起来："我头一次独自查案，就害死了四个人。"

赵不尤劝解道："世事无常，人力有限。我们能做的，只有尽心尽力。这件案子，你已尽了心力。莫要思虑过多。"

温悦也安慰道："是啊。你也跟了你哥哥这么多年，这种事并不是头一遭。若碰到一次就自责一次，怕再也不敢接其他案子，也就帮不到其他人了。"

墨儿仍低头叹惋了一阵，才抬头道："康游去应天府上了梅船，却不肯说出自己在梅船上做了什么，船上的紫衣客是什么人，那双耳朵是如何得来，也

难道郎繁原本也在梅船上？

赵不弃在烂柯寺，站在铁箱香炉前，终于猜到阿慈变身消失的戏法。

他无比开心，不由得自己大笑起来，正笑着，一回头，却见住持乌鹭站在身后。

他吓了一跳，随即笑着问候："黑白大师？"

"阿弥陀佛。惭愧，惭愧。不知赵施主在此是……"乌鹭望着他手指间捏着的那颗铆钉。

赵不弃转动那颗生锈的铆钉："有件事要向大师请教。"

"哦？不知赵施主要问何事？"

"正月十五那桩变身奇事。"

乌鹭面色微变，没有出声。

赵不弃盯着他："是不是朱阁？"

乌鹭面色越发难看，仍不答言。

赵不弃知道自己猜中了，又道："我好奇的是，以大师的修为，不知道朱阁用什么说动了大师，难道是一副好棋？"

乌鹭垂着头，脸涨得通红，半晌才道："罪过，罪过。"

赵不弃纳闷道："什么样的好棋，难道是黑白玉制成的？"

乌鹭低声道："不是棋，是一着棋式。"

"哦？什么棋式？"

"梅花天衍局。"

"果真？我也听闻了这套棋式，朱阁真传给你了？"

"只有一着。罪过，罪过。"

"一着棋换一个女子？"

"贫僧也不明白那位女施主为何竟会变身。"乌鹭额头渗出汗珠。

"哦，我想想看……嗯……朱阁带人来捣弄那铁香炉，让你躲开？"

乌鹭点了点头。

"他们弄完走后，这香炉周围地上多少都会撒漏些香灰，你没有察觉？"

"正月十四，贫僧照朱施主所言，让弈心去化缘。朱施主带了两位施主来，贫僧就回到禅房打坐。只听到一些响动，等外面安静后才出来，的确见到地上撒落了一些香灰，却不知道他们做了什么。"

"你没去柴房看看？"

"哦？为何要去柴房？"

"掏出来的香灰应该就藏在柴房内。"

乌鹭满脸茫然。

赵不弃笑道："算了，你果然不知道。好，接着说，我猜当晚朱阁让你不要闩寺门？"

乌鹭点了点头，眼中露出惊异之色。

赵不弃心想，天未亮时，那丑女香娥就偷偷溜进来，藏到了香炉铁箱中。

他继续问道："第二天，你又一早支走了弈心？"

乌鹭点点头，不敢抬眼，低声道："朱施主让贫僧那天不要开寺门，莫放外人进来。从巳时起，留意外面的声响，他到寺门外会高声说一句'拜佛何必择庙宇'，贫僧若听到，就打开寺门，让他们进来，给同行的另一个男施主讲解两廊的壁画。贫僧并不知其中有何隐秘，且不是什么难事，就照着做了。贫僧正陪着两位男施主观赏壁画，那位女施主独自去殿里拜佛，刚拜了一拜，就变作了另一个女子……"

赵不弃看他满脸愧色，又纳闷不已，不由得笑了起来。

乌鹭见他笑，越发惭愧，不住念诵："阿弥陀佛！罪过，罪过！"

"他们送那丑女去酸枣门外寻她家，你也去了？"

"那是朱施主要贫僧做的最后一件事。"

赵不弃想，乌鹭跟着一起离开，烂柯寺里便没有人了。朱阁事先安排好的人便可以用轿子或马车，偷偷带走晕死在铁箱里的阿慈。而后又把香灰填满，将铁箱还原。

而这棋痴和尚，从头到尾都不知道自己做了什么。

青鳞巷的那座宅院中。

侯琴看到池了了取出的那块古琴玉饰，先是一惊，继而眼中露出羞愤。

她低声道："董谦说……那人叫曹喜。"

侯天禧和侯伦父子强行将侯琴送到这院别宅，供那个大官人玩乐。一个多月前，侯伦带着董谦来这里和侯琴见了一面，董谦问侯琴那人姓名，侯琴却不知道。只在床脚捡到那人遗失的玉饰。董谦一看到那玉饰，自然认得是曹喜的。侯琴也就记住了这个名字。

池了了也一惊，忙问："董谦还说了什么？"

侯琴似乎又要流泪，她深吸了口气，才望着窗外暮色道："他说——马上去找我父亲求情，把我救回去。才说完，哥哥就进来了，催着他走。他临走前，又说了一句话——"

"什么？"

"他望着我说——'无论如何，仍是那四个字'。"

"非你不娶？"

侯琴微微点了点头，终于还是没能忍住泪水，忙用帕子拭掉。

池了了也一阵伤惋，稍等了等，才又问道："那个大官人多大年纪？"

"大概三四十岁。"

"那就不是曹喜。"

侯琴愕然抬头。

池了了望着她道："我今天来就是为了证实这件事。董谦错认为是曹喜，为此发生了些事情，他自己也至今下落不明。不过你放心，这件事总算弄清楚了，我这就回去和朋友商议，找到董谦，再把你搭救出来。"

告别了侯琴，池了了出来后，当即就想去告诉瓣儿，但见天色太晚，只得忍住，骑着驴回到家中。

她把事情经过讲给了义父鼓儿封和义兄萧逸水。萧逸水倒不觉得如何，只说："如今骨肉人伦算什么？世人眼中只剩两个字，利与色。"

鼓儿封却有些吃惊："这么说是有人陷害曹喜？"

池了了点头道："自然是侯伦。除了那个无耻大官人，就只有那个仆妇和侯伦进过侯琴房里。那个仆妇拿不到曹喜的玉饰，只有侯伦可以设法偷到。他带董谦去见侯琴，也一定是预先设计好的，让董谦误认为曹喜那个大官人。"

鼓儿封叹道："幸而你们查明了真相，否则曹喜自己都不知道竟背了这么多罪名。"

"曹喜那性子也过于傲冷，他这种人最容易招人记恨。"

"是啊，连你起初也记恨过他。"

池了了笑了笑，心里却想着另一件事。知道董谦那首词是写给侯琴的后，她心里就有些不自在。原以为自己见到侯琴，也会不喜欢，但真的见到，心里竟没有丝毫醋意，反倒十分怜惜侯琴。从心底觉得他们两人才真的合衬，真心盼着能找到董谦，救出侯琴。

我真的这么大方？又或者是从一开始就没有抱过丝毫期望？

她望着油灯闪动的火苗，轻叹了口气。

第二章　近月楼

欺有三：有为利而欺，则固可罪；

有畏罪而欺者，在所恕；事有类欺者，在所察。

——程颢

墨儿赶到小横桥，见康家古董店大门紧闭，兄弟两个相继送命，这个家就只剩春惜母子，此后不知道该如何度日。

他心里又一阵恻然，深叹了口气，来到武家门外，抬手轻轻敲了敲门。开门的是武翔，他一见是墨儿，忙低声道："赵兄弟，今早又收到密信了！"

这么快？看来那人真如哥哥所言，一直在偷偷监视武家，昨晚万福拘捕了馉哥、春惜和阿葱，只有鲁膀子水性好，趁夜游水逃走了。接着万福又连夜带弓手搜查了彭嘴儿家，动静不小，如果那人在监视，自然是看到了。

墨儿忙走了进去，见武翔的妻子朱氏正在给栋儿喂饭，昨晚春惜被押走前，把栋儿托付给了武家。她背弃丈夫，与彭嘴儿私奔，依律恐怕得判两年劳役。武翔夫妇已满口许诺会好好看顾栋儿。

栋儿一口一口老老实实吃着，十分乖顺，黑亮的眼睛里隐隐有些忧怕，看着让人生怜。

墨儿正在暗叹，武翔从桌上取过一页纸递给墨儿，墨儿一看，上面写着——

明日午时，东水门外，龙柳卜摊，将香袋放于卜桌，莫令乌金眼知。

墨儿看后，知道东水门外有棵老柳，已经有近百年，树干屈曲虬结，如同苍龙盘旋，京城人都称它为龙柳。那树旁有个卜卦摊，摊主姓乌，双眼已盲，却给自己取了个号叫"金眼先生"，人们都叫他乌金眼。

写密信之人为何要让武翔把香袋偷偷放到乌金眼的卜桌上？

他略想了想，随即明白：这恐怕和武翎找尹氏取货一个道理，香袋放到其他地方，会被不相干的人拿走，而偷偷放到乌金眼的卜桌上，乌金眼虽看不到，却是个最好的看守，不相干的人一般不敢轻易去取，只有取货之人才知道。

但其中有个疑问，取货之人只要去拿香袋，就会被看到，他怎么脱身？

看来写密信之人似乎已经谋划布置好，并不怕取货之人被发觉。

墨儿问道："仍是从厨房门缝塞进来的？"

武翔点点头："今早清晨，我最先起来，到后面厨房，一眼就见到了。"

"那我们就照着信上说的，明天午时把香袋放到那里。"

武翔却迟疑道："这事已经害死了康家兄弟，若再生出什么事端，我这罪过就越发大了。"

墨儿忙劝道："事到如今，这已不仅仅是武大哥你一个人的事了，还有其他命案牵连其中，眼下只有香袋这个线索，跟着它或许还能查出幕后之人。还望武大哥出力相助，明天午时把香袋放到乌金眼的卜桌上，我这就回去和我哥哥商议部署。"

"那好……"武翔无奈地点了点头。

郑敦从没这么孤单过。

虽然幼年丧母，父亲又常年在外，受过些孤单，但从七岁进了乡里童子学，他就和宋齐愈、章美整日在一处，行住坐卧都不分开，一直到今年。

眼下，宋齐愈已不交往，章美又不知下落，虽然太学里有交好的学友，另外还有其他东水四子，但毕竟都难亲近到这个地步。这一阵为了找寻章美，他向学正告了假，整天在城内外四处乱走。

今天，他又进了城，沿着汴河一路向西，虽然能打问的人都已经问遍了，他还是一个个又去问了一遍，仍无所获。一直出了城西的梁门，走到太师桥，北岸街口有座近月楼，他和宋齐愈、章美曾来过几次。他走得又饿又乏，便进去上了二楼，见他们常坐的窗边那个位子空着，便仍坐到那里，要了杯茶，又点了两样菜、一角酒。

茶先上来了，他边喝边望着窗外，河这边行人很多，旁边又有座建隆观，人来人往，很是热闹。河对岸却见不到几个行人，一座宅邸正对着桥头，占了半条街，那是太师蔡京的宅院。门楼轩昂，几个锦衣门侍守在门外，粉墙高立，墙顶露出里面荫翳树影，树影后隐约可见飞檐碧瓦。

正由于近月楼斜对着蔡京宅，章美很不喜欢这里，每次来都坐在对面，背对着桥，不愿往那边看。宋齐愈便让郑敦坐在窗边，自己打横。现在回想起来，郑敦心里忽然觉得有些不舒服。每次来这里，都是宋齐愈提议，他说建隆观的花木长得好，三人去观赏过后，就近在这里吃饭。但这里酒菜不便宜，平日宋齐愈很节省，一般都在街边小店胡乱吃些东西，填饱肚子即可。唯有来这里，必定要进这近月楼喝茶吃饭。

另外，棋子田况有次经过这里，无意中看见宋齐愈从对面蔡府里走出来，而且走的不是正门，是边上的角门。

宋齐愈不是为了建隆观的花木而来，而是为了蔡府。虽然他嘴上不在意富贵利禄，但毕竟出身贫寒，心里恐怕十分馋渴。

郑敦不禁叹了口气，交往十多年，现在发觉自己竟然并不认识宋齐愈。

他正乱想着，望见一个中年妇人从对面蔡府的角门出来，短衫襦裙，看衣着应该是蔡府的仆妇，她上了桥，一边慢慢走着，一边向自己这边张望。前几次来这里时，郑敦就曾留意到这个妇人，她爱站在桥头张望。

那个妇人走到桥头，又停住了脚，定定站着，虽然隔得不近，但郑敦仍能感到那妇人的目光正端端望向自己，她停住脚正是由于发现了自己。

郑敦有些纳闷，被望得不自在，正巧这时饭菜上来了，他便拿筷低头吃起来，吃了一会儿，再抬起头时，那个妇人已经不见了。

赵不尤离了十千脚店，又去拜访简庄。

简庄平日神貌就很清肃，今天看起来脸上隐隐泛青，显得越发肃然。合谋写假信骗宋齐愈一事被说穿，他恐怕还是有些愧和恼。

坐下后，赵不尤直截了当道："简兄，我今日来，是请问一件事。"

"请说。"简庄的目光原本十分锐劲，这时却有些发暗。

"诸位写给齐愈的信上，那应天府的地址，简庄兄究竟是从何人口中得知？"

"我记不得了。"

"还请简兄再好好想想。"

简庄低头想了片刻："当时是几个朋友闲谈，我无意中听来，忘了究竟是谁说的。"

赵不尤听简庄语气中略有些发虚，但不知是又在遮掩，还是真的记不得。

于是他又问："哪些朋友，什么时候，什么地方，简庄兄还记得吗？"

"嗯……是这个月初，古德信邀我去吹台赴一个儒学会，座中的其他人都是初次见面，因此不记得是哪个人说的。"

"古德信？好，我再去问问他。"

"那只是一个假地址，不尤为何一定要问清楚？"

"我刚从应天府回来，那地址不假，的确是一位姓梁的侍郎的宅子。"

"这又如何？"

"这地址也许和郎繁之死或章美失踪有关。"

"这怎么可能？"

"我也只是猜疑，因此才想问清楚。"

"哦……"简庄眼中浮起忧色。

"另外，还有一事——简庄兄等诸君不满齐愈，恐怕不单单由于那场新旧法论战吧？"

"人心有别，主张难同。君子既不因人废言，更不因言废人，这道理我岂会不知？但不论何等主张，品性却不能卑下。所谓君子为义，小人为利。为义则有所不为，为利则无所不为。"

"齐愈岂是见利忘义之人？"

"他馋涎权势，阿附蔡京。"

"简庄兄何出此言？"

"简庄不敢自称君子，却也绝非诬妄之人。我原也以为宋齐愈是个正直之士，才会引以为友。谁知道他言语虽硬，骨头却软。他屡次邀郑敦到蔡京府宅对面喝茶，一直向对面张望。田况更见到他从蔡府侧门出来。以他之才，即便阿附权门，也该从正门进出，没想到竟偷偷摸摸，卑下如斯。这等人一旦有了权势，不知会做出些什么勾当！"

"这恐怕是误会？"

"不尤若不信，当面去问他，看他怎么说？不过他能言善辩，恐怕又会说出一些堂皇道理来。"

池了了等不及傍晚的聚会，早早就赶往瓣儿家。

敲门时，里面一个洪亮女声不断盘问自己，后来瓣儿来了，才给她开了门。进门见一个胖壮的姑娘，认得是女相扑手何赛娘。温悦和瓣儿忙请她进去，池了了见两人神色间似乎有些紧张，却不好问。

坐下后，她忙把昨晚去见侯琴的经过讲了一遍。

温悦听了，一阵感慨："你哥哥这几年也遇到过好几桩这样的案子。'利'字头上一把刀，想来实在是可怕，连骨肉亲情都能割断，抛到脚下狠心践踏。我始终疑惑，这样得来的富贵，真的能安心消受得了？人之为人，只在一个心，没了心，便如木石一样，就算锦衣玉食，又能尝得出什么滋味？"

瓣儿更是气得站起来，在屋里来回走："我猜一定是侯伦设的计，只是没想到他父亲竟然也忍心做出这种事。得把这对父子告到官府，狠狠惩治！"

温悦叹了口气："计谋虽然是侯伦设的，但他只是把玉饰丢到侯琴床下。是侯琴捡起来交给董谦，董谦又误会曹喜是那个大官人，才去陷害曹喜。范楼那具尸体又是其他人杀的。说起来侯伦什么都没说，什么都没做。"

瓣儿忙道："他们父子把侯琴送到那个宅子里任人凌虐，这条罪至少逃不掉！"

温悦又叹了口气："律法并不禁止父兄将自己女妹嫁给别人为妾。真的告到官府，侯伦父子一定会以此自辩，以侯琴这样的心地，恐怕也不忍心指证自己父兄。"

瓣儿脸涨得通红："那就任这对父子肆意作恶？"

温悦摇了摇头："律法有些时候管不到道义，不过道义始终都在，他们父子这么做，传出去必定遭人唾弃。他们一心求富贵，但以这种行径，这富贵之路恐怕很难走得远，更难得个善终。"

池了了一直默默听着，这时才开口道："眼下最要紧的是，找到董谦的下落。"

温悦点头道："是啊。你们查范楼案，原是要为给董谦雪冤，现在董谦却成了实施者，找到他，这案子才能了结。"

"至少我们已经知道侯伦是幕后主谋，就算定不了他的罪，我们也该当面去质问他！我们找曹公子一起去。"瓣儿说着就要起身出门。

温悦忙制止道："现在不同以往，我再不许你出去乱走了。"

瓣儿哀求道："嫂嫂，哥哥刚刚不是说了，大白天他们不敢胡来吗？再说还有了了陪着，找见曹公子就是三个人了。这范楼案已经查到最关键一步，我当心一些就是了，一旦有什么不对，我就大声喊。"

温悦禁不住她这么磨缠，只得道："出去可以，你得答应我三件事。一、让赛娘跟你们一起去；二、不许到人少僻静的地方去；三、办完事立刻回来，一点都不许耽搁。"

何赛娘一直坐在门边，听到后立即道："成！"

瓣儿却道："嫂嫂和琥儿在家里也不安全，何姐姐还是留在家里看护比较好，这样吧，我去找乙哥，让他跟在我们后面，他头眼机敏，腿脚快，万一有事，也好报信。"

池了了隐约听出来似乎发生了什么，温悦在担心危险，忙道："瓣儿，我去找曹喜一起去问侯伦，你留在家里等消息就成了。"

"这怎么成？这案子眼看要告破了，这时候不让我去，我会恨死、哭死！"瓣儿眼里真的要涌出泪来。

温悦见她这样，只得勉强答应："我说的三件事，头一件换成乙哥，你仍得认真答应我。"

瓣儿忙擦掉眼泪，笑着挽住温悦道："好嫂嫂，我全答应！"

瓣儿和池了了告别温悦，找见乙哥，一起租了驴，先到城南去找曹喜。

路上，瓣儿才将家里连连遭到威胁的事告诉了池了了，池了了听了大惊："那你真的不能太任性，得小心留意了。"

瓣儿笑叹道："我知道，但这案子又丢不下手。"

到了曹家，门首一个仆妇进去唤曹喜。曹喜从门里出来，这回先望向池了了，目光越发温和，随即才转向瓣儿。瓣儿在门前把事情简要告诉了曹喜，池了了也取出那块玉饰还给了他。

曹喜听了之后，没有说话，只摸着那块玉饰，竟低着头笑了笑。

池了了看他这一笑，有自伤，有自嘲，更有说不出的寂寥。他这样一个冷傲之人，被最亲近的两个朋友谋陷，伤害恐怕远大于一般人。

瓣儿问道："我们要去侯伦家，当面问他，曹公子去吗？"

曹喜抬起头，又笑了笑："也好，去见见真正的侯伦。"

他进去牵出自家的驴，三人一起出了城，乙哥一直跟在后面。

来到侯伦家，开门的是侯伦，仍是那副拘谨小心、目光游离的模样。

他看到三人，有些惊异："又是你们？曹喜？你也来了？请进——"

乙哥守在门外，瓣儿三人走了进去，屋里也仍旧那般昏暗窄陋，三人坐到桌前，一起盯着侯伦，侯伦越发不自在，搓着手道："你们稍坐，我去煎茶。"

瓣儿忙道："不必了。你父亲不在家中？"

"他出去访友去了。"侯伦也坐了下来，双腿紧闭，双手插在腿缝里。

瓣儿正声道："范楼案我们已经查明白了。"

"哦？"侯伦目光一闪，随即躲开。

"了了昨晚去见过你妹妹侯琴。"

侯伦身子一颤，抬起头，目光惊异闪动。

瓣儿盯着他问道："曹公子的那块玉饰，是你偷去丢到侯琴床下的？"

侯伦压住惊异，想笑一笑，却没能笑出来，发出怪异腔调："你说什么？"

池了了坐在侯伦的右手边，在一旁看着他这副阴懦样，不由得想脱下鞋子猛抽他几下。她扭头看曹喜，曹喜也正望着侯伦，目光中微有些笑意，似怒似厌，又像是在看猢狲把戏。

瓣儿一字一句道："为巴结那个大官人，你和你父亲强逼你妹妹到青鳞巷那个宅子里，你又偷到曹公子的玉饰，偷偷丢在你妹妹床下，然后带着董谦去见你妹妹。董谦误以为曹公子是那个大官人，所以在范楼有意走错房间，把曹公子留在尸体旁，让他成为杀人嫌犯。那天你提早离开范楼，是为了避开嫌疑。"

侯伦忽然笑起来，声音有些颤，像一只猢狲被捏住了脖颈。

瓣儿生气道："你笑什么？"

侯伦并不回答，笑得越发刺耳，脸拧成一团，身子随着笑声不住地抖。

池了了再受不了，想起温悦所言，律法也奈何不了侯伦，一股怒火腾起，自幼在街头养就的江湖气发作，她一把脱下脚上的一只鞋子，用鞋底狠狠抽向侯伦，正抽中侯伦的右脑。

侯伦的帽儿被抽斜，他怪叫一声，腾地站起身，尖声道："你做什么？"

池了了仍握着鞋子，直瞪着他："你笑什么？"

侯伦脸涨得乌红，鼻翼不住抽搐："我想笑就笑，你个唱曲卖笑的娼妇，竟然敢——"

他还没说完，曹喜忽然大声笑起来，笑声震得屋顶似乎都在颤。

侯伦提高了嗓音："你笑什么？"

曹喜收住笑声，斜视着侯伦："我想笑就笑。"

侯伦浑身颤着，说不出话，半晌才尖声道："你们走！"

瓣儿站起身道："我们只问一件事，问完就走——董谦人在哪里？"

侯伦忽又笑起来："你们既然如此智谋，何必要问我？范楼的事，我不在场，与我无关。至于我妹妹，我愿意如何待她，是我们家事。"

池了了大声打断他："说！董谦在哪里？"

侯伦望着她手里的鞋子，声音陡然降低："我不知道。"

瓣儿脸也气得发白："就算你不肯说，我们迟早也能找到他。还有，既然你们不把侯琴当作自己的骨肉手足，那我就当她是我姐妹，我要接她去我家，你尽管去官府告我，我哥哥等着你去打官司！我们走！"

第三章　断指

今之人以恐惧而胜气者多矣，而以义理胜气者鲜也。

——程颢

赵不尤别了简庄，进城去枢密院寻古德信。

莲观假信上，应天府梁侍郎的地址是简庄从儒学会上得来，但寒食、清明那几天，有人却临时租用了梁侍郎家的空宅院，租房的那两个人不愿透露姓名，清明前一天又不告而别，很难让人相信这是偶然巧合。

章美和郎繁两人都知道这地址，寒食他们都去了应天府，是否到过梁侍郎家？若是到过，那只是为了让宋齐愈延误殿试的假相亲地址，他们去那里做什么？

赵不尤一路想着，不觉到了枢密院。枢密院是军机要府，门前军士执戟守卫。赵不尤骑马来到侧门，这里只有四个军士、两个门吏守门。他下马来到门前，取出名牒，请门吏进去传话给北面房令史古德信，说有要事相见。其中一个门吏接过名牒，说声稍候，便进去通报。良久，那门吏走出来说，古德信正在商议机要，不能打扰。

赵不尤收回名牒，道了声谢，心想还得去见见宋齐愈，他还不知道莲观最后那封信是假信，于是赵不尤便上马向城南太学上舍行去。

幸而宋齐愈在，两人找了间茶坊坐下。赵不尤将莲观假信一事告诉了宋齐愈，宋齐愈听后，愣了半晌，才苦笑起来："原来如此……"

赵不尤见他虽然吃惊，神色中却没有怨责，不由得感慨道："齐愈果然胸怀宽阔，可惜简庄兄等人只认死理，太过愚直。"

宋齐愈又笑了笑："也怪我说话不知检束，激恼了他们。"

"错不在你。当仁不让于师，开诚才能布公。朋友之间，正当如此。遮遮掩掩，你好我好，又有什么趣？"

宋齐愈笑了笑，没有答言。

赵不尤却一阵慨叹。天下最悲者，并非小人战胜君子，而是君子与君子相争，两败俱伤，让小人得利。就像当年王安石与司马光，两人本是知己之交，同为天下士人领袖。但自从神宗重用王安石推行新法，司马光极力反对，两人从此势同水火，反目成敌。并引发之后几十年党争，各派之间互不相容，彼此争斗，只有蔡京等人从容周旋其间，最终将所有旧党全都列为奸党，一举除尽……

他叹了口气，回到正题："我今天来，要问你两件事。第一件，简庄兄等人恼怒于你，不仅是为那场论战，还由于一个人……"

"什么人？"

"蔡京。"

"蔡京？"宋齐愈愣了一下，半晌，似乎明白过来，低声道，"恐怕是那件事……"

"什么事？他们猜疑你阿附蔡京，但我相信你绝不是这样的人。"

宋齐愈又苦笑了一下："这件事其实是由于郑敦，其间还有些不便，不尤兄暂时不要告诉他。"

赵不尤点了点头。

宋齐愈才开口言道："我去蔡府，是为了见郑敦的母亲……"

几个月前，一个妇人偷偷找到宋齐愈，说自己姓何，是郑敦的亲生母亲。宋齐愈很是纳闷，据郑敦言，他三岁多时亲生母亲就已病逝。那妇人流着泪慢慢讲道——

郑敦的祖父郑侠当年私献《流民图》，神宗皇帝因此罢停了新法，之后，新党重新得势，立即开始反击报复，郑侠首当其冲，被贬谪到岭南。当时郑敦的父亲郑言年纪还小，被同族一位伯父收养成人，后来娶了妻子何氏，生下郑敦，郑言不久考中武学，被派去了边地。何氏母子仍留在那位伯父家中。

那位伯父虽然年事已高，却被何氏容色所迷，背着人时时做出些不堪举动，何氏不敢声张，只能尽力躲着。郑敦三岁时，他父亲轮戍回来休假，那位伯父竟反说何氏不守妇道勾引他。郑言自幼感戴伯父收养之恩，立即休了何氏，撵走了她。何氏父兄都嫌她败坏名节，不许她进门，何氏只得四处流离。后来流落到京师，在蔡京府中谋了个厨役。

她始终挂念着郑敦，四处打问，得知郑敦在京城太学，她不敢贸然相见，只愿能不时见儿子一面，只是蔡府门规严厉，不能随意出入走动。她打问到宋齐愈是郑敦挚友，才偷空出来央告他，求他带郑敦到蔡府附近，让自己远远看两眼。

宋齐愈见她说得情真意切，应该不假，于是想好了主意，去蔡府侧门，传话给何氏——每个月十五，带郑敦去蔡府对面近月楼茶坊二楼，何氏偷空出来，在桥上望望郑敦。

宋齐愈最后道："我一直想将实情说出来，但何伯母始终怕郑敦厌恨她，不让我说。接着又发生这些事情，因而一直未能告诉郑敦。"

赵不尤叹道："原来背后是这么一回事，简庄兄他们错得太远了。不过，这事还是该告诉郑敦。"

"我也打算找到章美后，没事时就告诉郑敦。"

"对了，我今天来，第二件事正是关于章美。那位莲观姑娘前几封信，章美、郑敦他们两个真的没有看过？"

"没有。我只跟他们讲过这事——"宋齐愈神色微有些怅然，"这其中有一点私心，莲观的笔墨，我不愿第三个人看到。"

"章美是从你那里得到莲观的手迹，才仿照着写出那封假信，你没有发觉？"

"没有——我并没有什么值钱的东西，斋舍里的柜子起初经常忘记锁。后来收到莲观的信，我才特地去买了个木匣，将那些信都锁在木匣里，藏在柜子中，柜锁也时时记着，再没大意过。那些信至今还锁在木匣里，昨晚我还读了一遍，一封都没有少。"

"两套钥匙也都在？"

"嗯，柜锁和匣锁都各有两把，其中一套我带在身上，另一套用不到，一直锁在木匣里，至今也都在。"

又是隔着两道锁，却能取走匣中之物？

赵不尤别了宋齐愈，回到家，见院门关着，便抬手敲门。

"谁？"何赛娘的声音，仍很警觉。

"赛娘，是我。"

何赛娘这才开了门，放赵不尤进去后，立即又关死了门。赵不尤见她一脸郑重，知道她凡事认死理，便笑着道："多谢赛娘。"

"谢啥，我姐姐的事，我不管谁管。"何赛娘转身走到杏树下，坐到竹椅上，那竹椅被她压得吱吱作响。她抬眼盯着墙头，神色始终警惕。

墨儿迎了出来："哥哥，武翔又收到密信了，要他明天交那香袋。这是那封密信——"

赵不尤接过那封密信，仔细看过，冷哼了一声："看来这人自认有十足把握。"

"我们该怎么办？"

"就照信上说的交货。无论他如何神机妙算，总得找人来取。"

"要不要去请顾震大哥派些人手？"

"不必。此人已有成算，人多反倒碍事。只要盯紧来取香袋的人，不要跟丢就成。"

"武家兄弟和我们恐怕都不能去跟。"

"有个极好的人选——乙哥，他腿脚快，人也机敏，又不易被人注意。"

"那我去叫他来。"

不一会儿，墨儿就带着乙哥进来了。开门、关门都是由何赛娘严控。

"赵将军，又有信要送？"乙哥笑嘻嘻地问。

"不是送信，是跟人。"

"这个我最在行，只要被我盯上，他就是钻到耗子洞里，我也能揪出他尾巴。"

"好，这一百文你先收着，明天完事后再给你一百文。"

乙哥乐呵呵收了钱，赵不尤仔细交代了一番，又将顾震给他的一面官府巡查令牌给了乙哥备用。乙哥接了那令牌，满嘴答应着乐滋滋地走了。

"哥哥，我还发现，康潜应该是彭嘴儿设计害死的。"墨儿道。

"哦？顾震不是让仵作查验过，他是醉死的？"

"我始终有些疑问，康潜平日极少饮酒，就算想借酒消愁，恐怕也不会一次喝那么多。所以我怀疑当晚可能有人在一旁哄劝，甚至强灌。之前，我给康潜演示了如何从外面闩上门闩，他有些害怕，马上从炉壁里抠了些黑油泥，把门板上的蛀洞填抹上了。刚才我从武家出来，又看了看那个蛀洞，觉着蛀洞上的油泥印似乎有些不一样，但不能确定。康家房子锁了起来，万福让武翔代为照管。我便从武翔那里讨来钥匙，进到康家厨房里，查看了一下炉壁。填抹蛀洞并不需要多少油泥，我记得很清楚，当时康潜只在炉壁上抠了一下。然而，刚才我看时，炉壁上有两道指印，而且都是新印迹——"

"想谋害康潜的只会是一个人——彭嘴儿。"

"嗯。只是彭嘴儿现在已死，这桩命案也就只能沉埋地下了。"

赵不尤和墨儿不约而同都叹了口气，一起进到屋中，还没坐下，温悦和瓣儿从后面走了出来，两人神色有些古怪。

温悦道："有件事得跟你商量。"

"什么事？"

"是瓣儿。这一阵，她自个儿去查了一桩案子，就是上个月的范楼无头尸案，最后竟被她查清楚了。"

"哦？"赵不尤望向瓣儿，很是意外。

瓣儿笑着吐了下舌头，小声说："哥哥不要骂我。"

赵不尤笑起来："这是好事，骂你做什么？不过，那案子真的被你查清楚了？"

墨儿在一旁也惊问道："瓣儿？你一个人？"

瓣儿眨了眨眼："还有两个朋友帮我。"

墨儿催道："快说说！"

瓣儿难为情道："还是嫂嫂替我说吧。"

温悦便将前后经过讲了一遍。

赵不尤听后不由得笑起来："好！不简单！实在不简单！"

墨儿也满眼惊异："真是了不起！这案子我是破不了。"

瓣儿又笑着吐了吐舌头，随即小声道："你们别忙着夸我，最关键的，嫂嫂还没讲呢。哥哥，你得先答应我，不许骂我，也不许撵她走。"

"哦？还有什么？"

温悦道："她瞧着侯伦父子那么对待侯琴，气得不得了，就和曹喜、池了了一起去青鳞巷把侯琴接了出来，带到咱们家来了。我没和你商量，自作主张把她留下了。瓣儿，你去把侯琴妹子请出来。"

瓣儿忙望向赵不尤："哥哥？"

赵不尤略想了想，道："瓣儿做得对，侯伦父子所为，虽然并没有触犯律法，但于人伦情理上都决然说不过去，若真要告到官府，我自会力争。侯琴留在咱们家，不过多一副碗筷。"

瓣儿笑着道："谢谢哥哥！我去叫侯琴姐姐出来。"

不一会儿，瓣儿牵着侯琴出来了。侯琴仪容清婉，但面色苍白，她轻步走到赵不尤面前，深深道了个万福，轻声道："多谢赵哥哥和嫂嫂收容侯琴，侯琴无以为报，愿做牛马，终生服侍你们。"说着流下泪来。

赵不尤忙站起身："侯琴姑娘万莫这么说，你来了我家，便是瓣儿的姊妹。"

鼓儿封听池了了回来说她用鞋子抽了侯伦，不由得哈哈笑起来。再听到她和瓣儿、曹喜一起救出了侯琴，更是觉得快慰。

这一向他身体抱恙，并没有出门，想起许久没见老友刘合一，便跟池了了说了一声，出门沿着护龙河往北走去。

手指残断以前，他最善吹笛，被人称为"玉笛封"。刘合一与他是师兄弟，善奏筝，人称"铁筝刘"。他们两个当年随着师父学琴时，师父曾反复告诫："琴凭一口气，笛借一根骨。琴技都在其次，任何人只要肯苦练，都不会太差。但若少了骨气，这琴音笛声就失了力，丧了魂。"

他们师兄弟两个始终记着师父教诲，从不敢稍忘。二十多年前，蔡京初次升任宰相，在府中设宴，招聚汴京各个行院会社中的妓艺魁首前去助兴。玉笛封和师弟一向鄙弃蔡京为人，都没有去。过后没几天，两个人出去赶场，深夜回家时，街角蹿出一帮泼皮，摁倒他们两个，用刀将他们的食指各砍掉一截。

两个人都是靠手指吃饭，食指缺了一截，都不能再奏笛弹琴。刘合一只好去做苦力，玉笛封却身子瘦弱，做不了力气活，加之妻子刚刚病逝，丢下一个才半岁的儿子，生活困顿无比，只能勉强熬着。指伤稍好一些后，他便咬牙苦练鼓艺，幸而乐理本相通，练了半年多，渐渐能靠鼓艺混口饭吃，艺名也从"玉笛封"变作了"鼓儿封"。

如今年事已长，师哥刘合一积年劳累，最近又患了风症，瘫了半边身子，病卧在床上，全靠儿子刘小肘挑着担子，卖些干果度日。

两家离得不算远，鼓儿封在途中买了些烧肉提着，没一会儿，就到了刘合一家，门虚掩着，父子两个只赁了一小间屋子，房内十分昏暗，刘合一躺在一张脏旧的床上，只听得到呼哧呼哧的喘息声。

见到他进来，刘合一费力撑起身子，他忙过去在师哥背后垫了个破枕头，老兄弟两个握着手，说了好一阵话，鼓儿封又笑着闲聊起池了了和朋友破了范楼案的事。

刘合一听后一惊，吃力扭着身子，从褥子下面取出三陌钱，喘息了半天才道："你说的董谦就是救我的那个恩人！两个月前，我走在路上，忽然中风摔倒，有个年轻人雇了辆车把我送了回来，还留下三陌钱，又不肯说出姓名。我让儿子到处打问，上个月才终于知道他叫董谦，可听说他偏偏被人害了性命。我这境况，报恩只能等下辈子了，可这三陌钱无论如何也不敢用。他既然还有老父亲在，你帮我个忙，把这钱给他父亲还回去。"

鼓儿封听了十分纳罕，本来范楼案始于池了了，嫌犯又是曹喜，就已经让他吃惊无比，没想到师哥和董谦竟也有旧缘。

他连连感叹着，揣好了师哥的那三陌钱，又嘱咐了一番，才告别出门。出来才发觉天色已经暗了，但想还是尽早把师哥的心愿了掉，池了了说过董谦家在南边，离得也不算远。于是他回到家，跟池了了说了一声，便往南边走去。一路打问，找到了董谦家。

大门关着，他正要抬手去敲门，门却忽然打开，一个人猛地冲了出来，撞上了鼓儿封。两个人一起摔倒在门前。鼓儿封坐倒在地上，那人扑跪在他胸前，昏暗中，那人抬起了头，鼓儿封仔细一看，惊了一跳，是曹喜！

曹喜看到鼓儿封，也脸色大变，慌忙爬起来，飞快奔走。等鼓儿封费力爬起来时，曹喜早已隐没在夜色之中。

鼓儿封呆望半晌，曹喜来这里做什么？他为何那么慌张？

他隐隐感到一阵不祥，忙转身朝院子里望去，院子里十分寂静，只有正屋中透出一点灯光。他唤了几声，没有人应。便小心走了进去，到了院中，又唤了两声，仍然没有人应。他便走到正屋门前，向里望去，桌上点着盏油灯，桌边并没有人。他又探头望向两边，猛地看到左边地上躺着一个人，他试着叫了两声，那人却纹丝不动。他顿时有些慌惧，但想到曹喜刚才慌张情状，便壮着胆子走了过去。

灯影昏昏，走近才看清那是个白发老者，头朝门趴伏在地，后脑一汪血一直流到地上。

鼓儿封越发怕起来，不知道该如何是好，惊立了半晌，才想到转身离开，旁边忽然传来开门声，随后一阵脚步声来到正屋门外，鼓儿封扭头一看，是一个六十多岁的老人，看衣着是仆人。

他见到鼓儿封，瞪大了眼睛，大声喝问："你是谁？"

第四章　龙柳卦摊

人患事系累，思虑蔽固，只是不得其要。

——程颐

乙哥早早来到东水门外。

龙柳树旁，那个卜卦的乌金眼已经坐在卦摊上，还没有人来卜卦。他斜着脑袋空张着一双大眼，在想事。乙哥走过卦摊，来到旁边的军巡铺屋前，那里有几棵柳树，乙哥便蹲在树下，偷偷瞄着卦摊。

能得这个差事，他极快活，挣得多，还轻省。

他父亲原是县学里的教授，可他才长到五六岁时，父亲就病死了，丢下他们母子两个艰难过活。他因跑得快，十一二岁便开始替人传话送信，每天挣几文钱帮衬母亲。幼年时，父亲曾教他认过一些字，父亲过世后，家境艰难，便没再念书。看到其他孩子去童子学，他眼馋得不得了。后来替人送信，信封上都有写信、收信人的名字，每送一封信，他就一个字一个字对着认，几年下来，倒也学了不少字。有时候，信封没有封粘，他就偷偷取出里头的信来读，信里什么事情都有，好的坏的、善的恶的，比听人说书还有趣。别人却都以为他不识字。

他读得最多的是赵不尤的信，几年来，赵不尤在信里始终正直忠厚，乙哥越读越敬重，偷看别人的信是猎奇，读赵不尤的信，却像是在听父亲教诲一般。

他在树下等了一阵，没见武翔来，卜卦摊子也没有人接近过，等得有些无聊。这时身后传来叫卖声："干果、蜜果、闲嗑果，又脆又甜又香糯！"一个年轻后生挑着担子走了过来，乙哥认得，是卖干果的刘小肘。他想着今天至少已挣了一百文钱，就叫住刘小肘，买了十文钱的党梅，一颗颗含着继续等。

太阳渐渐升到正头顶，快到午时了，终于看到一个儒服老者走近了卜卦摊，神色看着有些紧张，应该是那个武翔。乙哥不由得站了起来。

武翔坐在卦摊右边的木凳上，正对着乙哥。乙哥听见他让乌金眼帮他合个八字，随即说了两个生辰八字，乌金眼摸着手边的阴阳卦盘，嘴里低声念叨着。这时，武翔从怀里取出一个蓝锦袋子，轻轻放到了桌边。乌金眼捣弄了一阵，摇头说："不成，相犯。"武翔便摸出十文钱交到乌金眼手中，起身走了。

乌金眼并没有发觉那个香袋，仍呆坐着等客。乙哥一直盯着卜桌，丝毫不敢疏忽。

这时紧挨着龙柳的那间李家茶坊里走出一个人，三十来岁，穿着件破旧儒服。乙哥见过这人，似乎叫栾回，是江南来的一个落第书生，常年在这里替人写信。栾回刚才一直坐在茶坊里，他径直走到卦摊边，伸手抓起那个香袋，塞进怀里，随即转身，快步向东边行去。

乙哥忙跟了上去，栾回走得极快，刚才那个卖干果的刘小肘正挑着担子在前面，边叫卖边慢悠悠走着，栾回为避让迎面一个路人，一不小心撞上了刘小肘的担子，趔趄了一下。乙哥在后面看到有样东西掉在了地上，是刚才那个蓝锦香袋！栾回却没有发觉，继续匆匆往前走去。乙哥要喊住他，但想到自己是在跟踪，不能暴露，忙把声音咽了回去。刘小肘一扭头，也发现了地上的香袋，他俯身捡了起来，乙哥正怕他要私藏起来，刘小肘却朝栾回大声叫道："喂！你丢东西啦！"连叫了几声，栾回才听到，他回转头看了看，又摸了摸怀里，才发觉丢了香袋，忙走回来接过香袋，道了声谢，随即又匆匆往前去了。

乙哥这才放了心，继续跟在后面。一直跟到虹桥边，栾回下到岸边，上了一只客船。他要搭船走？乙哥犯起愁来，赵不尤说无论到哪里都要死死跟着，若栾回去江南，我也要跟到江南？他想起怀中那块官府令牌，有这令牌就不必付船资，正好我没去过江南。于是他走到那客船边，船主正在岸上吆喝客人，他走过去取出令牌，偷偷跟船主说："我是官府派遣的，要偷偷跟着刚上船的那个人。"船主面露难色，却不敢违抗，只得让他上了船。

乙哥从没经历过这等待遇，心里好不得意，上了船钻进大客舱，舱里已经有七八个客人，分别坐在靠窗的两条长木凳上，栾回在左手最边上，背转身子望着窗外。乙哥便在右边长木凳的空处坐了下来，盯看着栾回。

这船是去江宁，船主又招呼了几个客人，满员后，随即吆喝船工开船起航。

赵不尤让墨儿远远看着乙哥和武翔，不要太靠近，以免对方察觉。

他自己则骑了马，向东来到汴河官船坞，清明发现郎繁及二十四具尸首的新客船就停在这船坞里。清明那天没有找到这船的船主，船上也不见官府登记船籍时刻写的名号。赵不尤和顾震原以为船主找不到自己的船，会主动前来认领，但至今不见有人来问过这船。

赵不尤向船坞的坞监说明来意，那坞监认得赵不尤，引着赵不尤走进船坞，找见那只客船，自己便回门前去了。赵不尤先站在岸上看那船身，清明那天没太细看，今天看来，那船船型修长轻逸，通身漆得明黄，顶篷竹瓴青篾也都簇新，窗檐上挂着红绣帘，应是才造成不久。一看便是能工巧艺，花费不少。这样一只新船为何找不到船主？

他从右舷后边的过廊处上了船，扑鼻是新漆的味道，那天到处是木樨香气，如今那香气散去，才嗅到了这漆气。他先走到船尾的后舱，那些尸首早已搬走，舱里空空荡荡，他细细环视了一圈，并没有看出什么。临转身，见顶篷中间木梁上有个滑轮，再一低头，窗脚木板上丢了一团绳索，一头拴了个吊钩。他略有些纳闷，这滑轮和绳钩自然是用来吊重物的，但一般都是置于通道口，以便上下搬运货物，这个滑轮却在舱室顶篷中央，没有多大用场。

他默想了片刻，想不出什么来，便转身回到过廊处，低头看见脚下船板刷着一色浅黄明漆，十分清亮。但边缝处露出木纹，可以看出木板比别处的要旧一些。

走进前面小舱室，过道地板、墙板若仔细看，也都有些旧。赵不尤继续往前慢行慢看，走到大舱中，脚底的船板边缝处也能看出有些旧，但墙板则是新的。他一直走到前梢，这里的木板又是全新的。看来这船的船主更重表面光鲜，或是被造船匠用旧木板刷新漆蒙混了。

赵不尤又回到中间小舱，走进右边第一间，地板上的暗舱板没有合上，黑洞洞像是棺材一般，郎繁的尸体就是藏在这底下。赵不尤又想起郎繁尸身下面发现的那把短剑。凶手正是用郎繁的短剑刺死了郎繁。郎繁去应天府为何会带着那把短剑？为了防身？难道他去之前就已经预感到危险？

赵不尤默想了一阵，仍想不出什么头绪，便走到隔壁那间舱室，进去推开了窗户，上下看看窗框，发现墙板用了两层木板，外面一层是新板，里面一层是旧板。这船船身比一般船要长出许多，中间部位久了容易走样，用双层木板，应是为了加固。

整个船坞都没有人，船里又一片空寂，赵不尤想起这船上那二十四具尸首，背上渗出一阵寒意。他从怀里取出一个瓷瓶和一条纱带，这是从这船上唯一的活口谷二十七身上搜出来的，瓷瓶里装的曾是毒药，谷二十七就是吞了这毒药才死的。他为何要自尽？除了郎繁，梅船上那些船工也都是中毒而亡，难道他们也都是自尽身亡？二十几个人为何会一起服毒自尽？他们的尸体又是如何到这船上来的？这根纱带一半涂了明漆，又是做什么用的？

赵不弃兴冲冲地骑马去找何涣。

开门的是老仆人齐全，看着神色不对，接着何涣迎了出来，脸上也不自在。

赵不弃笑着问道："你们主仆都苦着脸，又是为哪般？"

何涣道："刚才来了个人——"

"什么人？"

"不认得。只说自己姓胡，还说他知道丁旦的事，要想不让他乱说话，就给他一百贯钱，我说没有那么多现钱，他却不理，只说三天后来取。"

"这等歪缠货，勒索都这么小气，想必是丁旦那晦气汉的霉朋烂友，不必理他。你唯一短处在杀了术士阎奇，这事我已经替你开解明白了，再没有什么可怕的。下次他来，你不必见他，只让齐全告诉他，他要说尽管让他去说。"

"我倒不是担心自己，是担心——"

"什么？"

"阿慈。我在她家养病，住了三个多月，万一说出去，会坏了阿慈名节。"

"你果然是一往情深哪。那阿慈又不是什么未嫁处子，何况眼下人还不知在哪里，是生是死都不清楚，你却仍在这里顾及她的名节？"赵不弃笑起来。

何涣红了脸，但随即正声道："女子名节不在于她是否出嫁、嫁了几次，而在于嫁了一人，是否一心一意。阿慈没有答应我的提亲，是由于还未和丁旦离异。我与她虽曾同处一室，更曾同床共枕，却如月如水，清清白白，天地可鉴。不管她是生是死，她的清白我都得护惜，不能玷污。"

赵不弃笑道："好好好，你就备好一百贯钱，买回阿慈名节。我来替你查出阿慈的下落。"

何涣又躬身深拜道："赵兄此恩，如何得报？"

赵不弃摆了摆手："又来了。你若再这么絮烦，我就撂下不管，蹴球去了。好了，好了！来说正事，我已经查明阿慈变身的真相。"

"哦？"何涣顿时睁圆了眼睛。

赵不弃笑着将前因后果讲了一遍。

何涣先是张着嘴，呆了半晌，而后才喃喃道："原来如此……原来如此……既然阿慈是被朱阁夫妇掳走，我这就去报官！"

他转身就要走，赵不弃忙止住他："这件事，乌鹭参与其中，至今都还不明白其中原委，你去报官，证据不足，连朱阁夫妇都未必能法办，何况'菜花虫'？我猜阿慈现在被藏在蔡府里，以蔡家权势和手段，只要听到风声，轻易就能将阿慈转藏到别处，一旦藏起来，你这辈子都休想找到阿慈。"

何涣刚提振起来的气，顿时又萎了下去。

赵不弃笑道："你莫忧，我既然揽了这桩事，自然会设法替你救回你那美娇娘。"

池了了慌慌忙忙去找瓣儿。

昨晚她煮好了饭，等着鼓儿封，但天大黑了，还没见鼓儿封回来。义兄萧逸水又去了行院，她一个人在家中越等越担心，后来实在等不及，挑了盏灯笼，往董谦家一路找去。

到了董谦家门口，却看见门外围了许多人，她忙加快脚步，走过去挤进人群，两个弓手执刀举着火把守在门外，不许闲人进去。她朝院子里探头望去，堂屋里灯烛通明，几个公人在忙碌走动。鼓儿封则站在门边，垂着头。

身边的人都在说"死"啊"杀"的，她忙向守门的弓手打问，那两人却都不睬她。身边一个妇人道："出了命案啦！董朝奉被人杀了，凶手就是堂屋门边站着的那个老家伙。"

池了了听了，惊得血都冷凝了。她忙又望向鼓儿封，鼓儿封始终垂头静立，看着虽有些郁郁，却并不慌怕。望了一会儿，两个公人押着鼓儿封走了出来，门口的弓手呼喝着让围观的人让开一条道。池了了挤在最前面，见鼓儿封走出门来，忙大声叫道："封伯！封伯！"

鼓儿封听到，抬头望向她，涩然一笑，经过她身边时，说了声："莫担心我，快回去吧！"

池了了惊望着鼓儿封被公人带走，回头又向院里望去，一个老者背着个箱子走了出来，似乎是仵作，池了了忙问道："伯伯，里面究竟怎么了？"

"这家的主人被那个姓封的殴杀了。"那仵作随口答了句，随后就走了。

池了了却仍不愿信，一直候在那里，等公人们全走了，老仆人吴泗出来关门时，她忙上前大声问道："吴老伯，究竟发生什么事情了？"

吴泗正哭着用袖子抹掉泪水，抬头见到池了了，认出是她，恐怕又想起董谦的事情，猛地朝她吼了声"滚"，随即重重关上了门。

池了了只得回去，一夜忧烦未眠，今早胡乱擦了把脸，就急匆匆赶到开封府牢狱。千求万求，又偷偷塞了一根银钗，那狱卒才带她进去见鼓儿封。

十几个待审的犯人挤在一间大囚室中，里面闹闹嚷嚷，哭哭笑笑，鼓儿封独自静静坐在墙边。

"封伯！"池了了凑到木栏边。

鼓儿封听到，先是一惊，随后笑着站起身走了过来，隔着木栏说："你来做什么？不是让你莫要担心吗？"

"我怎么能不担心？封伯，究竟是怎么一回事？"

"我杀了董修章。"

"不可能！"

"是真的。"

"为什么？"

"他言语有些无礼，我听得生气，一时昏了头，推了他一把，没想到他撞破了头……"

池了了见鼓儿封神色平静，绝不像是真杀了人，但他字字句句又说得分明，这究竟是怎么了？

狱卒在一旁催着她离开，不能多问，只能满腹狐疑离开了牢狱。

忧闷之下，她想到了瓣儿，只有托瓣儿求他哥哥赵不尤，查清这件事。于是她匆匆赶到箪瓢巷去找瓣儿。

赵不尤又去枢密院寻古德信。

门吏说古德信今天并没有来府衙。赵不尤骑了马，又赶到古德信家，一个仆人来开了门，随后进去通报，不一会儿，古德信的妻子梁氏迎了出来。

"赵将军，我丈夫今早启程去江南了。"

"哦？是公干？"

"嗯，方腊越闹越凶。江南军需不足，命他押运一批铠甲器械去。他临走前留了封信给你。"梁氏将手中的信封递了过来。

赵不尤接过信，取出内页，打开一看，上面只写了八个字：

义之所在　不得不为

赵不尤不解其意，问道："他知道我要来？"

"他只说若是你来了，就把这信给你。"

赵不尤见梁氏并不知情，便告辞出来，一路默想：古德信为何知道我要来？为何要留这八个字给我？他知道我这一向都在查梅船案，难道预料到我会查问到他这里？难道他和梅船案有关？

赵不尤忽然想起，清明那天古德信就在虹桥附近，难道他知道梅船要出事，才特意去了那里？还有，几天前，我与他在章七郎酒栈说话等顾震时，他曾劝我不要太执着于梅船案，难道是怕我查下去，最终会查到他？他所言的"义之所在"又指什么？二十多个人因梅船案而送命，这是出于什么大义？

他回想那天和顾震、古德信一起在新客船上查案的情景，猛然想起一个人——甘亮！

据十千脚店的姜哥说，寒食前和郎繁密会的年轻男子左耳垂上有颗小痣。赵不尤这才想起来，古德信的亲随甘亮左耳垂有颗小痣！

这么说，和郎繁密会的人是甘亮，他们之所以选在十千脚店，是为了方便望着虹桥说事，所说的事情自然是梅船，清明那天梅船先是停泊在虹桥北岸东桥根。而甘亮应该不会自作主张，一定是奉了古德信的命，才去和郎繁密谋。

古德信和郎繁都不是行凶作恶之人，他们所密谋的事，应该正如古德信所言——"义之所在，不得不为"。而郎繁去应天府之所以要带着短剑，也恐怕不是为了防身，而是为了刺杀某人。

赵不尤又想起武翔和康潜，武翔接到的密信，是让他上梅船杀一个紫衣客。写密信之人会不会正是古德信？

第五章　两个死人

> 动而正，曰道；用而和，曰德。
>
> ——周敦颐

赵不尤回到家中，仍是何赛娘盘问过后，才给他开门。

他刚走进门，何赛娘小声道："姐夫小心点，我姐姐不高兴了。"

"哦？"赵不尤向堂屋望去，见温悦独自坐在桌边，果然似在生气。成亲几年来，极少见她这样。

他刚要问，却见墨儿从厨房里走出来，正拿着半个馒头大口在嚼，看来是饿坏了。见到赵不尤，他忙两口咽尽，迎过来道："哥哥，中午到龙柳卦摊取香袋的人，是那个常日在龙柳树边李家茶坊替人写信的栾回。他拿了香袋后，搭了一只客船，乙哥也跟上船去了，我怕暴露身份，就没有再跟着。那船是去江宁，已经开了，栾回这是要把香袋送到哪里？难道是应天府？"

"乙哥应该信得过，等他回来就知道了。我查出来，古德信似乎和这案子也有关，寒食前和郎繁在十千脚店会面的是甘亮。"

"甘亮？对啊，我怎么也没想起来？甘亮左耳垂是有颗小痣。连古大哥都卷了进来，这梅船案究竟藏了些什么？越来越深不可测了！"

赵不尤向屋里走去，墨儿也压低声音说："嫂嫂不高兴了。"

赵不尤进了堂屋，温悦沉着脸，望着墙角，并不看他，赵不尤笑着问道："你这是怎么了？"

温悦仍不看他，半晌，才叹了口气道："这个家越来越不像个家了。"

"哦？这话怎么说？"

"一个一个，成天往外跑。男的不着家，倒也罢了，现在连女孩儿也学上了。"

"哦？是瓣儿？她怎么了？又跑出去了？"

温悦仍沉着脸，并不回答。

何赛娘走了进来，气哼哼道："那个唱曲的池鸟鸟上午来了，说啥姓东还是姓西的那人的爹昨晚被人杀了，凶手是池鸟鸟的什么干的湿的爹，叫什么鼓疯子，鼓疯子自己都招认了，那个池鸟鸟偏不信，想求姐夫帮她查这案子。姐姐答应她等你回来给你说说，可是瓣儿妹子偏要立刻出去查，姐姐没答应。池鸟鸟走了之后，姐姐去给琥儿穿衣裳，夏嫂在里屋扫地，瓣儿在厨房里叫我帮忙，说把那个水缸搬到另一边，水缸里水是满的，她说我肯定搬不动，先舀出来两桶再搬，我说哪里要那么麻烦，肯定搬得动，于是我就去搬那水缸，等搬好后，却不见了瓣儿，出来一看，大门开着，她早溜走了。姐姐又说那水缸根本不用搬，我只好又搬回原来的地方了……"

虽然她说得不太清楚，但赵不尤还是大致明白了，忙笑着道："让你受累了。"

"这算啥？比这大的缸，我也搬得动。"何赛娘昂起头，满不在乎。

赵不尤又笑着对温悦道："现在是白天，瓣儿应该不会有事，而且还有池姑娘陪着。回来我们再好好责罚她。"

"你舍得罚她？"温悦仍冷着脸。

"怎么舍不得？是我纵容了她，连我也一起罚。你说怎么罚，就怎么罚。请先喝口茶，消消气。"赵不尤忙取过桌上茶瓶，斟了盏茶，双手递给温悦。

温悦忍不住笑了一下，忙收住，正色道："这是正经事。你做什么，我女人家管不到，但瓣儿一个女孩儿，再这么纵容下去，成什么样子？"

"长嫂如母，从前是你管教她，往后仍是你管教，我听命。来，先喝口茶，润润喉，再教训。"

温悦接过茶盏，又叹了口气，面色倒是缓和了下来。赵不尤这才放心。

这时外面传来急促的敲门声："赵将军！赵将军！"

是乙哥的声音，墨儿不等何赛娘去盘问，忙先抢出去开了门。门一开，乙哥喘着粗气，急慌慌跑了进来。

"赵将军，那个——那个栾——栾回跳船自尽了！"

温悦忙另斟了盏茶递给乙哥："先喝口茶，莫慌，慢慢讲。"

乙哥咕咚咕咚两口喝完，用袖子擦了擦汗，才又讲道："我跟着那个栾回上了船，他一直坐在船舱角上望着外面。坐了一阵，船才过了大河湾，他忽然站起来，从窗户一头跳进河里去了。这一向汴河涨水，我又不会水，忙去叫船工，等两个船工跳下去救时，他已经没进水里，不见了人影，后来总算找到，捞上来时，已经没气了。"

赵不尤三人全都惊住了。

乙哥继续道："我惦记着那个香袋，赶忙去他身上搜，幸好没被水冲走。刚好有一只来京的船，我就拿出赵将军给我的那个官府令牌，让那船靠过来，我跳上去赶回来了，这是香袋和令牌——"

墨儿接了过来，忙打开了香袋，却见里面只有一块银子，大约有五两："不是那个香袋！"

乙哥慌了："我搜遍了，他身上只有这一个香袋！"

赵不尤望着墨儿手中那块银子，想了想道："香袋中途被换了，这五两银子应该是给栾回的酬劳。栾回投水自尽大概和此事无关。我曾和他聊过几次，他流落京师，屡试不第，连家乡都不敢回，但这汴梁又难于立足，恐怕是觉得了无生趣才寻了短见。"

乙哥忙道："不会啊，从他拿到香袋，我一直盯着，连眼都不敢眨，他没和别人挨近过啊！"

墨儿道："我也在一旁看着，他的确——不对，刘小肘！栾回途中撞到了卖干果的刘小肘，香袋丢到了地上，刘小肘捡起来还给了他。"

赵不弃骑着马一路闲逛，不觉来到东水门外，他想起何涣所言，有个姓胡的，据称知道丁旦的事情，上门去勒索一百贯钱。何涣那呆子为了阿慈，竟答应给他筹钱。却不知道这些穷极了的闲汉，只要讨到一次便宜，今后必定会无休无止。

反正闲着没事，再帮何涣那呆子一把。那姓胡的自然是丁旦的朋友，丁旦至今不见人，又有人一路追他，他说不准就躲在姓胡的家里。勒索何涣，或许是两个人一起商议的。丁旦既是蓝婆家的接脚夫，住在这汴河北街，那姓胡的恐怕也经常在这一带走动，应该有人知道他家。

赵不弃便去蓝婆家附近的茶坊食店打问，问到第三个人，果然问出了那姓胡的底细：那人姓胡，是个帮人说合生意、打点跑腿的涉儿，就住在北边鱼儿巷里。

赵不弃来到鱼儿巷，找到胡涉儿家，一个窄破的小宅院。他抬手敲门，开门的是个年轻妇人，露出尖瘦的一张脸，穿着件旧衣裳。

"胡涉儿在家吗？"

"他出去了。"

赵不弃见女子满眼惶惑，胆子很小，便诈道："我是替何公子来说件事，胡涉儿不在，丁旦也成。"

妇人脸上一颤，目光慌乱了一阵，才道："丁旦？我……我不知道……"

赵不弃知道自己猜对了，便推开门径直走了进去，那妇人想拦，却又不敢拦，慌忙跟在后面。赵不弃进到院子里扫了一眼，一共只有三间矮房。他走进中间正房，只有桌椅和一些杂物，都很脏旧。左右各一道门，他先去左边那间开着门的，探头一看，一张床，一些箱柜，看着是胡涉儿夫妇的卧房，里面并没有人。他转身出来，那妇人跟在身后，满眼惊慌无措。两人险些撞上，赵不弃笑了笑，让过身子，又走进右边那间房，推门进去，里面是一张床板，堆着些杂物，也不见人。转身回头时，却见门扇下面露出一双脚。

赵不弃笑着伸手，轻轻拉开门扇——门后露出一个男子，后背紧贴着墙，一晃眼以为是何涣。再一看，身材样貌虽像，但神情气质大为不同。原本两人都中等身量，肩宽背厚，加之眉目端正，自然有种持重之气。但此人却透出一股卑琐滑赖。把何涣丢到市井中摔打挫磨许多年，才能勉强塑成这副模样。而且他的两耳耳垂上竟穿了洞，不知道在妆什么花鬼戏。

赵不弃笑着问道："丁旦？"

丁旦仍贴墙站着，满眼惊惶，并不答言。

赵不弃照路上想好的，笑着道："何公子委托我来跟你们商量一下，胡涉儿向他要一千贯钱，你也知道何公子现在的境况，一时间凑不到那么多，东挪西借只凑到那三百贯给了胡涉儿，剩下的七百贯能不能多延缓几天？何公子已经写信向家里讨要了，一个月后一定如数给你们。"

丁旦听到"一千贯"时神色果然微变，再听"那三百贯给了胡涉儿"，眼神更是急剧一颤。

赵不弃见自己计策生效，便又问了句："你看如何？"

丁旦仍不说话，但目光闪烁，显然在急急盘算，随后怯怯地点了点头。

"那就多谢了。"

赵不弃说完便抬脚出门，离开了胡涉儿家，骑在马上边想边笑，对付这些油腿无赖，便得用这离间之计，让他们互斗才好。看丁旦刚才神色，已经在谋划如何夺回那三百贯，而后独吞剩下的七百贯。只可惜没见到胡涉儿，不知他们两个谁更厉害些。不过无论如何，两鼠相斗，必有一伤。

不过，剩下那个该怎么办？

赵不弃又想到了一个人……

瓣儿使了个小激将法，支开何赛娘，偷偷溜出去，在巷口追上了池了了。

池了了吃了一惊："你嫂嫂又许你出来了？"

瓣儿笑着含糊应了一声，随即道："我也不信封伯伯会是凶手，不过勘查董伯伯死因，得请姚禾来才好。我已经写了封短信，乙哥被哥哥派去办事，得另找个人去给姚禾送信。"

她们拐到正街，瓣儿见旁边茶坊门口有个矮瘦的男孩，知道他也替人送信，就拿了十文钱，把信交给那男孩，交代了几句，那孩撒腿往南边跑去了。

瓣儿和池了了租了驴，一起赶到了董谦家。门外仍有两个弓手把守，不许她们进去，说尸首还要复检。瓣儿和池了了只得在大门外等着。一扭头，见墙根蹲着个老汉，埋着头，缩成一团。仔细一看，是董家的老仆人吴泗。

瓣儿忙走过去，蹲在吴泗身边，轻唤了两声，吴泗却没听见，瓣儿这才想起他耳朵背，便轻轻拍了拍，大声唤道："吴老伯！"吴泗这才抬起头，眼窝深陷，两眼通红，乌黯着脸十分憔悴。

瓣儿大声问道："吴老伯，昨晚出事时你在不在一旁？"

吴泗先摇了摇头，随即又忙点着头，哑着嗓子嚷道："我瞧见了，就是那个鼓儿封！"

瓣儿忙又问："你看到他动手了？"

吴泗怔了一下，才道："昨晚家里没有外人，只有他。我也不知道他是什么时候钻进来的。"

"你没看到他动手？"

吴泗不情愿地点了下头，又道："昨晚服侍老相公吃过饭，我就回自己屋里去了，后来去堂屋看他，就见那个鼓儿封站在堂屋里，老相公躺在他脚边。"

瓣儿回头对池了了说："吴老伯并没看到封伯动手。这中间一定有误会，不过封伯为何会招认自己是凶手？"

"我去狱里看他，他说话的样子很怪——"池了了忽然望向路那头，"姚禾来了。"

姚禾背着木箱和一个公人打扮的中年人一起走了过来，见到她们，笑着招呼："赵姑娘，池姑娘。"

瓣儿站起身问道："你收到我的信了？"

"信？没有。我去府里候差，听说了董伯父的案子，就去申领了复检的差事。你们等一等，复检完就可以进去了。"

姚禾和那个公人进了院子，瓣儿低头见吴泗伤心委顿的模样，便又蹲下去，在他耳边大声道："吴老伯，范楼的案子我们已经查出来了，你家老相公并没有说胡话，范楼那具死尸并不是董谦。"

吴泗猛地抬起头，惊问道："真的？小相公还活着？"

瓣儿还没来得及解释，忽然听到身后有人吵嚷起来："让我进去，父亲！父亲！"

回头一看，一个年轻男子哭喊着要往院里冲，被两个弓手死死拦住。吴泗在一旁颤着声音叫了句："小相公？！"随即慌忙从墙根爬起来，伸着双臂向那年轻男子快步赶过去。那年轻男子扭头看到，流着泪迎过来，抓住吴泗双臂，哭道："吴叔，我父亲究竟出了什么事？"

瓣儿惊望向池了了，池了了点点头，轻声道："他就是董谦。"

吴泗也哭起来："是我的不是，没看好家，没防备那老贼，他杀了老相公……"

吴泗说着就要跪下来，董谦忙伸手拉住，两人一起哭起来。

过了一阵，姚禾和那个公人走了出来，那公人说了声"家人可以进去了"，随即带着两个弓手走了。董谦立即哭着奔了进去，吴泗也赶忙跟了进去。

姚禾走到瓣儿和池了了近旁："封伯的口供和董老伯的死因有些对不上。你们随我进来看——"

三人一起走了进去，堂屋中传来董谦号啕痛哭声："父亲，孩儿不孝！孩儿不孝！"董谦跪伏在董修章的尸首旁，不住痛哭自责，吴泗也跪在一边呜咽，看着让人心酸。

姚禾将瓣儿和池了了唤到院子另一边，低声道："董老伯是因后脑磕伤，流血而亡。封伯口供上说，他和董伯父在堂屋中发生口角，一把推倒了董老伯。但堂屋中并没有找到磕伤处，有血滴从堂屋一直延伸到后院一只大缸边，缸沿上有一处血迹，董老伯应该是在那里磕伤的，而后才走到堂屋中摔倒在地。"

池了了忙道："封伯在说谎？他为什么要说谎？他并不认识董老伯，昨晚受老友托付来还钱，才第一次来董家。"

姚禾道："我看初检验状上，后院还有扇门，昨晚并没有闩上。恐怕凶手另有其人，那人在后院推倒了董老伯，从后门逃走。"

池了了更加吃惊："那会是什么人？封伯为何要替他顶罪？"

这时，大门外走进来一个人，是曹喜。

赵不尤和墨儿、乙哥忙出门去寻刘小肘。

刘小肘一向在东水门内外、汴河两岸走卖，他们先赶到汴河岸边，向人打问，有个说刘小肘刚刚经过这里，往北岸去了。三人忙上了虹桥，向两头张望，乙哥眼尖，远远看见刘小肘在汴河北街东头。他腿脚快，飞一般下了桥向那边跑去。赵不尤和墨儿忙跟了过去，等走近时，见乙哥和刘小肘已经扭打着滚倒在地上，刘小肘筐子里的干果撒得满地都是。

赵不尤忙大声喝住，墨儿过去将两人分开拉起。乙哥仍不罢休，不住嚷着："敢坏你小乙爷的事？我把你个小肘子打成鹌鹑腿！"

刘小肘性子敦懦些，想还嘴却半天憋不出话，气哼哼地弯腰抓捡地上的干果。墨儿过去帮他捡拾。

赵不尤等他们捡完后，才问道："刘兄弟，你把那香袋交给谁了？"

刘小肘瞅了赵不尤一眼，目光随即躲开，低着头不肯答言。

赵不尤又道："我知道你一向本分勤恳，又孝顺父亲。不过那香袋关系到二十几条性命，你现在不说，等官府的人来了，将你关进牢狱，你父亲就没人照看了。"

刘小肘犹豫了半晌，才低声道："我拿去交给了孙羊正店的金方大伯。"

"谁让你做这事的？"

刘小肘低下头，又不肯出声。

赵不尤又问了一遍。

刘小肘忽然扑通跪倒，拖着哭腔说："赵将军，那个人对我和我爹都有大恩，您不要再逼我，我爹若是知道我供出了他，必定不肯再认我这个儿子。我就是死，也不能说出来！"

赵不尤想了想，随即道："好，没事了，你走吧！"

刘小肘慌忙挑起担子急匆匆走了。

乙哥嚷道："就这么让他走了？"

赵不尤道："我知道那人是谁了。"

墨儿道："龙柳李家茶坊的李泰和？那个栾回就一直寄住在他茶坊里。李泰和是个出了名的善人，经常周济穷困。恐怕也救济过刘小肘。交接香袋的地方之所以选在龙柳卦摊，也是出于近便，只是他为何要做这种事？"

赵不尤道："去问问他。"

三人原路返回，折向龙柳茶坊。到了那里一问，店里伙计说李泰和不在，进城去了。三人又进了东水门，来到孙羊正店。

店里一个大伯迎上来，笑着招呼："赵将军，快快请进！"

赵不尤问道："你店里有个叫金方的可在？"

"金方？刚刚有人来找他，他带着那人去后院自己房里了。那边是后门，穿过去就是。"

赵不尤三人穿过大堂的后门，来到后院，碰到个厨妇一问，金方的屋子在最东角。他们走到那屋门前，门关着。赵不尤抬手敲门，里面没人应答，推了推，门闩着。

乙哥跑到窗边，戳破窗纸，往里觑了觑，忽然怪叫起来："赵将军，死人！里面两个死人！"

赵不尤一听，忙抬腿一脚蹬开房门，第一眼就见一个酒店大伯打扮的人躺在地上，胸口一片血湿。一旁僵坐着个五十来岁的男子，正是李泰和，他背靠床沿，圆瞪着双眼，已经死去。他左胸也有一处伤口，仍在渗血，右手攥着一把短刀，搭在腿上……

第六章　亲子

良能良知，皆无所由，乃出于天，不系于人。

——程颢

赵不弃想起了追踪丁旦的那个大鼻头军汉。

虽然他相信丁旦和胡涉儿一定会为了那句"一千贯"的谎互斗起来，不过这祸根终究斩不断，那个大鼻头追丁旦，从应天府追到汴梁，又一直在蓝婆家附近蹲守，看来是非捉到丁旦不可。可以借他的手把丁旦这阴魂驱走。

赵不弃骑马来到汴河北街，还没到蓝婆家，就远远望见斜对面大树下蹲着个人，果然是那个大鼻头。赵不弃不由得笑起来，这傻汉子，我不用两个时辰，就找到了丁旦，他这么多天却只知道死蹲在这里。

他笑着驱马过去，经过蓝婆家门口，门开着，却不见人影，只听见里面传出笑声，是蓝婆和那孩子的声音，看来他们一家三口很快活。

那大鼻头看到赵不弃，似乎有些不自在，挪了挪屁股。

赵不弃走到近前，在马上笑着问道："大鼻头，蹲累了吧，咱们做个买卖如何？"

大鼻头睁着双大斜眼，有些发愣，不由得站起身。

赵不弃又问："你在等着抓丁旦？"

大鼻头脸上一颤，有些慌，却仍不说话。

"我知道丁旦在哪里，也可以告诉你，不过你得拿样东西来跟我换。"

"你要什么？"大鼻头这才开口。

"只要你告诉我，你为何要捉丁旦？"

"不成！我不能说。"大鼻头忙摇了摇头。

"那好，你继续等，我走了——"赵不弃假意驱马要走。

"唉！你——你真的知道丁旦在哪里？"

"那当然。我还知道你是从应天府一直追到这里的。"

"你怎么知道？你是什么人？"

"这你不必管。只要你告诉我我想知道的，我就告诉你你想知道的。"

"我家员外于我有恩，你得先答应我，不能伤害他。"

"这个你尽管放心。我只是想知道，并不想做什么，更不想要什么。"

"那好。我告诉了你，你一定也得告诉我。"

"这你也尽管放心。"赵不弃心里暗笑，"你尽管放心"这五个字其实说说而已，但只要说出来，似乎总能生效。

大鼻头慢慢讲起来——

他叫薛海，是虹桥北岸一家酒栈的护院。寒食节前一天，员外交代他和另一个护院去做一件事，到应天府那员外的朋友家接一个人，将那人装在麻袋里，半夜用车拉到码头边的胡家客栈，那客栈有个厨子接应他们，给他们打开后院的门，引着他们，扛着麻袋偷偷到一间客房后窗，窗户开着。厨子已给里面客人的饭菜里下了药，两个客人正在昏睡。

于是薛海悄悄爬进那客房，把麻袋接了进去。那房间里另有一个麻袋，他把那个麻袋搬起来，从窗户换了出去，用车运回了员外的朋友家。回去后打开一看，里面也是一个人，也似乎被下了药，正在昏睡。薛海仔细瞧了看那人，以前曾见过，是豉酱蓝婆家的接脚夫丁旦。

员外吩咐，把这人偷偷带回汴梁，不许让任何人看到。可那晚薛海和同伴都有些累，打开麻袋后，见丁旦在昏睡，就忘了重新扎好。结果第二天醒来，丁旦已经不见了。薛海和同伴在应天府好不容易追到了丁旦，却又被他逃了。到处打问，有人看到丁旦搭了只去汴梁的货船，于是薛海和同伴也搭了条船，那同伴怕回去受责罚，开船前偷偷溜了，薛海只得一个人追到汴梁。回来后，一直没有找到丁旦，也就一直不敢去见员外。

赵不弃好奇道："你家员外是谁？"

薛海用力摇头："这个我绝不能说。"

"好。丁旦的下落，我也绝不能说。"

"你？"薛海又急又怒，大鼻孔不住翕张。

赵不弃笑道："我不告诉你丁旦的下落，你便逮不到丁旦，逮不到丁旦，你便不敢回去见你家员外，你家员外必定一直在等丁旦，必定很焦心。你护着他，反倒是让他日夜担忧，不得安生；反之，你若告诉我你家员外是谁，我就告诉你丁旦的下落，你就可以逮到丁旦，逮到丁旦就可以回去见你家员外，你家员外得了丁旦，自然开心，他一开心，就赏你个媳妇，这样你也就开心了。大家开心你不要，非要大家都焦心。"

薛海听他绕了一大堆，有些发蒙，揉了揉大鼻头，怔怔道："这么说，我该说出来？"

"我不知你家员外是谁，不少一根毛；但你若不知道丁旦在哪里，那事情就大了。你说是不是？"

薛海犹疑了半晌，才低声道："我家员外是章家酒栈的章七郎。"

"原来是他？"赵不弃很是意外，不由得笑起来。

他常去章七郎酒栈吃酒赌钱，却没想到自己查案子，竟能查到章七郎头上。章七郎让薛海到应天府，把一个人装进麻袋，半夜到一家客栈换出丁旦，这是在玩什么戏法？幸而何涣和丁旦换了回来，否则应天府装进麻袋的就是何涣了。

他又问道："你们先装进麻袋里的是什么人？"

"我不知道，也没见过。"

"你让他进麻袋，他就乖乖进了？"

"嗯。我知道的都已经告诉你了，该你告诉我丁旦在哪里？"

"他就在鱼儿巷胡涉儿家。"

"我去胡涉儿家看过，丁旦并没在他家。"

"我骗你做什么？你去的时候他可能还没去，我才在胡涉儿家和丁旦说过话。"

"好！我再去看看！"薛海扭头要走。

赵不弃想起胡涉儿这会儿恐怕还没回家，两鼠还没斗起来，忙止住薛海："你这大白天去，不怕被人看到？"

"哦，对啊，那我天黑再去。"

瓣儿正在董谦家院子里和姚禾、池了了商讨董修章命案，曹喜忽然走了进来，他面容憔悴，神色委顿。

瓣儿忙问："曹公子，你也知道了？"

曹喜犹豫了一下，才低声道："昨晚我也来过。"

瓣儿等三人一愣，曹喜又道："我先来的，出去时，那个鼓儿……封……他才来。"

池了了惊道："你说你是在封伯之前来的？！"

曹喜点了点头。

池了了又问："你来的时候，董伯伯还活着？"

曹喜摇了摇头，迟疑了片刻才道："我来的时候，董伯父刚死……"

池了了不由得伸手一把抓住曹喜的手臂，大声问道："这么说，封伯没有杀董伯父？"

"嗯。"曹喜垂着头。

池了了欢叫了一声"太好了"，随即发觉自己抓着曹喜的手臂，忙松手放开，羞得满脸绯红。

曹喜却仍似心事重重。

瓣儿心中起疑，轻声问道："曹公子，你说你来的时候，董伯父刚死，这是指？"

曹喜神色十分奇怪，似怕似愧，他望向一旁，踟蹰了一会儿，才低声讲起来——

原来，曹喜知道董谦也是上了侯伦的当，才会在范楼设计陷害他，对董谦的怨气也就随即消散。昨天傍晚吃过饭，他想起董修章还不知道实情，被儿子董谦的死弄得疯癫，便独自前来看望董修章。

到了董家，天色已经昏黑，他敲门没人应，见门没闩，便推门进去，堂屋里亮着灯，却不见人。他走了进去，听见后院传来一个声音，像是在骂，又像在呻吟，含混不清，似乎是董修章的声音。他正在纳闷，见董修章扶着墙从后边走了出来，瞪着眼，神情看着十分奇怪。他忙上前拜见，董修章朝他走了两步，脚步虚浮，走得很吃力，到他面前时忽然摔倒，等他伸手去扶，董修章已经趴倒在地，他忙蹲下去搀扶，才看见董修章脑后一片血污。

他吓了一跳，不由得往后缩了一步，董修章却伸手扯住他的衣襟。他猛地想起范楼案，难道自己又被陷害？

董修章手臂晃了两下，便不再动弹，似乎已经断气，手却仍死死攥着曹喜的衣襟。曹喜越发慌乱，他用力挣脱了董修章的手，爬起来就往门外跑，刚出大门，迎面撞到了一个人，两人一起摔倒，昏黑中仔细一看，竟是鼓儿封。他顾不得多想，又慌忙爬起来，急惶惶逃回了家。

晚上脱衣服时，他才发现，自己腰间那块玉饰不见了。他急忙回想，恐怕是董修章拉扯自己衣襟时拽掉了。他就是怕再被陷害才逃离，却没想到反把证据留在了现场。

一夜辗转烦忧，直到今早，他才平静下来，玉饰留在了凶案现场，躲是躲不过，不如主动过去把事情说明白。

姚禾听完后，纳闷道："昨晚初检时，并没有发现你的玉饰。"

曹喜顿时愣住："难道丢在其他地方了？"

池了了道："既然你走的时候，封伯才来，那时董伯伯已经断气，封伯为什么要顶这个罪？"

曹喜越发吃惊："你说什么？"

池了了道："封伯招认说是自己杀了董伯伯。"

"他现在在哪里？"

"开封府大狱。"

曹喜像是忽然被冻住，呆在那里。

瓣儿看他目光中既有惊异，又有恍然，还有一种莫名的震动，仿佛丢了一样重要东西，都已经忘记，却忽然发觉这东西就在手边。

她轻声问道："曹公子，封伯并没有杀人，他是在替人顶罪，你是不是知道其中缘由？"

良久，曹喜才低声道："他是在替我顶罪。"

"为什么？"池了了惊问。

"他是我的……生父。"

瓣儿、姚禾都大吃一惊，池了了更是睁大了眼睛惊望着曹喜。

曹喜仍望着一旁，低声讲道："我十一二岁时，有次惹恼了母亲，母亲急怒之下，才说出了实情。说我的生父是那个打鼓卖艺的鼓儿封。当年他的手指被人斩断，生计无着，那时我才半岁大，眼看着就要饿死。我父亲爱听曲，和他有些交情，我母亲又一直未生养，就和他商议，收养了我。他把家传的一块古琴玉饰给了我父亲，我父亲虽然一直隐瞒我的身世，却一直要我佩戴着那块玉饰……"

池了了问道："你早就知道？"

曹喜苦笑了一下，又道："等我知道时，我父亲的书坊生意已经十分兴旺，他又极爱我，我也以富家公子自居，生父却是个沿街卖艺的穷汉，因此一直厌恨自己的身世，不愿意被人提起，更不愿意见到他。那天在范楼第一次见到你时，我对你无礼，其实是因为他，我一见到他，心里就腾起一股怒火，连带对你也……"

池了了恼怒起来："不要提我，封伯现在怎么办？"

曹喜忙道："那块玉饰应该是被他藏了起来。他挺身救我，我自当回报。你放心，就算这次洗不脱自己的罪名，我也会去官府自首，有我的证词，他自然没事。"

瓣儿道："不怕。刚才我们已经在猜疑凶手另有其人，有你证见，就更确定无疑了。我们合力找出凶手，你和封伯都会没事。"

赵不尤让乙哥去报官，墨儿去唤孙羊正店的店主。

他站在门边望着地上两具死尸沉思。门窗都关着，凶手并非外人，李泰和手中握着把短刀，他应该是先杀了金方，而后自杀。

写密信给武翔的应该正是李泰和，他威逼武翔去梅船上杀掉紫衣客，取回耳朵和珠子；而后又安排栾回和刘小肘帮他取回香袋，栾回从乌金眼卜卦摊上取到香袋，途中装作不慎撞到刘小肘，掉落香袋，刘小肘捡起香袋，用早已备好的假香袋还给栾回；刘小肘拿着真香袋到孙羊正店来，交给了金方；之后，李泰和来到这里，杀掉金方，随即自杀。

李泰和为何要这么做？

金方应该不是幕后之人，也只是个中转手，他拿到香袋后，恐怕已经交给了他人。李泰和杀金方，自然是为了斩断线索，让人无法追踪幕后之人。他自杀，也是为了防止泄密。如今，这条线索便彻底断了。

那幕后之人究竟是什么人？竟能让他甘心为之送命？

赵不尤正在默想，墨儿带着店主孙老羊来了。孙老羊隔着门望见里面的尸首，吓得脸变了色。

赵不尤问道："孙店主，今天正午之后，金方有没有离开过酒店？"

"没有，今天客人多，他要照管楼下大堂，离不得。下午客人才散了些，李泰和来找他，我才许他走开一会儿。谁知道这么一会儿竟出了这样的事情。"

"他和李泰和平日往来多吗？"

"从没见他们两个来往，今天李泰和来找他，我还有些纳闷。"

这么说是有人来孙羊正店取走了香袋。李泰和安排得十分周密，金方照管楼下大堂，来取香袋的人只要装作客人，便不会有人察觉。今天店里人多，来来往往，也难以追查。

过了一阵，乙哥引着顾震、仵作和四个弓手赶了来。仵作验过尸首后，也推断是李泰和先杀了金方，而后自杀。赵不尤请那四个弓手搜查两人身上和房内物件，果然没有搜到香袋。

顾震和赵不尤站在院里，顾震问道："这两人也牵扯到梅船那案子里来了？"

"嗯。"

"上头不许我再查梅船案，这七拐八拐，还是绕回到这案子了。看来躲都躲不开。这两人死了，你还有其他线索吗？"

"还有古德信。"

"老古？他也牵涉进来了？！"

"郎繁之死和他有关。不过他已押着军械启程去了江南，我回去就写封信给他，希望从他那里能得出些实情。"

"老古为人，你我都是知道的，我想至少他不会作恶。"

"我也这么想。不过有时善因未必种善果。"

"这一阵京城乱得不成样了，还有几个老朋友也做出了些想都想不到的事来。既然这里没有什么疑问，我先走一步，另有几桩事火急火燎地等着我呢。"

"好。这一两天我恐怕还得劳烦你，那船得重新查一次。"

"用得到，尽管说！"

董谦跪在父亲的尸首前，已哭不出声音，却仍不时呜咽着。

吴泗也跪在一边，垂着头，不时擦着老泪。瓣儿在一边看着难过，不知该怎么做才好。池了了和曹喜也一样，没经历过这些事，只能默默看着。好在姚禾经见得多，他走到吴泗身边，用手比画着示意：董修章的尸首不能一直这么摆着，得收殓起来。

吴泗明白后，擦掉泪水，从地上爬起来说："老相公的寿材几年前就已经备好了，在后院。"

这时，左右几个邻居也进来看视，姚禾便招呼了两个力壮的，跟着吴泗到后院，见棺木摆放在后檐墙根下，用油布盖着。姚禾和那两人将棺木搬到堂屋，腾开桌椅，安放在屋子中央。吴泗又去取出备好的寿衣，邻居中有老成熟事的，帮着他给董修章换上寿衣，安放到棺木中。又点了香烛，找来匹麻布，剪成孝衣，董谦和吴泗都披戴好，跪在棺木前，又一起哭起来。

瓣儿等四人也在棺木前拜过后，这才走到后院，见墙边果然有个大水缸，缸沿上有一小片乌红血迹，缸脚到堂屋后门一路也断断续续有几滴血迹。再看后门，仍没有闩上，打开一看，外面是一条小道，还有一片水塘。

瓣儿道："难道是贼？从后墙翻进来偷东西，却被董老伯发觉，那贼推倒董老伯，从后门逃走？"

姚禾道："大致应该是这样。我去请吴老伯，让他看看是否丢了什么？"

姚禾进去不一会儿，唤出了吴泗，吴泗来到后院，第一眼就往水缸边望去，随即嚷道："那树！那树没了！"

瓣儿忙问："吴伯伯，什么树？"

"老相公花了几年心血养的梅树！"

瓣儿等四人都向水缸边望去，那里摆着一张木桌，桌面上留下一个方形泥印，显然是摆放花盆留下的。桌边地上斜倒着一个竹竿扎成的架子，架子上绷着黑色细纱。

瓣儿又问："那梅树很值钱吗？"

"多少钱都买不来。老相公的心愿、小相公的前程，全都在那棵树上。"

"那究竟是什么树？"

"神树。"

"神树？"

"长生大帝神树。老相公啊，你走了，神树也不见了！"吴泗又痛哭起来，嘴里不住念叨着些什么，根本听不清楚，也劝不住。

曹喜道："我去叫董谦过来。"

过了一阵，曹喜和董谦走了出来，董谦虽然仍旧悲痛，但已平静下来。瓣儿这才仔细打量他，中等身形，有些魁梧，粗眉方脸，透出忠厚之气。只是两耳耳垂上竟穿了洞，瓣儿暗暗纳闷。再看董谦神情，对曹喜仍旧怀有敌意。

瓣儿知道自己贸然说话，董谦未必会信，便向姚禾望去。姚禾会意，走上前言道："董公子，我受开封府差遣，来追查杀害董老伯的凶手。吴老伯说这桌子上原先有棵树不见了，那是什么树？"

董谦望向那张桌子，目光顿时又悲伤起来，良久才哑着嗓子说："那是家父从南边家乡搬运来的一棵梅树，树形很特异，像条龙，家父又在根干上种植了些灵芝，花了几年心血才培育成形。他做这些，是打算进献给皇上，给我谋个好前程……"

瓣儿指着桌边那个黑纱竹架："这个是用来做什么的？"

"父亲怕外人看见，平日就用这个纱架罩住梅树。"

"这么说，外人没见到过？"

"嗯。"

"邻居或朋友呢？"

董谦想了一阵，忽然道："有个朋友见过。"

"谁？"

"侯伦。"

第七章　耳洞、紫衣、锦袋

> 盖良知良能元不丧失，以昔日习心未除，
> 　　　却须存习此心，久则可夺旧习。
>
> ——程颢

董谦走进自己房中，一个月没有回来，屋子里到处已蒙了层灰，他掀开枕头，那个青绸小包仍在，他拿起来打开青绸，里面一颗红豆，是侯琴偷偷给他的那颗。他用这块青绸包起来一直压在枕头下。

那天在范楼，他把自己身上的青锦袋系到了那尸身的腰上，由于太慌张，竟忘了取出里面那缕侯琴的青丝。逃亡的这一个月，他已不知今生还能否再见侯琴，一想起那缕青丝，便悔恨欲死。

他痴痴注视着那颗红豆，侯琴已经被赵姑娘救出，他也就放了心，至于婚嫁，他已不敢奢望。他重新包好红豆，揣在怀中，回到堂屋，又跪到父亲棺木前。

曹喜他们去报官缉捕侯伦，临走前，他们将范楼的真相告诉了他。一切原来全都是侯伦设计，害死父亲的竟也是侯伦！

惊怒之余，有个词从他心底浮起：报应。

难道真是报应？他不敢想，慌忙将这个念头压死。刚才他将这一个月的经历全都讲给了赵瓣儿诸人，唯独这件旧事，只字不敢提——

八年前春天，黄河又决堤，淹没数十万田地庐舍。那时，董谦的父亲董修

章和侯伦的父亲侯天禧都在水司任主簿，跟随都水监前去救灾，招募了十万役夫修堤治水。两人主管钱粮调拨，侯天禧管账簿，董修章管钱物。

快要竣工时，董修章收到家乡寄来的噩耗，他父亲病故。董修章只能罢职回乡奔丧。守服三年，没有俸禄，等出服之后，复职又得候缺。那时董谦也还没有考入太学，也得守孝，前程未知。他家中只有十来亩薄田，生计都难保障。董修章思前想后，终于想到一个办法——

出发前一晚，他备了些酒菜，请了侯天禧来单独一聚。侯天禧酒量不大，他尽力劝让，灌醉了侯天禧。侯天禧做事极其谨慎，账簿从来不敢放到任何地方，随时都揣在怀里。董修章等他醉倒，偷偷取出那本账簿。账簿是用麻线装订而成，他拆开了装订线，将其中一页取出，换上仿照侯天禧笔迹写好的一页假账，重新用旧线装订好，塞回侯天禧怀中，将他扶了回去。而后，他从库中偷出二百五十两赈银，价值五百贯，藏在行李中。第二天一早就启程回乡，并没有人察觉。

有了这些银两，三年守服安然度过，剩余的钱，又用来复职打点，供养董谦上学，还寻买培育了那棵祥瑞梅树。侯天禧却因造假账、贪渎赈灾银钱，被罚铜免官。

对此，董谦始终心怀愧疚，却只能以《论语》中"父为子隐，子为父隐"来开脱。

几年后，他和侯伦竟在太学重逢，他并不喜欢侯伦畏怯阴懦的性子，但想着父亲的罪过，便尽力善待侯伦。他跟着侯伦去了他家，见到了侯琴。他没想到侯琴出落得如此清秀贞静，一眼之下，便被打动，再难忘怀。他心想若娶到侯琴，既能遂了自己琴瑟之愿，更能加倍善待侯家，补偿父亲过错。

谁知道，侯天禧并不应允这桩婚事，更将侯琴当作玩物送给了他人。

那天他将"非你不娶"的纸条偷偷塞给侯琴，侯琴又将一颗红豆和一缕青丝私传给他，这让他越发坚定了心志，若是娶不到侯琴，绝不另寻，等父亲百年之后，就剃发出家。

他当时丝毫没有想到，侯伦带他去青鳞巷见侯琴，是为了用那块古琴玉饰嫁祸给曹喜。从青鳞巷那个宅子出来后，他只有一个念头：杀了曹喜。

侯伦却反复劝阻，说他有老父在堂，怎能如此鲁莽？父重如天，他一听，顿时灰了心。侯伦却又说，他无意中得知有人要在范楼杀人，可以趁机嫁祸给曹喜，这样便不必亲自动手。他已心乱智昏，没有细想侯伦是从哪里得知这杀人秘事，便匆忙答应。回家将自己的一件襕衫及一套内衣带出来交给了侯伦。

第二天在范楼，面对面看着曹喜，他忽然有些不忍，心生退意，但当他拿出那块玉饰还给曹喜时，曹喜那似笑非笑、浑不在意的样子再次激怒了他。曹喜喝多后，他扶着曹喜下楼去解手，回来就照着侯伦所言，走进隔壁那间房，见池了了的琵琶已经放在了墙边。他将曹喜扶到靠外的椅子上，曹喜已经大醉，趴在了桌上。他匆忙向窗根地上望去，一具无头尸躺在那里，穿着他的襕衫，血流了一地。他惊得几乎瘫软。但想到侯伦的安排，忙将腰间的青锦袋解下来，系到那尸身的腰间。又想起自己前襟方才洒到些酒，见桌上有杯残酒，就端过来洒到那尸身衣襟相同的位置。

而后，他尽力克制住惊慌，走向门边，刚要开门，一扭头看到柜子上摆着笔墨，再看曹喜仍趴在桌上，他心念一动，走过去提笔蘸墨，在墙上疾题下那首《卜算子》，这是前晚悲怒之余，写给侯琴，以明自己心志。他希望有人能看到，能明白他这么做的缘由。

写完之后，他不敢久留，忙搁下笔，走出去随手带好门，旁边有几个客人正要下楼，他就混在他们中间，溜出了范楼。

才到街上，侯伦果然已安排了一辆马车等在街边，那车夫朝他招了招手，他忙钻进了车厢。马车拉着他来到汴河下游的河湾，一只货船泊在岸边，船主在艄板上等着他，他上了那货船，一路到了应天府。

船行途中，他才觉得有些不对，侯伦家境贫寒，平日连驴子都舍不得租，却能安排马车、货船，部署得又如此周密，他哪里来的这些财力？

侯伦让他暂住在应天府一位朋友家中，先躲一阵，等曹喜杀人案判定后再回来。他没有料到，自己竟一步踏进漆黑陷阱……

到了应天府，那货船船主带着他到了侯伦的朋友家中。

那宅院只有一个中年男子、两个壮汉、一个仆妇，并不像人家。他们见到董谦，神情有些古怪，并不多说话，把他安置到一间小卧房里，便不再理他，两个壮汉轮换着守在院子里，像是在戒备什么。

侯伦让他躲在这里，等曹喜被判罪之后再回去。但侯伦怎么会认识这些人？这宅子的主人是什么人？他试着去和那中年男子攀谈，但那人只是笑笑，并不答言。董谦越发纳闷，却也无法，只好回到房中。幸而房里有个书柜，他便一册册取来读。除了饭时那仆妇送两次饭进来，那几人并不来接近他。

在那里住了几天后，那中年男子忽然走进他房中，将一页纸递给他，他接过来一看，是一封信，笔迹无比熟悉——是他父亲董修章的手书！再看内文，竟是去年写给王黼的信，当时王黼尚未升任宰相，还是枢密院都承旨，信里罗列了太子赵桓的几件私事，如某日起床太晚，某日听书打哈欠，某日与婢女狎戏，某日将御赐的鱼羹喂猫……

董谦读完后，惊得脊背一阵发寒。他父亲董修章在太子府中任小学教授，职责只在辅导皇孙读书，怎么会去偷记太子不是？而且还密报给王黼？这封密信又怎么会落到这个中年男子手中？他忙抬头，见那中年男子站在旁边，面无表情，像是在看路边的野猫野狗一般，那人伸手将那封信抽了回去，冷冷道："有件事要你去办。"

"什么事？"

"这个你不必管，你只要照着去做，事情办好，我就烧了这封信。"

董谦茫然地点点头。谋陷太子，这事一旦泄露，便是重罪，无论做什么，董谦都只有听从。

那人朝外唤道："庞嫂——"

那个仆妇应声走了进来，走到董谦身边，她手里拈着两颗豆子，一前一后摁在董谦左耳垂上，不住滚压，董谦极诧异又害怕，但见那个中年男子冷冰冰地盯着自己，不敢动，只能听任。那仆妇用豆子滚压了一阵，耳垂被滚麻，她从前襟拔下一根穿了红线的粗银针，董谦越发害怕，那仆妇揪住他的耳垂，一阵刺痛，那针刺穿了耳垂，董谦不由得喊出了声，感到那针从耳垂后面抽了出去。那仆妇又从怀里取出一把剪刀，剪断了针尾的红线。

董谦这才明白，她是在给自己穿耳孔。只有女子才穿耳孔，戴耳环，他们为何要给我穿？当他慌乱猜测时，那仆妇又依样给他的右耳垂也穿了个孔。随后那中年男子和仆妇一起出去了，丢下董谦捂着耳朵，愕然莫名。

第二天，那仆妇来送饭时，查看了一下董谦的耳垂，抽掉了两根红线，在耳洞里各插了一根茶杆。过了两天，连那茶杆也抽掉了。董谦没有镜子，早上洗脸时映着盆里的水照了照，两耳耳垂都留了个小孔，他羞得手都发抖，这以后还怎么见人？

他却不知道，这才刚刚开始。

幽禁在那个宅子里，他屡屡想逃走，但院子里始终有一个壮汉看着，再一想范楼的事，还有父亲那封告密信，他只能在这里等着。整天无所事事，心中烦闷，书也读不进去，日夜想念父亲和侯琴，不知道过了多久。

有天那仆妇和院里的壮汉说"明天就寒食了"，他才知道已经快一个月了。

寒食那天晚上，那个中年男子拿来一件紫绸衫，让他换上，又给了他一个青缎小袋子："揣在怀里。接下来两天，不论发生什么，你都不要动。"

他忙接过来揣好。这时，走进来两个人，之前都没见过。其中一个壮汉鼻头很大，他手里拿着条大麻袋，让董谦钻进去。董谦又怕又愕然，却不敢违抗，只得钻了进去。麻袋口被扎紧，随后被提起来，悬空晃荡了一阵，又被放了下来，之后身子底下摇晃起来，随即响起车轮声，他知道自己在一辆车上。行了一段距离，他又被拎了起来，感到自己被搬到了一个地方，又放了下来，之后再不动了，外边也异常寂静。

他窝在麻袋里，像是被扔到某个漆黑荒野，出生以来从没这么恐惧过，却不敢出声，也不敢动。不知过了多久，才疲极睡去。

两个人说话的声音吵醒了他，他想伸伸腰腿，手足触到麻袋，才想起来自己在麻袋里，忙停住不敢再动。那两人的声音从未听过，说的话也听不懂原委，他只记住了一句："先去吃饭，中午把麻袋送到船上，就没我们的事了。"

两人关门出去了一阵，回来后，拎起了麻袋，又放上了一辆车，一路车声人声十分喧闹，麻袋只透进些微光，看不到外面。行了一段距离，他感到又被拎了起来搬到了另一个地方，听木头吱呀声和水声，似乎是船上。他被放下后，头顶一松，麻袋口被解开了，他伸出头一看，身边一个身穿短葛的年轻男子，端着一只碗，笑着说："渴了吧？喝碗水。"

董谦早已又饿又渴，忙从麻袋里伸出手，手已经僵麻，勉强端住碗，大口饮尽。年轻男子接回碗，笑望着董谦。董谦觉着他笑得有些怪异，但在麻袋里蜷得浑身酸痛，趴伏在地上动不了，环视四周，是在一小间船舱里。趴了一会儿，渐渐觉得头脑昏沉，眼皮沉重，不由得睡了过去。

等他醒来，发觉自己仍躺在小船舱地板上，麻袋不见了，那个年轻男子也不在。他爬起来走到窗边向外一看，船在河上行驶，看对岸房屋景致，十分熟稔，竟是汴梁东郊。再看日头，大约是上午巳时。居然已经过了一天。

外面传来一些人声，他心里纳闷，回身过去拔下门闩，打开了舱门，外面是条狭窄过道，对面也是小舱室，门关着。他探出头向左右望望，见船头船尾都有船工在走动。他想起应天府那个中年男子所言"不论发生什么，都不要动"，便不敢出去，掩上门，回身望着舱室，不知道该怎么才好。

正在茫然，忽然听到门被打开，他回身一看，一个身穿青锦衣的年轻男子走了进来，看着有些眼熟。那男子随手关上门，插好门闩，盯着董谦看了两眼，忽然从腰间抽出了一把短剑，拔开剑鞘，朝董谦逼过来。董谦惊得忙往后倒退，那男子神色严峻，目光却似乎有些犹豫。

董谦忙问："你做什么？"

那男子似乎没有听见，两步逼近，举剑就向董谦胸口刺来，董谦忙往旁边躲闪。那男子一剑刺空，似乎有些恼怒，反手又刺了过来，董谦又慌忙躲开，但略迟了一些，一阵疼痛，左臂被剑刺中，脚底又一滑，摔倒在地板上。

那男子眼中射出寒气，已再无犹豫，举剑又朝他狠狠刺下。董谦虽然读书多年，但体格仍健，而且小时候也曾顽劣过，惊惧之下，唤起本性，一把抱住男子的左腿用力一拽，男子没有防备，猛地跌倒。董谦这时为求保命，已忘记一切，疯了一般扑到男子身上，双手抓住他的右臂，照着幼年时对付大孩子的办法，张嘴就向男子握剑的手狠狠咬去，一口几乎将一块肉咬下。那男子痛叫一声，手中的剑随之跌落。

董谦忙一把抓起那剑，身下的男子却忽然挥拳朝他脸上击来，一拳正击中鼻梁，一阵酸痛，眼泪顿时涌出，董谦也随之侧倒在地上。那男子趁势翻起身，伸手来夺短剑，董谦双眼被泪水蒙住，看不清楚，急痛之下，一肘将男子捣开，随即攥紧了短剑，向男子刺去，"噗"地刺进男子身体。男子挣了两下，随即躺倒。

董谦忙擦掉眼泪，这才看清，短剑正好刺中心口，男子已经不动。

看着那人面容，他才忽然想起来：这男子叫郎繁，是"东水八子"的"剑子"。

第八章　男儿不外露

医书言手足痿痹为不仁，此言最善名状。

——程颢

侯伦独自走到汴河河湾僻静处，坐在草坡上，看着夕阳下河水泛涌金波，心里却荒冷如冬。

幼年时，他性情并不像现在这样，爱说，爱笑，爱跑跳。他父亲却说"男儿不外露"，不管有多少忧喜悲怒，都不能露给人看。一旦露出去，便会被人逮到软处，那时就只能任人摆布。于是，他慢慢不敢说，不敢笑，不敢轻易表露。性情也就越来越拘谨畏怯。别人来亲近，他不能露出喜或不喜；别人来欺辱，也不能露出恨、怕或怒。

起初，他和妹妹侯琴还能做个伴，但父亲又说"男儿要成事，先得远女子"，不许他和妹妹亲近玩耍。这样，从孩提时他便没有一个伙伴，哪怕去了童子学，也始终一个人来去。

他唯一能做的便是读书。然而，只要一捧起书，他就会犯困走神，一旦被父亲发觉，肩背上就会狠狠挨一竹尺。他不知道该怎么办才好，又没有人可以去商量，便在心里想出一双瘦骨嶙峋的黑手，只要走神，就让那双手从黑暗中伸出来，狠狠扇自己耳光、掐自己脖子。这双手陪了他十几年，监看着他一路艰难考进太学，又费尽气力才终于得中第五甲进士出身。

侯伦以为自己总算熬出了头，却没想到这才进到真正的难场。朝廷冗官太多、阙员太少，他又是最低一甲进士，迟迟轮不到职任。大宋俸禄分成官阶本俸和职任钱两部分，他没有职任，又只是从八品的官阶，每月只能领四贯钱的本俸，而且时常被克扣，领不到足数。

八年前，他一生谨慎的父亲不知怎么竟记错了赈灾官账，被免官罚铜，他家顿时陷入困窘，幸而祖上还留了点田产，才能勉强过活。他这四贯俸钱，虽不多，但至少能让家里宽活一些。他父亲却一文都不让乱花，让他省出这些钱，去结交一些当权的官员。

四贯钱能结交什么人物？在像样一些的酒楼正店，一顿至少也得花十贯。何况他自幼就被教训不能外露，稍微生一些的人，连话都说不出。他只能学人家，写了些拜帖，每逢节日，就往各个京官的府里挨个去投。他只是一个微末进士，这样的投法只如雪片落江湖，点滴影响都没有。

后来，他开始跟着同学到处去聚会，这个法子倒还生了些效，渐渐能和一些人说几句话。其中有两个人对他另眼相看，还能笑一笑，多说几句。其中一个姓蓝，是吏部一位员外郎家的幕客；另一个姓黄，是工部的一位主簿。两个都是在部里能说得上话的人。

侯伦便将自己的四贯钱分成两半，每月都去买些看得过去的礼物，分别送给蓝、黄两人。半年后，两人都透了些口风，说愿替他进言。侯伦欢喜得不得了，只是财力实在有限，人前又不大会说话，想更殷勤些，却不知该怎么做，只有加意赔着小心。

后来，姓黄的说他和朝中一位要员私交极好，那要员别的都有，只好女色，但眼下正在守孝，不能娶妾。问侯伦可有什么办法？侯伦回去和父亲商议，父亲立即想到了侯琴。父亲一直想用侯琴换些富贵，既然这位朝中要员急需女子，将侯琴献给他，讨他欢心，替侯伦谋个好职任，不就是富贵？而且还能抓住那要员服孝贪色的把柄，日后可以要挟要挟。

侯伦便把这主意告诉了姓黄的，姓黄的随即在青鳞巷安排了一间空宅，让侯伦将妹妹侯琴偷偷送了过去。侯伦则按父亲的吩咐，等那要员去青鳞巷宅子时，躲在院角竹筐里，偷偷窥探，认出了那要员的样貌，竟是前枢密院邓洵武之子邓雍进，果然是在朝中威权赫赫者。他回去告诉了父亲，父子两个都喜得眼睛放光。

然而，邓雍进来过几次后，似乎便已经厌了。他父亲又气又急，赶到青鳞巷，将侯琴狠狠责骂了一通。侯琴却只会哭，在父亲面前，又不敢大声哭，低着头不住抽泣。侯伦在一旁看着，忽然涌起同病相怜之悲，却也不敢劝。只能盼着邓雍进再来，邓雍进却很久都不再登门。

正当他焦虑不已，蓝、黄两人几乎同时来找他，都说有件急事要他办，他当然立即满口应承。然而，当两人说出要办的事，他才惊怕不已——

姓蓝的说，他有个族亲为报大仇，要在范楼杀一个人，让侯伦设法帮他遮掩过去；姓黄的则说，需要一个中等身材、略魁梧的人替他做件隐秘的事。两人都答应，只要做成这件事，就给他谋个好职缺。

侯伦又回去和父亲商议，父亲这回也没了主意。倒是侯伦自己忽然想到了两个人：曹喜和董谦。

曹喜和董谦是侯伦仅有的能称得上朋友的人，然而，他最恨的也是这两个。曹喜从来都是俯视他，对他任意呼喝嘲讽。而对董谦的恨，则从少年时就已积起。那时他们两家是邻居，董谦似乎事事都比他强，又会说话，人人都喜欢他。而他，几乎没听到过一句赞语，人人都视他如无物。

有一天，他去后院，听见一阵嬉笑声，在门边偷偷一看，见董谦骑在墙上，妹妹侯琴站在墙根，董谦从怀里掏出两块西川乳糖，将一块丢给侯琴，侯琴用衣襟兜着接住，两人一起将糖块含进嘴里，董谦在墙头说了句话，由于含着糖，说不清楚，两个人忽然一起笑起来。

侯伦从来没有这么笑过，也没见妹妹这样笑过，他先是一阵羡慕，但随即就变成忌恨，不由得大声嚷道："爹！"侯琴一听到，吓得忙将口里的糖吐到水塘里，慌忙躲进屋里去了。董谦也倏地溜下了墙头……

长大后，在太学中再次见到董谦，他原本忘了当年的事，可是当他带董谦去自己家里，董谦见到侯琴时，两人那种神情让他立即想起当年，怒火又隐隐腾起。那天董谦和侯琴偷偷私递物件，他全看在眼里，心里已经在盘算如何惩治他们两个。

现在黄、蓝二人都要他做事，董谦的身材正好相符，恰好那天邓雍进又去了赵青鳞巷，侯伦便想出了一个主意，分别和黄、蓝二人商议好后，就去一步步实施。他先邀曹喜去汪月月那里，多劝了两杯，趁醉偷到曹喜的玉饰；第二天去青鳞巷妹子房中，将玉饰偷偷丢在床脚；接着又邀董谦去和侯琴见了一面；最后说服董谦一起谋陷曹喜……

曹喜虽然没陷害成，却也吃了一场苦，又替姓蓝的遮掩了一桩谋杀案。至于董谦，他不知道被姓黄的带去了哪里。

两件事做成后，他去找蓝、黄二人，谁知两人都躲着不肯见他，他才知道自己只是被他们利用。随即，范楼案又被赵瓣儿揭穿，父亲连声痛骂他蠢笨。

连那个唱曲的池了了，都敢用鞋子打他。

心灰之极，他忽然想到邓雍进，或许可以直接去求求那人。但侯伦手头并没有什么钱，连份像样的礼都备不起。他又忽然想到董谦父亲培育的那株祥瑞树，那次他去董谦家，在后院无意中见到。董谦慌忙遮掩，他却一直记在心里。现在董谦家只剩两个老迈之人，应该容易得手。

于是昨晚等到天黑没人时，他来到董谦家，本想从后院翻墙进去，但从没爬过墙，试了几回都没成，只得绕到前面敲门，来开门的是董修章。他装作来探望，进去说了几句话，那个聋仆吴泗一直没出来。机会正好，他便起身告辞，说从后门出去更近便，就来到后院。董修章跟了出来，他打开了后门，心想只有硬抢了，便回身走过去抱那盆祥瑞树，董修章大声喝骂起来，他怕邻人听到，一把将董修章推倒，董修章后脑撞到了水缸，坐倒在地上，张着嘴大口喘着气，眼睛翻白，似乎撞得很重。他惊慌至极，再顾不得其他，抱起那盆祥瑞树赶忙逃了出去。那盆树有些重，抱着很吃力，幸而天已经黑了，并没有人看到他。

今天一早，他雇了辆车，载着那棵祥瑞树来到邓雍进府宅前，他将写好的拜帖递给门吏，门吏看了看，似乎不愿替他通报，他忙说："你只要说'青鳞巷'三个字，邓大人一定会见我。"那门吏这才进去通报，过了一阵，出来说："随我进去吧。"他不清楚豪门规矩，不敢让那车夫帮着搬祥瑞树，只得自己费力抱起，跟着那门吏进去。走过宽阔前庭，穿过一道过厅，又是宽阔中庭，这才来到正厅。走到门边时，他已经手臂酸软，腰背疼痛，却不知该将怀里的祥瑞树放到哪里，只有继续吃力地抱着走了进去，隔着祥瑞树的枝叶，见厅中乌木大椅子上坐着个身穿孝服的中年人，正是邓雍进。

他慌忙将祥瑞树放到地上，深深躬身施礼，累得气喘，连拜问的话都说不出。

邓雍进却冷着脸沉声道："我见你，只想告诉你一句话，我并不知什么青鳞巷，连听也没听见过。知道了吗？"

他忙再次躬身，喘着气道："卑职知道！"

"好了。你走吧。"

"大人！卑职备了份薄礼，就是这棵灵芝龙梅树……"

"我家花花草草多的是，用不到，你拿回去吧。点汤！"邓雍进说着站起来，转身走进内间去了。

一个仆人走过来道："请！"

侯伦只得又抱起那盆祥瑞树，费力往外走，腿脚已经酸软，跨门槛时，脚一绊，顿时扑倒在地，花盆摔成几瓣，泥土洒了一地，梅枝断了两根，根干上的灵芝也掉落了十几棵。

侯伦顾不得痛，慌忙爬起来要去收拾，那仆人抱怨道："哎呀！你这是做什么！好了，好了！你快走吧！"

侯伦只得一瘸一拐离开了邓府，心比那盆祥瑞树跌得更碎。他茫茫然一路乱走，出了城沿着汴河来到这片僻静水湾，才觉得累到再没有一丝气力，便一屁股坐倒在青草中，呆呆望着河水，只觉得满腔沮丧、灰心和委屈，比河水更深长。

少年时，有了伤心事，他不敢在人前流露，就找个没人的地方偷偷哭一场。长大后，心渐渐麻木，再难得哭了。可今天，他却仿佛回到孤零零的少年时代，看着夜色越来越沉，觉着自己已被这世间遗弃。

他忽然想起幼年时，有天父亲不在，他和母亲、妹妹在灯烛下猜谜说笑，三个人都乐得不得了……埋了二十多年的酸辛委屈忽然涌上来，他再忍不住，低声哭起来，一哭再也止不住，不管不顾地号啕起来，伤伤心心哭了一大场。

哭完后，整个身心都被哭空了一般。他慢慢爬起身，在河岸上找了些石块，一块块揣进怀里，扎紧了腰带，走到河岸高处，呆立了片刻，而后一头跳进了漆黑的河水中……

第九章　九封信

有意在善，且为未尽，况有意于未善耶！

——张载

赵不弃上了马，朝大鼻头薛海一笑，随即驱马回去。

路过章七郎酒栈时，他扭头朝里望去，酒栈里坐着几个客人，并不见章七郎。他和章七郎还算熟络，一个聪明爽快人，却没想到在背地里做这些事情。不过赵不弃想，这又不关我的事，就算胡涉儿和薛海对付不了丁旦，章七郎恐怕也不会放过他。他能帮着除掉丁旦这个祸患，倒也省了我的气力。

他不再想这闲事，继续琢磨阿慈的下落。

照那谢婆所言，冷绪现在"菜花虫"府中，恐怕和阿慈在一处？不过就算阿慈真在蔡行府里，贸贸然也很难打问出来。

他想起一个人，在蔡行府里专管轿马，名叫马步。

去年赵不弃和一班朋友去行院里喝酒玩耍，蔡行也在。那晚蔡行喝醉了，和枢密院邓洵武的儿子邓雍进为个妓女争风吃醋，一生气嚷着要回家，叫马步备马，马步稍应慢了一点，蔡行便踢了马步一脚，挥起马鞭就要打。赵不弃见马步吓得缩在地上不敢动弹，便过去连说带笑，逗乐了蔡行，让马步免了一顿鞭子。

马步专管轿马，冷绪和阿慈的去向，他恐怕知情。

于是赵不弃骑马行到南薰门外，来到蔡行宅院。这宅子名号礼贤宅，是当年南唐后主李煜被俘至京师后，太祖皇帝赐给他的幽禁住所。辗转几代，数经修缮扩建，极是峻丽崇深。如今官家又赐给了蔡行。赵不弃绕到侧门，让看门的一个门吏进去唤马步。

不一会儿，马步走出门来，见到赵不弃，慌忙要跪拜："赵大人——"

赵不弃忙笑着伸手拉住："不必，不必！我有些事要问你，到那边说话。"

马步忙跟着赵不弃来到旁边僻静处。

"汴河北街有个卖豉酱的蓝婆，她有个儿媳妇叫阿慈，你知不知道？"

"小人知道。清明那天小人还去过她家。"

"哦？你去她家做什么？"

"我家小相公有个门客叫朱阁，清明那天他们夫妇要去上坟，因没有轿马，小相公就让我备了轿马和仆役接送他们。回来路过蓝婆家时，惊到了一头牛，踢伤了蓝婆的孙子，朱阁夫妇似乎和蓝婆很亲熟——"

"原来如此。当时我也在那里，太乱，竟没有留意到你。我再问你，朱阁的妻子冷缃现在是不是在你家小相公府里？"

"嗯。前几天才接过来。"

"蓝婆的儿媳妇阿慈呢？是不是也在？"

"正月间她不是在烂柯寺变身变没了？"

"那以后，你再没见过她？"

"没有。她都没了，小人到哪里去见她？"

"嗯……最后一件事，你能不能设法让我见冷缃一面？"

"这个……哦，对了，她明早要去城东的观音院烧香，已经吩咐我预备轿子了。大人您可以在那里见着她。"

"好，多谢。"

"折杀小人了。大人救过小人，无论做什么，请尽管吩咐。"

赵不尤回到家中，取出纸笔，给古德信写了封信，叫乙哥送到官府邮驿的一位朋友那里，托他加紧寄往南方。

乙哥走后，赵不尤坐在屋中，细细回想梅船、郎繁及章美的种种事由，眼下大致能断定，章美和郎繁虽然都去了应天府，但彼此互不知情。

郎繁是和古德信为了某个缘由，商议好去做某件事，这件事应该和梅船有关，郎繁也为之送命。虽然他的尸体发现于那只新客船，但汴河上下锁头两处税关都没有那只新客船的经行记录，那只新客船应该是汴梁本地新造的船只，并没有去过外地。郎繁应该和梅船上其他人一样，原本都在梅船上，梅船消失后，才被移到了新客船上。

至于章美，他去应天府应该是为了宋齐愈。那个梁侍郎的宅院，简庄是从别处听来，这个地址一定有某种隐秘因由，章美恐怕是发觉其中不对，才又写了封假信，换掉地址，骗宋齐愈去宁陵，而他自己则前往应天府梁侍郎家查看。这个地址恐怕是个陷阱，章美因此销声匿迹，甚至也像郎繁，已经送命？

赵不尤思忖了半晌，忽然想到一件事：笔迹。

江渡年模仿莲观笔迹写了假信，章美发觉事情不对，又写了一封假信替换掉江渡年的那封。莲观的那些信，每一封宋齐愈恐怕都已读过百十遍，想要模仿莲观笔迹，骗过宋齐愈的眼睛，极难。江渡年也许能做到，但章美，虽然也勤习过书法，但绝没有如此仿写功力，远远达不到以假乱真的境地。但宋齐愈竟被他骗过。那天赵不尤自己也仔细对照了真假两封信的笔迹，虽极力辨认，却根本没有找出丝毫差异。难道那封真是莲观亲笔所写？

不会，莲观没有理由去写这样一封骗婚的信。

还有，章美先偷了一封莲观的信，拿给江渡年去仿写。但莲观的信，宋齐愈从没给章美、郑敦看过，他一直锁在木盒中，木盒又锁在柜子里。两套钥匙，一套宋齐愈随身携带，另一套锁在木盒里。

章美根本偷不到！

这就太过矛盾——章美从未见过莲观的信，却能模仿莲观的笔迹。

赵不尤凝神思索了半晌，心里忽然一震：除非——

宋齐愈收到的莲观的那九封信，本身就是假信，全都出自章美之手！

章美模仿卫夫人小楷笔迹，冒充莲观给宋齐愈写信！

这样章美根本不必偷莲观的信，只需再写一封，交给简庄他们。江渡年写好假信，章美要替换，也不是仿写，而是真写。

从头到尾，宋齐愈都没收到过莲观的信！

但是——章美为何要冒充莲观？

赵不尤反复思索，始终想不出章美这么做的缘由。

这时，温悦端了一碗甜汤过来递给他。赵不尤接过碗，没有喝，先将这件事告诉了温悦。

温悦听了，也十分惊诧，她想了许久，忽然道："简贞。"

"简贞？"赵不尤有些摸不着头脑。

"我猜章美是暗暗钟情于简贞，可是简庄夫妇却选中了宋齐愈——"温悦轻声叹道，"章美若真有这个心，自然能明白这局面。他若贸然去提亲，都是至交好友，简庄应允不是，不应允更不是。之后，大家都不好相处。章美知道宋齐愈对那位莲观姑娘念念不忘，就冒充莲观写这些假信给宋齐愈，恐怕是想用莲观系住宋齐愈的心，这样宋齐愈便不会去留意简贞。只要拖个一年半载，简庄夫妇也就会死心，不再寄望于宋齐愈。那时，章美便可以顺顺当当去提亲了。"

"有道理。否则这事情实在太不合情理。"

"唉……章美为人笃重执着，一旦生情，一定比常人来得深重。他恐怕是第一次动这儿女之情，情之所至，难以自持，才做出这反常之事。说起来，你当年还不是一样？"温悦望向赵不尤，"你去我家提亲之前，为衬出你的好，不知去哪里招罗了一班奇奇怪怪的人，轮番去我家提亲，我爹娘被那些人惊得眼珠子快要掉下来。最后你才上门，我爹娘一看，当然觉得瓦砾堆里见到了珍宝……"

"哈哈！那时我是怕脸上这道伤疤会惊到岳父岳母——"

两人目光对视，荡起一阵醉意。温悦原本还略存着些恼意，这时脸颊泛起红晕，眼里闪着羞涩，之前那点气也随之散尽。

赵不尤心魂一荡，伸手去握温悦的手，外面却忽然传来瓣儿的声音："哥哥！"

温悦一听，忙转身出去，赵不尤也跟了出去，走到堂屋里，见瓣儿脸颊泛红，额头汗细，大声道："郎繁是董谦杀的！董伯父是侯伦杀的！"

温悦冷起脸道："你居然还敢这么大模大样地回来？"

瓣儿吐了吐舌头："嫂嫂，我错了。不过这次我必须得去，而且收获极大！"

温悦无奈摇了摇头，墨儿给瓣儿倒了杯凉茶，瓣儿一气喝下后，正要开口，侯琴也从里间走了出来。瓣儿忙将她拉到自己身边坐下，笑着道："琴姐姐，董公子已经回来了。"

侯琴担忧道："你刚才说他……"

"琴姐姐不要怕，我觉着董公子并没有犯罪——"

瓣儿将董谦的事讲了一遍，最后道："他说杀了郎繁之后，慌得不得了，不知道该怎么办。过了一阵，船到了汴梁，停在了虹桥北桥根。他偷偷打开门，见两头船工们都在收拾忙乱，他怕身上那件紫锦衫太扎眼，就脱了下来，低着头走出去，船上人都在忙，并没有人留意他，他赶忙下了船，不敢回家，跑到郊外一户农家，他以前曾帮过那家人，他们让他藏在那里。他心里挂念着自己父亲，隔几天就托那家的儿子进城看望一下他父亲，今早那儿子回去把噩耗告诉了他，他才慌忙赶回了家……哥哥，董公子这不算杀人罪吧？"

赵不尤道："若事情属实，他这是正当自卫，并没有罪。"

侯琴在一旁听着，一直忧急无比，像是自己跟着董谦去经历了一遍，这时听赵不尤这么讲，才算放了心。但想到自己哥哥侯伦杀了董谦的父亲，又犯起愁来。

瓣儿开解道："他那样待你，已经不是你哥哥了。如今又做出这种事，于情于理于法，都已经说不过去，也躲不过去。他自己的罪责只能自己承当，曹公子和了了已经去官府报案，我和姚禾刚才去了你家里，你哥哥没在家，他可能已经逃了。既然董公子已经回来，这往后，你就忘掉你那个哥哥，好好爱惜自己。"

侯琴点了点头，却忍不住落下泪来，温悦忙替她擦掉泪水，扶着她走进里间去安抚。

赵不尤心里却一阵悲惊。郎繁之死，始终查不出缘由，没想到竟从这里得到答案。郎繁去刺杀董谦，已是怪事，他竟然反被董谦杀死，更让人错愕。想那董谦，不过一介书生，而郎繁号称"剑子"，常年练剑，就算不能与武夫争斗，但在万千士子中，已是极难得。

也许这便是大宋武功之实力，自太祖开国以来，为防武人乱政，重文轻武，即便行军作战，也以文臣统率武臣。百年以来，文气倒是兴盛，武力却始终虚弱。百年承平，一旦遭遇危急，恐怕也会如郎繁一般，仓促应战，不堪一击。

赵不尤不禁有些悔疚，当初他和郎繁过招，知道郎繁这剑术多是虚式，难以御敌。不过想着郎繁也无须与人对敌，便没有多言。早知如此，当时便该直言，教他一些攻防招式。不过，若当时教了郎繁制敌招数，死的便是董谦了。两人都是良善之人，死任何一个都是莫大的遗憾。

想到还有疑窦未解，他吐了一口闷气，才问道："瓣儿，你有没有问董谦，他坐的是什么船？"

"我特意问了。他说上了岸，回头看了一眼，见那船帆布上绣着朵梅花。"

"梅船？！"墨儿惊道。

"不止呢——"瓣儿又道，"我问他是哪间客舱，他说是间小客舱，还说记得一边共三间，他是左边中间那一间。"

墨儿更加吃惊："康游就是到梅船左边中间小客舱，去杀一个紫衣客！难道他和郎繁都是去杀董谦？这么说康游并没有成功，但那颗珠子和那对耳朵，他是怎么得来的？"

瓣儿又道："更奇怪的是，董谦耳垂上还被穿了孔。寒食那天晚上，那个中年男子给了他一个袋子，让他揣好。今天他把那个袋子给我了，你们看看。"瓣儿从怀中取出一个青缎袋子，递给了赵不尤。

赵不尤接过来，打开一看，里面是一颗莹润的珠子，比康游的那颗似乎还略大一点，珠色完全一样。

墨儿问道："他们为何都要去杀董谦？又为何要给男子穿耳洞？康游拿回来的那双耳朵也被穿了耳洞，那又是谁的耳朵？"

这时，外面忽然传来敲门声，何赛娘立即跑过去问道：

"谁？"

"我。"

"名字！"

"赵不弃！"

"哪个赵不弃？"

"最爱坐在头排看'女孟贲'相扑，看完后还要送一只肥煠鸭的那个赵不弃！"

何赛娘笑着开了门，赵不弃走进来，朝何赛娘粗臂膀上一捶，笑着问道："什么时候改行做门神啦？"

何赛娘捂着嘴大笑起来。

赵不弃走进来，坐下来就问道："又有男人穿了耳洞？"

瓣儿笑着问道："二哥，你说'又有'是什么意思？"

"我刚在门外隐约听见墨儿说什么男子穿耳洞，我查的那件案子里，也有个男人穿了耳洞。就是我之前跟你们讲的何涣那个没有骨血的孪生兄弟丁旦——"

赵不弃将这一段查出来的事情滔滔讲了一遍，最后得意道："阿慈变身，就是这么一场把戏。"

墨儿大声赞道："二哥了不起！这样都能被你查明白。"

瓣儿笑道："二哥这诙谐性子，碰到的案子也这么曲曲拐拐，换来换去，演杂剧一般。"

赵不尤则大为震动："照你所言，本该是丁旦上梅船，却被那个薛海去应天府用董谦调包了丁旦，我们四人查的四桩案子，竟然是同一桩！"

赵不弃纳闷道："哦？同一桩？"

瓣儿抢着把赵不尤的梅船案、墨儿的香袋案、自己的范楼案飞快地说了一遍，然后笑道："二哥你说是不是同一桩？"

赵不弃听了大笑起来："这可真叫作不是一家人，不办一桩案哪，哈哈！"

墨儿纳闷道："刚才我们以为康游和郎繁是去梅船上杀董谦，这么看来，他们要杀的是丁旦，却被董谦换掉了。可丁旦只是个无赖赌棍，这些人为何要费这么大气力去杀他？"

赵不弃道："难道他们要杀的不是丁旦，而是何涣？何涣因为术士阎奇之死，被判流放沙门岛，后来暴死途中，被一个员外救了，让他去做一件事——不对，不对！若真要杀何涣，何必要救活他？何况当时何涣的身份还是丁旦。另外，那些人恐怕也不知道当晚何涣回到蓝婆家，和丁旦又换回了身份。"

瓣儿问道："那个阿慈怎么办？"

赵不尤道："既然已经知道她是被掳到了蔡行府里，那就好说。"

"不好说，"赵不弃摇头道，"哥哥是要报到官府？可眼下咱们没有真凭实据，那蔡行虽说是只'菜花虫'，头脑却继承了蔡家门风，相当缜密狡猾。马步主管蔡行宅里的车马，却不知道阿慈的事情，看来那蔡行早有预见，当时并没有用自家的轿马去接阿慈。一定是吩咐朱阁另租了辆车偷偷把阿慈带到他府里，而且我估计中间还至少转了一道车轿。若真的告到官府，蔡行将罪责全推给朱阁，再设法把阿慈藏起来，那样再想找到阿慈就难了。"

瓣儿犯难道："那怎么办呢？"

赵不弃笑道："明天我去见那个冷绡，仔细盘问盘问，之后再想办法，得好好惩治一下那只'菜花虫'。"

众人又商议了一阵，始终不明白那些人为何要杀丁旦，更不清楚为何要给董谦、丁旦穿耳孔。而且两人的耳朵都没有被割，康游取回的那对耳朵又是谁的？

赵不弃忽然想一件事："我得去瞧瞧那个丁旦。我使计谋让他和狗友胡涉儿两个人火并，又把他的住处透露给那个大鼻头薛海，不知道丁旦的小命还在不在？他若还活着，应该还能问出些东西——"

他忙起身出去，之后一阵马蹄声，飞快消失于巷外。

赵不尤吃过饭，起身走到院子里，夜风清凉，满院银辉。

他仰头望着月亮，默默沉想。现在四桩案子汇到一处，比原先明朗了许多，但也更增了许多疑窦，这案子越发庞杂莫测了。尤其是那梅船如何凭空消失，更是始终难解。

夏嫂在厨房里收拾，不时传出些声响，赵不尤听到她拉开抽屉放东西，心里忽然一动，似乎想到了什么。

就在这时，外面忽然响起敲门声，声音很轻。何赛娘和温悦在后房说话，赵不尤便走到门边，问道："是谁？"

门外那人低声道："不尤兄，是我，章美。"

第十章 赴死

> 人之生，不幸，不闻过；大不幸，无耻。
>
> 必有耻，则可教；闻过，则可贤。
>
> ——周敦颐

　　章美已无颜再见故人，犹豫再三，才趁夜偷偷来拜访赵不尤。

　　他父亲虽是个商人，却始终钦羡功名，娶的妻子也是仕宦人家的女儿。章美出生后，才会说话，他父亲就延请宿儒为他启蒙。商人之子不能应考，他父亲又给朝廷进献军粮，纳了一个空头官阶。章美的母亲却见惯了宦海升沉，性情十分和淡，从小只教章美养心求善。

　　章美的父亲一向敬畏妻子，因此章美受母亲熏陶要多些，家境又富裕，并不缺什么，自幼养成了沉静守礼的性子。前后教他的儒师，见他这性情，都十分爱惜，加意培养他仁义礼智、修齐治平的胸怀。

　　少年时，章美初读张载《西铭》，读到"天地之塞，吾其体；天地之帅，吾其性。民吾同胞，物吾与也。"猛然觉得心胸大开，天、地、人、物，四者浑然一体、不分彼此。这世间是我之世间，这寒暖同我之寒暖。我善，它自然善；我恶，它自然恶。我不去惜护这世间，谁去？

　　从那天起，他便立下志向，要以孔孟为师，以天下为己任。

　　入了童子学后，他结识了宋齐愈和郑敦，宋齐愈洒落超群，郑敦朴厚纯善，三个人志趣相投，很快便亲如手足，十几年同食同宿、同习同读。有书有友，章美不知道世间还能再有何求。然而，到了汴梁，入了太学，一切便渐渐变得不一样。

　　章美好静，京城却太乱太杂，即便在太学中，师生心思都各个不同，时时都能觉到利禄权势左右人心，激起争扰。这让他越来越觉不适，渐渐在心里筑起一圈围篱，不让外界侵扰自己。幸而不久就结识了简庄等人，在浮华汴京，有了一个清静去处。

　　这些变化中，最让章美介意的是宋齐愈。宋齐愈原本就无所拘忌，到了汴京，似乎越发肆意，不论清浊，他都一概接纳，毫无拒斥。起初，章美以为这只是性情所致，还能容忍，到后来，宋齐愈竟然开始力主新法，宣称不变法则亡国。对此，章美则再难容忍。

　　与此同时，他与宋齐愈之间又出现了另一个人：简贞。

　　与简庄初识时，章美就已经听闻他的妹妹简贞难得的贤淑聪慧，以兄视妹，恐怕也不会错。不过那时章美一心读书，并没有婚娶之心。有一天，他和宋齐愈、郑敦去简庄那里，大家正在院子里讲论孟子"赤子之心"，忽然听到墙头扑啦啦一声响，抬头一看，一只燕子风筝挂到了墙边竹梢上。接着，有两个孩童来敲门，乌眉去开的门，两个孩童求乌眉帮他们取下风筝。乌眉搬过梯子要爬上去，章美看到，忙过去帮着取。他爬上梯子，攀到墙头，伸手取下了风筝。正准备要下去时，一回头，见后院一丛翠竹下，一个年轻女子静静坐在竹椅上，正捧着一卷书在读，她身穿青布衫裙，衬着幽幽翠竹，显得格外雅静。

　　章美不敢多看，慌忙爬下梯子，那一眼却映在心底，如青碧图画一般。

　　自那以后，他时时会念起那个女子，知道她一定是简庄的妹妹简贞。他没见过自己母亲青春时的模样，但看到那个女子，便认定母亲年轻时便是这样。他心中第一次涌起求偶之情。但父母都远在越州，必须得先回禀。他想了很久，终于忍不住，给父母写了一封信，向他们征询求亲的事。

　　他听族兄说乌眉的父亲乌宣义这两天要南下越州去进货，就去乌家，想托乌宣义捎信回去。到了乌家，却见乌眉也回了娘家。乌眉爱说话，他便先陪着说了几句，装作无意，把话题引到简贞。乌眉极力夸赞了一番简贞，章美正听得快慰，乌眉却话锋一转，说简庄和刘氏都已选中了宋齐愈。章美一听，心里被冰锤猛地砸中一般，顿时呆住，说不出话来。他勉强敷衍了两句，赶紧起身告别，在路上撕掉了那封信。

　　一路沮丧回到太学，迎面却看见宋齐愈走了过来。那时他和宋齐愈已经争论过几次新旧法，他心里已经有了嫌隙。宋齐愈却似乎毫不在意，笑呵呵拍了他一下，问他去了哪里。他想起乌眉的话，心里顿时腾起一股怨气。正要发作，郑敦也走了过来，他只得忍住。宋齐愈说建隆观的菊花开得正好，一起去赏赏。他原想拒绝，但又想探探宋齐愈的心思，便跟着一起去了。

三人到了建隆观，其实菊花已经开败，没有什么可看。宋齐愈又拉着他们上了近月楼，坐下来喝茶。这已是他们第二次来近月楼，他很纳闷宋齐愈一向节俭，为何忽然奢侈起来。而且宋齐愈坐下来后，不时望向对面蔡京的府邸，似乎在期盼什么。望着蔡京府，除了富贵，还能期盼什么？宋齐愈力主新法，蔡京又强推新法，自然同气相求。章美心里越发恼怒，但仍旧忍着。

临走时，宋齐愈忽然感叹起来，说至今也没有查找出莲观的家世。章美听了，心里才稍稍宽慰了一些，至少宋齐愈并没有留意简贞。

后来，为了打听简贞的消息，章美时常往乌家跑，若遇到乌眉回娘家，就设法探些口风，引乌眉多讲些简贞的事情。乌眉说简贞不但聪慧贞静，还会画画填词。章美忙请乌眉念一首来听，乌眉记性好，随口就念了一首，那词句凄清幽婉，韵致不输于当今女词人李清照。章美听后，如同饮了一盏春寒冷酒，神魂尽醉。

乌眉又说简庄一直等着宋齐愈去提亲，可至今也不见宋齐愈表态。而宋齐愈那边，也似乎渐渐开始淡忘莲观。章美越加忧虑起来。后来他才想到，就算宋齐愈真的忘掉莲观，也未必会留意简贞。但当时，他心里只有简贞，以为所有人都和他一样，只会钟情于简贞，尤其是宋齐愈。

他心里暗想，不能让宋齐愈忘记莲观。

但如何才能不忘记？

有天他听宋齐愈随口吟了句"尺素无由寄，鸿雁难为凭"，看来宋齐愈在盼着能和莲观有书信往来。他忽然生出个念头——给宋齐愈写封假信。

但这是极丧格败德的事情，他慌忙驱掉了这个念头。谁知没过几天，他又去乌家见到了乌眉，乌眉说宋齐愈若再不表态，她自己就要去催催宋齐愈。章美一听，忙阻止说宋齐愈似乎已经中意于另一个女子。乌眉忙问是谁，章美只得说自己也不清楚，得去问问宋齐愈。

乌眉一旦得知宋齐愈和莲观其实只见过一面，再无音信，恐怕会极力劝说宋齐愈。章美情急之下，再顾不得其他，开始着手写莲观的假信。

他一向不愿将精力耗费于诗词歌赋，信中更要模仿女子心思笔致，短短数百个字，竟比写数千言的策论更难。好在他以前曾临摹过卫夫人的小楷，便照那笔法，反复斟酌揣摩，总算写成。他封好信，去街口找了个外乡客人，给了些钱，托那人把信交给了太学门吏。

当天下午，宋齐愈兴冲冲找到他和郑敦，说收到了莲观的信。章美看着他一脸狂喜，知道自己计谋应验，但他从小没做过这种违心欺人之事，心里极其愧疚。

果然是从善如登山，从恶如顺水，写了第一封假信，愧疚了一阵后，他又忍不住写了第二封、第三封……宋齐愈却丝毫没有察觉，对莲观越来越痴迷。

到了去年年底，乌眉忽然拿了两幅画来找他，说是简贞画的。简庄这几年赖以为生的学田恐怕要被收回，这往后生计就没了着落。简贞拜托他去问问书画经纪的朋友，看看能否卖掉这些画。

章美展开一看，是两幅山水，笔致秀逸，神韵清远，堪称妙品。没想到简贞竟还有这等绝技，他喜欢得不得了，立即拿着两幅画去找到一位经营书画的行家，那人看了也赞不绝口，说就算拿去和宫中画院的一流画师比，也不逊色。可惜画者并没有名气，恐怕卖不了多少钱。

章美听了，反倒很是开心。他本就没打算卖掉这画，想要自己珍藏起来，只是想让那行家品评一番。他父亲从来不吝惜他花钱，于是他给父亲写了封信，只说要收藏名家书画，父亲很快托人给他捎来三百贯，他就照着坊间名家的价格，假借书画商的名义，把简贞的画全都买了过来，密藏在族兄家中，时时过去独自品赏，越看越爱。

简贞也用这些钱置了些田产，让家里有了生计倚靠。

而宋齐愈，却因为莲观那些假信，整天魂不守舍，简庄也对他渐渐失望。

就在这时，发生了那场论战，宋齐愈从未如此狂傲过，以一敌七，为新法极尽狡辩。简庄当即驱逐了宋齐愈，他们七子既悲又愤，想起当年司马光主政，错信了蔡京，最终让新法卷土重来。与蔡京相比，宋齐愈才干见识只有更强，若不设法阻止，将来恐怕会祸害天下。

于是他们开始商议如何阻止宋齐愈。郑敦先提到了莲观，田况精于棋道，随即想出一条计策——寒食节将宋齐愈骗往外地，让他错过殿试。章美心想这是为天下苍生免祸，便主动提出去偷莲观的信。

他重写了一封莲观的假信，交给简庄，简庄怕男子口吻不像，就让妹妹简贞模仿莲观的语气写了一封假信，江渡年又模仿"莲观"笔迹抄写了一遍。章美读到那封假信，见寥寥数语，却情致深长，心想：若这是简贞写给他的，该多好。

信上应天府梁侍郎家的地址是简庄提供的，章美随口问了句是从哪里得来的，简庄神色微变，随即说是偶然听来的。章美微有些纳闷，简庄一向坦荡磊落，任何人面前都直心直语，从来不会支吾遮掩。他不放心，等其他五子离开后，单独留下来，又问了一遍。简庄忽然恼怒起来："你这是做什么？我刚才已经说了，是偶然听来的！"

简庄虽然性情严厉，但从来没有这么失礼过，何况是挚友之间？

章美不好再问，道了声歉起身告辞。回去路上却始终忘不掉简庄方才的神情，那神色间不只是恼怒，更透出些恨意和愧意，此外还藏着些什么。他仔细琢磨那眼神，心里渐渐升起一股寒意——简庄眼神深处藏着冷厉之气，那是杀气……

大太阳底下，章美不由得打了个冷战——简庄在说谎，他不只要让宋齐愈错过殿试，更要除掉宋齐愈，以绝后患。因为宋齐愈就算错过这一场殿试，三年后，还可以再试，以宋齐愈的才学，终究阻挡不住。

虽然章美与宋齐愈已经势同冰炭，但毕竟十几年旧谊，早已胜过骨肉，爱护之情自然涌起。何况儒者以仁义为本、恻隐为心，怎么能做出这种事情？

不过，他还是想惩戒一下宋齐愈，想起太学有位同学讲过宁陵知县有女待嫁，便重新写了一封假信，把地址换成宁陵，照老办法寄给了宋齐愈。

信送出去后，想到简庄，章美始终有些心寒，不知道简庄将宋齐愈骗到应天府，究竟意欲何为？

寒食上午，东水七子聚会，大家心里装着事，坐了一会儿便散了。章美一直留意简庄，见他目光中仍有冷厉杀气。告别出来，他一个人漫漫而行，不知不觉竟又走到了乌家。乌眉也在，寒食回来看视父母。说起简贞，乌眉叹道："宋齐愈和你们如今闹掰了，只可怜了贞妹子，她其实早就相中了宋齐愈，但女孩儿家，有苦也说不出来，何况你简大哥又是个极古板的人……"

章美听了，顿时冷透了心肠。之前他一直没有想到过简贞的心，以为只要支开宋齐愈，再依照礼数，请媒人去跟简庄议亲，事情就成了。现在听到乌眉这样说，忽然间觉得自己像是在水上乘舟，只顾着防备船外的风浪，却没发现，脚底的船板早就空陷……

他黯然告辞，失魂落魄地走在街上，觉着自己这二十多年竟活成了一具废壳，一无是处。不只如此，更为了情欲，背弃信义，欺瞒朋友。

仁义之道，对别人来说，也许不过是口中道理，甚至只是利禄之阶，但对他而言，自少年时起，便认真当作立身根本、一生志向，比性命都要紧。

颓然中，他不禁问自己，当年那个胸怀天下的章美去了哪里？

茫茫然，他竟又走回到汴河岸边，看到水边泊着一只客船，船主吆喝着"应天府！应天府！"他忽然想起简庄提供的那个假地址，心想自己与其自暴自弃，不如去查清楚这件事。于是，他上了那船。

客船驶离汴梁后，夜里他睡不着，独自走到船尾，望着夜空一钩弯月出神。宋齐愈今天一早就启程去了宁陵，他若真的错过殿试，自己的罪过就更大了。幸而地址改到了宁陵，路程减短了一半，只愿宋齐愈能及早发觉、及时赶回去。

他又想自己这时赶去应天府，稍有耽搁，就没办法及时赶回汴京，恐怕要错过殿试。但随即，他就苦笑了起来，你读书应举，本是想推行仁义，为国为民做些有益之事。如今沦落到这般模样，还有什么颜面去殿试？

再想到应天府那个假地址，不知道有什么等在那里，也许真的是个陷阱？

他有些怕起来，但随即振了振气，怕什么？生有何忧？死有何惧？何况你用下作手段欺瞒朋友，就算替他一死，也是应该。

顺流船快，第二天清早就到了应天府。

他找到梁侍郎家，来到门前时，仍有些紧张。他鼓了鼓勇气，才抬手敲门。开门的是一个壮年汉子，脸黑体壮，章美看了，又一阵心悸。

那壮汉问："你是宋齐愈？"

章美点了点头。壮汉便请他进门，章美走了进去，见院子里还站着一条壮汉。大门刚关上，两条壮汉一前一后，朝他逼过来，伸手扭住他，将他拖进侧房中。章美想反抗，但他自小读书，体格柔弱，哪有抵抗的气力？

两条汉子把他摁到一张椅子上，取过一条麻绳，将他捆死。章美正要开口质问，一个汉子又将一块帕子强行塞到他的嘴里。而后，另一个汉子点了一盏油灯，拿来一根银针，在灯焰上烧红了针尖，第一个汉子伸臂勒住章美的脖子不让他动弹，第二个汉子拿着那针，揪住章美的耳垂，左右各狠狠刺了一下，一阵烧灼钻痛，两只耳垂都被刺穿，他忍不住哼叫挣扎起来。那个汉子又掏出一个小瓶，在章美的两只耳垂上各涂了些清凉的药膏。章美又惊又惧，不知道他们要做什么。

一个汉子又去拿了件紫锦衫过来，另一个解开了章美身上的绳索，让他换上那件锦衫，又将一个小紫锦袋塞进他怀里。而后，其中一个从腰间抽出一把尖刀，抵在他脖颈上说："等下带你出去，你若敢发出一点声音，我这刀子绝不含糊容情。"

章美只得点点头。两个汉子一左一右挟着他，出了门，门外巷子里停了辆马车。章美被推进了车厢，两个汉子也随即上了车。前头车夫驱马，车子穿出小巷，行了很长一段路，才又停了下来。两个汉子又挟着章美下了车，章美向四周一望，眼前河面宽阔，岸上茶坊纵列，岸边泊着些船，竟又回到码头。头顶太阳微偏，已经过午，接近未时。

两个汉子仍一左一右紧挟着章美，其中一个装作亲密，用胳膊紧紧揽住章美肩膀，胁迫他走到岸边，上了一只客船。章美抬头一看，船帆上绣着一大朵梅花图样。船主站在艄板上，朝两个汉子点了点头，并未说话，似乎是相识约好。

两个汉子拽着章美穿过大客舱，舱里并没有客人，只有几个船工在搬东西。他们低头走进小客舱过道，小客舱左右各有三间，两人把章美推进左边中间那间客舱，随手闩上了门。两个汉子并肩坐在小床，让章美坐在桌边木凳上。章美见两人一直盯着自己，极不自在，便扭头望向窗外，心里胡乱猜想，忐忑不已。

简庄为何要提供应天府这个地址，目的何在？这两个汉子究竟要拿自己怎么处置？想来想去也想不出头绪。唯一安慰是，幸而自己替换了宋齐愈，他便不需平白无故遭受这些惊吓。

过了一会儿，似乎上来了几个客人，随后船开了，看方向是驶往汴梁。章美越发奇怪，不知道他们究竟要做什么。

到了傍晚，两个汉子要了些饭菜，让章美一起吃了。船上小厮进来收走碗筷后，一个汉子低声对章美道："老实待着，不许出声，不许闩门。我们就在隔壁，你若敢叫敢逃，就割了你的喉咙！"

说完，两人就带上门出去了，章美听到隔壁门响，两人应该是进了隔壁。他独自坐在那里，不知道该如何是好，也不敢动，只能呆呆望着窗外，不知道接下来还会遭遇什么。一直坐到深夜，他才摸到小床上躺了下来，沉沉睡去。

黎明时分，他被一阵轻响惊醒，是门枢转动的声音，章美忙半撑起身子，见舱门慢慢打开，一个黑影蹑步走了进来，随手轻轻闩上了门。窗外天色只微露些晨曦，舱室中还很昏暗，章美睁大了眼睛，见那黑影慢慢朝自己走近，黑影前似乎有寒光在一闪一闪。章美不敢乱动，只能将身子使劲往后缩，抵紧了舱板。那黑影走到近前，章美这才勉强看清，是一个魁梧壮汉，但并不是那两人中的一个，壮汉手中握着把尖刀。

那壮汉走到床边，凑近才发觉章美醒着，惊了一下，急忙用刀抵住章美咽喉，低声道："不许出声！"

章美只能定定斜抵在墙板上，不敢动。那壮汉盯着章美仔细看了看，身子忽然微微一震，似乎很吃惊。他低声问道："你是策子章美？"

章美忙点点头，但随即猛地想起自己是来顶替宋齐愈，忙又摇了摇头。

那汉子目光闪动，有些疑惑，他手中的尖刀也略松了一些，似乎在犹疑。

章美却从他目光中感到杀意，一阵恐惧顿时涌起。平日里说起生死，不过是两个字，这时才真正感受到死，如一片漆黑深渊，在身下塌陷。他不由得挣了一下身子，逼在他喉部的刀锋一紧，皮肤似乎被割破，他忙又停住，不敢再动，想说些什么，但嗓子干涩，竟发不出声来。

惊惧之中，他又猛地想起，死在这里的本该是宋齐愈。

一阵悔意刀一般割过，既为自己和简庄等人设计陷害宋齐愈而悔，也为自己贸然前来而悔。两悔交集，汇成一阵绝望之悲。他心一横，闭上了眼，死就死吧，至少是代齐愈而死，多少还算值一点价。

然而，等了片刻，刀锋似乎离开了喉部，他忙睁开眼，见那壮汉注视着他，犹疑了半晌，低声问道："会游水吗？"

章美不明所以，茫然点了点头。上次来京时，章美因被船匪抛进河里，险些溺死，到了京城后，暑夏特意和郑敦去僻静河湾练会了游水。

壮汉低声道："爬出窗，下水，轻一些。"

章美看那壮汉神色，似乎没有了加害的意思，倒像是想帮自己，便愕然点了点头，忙轻轻起身，慢慢爬出窗户。然而低头看到浑茫茫的河水，又有些怕，但一想，就算死，死在水中总比被人杀死好。

他打定主意，要往下跳，身后壮汉忽然伸手抓住他的胳膊，示意他轻一些。于是他慢慢溜下船舷，那壮汉见他下到了水中，才松开手。章美大致已通水性，怕被发觉，不敢用力划水，只在水中蹬着脚，顺流往下漂去。经过船尾时，见船后立着个篙工，正在撑船，幸而侧着身，并未朝他这边看。

章美忙长吸了口气，将身子没进水中，向前潜游，一口气尽，才冒出水面，这时离那船已有一段距离，篙工丝毫没有察觉。没过多久，那壮汉也从他附近水面冒出头。两人游到河边，一起上了岸。四周一望，见农舍错落，已经进入汴京东界了。

那壮汉脱下上衣，一边拧水一边道："我是来杀你的——"

原来他叫康游，有人绑架了他的嫂嫂和侄儿，威逼他来这船上杀一个紫衣客。

章美听了大惊，低头看看身上湿淋淋的紫色锦衣，简庄真的设计要杀死宋齐愈！

康游又说："那绑匪要我拿你的一双耳朵和一颗珠子作凭证。"

"珠子？什么珠子？"

"我也不知道。"

章美忽然想起来，在应天府那两个汉子把一个紫锦袋塞进他怀里，他忙一摸，幸好还在。取出来打开一看，里面是一些碎银和一大丸药，并没有什么珠子。康游却把那丸药拿了过去，掏出尖刀划了一道，捏着药丸，仔细一看，道："珠子在里面。"

章美接过来，在晨曦下透过刀缝去看，里面果然透出些莹润光泽。

康游又问："他们为何要你的耳朵？"

"我的耳朵上午被穿了孔，这恐怕是个记号。"

康游凑近一看，想了想："他们只是要看这耳孔，这还好办，我去找一双。"

"去哪里？"

"漏泽园。"

章美一惊，漏泽园是汴京墓地。由于汴京人口太多，许多尸体抛掷沟野，无处安葬，当今天子继位后，在东郊拨划了一块地，修建墓园，专用来埋葬无亲无故的孤苦死者。康游是打算到漏泽园里挖尸割耳。章美先有些憎恶，但随即明白，康游是不忍伤害他，却又得去救自己嫂侄，才想出这主意。

康游又道："我得尽快找到耳朵，中午就得交货。这珠子我就拿走了。你我就此别过，你保重。"

章美想起此中疑窦，忙道："康兄，此事暂时不要告诉别人。"

"我也是这个意思。"康游点点头，随后匆匆走了。

第十一章　恨钱

性于人无不善，系其善反不善反而已。

过天地之化，不善反者也。

——张载

赵不尤听章美讲述了自己经历，虽然印证了自己和温悦的推测——莲观写给宋齐愈的那些信果然都是章美伪造。

但是，由此也平添了另一层疑云——又出现一个紫衣客。

何涣原本可能成为紫衣客，却侥幸被丁旦替换，之后董谦又调包了丁旦。眼下章美又成了紫衣客。他们身上都有颗价值昂贵的珠子……赵不尤望向章美的耳朵，两只耳垂上果然各穿了一个孔。章美留意到赵不尤的目光，顿时露出难堪之色。

赵不尤移开目光，心里思忖：他们几个为何都穿上紫衣，被穿了耳孔？更奇的是，董谦被送上梅船，进的是左边中间的小客舱，章美进的居然也是这间。一间小小的舱室，两人都在其中，却都没有看到对方，这怎么可能？

墨儿坐在一边，也是满脸诧异。

赵不尤先放下这些疑问，望着章美问道：“你是何时回来的？”

“原本我已经无颜再回京城、再见故人，当时就想搭船回乡，但又想到这件事不明不白，齐愈险些被害。仅凭简庄兄，就算想除掉齐愈，也决计想不出，更办不到，一定是有人在背后设计部署。我想查出这背后之人，便嘱咐康游回去后不要向人透露我的事情。等到天黑，我偷偷进了城，躲到了我族兄家里。托我族兄找了些人手四处暗查。"

"可查出些什么？"

"那背后之人应该是礼部一个叫耿唯的员外郎。寒食前几天，耿唯深夜曾去过两次简庄兄家。而此前，他和简庄兄并没有过往。我原想当面去问他，可惜查出来已经太晚，他被调了外任，已经启程去荆州赴任了。"

"耿唯我知道，风评不差。而且齐愈只是一介太学生，和耿唯并没有什么利害冲突，不至于要害齐愈的性命。他背后，一定另有其人。"

"哦？那会是什么人？非要置齐愈于死地？"

"这个还须再查。"

"这件事我已无力继续深查，我听族兄说，不尤兄正在查这案子，因此才不顾羞惭，前来拜访。我所知的，已尽数告诉不尤兄。章美就此告辞。"

赵不尤见他满面自惭，低着头匆匆逃离，全然没有了当初端直淳雅之气，不由得深叹了一声。

丁旦才用一块旧帕子擦掉手上的血，就听到外面有人敲门。

他吓得一哆嗦，看了看地上胡涉儿的尸体，慌忙吹灭了桌上的油灯。这小破宅子并没有后门后窗，也没地方可躲，这可怎么是好？

门仍在响，他轻轻打开正屋的门，向外偷望，月亮很大，照得院里一片清亮，只有墙根下很暗。这时，敲门声停了下来，丁旦侧耳细听，外面脚步声走到门边的墙根停住，接着重重两声，外面那人似乎是想跳着攀上墙头，但连着两次都没成功。什么人？非要进来不可？

丁旦忙轻步出去，小心溜到大门另一侧的墙根，蹲下来缩到黑影里。这时墙头传来一阵喘哼窸窣声，那人已经爬到了墙头。丁旦忙又尽力缩了缩身子。咚的一声，一个黑影从墙上跳下，那黑影略停了停，悄悄向堂屋走去，到了门前，见门开着，便慢慢摸了进去。丁旦见黑影进去后，忙轻轻起身挪到大门边，小心拨开门闩，慢慢拉开门扇，可是那门太老旧，门轴仍发出一声怪响，异常刺耳。丁旦忙回头去看，见那黑影猛地从屋中冲了出来，他再顾不得什么，拉开门就往外跑。那个黑影也随即追了出来，丁旦越发惊慌，只能拼命狂奔。

他已说不清自己何以会变成这副狼狈模样，落到这般仓皇境地。

他出生于下户小农之家，从小吃尽了没钱的苦头。一年极少能吃到几次肉；一件衣裳一穿几年，缝了又补，补了又缝；街市上数不清的好东西，几乎没有一样他爹娘能买得起……

穷也就罢了，穷招致的种种羞辱才真正伤人心——衣裳破了，露出屁股，被其他孩童追着笑；不小心打翻了盐罐，只能全都刨起来混着地上的泥土吃那盐，被娘整整数落了几个月；他有个远房伯父读过些书，就教他识字，让他考进了童子学，可到了学里，教授和同学不看他的字，全都盯着他那双破鞋露出来的泥黑脚趾头；他爹病重，买不起药，他娘只能去庙里抓些香灰来用水冲成糊喂他爹，喝了几碗喝死了，官府险些判他娘谋害亲夫；爹死后，没有墓地，埋不起，烧不起，母子两个只能扛着尸首半夜偷偷扔到河里；娘死后，就只剩他一个人扛着尸首去扔……

旁人都说穷人爱钱，他却不是，他是恨钱。

他一直盼着有朝一日有了钱，要狠狠去糟蹋。

可是他没能考上府学，又不会其他营生，只能一直穷下去，直到被蓝婆招赘，做了接脚夫。他从没想过自己能娶到阿慈，就像一身破烂，却忽然得了一顶极精致的新帽儿，戴在头上，只能越发衬出衣裳的破烂。因此，他一直有些怕阿慈，连看都不敢正眼看。

不过，蓝婆家虽不富裕，却也衣食自给，还有些积蓄。这是他从未享受过的。这期间，他结识了闲汉胡涉儿，胡涉儿引着他去赌，他才发现，还有什么比赌更能糟蹋钱的？于是他一头陷进去，再不愿出来。

他想方设法从蓝婆、阿慈那里勒骗些钱，骗不到就偷，蓝婆那点薄蓄很快就被他刮尽，再没有钱供他去赌。正在心焦，葛鲜父子找到了他，跟他商议和何涣偷换身份的事，他当然求之不得，立即找来胡涉儿，四个人合力，让他进了何府，变成了何涣。

他这辈子想都不敢想，一个家竟能富到这个地步！

随便一样小器具，就抵他家全部的家当。他终于能尽情糟蹋钱财了。

于是他赌、赌、赌……不到两个月就把何家赌得一文不剩。他自己也变回从前那个赤条条的穷汉。他并不后悔，相反，极其快意解恨。

他又开始和胡涉儿四处游荡，那天晚上，经过蓝婆家时，心里一动，毕竟在她家过了些安稳日子，便忍不住走过去敲门，蓝婆把他当成何涣，让他进去，说了几句话后，蓝婆才认出是他，正要撵，后边有人敲门。来的竟是何涣，他犯了杀人罪，已经被流放，听说暴死于途中，居然能安然回来，而且还带着两锭银铤。

于是他强要和何涣换回身份。他出了门，树影下有两个汉子走了过来，带着他上了一只船，船掉过头向东行去，行不多远就停下上了岸，来到一座院落，见到一个五十来岁的人，何涣曾说这人姓归。

姓归的十分和善，安排他洗漱，吃饭，安歇。

舒舒服服过了两天，姓归的带着家丁和仆妇进来，说那件事该做了。随即，强行用银针给他穿了耳孔，他虽然不知要做什么，不过听说事成之后会有一大笔报酬，便听之任之。

寒食那天，姓归的让他换了件紫锦衫，把一个小锦袋揣在怀里，而后带他坐上一只船。在船上他们喝了些酒，丁旦不久就昏睡过去。等醒来时，他发现自己竟被装在一个麻袋里，不过麻袋口开着，有两个人在说话，说什么调包、章七郎，他偷偷看了一眼，都没见过。这时，他才怕起来，一动不敢动。

半夜，他趁那两人睡熟后，偷偷溜了出去。

走到街市上，他才知道自己在应天府，他掏出怀里那个锦袋，袋里有些散碎银子，还有一丸药。他随手扔掉了那药丸，揣好银子去找了家酒肆，吃了些饭，听见酒肆二楼在赌钱，便上去加入了赌局，灾后运霉，一夜将那些碎银几乎输尽。

天亮后，他才下了楼，却见昨晚那两个人向他奔过来，看着情势不对，他忙拔腿逃跑，奔绕了半天，才终于甩掉那两人，用剩下的一点银子，搭了只货船，回到了汴梁。

他不敢露面，就躲在胡涉儿家。胡涉儿起初还好，后来看他没钱，脸色自然越来越难看。胡涉儿和葛鲜都住在鱼儿巷，丁旦便趁夜到葛鲜家，想要讹些钱。葛大夫倒是拿出了五十两银子，但葛鲜忽然拔刀要杀他，他才躲开，葛鲜竟转而一刀刺死自己父亲。他惊得头皮都要裂开，见葛鲜逃走，自己也赶忙逃回了胡涉儿家。

胡涉儿在街上无意中看到何涣的老家仆齐全，便偷偷跟着齐全，找见了何涣的新住处。胡涉儿回来便和丁旦商议去向何涣讹些钱来。他们知道何涣已经没有什么家产，就商议好要一百贯，三天后去取。可是今天上午那个华服男子忽然闯进来，说胡涉儿竟向何涣索要一千贯，而且已经先付了三百贯。

华服男子走后，丁旦越想越气，出去把胡涉儿的妻子绑了起来，而后在屋子里到处搜，却只搜出了几百钱。于是他去厨房里找了把尖刀藏在腰间，坐着等胡涉儿。天快黑时，胡涉儿才回来。他见到自己妻子被绑在一边，立刻骂起丁旦。丁旦向他质问一千贯的事情，胡涉儿却抵死不承认，而且越说越怒，挥拳就向丁旦打来。丁旦鼻子被打出血来，他见胡涉儿起了杀意，再想到何涣那里下个月就有七百贯，便抽出尖刀，一刀刺死了胡涉儿。

刚杀了胡涉儿，却忽然冒出这个黑影，一路追赶自己。

丁旦不知道那是什么人，自己又杀了胡涉儿，心里惊慌，沿着汴河北街一路没命狂奔，奔过蓝婆家，回头见那人仍紧追不舍，他只能继续逃。跑到东面那座小河桥上，脚下一滑，栽进小河沟中，他慌忙爬上了岸。这时，那个黑影已经追了过来，猛地一扑，把丁旦压在身下。丁旦拼力挣扎，刚翻过身，在月光下隐约看清了那人面容，生着一只大鼻头，似乎正是应天府追逐自己那两人中的一个。这人一直追到这里，看来是决不罢休。

丁旦忙伸手从腰间拔出那把尖刀，一刀刺进那人腹部，那人猛地一颤，接着吼起来："他奶奶的孤拐！你竟敢刺我！"随即，那人也从腰间拔出一把短刀，朝丁旦用力刺下，丁旦被他压住，根本躲不开，一刀刺进他的胸腔。那人却不停手，拔出刀，吼叫着又用力刺下，一刀，一刀，又一刀……

丁旦只能挨着，很快连痛都不觉得了，神志临灭之际，他忽然笑了一下：这辈子至少还糟蹋过许多钱，算是解了恨了……

赵不弃一早就来到城东的观音院，在寺门外等着冷细。

昨晚他匆匆赶到胡涉儿家，见院门大开，里面却没有灯光，就已觉得事情不妙。他走进屋里，听见屋角有女子呻吟之声，忙摸到桌上火石，点着了油灯。这时才见地上横着一具尸体，胸口一个刀口渗着血，但并非丁旦。再看屋角，胡涉儿的妻子坐在地上，身子被麻绳捆着，嘴里塞着布团。他忙解开绳索，取出布团，胡涉儿的妻子立即扑向那尸体，哭叫起来。看来那尸首是胡涉儿，丁旦杀了胡涉儿逃走了。不知道那大鼻头薛海是否来过。

赵不弃见那妇人哭得悲切，才觉得自己的离间计过于轻率了。不过他生性跳脱，从不黏滞，摇头叹了口气，将身上所有的钱都摸出来给了那妇人，让她去报官。随后便转身离开，回去睡了一觉，醒来后也就不再多想，把心思移到了阿慈身上。

他在观音院外等了一阵，见马步引着一顶轿子走了过来。赵不弃朝马步使了个眼色，先走进寺里，在庭院里踱着步观赏花木。不一会儿，一个婢女搀着一个年轻女子走了进来，那女子头戴镶碧银花冠，外穿绿锦银丝半臂褙子，下面是绿石榴裙，身形曼妙，丽容挺秀，如一只绿孔雀，果然出众。赵不弃注视着她走进佛殿，烧过香，拜过佛，扶着小婢转身袅袅走了出来。

赵不弃迎上前去，笑着躬身施礼："武略郎赵不弃给冷夫人问安。"

冷绡停住脚，望着赵不弃，一脸纳闷。

赵不弃又道："在下冒昧惊扰，是想向冷夫人打问一件要紧事。"

"什么事？"

"阿慈，烂柯寺。"

冷绡一惊，随即对身边小婢说："阿翠，你先到那边等着。"

阿翠应声走到寺门边，冷绡才又问道："你想知道什么？"

"你用药迷昏阿慈，那丑女香娥藏在铁香炉里，才有了烂柯寺变身的事，对不对？"

冷绡更加吃惊，忙问："你想怎么样？"

赵不弃笑道："我倒不想怎么样。只是有人思念阿慈，想要她回去。"

"谁？"

"这还要问？"

冷绡眼中闪过愧色，但强行克制住慌乱。

赵不弃又问道："阿慈是不是在蔡行府中？"

冷绡迟疑了一下，微微点了点头。

"她现在如何？"

冷绡躲开目光，并不答言。

赵不弃笑起来："你为了自家丈夫，不但牺牲自己，去服侍'菜花虫'，又费尽心思，将自己的好友也弄进蔡府，实在是古今难得的贤妻，只是你那丈夫似乎并不是什么贤良丈夫，他现在正搂着'菜花虫'赏给他的美妾逍遥享乐——"

"你究竟想要怎样？！"冷绡忽然竖起柳眉，怒声喝问。

赵不弃仍笑着道："我不是已经说了，我并不想怎样，只是有人想要阿慈回去。"

冷绡顿时软了下来，轻声道："她在蔡府，蔡行不放她，我也没有办法。"

赵不弃再次问道："她现在如何？"

冷绡迟疑了片刻，才低声道："她被送进蔡府后，抵死不从，又摔碎了一只碗，抓了一块碎瓷片，划破了脖颈，说蔡行只要靠近，她就割喉自尽。蔡行虽然好色，却不愿强迫，见阿慈这样，反倒更加着迷，让人好好伺候她，等着她回心转意。"

"哦，她居然这么烈性？"

"蔡行让我去劝阿慈，阿慈说自己从来没做过主，也早就不是什么贞洁烈妇。却没想到能遇见这样的人，能这么看重她，她没有别的报答，只能替他守住这一点廉耻。我不知道她说的是谁，但她说，就算死，也不会从。"

　　"那我更得救她出来。"

　　"怎么救？"

　　"这需要你相助。你愿不愿意？"

　　冷绡又迟疑了半晌，才点了点头："是我对不住她。你要我怎么做？"

第十二章　梅船

要在明善，明善在乎格物穷理。

穷至于物理，则渐久后天下之物皆能穷，只是一理。

——程颐

赵不尤想了一夜，终于大致明白了梅船消失的真相。

清早起来，他先给顾震写了一封短信，交给乙哥送了出去。而后吃过饭，带着墨儿、瓣儿一起来到汴河边，过了虹桥，走向梅船消失的地方。经过乐致和的茶坊时，赵不尤朝里望了一眼，乐致和正在后面烧水，抬头也看到了赵不尤，但随即躲开了目光。看来那桩假信事件，让他们几个都不好过。

赵不尤心里想，孰能无过？尤其是善恶是非，哪里有那么直截明白？唯愿东水诸子经由此事，能深省人心事理，于德业上更进一步。

他们三人来到岸边，梅船和新客船当时相撞的地方并没有泊船，水面空着。

瓣儿问道："哥哥，你真的猜出来梅船是怎么消失的？"

赵不尤笑了笑："我只是想出了其中之理，是否对，还得实物来验证。"

这时顾震带着万福和十二名弓手赶了过来，顾震大声道："不尤，你真的查明白了？"

"还需要验证——"赵不尤望着那些弓手，"各位有谁会水？"

两个弓手抢着道："我会！"

赵不尤指着那天新客船停泊的水域："那就烦请两位到水底去捞一捞，看看有没有什么东西？"

顾震忙道："我当时就怀疑那梅船沉到了水里，已找人到水底探过了。"

赵不尤摇了摇头："那天你探的是梅船的位置，当时这里停着那只新客船，它下面并没有查。"

"新客船下面会有什么？"

"去探探就知。我估计下面有东西。"

"好吧，你们两个潜下去看看。"

两个弓手脱了外衣，一起走进水里，潜了下去。一口气时间，两个弓手先后从水里冒出了头，其中一个叫道："大人，底下真的有东西！"

顾震忙道："那还不赶紧捞上来？"

两人吸了口气，又一起潜了下去。半晌，水面哗响，两个弓手又浮出来，一起拖着件东西游到岸边。阳光照耀下，那东西闪着黄亮光芒，是件铜器。两个弓手将它拖上岸后，众人才看清，似乎是一个铜炉。

那铜炉大概三尺长，一尺宽，两尺高，分成两层。底下是炉膛，里面还有些烧剩的石炭；中间隔着层铜丝网，周边则是一圈水槽，顶上则是镂空的炉笼。

顾震纳闷道："这是什么？"

赵不尤揭开炉盖，从铜丝网角落里抠出一颗残渣，抠破外面的黑焦，里面露出些未烧尽的黄褐粉粒："那天梅船被烟雾罩住，那些烟雾就是用这个烧出来的。"

"这个？"

"应该是混制的香料。"

万福也从炉角抠出一粒残渣，用手指捻碎后，嗅了嗅："还有些残余气味，对！那天我在桥上闻到的就是这个香味，有些像木樨香。"

顾震越发纳闷："这铜炉怎么会跑到新客船底下？还有，那天梅船被烟雾全部罩住，这个铜炉能烧出那么多烟？"

"铜丝网周边是水槽，连蒸带烧，烟雾混着水汽——"赵不尤说着望向那两个潜水弓手。

其中一个道："大人，水底下还有不少铜炉，大约有十几个。"

顾震瞪大了眼："这么多？你们全都捞上来。不尤，你怎么知道有这些铜炉？"

"下锁头税关簿录上记载，梅船当时载了些厨具和香料。要造烟雾，自然少不了炉具。但这些炉具始终没有查到。"

"梅船消失了，船上的东西自然也就跟着没有了。"

"这世上除了水与气，岂有凭空消失的东西？"

"这么说，你真的知道梅船去了哪里？"

"铜炉既然找到了，我的推断应该不差。我们现在去汴河船坞，到了那里，你自然会明白。"

顾震留下那两个弓手继续打捞铜炉，其他人一起赶往汴河船坞。

到了船坞，赵不尤先向坞监要了把钉锤，而后引着众人来到那只新客船边。

新客船仍停在水边，船头一根粗缆绳，拴在前面一根粗木桩上。赵不尤先在岸上仔细看了看，船的尾部悬空虚伸出去一截"虚艄"，比实际船身长三尺左右。赵不尤记好虚艄和船身相接的位置，而后上了船，走进尾舱。

尾舱一半在船身，一半在虚艄，却是一整间，本该用整长的木板纵列才坚固。这只船却不是，船身和虚艄的船板分成两截，分界处是一条横木板。而且，正如赵不尤所料，那块横木板两边各有一个大钉头。

赵不尤用钉锤去撬那两颗钉头，很松，轻易就拔了出来。随后，他又去撬那块横板，果然是活板，应手而起。他搬开那块横板，下面是空的，能看得见水和船尾板。

顾震、万福、墨儿、瓣儿等人站在他身后，全都弯腰看着，都很纳闷。赵不尤俯身向下面探看，见船尾板中间顶端果然有个洞。他微微一笑，回头让墨儿将窗脚的那条绳钩挂到顶篷木梁的滑轮上。墨儿搬来一个木凳，踩上去，将绳头穿过滑轮，赵不尤接过绳钩，钩住船尾板的那个洞，让墨儿用力拉。

墨儿拽紧绳头，万福也过去帮忙，两人一起用力，一阵吱嘎声，船尾板居然被吊了起来，像闸门一般。众人看到，都惊呼起来。

赵不尤让两人继续拉拽，很快，船尾板完全被拉了上来，像一堵木墙一样，将尾舱隔为两间。赵不尤过去将绳头拴牢在窗棂上，而后笑着道："我们再去外面。"

众人又一起下了船，来到船尾一看，里面竟还有一层尾板，不过要旧得多。

赵不尤见后面不远处泊着一只游船，就唤了几个弓手，一起上了那只游船，划近新客船船尾，他站在船头，查看新客船船尾"门扇"里面那一层船板，选好中间稍右的位置，举起钉锤，用力敲砸，砸穿了船板，砸出一个洞。顾震等人在岸上看着，全都惊诧不已。赵不尤透过那洞，看清船尾纵梁的位置，在纵梁另一侧又砸出一个洞。

随后，他从游船上找来一根粗麻绳，将绳头穿过两个洞，牢牢拴住那根纵梁。绳子另一头则拴在后面游船船头的木桩上。

众人越发纳闷，赵不尤却只笑了笑，请十位弓手全都上到后面那只游船上，每人拿一根船桨或船篙，倒着划那游船。弓手们准备好后，赵不尤站在游船船头，大喝了一声："划！"

弓手们执篙握桨，一起用力，那只游船迅即向后滑动。新客船船头、船尾的两根麻绳很快绷紧，前后拉扯之下，发出一阵吱嘎声。赵不尤大声吆喝着指挥弓手继续用力划，新客船发出的吱嘎声越来越响，船尾和船身似乎被扯裂，竟慢慢伸了出来。

弓手们继续用力，新客船被拉出的船尾越伸越长，竟像是这船有个内身。

顾震等人在岸上看着，全都睁大了眼睛。赵不尤继续吆喝，那些弓手也一起喊着号子，拼力划船。忽然，每个人都感到手底的拉力猛地一松，游船也像是挣脱了束缚，猛地向前一冲。

赵不尤大喝了一声："好！"

弓手们停住手，大家一起望向水中，只见新客船和游船之间竟凭空多出一只船来。

从外壳看，那是只旧船，船身、船舱俱在，只是没有顶篷和桅杆。

赵不尤跳上岸，指着那只船沉声道："这就是那只梅船！"

顾震和墨儿他们惊了半晌，才忙向新客船里面望去，除了前后舱，新客船中间只剩下一个空壳，连船底都没有，露出一方水波。只有两舷底部有两条长木箱，它之所以不沉，靠的便是这两侧的空箱。

顾震大惊："梅船是钻进这里面了？"

赵不尤道："正是。他们之所以用那些铜炉烧出烟雾，一是为了造出神仙假象，二则是为了遮掩耳目。我那天又来查看过这只客船，见它外面的船板全是新的，而里面的船板则是旧的，昨晚才终于猜到这船套船的抽屉戏法。"

"这么说梅船上那些尸体根本不用搬运，他们其实一直就在梅船上，只不过套上了这个新船套？"

"我去应天府查问，说有人重金买下了梅船，我估计买船之人量好了梅船尺寸，在汴京照着造了这个新船壳，清明那天赶早等在了虹桥上游。"

"他们既然能造这个新船壳，连里面的船一起造只新的，不是更好？何必花钱买梅船？"

"恐怕是觉着新船容易令人生疑，旧船消失则更像真事，也更神异。"

"他们为何要花这么多心血做这种事？"

"为讨官家欢心。平地都能垒起一座艮岳，这点又算得了什么？我估计梅船在虹桥东边起航时，是有意没有放下船桅杆，好引桥上两岸的人全都来看，这样，这出烟幕大戏才不枉铺排这么大阵仗。"

"这倒是。林灵素被贬之后，恐怕不计代价想重新邀宠，看的人越多，传得越广，于他便越有利。只是梅船上那些人用铜炉燃出烟雾，烟熏火燎，他们难道不会被熏死？"

赵不尤从怀里取出谷二十七身上搜出的那条纱带："他们用这纱带在水里泡湿，蒙在脸上，上半截涂了清漆，既不怕眼睛被熏，又能看清东西。下半截则可以堵住口鼻。"

顾震笑起来："原来这纱带是做这个用的。但除了郎繁，他们都是中毒而亡。这么多人是被下了毒，还是一起服毒自尽？"

赵不尤又取出那个小瓷瓶："当时十分忙乱，很难下毒杀掉所有人。我估计他们每个人身上都有这样一个小瓷瓶，里面原本装的恐怕该是蒙汗药，让他们一起昏睡过去，醒来后装作什么都不知道。但那幕后之人怕泄露机密，给他们时，换成了毒药。这些人却不知情，完事之后各自按照计划喝下了瓷瓶里的药水。梅船船主应该是最后一个喝，为防止留下证据，他将所有瓷瓶和纱带收起来，扔掉后，才喝下自己那瓶。因此，谷二十七从暗舱里出来后，看到那些同伙倒在地上，并不如何吃惊害怕，他恐怕以为他们只是昏睡过去。后来，听到同伙们全都死了，他才明白过来，或是过于伤悲，或是怕被幕后之人加害，所以也服毒自尽。"

"那些瓷瓶扔到水里了？"

"我估计是在河底，或者在某个铜炉里。"

顾震呆了半晌，才又问道："还有，那天上午，有人看到新客船里有不少人在说笑唱歌。后来那二十四具尸体，据谷二十七、张择端这些人指认，除了两个，其他都是梅船上的人。新客船里原来那些人去哪里了？"

赵不尤笑着望向墨儿："这个倒要多亏墨儿，他无意中解了这个谜题。"

墨儿茫然不明所以："我？"

"你查香袋案的时候，去打问过彭影儿。清明那天，他没有去勾栏瓦肆，说是接了个大买卖。"

墨儿纳闷道："可他和这事有什么关联？"

赵不尤答道："新客船那天窗户全都关着，附近那些人说看到里面有人说笑唱歌，其实不是看到，而是听到。彭影儿既会影戏，又擅长口技。他藏在新客船里，能学出十几个人的声音，再加上影戏。外面的人隔着窗，只看见人影，听到人声，很难辨别真假。我猜他可能察觉事情不妙，害怕惹祸上身，或者真的要被灭口，就潜到水底，溜到上游，趁没人，上岸躲了起来。当时虹桥一带一片混乱，很难有人留意他。"

顾震问道："只有他一个人藏在新客船里？这船中间是空的，他站在哪里？"

"那另两具死尸。他们得拉起船尾板，接应梅船，否则梅船很难顺利套进来。他们应该是在两舷木箱间搭了根木板。用完正好给道士林灵素用。梅船的桅杆、船篷、窗扇都拆掉了，连那木板一起快速扎成木筏，再用帆布盖在上面，两只船套起来后，抛进河中。林灵素跳到木筏上，演他的神仙戏。"

"两个小童撒的鲜梅花呢？"

赵不尤又从袋里取出郎繁的那个小瓷筒："这是郎繁死后，他妻子在书柜里发现的。里面有两朵干梅花。答案就在这里。"

"干梅花和鲜梅花有什么关联？"

"郎繁是在礼部膳部，掌管宫中冰窖。"

"那些鲜梅花是冰冻冷藏的？"

"嗯，除此之外，应该没有其他办法能存住鲜梅花。虽然本朝以来，豪富之家也开始藏冰，不过从郎繁收藏这两朵梅花来看，这些冰冻的梅花恐怕是来自宫中冰窖。"

"看来，至少从冬天起，他们已经在谋划这件事了。"

墨儿在一旁忽然问道："哥哥，还有件事我始终想不明白。章美上了梅船左边中间那间小客舱，董谦进的也是那间，他们怎么会互相没有见到？"

众人都望向梅船小舱左中那间，梅船已经没有了顶篷，那间小舱一目了然，很狭窄，两人同处一舱，不可能看不到对方。更何况郎繁和康游先后进去行刺，这间小舱里便有四个人。

赵不尤道："我起初也纳闷，先以为两个人一前一后，刚好错过。但听两人所言，黎明前，他们都在这船舱里。而且，郎繁和康游先后进去刺杀他们，彼此也没有撞到。想了一夜，今早回到常理，我才明白过来。"

墨儿忙问："什么常理？"

赵不尤道："同时同地，两个人却没有看到对方，其中至少有一项是错的。既然同时没有错，那么错的便是同地。"

"他们不在同一个舱室？"

赵不尤摇了摇头："小舱左右各只有三间，这位置应该不会记错。"

墨儿和其他人都皱眉思索起来。

瓣儿忽然道："他们不同船！"

赵不尤笑着点头："对。有两只梅船。"

墨儿忙道："这怎么可能？"

赵不尤道："我们疏忽了一点。董谦是午时上的船，而章美则接近未时，相隔近一个时辰。"

墨儿忽然想起来："对了，武翔接到的密信上，写的的确是三月初十未时。武翘转写给康潜的密信也是照抄了这时辰。不过，据董谦说梅船午时就起航了，章美和康游怎么能上得了梅船？"

"章美上的是假梅船。"

"假梅船？"

"牵涉到梅船的一共有五个人：章美、郎繁、康游、董谦和丁旦。每个人背后藏着一路人马，后四路人马都是为了紫衣客，只有章美这一路，目的是除掉宋齐愈。因此造出一只假梅船。这很简单，武翔、康游都没见过梅船，只需要在假船帆上照着绣一朵梅花，密信上挪后一个时辰，等真梅船开走之后，再停到岸边，将康游误导到假梅船上。这样，就能借刀杀了宋齐愈。只不过幕后之人并没有料到，章美又顶替了宋齐愈。"

众人听了，都睁大了眼睛，望着水中那只无篷无桅的梅船，说不出话来。

第十三章　滋味

事有善有恶，皆天理也。

天理中物，须有美恶，盖物之不齐，物之情也。

——程颢

几天后——

宫中，集英殿。

六百多位举子都身穿白色襕衫，整齐排列于御庭之中，如晨曦中一片雪林。宋齐愈和何涣都在队列里，两人相隔不远，都挺身直立，凝神静候。

大殿御座之上，端坐着当今天子赵佶。他面容如玉，风神雅逸，头戴二十四梁通天冠，组缨翠缕，玉犀簪导，身穿云龙红金绛纱袍，白袜黑舄，佩绶如衮，如同天庭凌霄殿上一位神君。

殿试策卷已经由几轮考官评定完毕，知贡举官员将拟定的前三名试卷进呈给天子。由于这次恢复了科举，和太学上舍同时应举，前三就共有六名。试卷一直都糊着名号，这时才拆开。天子在御案之上，细细看过六篇策论，比照思量了一番，才拈起御笔，在卷首标出名次；而后拿给黄门，传于唱名官。

唱名官来到大殿之外，对着御庭朗声宣唤："宣和三年科举殿试，状元——何涣！"

何涣听到自己名字，身子不由得一颤，唱名的回音在殿宇间回荡，惊起了庭边一群宿鸟，纷纷飞鸣而去。何涣忙抬起头，惊远远大过了喜，呼吸都几乎停住。他刚要抬脚，忽然想起祖父说过，临轩唱名，要等宣唤数次，才可以应名出列。他忙收住脚。那唱名官果然又重复宣唤了四次，到第五遍时，何涣才高声道："臣何涣谢恩！"说完走出了队列，疾步登上御阶，垂首等候于殿门外。

唱名官又朗声宣唤："宣和三年太学上舍，魁首——宋齐愈！"

宋齐愈虽然生性洒落豪迈，之前也有所预料，但真的听到自己名字，仍是一惊，随即忍不住露出笑来。他也等宣唤到第五遍，才朗声应道："臣宋齐愈谢恩！"随即也登上御阶，站到何涣身边。

唱名官继续宣唤第二、三名。六名全都宣唤完毕后，黄门官才引着何涣、宋齐愈等六人进了殿，一起舞蹈叩礼，跪谢皇恩。起身后，天子一一询问三代乡贯年甲同方，何涣、宋齐愈等六人各自恭敬报上。天子得知何涣是何执中之孙，不由得笑赞道："何丞相果然门风醇厚，诗礼传家。"再看到宋齐愈，天子格外多打量了几眼，连声道："好！好！好！"

之后，黄门官才引着何涣、宋齐愈六人出了大殿，到侧殿的状元侍班处，每人各赐了一套绿襕袍、白简、黄衬衫。六人换上新衣，释葛着锦，帽边簪花。

等其他六百多人都宣唤完毕后，天子又在边殿赐宴，何涣、宋齐愈等六人是酒食五盏，其他进士则是泡饭。宴罢后，前六名又各进了一首谢恩诗。这才一起起身，列队出了东华门，每人各赐丝鞭一根、骏马一匹、黄幡一面。何涣和宋齐愈当先，六百多举子跟随于后，在仪仗导引之下，黄云碧涛一般，前往礼部贡院期集所。

街上人山人海，都来争看状元、魁首，沿途豪家贵邸纷纷张列彩幕庆贺，有女儿待嫁的官宦富室，也挤在人群中争看择婿。

宋齐愈策马前行，望着这如潮欢浪，做梦一样，忽然觉得十分孤单——如今我已名满天下，但这举世名望，却换不来莲观一个真名。

何涣则悲喜交集，这一天他梦寐多年，只可惜祖父未能亲眼看到，阿慈也不能在身边同欢同喜。

南薰门外，礼贤宅。

几个婢女仆妇拥着冷绡和阿慈，从后院来到中庭，马步已经叫人备好了两顶轿子，停放在庭院中间。冷绡和阿慈各自上了轿，正要起轿，冷绡忽然掀开轿帘："等一下！阿翠，我忘带了手帕，你快去给我取来。"

阿翠赶忙跑去后院，众人都在庭中等着。昨天，冷缃跟蔡行说，阿慈已经回心转意，只是得先去庙里还过愿才成。蔡行当然一口答应。

过了一阵，阿翠取了帕子回来递给冷缃，冷缃这才道："好了，走！"

马步挥手让轿夫起轿，冷缃的轿子在前，阿慈的在后，两顶轿缓缓向门外行去，几个婢女仆妇跟随在轿子左右，马步则在前导路。

轿子刚出了宅院大门，走在最后的一个仆妇忽然嚷起来："血！血！快停下！"

其他人听见，全都回过头，那个仆妇指着阿慈的轿子仍在叫。众人一看，见阿慈的轿子下面不停地滴下血水，断断续续洒了一路。旁边一个婢女忙掀开轿帘，才看了一眼，猛地惊叫起来，声音尖得整条街都能听见。

轿夫忙停下轿子，马步也赶了过来，众人争着围过去看，轿子里不见了阿慈，座上躺着一只黑狗，龇着牙，喉咙被割开，血仍在渗，已经死去。狗身上竟穿着阿慈的衣裳！有个仆妇认出来，那只黑狗是蔡行最钟爱的猎犬。狗身边还有一张纸，蘸着血写了一行字：

菜花虫，莫着慌，半夜等我来敲窗。

烂柯寺后，鼓儿封家。

池了了听到敲门，忙出去开门，来的是曹喜。

那天她和曹喜赶往开封府，向推官申诉了董修章死亡的事实。之后曹喜又四处花钱托人打问，终于找到一个车夫，那车夫替侯伦运载了祥瑞梅树，有了这个人证，推官终于释放了鼓儿封。

曹喜见到鼓儿封，虽然感怀，却有些尴尬，不知该如何开口。而鼓儿封因感念曹大元将儿子养育成人，也不愿意戳破。两人相见，都只点了点头，都有些不自在。鼓儿封掏出那块古琴玉饰，递给曹喜。曹喜接过去，嘴唇动了动，似乎想道谢，嗫嚅半晌，终还是没能发出声。

不过，这几天曹喜每天都要买些东西来看望他们，他仍没打定主意认生父，不过神色态度间已经是亲子之情了。

池了了想，这样也很好。

倒是她自己心底有件事，让她很愕然——

她原以为自己钟情于董谦，可那天见到侯琴，她丝毫没有嫉妒之心，后来见到董谦本人，也似乎并没有格外动情。反倒是见到曹喜时，觉得越来越不对，有些慌，有些怕，却又隐隐很想见。

这是怎么了？我不是一开始就厌恨他？

这两天，她似乎渐渐明白过来，自己之所以一开始就对曹喜厌恨无比，是因为曹喜从一开始就对她极其轻蔑。其实，她只是一个唱曲的，遭人轻蔑再平常不过，却为何单单这么介意曹喜的轻蔑？她厌恨他，其实是盼着他能在意她，能看到她的好。可是曹喜看到了吗？

今天，估摸着曹喜快来了，她就竖起耳朵听着，一听见敲门声，忙出去开了门。

曹喜站在院门外，朝她笑了笑。池了了望着他的眼睛，觉着他看她的目光很暖，很柔，却无法断定这暖和柔，是由于她是他的义妹，还是由于她是她？

箪瓢巷巷口，颜家茶坊。

瓣儿、姚禾面对面坐在窗边。范楼案结束后，他们几人每天在这里的聚会也就散了。可今天，两人不由自主都在这时候来到茶坊，结果遇见了。

两人都不知道该说什么，目光偶尔碰到一起，随即慌忙躲开，一起红了脸，各自看着茶盏，都低头笑着，若有所思。

半晌，瓣儿轻叹了一声："往后再不能单独和你见面了。"

姚禾忙道："是。"

瓣儿抬眼望向姚禾，轻声问道："你就没有想过？"

"什么？"姚禾忙也抬起头，看到瓣儿眼中娇羞，随即明白，忙道，"当然想过，每天每夜都想，只是——"

瓣儿又红了脸，忙低下头，半晌，才轻声道："你可以的。"

"什么……哦？真的？"姚禾顿时满眼惊喜。

"我哥嫂相人不相家世。"瓣儿仍低着头，满颊红晕。

"真的？那太好了！我马上回家去跟我爹娘说！"

石灰巷，侯家。

侯琴端着一碗粥，一小勺，一小勺，小心给父亲喂着饭。

她哥哥侯伦的尸体被船夫发现，她的父亲得知儿子噩耗后，顿时变得痴痴呆呆。侯琴见父亲变成这样，心里不忍，就拜谢过赵不尤一家，回到家中照料父亲。

一碗粥喂完后，她揩净父亲的嘴，洗过碗，这才回到自己房中，从枕头下取出一封信，又读了起来，边读边微微笑着。这封信是几天前董谦写给她的，她不知道已经读了多少遍，但仍读不够。

董谦在信里说，要替父亲守服三年，之后才能迎娶侯琴。

侯琴笑着想：三年怕什么？只要有的等，就是三十年，我也等得住。

这时，屋外忽然传来父亲的叫嚷声："伦儿！伦儿！伦儿回来了！"

侯琴忙放下信，跑到堂屋，见父亲打开了门，呆呆站在门边，随后又"砰"地关上了门，重新坐回到椅子上，闭起眼，又低头眯起觉来。

汴梁西郊，三生巷。

赵不弃和何涣骑着马走进三生巷，来到巷里一座宅院前。赵不弃下马敲门，开门的是蓝婆。

何涣大惊："老娘？你为何在这里？"

蓝婆还没来得及答言，万儿从她身后跳出来，大声叫道："爹！"

何涣忙俯身抱起万儿，赵不弃笑道："先进去，再慢慢说。"

进到院里，一个女子站在院子中央，是阿慈。

何涣顿时惊呆，阿慈也定定望着何涣，微微笑了笑，却落下泪来。

赵不弃费了一番心力，正是要看他们这一幕，心里十分快慰。

救出阿慈，是他和堂兄赵不尤夫妇、墨儿、瓣儿一起商议的计策。

赵不尤以前曾帮过一个泥瓦匠，那个泥瓦匠家里世代都做这个活计，大宋开国之前，他祖上曾是南唐的御匠，后来南唐后主李煜被灭国，被俘往汴京，软禁在礼贤宅里。那个御匠很忠心，想要救出自己的国主，便和一班朋友一起从礼贤宅外的一片林子里挖地道，想要挖进宅中，偷偷救出国主。地道刚刚挖到礼贤宅的中庭下面，李煜却被太宗赐了毒酒，饮鸩而亡。那个地道也就半途而废，这事却成为御匠家的私话，一直传到那个泥瓦匠。

赵不尤找来那个泥瓦匠，向他打问，泥瓦匠说那地道仍在，只是入口当年被填了，不过很容易挖开。他听赵不尤说要去蔡行宅里救人，满口答应。才用了三晚上，他就挖开入口，钻到礼贤宅的中庭下面，又朝上挖。那中庭地上铺的是三尺见方的青石砖，他半夜里挖到中间一块青石砖，洞口尺寸刚好能将整块青砖取下去，而后用木架支住青砖。上面的人，若不细看，很难察觉。

接下来，赵不弃找到马步，和他商议，将蔡府一顶轿子的底板偷偷改成活板，并告诉了他那块活动青砖的位置。又设法传话给冷绸，让她告诉阿慈，依计而行。

赵不弃又想再惩治得狠一些，他知道蔡行有只爱犬，极其凶猛，咬伤过不少人，那些被咬的人哪敢惹蔡行？只能自认触霉。赵不弃找了个毛贼朋友，让他前一天半夜钻进蔡府后院犬舍，用药迷倒那只黑犬，偷了出来，让那泥瓦匠搬进地道。

那天，马步将阿慈的轿子停到那块青砖上，冷绸装作没带帕子，等候的那一会儿，赵不弃亲自动刀杀了那只狗。泥瓦匠移开了支架，托下青砖，打开轿子底板，让阿慈跳下来，脱掉外衣，裹在黑狗身上，将狗放进轿子，而后重新插好轿子底板，安放好青砖，用泥土填实了砖下面的通道。

救出阿慈后，赵不弃先把她藏到了朋友的这间空宅里。

何涣"扑通"跪倒在赵不弃面前："不弃兄大恩，何涣永世不忘！"

阿慈也含泪过来，深深道了万福。

赵不弃大笑着转身避开："你明知我最怕这个，偏来这个，不管你们了，我走啦！"

汴河北街，蓝婆家。

张太羽将家中里里外外清扫干净，洗了把脸，又换上那件旧道袍，带了些干粮，朝屋里环视了一圈，随后抬腿出门。

回来后，他听母亲讲了丁旦和何涣的事，由于阿慈失踪，母亲年老，儿子年幼，他不忍离去。现在阿慈已被救回，何涣又中了状元，何涣待人诚恳和善，母亲、妻子、儿子交给他，比跟着自己更好。因此，他决定重回终南山修道。

他心里唯一觉得愧憾的，是钱。当初，他为了买度牒出家，偷偷卖掉了家里的田产，母亲已经年老，虽说何涣看起来值得倚靠，但毕竟是外人，若自家有些田产钱财，说话行事都能有些底气。万儿长大，也有个生计倚靠。可是，他囊中只剩几十文钱，如今也没有其他赚钱之路。

这也是无可奈何，他叹了口气，正要锁门，忽然听见有人唤他，回头一看，是顾太清。他重回汴梁那天，在孙羊正店前面遇见的那个师兄。

"太羽，你这是要出门？"

"回终南山。"

"回那里做什么？师兄有桩好事——"

"嗯？"张太羽心里微微一动，"什么事？"

"那老杂毛。"

"嗯？"

"就是林灵素！"

张太羽越发吃惊，顾太清一向视林灵素如神，清明那天也尊称其为"教主"，此刻却直呼其名，更蔑称其为"老杂毛"。再一看，那天顾太清面色红润，神采飞扬，今天却显得有些张皇失意。

顾太清又压低声音："那老杂毛这次出了大纰漏，害得我险些送命。我知道他藏在哪里，已经想好主意，不过我一个人应付不来，咱们两个联手，好生赚他一笔。如何？"

张太羽想到自家那桩憾事，迟疑了片刻，轻轻点了点头。

开封府，牢狱。

两个差人押着饽哥走了出来，饽哥颈项上戴着枷板。

他因杀了彭嘴儿，被判流配登州牢城营。他原本就什么都没有，小韭死了，就更加没有什么记挂。被判到哪里都一样，他不怕，也不在乎。

才走了几步，身后忽然传来叫声："哥！"是孙圆的声音。

饽哥本不愿停，孙圆又叫了两声，他才停下脚，费力转过身，见孙圆扶着尹氏急急赶了过来。望着这两人，饽哥心里涌起一阵说不清的滋味。虽然他一直并未把这两人当过亲人，但这十几年，他们的确是这世间与他最亲近的两个。

那个差人见尹氏是个盲人，便没有管。

"饽儿——"尹氏走近后，伸出双手，想要摸寻饽哥。

饽哥却一动不动，木然看着。

尹氏仍伸着手，脸上露出悲戚。饽哥能看得出，这悲戚似乎是真的，但真的又如何？

尹氏空望着天空，大声道："饽儿，你要好好的，我们等你回来。记着，这个家也是你的家！"

饽哥听得出来，尹氏这话也是真的。他的心虽然并不会因此而软，却也不好再硬。他犹疑了片刻，低声道："娘，你也要好好的。弟弟，好好照顾娘。另外，我知道我爹是怎么死的。"

说完，他转身走了。

礼顺坊北巷子，简庄家。

乌眉来到简贞房里，低声把章美做的那些事都告诉了简贞。

讲完后，她连声自责道："人人都夸我，说我长了双水杏眼，我看是乌煤球才对，难怪我爹给我取个名字也叫'乌煤'。我跟章美说了那么多回话，竟一丝儿都没想到他早就中意你了。我们全都盯着那个宋齐愈，却不知道旁边还有个这么痴心的章美。若是早些知道，哪里会有这些事？唉，真真可惜了……"

乌眉叹着气走了，简贞独自呆坐在那里，细细回味着乌眉的话。

的确，她自己也始终只看得见宋齐愈，极少留意章美。他们两人相比，章美是一川深水，宋齐愈则是水上波浪。人大多只能见到波翻浪跃，很少去在意浪涛下水的深沉。

若是多一些慧眼，早一些留意章美，会不会好一些？

她深深叹了口气，不知道是替自己惋惜，还是替章美惋惜，抑或是为人心惋惜。

汴河岸，虹桥畔。

赵不尤和墨儿一起来到虹桥边，去送别章美归乡。

到岸边时，见章美已经搬完了行李，正在和郑敦说话。

"我们错怪齐愈了，他引我们去近月楼，不是要巴结蔡京，而是为了让我娘能多看我几眼——"

"我已听说了……"章美神色郁郁，抬头看到赵不尤，才勉强提振精神，叉手施礼，"不尤兄，墨儿兄弟。章美愧对故人，哪堪二位如此相待？"

赵不尤道："哪里话？何况你去应天府，是抱着必死之心，再大过错也算赎回了。这一节，就此掀过，莫要再提。来，我先敬你一杯！"

墨儿提了一壶酒，斟了三杯，递给章美、郑敦和赵不尤。

赵不尤举杯道："君子处世，每日皆新。这一杯，别昨日，惜今日，待来日。"

三人一饮而尽，墨儿又给他们添上，连饮了三盏。

船主在船头笑着道："对不住了，各位，这船客人已经坐满，得启程了。"

"多谢诸君，就此别过！"章美拱手致礼，转身上了船。

这时，一个人匆匆赶到岸边，是宋齐愈。

章美在船头见到他，先是一惊，随即眼中混杂出惭愧、感激与伤怀。

宋齐愈虽笑着，神情也极复杂。

两人对视了片刻，章美沉声道："齐愈，对不住。"

宋齐愈摇了摇头，高声道："你其实不必回去，难道忘了我们来京时的壮志？"

章美涩然一笑："修己方能安人，等我能无愧于自己时，再来会你。"

船缓缓启动，章美忽然想起一件事，忙道："齐愈，那些信是我写的，但那些词是乌二嫂传给我的，都是简贞姑娘填的。"

宋齐愈顿时愣住，望着章美在船上渐行渐远，喃喃念道："隔窗不见影，帘外语声轻……"

尾声：醉木犀

不可将穷理作知之事。若实穷得理，即性命亦可了。

——程颢

温悦这一向都不敢出去买吃食，只能将就家里存的米麦酱菜。见案子终于结束，再不用怕人暗算，便和夏嫂出去买了许多菜蔬鱼肉，置办了一大桌菜肴。让赵不尤请了顾震来，大家好好庆贺一番。

天气好，桌子摆在院子中间，顾震并非外人，大家不分男女，围坐在一起。顾震带来一坛好酒，大家都斟了酒，正要动筷，大门忽然敲响。

何赛娘"腾"地站起来，粗声大嗓问道："谁？"

"门神娘娘开门，你家二爷来讨饭了！"赵不弃的声音。

墨儿忙去开了门："二哥，到处找你找不见。"

"哈哈，才去了结了何涣那呆子状元的事。怎么？这么一大桌子菜？"

夏嫂添了副碗筷，墨儿搬来张竹椅，大家重新落座。

顾震举起酒盏："这酒本是清明那天要喝的，一直留到了今天。本该是我来宴请大家，反倒让弟妹费心费力。只好先欠着，改日再请大家。各位奔忙了这些天，这梅船案总算是告破了，来！我敬各位一杯！"

大家举杯饮尽。

赵不尤道："这案子只揭开了面上一层，元凶还藏在背后，并没有逮到。"

顾震道："你是说林灵素？昨天我查出他躲在马行街一个宅子里，率人去捉时，老道已经逃了。不怕，只要知道是他，总能逮到。"

赵不尤道："林灵素只是这案子的旗幌，梅船上那些人应该也不是他毒杀的。幕后元凶另有其人。我在应天府查到，买梅船的人是杭州船商朱白河，只有找到这姓朱的，才能查出设局之人。另外，梅船在虹桥东头起航时，船上有两个纤夫跑到桥头去拉纤，另还有个船工不知去向，这三人并没有死。"

"这一阵，我派了两个人一直在追查那三人，始终没找到。另外，章七郎也已经逃了。"

"梅船其实同时在做两件事，一件是造出天书祥瑞的神迹，另一件则是紫衣客。紫衣客究竟什么来历，我们并不知晓，但有几路人马都要杀他。看来干系重大，不是个寻常人物。"

墨儿道："章美、董谦、丁旦都穿着紫衣，怀揣珠子，他们谁是真的紫衣客？"

赵不尤道："章美顶替了宋齐愈，董谦是误中了侯伦的计策，丁旦只是一个无赖汉，他顶替的是何涣，这五个人虽然身份不同，但都没有什么大来由，就算想杀，也不需要费这么大阵仗，他们应该都是替身，并非真正紫衣客。"

顾震忙道："那真正紫衣客在哪里？"

赵不尤摇摇头："目前一无所知。"

瓣儿摸着耳垂上兰花银耳坠，轻声道："几个大男人都被穿了耳洞，紫衣客难道是个女子？但让大男人装女子，又说不通。"

赵不尤道："这也是费解之处。"

顾震猛喝了一口酒，叹道："我才说案子已经告破，这么看来，这案子才开头？"

温悦听了，才舒展的眉头又蹙了起来。赵不尤扭头歉然望去，温悦回了他一眼无奈。

顾震却没留意，问道："还能从哪里查？"

赵不尤道："我这边，古德信还未回信，章美查出来礼部员外郎耿唯和简庄密谋，不过我想，古、耿两人虽然知情，但应该不是主谋。"

赵不弃道："我这里，何涣杀死阎奇，发配暴毙，又被救活，这一连串怪事恐怕都是设计好的，背后主事的是个员外，这员外看来来路不小。"

墨儿道："胁迫武翔的人是谁，香袋交给了谁，目前也不清楚。"

瓣儿道："董谦被迫去做紫衣客替身，肯定不是侯伦一个人能办得了的，背后也一定另有主谋。"

顾震道："这几路人马，又都是为紫衣客而来。"

众人默默沉思起来。

赵不尤忽然想起一事，心里一惊，沉声道："我们疏忽了一条线索。"

"什么？"诸人一起问道。

"高丽。"

"嗯？"诸人越发纳闷。

"武翔十一年前偷传图书给高丽使者，这事极隐秘，只有他一人和高丽使者知情。他家中兄弟妯娌情谊深厚，绝不会外传——"

墨儿惊道："写密信胁迫武翔的，是高丽使者？"

赵不尤点点头："有可能。还有一条佐证。清明那天，我经过虹桥时，见到枢密院北面房令史李俨陪着一人在桥东茶棚下，那人汉话口音有些古怪，我当时疑心他是高丽使者。后来无意中遇到李俨，他上来搭话，随口又打问起梅船案，并劝我不要再查。现在看来，他似乎并非随口而言……"

赵不弃笑道："这戏越来越好看了，连外国人也挤进来扮暗鬼？"

赵不尤道："不过目前尚不能断定。"

瓣儿忽然道："咱们这几桩案子里的这些人合起来，倒像是一幅《士子图》呢。"

墨儿道："还真是。哥哥那边东水八子，有隐逸，有太学生，有魁首，还有已经出仕的古德信、郎繁。"

赵不弃笑道："我这边有状元，有府学生，还有县学破落户丁旦。"

瓣儿笑着接道："我这边是待缺的进士。"

墨儿叹道："我这里——武翔是出仕，武翘是太学外舍生，康游是武转文，还有饽哥，是从童子学辍学。"

赵不弃笑道："这《士子图》花色果然齐全。"

赵不尤道："士农工商兵，士居首。世教风化，朝政得失，都系之于士。士正则天下正，士邪则天下邪。仅从咱们这幅《士子图》来看，正气仍在，但邪气亦不弱，或出于陋见，或由于私欲，互争互斗，损伤了多少元气？外敌未至，内伤已深。"

赵不弃笑道："不止互斗，这《士子图》整个看起来，又是一场傀儡戏。所有这些人，连我们几个在内，都不过是木傀儡，被人操弄着跑腿奔命、颠来倒去，二十几个人还丢了性命。背后操弄的那些人却至今连影都不见。"

赵不尤叹道："那天田况跟我说起一个话题，'世事如局人如棋'，也和你一个意思。不过，人既非棋子，也非傀儡。人能动，能思，能选。同一个局，只看每个人作何选择。就像简庄和章美，两人起先不但主动入局，更造出局来害宋齐愈，但到后来，简庄仍执迷不悟，章美却幡然悔悟，并以自己性命去破局。"

墨儿道："香袋案也是，武家两兄弟，武翔便不听命，不入局。武翘却为了兄长，成为造局者，害了康潜、康游两兄弟的性命。而康游，原本完全可以置身局外，为了嫂嫂和侄儿，却不惜性命，毅然入局。"

赵不弃笑道："何涣那呆子也是，葛鲜和丁旦设局，用阿慈一勾，他就老实上钩入局。而丁旦，为钱设局，却不知道，别人又把他设进局中。大局套小局，他好赌，结果把性命赌进去了。"

瓣儿笑道："何涣幸亏遇见二哥这个专爱破局的人，才把他搭救出来。倒是侯伦，别人设局害他，他又设局害董谦，董谦是十分侥幸，才从局里逃出来。"

顾震皱眉道："这一局套一局，到底有多少层局？"

赵不弃笑道："人生无往而非局。"

赵不尤道："是。有人必有争，有争必有局。所不同者，恐怕只在一点不忍之心。像章美、饽哥、冷缃，都先设了局，因为不忍，又主动解了局，让宋齐愈、孙圆、阿慈得以脱局。一点不忍之心，便能给人一条活路，自己也多一分安心。简庄修习仁义之学，却不知道'二人为仁'，仁不在言语文字间，而在人与人之间。一个'忍'字，上面一把刀，下面一颗心。忍心，是先自割本心。伤人者先伤己，纵便如愿，己心已残，又何能得安？"

赵不弃笑道："你们寻安，我只求趣。咱们已经搅了他们的局，这些背后提线设局之人，一定正在不安。咱们就再用棍子加力捅一捅，越捅他们越不安，越不安，便越难看；越难看，这事便越有趣。"

诸人正在沉思，都被他逗笑。

顾震举起杯："这事先扔一边，今天咱们先痛快喝他一场！"

天色阴沉，看着又要落雨。张择端却背着画箱，又独自来到虹桥桥顶。

今天他是来确认桥东头、河北岸店肆房顶的瓦片数目。多年来，他早已养就一丝不苟的脾性，被召进御画院后，见当今官家观画极苛细，鸟羽上细纹都丝毫不许紊乱，他便更不敢有些微的疏忽。

他站在桥顶，先数左近店肆房顶的瓦片，数完一间就赶忙取出纸笔记下来。等他数到章七郎酒栈，忽然想起前两天遇见赵不尤，赵不尤跟他大略讲了讲清明梅船案，章七郎似乎也牵连其中。而且据赵不尤言，眼下这案子也才揭开一小片，背后藏了些什么，深广莫测，还难以预料。

当时，张择端几乎脱口要将那件事告诉赵不尤，但随即还是强忍住了。

其实，早在清明那天正午，亲眼看到梅船消失，张择端先是被那"神迹"惊到，但随即就察觉了另一桩隐秘，让他顿时惊住，遍体生寒。当时桥上的人都忙着望那白衣道士，根本没有谁留意他，他却慌忙伸手捂住自己的嘴，生怕自己叫出来。自那天起，那桩隐秘他一直强压在心底，不敢告诉任何人。

他反复告诫自己：你只是一个画师，除了作画，其他事都莫去想，更莫去说，莫去管。

然而此刻，他又忍不住想起那桩隐秘，心底也再次涌起一阵寒意，冷透全身。这时，天上落起雨来，他却丝毫不觉，怔怔望着汴河流水、河中的舟船，还有两岸的柳树、店肆，心中茫茫然升起一阵悲凉，不由得低声吟诵昨夜听雨难眠时，填的那首《醉木犀》：

> 笔下春风墨未干，城头已似近秋寒。灯窗夜雨几人眠？
> 一纸江山故人远，半生烟火世情阑。落花影里认归帆。

（第一部　完）